한국 희곡선 1

세계문학전집 317

한국 희곡선 1

송영 외

양승국 엮음

민음사

엮은이의 말

희곡은 문학의 한 갈래면서도 연극의 핵심 요소이다. 따라서 희곡을 읽는 일은 문학성과 연극성을 함께 발견하고 즐기는 작업이라고 할 수 있다. 서양에서는 희곡 창작의 전통이 멀리 그리스 시대부터 현재까지 긴 세월 동안 이어 오지만, 한국에서 희곡 창작의 역사는 매우 짧다. 개화기 이후 서양식 무대를 지향한 실내 극장들이 세워지면서 한국에서도 희곡이 창작되고 연극이 공연되기 시작했다. 1908년 이인직이 발표한 『은세계』의 공연을 한국 현대 연극의 효시로 삼지만, 안타깝게도 연극의 대본이 되는 많은 희곡들은 오늘날 전해지지 않는다. 특히 해방 이전 활발했던 수많은 대중극 작품들은 거의 전해지지 않아 공연 문화사의 큰 손실이다.

이 선집에 수록한 희곡 열여섯 편은 해방 이전부터 1990년대까지 한국 희곡계의 대표작들을 엄선한 것이다. 문학성과 연

극성을 두루 갖춘 작품들로서 그 시대의 흐름을 대표할 만한
것들을 골라 시대 순으로 각각 여덟 편씩 두 권으로 엮었다.
오늘날에도 희곡을 구해 읽기는 어렵다. 공연 후 극작가가 의
도적으로 어딘가에 작품을 남기지 않으면 거의 사라지고 마
는 것이 희곡의 운명이다. 한편으로 희곡은 지면에 발표되는
것으로 끝나지 않고 끊임없이 공연되어 살아 움직이는 대본
으로서 존재한다. 이 선집에 실린 작품들 대부분은 처음 발표
된 이후 꾸준히 거듭 공연되어 온 것들이다. 따라서 독자들은
이 희곡들을 통해서 희곡 읽기의 재미를 얻을 수 있을 뿐 아니
라 한국 현대 연극의 흐름을 잘 이해할 수 있을 것이다.

　독자의 이해를 돕기 위하여 작품 원문 중 현대 맞춤법에 맞
지 않는 표현들은 구어체 표현을 손상하지 않는 범위 내에서
가능한 한 현대 맞춤법에 맞게 수정했고, 그 외 보충 설명이
필요한 부분에는 각주를 추가했다. 그리고 원문 등장인물 설
명의 인물 표기와 본문 중 인물 표기가 일치하지 않는 경우,
오류면 바로잡았고 그렇지 않으면 원문 표기를 존중해 그대
로 두었다. 또한 각 작품 뒤에는 해설을 실었다.

2014년 2월

양승국

차례

호신술

송영(宋影) 1903~1978

본명은 송무현(宋武鉉)으로 1903년 서울에서 출생하여 배재고보를 중퇴했다. 1922년 가을 도일(渡日)하여 공장 노동자로 전전하면서 현장 경험을 쌓았는데, 「정의와 칸바스」(1925), 「아편장이」(1930)에는 이러한 체험이 강하게 투영되어 있다. 카프(조선프롤레타리아예술가동맹)에 참여한 그는 계급 간의 갈등을 뛰어난 극작술로 극화해 내어 프로 희곡의 새로운 경지를 개척한 작가로 인정받았다. 카프가 해산된 후, 그는 대중극의 대표적 극단인 청춘좌와 호화선에서 극작가 생활을 계속했다. 해방 이후 조선프롤레타리아 연극동맹에 잠시 관여했다가 1946년에 월북했다. 북한에서는 북조선문학예술동맹 상무위원을 비롯하여 요직을 두루 거쳤으며, 1978년에 지병으로 사망한 것으로 알려졌다.

1장

양실(洋室), 벽에는 시계, 전화, 괘화(掛畵)[1] 등등.

테이블, 의자들을 좌편 구석에다 싸 놓고, 실내는 텅 비었다.

바닥 중앙에는 모포(담요)를 깔아 놓았다. 우편은 뜰로 통하는 문, 좌편은 서재로 통하는 문, 중앙 후벽에는 큰 들창.

들창 옆에는 '健康은 幸福의 母' '運動은 護身의 寶'[2]라는 표어가 달려 있다.

막이 열리면.

상룡   (셔츠 바람으로 발을 벗고 뒷짐을 지고 몇 번 왔다 갔다 한다.) 입때들 뭣들을 하나? (담배를 피워 물고) 춘보! 춘

---

1) 벽에 거는 그림.
2) '건강은 행복의 어머니' '운동은 호신의 보물'이라는 뜻.

보! (더 크게) 춘보!

춘보   (늙었으나 건강한 노복. 정직은 하나 어리석은, 곧이곧대로
생긴 사람. 언제든지 웃고 다니는 사람) (허둥지둥 들어오
며) 네— 네— 네— 부르셨습니까?

상룡   아니, 귀가 먹었어—? 왜 단번에 대답이 없어!

춘보   네— 그러게 한데 몰아서 세 번씩이나 대답을 했습
죠, 히히히히.

상룡   듣기 싫어.

춘보   그럼 잘못된 것 같습니다.

상룡   (발을 구르며) 그게 또 무슨 소리야?

춘보   (뒤로 물러서며) 네— 뭐 말씀예요?

상룡   허— 참, 자네하고 말하다가는 내가 미쳐 죽겠네. 요
담부터는 단 한 마디에 대답을 해.

춘보   그럼요, 듣기만 하면야— 두말없습지요.

상룡   그런데— 말이야.

춘보   네에—.

상룡   오늘이 무슨 날인지 알지?

춘보   (사람을 집어 치는 형용을 하며) 이런 짓을 연습하시는
날이지요.

상룡   허허…… 그래그래. 그런데 여봐—.

춘보   네— 뭘 봐요?

상룡   오늘은 무슨 손님이시든지 간에 저녁에 오십사고
해…….

춘보   네, 그럭합쇼. 그런데 변호사 영감두요?

상룡 아니, 변호사 영감하고 박 박사하고 서 회장하고 세
     분만은 들어오시라고 해…….

춘보 네, 세 분요. 가만있자. (혼잣말로) 변호사 영감, 박 박
     사하고 서 회장하고 이렇게 세 분 말이지요.

상룡 그래— 그런데 참 노영감마님하고 마님하고 이리로
     들어오시라고 해라.

춘보 네—.

상룡 어서—.

춘보 네에—. (달음박질로 나간다.)

(정수 노인, 경원. 두 사람 등장.)

상룡 (의자를 갖다 놓으며) 아버지, 이리 와 앉으십시오. 부
     인도 이리 앉으우.

정수 (앉으며) 아니, 방 안이 왜 이렇게 휑하게 됐니? 아니,
     씨름판을 벌이니? 담요는 왜 깔아 놓고 야단이냐?

상룡 네, 아버지. 오늘은 뭐 좀 배우는 게 있어서요.

정수 아니, 다 늦게 배우는 게 다 뭐야, 대관절 뭐냐?

경원 에구, 아버님두 왜 접때두 아범이 배우지를 않았습
     니까?

정수 오— 그래그래, 툭탁툭탁 치고 쾅쾅 나가떨어지는 거
     말이냐?

상룡 네, 바로 그것입니다.

정수 아니, 그까짓 것은 배워서 뭣하니? 씨름판을 나갈 테

냐? 전장판을 나갈 테냐?

상룡 허— 아버지는 좀 덜— 아셨습니다. 싸움판이나 전
　　　 장판으로 나가려고 하는 것이 아니오라 다만 제 몸을
　　　 보호하기 위한 호신술 연습입니다.

정수 뭐? 호신술? 그게 무슨 소용이야? 너 같은 사람이 체
　　　 면과 명예도 생각해야지.

상룡 에구, 아버지께서는 꼭 옛날만 생각하십니다그려. 지금
　　　 은 그전과 다르답니다. 노동자들이, 더군다나 지금에는
　　　 직조 공장이 스트라이크 가운데에 있지 않습니까?

정수 그렇지만 법이 있지 않으냐. 밤중도 대낮 같은 밝은
　　　 세상에서 그까짓 게 뭐 무서우냐? 그리고 이번에도
　　　 죄 잡아갔다지…….

경원 에구, 아버님께서두 딱하십니다. 아무리 앞잡이 연놈
　　　 들은 잡아갔다고 하더라도 더—들 야단인 것을 어떡
　　　 합니까? 더군다나 고것들은 죽을 때까지 싸운다고 하
　　　 던대요.

상룡 그리고요 아버지, 인제는 노동자들이 여간 지독한 것들
　　　 이 아니에요. 전에는 몇만 잡아 두면 흐지부지되던 것이
　　　 저 아니 이번엔 당초에 첫덩이같이 모여서 야단이거든
　　　 요. 그리고 요새는 '데모'를 하느니 공장을 습격하느니
　　　 우리 집을 쳐 온다니 하는 별 소문이 다 나는데요.

경원 그러니까 법은 멀고 주먹은 가까운 경우가 생길는지
　　　 누가 알아요?

정수 글쎄, 그렇지만 그것들이 설마 손이야 대겠니?

상룡   설마가 뭡니까? 작년에 서쪽 어느 곳에서는 국숫집
       노동자들이 동맹파업을 했답니다. 그때도 한밤중에
       노동자들이 여러 패를 갈라 가지고 모두 때려 부쉈답
       니다. 그때 통에 어느 집 주인은 한 달 동안이나 치료
       를 받을 부상을 당했대요.

정수   뭐? 그놈들을 그래 가만뒀어? 그런 망할 자식들 봤나?
       왜, 저희들은 돈이 없으랬나?

경원   그리고요 아버지, 저 우리 공장에서도요…….

정수   그래.

경원   저 — 저기서두 이번에 여직공들이 조합이라나 공장
       위원회라나 하는 것을 만들어 가지고 있대요. 그래서
       그전같이 잘 해지도 않고 단합이 되어 있대요.

정수   아니, 고까짓 계집애들로.

경원   그럼요! 아주들 맹랑들 하답니다.

상룡   (점점 흥분이 되어서) 뭐? 맹랑해! 저이들이 쥐뿔이나
       알고들 그러나? 그 주의자 녀석들 때문에 그렇지.

경원   에구, 인제는 전과는 다른가 봅디다 —. 전에는 주의
       자들이 쌩쌩 겉으로 돌아다니면서 선동을 하더니만
       인제는 아마 직공 속에 섞여 있나 봅디다.

상룡   섞여 있으면 별수가 있나. (시계를 보며) 에구, 이 서 선
       생이 왜 입때 아니 오나.

정수   그런데 대관절 나를 오라는 것은 이런 연설을 들려주
       려고 그랬니? (부부가 웃는다.)

상룡   아니어요. 실상은 아버지께서도 오늘은 몇 가지만 배

워 보시라고요 ──.

정수 (놀라 일어서며) 뭐? (손을 저으며) 싫다, 싫다. 아니, 나
더러 하루바삐 죽으란 말이냐? 에구, 글쎄 이 늙은 뼈
가 한번 꽝 하고 나가자빠져만 봐라 ── 어떻게 되나.
에구, 뼈도 성치 못한 귀신이 되게?

상룡 아니요, 그렇게 위험한 것이 아니랍니다. 정말이지요.
아버지나 저는 공장을 여럿을 가지고 했으니까 나중
에 어떤 봉변을 할 줄 압니까. 좀 어렵더라도 몇 가지
만 배워 두면 아주 긴할 때가 많을 건데요.

정수 글쎄, 그렇지만 ── 다 ── 늦게 배워서 뭬? 되겠니?

상룡 뭐요, 서 선생 말이 병신이라도 배울 수가 있다던대
요. 이것 보세요. 이것은 저번에 하나 배운 건데요, (돌
려 치는 형용을 하며) 이것은 뒤에 덤비는 놈을 집어 치
는 법이랍니다, 어떻습니까?

경원 하하하, 어쩌면 그렇게 선수가 되셨지요?

정수 참 그럴듯한데.

상룡 또 이것은요, 옆으로 오는 놈을 딴죽을 거는 법이랍니
다. (몇 가지를 신이 나서 흉내를 낸다.) (숨이 차서 헐떡헐
떡하며) 그런데 당신도 오늘은 한 가지를 배워 두우.

경원 잘될까요. 《부인지우》에도 그런 게 나긴 했지만 실지
로 보지를 못해서 잘 모르겠던데요. 에구 참, 별안간
에 손목을 잡는 놈을 어떻게 하더라. (사이) 옳아, 이것
봐요. (남편의 손목을 붙잡는다.) 나를 좀 붙잡아 봐요.
(붙잡는다.) 옳지, 자 ── 정신 차려요. (획 돌려 친다.)

(상룡, 뚱뚱한 몸이 쿵 하고 떨어진다.) 옳아, 이렇게 하더군, 하하하. 그런데 과히 다치지 않으셨수?

상룡 (일어나지를 못하며) 에구, 엉치야, 에구에구. 아니, 그렇게 사람을 골리유?

경원 하하. (가서 일으키려고 한다.)

정수 (입맛을 다시며) 아니, 말만 가지고는 이야기를 못 하니? 허— 참.

경원 하하— 어디 그렇게 될 줄을 알았나요? 어떻든지 내가 기억력은 좋지요?

상룡 글쎄, 좋긴 좋지만 하필 실지 연습을 내게다 하느냐 말이야. 에구, 엉치야. (일어나려다가 다시 넘어진다.)

(그때 춘보가 급히 들어오다가 이 광경을 보고 허리를 펴지를 못한다.)

상룡 (겨우 일어서서 버티며) 왜, 웃어……?

춘보 네—.

경원 아니, 늙어 갈수록 왜 저 모양이야? 권 영감이 넘어지셨는데 웃는 법이 어딨어?

춘보 네—. (억지로 참느라고 뺨이 불룩해진다.)

(나가려고 한다.)

상룡 그런데 왜 들왔어?

춘보 참, 네— 잊어버렸습니다그려. 박 박사 의사 영감이

오셨습니다.

상룡　응, 어서 들어오시라고 해라.

춘보　네. (나간다.)

경원　(나가려고 한다.)

상룡　아니, 가만있소.

경원　왜? (도로 앉는다.)

상룡　차차 보면 알지…….

정수　아니, 박정훈이 말이냐?

상룡　네— 저— 오늘 건강진단을 좀 보아 달려고 해서 불렀지요.

(춘보의 인도로 금테 안경 쓴 박정훈 등장.)

상룡　네— 어서 오슈.

의사　네— 그동안 안녕하셨습니까? (정수를 보며) 에구, 영감이십니까? 기력 안녕하셨습니까?

정수　어— 박 박사요? 자— 그리로 앉으시우.

의사　(상룡과 마주 앉는다.) 그래, 그동안에 진보나 좀 되셨습니까?

(춘보, 담배를 가져온다. 피워들 문다.)

상룡　원— 얼마 배웠나요—. 박사 말씀대로 그동안에는 우유하고 계란 같은 간단한 것만 먹었지요.

의사   잘하셨습니다.

(경원, 나간다.)

상룡   가만있어요.
경원   아니에요, 곧 다녀 들어오겠어요.
상룡   그런데 오늘은 특히 좀 수고를 좀 하십사고 한 것은
        오늘이 두 번째 연습하는 날인데 혹 사람의 일이란 알
        수가 없어 넘어지다가 어디를 삘는지도 모르고 해서
        좀 응급 수단을 좀 해 줍시사고요.
의사   참 영감은 용의가 주도하십니다. 저도 실상은 오늘에
        는 급한 환자가 오는 데가 여러 곳이 있는데도 불구하
        고 왔습니다.
상룡   참 감사합니다. 그런데 좀…… 우리 아버지 좀 보아
        주십시오. 노인이 되시어서 좀 어려우실 것 같기는 합
        니다만은 그래도 사람 일을 알 수가 없어서 몇 가지만
        배우시게 하는 게 어떨까 하는데 몸에 해로우시지가
        않을까 좀 진단 좀 해 주십쇼.
의사   허— 그거야 어렵습지 않겠습죠. (정수를 진찰한다. 다
        리도 만지고 가슴에 귀도 대고—.)
정수   여보, 대강 보슈.
의사   허— 참, 건강하시온데요. 꼭 팔이 젊은 사람 같으
        십니다그려. 심장의 고동도 퍽— 순조인데요. 에구,
        또 허리 근처는 상당한 지방질이 많으신데요. 허—

퍽— 정력이 계십니다. 허— 이러길래 사람이란 것
은 영양물을 많이 잡수셔야 해요.

정수 　그야 그렇겠지 않겠소—. 음식도 잘 먹었지만 아마
　　　　인삼과 녹용의 힘이 많은가 봅디다.

의사 　(다 보고 나서) 너무 과히 하시지 마시고 또 배우신 뒤
　　　　에는 반드시 온양온천이나 석왕사 같은 데로 약 한 달
　　　　예정으로 정양을 가셔야 합니다.

상룡 　그거야— 문제없겠지요. 자— 그럼 나는…….

의사 　(또 진찰을 한다.) 참 영감의 살은 여간 우량하신 게 아
　　　　닙니까? 대개 살찐 사람들을 보면 이렇게 건강과 미
　　　　가 겹쳐 있기는 어려운 모양인데요. (엉치를 만지니까)

상룡 　(상을 찡그리며) 아악!

의사 　아니, 왜 그러십니까?

상룡 　(어름어름하며) 저 좀 넘어져서요.

의사 　허— 그럼 타박상을 당하셨습니다그려. 있다가 약을
　　　　갖다가 드리지요.

춘보 　(들어오며) 윤 선생이 오셨습니다.

상룡 　응, 어서 들어오시라고 해.

(춘보가 나가서 윤상천과 같이 들어온다.)

상천 　(헬멧 모자를 쓴 장년) 좀 늦었습니다.

상룡 　원, 천만에…… 자 이리로 앉으슈.

정수 　윤 선생은?

상천   에구, 안녕하십니까? 박 박사도 오래간만입니다그려.

의사   네 — 그동안 재미 좋으셨습니다.

경원   (새 옷을 입고 장갑을 끼고 나온다.) 픽 — 기다리셨습니다.

상룡   아니, 어디 출입하슈?

경원   아뇨!

상룡   그런데 왜 새 옷은!

경원   하하하, 그런 공부를 헌 옷을 그대로 입고 한단 말씀
        은! 하하하.

상룡   허 — 참, 그런데 이 더운 데 장갑은…….

춘보   에구, 영감도 딱하십니다. (넘어지는 시늉을 하며) 이
        렇게 돼서두 손바닥이 벗겨지시지가 않으시지유.

(일동 웃는다.)

2장

지난 호 줄거리: [3]

공장을 많이 소유하고 있는 김상룡과 그의 아버지 정수, 부인 홍경원, 딸 혜숙 등이 요즘 자영(自營) 공장에서 동맹파업이 자주 일어나므로 자택을 습격하지나 않을까 하는 우려가 있어 모두 호신술을 배우기 시작하였다. 호신술이라면은 유도 같은 것이었다. 상룡의 마누라가 《부인지우》에서 봤다 하며 자기 남편을 상대로 뚱뚱한 몸 덩어리를 넘어트렸다. 상룡이 어쩔 줄 모르고 있을 때 하인 서춘보가 들어와서 그만 웃었다. 성내는 상룡의 꼴이야.

의사 박정훈이가 춘보에게 안내를 받아서 들어왔다. 정수 노

---

3) 이 작품은 《시대공론》 1~2호(1931년 9월~1932년 1월)에 1장과 2장이 나누어 연재되었다.

인이 건강진단을 받고 상룡이도 진단을 받았다. 의사가 그만 엉치를 만지니 상을 찡그리고 아악! 소리를 질렀다. 아까 넘어져서 다친 자리였다.

이때 헬멧 모자를 쓴 체육가 윤상천이 왔다. 상룡의 아내가 호신술을 배우기 때문에 헌 옷을 벗고 새 옷을 입은 후 장갑을 끼며 나왔다.

상룡이가 "허 — 참, 그런데 이 더운 데 장갑은……." 하니까 춘보가 "에구, 영감도 딱하십니다. (넘어지는 시늉을 하며) 이렇게 돼두 두 손바닥이 벗겨지시지 않으시지유."라고 하는 '비웃음에' 일동은 웃었다.

경원   (발칵 성을 내며) 아니, 왜 저 모양이야. 보기 싫어, 나가.
춘보   (주춤하다가 웃으며) 네—. (나간다.)
       (곧 들어오며) 변호사 영감이 오셨습니다.
상룡   어서 들어오시라구 해.

(춘보, 나가서 변호사 이우인과 같이 들어온다.)

변호사   어 — 안녕들 하십니까? 에구, 영감두 계십니다그려.

(모두들 인사들을 했다.)

상룡   자— 모두들 앉으시지요. (경원을 보고 눈짓을 한다.)
경원   자— 잠깐 실례합니다. (나갔다.)

(모두 둘러앉았다.)

상룡   오늘은 여러분들도 다— 아시겠지만 호신술을 더—
        배워 보려고 하는데요, 더욱이 요사이는 파업단의 기
        세가 점점 험악해져서 별별 소문이 다— 들려오니까
        아주 얼른 배워 두지를 않으면 마음이 놓이지를 않습
        니다그려.

체육가 아니, 이번에는 왜 그렇게 지독합니까?

상룡   글쎄요, 암만해도 등 뒤에 딴것이 있는 모양 같은데
        요. 더욱이 이번에 기숙사도 개량해 주마— 월급도
        조금만 내리마— 밤일은 할 수 있는 대로 아니 시키
        마— 하고 여간 양보를 한 것이 아닌데요.

변호사 허— 참, 공연히 과격들만 해서 걱정입니다.

의사   그만큼 이쪽에서 양보를 했으면 그만이 아니에요?

상룡   노동자가 무슨 큰 벼슬인지 여간들 하는 게 아닙니다
        그려. 어떻든지 이번에는 이 이상 더 양보는 안 하려
        고 합니다.

일동   그럼요, 지당한 말씀이지요?

상룡   그런데 한 가지 걱정이 그것들이 폭동을 일으킬까 봐
        겁이 나는데요.

변호사 그거야 법이 있는 다음에야 걱정하실 게 뭐 있습니까?

상룡   그래도 안심은 됩니다그려. 그리고 윤 선생, 오늘은
        우리 집 온 가족이 단 한 가지씩이라두 배울까 하는데
        요. 저번에 우리 안에서 봉변을 할 뻔했어요.

정수   아이구, 참. 그때 나도 혼이 났는걸요. 그저 고것들이
      앙큼하게 방물장수 모양 하고 들어와서는 그저 막 지
      랄을 치는 바람에.

의사   저— 퍽 놀라셨겠습니다그려.

상룡   자, 그까짓 이야긴 인제 그만두고 우리 시작해 보시
      지요.

체육가 그러시지요.

정수   여보, 우리 같은 늙은이도 되겠수?

체육가 글쎄요, 아주 쉬운 것 몇 가지는 되시겠지요.

정수   오 글쎄, 암만해도 좀 거북한 것 같은데.

상룡   그런데— 저— 여러분도 아시겠지만 워낙 시절이
      험악해서 이따위 고생을 하는구려—.

체육가 그렇지요. 더군다나 영감은 서울 안에만 해도 공장을
      셋이나 가지고 계시고 또 지금이 파업 중이고 하니까.

상룡   허— 세상은 참 고약해—. 없는 놈일수록 다소곳하
      고 잘 살 생각들은 못 하고 그저 멀쩡하게 서로 똑같
      이 나눠 먹자는 수작만 한담.

변호사 글쎄요, 아마 가정해서 이 세상이 사회주의의 사회로
      개혁이 된다고 하면 아마 그때는 모두 게을러져서 사
      회는 단박에 영락이 될걸요. 그렇지 않습니까?

의사   첫째, 자유와 경쟁이 없을 테니까요. (일동 웃음)

(경원과 춘보, 약주와 안주를 가지고 들어온다.)

경원　아무것도 없습니다.

(일동, 예와 감사의 말)

상룡　자— 먼저 목이나 좀 축이시지요.

(일동 먹는다.
어린 여학생 혜숙이 울며 들어온다.)

경원　아니, 웬일이냐? 아니, 왼통 흙투성이가 됐네. 너 또
　　　넘어졌구나.
혜숙　(더욱더) 아니…….
상룡　누구하고 싸웠니?
혜숙　아니. (그대로 운다.)
경원　(안으며) 아니, 왜 이렇게 울기만 하니? 어서 말해.
혜숙　(억지로 고치고 느끼며) 저 한길에서 애들이 막 놀리고
　　　흙을 끼얹고 그래.
상룡　아니, 누가—.
혜숙　접때 그녀석들이야—. 너희 아버지는 꿀돼지라고 하
　　　면서 창가까지 하고 막 놀리잖아……. (운다.)
경원　아니, 일꾼 자식들 말이냐?
혜숙　응. 이것 봐, 어머니. 그저 막 아버지더러, 욕심쟁이니
　　　뚱뚱보니 배가 터지느니 막 그랬겠지.
경원　뭐? 에이, 배라먹을 자식들 같으니. 아니, 여보. 그게

누구 자식들인가 얼른 조사를 해 봐 가지고 파업이 끝난 뒤라도 내쫓아요. 아니, 그런 법이 있소? 저희들의 목숨이 매여 달린 쥔의 딸을 때리다니.

정수   응, 망할 것들이군, 여, 얼른, 처치를 해라—.

상룡   (흥분) 에이, 어디 보자. (사이) 옳지, 혜숙이는 참 이쁘지. 울기만 하는 바보가 아니지—.

혜숙   응, 그런데 이것 봐. (하고 스커트를 쳐드니까 무르팍이 조금 벗겨진 것이 보인다.)

경원   아니, 이런—.

의사   어— 대단합니다그려.

정수   자— 어서 좀 봐 주슈.

의사   (만져 보고 들여다보고 있다.) 과히 속으로는 다치지 않았구려. 저— 병원으로 사람을 좀 보내서 약을 좀 가져오게 하시지요.

경원   과히 염려는 없을까요?

의사   네…… 관계없습니다.

상룡   여보게, 춘보. 누구 병원에 좀 보내 주게.

춘보   네—. (나간다.)

혜숙   그런데 할아버지, 그 자식들이 이렇게 노래를 부르잖아.

「뚱뚱보 노래」(할미꽃 곡)
꿀꿀꿀꿀 꿀돼지 뒤뚱뒤뚱 꿀돼지
뒤룩뒤룩 뚱뚱보 무얼 먹고 살쪘나.
욕심쟁이 꿀돼지 착취쟁이 뚱뚱보

남산만 한 배퉁이 터질까 봐 겁나지.

아니, 이렇게 하잖아.

경원   에이, 망할 자식들. 그럼 저희 아비들처럼 꼴뚜기나
      북어 조각같이 못 돼서 걱정인가.

체육가   자— 인제 연습을 시작하시지요.

상룡   그러시지요. 자— 혜숙아, 너도 배워라. 그래서 요담
     에 고 자식들을 만나거든 그저 막 집어 쳐라.

경원   아범, 상 물리게.

춘보   (상 들러 간다. 다시 들어온다.)

상룡   자— 춘보, 자네도 오늘 한 가지 배우게.

춘보   네— 히히, 제가요?

상룡   그래, 자네는 우리 집에서 사십 년이나 같이 있었으니
     우리 집 식구나 뭐 다른가?

춘보   그저 그렇습니다. 그러면 웃통은 벗어야 합지요. (저
     고리를 벗는다.)

(모두 앉는다.)

체육가   자, 저리로들 서시지요.

(우편으로부터 상룡이, 정수, 경원, 혜숙, 춘보가 좍 섰다. 의사와 변
호사는 한편에 가 앉았다. 체육가, 해수욕복만 남기고 다— 벗는다.
몇 번 팔뚝을 올리고 내리고 한다. 불뚝거리는 근육.)

체육가   자— 여러분께 실례합니다. 먼저 기본 체조를 몇 가
         지만 해 보시지요. 자— 기착⁴⁾합쇼.

(각인각양으로 기착을 한다.)

혜숙   에구, 선생님. 기착이지 기착합쇼가 뭐예요!

(일동 웃음)

경원   에구, 고것. 가만있어— 여기서는 그러시는 거야.
체육가   왼발을 앞으로 내놉쇼— 내놉쇼.

(춘보, 너무 내놓다가 넘어졌다가 다시 일어선다. 정수, 왼팔을 내놓
는다.)

체육가   왼팔이 아닙니다, 왼발입니다.
정수   응, 왼발이야? 당초에 귀가 좀 어두워서—. 인제부터
         는 좀 크게 호령을 하수.
체육가   네, 무릎을 반쯤만 꾸부립쇼— 꾸부립쇼. (더 크게)

(상룡, 벌벌 떤다.
춘보가 넘어질 것 같아서 벽을 잔뜩 붙잡고 선다.)

---

4) 일본어 氣を付け에서 비롯된 말. '차렷'을 뜻한다.

체육가   두 팔을 허리에다 꺾어 붙이십쇼, 붙이십쇼.

춘보   여봅쇼, 난 이것 그만두겠습니다. 팔을 어떻게 꺾어요?

혜숙   에구, 할아범도. 이렇게 하란 말이야.

춘보   응.

(모두 웃는다.)

체육가   다시 무릎을 펴십쇼, 펴십쇼.

(각인각양)

체육가   자── 지금같이 번호를 붙여서 하십쇼. 악을 크게 쓰
        셔야 합니다. 보통 번호가 아닙니다. 악쓰시는 연습이
        십니다. 자── 시작.

(1, 2, 3, 4를 크게 부른다.
넘어졌다 일어났다 야단이다.
춘보는 숫제 주저앉아서 악만 쓴다.
팔 운동, 다리 운동 몇 가지를 한다.
역시 각인각양.)

체육가   자── 지금부터는 한 분씩 해 보시게 하지요. 먼저 노
        영감부터 해 보시지요.

정수   아니, 그 쿵쾅거리는 거요? 난 그건 싫소. 이만큼 해도

그만인데.

체육가　아니올시다.

정수　글쎄 싫다는데 왜 이러우. 정— 뭐하면 말로 말씀허우.

의사　윤 선생, 노인께는 말씀만 해 드리도록 해 보시지요.

체육가　글쎄요. 자, 이렇습니다. 자— 그럼 춘보 이리 오슈.

(춘보, 억지로 온다.)

체육가　자— 저하고 춘보하고 하는 것을 자세히 봅쇼. 하—
　　　　춘보, 내 먹살을 잡으우.

춘보　네— 자— 응. (잔뜩 쥔다.)

체육가　자— 여러분, 자세히 봅쇼. 이런 경우에는 이렇게 합
　　　　쇼. (하면서 팔을 왼쪽 어깨에다 메고 들어 메친다. 춘보,
　　　　탕 하고 나가떨어진다.)

(모두 박수)

체육가　어떻습니까?

춘보　에구, 엉치야—. 에구, 영감, 난 인제 그만둡니다. (쩔
　　　쩔맨다.)

정수　(성이 나서 일어나서) 아니 애, 상룡아, 이런 것을 나더
　　　러 배우라고 그랬니? 엥이, 난 나가우. 여러분, 잘 배
　　　우우. (분연히 나간다.)

체육가　허— 영감께서 역정이 나셨습니다그려.

변호사　노인이 되셔서, 허허…….

(일동 웃음)

상룡　자— 어서 계속하시유.

체육가　자— 춘보, 또 일어나서 내 등덜미를 잡아요.

춘보　(앉은 채로 뒤로 물러가며) 전 인제 싫습니다.

경원　어서 일어나.

혜숙　엥이, 바보.

상룡　어서 일어나.

춘보　(억지로 일어나 상을 찡그린 채로 체육가의 어깨를 쥐었다.)

체육가　자— 자세히 봅쇼. 이런 때에는 이렇게 (몸을 구부려
　　　서 앞으로 메다친다.) 집어 칩니다.

(일동 박수)

춘보　(우는 소리로) 아이구, 머리야 어깨야. 영감 살려 줍쇼.
　　　에구, 허리야. 의사 영감, 나 좀 봐 줍쇼.

의사　(웃으며) 고까짓 것쯤을 가지고야 뭘 그랴.

변호사　괜히 엄살만 하는군그려.

춘보　에구, 에구에구, 허리야.

경원　왜 저 모양이야. 보기 싫어, 나가.

춘보　(반기며) 네, 나가요. (기어서 나가려고 한다.)

상룡　거기 있어.

춘보　네―. (울려고 한다.) 또― 거기 있어요.

체육가　자― 이번에는 영감 나오십쇼. 자, 힘껏 내 뺨을 갈기십쇼.

상룡　음― 자―. (퍽 갈긴다.) (어느 틈엔지 윤은 손목을 잡아서 퍽 젖혔다. 상룡, 쾅 하고 넘어졌다―.) 에구.

체육가　에구, 다치지 않으셨어요?

의사　(급히 보며) 어디가 결리지 않습니까?

상룡　(억지로) 괜찮소―. (일어난다.) 오라, 그럭한다.

체육가　이번에는 부인 나오십쇼. 자― 실례올시다만은 제 허리를 두 손으로 낍쇼.

(경원, 머뭇거리고 고개를 숙인다.)

상룡　자― 괜찮아요. 어서 활발하게…… 그런데 윤 선생, 설명을 먼저 하슈.

체육가　네, 이것은 어떤 무뢰배가 별안간에 덤빌 때에 방어하는 것입니다. 자― 그러니까 내가 부인인 셈이고 부인께서 그 무뢰― 어인 (어물어물) 셈이십니다.

경원　(억지로 허리를 낀다.)

체육가　자― 자세히 봅쇼―. (손목을 잡고 한 번 맴을 돌아서 내던진다. 경원, "에구머니." 하고 떨어지며 그냥 혼도를 해 버린다. 혜숙이 운다. 야단이 났다. 의사가 달려든다. 체육가, 쩔쩔맨다―.)

의사　어― 아주 큰일입니다. 곧 입원을 하시게 하십시오.

　　　　　어서 자동차.

상룡　　얘 춘보야, 어서 자동차.

(춘보, 달음박질로 나간다. 경적 소리.)

정수　　(허둥지둥 들어오며) 그러게 내가 뭐랬니?

체육가　에구 참, 이걸 어쩌나.

변호사　허— 어쩌다가.

상룡　　자, 어서. (부인을 안아 가지고 나간다. 의사와 변호사, 모
　　　　두 따라 나간다.)

(춘보가 들어오다가 마주쳤다.)

상룡　　여보게, 자네는 이 방을 치우게.

춘보　　네…… (사이) 얘들아.

(하인 A, B, C. 비와 걸레를 가지고 들어온다.)

춘보　　어서들 치우자.

하인A　아니, 어쩌다 그렇게 되셨어?

춘보　　내 어쩐지 마음에 그럴 듯하더라. 어서 치우기나 하지.

하인B　에구, 호신술이 무슨 소용이야.

하인C　제미, 호신술두 배우지 말고 너무 그악스럽지도 말지.

춘보　　휘— 괜히 밥줄이 왔다 갔다 한다—. 국으로 치우기

나 하자—.

(모두 치웠다—.)

춘보　애들아, 너희들 호신술 좀 배우렴.

하인A　어디 할 줄 아슈?

춘보　그럼 자— 좍들 서서— 봐—. 기착— 옳지. 발을 뒤
　　　로 들어— 아니, 앞으로 들어—.

하인B　이건 어떡하란 말이야?

춘보　가만있어, 기본 체조야. 다리를 앞뒤로 흔들면서 하
　　　나, 둘, 해.

(악을 쓴다.)

춘보　참, 팔을 꺾어.

하인C　뭐, 난, 그것 못 하겠소—.

춘보　자, 그럼 그만둬. 자— 인제는 하나씩이다—. 너, 나와.

하인B　자— 나왔소.

춘보　내 멱살을 잡아.

하인B　자—. (꼭 붙잡는다.)

춘보　아— 아구아구— 이놈아 숨 멕혀 죽겠다.

하인B　왜? 붙잡으라더니.

춘보　가만히 잡아— 옳지. (집어 치려다가 되려 넘어졌다.)

(일동 웃음)

하인A   아니, 요게 겨우 호신술이야?

하인C   첫째, 기운이 있어야지 ──. 이렇게 뚱뚱한 것이 잘도
　　　　남을 집어 치겠다.

춘보   아니, 너 나 하는 대로 넘어지지를 않고 나를 넘어뜨
　　　　렸어 ──?

(큰 웃음)

하인B   그러면서 무슨 호신술이라고.

상룡   (급히 등장. 모두 치우는 척한다.) 아니, 너희들 뭣들 했
　　　　어 ──?

춘보   네 ── 그런데 마님께서 어떻게 되셨어요?

상룡   몰라, 이 자식아.

춘보   네 ── 그렇습죠.

(하인들, 억지로 웃음을 참는다.)

상룡   이것 봐 ── 얘들아 ──.

일동   네 ──.

상룡   물론 누구든지 오늘 찾아오거든 내가 시골 갔다고 그
　　　　래라 ──.

일동   네.

상룡	그리고 춘보는 저 들창을 조금 열고 누가 오나 봐. 그리고 너희들 대문을 꼭꼭 잠그고 누구들이 오나 봐—.
일동	네.
춘보	그런데 왜 그러셔요?
상룡	이 자식아, 몰라, 직조 공장에서 야단이 났어.
춘보	네? 왜요? 거기서도 호신술을 연습하다가 다쳤나요?
상룡	가만있어 — 이놈아 —. 얘들아 너희들도 어서 다가—.

(세 사람 나간다.)

춘보	(창을 활짝 열어 놓는다.)
상룡	아서, 꼭 닫아—. 이놈아— 틈으로만 내다봐—.
춘보	네—. (무엇이 생각이 난 듯이) 네—네—네, 인제 알았습니다. 파업단이 쳐—들어옵니까!
상룡	가만있어, 이놈아—.
춘보	네— 그런데 무슨 걱정이세요? 이렇게 호신술만 쓰시면—.
상룡	(발을 구르며) 에구, 이놈아, 듣기 싫어—. 자— 전화—. (전화를 한다.) 네, 영감이슈— 뭐요? 지금 온통 야단입니다. 얼른 해산을 시켜 주슈. 네, 여러 군데 응원까지 청을 하겠어요. 네— 고맙습니다.
춘보	에구 영감, 저것 보세요— 경관이 산더미같이 몰려옵

니다.

상룡 응, 정말, 그럼 살았다.

춘보 에구, 영감, 계집애들하고 사내들 한 500명이나 옵니다. 에구, 쌈이 났습니다.

(멀리 떠드는 소리, 악쓰고 노래하는 소리.)

하인A (달음박질로 들어오며) 어느 틈엔지 와서 대문을 뚜들깁니다.

상룡 어서 나가 지켜.

(하인 A 퇴장.
돌 한 개가 날아와서 창을 깨뜨린다.)

춘보 에엑크— 에구! 영감, 큰일 났습니다.

(욕하는 소리가 들린다.)

하인B (급히 들어오며) 마님께서 병원에서 나오셨답니다. 그런데 오시다가 그만 길에서 여공에게 붙들리셨답니다.

상룡 뭐! 이놈아, 어서 나가 있어.

춘보 아이구, 영감. 대문을 깨트립니다.

(깨지는 소리.

노랫소리.)

하인C　영감, 잠깐 만나만 뵈옵자고 합니다.

상룡　이놈아, 나가. 다시는 들오지를 마.

춘보　영감. 이, 이, 이것 봅쇼. 이 돌……. (돌이 날아 들어온
　　　다. 집으며) 여기 종이가 있습니다. (끌러 준다.)

상룡　(보고) 뭐! 어째, 최후까지 싸우겠다? 그 엥이 건방진
　　　년들.

(더 떠드는 소리.

××⁵⁾가 소리.)

춘보　에구, 자동차로 막 실어 갑니다. 에구, 저것 봅쇼. 똑
　　　둑이 터진 것 같습니다그려. 저렇게 실어 가도 더들
　　　야단들입니다그려.

상룡　아, 이놈아, 듣기 싫다.

(더 떠드는 소리.)

　　　　　　　　　　　　　　　　　　　　　　　　(막)

---

5) 당시 검열을 피하기 위하여 문제가 되는 두 글자를 의도적으로 생략한 것이
다. 이를 '복자(伏字)'라고 한다. 생략한 단어는 '혁명'으로 추측된다.

작품 해설

「호신술」은 송영(1903~1978)이 1931년 9월부터 이듬해 1월까지 《시대공론》에 발표한 작품이다. 자본가의 허위의식과 이기적인 태도를 풍자한 이 작품은 이동식 소형 극장과 극단 메가폰의 제1회 공연작(각각 1932년 3월과 1932년 6월)으로 상연되는 등, 해방 이전 프롤레타리아 극단의 중요한 레퍼토리였다. 또한 소설가로 더 유명했던 송영은 이 작품의 상연을 계기로 카프[6]의 주요 극작가로 자리매김하게 되었다.

주인공 김상룡은 반민족적 자본가의 전형으로 볼 수 있는 인물이다. 이는 송영의 전작인 「일체 면회를 거절하라」에서도 발견되는 인물 유형으로, 이 작품의 주인공 '사장'은 국산품 장려 운동을 악용하여 자신의 이익을 취할 궁리만 하는 사람으로 그려진다. 「호신술」의 김상룡 역시 일제 치하의 구조적 모순에 안주하면서, 공장 노동자들의 정당한 요구를 일제의 경찰력을 이용해 제압하려는 모습을 보여 준다.

더욱이 그가 사태를 해결하기 위해 택한 '호신술'은 그의 현실 인식이 얼마나 퇴행적이며 소극적인지를 함축적으로 드러내는 상징이다. 그는 노동자들의 파업에 대비하여 호신술을 배우지만 오히려 부상을 당하고, 아내는 시범 과정에서 기절하는 등, 우스꽝스러운 모습만이 연출된다. 게다가 하인 춘보는 주인이 나간 틈을 타서, '호신술'을 다른 하인들에게 가르치다가 도리어 봉변을 당하게 되는데, 이는

---

6) KAPF. 1925년 설립된 '조선프롤레타리아예술가동맹'을 말한다.

'호신술', 즉 자본가의 자위책이 얼마나 보잘것없는지를 다시 한 번 풍자하는 설정이다. 이처럼 김상룡의 반민족성과 허위의식이 웃음 속에서 폭로되고 창밖에서는 노동자들의 힘찬 함성이 메아리치며 투쟁 의지가 불타오르는 가운데 막이 내린다.

「호신술」을 통해 송영은 자본가와 그들에게 기생하는 지식인들을 비판하는 한편, 노동자들의 승리라는 낙관적인 전망을 제시하고자 했다. 그러나 작가는 노동자들을 전면에 내세우는 대신 부정적인 인물들로 하여금 스스로 자신의 결점을 폭로하도록 하는 방식을 취했다. 이러한 극작술은 검열을 우회하면서도 선전 선동의 목적을 달성하기 위한 모색의 결과물이었다고 할 수 있다.

또한 이 작품은 연극 대중화를 내세운 프롤레타리아 연극 운동의 대표적인 실천 사례였다는 점에서도 연극사적 의의가 크다. 슬랩스틱 코미디를 연상시키는 장면들에서 두드러지는 연극성은 송영이 이 희곡을 쓰면서 무대화 과정을 충분히 염두에 두었음을 방증한다. 이동식 극장에서의 상연에 유리하도록 단막극 구조를 취한 것 역시 이 작품이 카프의 연극 운동과 긴밀한 연관 관계 아래에서 창작되었음을 짐작케 한다.

소

유치진(柳致眞) 1905~1974

1905년 경남 거제에서 출생하여 통영보통학교를 졸업하고 통영우편국에
근무하다 3. 1운동 직후 도일하여 일본 풍산(豊山)중학을 거쳐 입교대학(立
敎大學) 영문학과를 졸업했다. 1931년 귀국하여 '극예술연구회'를 창립하고
본격적인 희곡 창작과 연극 활동을 시작했다. 1930년대에는 「토막」(1932),
「버드나무 선 동리의 풍경」(1933), 「소」(1935) 등의 작품을 통해 식민지 농
촌 현실을 주로 다루었지만, 1941년 극단 '현대극장'을 창립하여 친일 희곡
을 발표하기도 했다. 해방 이후에는 '극예술협회'(1946)를 창립하고, 한국무
대예술원장(1947)과 한국연극학회장(1948), 초대 국립극장장(1950) 등에 차
례로 취임하면서 한국 연극계에서 대표적인 역할을 담당했다. 해방기에는
「조국」(1946), 「자명고」(1946), 「별」(1948), 「흔들리는 지축」(1949) 등의 작품을
통해 좌익 측에 대한 비판 의식과 역사의식을 선명하게 드러냈다. 1950년
대에는 6. 25전쟁의 체험에 따른 반공 의식과 사회 비판 의식이 「조국은 부
른다」(1951), 「푸른 성인」(1952), 「나도 인간이 되련다」(1953), 「자매(2)」(1955),
「청춘은 조국과 더불어」(1955), 「한강은 흐른다」(1958) 등에 잘 나타난다.
1960년대부터는 희곡 창작에서 손을 놓고 드라마센터 건립 등 연극 교육
에 매진했다. 한국 현대 연극사를 개척한 대표적인 연극인으로 연극계에
끼친 공로를 인정받아 서울시 문화상(1954), 예술원상(1955), 문화훈장 대통
령장(1962), 3. 1연극상(1967) 등을 수상했다.

등장인물

국서 소작농, 50세
그의 아내
말똥이 그들의 장자, 26세
개똥이 그들의 차자, 23세
국진 국서의 먼 촌수 아우, 35세
귀찬이 동네 처녀, 17~18세쯤
귀찬이 아버지 40세쯤
사음
유자나무집 딸
우삼 이웃 사람
영실 이웃 사람
문진 이웃 사람, 별명 '텁석부리'
늙은이
젊은 일꾼 문 서방
김 주사
소 장수 A, B
기타 일꾼, 동네 사람, 술집 하인 등 다수

배경

때 193×년(일제 시대)
곳 시골 농가

무대

좌편에는 헛간. 우편은 마당. 마당에는 바깥 한길의 일부분을 경계하는 울타리. 그러나 이 집에서는 울타리 밖 한길에다가 일쑤 소를 매어 둔다. 울타리에는 길로 빠지는 조그만 사립문이 있다.

헛간 좌편 벽에는 방문. 그 앞에 툇마루. 헛간의 후방에는 집 곁으로 통하는 입구. 마당에는 빨간 감이 군데군데 달렸다.

명랑한 늦은 가을철.

1막

집 뒤에 타작마당이 있는 듯 거기 일꾼들이 간간이 외치는 소리와 군후[1] 맞춰 노래 부르는 소리 들린다.

무대에는 절구통 뒤에 가마니를 쓰고 말똥이(더벅머리 노총각, 돼지 꼬리 같은 댕기를 드렸다.)가 숨어 있을 뿐이고 아무도 없다. 웬일인지 말똥이는 오늘 아침부터 게으름을 피우고 있다.

국서   (뒤꼍에서 소리만) 말똥아! 말똥아! 이 배라먹다 죽을
        놈이 어딜 갔어? (헛간으로 나온다. 완고한 농사꾼. 뒤통
        수에 눈 꼽재기만 한 상투가 붙었다.) ……일은 허지 않
        구 이 육시랄 놈이 어디로 새 버리고 말았담? 원, 사람
        이 바뻐 죽겠는데…….

---

1) 군호(軍號)를 가르키는 듯하다.

(이웃 사람 우삼, 등장.)

우삼　국서, 어때? 타작 잘들 하나?

국서　오오— 우삼이! 저 타작마당으로 가세. 술이나 한잔
　　　나눠 먹게.

우삼　너 나 할 것 없이 농사는 잘됐어. 참 금년이야말로 풍
　　　년이야. 가다 드문 대풍년이거든!

(우삼, 뒤꼍으로 퇴장. 개똥이, 어슬렁어슬렁 울타리 밖 한길에 나
타난다. 뱃일하는 사람이 흔히 입는 툭툭한 셔츠를 입고 조타모를
썼다.)

국서　이놈 개똥아! 오늘같이 바쁜 날에 너는 어디를 쏘다니
　　　냐. 없는 돈에 삯꾼 얻어서 일허는 것을 보구두. 그래,
　　　사대육신 성헌 놈들이 왜 그렇게 빈둥거리고 노느냐
　　　말이야? 이놈, 형 녀석은 또 어디 갔니?

개똥이　(퉁명스럽게) 못 봤수, 나는.

국서　에이, 죽일 놈들! 자식들 있다는 보람이 어디 있어! 그
　　　저 삼신할머니의 잘못이야. 이따위를 자식이라구 점
　　　지해 주신 삼신할머니가 아예 미쳤어!

개똥이　아버지, 그렇게 부아만 내지 마시구 내게 한밑천 만들
　　　어 주. 나같이 바다에서 빌어먹던 놈더러 농사를 지으
　　　라니 될 말이오. 여기서 이냥 놀기만 해두 갑갑해 죽
　　　겠는데……

국서 이놈아, 네가 아무리 뱃놈이기로서니 애비가 바빠서 이
      러는데 좀 거들어 주었다구 뼈다귀가 부러질 게 뭐냐?

개똥이 ……저 이것 봐요, 아버지. 우리 집 소 그만 팔아 주우.
      네? 나 만주 가서 돈 많이 벌어 가지구 올게. 1500냥
      (30원)만 있으면 돼요.

국서 뭐? 소를 팔아? 원, 이 지각없는 자식 놈의 소리 좀 들
      어 보게. 이놈아, 우리 소는 저래 봬도 딴 데 있는 그
      런 너절한 소하고는 씨가 다르다. 너두 알지? 우리 집
      소의 사촌의 아버지의 큰 형님뻘 되는 소가, 그러니까
      우리 소의 사촌의 큰아버지뻘 되는 소지, 그 소가 읍
      내 공진회에 나가서 도 장관 나리한테서 일등상을 받
      았어. 정신 채려라! 일등상이야. 그런 내력 있는 소를
      함부로 팔어? ……그 소가 우리 집에서 그저 밭이나
      갈고 이웃에 불려 가서 품앗이나 들고 하니까 그저 이
      놈이 업수이 여겨서.[2]

개똥이 아버지, 요즘 만주만 가면 돈벌이가 참 많대요. 이때
      가 바로 물땝니다.

국서 흥, 이놈아, 건성으로 돈이 사람을 따르는 줄 알아서
      는 안 돼. 너 따위 배 타러 다니는 놈이 그렇게 대가리
      에다가 기름을 처바르고 게다가 비단 조끼까지 잡숫
      고 그래 가지구두 돈을 벌어? 당최 그런 생각일랑 염
      두에두 두지 말고 뒷길에 가서 소 마구간이나 치워라.

---

2) '업신여기다'라는 뜻이다.

그리고 형 녀석 만나거든 어서 타작마당으로 오라구
그래.

개똥이　아버지, 그렇지만······.

국서　얼른, 이놈아! 시키는 대로 왜 고분고분히 못 해! (개
똥이 하는 수 없는 듯이 집 뒤로 나간다.)

(이때 좌편에서 술집 하인, 자전거로 술을 한 통 싣고 온다.)

술집하인　술 가지고 왔수.

국서　그래, 너 오다가 혹시 우리 집 말똥이 못 봤냐?

술집하인　못 봤어유.

국서　원, 이런 육시랄 놈이 어딜 갔담!

(국서, 술집 하인을 데리고 헛간 출입구로 퇴장.)

말똥이　(뿌루퉁해져서 쓰고 있던 가마니를 심술스럽게 뜯는다.)
······아무리 아버지가 그래두 뒷간에서 개 부르듯이
그렇게 쉽게는 나를 못 불러 쓸 거야. 빌어먹을! 누가
일을 헌담! ······흥, 죽 쑤어서 개 좋은 일 시키게. 나
는 싫어. 막 죽어두 일은 안 헐 테야.

(집 뒤에서 타작하는 소리 멎는다. 꽹과리 소리 들리기 시작한다. 문
진이 헛간 입구에 나타난다.)

문진   (소리친다.) 자, 술 먹으로들 오게! ……아무도 없구나.
      (사라진다.)

말똥이 (끙끙댄다.) ……으! 아이 갑갑해……. 술만 처먹구 지
      랄병만 허면 제일이야. 빌어먹을! (몸부림친다.)

(집 뒤에서 일꾼들의 노랫소리 들린다.)

일꾼들 풍년이 왔네.
      풍년이 왔네.
      이 강산 삼천리
      풍년이 왔네.
      에헤 데헤야
      얼싸 좋고 좋아.
      어름아 지화자
      네가 내 사랑이지.

(헛간 입구를 통해서 우삼이와 문진이가 어깨를 출썩거리고 춤추는
게 보인다.)

말똥이 ……에그, 그 거드럭대는 꼬락서니 참 볼 수 없군! 풍
      년이 왔으면 먹을 거나 남을 줄 아니까 장관들이지.
      (가마니를 둘러쓰고 다시 눕는다.)

문진   (어깨춤을 추고 헛간으로 나온다.)

우삼   (문진이와 같이 따라 나오며) ……6월 저승을 지나면 8월

신선이 닥쳐 온다는 것은 이때를 두고 한 말이지. 미끈덩 6월, 둥둥 7월, 어정 8월이란 말은 잘헌 말이거든! 더구나 금년같이 철이 잘 들고서야 어느 빌어먹을 놈이 농사짓기를 마다하겠는가, 허허헛……. 텁석부리. 그렇잖어?

문진   (어깨춤을 추며) 암, 도처에 춘풍이지, 흐흐흐…….

영실   (술을 한 바가지 얻어 들이켜고 김치 가닥을 물고 헛간 입구에서 나오면서) 잘 먹구 갑네다. 술맛 좋은데. 국서, 우리 집 타작은 모레니까 그저 바쁘잖거든 오오. 실컷 술 대접헐 테니까. (퇴장)

국서   (나오며) 그래. 가구말구요.

우삼   ……농사는 태국평천하지본[3]이라……. 그렇지, 텁석부리?

문진   그런 케케묵은 소리는 치우게. 그보다 이게 어때, 우삼이? 농사를 짓다가는 말라죽나니라……. 핫핫…….

우삼   (문진이와 같이 웃는다. 그리고) ……아, 잘 취했는데. 국서, 나는 잘 먹구 가네. (우편에서 들어오는 사음을 만나) 마름 나리, 날새 편안하십네까?

사음   자네 잘 취했구나, 우삼이.

우삼   금년 같은 해에 안 취허구 언제 취해 보겠습니까? 작년에는 물이 없어 못 해 먹구, 재작년에는 물이 많아서 못 해 먹었죠. 그러다가 금년에야말로 풍년이거든

---

3) '나라를 태평하게 하는 근본'이라는 뜻.

요. (풍년가를 부르며 퇴장)

국서 아내 (헛간 입구에서 사음을 발견하고) 아이구, 마름님. 어서 오시오, 술 좀 자셔요.

사음 (술을 한 바가지 켜고) ……술맛 좋은데, 국서는 어딨나?

국서 아내 금방 여기 있었는데요. 저기 타작마당으로 갔나 봅니다.

사음 어때? 금년에는 볏섬이나 늘겠지? 곡식들이 잘됐으니까.

문진 암요. 도처에 춘풍이거든요!

국서 아내 아무려면 작년 재작년의 흉년에다가 비하겠습니까?

(사음, 헛간 출입구를 통해 타작마당으로 퇴장. 다른 사람들도 다 따라 나간다.)

말뚱이 (혼자) ……마름 녀석. 말세나 좀 낫게 받으려구 그저 알랑거리지! (일어서다가 발끝에 밟히는 것을 툭 차며) 이건 뭐야!

(말뚱이, 물독에서 물을 한 바가지 켜고 절구통에 걸터앉는다. 여태까지 들리는 꽹과리 소리 멀리 들린다. 국서의 아내와 술집 하인, 헛간으로 나온다. 국서의 아내는 방에 가서 돈을 내어 술값을 치른다. 술집 하인, 자전거를 타고 우편으로 퇴장. 국진, 헛간 입구에 나타난다.)

국진　(국서의 처더러) 아주머니, 이 함지 좀 꿰매어 주슈, 얼른! (함지를 두고 나가 버린다.)

국서 아내　원, 이렇게 바쁠 적에 하필이건 왜 깨지누? (함지를 가지고 다시 헛간으로 들어온다.) ……어디 이걸 꿰맬 무슨 끄나풀이나 없나? 참! 방문 위다 내가 삼(麻) 끈을 얹었더라. 아이구, 높아서 키가 안 닿네. 무슨 발돋움할 거나 없나. (발돋움할 것을 찾다가 말뚱이를 발견) 에그! 이놈이 여기 있었구나! 우린 그걸 몰랐지. 대관절 이놈아, 왜 여기서 이러고 있니? 응? 외아들 잡아먹은 할미 상을 허구. 이건 뭐야, 이 덩덕새머리는? 애개, 정말 꼴불견이로구나. 이놈아, 네 아버지한테 들키기만 해 봐. 낫으로 맞을 테니까. 철없는 응석받이가 아닌 담에야 바뻐서 눈코 뜰 새 없는 이때에 왜 게으름을 피우고 있담! 자, 생트집일랑 그만허구 아침이나 먹구 얼른 타작마당에 나가거라. 아버지가 뭐라구 야단하시거든 그저 배가 아퍼서 모정방[4]에서 좀 엎드려 있었다구 그래.

말뚱이　놔! 싫어! 일해두 못 얻어먹기는 마찬가지지.

국서 아내　에그, 이게 무슨 소리야. 농사짓는 놈이! 이놈아, 그런 속알찌 없는 소리 말구 얼른 일어나! 네가 한두 살 먹었니? (말뚱이, 그예 일어나지 않는다.) 에그, 기막혀! 이놈아, 빨리 일어나서 일 좀 해라!

---

4) 茅亭房. '정자'를 가리킨다.

(귀찬이 아버지. 어수룩한 중년 농부. 이때에 등장.)

귀찬이 아버지　왜 이러우? 아들허구?

국서 아내　세상에 이것 봐요. 오늘같이 바쁜 날에 이놈이 집안
　　　　　은 맞잡아 도울 줄 모르고 여기 눌어붙어서 막 악을
　　　　　쓰지 않겠소. 아주 "일해두 못 얻어먹기는 마찬가지
　　　　　지."이러면서요. 우리 집안에서는 도무지 이런 자식
　　　　　은 없었어요. 이게 무슨 귀신이 씌었거나 그렇잖으면
　　　　　정신이 뒤집혔거나 했나 봐요. 조선 천지에 농사지어
　　　　　먹는 놈으로 이런 주둥아리를 놀리고 이렇게 게으름
　　　　　을 피우는 놈이 어디 있단 말이우? 다른 집에서는 일
　　　　　을 해 먹을랴두 농토가 없어서 쩔쩔매고 있는 지경인
　　　　　데. 참 앙아리 보살[5]이 내릴 일이지.

귀찬이 아버지　아마 어디가 아픈 거겠지요. 말뚱아, 어디가 아
　　　　　프니?

국서 아내　아프긴 어디가 아퍼요. 어제는 햅쌀밥을 했는데 꾹
　　　　　꾹 눌러 담은 제 모가치를 한 그릇 다 처먹구, 게다가
　　　　　에미 모가치까지 빼앗어 먹구, 그리구 방귀를 퉁퉁 뀌
　　　　　던데요.

귀찬이 아버지　이놈아, 일이 세어서 몸이 괴롭니?

국서 아내　괴롭다구 드러눕는 농사꾼이 어디 있겠수? 그러면

---

5) 이십팔부중(二十八部衆). 천수관음을 따라 다니는 호법선신.

바루 상감봉[6] 팔자게. 아마 무슨 귀신이 씌었나 봐요. 어느 점쟁이를 불러다가 물어봐야지. 그렇잖으면 이럴 이치가 없어요. 농가에서 가을철에 일 많은 건 어디 금년에 시작된 노릇입니까? 어제까지두 이놈은 일을 잘했어요. 힘이 세서 밥도 잘 먹구 그랬는데, 별안간 오늘 아침부터 이래요, 밥도 안 먹구.

귀찬이 아버지 불시에 벙어리가 됐니? 이놈아, 무엇이 싫거든 싫다구 탁 털어놓고 말을 해 봐.

국서 아내 아니야요. 정녕 귀신이 씐 탓입네다. 내버려 둬요. 타작이나 마치거든 막걸리나 받아다가 터줏님께 걸쭉허게 고사를 드려야 해요. 그렇지 않으면 도시 낫지 않을 병입네다.

말똥이 (슬며시 감나무 밑에 가서 앉는다.)

귀찬이 아버지 참, 무슨 곡절이 있나 봅니다. 몸이 아퍼서 그런 것두 아니라면.

국서 아내 내버려 둬요. 우황 든 황소같이 저러다가 그만 뒤지게.

귀찬이 아버지 아니, 그럴 게 아니라.

국서 아내 그만두고 저 문 위에 있는 삼노끈이나 좀 내려 주어요. 사람이 바쁘니까 함지까지 성화를 부린단 말이야.

귀찬이 아버지 (삼노끈을 내려 주며) 나 도리깨 좀 얻으러 왔는데요. 우리는 콩 몇 말 되는 것 미리 두들겨 팔어야겠어요.

---

6) 상감님.

국서아내 저기 걸렸지요.

귀찬이 아버지 (도리깨를 내리며) 참, 댁의 이번 추수는 어때요?
올해는 물이 흔해서 우리 동리엔 전반으로 잘됐나 봐
요. 젠장, 해마다 흉년에 쪼들리더니 이번에는 좀 허
리를 펼는지.

국서 아내 농사가 잘되면 어디 논임자 밭 임자가 가만둡니까?
이 몇 해 동안 밀려 내려오던 콩 도지, 쌀 도지를 이번
에 들어서 죄다 받어 낼려구 덤비는걸요. 되려 흉년이
드는 것만 같지 못할까 봅니다.

귀찬이 아버지 (소리를 낮추어서) 그런데 저, 댁에서도 이런 소
문을 들었어요? 어찌 되는 건지 내년부터서는 무슨
농지령이란 법령이 새로 내린다나요. 그래서 이때까
지 밀린 도지는 이번 추수까지 다 해 들여놔야 한대
요. 그렇잖으면 논을 떼고 막 집행을 헌대요.

국서 아내 우리한테는 금년 봄부터 그런 말썽이군요. 어찌 되
는 놈의 세상인지.

귀찬이 아버지 허는 수 없어서 우리는 우리 집 귀찬이란 년을
팔어먹게 했지요.

국서 아내 귀찬이를? 그 얌전한 애를?

귀찬이 아버지 도지를 갚지 않으면 논을 뗀다는 데야 해 볼 장
수가 있나요. 자식이라도 팔어서 갖다 갚어야지. 그렇
게라도 하지 않으면 꿩 잃고 매 잃는다는 셈으로 논은
논대로 떨어지구 자식은 자식대로 굶겨 죽일걸.

말뚱이 (혼잣말같이) ……논이 떨어지면 어쩌란 말이야! 빌어

먹을! 자식 팔아먹구 잘 되는 집안은 못 봤어. (퇴장)

국서 아내 (말뚱이를 바라보고) 저런! 육시랄! 저놈이 바로 환장을 했어! ……그런데 귀찬이는 영 팔게 했수?

귀찬이 아버지 2000냥(40원)에 아주 작정을 지었답네다. 그것두 원체 요즘은 이곳저곳서 계집애 팔려는 데가 많아서 좀체 사 갈 사람이 없었어요. 그러는 것을 읍내에 나까무라상헌테다가 말해서 일본으로 팔게 했어요. 선금으로 우선 1000냥(20원) 받고, 도장 찍구 계약까지 했지요.

국서 아내 에그, 댁에는 딸을 잘 가져서 보통이 신세는 면하시겠구려. 우리 집에는 사내새끼가 둘이나 있으면서 무슨 팔자소관으로 그런지 사람의 간장을 이처럼 썩이는구려. 한 자식은 배 타러 다닌다구 떠댕기다가 집에 들면 농사짓는 것을 업수이 여기구, 한 자식은 여태 근실히 잘하던 놈이 버쩍 오늘부터 병든 황소같이 늘어 자빠지니……. 우리 집안에는 무슨 망조가 든 거야요. 그렇잖으면 이럴 리가 없어요.

귀찬이 아버지 (일어서며) ……계집애가 나서 귀찮스럽다구 해서 개 에미가 귀찬이란 이름을 붙였지요. 그랬는데 그게 되려 우리한테 덕을 뵈겠지요. 이힛힛…….

국서 아내 참, 세상 일은 모를 일이야요. 뭐든지 그저 거꾸로만 돼 가거든요. 춘향 모의 문자가 아니라도 인젠 아들 낳기는 바라지 말구, 딸 낳기만 바래야겠군요……. 이왕이면 저 뒤에 가서 술 한잔 자시고 가슈.

귀찬이아버지 술요? 웬 게 남었수?

(국서의 아내, 귀찬이 아버지를 데리고 헛간으로 나가려 한다. 그럴
적에 국진이 낫을 들고 들어온다.)

국진 (국서의 처에게) 함지 다 됐수? ……에그, 얼른 좀 꿰매
세요.

(국서의 아내와 귀찬이 아버지, 헛간 입구로 나간다. 국진이 숫돌을
찾아서 낫을 갈기 시작한다.
사이.
유자나무집 셋째 딸의 노랫소리 우편에서 들린다.)

유자나무집 딸 (노래) 청치마 밑에다 소주병 차구서 오동나무
숲으로 임 찾어가누나.

(우편에서 무대로 돌맹이 대여섯 개 튀어 들어온다. 유자나무집 딸,
돌에 맞아 비명. 그쪽을 향해서 국진이 소리친다.)

국진 이놈들아, 왜 돌질을 해!
유자나무집 딸 (상처를 만지며 빙글빙글 웃으며 우편에서 들어온
다. 뒤를 돌아 오며) ……괜히 쟤들이 돌질을 하지. 아마
나를 미치광인 줄 아나 봐. 힛힛……. (돌을 도로 주워
던진다.)

국진　좀 비틀거리는 걸 보니 너 어디서 취했구나, 또?

유자나무집 딸　……임순네 집 타작하는 데서 한잔 얻어먹었죠. 이것 봐요. 나는 취하기만 하면 우리 서울 나지미상 생각이 나. 우리 나지미상은 목에다가 빨간 댕기를 두르고, 두 눈은 새까맣고……. (헛간으로 나오는 국서의 아내를 보고) 개똥 어머니, 날새 안녕합니까? 개똥이는 어딨어요? 네?

국서 아내　왜 넌 밤낮 개똥이만 찾어다녀? 개 아버지헌테 들키기만 허면 또 혼나려구!

유자나무집 딸　그런 말 마세요, 개똥 어머니. 그러면 개똥이꺼정 나를 싫어해요……. 흥, 싫어하면 어때? 나만 정들었으면 그만이지……. (힘없는 콧노래를 부르고 나간다.)

국진　(낫을 갈아 들고) 저 계집애 신세도 말씀이 아니로군. (집 뒤로 퇴장)

국서 아내　(헛간 입구에서 유자나무집 딸을 가리키며 귀찬이 아버지에게) 쟤 알지요. 유자나무집 셋째 딸이야요. 서울 청루에 팔려 가서 다섯 해 동안 살고 왔다나요. 그러더니 그만 저 지경이겠지요. 얼이 쏙 빠져서 아주 실성한 사람같이 됐어요. 어릴 적에는 애가 여간 칠칠하질 않더니…….

귀찬이 아버지　허지만 우리 집 귀찬이가 팔려 가는 데는 아주 좋은 데래요. 바로 일본 땅이라니까요.

국서 아내　아문요. 일본은 돈 많은 데지요. 아무러면 조선 땅허구야 같겠수. 일본 가서 부자 되지 않은 사람이 없대요. 척푼 없던 길선네 집두 그 집 작은 아들이 일본 가서 노동을 했기 때문에 지금은 잘살게 됐죠. 더군다나 귀찬이란 년은 재치가 변변하우. 운수가 좋으려 들면 얌전한 새신랑까지 얻어 올는지 모를 일입네다.

귀찬이 아버지　헛헛헛……. 우리 팔자에 어찌 그런 것까지야 바라겠수. 그저 금방 왔다 간 유자나무집 셋째 딸같이나 안 됐으면 좋지요. 그 지경 돼 가지구 제 고향이라구 찾아오면 제 부모 되고 어떻게 볼까요. 간장이 아파서 차라리 죽어 오는 게 낫지.

(이때에 귀찬이 나타난다.)

귀찬이　아버지! 어서 오세요. 콩 타작하려구 마당에다 콩을 만장같이 벌려 놓고 거기서 뭘 해요?

국서아내　귀찬아, 이리 오너라. 너 일본 간다지? 좋겠구나.

귀찬이 아버지　그만 가겠수. 쓸데없는 사설이 길어져 버렸군요. 도리깨는 곧 보내겠수.

(귀찬이 아버지, 도리깨를 들고 귀찬이와 퇴장. 국서의 아내, 혼자 함지를 꿰맨다. 개똥이, 일하다가 집 뒤에서 헛간으로 들어온다.)

개똥이　어머니!

국서아내　소 마구간은 다 치웠니?

개똥이　대강 치우느라구 치워 놨어……. 그런데 저 어머니.

(말똥이, 등장. 시름없이 감나무 밑에 다시 앉는다.)

국서 아내 (말똥이를 보고 있더니) 너 형 녀석이 대관절 왜 그러
　　　 니? 뭣이 비위에 틀려서 저렇게 웬종일 우거지상을
　　　 하고 있어? 응?
개똥이 　몰라요. 장가를 안 보내 주니까 배때기가 꼴려서 그러
　　　 는지도 모르지. 그래서 게으름을 막 피우나 봐.
국서 아내 장가를 안 보내 줘서?
개똥이 　몰라요, 나는. 그저 내버려 두어. 저렇게 약이 오른 걸
　　　 함부로 건드리다가는 괜히 혼나요. ……그런데 어머
　　　 니! 이것 봐! 저…… 우리 집 송아지 말이야. 그것 그만
　　　 팔어 버리는 게 어때? 나쁘지 않지? 응? ……어머니!
　　　 좀 틈을 타서 아버지에게 그렇게 권해 봐, 어머니가—.
국서 아내 소를? 이크, 이놈아! 그런 것은 네가 물어봐라. 공연
　　　 한 에미에게 벼락을 맞히지 말구.
개똥이 　내가 몇 번 말해도 안 들어요. 아버진 어떻게 딱딱한
　　　 지 바로 담벼락에 송곳질이야요. 실상 말이지, 소를
　　　 두면 뭘 해? 이전과 같이 달구지 세월이나 있구 간혹
　　　 가다가 연자방아나 찧을 데나 있으면 모르지마는, 요
　　　 즘은 어디 그런 것조차 있나요. 아침저녁으로 트럭
　　　 큰지 뭔지 하는 것 몇 차례씩 읍내로 뿡뿡대구, 그리
　　　 고 만신7)에 기계 방아가 생기구 해서 지금 세상에 소

―――――――――
7) 원래는 몸 전체(滿身)를 뜻하지만 여기에서는 '여러 곳'이라는 의미이다.

를 키운댔자 아무 잇속이 없어. 사람이 먹고살기에도 어려운데 어디 콩이 흔해서 쇠여물은 쑤어 댄단 말이야? 공연히 혼만 나지.

국서 아내 그렇지만 이놈아, 누울 자리를 보고 발을 뻗으려무나. 너두 알다시피 네 아버지는 집안 식구보다도 소를 훨씬 소중하게 여기지 않니? ……사람은 안 먹어도 소는 먹여야 한다는 거다. 농가에 자랑거리는 소라니까. 이렇게 늘 말하시지 않던?

개똥이 쓸데없는 소리야. 소가 없으면 농사는 못 짓나? 자기 소 먹이는 공력 가지구 남의 병작소[8] 먹이지. 다른 집에서도 다 그렇게들 해도 농사만 잘 지어 먹는데ㅡ.

국서 아내 에그, 철따구니 없는 소리 작작 해라! 그런 어벙한 생각 허지 말구 너두 인제부터서는 농사에 좀 착실하도록 하려무나. 아주 무슨 큰돈이나 벌어 올 줄 알고……. 이 자식은 그저 배 타러 보냈다가 버렸어.

개똥이 도시 농사 같은 게 손아귀에 차야 해 먹지……. 어머니, 이것 봐! 나 소 팔어 가지구 그만 만주 갈 테야. 거기 가서 돈 많이 벌어 오면 그만이지. 만주 가서 돈벌이하기는 그야말로 자는 놈 뿔 자르기래. 참 벌잇거리가 많대. 생각해 봐요. 우리가 여기서 농사를 지어서 언제 허리를 펴 볼 건지. 우리두 어서 돈을 모아 가지

---

8) 소작농이 빌린 소.

구 규모 있게 살어 봐야죠. 여봐란듯이 살지는 못하더래도 그래도 입에 풀칠은 해 봐야 하지 않어. 그렇잖어? 어머니?

국서 아내 (솔깃이 끌려서) 만주란 덴 그렇게 돈벌이가 많으니?

개똥이 이 멍텅구리 봐! 박 면장집 큰아들이 불시에 부자 됐단 말을 못 들었수? 그것이 다 만주 가서 이태 동안에 벌어들인 돈이야. 불과 이태 동안이야!

국서 아내 그럼 나두 한번 네 아버지를 구슬려 볼까?

개똥이 정말 그래 줄 테야?! 그래야 우리 어머니지!

국서 아내 나도 말해 볼 테니까 너두 이치를 잘 따져서 순순히 여쭈어 봐.

개똥이 그럼 잘 말해 주. 어머니!!

국서 아내 음, 해 보지. ……겨우 다 집었구나. 나는 이 함지를 가지구 타작마당에 가 봐야겠다. 이게 급하대. (함지를 겨우 다 꿰매 가지고 집 뒤로 퇴장)

개똥이 (혼자서 좋아서) ……옳지! 어머니가 졸라 대면 응당 아버지는 들으렸다. 나는 그저 소만 팔리기만 하면 하루바삐 만주로 뛰어야 해. 그래야 살지. ……가서 쇠여물이나 쑤어 줄까? 흥정할 적에 한 푼이라두 값을 더 받게.

말똥이 (일어서서 개똥이의 나가려는 길을 막으며) 이 자식, 안 돼! 어머니를 구슬려 가지구 그저 소 한 마리 있는 걸 마저 집어 새려구.

개똥이 네 소야? 흥, 네 아랑곳 아냐. 저리 비켜!

말똥이 철없이 까불지 말구 바다에 가서 우다싯배[9]나 타! 네
      까짓 것한테 그게 막 제일이야!

개똥이 마당 벌어지는데 웬 솔뿌리 걱정이야? 너 따위가 세
      상이 어찌 되어 먹는지 알기나 하나? 꾸어다 놓은 보
      릿자루 같으니! 너 같은 건 감나무 밑에 그저 눌어붙
      어 있어! 그동안에 난 만주 가서 돈 벌 테니.

말똥이 이걸! 고만 막 밟어 죽일라! 에그, 화나 죽겠네! (멱살
      을 잡고) 망할 자식 같으니! 만주? 왜떡은 어떠냐? 세
      상에서 만주 만주 허니까, 이 자식! 먹는 만주 떡인 줄
      알구, 괜히.

개똥이 멱살 놔! (뿌리치고 도망하며) 꾸어다 놓은 보릿자루
      같으니! 그저 잠자코 있어! 왜 남의 일에 헤살은 놀
      아……? (집 뒤로 숨는다.)

말똥이 요런! 그저 저놈을! (하면서 말똥이 그의 아우를 쫓는다.
      그러다가 말똥이 헛간 입구에서 나오는 국서에게 부딪힌
      다. 말똥이 얼른 몸을 돌려서 반대편으로 도망. 개똥이를 따
      라 집 뒤로 뛰어간다. 국서, 헛간으로 사음과 같이 나오다가
      소리친다.)

국서   이놈 말똥아! 저런! 저놈이 어디 숨었다가 인제사 나
      왔어!

국서아내 (소리만) 이놈들아! 고만 싸와! 쥐독에 바람 들겠다!

국서   (사음에게) ……그럼 마질은 내일 새벽부터 할 테니까

---

9) 와타시(わたし) 배. 나룻배.

그때 또 오세요. 오늘은 해도 다 지구 타작도 거진 다 돼 가나 봅네다.

사음 (좋은 얼굴로) 그럼 내일 또 오지. 그런데 국서, 작년치가 두 섬 여덟 말. 재작년치가 석 섬 두 말. 이 묵은 것 두 이번에 다 해 주지 않으면 안 되네. 그리고 금년치는 금년치대로 단 한 되 한 홉이 떨어져두 안 되구, 알겠지? 그저 논임자허구 간평하러 왔을 적에 말해 둔 대로만 해 주게, 국서.

국서 네, 힘껏 해 봅죠.

사음 힘껏이 뭐야. 그저 다 해 갚어야지. 그래야 나두 논임자에게 얼굴을 들 수 있지 않은가? 이 몇 해 동안은 자네두 알다시피 그저 연거푸 흉년만 드니까 나는 정말 마름 되구 논임자를 뵐 낯이 없네그려.

국서 그 흉년 농사야 말 맙쇼. 우린들 얼마나 간이 탔겠수. 더구나 작년에 그렇게 날씨가 가물 적에는…….

사음 나두 농사짓는 사람인 걸 왜 작인의 처지두 모르겠나. 자식 죽는 건 봐두 곡식 타는 건 못 본단 말도 있지. 나도 다 알어, 자네 고생을. 허지만 국서, 내게 주는 말세는 금년에는 좀 후하게 주어야 하네. 자네니까 말이지만 말세를 좀 후하게 낸대두 그건 되려 작인의 손해가 아니거든. 내가 말을 한 마디라두 잘 건네야 자네 논도 영구히 안 떨어질 테니까, 알겠지. 작인과 마름은 그저 손을 맞잡고 나가야 한단 말이야. 사람의 사는 이치가 원래 그렇거든.

국서   네, 어련히 하겠수. 안녕히 갑시다. 내일은 일찍이 오
       세요, 좀.

(사음, 샐샐거리고 나간다. 개똥이, 집 뒤에서 형에게 쫓겨 나온다.)

개똥이   (숨을 데를 찾으며) 아버지! 형 좀 봐요! 장가가 가고
        싶으니까 괜히 나더러! (개똥이를 쫓아 말똥이도 무대에
        나타난다.)
국서   저런! 육시랄! 일은 하지 않구 그저 집 안에서 등쌀만
        대지. (그때에 마침 헛간에 나와서 일하고 있는 문진이더
        러) 이 사람 문진이! 그 말똥이 좀 붙들어 주게! (문진
        이, 말똥이를 꽉 붙든다.) 옳지! 인제 붙들렸지! 그놈을
        이리 주게. (말똥이를 받아서) 이놈아, 왜 일할 줄은 모
        르고 이 지랄이야! 원, 이가 갈려서 말이 잘 안 나오네.
        대관절 이놈을 어떻게 처치를 해야 속이 시원할까!
        ……이놈아, 대체 농사짓는 놈이 어느 때기에 생꾀병
        을 피우고 이래? 원, 철이 없어두 분수가 있지. 문진이,
        저기 부지깽이 좀 잡어 다우. 이놈을 난장 치듯 패게.
문진   살살 빠져 다니다가 그예 혼이 나는구려, 이놈이. (부
        지깽이를 찾는다.)
국서 아내 (집 뒤에서 나오며) 에그, 맞어두 싸지. 이놈이 매를
        좀 맞어야 할 거야.
개똥이   (형을 보고 약을 올린다.) 나는 다 알아요. 이게 장가를
        못 가 괜히 똥끝 타서 그래요. 그래서 지금 잔뜩 약이

올랐어요……. 흥, 병신 같으니. 장가 못 가는 화풀이를 왜 죄 없는 내게다 해! 사내 녀석답지 않게. 에그, 이것아. 송편으로 목이나 따 죽어!

국서 장가?

문진 흐흣흣……. 장가를 못 가서? ……이놈이 배꼽에 피가 마르니까 그저 엉큼스럽게, 이놈아!

개똥이 암요. 이게 장가를 못 가 그래요. 요 꼴을 해 가지구.

말똥이 (빠져나오려구 허비적거리며) 놔요! 저놈을 그만! 만주라니까 먹는 떡인 줄 알구서. (아우에게 덤비려 한다.)

국서 (부지깽이를 들고) 괜히 일없는 아우 놈을 붙들고 이러지. 이놈아, 일은 허지 않구 왜 싸운담! 아직 네가 응석받이냐? 일 년 중 제일 바쁜 타작날인 줄 알면서 왜 아침부터 딴전을 피우고 이 지랄이냐 말이야? 말을 해 봐? 장가가 뭐야? 너두 사내 꼬부랑이거든 헐 말은 허구 죽어!

개똥이 잘 맞는다. 남의 헤살 놀다가 이 지경이지. (헛간 입구에서 소리친다.) 모두들 와서 구경들 해요! (타작하는 일꾼들, 하던 일 두고 구경하러 마당으로 온다.)

국서 아내 (개똥이더러) 저런 빌어먹을! 형한테 왜 약을 올리니? 저리 가! (말똥이를 보고) 이 자식아, 말을 해 봐라. 정말 장가를 못 가서 그러니? 응?

문진 나이가 차면 계집애 생각두 나지 안 나겠수?

일꾼 갑 그건 하늘이 마련한 이치야. 젠장, 그게 무엇이 부끄러워 말을 못 헌담! 말똥아, 어물거리지 말고 바로 대라.

늙은일꾼　목이 달어나두 헐 말은 해야지.

일꾼을　암요. 그래야 보는 사람도 시원스럽죠.

국서　에그, 갑갑해! 꼭 빚어 놓은 보리범벅 같은 게 왜 이렇게 감때는 세? 에이, 고만! (또 때리려 한다.)

말똥이　(몸을 갖다 맡기며) ……자, 실컷 때려요. 나는 막 맞어 죽을 테야……. 그저 죽을 테야…….

국서 아내　에그, 때리기만 하지 마세요. 소 몰듯 우격다짐만 하면 되는 줄 알우? 좌우간 이놈이 계집 생각이 나서 병이 난 것만 빤하니 그것을 순순히 물어봐야죠. ……얘, 말똥아. 혹시 네가 보고 눈 맞춰 논 계집애가 있니? 있거든 있다구 말을 해라. 여러 사람 앞에서 말하기가 부끄럽거든 이 에미 귀에다 대고 살그머니 실토를 해. 에미에게야 못 할 말이 어딨니? ……네가 소 먹이러 들판에 나갔을 적에 혹 나물하러 나온 동리 계집애허구 서로 눈짓으로 이러쿠저러쿠한 일이 있니? 응? 얘야?

말똥이　(대답은 하지 않고 별안간 울어 버린다.)

(말똥이의 우는 것을 일동, 서로 의아하게 쳐다보다가 대소한다.)

문진　키키……. 이놈이 울어 버리는 걸 보니 상필 무슨 곡절이 있나 봅니다.

국서 아내　이놈아, 정말 이러쿠저러쿠한 일이 있지?

늙은일꾼　있거든 있다구 시원스럽게 "웅." 해! 우리 동리에는 일쑤 그런 일이 있느니라. 이번에 혼인한 다리 건너

김 서방네 집 큰딸두 산에서 갈퀴 하다가 이러쿠저러
쿠해 버렸다구 하지 않던.

일꾼 갑 　암요. 사람 사는 데는 그런 수가 흔히 많죠. 정이라는
　　　　것은 대수롭지 않은 데서 되려 잘 붙으니까요.

늙은일꾼 　조금도 부끄러운 일이 아니다. 말을 해 봐라.

일꾼 을 　말똥이 그놈 참 질기기두 헌데. 바로 쇠심줄 같군!

국서 　　이놈이 별안간 말문이 막혔나 봐. 왜 장승같이 서 있
　　　　기만 하니? 에잇, 못난 놈!

국서아내 　(옆에 있는 개똥이를 보고) 옳지, 개똥아. 네가 어디 시
　　　　원스럽게 아는 대로 대 봐라! 형이 장가가고 싶다는
　　　　데가 어디야? 넌 알지?

개똥이 　몰라요! 그런 걸 누가 알어!

국진 　　(일하다가 인제 나오며) 아주머니, 어찌 된 셈판입니까?
　　　　왜 이래요?

국서아내 　말똥이 좀 봐요. 이놈이 아침부터 꽁무니를 빼고 생
　　　　병을 피우더니, 원 세상에, 이게 장가가고 싶어서 그
　　　　렇다는군요.

국진 　　못난 송아지 엉덩이에 뿔 난다더니 참 그 짝이로군요.

국서 　　그래두 그저 장가만 가구 싶다구 이런 지랄병은 나지
　　　　않는 법이야. 제 맘대로 안 되는 계집애가 있다거나
　　　　생각하던 계집애가 남의 손에 갔다거나 하지 않은 담
　　　　에야.

젊은일꾼 　(일하다가 들어와 보고) 아니, 댁에서들 아직 모르고 계
　　　　십니다그려. 아래께 말똥이가 콩밭에 가는 귀찬이 짐을

받어 지고 가는 것을 나는 봤는데요. (말똥이 또 운다.)

국서　　콩밭에? 귀찬이? 아니, 건넛집 귀찬이란 년 말이지?

젊은 일꾼　암요.

개똥이　어제저녁에도 저 아래 대감 나무[10] 밑에서 개하고 살짝이 만나는 것을 내가 봤어요. 바로 어제저녁이야.

국서 아내　그러면 그렇다구 왜 진작 대 주지 않구! 그저 두 놈이 똑같애!

개똥이　그런 소리 대 주다가 형한테 혼나게. 모르는 소리 마. 형이 어떻게 힘이 세다구 그래. 바로 「대마도」[11] 같은데.

국서　　(말똥이의 볼을 쮀지르며) 에그, 이 자식! 제 주제에! 밑구멍으로 호박 씨 깠구나! 이것두 사내 꼬부랑이라구 그래두 떡국 농간[12]은 있어서 계집애 뒤꽁무니에 따라다닐 줄은 안단 말이지? 에잇, 사람 못된 자식!

국서 아내　……그런데 귀찬이 아버지가 아까 와서 그러는데요. 읍내 나까무라상한테 말해서 그 애를 이번에 일본으로 팔어먹는대요.

국서　　일본으로요?

늙은 일꾼　흥, 땡잡었구나, 그 집에선.

젊은 일꾼　간밤에 대감 나무 밑에서 말똥이가 만났다니까 그

---

10) 大監 나무. 무당이 굿을 할 때 신을 높여 부르는 말이 '대감'이다. 이 대감이 붙어 있다고 생각되는 성스러운 나무를 말한다.
11) 1905년에 제작된 다큐멘터리 영화.
12) 떡국이 농간한다. 재질은 부족하지만 오랜 경험으로 일을 잘 처리해 나간다는 뜻이다.

럼 그 말을 그때 귀찬이한테서 들은 게로구먼. 그래서 그런 게지? 응, 말똥아?

말똥이 (고개를 끄덕이며) ……네. 막 2000냥(40원) 몸값으로 팔려 간대요. 대감 나무 밑에서 그랬어. 그 망할 년이! 그 죽일 년이! 그 빌어먹을 년이!

구경꾼 2000냥? 그것 잘된 흥정이로군.

국서 그럼 말똥아. 너허구 같이 살자구 귀찬이허구 약조한 일이 있니?

말똥이 서로 아버지 어머니헌테 말해 가지구, 그래 가지구 같이 살자구 철석같이 약조했어. 그래 놓고 그년이 그래요.

국서 아내 이놈아 정신 차려라! 그 집에서는 작년 재작년 흉년에 밀린 도지를 못 갚어서 자식을 판단다.

늙은 일꾼 그럼 댁에서 그 묵은 도지를 갚어 주. 그러면 색시를 빼내 올 수 있지.

국서 무얼 가지구 우리가 이 처지에 남의 묵은 도지 값까지 갚어 준담!

국서 아내 더구나 벌써 선금까지 받어 쓰고 게다가 도장 찍고 계약까지 했대요.

문진 도장 찍고 계약까지 했다면 그만이야. 인젠 볼일 다 봤어. 그렇죠, 늙은이?

늙은 일꾼 암, 그렇다면 꿈쩍 못하지, 계약이 제일이거든!

일꾼 갑 그래두 한번 말을 건네 봐요. 댁에는 송아지가 있으니까 그걸 보고 줄는지 아나요.

국서 이놈아, 틀렸어! 네까짓 놈의 장가를 보내느니 막대기 시집을 보내지. 흥, 우리네헌테 무슨 권세가 있다구 한번 찍은 도장을 지워! 그리고 무얼 가지구 그 몸값을 마감해 준담. 그건 너 따위가 한평생 머리악을 써두 못 만들어 낼 돈이야.

국진　이놈아, 그런 지각 없는 생각은 집어치우고 맘을 바로 잡어 일이나 해라.

국서 아내　암, 그래야지. 그렇게 일을 하는 동안에 동리에 있는 다른 계집애를 골라잡으려무나. 그래 주기만 하면 그 땐 꼭 놓치지 않구 장가보내 주지. 응, 이놈아. 네 어미 말도 좀 들으려무나.

늙은 일꾼　그러는 게 제일이다. 그리고 어디 계집애야 귀찮이 하나뿐인가? 발에 차이는 게 계집애들인데―.

말뚱이　남의 속은 모르고 왜 이래요. 괜히! 빌어먹을 년! 망할 년, 나는 그만 우물에 가서 빠져 죽어 버릴 거야―.

(사람들 사이를 허비적거리고 나가려 한다.)

국서 아내　에그, 저놈 좀 붙들어 주! 저 뚱딴지가 고만 물에 빠져 죽으면 어떻게 해.

문진　죽지 않어요. 내버려 두어요.

국진　그만두세요, 아주머니!

국서 아내　아니야, 미련허기가 보리범벅 같어서 고만 죽어 버릴는지 몰라요. 내처 죽어 버리면 어떡해요.

국서　에끼! 빌어먹을. 굳이 이대로 말썽을 부릴 테야? 자,

허는 수 없다. 문진이, 이놈을 꼼짝달싹 못하게 결박을 해 주게. 그래서 저 방구석에다가 처넣어 두게. 이놈을 좀 묶어!

(일꾼들, 달려들어 대항하는 말똥이를 겨우 결박한다.)

국서   이왕이면 물을 한 바가지 끼얹어 주게. 정신이 좀 바싹 나게스리—.
국서 아내 에그, 그만두세요. 잔뼈가 굵어지도록 다 키운 애를 왜 이래요. 그렇잖아도 화가 나서 부들부들 떨고 있는 애를! 여기다가 물을 끼얹으면 어떻게 되라구.
국서   괜찮어! 에미가 들어서 이러니까 자식들이 모두 버르장머리가 없단 말이야. 빨리 물을 끼얹게, 이 사람!

(일꾼 중에서 한 사람, 말똥이 두상에다 물을 끼얹는다.)

국서 아내 ……에그그, 쟤 그만 감기 들겠네. 추워서 까무러쳐 버리겠네…….
국서   그저 방구석에다 몰아넣어요! (말똥이, 대항하다가 결국 갇힌다.) 옳지. 그래 두었다가 밤중에 침쟁이를 불러다가 배꼽에다가 불을 놔 주어야지. 그래야만 그놈의 병이 나을 거야.
국서 아내 에그그, 쟤 그만 죽겠네.
국서   원, 고금에 처음 보는 노릇이지. 농사짓는 놈이 까다

롭게 계집을 골라서 뭘 해! 건방지게 장가는 뭐야! 그
저 만나면 만나는 대로 닥치면 닥치는 대로 사는 거
지. 이 조선 천지에서 그런 일에 통명을 부리는 놈은
안방 도련님뿐이야. 호강에 겨운 부잣집 도련님들 말
이야!

(방 안에서 말똥이의 앓는 소리 들린다.)

국서 아내　저러다가 고만 죽기나 하면 어쩌나. 쟤는 몸만 푸수
　　　　수했지 아무 맺힌 데 없는 솜덩이 같은데. ……에그
　　　　그, 저 앓는 소리 좀 들어 봐요.
문진　　에그, 이 문틈으로 저것 좀 보세요! 막 아랫목에다가
　　　　오줌을 줄줄 싸요.
국서　　저런!! 내 저고리 벗어 놓은 것 고만 젖어 버리겠구나!
　　　　흥! 방구석에다가 오줌을 줄줄 싸는 놈이 장가를 가?
국서 아내　……윽박지르니까 개가 놀래서 그래요. 제발 끌러
　　　　줍시다. 개를, 네?
국서　　그만둬! 오늘 그놈이 일은 허지 않고 그저 번둥거린
　　　　소위를 생각허면 아무리 몰아댄대두 시원치를 않겠
　　　　어! 한 번쯤 이렇게 해 놔야지 그렇잖고 그저 어수
　　　　룩허게 해 두면 고놈이 애비를 깔보고 자꾸 저럴 거
　　　　다……. 자, 모두들 어서 가서 허든 타작이나 마저 해
　　　　요. 원, 그놈 때문에 벌써 해가 다 기울었구나.
문진　　(국서 처에게) 그러지 말구 이것 봐요. 한번 귀찮이를

데려다 저놈에게 색시 냄새를 풍겨 주어 봐요. 그럼 당장이지요. 백발백중이야요.

일꾼 갑 힛힛힛……. 그것두 그럴듯한 방법인데.

문진 요즘 이런 노래가 있지 않어? 방문 구멍 떨어진 덴 지전 뭉치가 제일이오. 늙은 총각 바람난 덴 그 무엇이 제일이라구.

늙은 일꾼 아핫핫……. 그저 턱석부리는 간 곳마다 익살이야.

(이렇게 웃고 농담하며 일꾼들, 구경하던 동네 사람들 헤어져 퇴장. 국서 아내는 울타리 밖에서 구경하고 있는 동네 계집애들을 보고 소리친다.)

국서 아내 얘들아, 무슨 구경났니? 저리들 가. 어서 가서 물이나 길어다가 저녁들이나 지으려무나.

(동네 처녀, 깔깔 웃으며 퇴장. 무대에는 국서, 그의 아내, 국진 세 사람만 남는다.)

국진 형님, 이렇게 어르기만 해서 끝장이 날 일이 아닐 것 같습니다. 말똥이의 성미를 우리가 잘 아니까요.

국서 아내 암요. 여간 고집이 센 놈이어야지요.

국진 한번 귀찬네 집에 가서 그 집 사정을 알어보는 게 어떨까요? 말똥이가 귀찬이를 두고 저렇게 몸이 달었다는 것두 대강 귀띔을 해 주면 그 집에서두 혹 생각을 달리 먹을지도 모르니까요. 좌우간 어떻게 해서라도 꾀를 부려서 좋도록 해 볼 일입네다. 그저 성미대로 우격다짐만 하다가는 잘될 일도 그르치는 수가 흔히 있으니까요. 그렇지 않수, 아주머니?

국서 아내 암요, 그래야지요. 그렇게 일을 순순히 하도록 해 야죠.

국서 안 돼! 될 일을 가지구 말을 건네 봐야지. 그 집에서도 달장근을 두고 생각다 생각다 허는 노릇이라네. 그 집 사정은 나두 잘 알어!

국진 안 될 셈치고 물어보죠. 우리헌테 그만한 돈이 없는 담에야 나도 안 될 줄은 알어요. 그렇지마는 그 집이 래야 나중에 어찌 될 줄 모르는 흙탕 속에다가 자기 자식을 밀어넣는 것 아닙니까?

국서 아내 그저 백주에 별 따는 셈 치구 들어 보아요. 네.

국서 헛수고야, 그만두어! 저놈은 저래서 버르장머리를 가 르쳐야 해! 가야 소용없어!

국진 좌우간 이쪽 뜻이나 말해 주고 오지요. (한길로 향한다.)

국서 저런 지각없는 사람 보게. 국진이! 국진이!

(국진이 급히 퇴장. 국서, 그 뒤를 따라 나가며 부른다. 국서 아내는 무대 중앙에다가 정화수를 떠 놓고.)

국서 아내 (빈다.) ……에그, 터줏님네! 성줏님네! 제발 덕분 에 우리 집 큰아들 놈의 소원대로 그저 장가만 들게

해 주십시우. 올해 동안이라도 색시네 집 형편이 썩
변해서 우리 집 큰아들 놈의 소원 성취를 해 주십시
우…….

(방 안에서 앓는 말똥이의 소리. 집 뒤에서 타작하는 노랫소리.)

(막)

2막

1

전 막과 같은 무대.

전 막의 다음 날 아침.

사음은 국서와 함께 툇마루 양지에서 산가지 계산을 하고 있
다. 국서의 아내는 부지런하게 소에 꼴을 주고 있다. 이윽고
문진이 지게를 지고 한길에서 나타난다.

문진 어제 타작해 드린 삯전 받으러 왔수.

국서아내 참, 어제는 수고들 했수. 고단하지 않수?

문진 국서 어디 갔수?

국서아내 저기 있어요. 툇마루 볕 바른 데서 마름허구 도지 줄
      것을 셈 따지고 있어요. 옆에 가서 달라슈. 삯전을.

문진 (울타리 안마당으로 들어오며) 마름님, 아침 자셨습니까. 국서, 오늘 마질을 해 보니까 어때? 평년보다 퍽 늘었지, 추수가?

국서 몇 섬 늘기는 했지마는 작년 재작년 도지가 어떻게 밀렸던지 말씀 아니네, 풍년이래두 되려 죽을 지경일세!

문진 흥! 도처 춘풍이로구나!

사음 (전 막에서 볼 때와 딴판으로 쌀쌀하다.) 텁석부리 너는 걸핏하면 그놈의 도처 춘풍이지! 원, 듣기 싫어 죽겠네! (국서더러) 얼른 주어 보내게. 줄 게 있거든.

국서 (10전 은화를 주머니에서 찾아내어) 이것밖에 없는데 어쩌나, 문진이? 나머지는 짚이나 한 짐 갖다 쓰기로 허게, 응? 허는 수 없네.

문진 이왕이면 돈으로 받았으면 쓰기에 좋겠는데.

국서 있으면 어련하겠나?

문진 제기랄! 짚이라두 지고 가겠네 그럼. (지게를 마당에 받치고 국서 아내더러) 새끼 있거들랑 좀 빌려 주오. 지게 꼬리를 안 가져왔군요.

국서 아내 (이리저리 찾아보며) 오늘 말똥이가 집을 죄 치운다구 새끼 통가리까지 어디다가 치워 버렸나? 없나 본데요……. 자, 이것이라두 이어서 쓰시우.

문진 (토막 진 새끼를 받아서 잇기 시작) 참 말똥이란 놈은 어찌 됐수? 어제 그 생병이 좀 나었수?

국서 아내 ……후유, 말 맙시우. 우리는 그래두 묘당을 불러다가 굿을 허거나 터줏님께 고사라두 드려야 나을 줄 알

앉았었는데 웬걸 색시 집에서 색시를 준다는 소리 한 마디에 제깍 나어 버렸죠. 그래서 그놈이 감지덕지해서 오늘은 첫새벽부터 일어나서 야단이라우.

문진　아니! 색시를 준다니요?

국서 아내　받어 썼다는 선금 1000냥을 우리 집에서 물어 주고 귀찬이란 년은 안 팔게 했죠.

문진　그 1000냥이나 되는 선금을 댁에서 물어 줘요!

국서 아내　우리가 색시를 못 팔게 허는데 우리가 물어 주었지 어쩌겠습니까? 그리라두 하지 않으면 우리는 괜히 생자식 하나를 죽이겠는 걸 어떻게 해요. 그리고 계집애 집에서두 위선 먹는 곶감이 달다구, 돈만 보고 자식 팔다가 유자나무집 셋째 딸 짝이나 될까 봐서 미리 겁을 잔뜩 집어먹었어요.

문진　국진이가 가서 구슬렸군요.

국서 아내　그리면서 인제는 논이 떨어져 거리에 나앉는 한이 있더래도, 선금 1000냥만 치러 주면 얼씨구나 허구 그만 안 팔겠다구 했어요.

문진　안 판다면 도장 찍고 계약헌 건 어떻게 해요? 읍내 나까무라상이 가만두나.

국서 아내　선금만 도로 갖다 주면 도장도 지워 준다구 했대요. 간밤에 말똥이 아저씨가 나까무라상한테 가서 물어보구 왔죠. "……돈이만 도로 주 하면 얼마든지 좋은 계집아이 골라할 수 있다. 선금 가져와! 좋아!"이러드래요.

문진   그것두 그렇군요. 그렇지만 그만저만의 돈을 어디서
        나서 댁에서 물어요. 이 소를 파나요?

국서아내 에그, 당찮게! 개똥이가 만준지 어딘지 돈벌이 갈랴
        두 이걸 안 파는데요. 아까 아침 먹구 이내 말똥이 아
        제를 또 읍내에 보냈어요, 변돈[13] 좀 내러.

문진   말하자면 변돈 내어서 색시 사 가지구, 그래 가지구
        그 얄량하신 아드님께 좋은 변[14] 봬 주려는 셈이로군
        요. 허 참! 굉장한 생각인데요! (헛간 입구에 개똥이 나
        타나서 집 안을 엿본다.)

국서아내 그 개똥이 아니야? (개똥이 숨어 버린다.)

문진   이것 봐요. 귀찬네 집에서는 자식을 팔았다가 나중 일
        을 겁내서 댁에다가 색시를 준다구 금방 그랬다죠?
        그렇지만 실상을 따져 보면 그렇잖아요.

국서아내 왜요?

문진   다른 집 같았으면 아무리 선금을 물어 준대두 그 딸자
        식은 주지 않아요.

국서아내 그럼 우리헌테 뭘 보는 게 있어서 색시를 준단 말유?

문진   그렇죠? 보는 게 없으면 지금 세상에 어디 거래를 하
        나요. 말 맙쇼. 댁의 소를 보고 그래요. 그래서 계집애
        를 댁에 넣으려구 그러는 거야요.

국서아내 그것두 그럴 법한데요. 이 동리 작인으로 소 가진 집

─────────────

13) 이자를 무는 빚돈
14) 變. 갑자기 생긴 일.

안이라구는 밭 가운데 윤순네 집허구 우리 집허구 단
두 집뿐이니까요. 동리에선 우리 집에 소 있다구 우리
를 막 부자라구 한대요.

문진　참 좋은 놈의 세상이야. 돈만 있으면 못 허는 게 없거
든! 그래 말똥이는 다시 일을 잘하나요?

국서 아내　그놈이 오늘은 먼동이 트자마자 일어나서 야단이라
우. 어제 타작해 논 곡식을 그놈이 혼자서 죄 마질을
해냈다우. 그러고는 그저 거름을 져 낸다, 집 안을 쓴
다, 개똥을 줍는다, 소똥을 치운다…… 에그, 세상에!
어찌 그렇게 사람이 변할까요. 그놈이 어제와는 아주
딴판이라우.

문진　홋홋홋……. 자식 참 망했군요!

국서 아내　세상은 우습습디다. 요즘 젊은 녀석들은 아주 달러
요. 왜 그렇게 반죽이 좋을까! 그저 좋으면 잴잴거리고
싫으면 뚱허구! 말 맙쇼. 뚱딴지 같은 우리 집 말똥이
가 다 그런데 세상 젊은 놈들은 얼마나 유난스럽겠수.

문진　흐홋홋……. 거 옳은 말씀이우!

국서 아내　……에그그! 저기 말똥이가 오네요. 저 꼬락서니 좀
봐요. 은근히 좋아서 싱글거리고 다니는 꼴 좀!

(말똥이, 짐을 지고 꾸역꾸역 나온다. 속으로 히득히득 웃으면서 무
대를 횡단하려 할 때 문진, 붙들고 놀린다.)

문진　이놈아, 말똥아! 너 참 좋더구나! 어때, 색시 맛이?

말똥이 나는 막 바빠요!

문진   ······허지만 어젠 되게 혼났지?

말똥이 백주에 사람을 놀리지! 어머니, 나 밭에 갔다 올게. 그
       리고 쇠여물 좀 낫게 쒀 주어요.

문진   그렇지, 쇠여물은 많이 쑤어 줘야지. 네 장가 밑천이
       거든, 웬 말이냐!

말똥이 듣기 싫어요! (그러나 웃는다.) 에헤헤······.

(말똥이 퇴장. 문진이와 국서의 아내. 말똥이의 하는 꼴을 보고 허리
가 아프도록 웃는다.)

2

문진   (옆구리를 붙들고) 흐흣흣······. 이놈아. 사람 좀 작작
       웃겨라! 이그, 허리야! 원, 자식이 저렇게 변할 수가
       있나!

국서아내 (같이 웃으며) 꼴 볼 수 없지요, 아핫핫······.

사음   (매서운 눈짓으로 혀를 찬다.) 시끄러워 죽겠네! 원, 그
       떠드는 바람에 셈 치른 게 다 헷갈려 버리고 말었다!

국서   그만들 웃어요!

국서아내 (웃음을 그치고) 어떻게 웃었던지 눈물이 다 나오는
       구려. (눈물을 씻는다.)

문진   그럼 한 짐 지고 갈까, 짚 볏가리는 뒤꼍에 쌓였죠?

국서아내 이리 오시우.

(국서 아내, 문진이를 데리고 헛간 입구를 통해서 집 뒤로 퇴장한다.)

사음   ……마흔닷 말에다가 서 말 두 되 두 홉을 보태고 게
        다가 열한 말 닷 되 두 홉을 덜어 내면…… 이것 보게!
        서른일곱 말 일곱 되 틀림없지 않나? ……그러면 작
        년치 떨어진 게 두 섬 여섯 말, 재작년치 떨어진 게 석
        섬 두 말! 거기서 금년에 들어온 게 한 섬 한 말. 그러
        니까 통쳐서 떨어진 게 넉 섬 일곱 말이네. 그럼 이건
        다 어떻게 해 준단 말인가? 저번에 간평하러 왔을 적
        에 자네 논임자 앞에서 뭐라구 말했나? 이번 추수에
        는 어떻게 해두 다 해 드리겠다구 했지.
국서   ……글쎄요, 허긴!
사음   "글쎄요."를 찾어서 끝이 날 일이 아니야. 정신 좀 채
        려!
국서   허지만 우리 힘껏 할 대로 다 해 드리지 않었수?
사음   이게 무슨 배짱인가? 쌀이 없다면 콩이나, 그렇잖으
        면 조 같은 것이라도 내놓고 헐 말이지? 자네야 어떻
        게 하든 간에 이 떨어진 서른일곱 말 일곱 되는 꼭 금
        명간에 해 드려 놔야 하네!
국서   그렇지만 여태 묵은 것두 이번에 들어서 그만큼이나
        갚어 드리지를 않었습네까. 실상 말이지 그걸 다 치른
        다구 우리들 집안 양식이라구는 한 톨 쌀도 남지를 않

었답니다.

사음   그런 죽어 가는 소리는 작년, 재작년 흉년 때부터 들
       어서 귀에 아주 젖었어. 인젠 소용없어……. 좌우간
       일어나게. 집 뒤에 가서 마질해 놓은 볏섬이나 챙겨
       보세. 그리고 자넨 내게 주는 말세두 금년에는 변변치
       를 못해서! 그거 원, 생각할수록 고약하거든!

국서   아닙니다. 말세만은 그처럼이나.

사음   그처럼이 뭐야! 작년, 재작년 흉년 때에 자넨 뭐랬
       어……? 요댐 농사만 잘되면 그저 눈을 꿈벅 감고 푼
       더분허게 주겠다구 그러지 않았어? 예끼, 사람! 천하
       에, 원!

(사음, 화를 내며 집 뒤로 퇴장. 국서 따라간다. 사이.
집 안에 아무도 없는 틈을 타서 개똥이, 소 장수 A(근 30세의 젊은 사
람)를 데리고 숨어 들어온다.)

개똥이   (소리를 낮추어서) 이리 들어와. 마침 아무도 없어.

소 장수 A   (머리를 내밀며) 정말 관계찮어요?

개똥이   그래, 얼른 이리 나와! (소 장수 A, 나온다.) 얼빠진 사
         람 모양으로 그러지 말구 정신을 좀 바짝 채려.

소 장수 A   들키면 혼난다니까, 그렇죠. 정말 이런 장사는 허구
           싶지 않어요.

개똥이   그 대신 너한테 이익을 잔뜩 빼 주려구 하지 않어? 그
         저 노자만 되면 개 값으로 팔 테야.

(무대 뒤에서 사람 오는 기척! 개똥이와 소 장수 A, 울타리 뒤에 얼핏 숨는다. 헛간 입구에서 문진이와 국서 아내 나온다. 문진이는 짚을 한 짐 잔뜩 졌다. 헛간 문을 기어 나온다.)

문진   왜 저렇게 마름이 쌀쌀해요? 어제 타작할 때와는 아
          주 딴판인데요.

국서 아내   말세를 욕심대로 못 받아서 아마 심사가 틀리신 모
          양이로군요.

문진   흐훗훗……. 참 도처 춘풍이로군! 갑니다.

국서 아내   이제 드릴 것은 다 탕감됐죠?

문진   (나가면) 걱정 맙쇼.

국서 아내   (혼잣말로) ……에그, 또 마름이 뭘 야단이야, 거기
          서―. 나두 가 봐야겠군.

(문진이는 우편으로 퇴장. 국서 아내는 헛간 문으로, 다시 집 뒤로 퇴장. 숨었던 개똥이와 소 장수 A, 다시 나타난다.)

개똥이   (나오며) 아이, 깜짝이야. 인제 정말 아무도 없다. 이때
          얼른 흥정을 해 봐.

소 장수 A   (소를 마당에다 끌어내어) 왜 이렇게 소가 늙었어? 에
          그, 마르기두 했군. (소의 위아래를 훑어보고 가격을 손가
          락으로 가리키며) 이것밖에 안 되겠는데요.

개똥이   원, 그거야? 좀 더 봐주.

소 장수 A   말 맙쇼. 나 같은 어수룩한 놈이니까 이런 물건을 살

려구 맘두 먹지. 다른 소 장수 같으면 애당초에 돌아
보지두 않을 물건입네다.

개똥이　그렇지만 그 값으로는 말씀 아니야.

소 장수 A　아닙니다. 제가 부른 것만 해두 되려 과람해요. 그래
야 나두 얼마간 먹는 게 있지 않습니까.

개똥이　에그, 이러다가 누가 오겠네. 그러면 그 값으로라도
팔지, 할 수 있나. 노자만 되면 그만이니까.

소 장수 A　그럼 이 길로 내가 읍에 가서 소 값은 치러 가지구
올게, 떠나시긴 오늘 저녁이나 내일 새벽에 떠남슈.

개똥이　돈만 되면 지금이라두 떠나면 좋겠다. 노자만 가지구
라도 만주 땅에만 들어서 놓으면 돈벌이야 얼마든지
있다니까. 이런 소 열 마리, 스무 마리쯤 살 돈이야 단
숨에 벌걸.

소 장수 A　암요. 여부가 있겠수만 만주라는 덴 그저 돈이 땅에
묻혔대요. 그때 이보다 더 좋은 소 사다가 여기 도루
매 놓으면 그만이죠. (소를 끌어 가지고 가려고 한다.)

개똥이　아냐. 이 소는 여기다 좀 두어. 오늘 저녁에 내가 집을
떠날 적에 몰래 끌어내 주지. 지금 집안사람이 이 소
가 없어진 줄을 알면 큰일이야. 그야말로 죽도 밥도
안 돼.

소 장수 A　……가만 계셔요. 만약 내가 이 소를 샀다가두 나중
에 탄로가 나면.

개똥이　멍텅구리 같으니라구! 그런 걱정은 여기서 할 게 아
냐! 자네가 입을 닥치구 있구 내가 입을 딱 씻어 버리

구 있으면 누가 알어. 어느 개아들 놈이 안단 말이야? 그렇지? 응? 그러니까 그런 걱정은 아예 마.

(이때에 울타리 바깥 한길에 밭에 갔다 오는 말뚱이 나타난다. 말뚱이는 빈 지게를 졌다. 개뚱이와 소 장수를 보고 모른 척한다.)

말뚱이 (길에서) 개뚱아, 너 거기서 뭘 해? 그 사람은 누구야?
개뚱이 ……허긴 뭘 해. 아무것두 아니야. 소에 꼴 주고 있어…….

3

이때에 또 국서와 사음이 헛간으로 들어오는 기척이 난다. 소 장수와 개뚱이는 슬슬 나가 버린다. 말뚱이는 소 옆에 와서 좀 이상한 공기를 예감한 듯이 살핀다. 이상 없음을 보고 소를 도로 매어 둔다. 사음 앞서고 그 뒤에 국서, 그리고 그 아내, 헛간으로 들어온다.

사음 ……그러면 저 볏섬은 오늘 저녁나절까지 신작로 돌다리께에 있는 논임자 곡간으로 져 내어다 두게.
국서 네.
사음 그러면 한 번 더 일러두고 갈 테니 잘 명심해 두게! 작년치 떨어진 게 두 섬 여섯 말. 재작년치 떨어진 게 석 섬 두 말. 도합 닷 섬 여섯 말이 떨어졌는데 그중에서 금년에 와서 갚아진 것을 덜면 꼭 넉 섬 일곱 말이 떨어져 있단 말이야!

말뚱이   (옆에서 듣고 섰다가 퉁명스럽게) 그걸 어째야 한단 말요?

사음   금명간에 다 해다 갚으란 말이야! 이놈이 왜 어른 말하는데 쌍지팽이를 집고 나서? 원, 버르장머리 없게? ……국서, 잘 듣게. 대관절 이번 봄부터 내가 몇 번을 타이른 줄 알어? 명년부터서는 새로 농지령이란 게 실시된다구. ……그렇게 되면 실상 작인들은 살기가 좀 나아져. 그렇지만 그 대신 이번 추수까지는 여태 묵은 것은 다 맡겨 놔야지. 그렇잖으면 내년에 가서 피차에 귀찮스럽게 된단 말이야. 도지가 묵었느니, 떨어졌느니 허구 이걸 법정에 내걸더래도 말썽스럽게 되거든!

국서   그러니까 나도 여태 여쭌 게 아닙니까? 보시다시피 우리는.

사음   지금 와서 그런 소릴 해두 소용없다니까! 나는 그저 논임자가 하라는 대로 하는 사람이야. 만일 이번에 묵은 것을 못 갖다 갚으면 좋지 못한 일이 한두 가지가 아니야. 사정없이 딱 잘라서 최후 결단을 지어 버리고 말 거란 말이야! 잘 알아 생각해!

말뚱이   아니, 뼈가 빠지게 농사지어 놓은 것 막 다 가져갔죠. 그러구 그게 무슨 말유? 올해가 풍년이래두 우리 집에 어디 쌀 한 톨 남았나 봐요! 막 뒤져 봐요!

국서   ……이놈 말똥아!

사음   이 망할 자식 보게. 늙은 사람 앞에 막 삿대질을 허구 이놈이 덤비지! 에잇, 고약한 놈 같으니! (지팡이로 때린다.)

말똥이   (악을 쓰고) ……아버지 좀 놔요. 노…… 농지령이란 건 뭐야요? 그저 사람을 곯리려구! 최후 결단을 하면 어쩔 테야요? 어디 할 대루 해 봐요! 응! 하려야 할 거나 있어야 말이지.

국서   (말리다가 못해 말똥이를 헛간 밖으로 끌어낸다.) 저리 나가! 이놈, 버릇없이!

사음   이런 분할 일이 있나! 그럼 못 할 거라구! 두고 봐! 기둥이라두 빼어 가구 솥이라두 떼어 갈 테니까……. 흥, 저놈의 소는 못 몰고 갈 줄 아나?

국서   소를요? 아닙니다. 저 소는 저래 봬두 도 장관 나리한테서 일등상 받은.

사음   일등상이 뭐야! 도 장관은 다 뭐야!

국서 아내   ……에그, 살려 주십시오. 그저 저놈이 미련스럽구 철이 덜 나서 그렇습네다, 네? 제발.

사음   놔요! 놔! 붙들지 말우. 참, 사람 분해 죽을 일이야…….

(애원하는 국서 부부를 뿌리치고 사음은 나가 버린다. 말똥이는 헛간 문 곁에 기대섰다.)

국서   (말똥이를 보고) 에끼, 빌어먹을!

말똥이   (슬슬 피하며) 내가 뭘 잘못했수? 백주에 그래. (퇴장해
        버린다.)

국서아내   이걸 어떡하나? 마름을 저렇게 건드려 놨으니 인제
        큰일 났지. 속절없이 논은 떼이고 말았구려.

국서   그놈의 자식 때문에 괜히 쓸데없는 걱정을 또 샀지.

(이웃 사람 영실이 조금 전부터 한길에서 이 구경을 하다가 마당으
로 들어오며.)

영실   헛헛헛……. 문진이가 왔으면 바로 도처 춘풍이란 소
        리를 한 마디 내 걸칠 대문이로군요. 국서, 걱정 마오.
        나두 금방 구경을 했지만 이런 싸움이 이 동리에서라
        도 하루에 몇 차례씩 있는걸. 그야말로 될 대로 되겠
        지. 응? ……그리고 지금 나는 읍내에 갔다 오는데 자
        네 아우가 읍에서 자네더러 좀 와 달라구 그랬수.

국서   나를?

영실   아마 무슨 돈 꾸어 쓰는 일 때문에 그러나 봐. 나는 바
        빠서 가오. (그만 퇴장)

국서   또 무슨 까다로운 일이 생겼나? 웬일이야? (방으로 들
        어간다.)

국서아내   읍에 가 보시려우 지금? (방 안을 들여다보고) 부디 올
        때에 뭘 좀 사 오세요. 마름헌테 보내게. 암만 생각해두
        걱정이어요. 금방 그 양반이 그렇게 노허구 가서! 코

아래 진상이라두 해 놔야 해요. 그래야 좀 맘을 놓지.

(헛간에 국서의 아내 혼자 있다. 사이. 유자나무집 딸의 노랫소리 들린다. 우편에서 등장한다.)

유자나무집 딸　……개똥 어머니. 개똥이 어디 갔수?

국서 아내　이년아! 밤낮 개똥이는 왜 찾아다녀? 그놈을 망쳐 놓지를 못해서 그러니?

유자나무집 딸　(힘없는 미소를 입가에 바르며) 이것 봐. 이거 분(粉) 넣는 거야. 냄새 맡어 보. 좋쥬? 히힛힛……. 하이카라 상 냄새 나죠? 이거 개똥이헌테 줄 테야. 이래 봬도 이 분은 내가 서울에 있을 적에 우리 나지미상이 사 준 거요. 눈 세수 하는 하이카라상이 사 주었어…….

국서 아내　얼른 나가거라! 개 아버지 나오시겠다. 이 방에 계시다.

국서　(새 저고리를 갈아입고 방에서 나온다. 유자나무집 딸을 보더니 맨발로 뛰어나와 닭 쫓듯 소리친다.) 후어! 후어! 후어!

유자나무집 딸　히힛힛……. 왜 이래요, 나더러. 나를 닭인 줄 아나. ("후어!" 소리에 그예 쫓겨 나간다.)

국서　(신발을 찾아 신으며) 원, 딱해 죽겠네. 왜 저런 계집을 집에다 발을 붙이게 헌담. 미치광이 년을!

국서 아내　오는 걸 어떡해요, 아무리 쫓어두.

국서　나 읍내에 곧 다녀올게. 이 길로.

국서 아내　그 돈 꼭 좀 되게 해요. 오늘내일 안으로 그 선금을 물어 줘야 한대요.

국서 걱정 마. 요즘 돈 내 쓰는 데는 어디 없이 복인[15]이 들어야 한다니까 그래서 아마 지금 나를 부르는 걸 거야.

국서 아내 돈을 받거든 한걸음에 오세요. 장가를 가게 된다니까 말뚱이가 어떻게 좋아하는지 몰라요.

국서 내 참견은 그만허구 말뚱이 불러서 쇠진드기나 좀 잡으라구 그래. (국서 퇴장)

4

국서 아내 (부른다.) 말뚱아! (말뚱이, 짐 곁에서 나온다.) 너 쇠진드기 좀 잡아 주려무나. 아버지가 그러시고 갔어.

말뚱이 아버지는 백주에 나더러 야단이지. 마름이 잘못헌 걸 가지구. 어머니도 생각해 봐요, 이치가 그렇잖아요?

국서 아내 이 미련한 녀석아. 이 세상은 이치를 가지구 따지는 세상이 아니란다. 돈을 가지구 따지구, 주구받을 것을 가지구 따지는 세상이지.

말뚱이 모르는 소리 마요. 그런 떡 해 먹을 놈의 세상이 어디 있담……. 그건 그렇구, 어머니 (쇠진드기를 잡으며) ……저 귀찬이 말이야. ……그것 괜찮지? 나 이래 봬두 막 잘 골랐지? 응, 어머니? 힛힛…….

_____
15) 중개인.

국서 아내 암, 계집애로서는 누가 봐도 탐낼 만허지.

말뚱이 그렇지, 탐낼 만허구말구. 이 동리에서는 제일이거든!
어머니, 인제 내가 귀찬이허구 살게 되면 집안 농사
막 잘 지을 테야. 어머니는 따뜻한 아랫목에서 낮잠이
나 자면서 심심소일로 실이나 잣고 삼이나 삼고 있어
두 좋아요. 농살랑 죄 우리헌테 떠맡겨 놓고 귀찬이허
구 나허구 같이 나서면, 힘에 부쳐서 못 하는 일은 통
없을 테니까. 인제부터 어머니는 오뉴월 콩밭 맨다구
땀을 흘리지 않아두 좋구 논에 물 댄다구 밤을 새워
동리 사람허구 싸우지 않아두 좋아. 죄 모두 귀찬이하
구 나하구 둘이서 해낼 테니까.

국서 아내 이놈아, 며칠만 같이 살어 보구 그런 꿈 같은 소릴
해. 아무리 양귀비 같은 계집이래두 하루 저녁만 같이
자고 나면 싫증이 난대. 그게 사내놈들의 맘보라는걸.

말뚱이 말 마! 괜히 팔난봉꾼들의 허는 소리를 어디서 듣고
와서!

국서 아내 그럼 넌 난봉꾼은 아니란 말이지? 그건 그렇지. 그
래두 이놈아 정신 차려 두어. 그 집에서는 널 보고 색
시를 주는 게 아니래.

말뚱이 날 보고 안 줘? 그러면 누굴 보고 준담. 농담을 해두
분수가 있지. 이 집에서는 새신랑감이 누구냐? 나지?!

국서 아내 아서라 이놈아, 그 집에서는 널 보고 색시를 주는 게
아니라 우리 집의 소를 보고 준대.

말뚱이 소를 보고?

국서아내 그래. 인제 이놈아 소보고 절이나 해라. 귀찬이 같은
            색시를 점지해 줘서 고맙습니다 하구 절을 해! 코가
            땅에 닿도록—. (무리로 절을 시키려 한다.)
말똥이   어머니, 그만둬! 누가 보면 어떡해? 부끄러워요. 귀찬
            이 나와 보면……. 힛힛힛…….

(은근히 좋아서 웃으면서 반항한다. 그러나 그 어머니는 그예 절을
시켰다. 그럴 적에 귀찬이가 등장. 말똥이가 절하는 것을 주춤 서서
본다.)

귀찬이   말똥 어머니. 우리 아버지 여기 오지 않었수?
말똥이   (뛰어 일어나며) 에그머니!
국서아내 아핫핫……. 귀찬이가 말똥이 절하는 걸 그예 봤구나.
귀찬이   (얼굴을 붉히며) ……왜 절을 시켜요, 소를 보고?
말똥이   (한편으로 무안스러우나 한편으로는 좋아서 어머니더러)
            에키, 어머니두 참! (귀찬이더러) 너 정말 봤니?
귀찬이   (고개를 끄덕이고) ……음.
말똥이   요런 깍쟁이 봐!
귀찬이   아야! 왜 꼬집어! (앙갚음을 해서 때린다.)
국서아내 아버지는 왜 찾어? 귀찬아.
귀찬이   어머니가 불러오래. 도지 때문에 읍에서 논임자가 왔
            어요.
국서아내 그럼 그예 논을 떼려구 온 거로구나. 에그, 저걸 어
            쩌나? 네 몸값으로 선금 받었다는 것 가지구 도지 값

좀 치르지 않았댔디?

귀찬이　그래두 아직 많이 떨어졌대요.

말뚱이　나가서 너 아버지 찾어 줄게. 자 귀찬아, 같이 따라와 빨리!

(채찍으로 귀찬이의 알종아리를 때린다. 귀찬이 "아야, 요런!"하며 말뚱이를 쫓아서 퇴장. 어머니, 그걸 보고 미소하며.)

국서아내　……에그, 저 뚱딴지가 여간 맘이 들뜬 게 아냐. 계집애를 보구 그저 사지를 못 쓰는구려. 헛헛헛…….

(개똥이, 바쁜 듯이 들어온다. 다소 흥분되어서.)

개똥이　어머니. 얼른 내 옷 좀 챙겨 주어요. 두루마기허구.

국서아내　왜 이래, 별안간 얘가?

개똥이　지금 읍내에 좀 갔다 올 일이 있어 그래요.

국서아내　무슨 일이 생겼어?

개똥이　순검청에 일이 있어 4시까지 가 봐야 할 테니까 얼른 해 주어요. 자, 얼른 방으로 가! (어머니를 끌어 방에다 넣는다.)

국서아내　(방으로 가서) 이놈아, 네가 순검청엘 가?

개똥이　자세한 이야기는 다녀와서 해 줄 테니까 빨리 옷이나 챙겨요. 그동안에 나는 이 옆에 좀 갔다가 올게.

(개똥이 나가려 할 때 유자나무집 딸 나타난다. 종종걸음으로 개똥이의 뒤를 따르며.)

유자나무집 딸 ……옳지, 인제 만났다. 개똥아, 너 주려구 이것
　　　　가져왔다. 이 분통 가져가요. 자.

(유자나무집 딸이 개똥이를 쫓아 퇴장할 적에 한길에서 노랫소리.
그리고 귀찬이의 웃는 소리 들린다. 유자나무집 딸, 그쪽을 보며 주
춤 섰다. 귀찬이와 말똥이, 한길에 나타난다. 유자나무집 딸, 정신없
이 그들을 보고 있다가 다시 생각난 듯이 "개똥아. 금방 여기 있었는
데 개똥이가 어딨어?" 하고 개똥이가 나간 쪽으로 급히 퇴장. 말똥이
한길에서 귀찬이와 헤어지고 기쁜 듯이 계속해 노래 부르며 집으로
들어온다.)

말똥이　(노래) 딸기밭에는 딸기 뒹굴고요.
　　　　밤나무 밑엔요 밤이 뒹굴어요.
　　　　에헤 붐마요 딸기를 주어라.
　　　　에헤 붐마요 밤 바구니가 찼구나.
　　　　(마당에 나타나서 소리친다.) 어머니 ……아무두 없구
　　　　나. (소 옆에 가서) 이놈아 소야. 내가 네 덕을 이렇게
　　　　볼 줄을 누가 알았겠누. 자, 꼴이나 실컷 먹어라! (소에
　　　　게 꼴을 준다.)

(국서의 아내, 방에서 나와서 말똥이의 하는 짓을 잠깐 보더니 방글

웃고 방으로 들어간다. 말똥이, 삼태기와 괭이를 찾아 들고 노래 부르며 집 뒤로 나간다.)

5

사이.
국서 그리고 국진이 등장.

국서　　그럼 돈을 통 안 꾸어 준대. 한 푼도.

국진　　저당이란 것을 허지 않으면 안 된대요. 그렇잖은 담에
　　　　는 한 푼도 못 내어 놓는다는 걸 어떡해요?

국서　　젠장! 이런 김 주사 댁에서는 내 얼굴만 보고도 잘만
　　　　꾸어 주더라. 그런 까다로운 짓을 하지 않구.

국진　　그건 이런 말이오. 그리고 열 냥 스무 냥의 날돈을 빌
　　　　려 쓰는 때죠. 그렇지만 돈 액수가 많아지면 많아질수
　　　　록 그저 도장만 찍고서는 꾸어 주지 않는대요.

국서 아내　(방에서 튀어나오며) 벌써 다녀오셨수?

국서　　아니야, 가다가 국진이를 길에서 만났어. 맘먹은 대로
　　　　변통이 안 됐대.

국서 아내　에그, 그러면 어떡해요? 돈이 안 되면……. 모레는
　　　　나까무라상이 귀찬이를 데리러 온다는데요.

국서　　저당이라는 게 뭐 해 먹는 겐지. 그걸 하지 않으면 돈
　　　　을 안 꾸어 준다는 걸 어떡한단 말이야. 제기랄! 그렇

게 급하거든 네 헌 속곳이나 팔어. 그래 가지구 색시 몸값 치르고 맘에 맞는 며느릴 얻으려무나. 나는 어쩔 수 없어. 대체 무얼 가지구 그놈의 저당을 헌담! 헐 게 있어야 말이지. 내 상투라두 떼어 가려거든 떼어 가.

국진   그렇게 말씀헐 게 아닙니다, 형님.

국서   그럼 어떻게 말을 허람! 내게 팔랑개비 재주가 없는 담에야 뭐라구 해?

(이때 말똥이, 일하다가 멋도 모르고 노래하며 들어온다.)

국서   (말똥이를 보고) 에키! 치독을 맞을 놈의 자식 같으니라구! 무엇이 기뻐서 노랜 불러! 못난 게, 홍, 제 주제에! 꺼들대기는 잘하지! 이놈아, 보기 싫다! 저리 가서 쇠진드기나 잡어 줘라!

(말똥이, 부루퉁해져서 감나무 밑에 가 앉어 버린다.)

국진   그러지 말고 형님. 저…… 우리 소를 그만 팔기로 하는 게 어떨까요.

국서   아니, 자네 미쳤나? 우리 소는 저 소의 사촌의 아버지의 큰형이…….

국진   도 장관에게서 일등상 받았단 말씀이죠? 아무리 그렇더래두 여기서 저 소를 파는 게 그중 상책일 것 같습니다. 자, 여기서 누가 우리 소원대로 돈을 꾸어 준다

합시다. 그러면 생각해 보세요. 대체 그 비싼 변리를 우리가 어떻게 갚어 낸단 말요? 변리가 본전이 되구 본전이 변리를 낳아서 급기야는, 소를 팔지 않어선 안 될 고비가 닥쳐오고야 말 겁니다. 그러니까 여기서 소를 파나, 좀 두었다가 파나 팔기는 마찬가지죠?

국서　안 돼! 이전부터 이르는 말이 있어. 소는 농가의 명줄이야. 소 팔어먹구 잘되는 놈의 집안은 고금에 없거든!

국진　그래두 자식보다야 소중하지 않겠지요?

국서　말 말게. 세상에서는 자식 있는 것보다 송아지 가진 것을 더 중하게 여겨 준다네. 자식이 몇 놈이 있어 봐. 누가 문간에 송아지 한 마리 매어 둔 것보다 낫게 봐 주는지?

국서 아내　그건 옳은 말입네다. 우리 집에 소 한 마리 키운다구 동리에서 우리를 부자라구 그러지 않아요. 그리고 귀찬이 집에서도 우리 소 매어 둔 걸 보고 색시를 준대요.

국서　암, 그렇겠지. 술집에서 내게 막걸리 잔 외상으로 놓는 것도 우리 집 소를 보구 놓는 거야. "국서 자네 같으면 얼마라두 외상으로 먹게. 자네헌텐 소가 있는걸." 이러거든! 그들이 어디 자식 보고 그러는 줄 아나?

국진　그야 소를 가지면 안 가진 것보다야 훨씬 낫겠죠. 그렇지만 형님, 이 판에는 하는 수 없어요. 색시 집에서 두 도지를 못 갚어서 거리에 나앉는 변이 있더래두, 그걸 참고 계집애를 주려구 하지 않았어요. 그러니까.

국서　정신없는 사람아. 이 조선 땅에서 누가 남을 위해서

제 몸을 바치는 사람이 있어? 그 집에서 색시를 주려
는 것은 기왕 선금으로 몸값은 반이나 받어 썼겠다,
그 쓴 돈은 우리가 갚어 주려구 하겠다, 그러니까 그
집에서는 이리 구나 저리 구나 해되는 것은 없거든!
그래서 색시를 내놓는 거야.

국진　형님, 이것 보세요. 형님이 아무리 저 소를 소중히 여
　　　겨도 우리 논임자가 저걸 가만두지는 않을 겁니다. 알
　　　겠어요. 거기서는 묵은 도지를 어떻게든지 금년 안으
　　　로 받어 내려구 하지 않어요? 내년부터서는 무슨 법
　　　령이 갈린다구. 이런 좋은 핑계를 코앞에 두고 그 영
　　　리한 양반들이 우리 소를 제자리에 둬 두겠어요? 쑥
　　　스러운 생각이지요.

국서 아내　참, 아까 마름이 여간 노허구 가지를 않었다우. 그
　　　묵은 도지 때문에.

국진　에그, 저것 보세요. 그 악바리헌테 걸려서 큰일 났군
　　　요. 형님. 이럴 적에 맘을 뚝 잘러 버려요? 네?

국서　허긴 그래…… 묵은 도지가 걱정이야…….

국진　그리고 어디 자기 소가 있어야 농사를 지으란 법은 없
　　　죠. 명년부터서는 남의 병작소라두 먹이죠. 그래두 농
　　　사짓는 덴 걱정 없지 않어요?

국서 아내　허기야 소가 없어진대두 그 대신 일꾼이 하나 붙는
　　　걸요. 실상 말이지 농사에는 부칠 게 없어요. 귀찬이
　　　개는 나이는 어려두 일에는 벌써 이골이 났어요. 길쌈
　　　도 능허구 쌍일두 잘허니까.

국서　　그러면 소를 판다면 살 임자는 곧 나서겠나? 오늘내
　　　　일 안으로.

국진　　금방 읍내 소전에 들어서 제가 순돌이에게 알아봤지
　　　　요. 그랬더니 판다면 그 사람이 사두 좋다구 그랬어요.

국서　　순돌이가?

국진　　네, 마침 그 사람이 소 살 일이 있어서 나중에 우리 동
　　　　리로 오겠다나요. 그래서 이왕이면 우리 집에두 들러
　　　　봐 달라구 해 두었어요.

국서아내　……저기 누군지 소를 한 마리 몰고 일루 와요.

국진　　저게 순돌이로군요. 벌써 소를 샀구나.

국서　　가만있어라. 소를 팔려거든 내가 없는 데서 팔어라.
　　　　저게 팔리는 걸 내가 어떻게 본담. 간장이 쓰라려서.

(국서는 방 안으로 기어들어 간다. 소 장수 B, 소를 몰고 들어온다.
35세 되는 상투쟁이.)

6

국진　　순돌이 자네 벌써 소를 샀나?

소장수B　허지만 있으면 또 한 마리 살 테야요.

국진　　그러면 이 소 사 가게. 형님이 팔라구 겨우 승낙을 했어.

소장수B　가만 계셔요. 댁의 소는 한 마리뿐이죠?

국진　　그럼, 요즘 작인으로 두 마리씩이나 소를 키우는 집이

소　105

어디 있담. 대관절 얼마에 살 텐가?

소장수B   참 이상스러운데요. 이 소는 다른 사람에게 판 소는
아니지요?

국서   (방에서 문을 차고 나오며) 원, 정신없는 소리 작작 허
게! 이 사람이 우리를 무슨 소도적놈인 줄 아나? 무슨
협잡꾼인 줄 아나? 이 소는 이래 봬도 도 장관 나리께
일등상 받은 김 참봉네 집 소의 조카뻘 되는 소야! 정
신 차려!

국서아내   그리고 당최, 원. 엉터리없는 소리지. 이 밝은 세상
에 누가 한번 판 물건을 제곱 쳐 팔어먹는담!

소장수B   그렇게들 노할 게 아닙니다. 나두 들은 데가 있어서
허는 소리야요. 누가 그러는데 댁의 소는 벌써 팔렸다
구 그래요. 그래서 허는 소리야요.

(일동 의아한 듯 서로 본다.)

국서   ……이게 무슨 소리야?

국서아내   당찮은 소리야! 주인을 여기다 두고 누가 남의 소를
팔어먹는담!

국진   그건 순돌이 자네가 헛듣고 온 걸세. 애당초부터 우리
집 소가 두 마리 있는 것두 아니고 이 동리에 이 소 임
자가 둘이 있는 바두 아닌데 팔어먹기는 누가 팔어먹
는단 말이야, 우리가 안 팔고는.

국서   암, 큰 벼락이 날 일이지!

국서아내 아닙니다. 가만 계셔요……. 혹 논임자가 우리 몰래
　　　　　팔어 버렸는지 모르지 않겠수? 아까 마름이 그렇게
　　　　　호령을 허구 갔으니까.

국서　　참! 그 도지 때문에!

국진　　(소 장수 B에게) 여보게, 들은 대로 이야기해 주게! 누
　　　　가 그런 말을 허는가? 응, 순돌이?

소 장수 B 나는 자세한 말은 못 들었어요. 그저 소를 샀다는 사
　　　　람만 알어요.

국진　　누군가? 대관절 그건? 대 주게! 샀다는 사람을 대 주
　　　　게!

소 장수 B 우리 소전에 드나드는 쇠뭉치란 녀석이 샀다던가?
　　　　좌우간 내게 말해 준 사람두 어찌 된 일인지 자세한
　　　　사정 이야기는 모릅디다.

국서　　이거 원, 눈이 있어두 코 떼먹힐 놈의 세상이로군!

국서아내 애개, 참 귀신이 혹할 노릇이로구려!

국진　　음, 알었어요. 적실히 이것은 논임자의 소위야요. 그
　　　　밖엔 남의 소에다 손댈 사람은 없거든요.

국서　　(말뚱이더러 노하여) 이놈아, 나가거라! 소는 그예 네놈
　　　　때문에 날려 버리고 말었다! 이 빌어먹을 놈! 왜 아까
　　　　마름헌테는 덤볐어?

국서아내 이놈아, 너는 허는 짓이 미련스럽더라. 이 일을 어떡
　　　　허나? 이 일을.

말뚱이　아니야, 가만있어. 내 소 팔어먹은 놈은 알어요. 저……
　　　　그 쇠뭉치란 소 장수가 어떻게 생겼수?

소 장수 B   젊은, 머리 깎은 녀석이지. 좀 뚱뚱허구.

말똥이   뚱뚱허구 머리를 깎구……. 음! 그렇지! 이놈을 내가
       죽여 버릴 테야.

국진   네가 아니?

말똥이   인제 알았어요. 아까 개똥이란 녀석이 웬 뚱뚱허구 젊
       은 사람을 데리고 왔겠지요. 그래 가지구 이 감나무
       밑에다가 소를 몰아 내놓구 한참 동안이나 뭐라구 쑤
       군거렸어요. 그리고 나를 보고는 그만 도망을 했어!

소 장수 B   그럼 그건가 봅네다. 아무러면 불 안 땐 굴뚝에서 연
       기 나려구요. (퇴장)

국서   저런! 육시랄!

국서 아내   이놈아. 똑똑히 못 본 일이거든 아예 입에 담지 마.
       왜 그놈을 소도적놈으로 몰라구 그래?

국서   ……아냐. 그놈일는지도 몰라. 그놈이 소 팔어서 만주
       보내 달라구 좀 성화를 부렸어야지.

국진   참, 그래요. 그놈은 여간 약지 않으니까요.

국서   원, 이놈을 어떻게 처참을 헌담! 그예 그놈이 이 애비
       를 속이구.

말똥이   가만있어요. 이놈을 내가 재깍 찾아올 테니까. 찾아서
       그만 죽여 버릴 테야. 남의 장가가려는 소를! 장가 밑
       천을, 온! 망할 자식! (벽 틈에 꽂힌 낫을 빼어 들고 서슬
       이 시퍼렇게 뛰어나간다.)

7

국서 아내 이놈아, 그만둬라. 낫을 들고 저 미련한 놈이! 좀 붙
들어요! 에그!

국서 이놈아, 말똥아! 큰일 나겠다!

국서 아내 소 팔아먹은 놈은 개똥이는 아니야요. 그놈이 아까
내게 와서 이렇게 말하고 갔어요. "어머니, 나 읍내 순
검청에 좀 갔다 올 테니 옷 좀 챙겨 주." 그랬어요. 정
말이야요. 이 방에 그 옷 보퉁이가 있어요. 이겁니다.
이것 보세요. 그놈은 순검청에 갈 놈이야요.

국진 무슨 일 때문에 순검청엔요?

국서 (옷 보퉁이를 끌러 팽개치며) 에그, 너두 지지리두 못났
지! 그 약은 놈이 우리를 속이구 만주로 뛰려구 그렇
게 둘러댄 줄은 모르고 옷까지 이렇게 싸 주구…… 바
로 대! 네가 소 팔아서 만주 가라구 그놈더러 구슬렸
구나?

국서 아내 원, 하늘이 시퍼렇구, 왜 그런 소리를 내가 해요! 그
놈이 순검청에 볼일이 있다구 해서 내가 챙겨 주었지.

국진 형님, 그만두어요. 어차피 일은 고약허게 미끄러졌습
니다. 허지만 3000냥은 넉넉히 받을 물건을 이렇게
어수룩허게 내던지는 것은 참 분헌 노릇인데요.

국서 아내 저기 개똥이가 와요! 자, 어디 물어봅시다. 내 말이
거짓말인가.

(개똥이 등장. 숨을 헐떡이고 급히 들어서다가 일동의 너무나 긴장된 얼굴을 보고 주춤 선다.)

국서   (덤벼 나와서) 이놈아! 이리 와! 소 판 돈 어쨌냐? 내놔라!

개똥이 소라니요?

국서   왜 어물거려?

개똥이 소 안 팔었어요.

국서   뚝 잡어떼지 말구 얼른 여기에다 그 돈 내놔!

국진   그러지 말구 척 내놔라!

개똥이 돈 안 받았어요. 누가 소를 팔어요?

국서   (덜미를 잡고) 이 육시랄! 애비를 속일래두 소용없다! 네가 소를 파는 걸 본 사람이 있구, 소를 샀다는 사람이 나선 마당에서 그래, 네놈이 나를 속여? 이 빌어먹을! 소 판 돈 이리 내놔!

개똥이 놔요! 팔지 않았다니까. 왜 이래요! (아버지를 뿌리친다.)

국서   (지겟작대기를 쳐들고 때리려 한다.)

국서아내 그만둬요…….

(개똥이, 그 아버지에게 쫓겨 도망하려 할 때에 말똥이, 낫을 들고 나타나서 개똥이의 도망하려는 길을 가로막는다. 개똥이, 질려서 울타리 사립으로 피해서 집 뒤로 숨는다. 말똥이, 그를 추격한다. 그 아버지도 같이 따른다.)

국서아내 ……에그, 저 낫 좀 빼앗어요. 얼핏! 좀!
국진   이놈아! 저 낫!

(국진이와 국서 아내, 이렇게 부르짖으면서 집 뒤로 따른다. 무대에
는 아무도 없다.)

개똥이 (집 뒤에서 비명) 에그머니! 살려 주! 아야야! 나 죽는다!

(이윽고 개똥이 헛간 입구에 나타나서 쓰러진다. 얼굴은 피투성이
다. 그 뒤에 국진이, 국서, 그리고 국서의 처의 순서로 황급히 따라
나온다. 맨 나중에 말똥이 얼굴이 질려서 나타난다. 손에는 낫을
들었다. 동리 구경꾼은 벌써 거리에서 마당으로 모여들었다. 국서
는 신음하는 개똥이에게 덤벼들어서 다짜고짜로 몸을 털기 시작
한다.)

8

국서   ……이놈아, 그 소 팔어먹은 돈 내놓아! 그 돈을 어디
        다 숨겼어?
개똥이 에그, 아야…….
국서 아내 (어쩔 줄을 몰라서 허둥지둥하며) ……에그, 이 일을
          어떡허나? 이놈이 죽나 부다? (말똥이더러) 에키! 미
          련스럽게! 이 무지스러운 놈아, 이게 뭐냐? 이 꼴이

뭐냐? 입으로 해두 넉넉히 알 일을 가지구! ……이놈 이래야 소 팔어 만주 가서 우리를 잘 살리려구 그랬는 데…….

국서　(여념 없이 여전히 몸만 털며) 이놈아, 어디다가 감췄어? 내놔. 얼른!

국진　에그, 형님! 얼른 피나 좀 잘 막어 줍시다. 돈이야 어 디 가겠수. (개똥이의 머리를 싸맨다.)

국서 아내　그때에 말똥이를 붙들어서 망정이지. 그렇지 않었 드라면 얘가 어떻게 됐겠누? 저 미련한 놈한테.

국진　인제 다 싸매긴 했어요. ……그러지 말구, 개똥아. 바 로 대라. 응?

개똥이　내가 소 안 팔었어요. 아저씨.

국서　이놈이 굳이 나를 속이지.

개똥이　……실상은 소를 팔려구 허긴 했어요. 그래 흥정까지 다 해 두구서는 소 장수가 이렇게 말하겠지요. ……어 른 몰래 물건 샀다가 나중에 탄로되면 혼난다구요. 그 러면서 암만해두 사 주지를 않았어요.

국서　거짓말 마라, 이놈아. 그러면 왜 네 에미더러 옷을 챙 겨 달라구 그랬어? 그게 소 팔어서 튀려구 그런 증거 가 아니구 뭐냐?

개똥이　그건 읍내 순검청에 가려구 그랬어요. 내가 소를 팔려 다가 못 판 줄을 알구 우리 동무 녀석이 나더러 이렇 게 말했어요. ……읍내 순검청에서 4시꺼정 만주 가 서 노동해 먹을 사람을 뽑는다구요. 그래서 나두 한몫 끼일려구 부랴부랴 서두른 거야요. 거기서는 노자두 주구 게다가 일자리까지 작정해 준대요…….

국서 아내 　에그, 이 일을 어째? 공연히 생자식의 대가리만 터쳐 놨지!

말똥이 　(힘없이 손에서 낫이 툭 떨어진다.)

국서 　그럼, 이건 대관절 어떻게 된 놈의 일이야?

국진 　좌우간 마루에 갖다 개똥이를 누입시다. 아마 순돌이란 녀석이 헛듣고 온 거겠지요. 우리 소는 안 팔린 겁니다.

(개똥이를 마루에 누인다. 사음, 소 장수 C와 등장. 소 장수 C는 소 장수 A와 같이 좀 뚱뚱하고 젊고 머리를 깎았다.)

사음 　개똥이가 만주 간다더니, 왜 이 지경이야? ……그런데 국서, 내가 지금 온 것은 다른 게 아니라 아까 말해 두고 간 그 도지 때문에 왔는데, 이런 판에 말하기는 안됐지마는 잘 듣게. 나는 집에 가서 이렇게 생각하고 왔네. 자네가 묵은 도지를 아직 못 해다 갚는 바에야 내가 저 소를 몰고 가두 무방한 일이라구. 어때? 그러는 게 피차에 말썽두 적구 앞일을 봐서두 좋은 일이 아니겠는가?

국진 　아니.

사음 　자, 쇠뭉치야!

("쇠뭉치"라고 부르는 소리에 일동 의아한 듯이 서로 얼굴을 본다.)

사음   (소 장수 C더러) 이놈아, 쇠뭉치야. 저 소를 몰고 나가

        거라.

국서   니가 쇠뭉치로구나! 음! 뚱뚱하고 머리 깎은!

국진   이게 무슨 짓이우? 남의 소를 두고 미리 소 장수하구

        흥정까지 하구 와서.

사음   일없네! 자네 작은아들이 이 소 흥정을 하려다가 못

        했단 말을 내가 듣고 얼씨구나 허구 쫓아온 걸세.

국서   남의 소를 임자 몰래 팔어먹는 법이 어디 있담!

(구경하는 사람 중에서, "암 그런 법은 없지.")

사음   돈을 내놓고 법을 찾게. 그것이 정당헌 일일세.

국진   (소 장수 C가 소를 몰아내려는 것을 떼밀어 버리고) 비켜!

        이런 악착스러운 노릇이 어디 있어! 솔랑은 마구간에

        넣어 놓고 따져 봐! (소를 몰고 집 뒤로 간다.)

소 장수C (따라 나가며) 이런 제기랄!

사음   (같이 따르며) 이래서는 뒷일이 좋지 못해! 이 사람, 국

        진이!

국서 아내   ……원, 천하에! 남의 소를 가지구 이게 무슨 짓이

        야. 남의 집 명줄을 가지구…….

(구경꾼까지 모두 소를 따라서 무대 뒤로 나간다. 무대에는 마루에

서 앓는 개똥이와 벽을 지고 부동하는 말똥이뿐.)

개똥이   (앓는 소리) ……어머니! 물 좀 주, 어머니…….

(막)

3막

1

전 막과 같은 무대.

육 개월 후.

개똥이는 머리의 상처를 싸매고 울적한 얼굴로 헛간 한쪽 구
석에 앉았다. 국서의 아내는 군불을 땐다고 연기를 피우면서
문진이와 젊은 일꾼과 늙은 일꾼과 더불어 이야기하고 있다.

싸늘한 가을 저녁이다. 맑은 하늘에는 별이 반짝이고 감나무
에는 벌써 감이 맺혔다.

무대 한편에는 낟가리가 쌓였다.

문진   홋홋…… 그래서 대관절 소는 어떻게 됐수?

국서 아내   어쩔 수 있습니까? 마름이 소 장수를 시켜서 몰고

가 버리고 말았죠.

젊은 일꾼 그래서?

국서 아내 그것뿐이죠.

문진   홋홋……. 도처 춘풍이로군요.

늙은 일꾼 여보게 문진이, 그놈의 도처 춘풍이란 소리는 그만
　　　　허게. 그건 무슨 떡에 우긴가?[16]

젊은 일꾼 원, 그걸 가만뒀어요. 그냥 몰고 가는 걸. 나 같으면
　　　　한번 큰 혼을 안 내고는 안 돼요.

늙은 일꾼 자넨 참 딱한 소리두 하네. 이 세상이 어디 주먹다짐
　　　　으로 되는 세상인가? 돈이 제일이지.

젊은 일꾼 모르는 소리 마세요. 요즘은 그런 어수룩한 세상은
　　　　아니랍니다. 아무리 받을 게 있다더래두 이전과 같이
　　　　그저 우격다짐으로 남의 물건은 못 빼앗어 간대요. 어
　　　　디 가 물어봐도 그런 법은 없대요!

늙은 일꾼 말 말게, 아무래도 돈이 제일이지. 법이 제일이람!
　　　　돈 앞에서는 법도 굽실거린다대.

문진   그만들 두어요. (젊은 일꾼더러) 자네두 그만두게. 아
　　　　무래두 늙은이 말씀이 옳지. 우리보다야 뭘 먹어두 많
　　　　이 먹었을 테니까. 그러니까 그저 늙은이 말씀이 옳
　　　　아. 자네가, 여기서 아무리 똑똑한 체허구 입심을 부
　　　　려두 어차피 자네는 변호사 나리가 아니거든! 그리고

16) 흰떡에 물을 들여 장식한 것을 웃기떡이라 한다. 따라서 이 표현은 '도처
춘풍이란 말은 무슨 떡에 얹는 웃기인가?', 즉 '뻔지르르한 실없는 소리'라는
뜻이다.

여기는 법정이 아니란 말이야. 그러니까 아무리 세상 이치를 캐도 그건 소용없는 일이야. 배만 꺼질 뿐이지. 그저 우리들 농사꾼은 구경만 허구 있어. 세상이야 바로 돌건 외로 돌건 그저 구경만 해.

늙은일꾼　턱석부리. 웬일이야, 아주 똑똑헌데.

젊은일꾼　뼈 없구 창자 없는 지렁이가 아닌 담에야 어느 놈이 뱃속 편케 구경만 한대요!

국서아내　참, 자기 일이라구 당해 보니까 그저 구경만 허구 있을 수는 없는걸요. 우리두 소를 빼앗기구 어떻게 원통허구 억울한지, 이 며칠을 두고 생각했어요. 그러다가 할 수 없어 오늘 말뚱이 아저씨를 읍내에 보냈어요. 거기 가서 무슨 대서소라든가 변호사라든가…… 좌우간 그런 데 가서 물어봐서 재판을 건다나요. 그래 가지구 마름허구 논임자를 막 혼을 내 준대요.

젊은일꾼　암, 그래야죠. 다시는 이런 무지한 일이 없게 혼을 내어 줘야지. 요즘 논임자 놈들은 아주 고약허거든! 구저 빼앗어 가기만 허면 제일인 줄 안단 말이야. 재판이 걸린다면 나두 증인으로 나서지요.

늙은일꾼　헛헛헛……. 자네가 증인으로 나선다구 판검사 나리가 무서워할까?

문　진　커커……. 그럼 나는 주먹밥 싸 가지구 재판 구경 가겠네. 자네 그 뽐내는 구경이나 좀 허게—. (일어선다.)

국서아내　재판이 걸리면 이기기나 할까요?

문진 내가 판검사 나리가 아닌 담에야 알뱃대기[17]가 있나
     요. (젊은 일꾼을 가리키며) 이 똑똑한 사람헌테 물어보
     슈. 나는 먼저 가서 자기나 하겠수……. (개똥이를 보
     고) 이 자식이 송아지 덕 보려다가 대가리만 깨어 가
     지구. 왜 그렇게 웅크리고 있어? 그 어두운 데서……
     이놈아. 이번에 또 읍내 순검청에서는 만주 갈 노동자
     를 뽑는다더라. 어때? 또 한몫 끼고 싶지 않니?
개똥이 듣기 싫어요! 끼건 말건 어쩌란 말이야요.
문진 왜 이놈이 툭 쏘기는 해! 이 똥을 쌀 녀석이! ……이놈
     아, 이왕이면 이 밝은 데 나와서 마른하늘이나 쳐다보
     고 있으란 말이야. 만주 벌판의 하늘이나 봐야지. 바
     로 저 북두칠성 밑이 만주래. 먹음직한 왜떡이란 말이
     야. 핫핫핫…….

(다른 사람들도 따라 웃는다.)

개똥이 빌어먹을! 텁석부리! (홱 나가 버린다.)
문진 핫핫핫……. 저놈 보게. 제법 사람이라구 제 밑 구린
     데를 들춰내니까 싫어할 줄은 알거든! 자, 나는 먼저
     가서 자겠습네다. 더 놀다들 가슈. (퇴장)

_____

17) 알 바.

2

젊은 일꾼　개똥이의 얻어맞은 데가 아직 안 나었수?

국서 아내　그 애가 싸운 지가 오늘이 꼭 보름쨀데 아직 안 났구려. 소 한 마리 빼앗기는 통에 집안일이 죄 엉망진창이 되는데 참 우습죠. 작은애는 저렇게 대가리를 깨구 속을 앓지요. 큰놈은 큰놈대로 다 된 혼인이 틀려 먹으니까 괜히 또 그놈의 생꾀병을 피우고 돌아다니죠.

늙은 일꾼　또 그놈이 그렇게 일을 안 해?

국서 아내　일이 다 뭐유? 귀찬이가 나까무라상한테 끌려 일본으로 간 뒤는 밥도 잘 안 먹어요. (소리를 낮추어서) 여기서만 말입니다만 아래[18]는요 마름 집에다가 그놈이 불을 지를려구 덤볐어요. 세상에 원 그런 미련퉁이가 어딨겠수?

늙은 일꾼, 젊은 일꾼　저런!

국서 아내　(말똥이의 흉내를 내며) ……마름 녀석이 막 우리 집 소를 빼앗어 갔다! 그래서 내 색시 귀찬이는 그예 팔려 가구 말었다! 막 이놈의 집에다가 불을 질러 버려야지! 그래야만 분이 풀려. 이렇게 치를 떨고 막 덤비겠죠. 혼났어요. 우리는 걔 아저씨가 그때에 없었더라면 참 큰일 났을 겁니다.

늙은 일꾼　허헝헝……. 그런 일은 미련스러운 말똥이가 아니면

---

18) '어제' 또는 '접때'의 방언.

생각두 못 먹을 일이야.

국서 아내 그놈이 바로 억척이야요. 허는 짓짓이 그저 미련스
러운 짓뿐이거든요. 허지만 인제는 나두 하두 기가 막
혀 웃음밖에 안 나옵네다.

젊은 일꾼 말뚱이 아버지는 요즘 어디 갔어요? 통 안 보이니.

국서 아내 날마다 방구석에 박혀서 앓고 있죠. 소를 빼앗기구
화병이 더쳤어요.

늙은 일꾼 (방문을 열고) 국서! 뭐야? 자네두 말씀 아닐세. 사
람이 그까짓 것을 가지구 앓다니. 어두운 데서 그러지
말구 이리 좀 나오게그려. 오늘 저녁은 별도 좋으니.

국서 (얼굴만 내민다. 비루먹은 당나귀 상을 하고 있다.) 저녁
들 잡수셨수? (젊은 일꾼을 보고) 문 서방 자네두 왔나?
(처에게) 에그, 매워! 웬 연기는 이래?

늙은 일꾼 자네두 이 며칠 동안에 그만 병아리 오줌이 다 돼 버
렸구나.

국서 아내 당신이 오스스 한기가 난다구 해서 군불을 좀 넣지
요. 방은 어때요? 좀 따뜻해 와요?

국서 아랫목이 따뜻해.

늙은 일꾼 이 사람아, 소 잃고 게다가 병 얻었으면 자네는 벌써
할 노릇은 다 한 셈이네.

국서 아내 여간 소를 애지중지했어야죠. 소를 잃고 보니 생자
식을 잃은 것보다 훨씬 뼈가 아프대요. 모두들 재작년
에도 보셨지요. 우리 집 막내둥이가 죽었을 적에, 그
때 이 양반은 눈물도 안 비쳤습니다. 그랬는데 이번에

는 이 꼴이 아닙니까.

국서 인제 재판이 걸릴 테니까 두고 봐요! 막 해낼 겁니다. 그저 어수룩허게 구니까 나를 무슨 먹을 떡인 줄 알고 그놈들이 그렇죠. 그렇지만 나는 여기서는 아무 말도 안 해. 그저 법에다가 들이대 놓고 판검사 나리 앞에서 따질 겁니다.

젊은일꾼 그땐 나도 증인으로 나서죠.

국서 암, 동리 사람이 다 나서야지. 자네두 그 두 눈으로 봤지? 그저 우격다짐으로 다짜고짜로 소를 몰고 가 버렸단 말이야. 다들 잘 알죠. 그 소는 또래 소와는 내력이 달러요. 그 소의 사촌이……

늙은일꾼 도 장관헌테서 일등상을 받았다나 말이지?

국서 암은, 그 상장이 지금도 김 참봉네 집 방문 위에 걸렸어요. 그런 소를 마름 녀석이 몰고 가 버렸거든! 소 장수허구 서로 짜 가지구. 뭐 2250냥(450원)을 받았다나. 누가 알 일이야. 3250냥을 받았는지 4250냥을 받았는지.

늙은일꾼 좌우간 도지허구는 서로 탕감은 됐나요?

국서 2250냥을 받아도 그래도 도지 값을 것을 제하면 190냥(3원 80전)이 모자란다나. 흥, 누가 알 일이야! 남었는지 모자랐는지! (기침을 심하게 한다.)

국서아내 한기 나는데 방문을 닫치고 누워요. 그만!

국서 인제 두고 봐요. 내가 판검사 나리께 죄 사려서 마름 녀석을 그저 코빼기를 꺾어 놀 테니까! (처를 보고)

……여보, 읍내 대서소에 간 국진이는 어찌 됐어?

국서아내 아직 안 왔다우.

국서   국진이가 오면 알 일이야. 국진이가 내 도장을 가지구
       대서소에 갔으니까. 인제 두고 봐! 이놈의 마름 녀석!
       나를 누군 줄 알구! 앓느니 죽지. 내가 그 소를 빼앗기
       구 살어! (방으로 기어들어 가서 눕는다.)

국서아내 (방문을 닫아 준다.)

늙은 일꾼 국서의 뱃심두 여간이 아니구려. ……어차피 국서,
       문자는 아니래두 소는 농가의 명줄은 명줄인가 부다.
       그저 그 소 한 마리 없어지는 통에 생사람이 좀 다쳐야
       말이지. 우선 색시 하나를 이 동리서 빼앗겼지, 그리고
       총각 놈이 더벅머리째로 늙게 됐지. 만준지 어딘지 갈
       놈이 대가리를 깨구, 대주 양반이 드러눕게 되구…….
       이러고서야 소가 우리네 명줄이 아니구 뭐람! 한 집안
       이 웬통 거꾸로 서는 지경인 걸 더 말할 게 있나.

(이웃 사람 우삼이, 귀찬이 아버지를 어깨에 끼고 노래 부르며 들어
온다. 둘이 다 취했다.)

3

우삼   (노랫소리) ……꼬끼오 닭아 울지 마라. 네가 울면 날
       이 새구 날이 새면 나 죽는다. 나 죽는 건 섧지 않으나

불쌍하신 우리 부친 누를 믿고 사란 말가. 애구, 아버지……. 우리 아버지……. (흑흑 느껴 우는 시늉을 한다. 그러다가 별안간 껄껄 웃는다.) 헛헛헛……. 국서, 집에 있나? 이리 나와서 내 말 들어 보게. 공양미 삼백 석에 어복에 장사된 심청이가 효녀라면 우리 귀찬이는 대체 뭐야? 물론 효녀지. 백세에 이름을 날릴 효녀란 말이야.

귀찬이 아버지 놔주게. 아이, 우삼이 놓게!

우삼 몸을 팔어 집안을 구한 너 딸년이 효녀가 아니구 뭐람! 이 자식아! 이 땅에서는 그만한 효녀는 없다. 없어!

젊은 일꾼 웬일이우? 초저녁부터? 또 곤드레만드레구려.

우삼 이 귀찬이 애비의 주머니를 털었지. 탈탈 털어서 한잔 했거든! 웬말이야! (젊은 일꾼의 귀에다 대고) 여보게, 이놈의 주머니 속에 딸 팔어먹은 몸값이 아직 남었으리라구는 아무도 몰랐지? 그걸 내가 귀신같이 알아냈어! 그래서 털었지!

국서 아내 그 돈을 아직 갖고 있었나요? 도지 갚을 때 갚지 않구.

우삼 아냐요. 도지 갚을 때 다 치러 주구 영감쟁이 한 장 남은 걸 마저 헐었지요. 그만! (늙은 일꾼을 보더니) 에그! 동리 노인장 앞에서 이거 안됐습니다, 주정을 해서.

늙은 일꾼 자넨 그저 똥팔이 접쟁이[19]야. 먹는 거라면 귀신같

---

19) 똥파리 접장. 똥파리 우두머리.

이 알고 덤비거든!

우삼   이식위천[20]이라니요! 웬 말씀입니까? 그렇게 덤벼야 이 세상은 산답니다. ……아! 얼떨떨한데. 내가 이렇게 귀찬이란 년의 덕을 보리라구 누가 알았겠나. (국서의 처를 보고) 참! 말똥 어머니! 귀찬이 애비가 오늘 저녁에 당신을 좀 뵈러 왔답니다. 말하자면 암사돈 집 영감이 수사돈집 마님께 상우례하러 온 것입니다. 자 이놈아, 마주 서서 절해라!

귀찬이아버지   왜 이러나! 미쳤어!

늙은 일꾼   허헛헛……. 자식들의 혼인은 깨졌는데 암사돈 수사돈의 상우례가 웬 말이야?

우삼   아뉴. 상우례는 해야죠. 세상일이라 뜻대로 못 돼서 색시는 남의 손에 넘어갔다 하더래도 양반의 집 인사가 그렇잖거든요. 말똥네 집과 귀찬네 집은 이미 맘으로 허락한 사돈 간이니까요. 알겠지요?

국서 아내   허헛헛……. 말씀이래야 옳수. 그런데 참 귀찬이한 테서는 무슨 편지나 있습니까? 혹 편안히 닿았다는 기별 같은 거나?

귀찬이아버지   웬일이지……. 꿩 궈 먹은 자립니다. 아직…….

우삼   뭐? 꿩 궈 먹은 자리야? 좀 소리를 똑똑허게 허게!

늙은 일꾼   허기야 일본 땅이 여기서 어디라구 벌써 소식이 있겠나?

---

20) 以食爲天. 사람이 살아가는 데 먹는 것이 가장 중요하다는 뜻.

국서아내 아니죠. 우리 집에서 소 싸움이 일어난 그 담다음 날
　　　　 팔려 갔죠. 그랬으니까 벌써 열이틀이나 사흘은 지났
　　　　 는데요. 있으려면 그동안 왜 기별이 없겠수?

젊은 일꾼 그쯤 됐으면 며칠 안으로 편지가 오겠군요.

우삼 　걱정들 말게. 산 사람이 어딜 가겠나? 그저 개 팔자는
　　　　 쭉 늘어졌네. 우리 동리를 통치고도 개만큼 잘된 애
　　　　 는 없거든! ……요즘은 가을철이라 벼만 타는 일본인
　　　　 들 날새야 나쁠쏘냐? 지금쯤은 하늘엔 별도 좋겠다.
　　　　 개 귀찬이는 높다란 다락 위서 수란 치마를 잘잘 끄을
　　　　 며 하이카라상을 양 품에 끼고 홍야붕야 잘 놀 걸세.
　　　　 그러다가 흥이 받치기나 하면, 우리 농사꾼의 신세로
　　　　 는 일평생을 두고 구경도 못해 볼 거문고를 무릎 위에
　　　　 내어 놓고 그저 줄을 고르느라구. (어깨춤을 추기 시작)
　　　　 지당동당 지당당당! 이렇게 흐늘거리고 떠들 걸세.
　　　　 그게 신선놀음이 아니구 뭐람! 이 사람 걱정 말구 두
　　　　 다리 뻗게. 자네 팔자는 고쳤네.

젊은 일꾼 (별안간) 이것 봐요! 그만해요! 귀찬이 아버지가 울
　　　　 고 있어요!

귀찬이 아버지 ……난 개 같은 놈이야……. 제 자식을 팔아먹
　　　　 은 놈이 개가 아니구 뭐람……. 나는 개야……. (흐느
　　　　 낀다.)

우삼 　에키! 못난 백성 같으니!

국서아내 꽤 취했나 봐요. 익살은 그만 피우고 이 양반을 집에
　　　　 좀 업어다 주세요.

늙은 일꾼   헛헛헛……. 취중에 진심이라니 자식은 팔어먹기는
　　　　　했지만 좀 억울해서 그러겠나. 맘도 고운 사람이.

국서아내   참 사람이야 진국이지요.

우삼   아뉴. 이놈은 취하기만 하면 잘 우는 놈이야요. 그만
　　　　　해, 이 친구! 울지 말구 내 말이 어디 거짓말인가, 조
　　　　　금만 두고 기다려 보게. 얼마 안 돼서 자네 딸 귀찬이
　　　　　가 벌어들이는 돈바리 쌀바리 저 신작로 끝에서 끝까
　　　　　지 쭉 늘어다 올 테니까……. 울려거든 그때 울려무
　　　　　나. 사람이란 서러울 적에 우느니보다 기쁠 적에 울어
　　　　　야 생색이 나는 거야. 이 자식 멋대가리도 모르고 울
　　　　　기만 허면 그저 제일인 줄 알지. 에, 싱거운 백성 같으
　　　　　니라구! 자, 그만허구 자네 여편네헌테로 가세! (귀찬
　　　　　이 아버지를 어깨에 끼고 우삼이 퇴장)

늙은 일꾼   (나가는 것을 보다가 젊은 일꾼에게) 문 서방, 우리도
　　　　　가세. (방을 들여다보고) 국서. 잘 조섭허게.

젊은 일꾼   (국서의 아내에게) 갑니다.

국서아내   편안히 가슈. (늙은 일꾼과 젊은 일꾼 퇴장)

4

국서의 아내는 군불 넣던 아궁이를 막고 비질을 한다. 유자나
무집 딸의 노랫소리 들린다. 한길에 나타난다. 울타리에 기웃,
이 집 안을 살핀다. 우편에서 국진이 등장. 국서의 아내, 국진

이를 발견하고 종종걸음으로 달려간다.

국서아내 어서 오세요. 어찌 됐수, 재판이?

국진   (울타리 쪽을 보고) 거기 선 게 누구야?

유자나무집딸 히힛힛……. (사라진다.)

국서아내 그 미치광이 년이로군요. 에그, 깜짝이야. 저것이 요
      즘도, 그저 개똥이를 따라서 큰일이야요.

국진   형님은 계시죠, 방에?

국서   (문을 열고 나오며) 어찌 됐니, 국진이? 재판 날짜는 언
      제라던?

국진   재판은 안 걸고 왔어요. 암만 생각해두 재판이 걸린댔
      자 우리헌테 이로울 게 없겠습니다.

국서   그게 무슨 소린가?

국진   좌우간 대서소에 가서 이번 일이 일어난 내력을 제가
      자세히 말했지요. 그랬더니 거기서 그 시비곡절을 잘
      따져 주는데, 그럴 법하더군요. 즉, 거기서는 이렇게
      말합디다. 지금 재판을 걸기만 한다면 우리 소원대로
      우리 집 소는 제격 찾어낼 수가 있답니다.

국서   암, 그렇구말구. 단번에 찾어낼 수 있는 거지. 그래서?

국진   허지만 뒷일이 까다롭답니다. 그때에는 논임자 편에
      서 그저 있지는 않을 거라니까. 만일 그쪽에서 받으려
      는 묵은 도지를 두고 집행을 한번 텅 붙이는 날이면
      참 큰일 난대요. 우리 이 집이며 집터 같은 것은 단번
      에 날아가 버리고 우리는 그야말로 화전이나 파먹지

않으면 안 될 신세가 돼 버릴 거래요. 그리고 소 한 마리 찾어내는 데 경치게두 웬 비용은 그렇게 듭니까? 우선 대서비는 없어서는 안 될 거구, 그 외에 읍내에 왔다 갔다 하는 차비며 증인 서 주는 동리 사람들헌테 그래두 막걸리 잔은 받어 줘야죠. 이렇게 잔잔한 비용을 통 따져 보는 데 되려 재판 한 번 거는 비용이 소 값보다 많을 것 같습니다.

국서아내 그러면 혹 떼러 갔다가 되려 혹 붙이고 오는 짝이 되게요?

국진 그러기에 말입니다. 나두 맨 첫 번은 멋도 모르고 그저 재판만 걸어 줍시사 허구 조르다가 나중에 이런 말을 듣고 놀랬어요. 그리고 손해 가는 것은 어디 그것뿐입디까? 결국 논까지 떼이게 되지요. 그렇게 되면 내년부터 우리는 뭘 갈어 먹구삽니까?

(개똥이, 헛간 입구에 나타난다. 다른 사람은 그가 들어오는 것을 모른다.)

국서 그렇지만 이 사람! 그 소의 사촌의 아버지의 큰형은 도 장관 나리께 일등상을 받지 않었나? 그런 내력 있는 소를 그저 빼앗기구 있어! 원, 사람이 분해 죽을 일이야! 그리고 이 사람, 동리서는 모두 증인으로 법정에 나서 주려구 그런다. 아까 문 서방도 나서겠다구 그랬어.

국진   그렇지마는 형님, 더구나 이번 일만은 성미대로 했다 가는 큰일 나겠습니다.

국서   그래서 읍에서 넌 어쩌구 왔어?

국진   논임자를 찾아갔지요. 그래 그만 거기서 화해를 붙여 버렸습네다.

국서   화해를?

국진   네. 논임자 편에서 팔어먹은 소에 대해서는 우리는 앞 으로 이의 없기로 허구. 그 대신 그쪽에서는 우리가 갚어야 할 도지를 안 받기로 했습니다.

국서   그러니까 소하고 도지를 서로 탕감해 버린 셈이로구나.

국진   그리고 게다가 또 내년부터 여태 부치던 논을 우리가 도로 부치게 했어요.

국서아내   아주 그렇게 화해가 됐수?

국진   "응." 허구 논임자가 시원스럽게 대답을 했어요. 이렇 게 도장까지 받어 왔지요.

국서   (문서를 받아보고) 이런 빌어먹을! 그 내력 있는 소를 그만 빼앗기구! 원, 천하에! 그러면 이 종잇조각 한 장 으로 나는 다시 두말 못허게 된단 말이지?

국서 아내   그 대신 도지가 갚였으니 피장파장이지요. 무엇보 다두 도로 논을 얻어 부치게 된 게 천만다행이구려. 농사꾼이란 그저 손바닥 같은 거라두 파먹을 땅뙈기 가 있어야 살지요. 밭을 부칠 데가 있어야 살지요.

국서   (울며) 에, 분해! 그럼 우리 소는, 그 색깔 좋은 소는 어 떡한담! 울음소리도 예쁘고 앞가슴이 쩍 벌어지구 해

서 이 동리에서는 일등 가는 손데 그만 그걸 빼앗기구
만담. 에이 분해, 우리 집은 그만 망했어⋯⋯. 소 잃고
잘된 놈의 집안은 없어⋯⋯. (울고 방으로 들어간다.)

국서아내 오늘 웬종일 읍에 가서 수고해 온 보람없이 왜 야단
만 해요⋯⋯. 좀 울지 말우⋯⋯.

(이웃 젊은 사람 수 명, 황급히 뛰어들어 온다.)

5

젊은 사람 (뛰어들어 오며 숨을 헐떡이며) 말똥 어머니! 말똥 어
머니! 큰일 났수! 큰일이야!

국서 이것 뭐야? 어찌 된 일이야!

젊은 사람 (우편 하늘을 가리키며) 저것 보세요! 막⋯⋯ 막 불이
났어요. 불이야요.

국서 (방에서 나오며) 불이라니?

젊은 사람 신작로 돌다리 가에 있는 댁의 논임자의 곡간 알지
요? 거기서 불이 붙었어요. 말똥이가 지른 거야.

국서 말똥이가?

국서아내 저런! 저 육시랄 놈이! 저 뚱딴지 같은 놈이 기어쿠
저지르고 말았구나. 에그, 이 일을 어쩌나!

젊은 사람 얼른 가세요.

국진 대관절 말똥이는 어딨어? 말똥이는 말이야?

젊은 사람　잡혔어요. 주재소 순검 나리헌테 붙들려 갔죠. 불을 질러 놓고도 말뚱이는 도망도 허지 않고 그 자리에 장승같이 꾹 서 있었어요. 그래서 잡혔지요. (젊은 사람들 퇴장. 국진이 같이―.)

국서 아내　(허둥지둥하며) ……저런 고집통이 봐! 에그, 잘 잡혀갔다. 그놈이 장가를 못 가니까 심술이 나서……. 그저 눈이 뒤집힌 모양이야. 바로 미쳤어…… 미쳐……. (퇴장)

국서　(방으로 도로 기어들어 가며) 녠장. 내 아랑곳 아니야!

(무대는 조용해졌다. 먼 하늘이 붉어져 온다. 불 종소리 들리기 시작. 개똥이 혼자 우두커니 붉어진 하늘을 바라보고 섰다가.)

개똥이　흐흣흣……. 그예 불 소동이야……. 어서 이 아픈 데만 나으면 나는 걸어서라두 만주로 갈 테야. 넓은 북쪽으로 떠나가야지……. 하루라두 속히 여기를 떠나가야 살지…….

(유자나무집 딸, 노래 부르며 나타난다.)

유자나무집 딸　(약간 취했다.) 히힛힛……. 개똥아! 너 혼자 있구나. 나두 만주 갈 테야……. 너허구 같이. 데려다 주. 사람이 날보구 돌질허지 않는 데로 같이 데려다 주. (그러면서 개똥이한테 붙어 안기려 한다. 개똥이 뿌리

쳐 버린다. 다시 일어나며) 히힛힛……. 나두 같이 갈 테
야……. 사람 살기 좋은 곳으로 데려다 주…….

개똥이   저리 가!

유자나무집딸   히힛힛…….

                                              (막)

작품 해설

　동랑 유치진(1905~1974)의 초기 리얼리즘 연극 활동을 대표하는
「소」는, 1934년 극예술연구회 공연을 위해 창작되었으나 일제의 사
전 검열로 공연이 불허된 후,《동아일보》에 1월 30일부터 2월 22일까
지 연재된 3막 희곡이다. 1935년 6월 4일 동경학생예술좌의 창단 공
연으로 일본의 스키지소극장(築地小劇場)에서 초연되었으며, 1937년
2월 「풍년기」로 개작되어 극연 15회 공연으로 상연되었다.

　1930년대 늦은 가을의 시골 농가, 아내와 장성한 두 아들을 둔 가
난한 소작농 국서는 타작으로 분주하다. 국서는 소를 팔아 만주 여
비를 보태 달라는 둘째 개똥이를 야단치고, 아내는 귀찬이에게 장가
보내 달라며 드러누운 첫째 말똥이를 달랜다. 소는 국서의 자랑이며
유일한 재산이다. 이 년간의 흉년 끝에 찾아온 풍년에 농민들은 신이
나지만, 다음 해에 농지령이 개정되기 전에 묵은 도지를 몰아 내야
하는 귀찬이 아버지는 딸을 팔기로 결정한다. 다음 날, 국서는 지난
흉년의 도지를 몰아 받고자 하는 사음의 요구에 돈을 빌려 보려 하지
만 여의치 않다. 결국 귀찬이는 팔려 가고, 말똥이는 지주의 곡간(穀
間)에 불을 지르고 붙들린다.

　유치진의 「소」는 작가의 이전 작품에 비해 한층 극작술을 발전시
킨 희곡이다. 「소」에서는 두 가지 사건을 동시에 전개해 나가는 구조,
궁핍한 가정에서 딸을 파는 모티프, 정신이 온전하지 않은 여인을 통
해 비극성을 환기하는 방법, 긴장 이완을 위한 소극적 장치, 파국적
결말 등, 「토막」(1931), 「버드나무 선 동리의 풍경」(1933)과 같은 농
촌극에서 시도한 여러 극작술이 종합된다. 또한 형제간의 갈등을 중

심으로 전개되던 사건이 지주와 소작인 사이의 갈등으로 전환되면
서 일제 강점기 조선 농촌의 현실이 적나라하게 드러난다. 1930년대
리얼리즘 희곡 중 발군의 성취를 보여 주는 작품이라 할 수 있다.

사랑에 속고 돈에 울고

임선규(林仙圭) ?~?

본명은 임승복(林勝福)이며 생몰 연대는 확실하지 않다. 충남 논산 출생으로 강경상업고등학교를 졸업했다. 1936년 7월 동양극장에서 극단 청춘좌에 의해 「사랑에 속고 돈에 울고」가 공연되면서 해방 전 대표적인 대중 극작가 중 한 명으로 활동했다. 극단 청춘좌에서 「유정무정」(1936), 「수풍령」(1936), 「유랑 삼천리」(1938), 「정열의 대지」(1939) 등을 발표했다. 1939년 10월부터는 극단 아랑에 주로 작품을 제공했는데, 「청춘극장」(1939), 「김옥균」(1940), 「어머니를 찾아서」(1940), 「바람 부는 시절」(1940), 「동학당」(1941) 등이 대표작이다. 해방 직후 월북한 이후 행적이 분명하지 않다.

등장인물

철수 홍도 오빠
홍도 누이동생
광호 홍도의 남편
혜숙 약혼녀
봉옥 광호의 누이동생
아버지 광호의 아버지
어머니 광호의 어머니
월초 서생
노복 혜숙의 집 청지기
춘홍 기생
수련
중실 혜숙의 오빠
김 군
이 군
하남

1막

홍도의 집.

밥상에다 보자기를 덮어 놓았다. 홍도, 분주히 집 안을 치우고 있다. 철수, 세수수건을 목에 걸고 중앙 후면에서 나온다. 걸음을 계속하여 마루로 올라간다.

철수 광호 군은 아직 안 왔니?

홍도 네. 오빠 지금 몇 시유?

철수 (시계를 보며) 9시가 넘었어. 시간이 넘도록 이 사람이 웬일일까?

(홍도, 대문 편으로 향하여 살핀다.

철수, 상보를 젖히며 본다.)

철수   야! 오늘 반찬은 아주 굉장하구나.

홍도   오빠! 보지 마요.

철수   얘 홍도야, 맨날 이 오래비에게는 된장찌개에다 콩나
        물만 먹이더니 오늘은 광호가 온다니까 반찬이 아주
        굉장하구나.

홍도   참, 오빠두—.

철수   참, 오빠두가 아니라 그렇지 뭐냐? 그래, 너는 이 오래
        비보다 광호가 제일이야?

홍도   물론, 그리고 광호 씨는 손님이 아니에요.

철수   손님이 아니라 장래 네 남편이니까 그렇다고 솔직히
        고백하렴.

홍도   아이참, 오빠두. (부끄러운 듯)

철수   하여튼 나는 배가 고파서 광호 올 때까지 더 기다릴
        수가 없다. 먼저 먹어야 하겠다. (상을 잡아다가 먹으려
        고 한다.)

홍도   오빠— 이왕 기다리신 길이니 조금만 더 기다렸다가
        광호 씨가 오거든 같이 잡수세요.

철수   뱃가죽이 등에 가 붙을 지경인데 어떻게 더 기다려.
        싫다. 나 먼저, 먹겠다. (이것저것 집어 먹는다. 손으로)

홍도   배가 툭 터지도록 많이 잡수세요.

철수   (먹다가) 뭐, 배가 툭 터지도록 먹어라?

홍도   배가 툭 터지도록 많이 잡수시구려.

철수   아니, 얘, 어떻게 하는 말이야? 그럼 나를 네— 오래
        비가 아니라 네 하인으로 취급하는 거야?

홍도   누가 하인이라고 그랬어요?

철수   그만두어라. (화를 내고 일어서며) 오늘부터 네가 지어 주
      는 밥을, 안 먹으면 그만이지. (상의를 입으며 내려선다.)

홍도   오빠— 어디 계시려우?

철수   아니꼬워서 그 밥 어디 먹겠니? 나가서 설렁탕이나
      한 그릇 사 먹으면 그만이지. (나간다.)

홍도   오빠 정말 노했수?

철수   그만두어! (나간다.)

(대문 앞에서 들어오는 광호와 마주친다.)

광호   아니 여보게, 어디 가나? (홍도에게 인사)

철수   어서 자네나 들어가서 배가 툭 터지도록 먹게.

광호   이 사람아, 배가 툭 터지도록 먹으라니 무슨 말인가?

철수   하여튼 배가 툭 터지도록 먹으라니까.

광호   (홍도에게로 가며) 홍도 씨, 저 사람이 미치지 않았습니
      까?

철수   이 사람, 미치다니?

광호   (대답 없이) 홍도 씨 뭣 때문에 저 사람이 저럽니까?

철수   광호 이 사람, 내 말은 말 같지가 않고, 그래, 홍도 말
      만 말 같다는 것인가?

광호   그렇다고야 하는 게 아니지만.

홍도   오빠— 제가 잘못했어요. 그러니 그만두시고 올라오
      세요.

광호 대체 뭣 때문이에요?

철수 내가 말하지. 자네, 들어 보게. 그래, 세상에 남매지간
    에 이런 법이 어디 있겠나? 내가 오늘 아침에 말이야.
    좀 일찍 일어났더니 몹시 시장하데그려. 그러나 자네
    를 기다리려니 도무지 뱃가죽이 들창에 닿는 것 같아
    서 기다릴 수가 있어야지. 그래서 내가 먼저 밥을 먹
    으려고 막 한 숟갈 뜨려고 하니까 저 홍도가 하는 말
    이 배가 툭 터지도록 잡수세요. 이러질 않겠나. 그러
    니 소위 제 오래비더러 그런 말버릇이 어디 있겠나.

광호 그거 화나게 됐네.

철수 그래서 지금 막 설렁탕 사 먹으러 나가는 중일세.

광호 홍도 씨. 이 사람의 말이 사실입니까?

철수 아니 이 사람아, 정녕코 내 말은 신임할 수 없고 저 홍
    도의 말만 신임하겠나?

홍도 오빠. 정말 제가 잘못했어요.

철수 정말 잘못했다고 생각하니?

홍도 정말 잘못했어요.

철수 그럼 나도 잘못했다. 그만두자.

광호 (웃음) 하…….

(홍도, 철수, 같이 웃는다.)

철수 자— 어서 올라가세. 정말 나는 자네 기다리다가 허
    기져 자빠지겠네. (올라간다.)

홍도   (광호에게) 그런데 지금이 몇 시예요?

광호   (시계를 보며) 왜요? 저는 약속한 시간 9시 정각에 댁 문전에 들어섰습니다.

홍도   거짓 말씀 마시고 늦어서 미안하니 용서하십시오 하고 사과나 하세요. 지금이 9시가 아니라 9시 반이에요.

광호   그럴 리가 없어요. 이 시계는 적어도 월삼(月三)[1]이랍니다.

철수   여보게, 월삼은 삼십 분씩이나 덜 가는 건가? 그런 덴뿌라 시계는 일찌감치 엿이나 사 먹게.

광호   하하…… 그렇게 됐는가요? (홍도에게) 미안합니다. (곡객이[2]로 절을 한다.)

홍도   하하……. (웃는다.)

철수   어서 올라오게.

(철수, 올라가 앉으며 홍도도 올라가 앉는다. 세 사람, 서로 권하며 밥을 먹기 시작한다. 철수, 밥을 몇 숟가락 급히 먹다가 걸린다. 광호, 철수의 등을 쳐 준다.)

광호   왜 이래, 이 사람.

철수   물, 물──.

---

1) 1850년에 설립된 미국의 시계 공장 월섬(Waltham)에서 생산된 시계를 말한다.
2) ごけい. 서로.

(홍도, 물을 따라 준다.

철수, 물을 마시고 숨을 돌린다.)

광호   이 사람아, 무엇이 그리 급해.

철수   찬찬 먹다가는 자네들 두 사람에게 맛있는 반찬 다 뺏
       기면 어떡하게.

광호   원, 사람두.

철수   여보게. 대관절 이 요리는 누가 만든 것인지 아나?

광호   글쎄.

철수   대한요리협회에 회장으로 계시는 황홍도 양께서 만
       든 것일세.

광호   과연 요리 맛이 훌륭한데.

철수   정말 훌륭한가?

광호   정말 훌륭해──.

철수   그러면 요거 하나 먹어 보게. (집어 준다.)

(광호, 입을 벌린다.

철수, 자기 입에다 넣어 버린다.

철수, 또 하나 집어서 준다.)

철수   요번에는 정말 맛 좀 보게.

(광호, 받아먹는다.)

철수　맛이 어떤가?

광호　아주 훌륭하이.

철수　그래. 그러면 요것 또 하나 맛보게. (준다.) 어떤가?

광호　아주 맛있는데.

철수　뭐가 이 사람아 그렇게 훌륭하고 맛이 있다는 말인
　　　가? 내 입에는 모두가 맵고 짜고 싱거운데, 그래, 자네
　　　입에만 그렇게도 좋은가? 그래 이 사람아, 사랑에 **빠**
　　　지면 반찬에까지도 빠지는 건가?

광호　예끼, 사람두.

철수　홍도야, 너두 그러냐?

홍도　참, 오빠도 어서 밥이나 잡수세요.

철수　응, 그래. 잠자코 밥이나 먹으마.

(세 사람, 다시 먹기 시작.

철수, 갑자기 시계를 보고 일어선다.)

철수　이크, 벌써 10시가 다 되었구나.

광호　왜 그래?

철수　10시 정각에 화신 앞에서 친구들과 만나기로 약속했어.

광호　그렇지만 먹던 거나 마저 먹고 가게나그려.

철수　갔다 와서 또 먹지.

홍도　그러면 물이라도 많이 잡숫고 가세요. (물을 준다.)

철수　예끼, 내가 붕어 새끼야? 물이나 많이 먹으라게.

광호　하……. (철수, 내려선다.)

철수   애 홍도야, 내가 나가거든 사랑하는 광호하고 재미있
       게 속삭이며 많이 먹어라. 응—.

(홍도, 부끄러워 돌아선다.)

광호   잔소리 말고 어서 다녀나 오게.
철수   걱정 말게. 어서 갈 테니. 홍도야, 다녀오마.
홍도   빨리 다녀오세요.
철수   그래, 해 가거든 돌아올 테니. (나간다.)
광호   자— 홍도 씨 보기 싫던 오빠도 나가고 했으니 우리
       같이 겸상해서 재미있게 먹어 봅시다. 어서 올라와요.

(간신히 올라간다.
철수, 나갔다가 다시 들어와 두 사람의 거동을 살피며 한편에 숨는다.)

광호   자— 어서 먹읍시다. (먹는다.)

(홍도, 밥을 먹는다.)

광호   가만있어요. 반찬은 내가 집어 드리지요. (집어 가지
       고) 자— 아 해요. 어서— 어서 자— 아— 해요.

(간신히 입을 벌린다.
철수, 달려들어 크게 소리친다.)

철수   아—. (두 사람이 당황해한다.) 하…….

광호   아니, 이 사람 벌써 다녀왔나?

철수   하…… 사실은 내가 이 장면을 방해하려던 게 아니라
       모자를 두고 나가서 모자 가지러 들어온 걸세. 미안
       하이.

(홍도, 모자를 집어 든다.)

철수   (모자를 받아 든다.) 홍도야. 이번에는 정말 간다.

광호   정말 가는 건가?

철수   정말 가네. (나간다.)

(철수, 나가 다시 숨는다.
광호, 철수가 숨는 걸 본다.)

광호   (반찬을 집어 들고 홍도에게 준다.) 자— 이번에는 정말
       받아먹어야 해요. 자— 자.

(홍도, 또 입을 벌린다.
철수, 또 뛰어나오며.)

철수   아—. (입을 벌린다.)

광호   아—. (철수 입에다 넣어 준다.)

(철수, 받아먹는다.

세 사람, 크게 웃는다.)

광호   이 사람, 정말 간다던 사람이 어째 안 가고 또 들어왔
        나?

철수   이제 정말 가겠네.

광호   또 정말 가나?

철수   정말 가네. 홍도야, 미안하다. 인제는 정말 간다.

(철수, 정말 나가 버린다.

광호, 숟가락을 놓는다.)

홍도   왜, 그만 잡수시겠어요?

광호   네— 많이 먹었어요.

홍도   찬이 입에 맞질 않으셔서 그러시지요?

광호   천만에요. 많이 먹었어요.

홍도   그럼 저도 그만 먹겠어요.

광호   제가 안 먹어서 그러세요?

홍도   저도 많이 먹었어요.

광호   그러면 상은 제가 치워 드리지요.

(광호, 상을 든다. 홍도, 마주 든다.)

홍도   그만두세요. 제가 치워요.

광호 　미안합니다. (눠준다.)

(홍도, 상을 치우고 다시 나온다.
홍도, 무슨 생각에 잠기어 시름없이 한편으로 돌아선다.)

광호 　홍도, 왜 그렇게 서 있소. 이리 와 앉구려.
홍도 　(앉으며) 저는 너무 걱정이 돼서 그래요.
광호 　뭣이 그렇게 걱정이 된단 말이오.
홍도 　우리들의 결혼 문제 말이오.
광호 　홍도, 그 점에 대해서는 아무것두 걱정을 마요. 아버
　　　지께서는 쾌히 승낙을 하시었다오. 그러니 머지않은
　　　날에 우리는 결혼할 수 있고 행복한 가정을 건설할 수
　　　도 있으니까 안심하구려.
홍도 　정말 아버님께서 승낙을 하시었나요?
광호 　그럼 정말이지. 내가 당신에게 거짓말을 할 리가 있겠
　　　소? (이때 춘홍이와 수련이 등장하여 두 사람의 모습을 살
　　　핀다.) 그러니 아무 걱정 마요. (홍도의 손목을 잡는다.)

(춘홍이와 수련, 앞으로 나선다.)

춘홍 　좋습니다. (두 사람, 당황해 떨어진다.)
홍도 　아이, 언니! 언제 들어왔수? 수련이두.
광호 　춘홍 씨, 어서 오십시오.
춘홍 　너무 이러지 마십시오. 늙은 과부 바람나겠습니다.

광호 아니, 늙은 과부라니요?

춘홍 왜요? 늙은 과부라니까 웃으십니까?

광호 왜, 그 사람은 어데 갔나요?

춘홍 그 자식 아편 값 대느라고 골머리를 빠졌더니 게다가 나를 발길로 차고 어떤 년을 꿰차고 어데론지 떡따바라[3] 하고 말았습니다.

광호 허── 그리고 보면 요새 춘홍 씨의 베갯머리가 퍽 쓸쓸하시겠구려.

춘홍 말 마십시오. 베개 안고 잠꼬대하기에 뜬눈으로 밤새 운답니다.

홍도 원, 별소릴 다 하네.

광호 하……. (크게 웃는다.)

춘홍 홍도야, 목욕 안 갈래?

홍도 목욕?

춘홍 그래, 광호 씨, 목욕 안 가시겠어요?

광호 저는 일주일에 두 번밖에 안 가는 성질인데요.

홍도 그러면 어떡하나?

광호 저 이렇게 하지요. 세 분이 목욕 갔다 오실 동안 저는 요 앞에 나가서 '다마'나 치다 오지요.

홍도 다녀오세요. (광호 퇴장)

춘홍 홍도야. 그래, 저 도련님은 집에서 승낙이나 했다더냐?

홍도 자기 아버지께서는 승낙했으니 아무 걱정 말라고는

---

3) 떴다+바라(ばら, 輩). '도망 패가 되다'라는 뜻.

하지만 그래도 마음이 놓이질 않는구려.

춘홍   글쎄나 말이다. 광호 씨는 너를 생명을 내놓고 사랑한
다고 하지만 저희 집안에서 너 같은 기생을 며느리로
맞아들이겠니? 괜히 나중에 뜨거운 눈물 흘리지 말고
더 깊은 정 들기 전에 스스로 네가 단념해라. 그것이
사랑하는 광호 씨를 위해서 가장 옳은 길이라고 나는
생각한다.

홍도   그렇지만 지금에 와서 나는 그이를 단념할 수가 없어요.

춘홍   물론 어려서야 첫사랑에 깊이 든 정이라 지금은 단념
못 하겠다고 하지만 막상 또 단념하고 보면 얼마 안
가서 잊히는 게란다. 그러니 너두 잘 생각해서 그이와
결혼하도록 해라.

홍도   나는 죽어도 그이와 결혼해야 해요.

(이때 밖에서 찾는 소리.)

노복   이 집입니다. (들어선다.)

(봉옥이와 혜숙, 성들이 나서 들어온다.)

노복   누가 홍도야? (춘홍이에게) 니가 홍도야?

춘홍   내 이름은 홍도가 아니오.

노복   그럼 니가 홍도로구나. (홍도에게)

홍도   누구신지는 모르겠습니다만 용건은?

봉옥 　우리 오빠가 어디 있어요? 우리 오빠를 내놓아요.

춘홍 　이건 아닌 밤중에 홍두깨도 분수가 있지. 당신의 오빠가 물건이오? 내놔라 들여놔라 하게.

혜숙 　아니, 그럼 광호 씨가 어디 갔어요?

홍도 　알고 싶거든 당신들 마음대로 찾아보시구려.

봉옥 　정말 우리 오빠를 안 내놓을 작정이오?

홍도 　아니, 대관절 당신네들은 누군데 남의 집에 함부로 들어와서 이 야로를 부리는 거요?

봉옥 　야로라니?

춘홍 　그럼 이게 모두 야로가 아니고 뭐요.

노복 　그런 게 아니라 내가 설명을 하고 보자면 이분은 광호 씨의 누이동생 되시는 분이오. 또 이분으로 말하자면 박두환(朴斗煥), 박 대감의 따님이세요. 또한 현재 당당히 광호 씨와 약혼하신 사이시라 그런 말이야. 또 게다가 작년에 동경음악학교를 우수한 성적으로 졸업을 하시고 현재 성악을 전공하시고 계시는 박혜숙 양이시라 그런 말이다.

춘홍 　아니 이 늙은이야, 그러니 어째 그러지 말고 은단을 팔러 왔으면, 은단을 사 달라고 하고 영신환을 팔러 왔으면 한 봉 사 달라고 할 것이지 왜 이리 잔소리가 많은 거야?

노복 　아니, 그러면 너희들이 오인(吾人)[4]을 길에서 떠들고

---

4) '나'를 문어적으로 이르는 말.

있는 약장수로 아는 거야.

춘홍　오인이고 다섯 사람이고 어째서 남의 집에 들어와서
　　　이리 야로냔 말이야?

노복　허— 이런 무식한 것들이 있나? 저 아씨, 저런 것들하
　　　고는 말할 상대가 되지 않으니 그만 갑시다.

춘홍　이 늙은이야, 생각 잘했으니 찬밥 덩이나 치우러 어서
　　　가 보시지.

노복　무엇이? 찬밥 덩이나 치우라고? 허, 저런 괘씸한 것들
　　　이 있나? 그래, 너희들 눈에는 내가 남의 집 찬밥 덩이
　　　나 치우러 다니는 거러지로밖에 보이질 않느냐?

춘홍　그러면 뭐야? 괜히 오래 서서 지껄이고 있으면 재미
　　　없어. (팔을 걷고 나선다.)

노복　뭣이? 재미가 없다고?

춘홍　그래, 너희도 춘홍이의 주먹맛을 한번 볼 테야? (바싹
　　　달려든다.)

노복　허— 이런 것들이 있을까? (비켜서며) 이건 기생 년들
　　　이 아니라 싸움패들이로군그래.

홍도　아니, 뭣이 어째? 기생 년들이라고? 그래, 기생 년들이
　　　어쨌단 말이야? 너희들보고 밥을 달라더냐 돈을 달라
　　　더냐, 어째서 기생 기생 하는 거야? 응—. (덤빈다.)

봉옥　기생을 보고 기생이라지 뭐란 말이야?

춘홍　아니, 너는 왜 나서는 거야?

노복　이것 봐. 옛날 기생들이란 예절이 바르고 절개가 있고
　　　가무가 능통해야 기생이라 했거든. 그런데 요즘 기생

들을 볼 것 같으면 절개도 없고 가무도 능하지 못하고 그저 돈에만 눈이 뒤집혀 가지고 이놈도 좋다, 저놈도 좋다, 온갖 추태를 연출한단 말이야.

춘홍 뭣이 어째?

노복 게다가 요즘 신문을 볼라치면 학생과 기생들의 연애 문제로 말미암아 우리 사회에 큰 해독을 입는 고로 우리 식자 계급에 있어서 방금 그 문제에 대책을 강구 중이라 그런 말이야.

춘홍 잘은 지껄인다. 그러니 어째 우리 기생들은 연애하지 말라는 법이 어디 있어? 끝끝내 가지 않고 지껄이기야?

노복 이걸 보란 말이야. 이래서 말이야, 너희들 기생들이란 말이야, 우리들의 피로에 유흥을 보충하는 이중의 오락물에 지나지 않는다 그런 말이다.

춘홍 뭣이 오락물이라고?

노복 오락물이 오락물이지 뭐야.

혜숙 어째서 당신은 광호 씨에게 나 같은 약혼녀가 있다는 것을 알면서 광호 씨를 사랑했나요?

홍도 나는 몰랐어요.

봉옥 거짓말 마요. 우리 오빠를 꼬여다 놓구 그 가운데에서 돈을 먹으려고 한 계획적 수단이었지 뭐냔 말이오?

춘홍 수단이라구?

봉옥 수단이 아니고 뭐예요?

홍도 나는 광호 씨에게 약혼녀가 있다는 것을 전연 몰랐다구요. 요 며칠 전에 비로소야 알게 된 것뿐이에요.

봉옥 그것은 거짓말이오.

홍도 거짓말이라도 이제 와서는 허는 수가 없어요.

봉옥 그러면 당신은 전연 우리 오빠를 단념할 수가 없다는 말이오?

홍도 나더러 단념하라고 할 게 아니라 일찌감치 당신이나 단념하는 게 좋을걸그래.

혜숙 뭣이? 단념하라고요?

홍도 그래요.

혜숙 어째서 당신은 자기 자신의 환경과 지배를 모르는 사랑을 요구했는가요.

홍도 그것은 자유예요.

혜숙 당신은 저 유명한 『춘희』란 소설을 읽어 보지도 못했나요?

춘홍 소설을 읽을 시간이 있으면 기생 노릇을 하지 않겠다.

노복 너는 좀 빠져.

춘홍 이 늙은이야, 너나 좀 빠져.

혜숙 아르맨은 아무리 말크랜을 사랑했다 할지라도 그 사랑은 절대로 성립이 되지 않았을뿐더러 결국에는 아르맨은 죽음의 눈물밖에 돌아오는 것이 없지를 않았어요. 자기의 환경을 모르는 사랑에는 결국 눈물밖에 돌아오지 않는다는 것을 어째 당신은 모르나요?

홍도 체—. (코웃음) 가장 유식하다고 하는 당신이면서 외국의 『춘희』란 소설만 봤지 어째 우리 동방예의지국의 열녀 춘향이는 모르시나요?

혜숙   춘향이라고?

춘홍   그렇지. 당신네들은 남의 나라 말만 할 줄 알았지, 가
장 유명한 우리나라 옛이야기 『춘향전』을 못 읽어 봤
소? 남원의 월매 딸 성춘향이를, 기생의 몸으로 서울
이 대감의 아들 이 도령을 사랑했다가 별안간 그 도련
님을 잃고 신관 사또 변학도의 수청을 거절하고 죽을
목숨을 가지고서도 굳은 절개를 지켜 오다가 결국에
는 이 도령의 품으로 돌아가서 열녀 비석을 세운 열녀
성춘향이를 어째 모르는가 말이야.

혜숙   정말 저런 벽창호들과 상대해서 말하는 내가 잘못이
지. (화를 내고 나간다.)

── 이하 탈장(脫張) ──[5]

광호   누가요?

춘홍   누군 누구예요? 이도 춘홍이가 해냈지요.

광호   하…… 그것 참 잘했습니다. 어쨌든 전 춘홍 씨 앞에
맹세하겠습니다. 어떠한 일이 있더라도 이 홍도와의
사랑만은 성립시켜 그 즐거운 날을 꼭 기다리고 있겠
습니다. 그러면 어서 다시 나갑시다.

춘홍   네──. 애 홍도야, 마음 놓고 가자. (세 사람 퇴장)

---

5) 원본 필사본 누락.

(세 사람이 퇴장한 후 철수와 중실, 혜숙이 또 학생 두 사람과 같이 등장. 철수, 시름없이 마루에 앉는다.)

중실   그래, 너는 어떻게 할 작정이야?

철수   뭣을 말인가?

중실   네 누이 홍도와 광호와의 사랑을 어떻게 생각하느냐 말이다.

철수   나는 두 사람을 결혼시킬 작정이다.

중실   두 사람을 결혼시켜? 그게 정말이야?

철수   내가 보기에는 두 사람의 사랑이 너무나 순박하기에 어떠한 일이 있더라도 두 사람을 결혼시키려고 노력하고 있단 말이다.

중실   광호가 네 동생하고 결혼한다면 내 누이 혜숙이는 어떻게 하란 말이야?

철수   그거야 의당히 광호 군이 처리할 줄로 믿지.

중실   광호가 할 거라고? 너는 기생인 네 누이와 광호의 사랑이 어디로 보건데 그다지도 깨끗하게 본단 말이야?

철수   그러면 자네는 내 누이가 기생이라고 해서 광호와의 사랑이 부정하다고 인정하는 것인가?

중실   그렇지 않고 뭐야?

철수   그렇다고 해도 좋다만 그들의 사랑이 너무나 순박하기에 그 두 사람의 사이를 결혼까지 시켜 주려고 한다. 자네는 이 점에 대해서는 그것은 나에게 할 게 아니라 광호 군에게는 말할 수 있을 게다. 나는 더 자네의 설교는 듣고 싶지 않으이. 그러니 가 주게.

중실　뭐라고? 그러면 너는 일개 기생인 네 누이로 인하여 세파에 물들지 않은 순진한 처녀가 실연의 상처를 가슴에 안고 미친 사람 모양으로 울며 불며 헤매는 그 꼴을 네 눈으로 보고야 말겠다는 말이야?

철수　사랑은 자유야. 아무리 내 누이가 기생이라고 할지라도 기생에게는 광호와 같은 사람의 사랑을 받아서는 안 된다는 법은 없을 게다.

중실　그러면 저기서 울고 있는 내 누이동생이 가엾게도 생각이 들지 않는단 말이야?

철수　자네 누이 문제를 꺼내 가지고 불쌍한 내 누이를 중상하지 마라. 비록 내 누이는 기생일망정 이름만이 기생이지 현재 신여성 열 주어도 바꿀 수 없는 내 누이 홍도다.

중실　예끼, 퉤. (침을 뱉는다.) 더러운 자식.

철수　왜, 내 얼굴에 똥이 묻었느냐, 더럽게?

중실　예끼, 이 더러운 기생오래비!

철수　기생오래비라고?

중실　기생오래비가 아니면 뭣이야? 너는 홍도를 내세워 가지고 광호에게 돈을 우려 먹으려고 하는 수작이 아니면 뭐야.

철수　뭣이라고? 광호의 돈을 우려내려는 수작이라고?

김군　그렇지 않고 뭐야?

철수　그렇다고 무엇을 가지고 증명하느냐?

이군　그렇지 않으면 무엇 때문에 광호 군에게 홍도의 분 냄
　　　새 나는 치맛자락을 물려 놓고 놓아주지 않고 잡고 있
　　　은 거냐 말이다.

철수　여보게들, 말을 삼가게. 나는 내 누이가 비록 기생 짓을
　　　해 가지고 버는 돈으로 공부는 할망정 광호에게는 일
　　　전 한 푼의 동정도 받은 기억은 없으니 말을 삼가게들.

중실　그러면 그렇지 않다는 증거는 뭐야?

철수　증거란 내 양심이 말할 뿐이다.

중실　양심! 그 양심을 여기다 턱 내놔 봐라.

철수　여보게들!

김군　왜— 거기에 대답이 없어?

이군　왜 말을 못 해?

중실　예끼, (때리며) 철면피 기생충 같은 자식!

김군　예끼, 나쁜 자식! (또 때린다.)

이군　예끼, 더러운 기생오래비야. 어디 긁어먹을 데가 없어
　　　친구에게다 그런단 말이야? 퉤— 똥보다두 더러운
　　　자식!

혜숙　퉤— 더럽다. 기생오래비 배짱이란 유식하나 무식하
　　　나 매일반이로구나. (울며 퇴장)

중실　얘 이 자식, 기생오래비야. 잘 들어 너는 오늘부터 우
　　　리 학창회에서 제명을 시켜 버릴 테다. 그런 줄 알아.

김군　그렇지, 그래야지.

이군　암—. 그게 좋아.

김군　자— 가세. (세 사람 퇴장)

(철수, 간신히 일어나 마루에 엎드리고 운다.

이때 수련, 등장.)

수련   홍도야, 홍도 있니? 아니 철수 씨, 홍도 어데 갔어요?

철수   수련 씨요.

수련   네—.

철수   수련 씨, 수련 씨는 연애해 본 일이 있나요?

수련   별안간에 그건 왜 물어보세요?

철수   글쎄 연애해 본 일이 있느냐 말이오?

(철수 달려들며, 수련 물러서며.)

수련   아—이 무서워라.

철수   어서 있다든가 없다든가 대답 좀 해 봐요.

수련   있어요. (어름어름)

철수   그래서!

수련   내가 17세 때 한번 연애를 하기는 했었어요.

철수   그래서?

수련   그러나 우리 어머니가 말리는 바람에 눈물을 흘려 가
        면서 단념하고 말았더랍니다.

철수   그래, 그때 심정이란 어떠했소?

수련   물에라도 빠져서 죽으려고까지 했었어요.

철수   (혼잣말로) 물에 빠져 죽으려고 했었다구?

수련   (어름어름 나가며) 저, 홍도 들어오거든 내가 다녀갔다

고 그러세요. (퇴장)

철수   그러면 홍도도 광호를 단념하라고 한다면 자살을 할
까?

(이때 홍도, 목욕 갔다 온다. 등장.)

홍도   오빠— 벌써 오시었구려.

철수   얘 홍도야.

홍도   네—.

철수   그리 좀 앉아서 내 말을 자세히 들어라.

홍도   오빠 얼굴색이 이상하니 웬일이오?

철수   홍도야, 너는 이 오래비가 하는 말이라면 어떠한 말이
든지 거역하지 않고 듣겠지.

홍도   그러믄요. 세상에 한 분밖에 안 계신 오빠가 이 동생
에게 하는 말이라면 무엇이든 듣겠어요. 오빠, 별안간
에 웬일이유. 무슨 말인데 그래요?

철수   홍도야, 정말 이 오래비의 말이라면 무엇이든지 거역
하지 말고 들어주겠지?

홍도   정말 무엇이든지요. 그러나 두 가지만 빼놓구는 무엇
이든지 말하세요.

철수   그 두 가지란 무엇이야?

홍도   한 가지는 어떠한 일이 있더라도 오빠가 학교를 졸업
하실 때까지 제가 기생 노릇을 할 것…….

철수   또 한 가지는?

홍도   또 한 가지는 광호 씨와 결혼할 것, 이 두 가지만 빼놓
       구는 뭣이든지 다 듣겠어요.

철수   홍도야, 내가 부탁하는 게 바로 그 두 가지다.

홍도   네?

철수   나는 오늘부터 학교를 그만둘테니 너도 기생 짓을 그
       만두어라. 그리고 광호를 단념해라.

홍도   오빠— 그것만은 안 돼요.

철수   단념해라.

홍도   안 돼요. 그것만은 단념 못 하겠어요.

철수   예끼! (따귀를 친다.) 너는 오늘부터 내 누이동생이 아
       니다. 그리고 이 오래비하고도 마지막이다. (일어선다.)

홍도   (오빠를 잡으며) 오빠. 웬일이세요? 평생에 이 누이동
       생에게 욕 한 마디를 하시지 않으시더니 오늘은 무슨
       까닭에 불쌍하고 귀여운 누이동생의 뺨을 다 때리셨
       어요. 네? 오빠! 무슨 까닭이에요? (운다.)

철수   홍도야, 잘못했다. 이 오래비가 불쌍하고 귀여운 너를
       때리다니. 이 오래비가 미쳤지. 홍도야, 많이 아프냐?
       (만져 준다.)

홍도   오빠! (가슴에 안기며) 오빠— 이 동생은 오빠가 아니
       면 살 수 없는 이 동생이에요. 만약에 정히 오빠가 광
       호 씨를 단념하라고 하시면 어떠한 일이 있더라도 광
       호 씨를 단념하겠어요.

철수   아니다. 너는 어떠한 일이 있더라도 광호 군을 단념해
       서는 안 되겠지? 그러니 너는 어떠한 일이 있더라도

광호 군과 결혼해서 행복하게 살도록 해라. (방으로 들어가 가방을 가지고 나온다.)

홍도 오빠, 어디 가세요?

철수 나는 가야 한다. 그러니 부디 광호와 결혼해서 행복하게 잘 살아라.

(철수, 나간다.)

홍도 (달려가며) 오빠! 오빠가 이 동생을 두고 어디로 가신단 말이에요. 오빠가 가시면 이 외로운 동생은 누굴 의지하고 살란 말이에요, 네? 오빠, 가지 마세요.

철수 아니다. 나와 너와는 같이 살 수가 없어. 난 가야만 해! 놔라! (뿌리치고 나가려고 한다.)

(이때 광호 등장. 세 사람, 서로 떨어진다.)

광호 철수 군, 가방을 들고 어디 가는 건가?

철수 광호 군, 자네에게 부탁하네. 저 홍도는 불쌍한 내 누이동생일세. 영원히 버리지 말고 고이고이 사랑해 주길 부탁하네.

광호 이 사람아, 새삼스러이 그게 무슨 말인가?

철수 어쨌든 내 누이동생을 자네에게 맡기니 부탁하네. (나가려고 한다.)

홍도 오빠! (목메어 부른다.)

(이때 광호 아버지와 광호 어머니, 노복 등장.)

노복　(밖에서) 이 집입니다. (들어선다.)

광호　아—— 아버지.

아버지　광호야, 그래, 너는 학생의 신분으로 이러한 기생집
　　　출입이 당했단 말이냐?

광호　아버지, 그렇지만……

어머니　대관절 어떤 년이 홍도란 말이야?

홍도　(나서며) 네——. 제가 홍도예요.

아버지　음——. 그래, 너는 어째서 내 자식 광호를 잡아 놓구
　　　돌려보내지 않는 거야?

홍도　억울합니다. 잡고서 놓지 않는 것은 아니에요.

아버지　그러면 어째서 내 자식을 돌려보내지 않는 것인가?

광호　아버지, 용서해 주십시오. 저는 이 홍도와 결혼하겠습
　　　니다. (일동, 놀란다.)

아버지　뭣이——. 결혼을 해?

어머니　아니 애—— 너두 하필 저런 기생하고 결혼을 하겠다고
　　　하는 거야.

광호　어머니! 기생에게는 참다운 사랑이 없으란 법이 어디
　　　있습니까? 저는 어떠한 일이 있더라도 이 홍도와 결
　　　혼하겠습니다.

어머니　아니, 얘가 미치지 않았을까?

아버지　임자는 잠자코 있구려. 그래 광호야, 너는 진정으로
　　　저 홍도를 사랑하고 있느냐?

광호	네!
아버지	그러면 홍도야, 너두 이 광호를 진정으로 사랑한다는 말이냐?
홍도	네!
광호	네, 아버지 감사합니다.
아버지	음──. 정히 너희 둘의 사이가 그렇다면 결혼해도 좋다.
어머니	아니 영감, 당신두 미쳤구려.
아버지	쓸데없는 소리. (호령)
노복	대감마님 어쩌시려고 서방님을 저런 기생과…….
아버지	허── 듣기 싫소.
어머니	그렇지 않소? 저런 기생과 광호를 결혼시킬 수야 있단 말이오?
아버지	허── 이게 무슨 당치않은 말을 하는고. 당신은 전자에 뭐 하는 사람이었소? 당신두 젊어 한때에는 내 꽁무니를 줄줄 따라다니면서 죽여 주── 살려 주 하던 기생이 아니었고 뭣이오?
어머니	아니, 여보! 그런 말을 어째 여기서 하시는 것이오.
아버지	어째서 올챙이가 개구리 된 것을 모르느냐 말이오.
어머니	아니 그래, 그랬다고 하기로서니 예서 그런 말 할 게 뭐란 말예요?
아버지	다── 듣기 싫소. 저── 영감!
노복	네!
아버지	당신은 이 길로 박 대감댁에 돌아가서 금번 결혼 문제는 파혼이라고 전하시오.

노복   아니, 파혼이라니오?

아버지   여러 말 할 게 아니라 어서 가지 못하오.

노복   네. (얼른 나가며) 원 참. 허 —.

춘홍   (노복의 덜미를 잡아 밀며) 어서 가지 못해! 이놈의 늙은이야. (밀어낸다.)

(노복, 나간다. 춘홍이와 아버지, 서로 웃는다.)

아버지   얘 — 아가 이리 가까이 온!

홍도   (나서며) 아버님!

철수   (반가이) 여보게, 매부!

광호   처남 — 하하…….

(두 사람 달려들며, 악수와 같이 일동 대소.)

(막)

2막

1장

장소는 광호의 집 양옥 옥내.
개막되면 아버지, 전화를 받는다.

아버지 　하— 오늘 다른 일이 아니라 내 자식 놈이 북경으로
　　　　유학을 떠나는 날이 돼서요. 네—. 네—. 그러면 나
　　　　중에 뵙겠습니다. (전화기를 놓으며 안에 대고) 월초, 월
　　　　초!

월초 　　네—. (나온다.) 부르셨습니까?

아버지 　자네, 역에 나가서 북경까지 차표 두 장만 가지고 오게.

월초 　　저— 마님께서는 아씨는 안 가게 되었으니 한 장만
　　　　사라고 하시던데요.

아버지   아씨는 안 가게 됐다고?

월초   네—.

아버지   그럴 리 없어. 나중에 무르는 한이 있더래두 내가 시
키는 대로 두 장을 사 오도록 하게. (안으로 퇴장)

월초   네—. (이때 혜숙 등장) 혜숙 씨, 어서 오십시오.

혜숙   봉옥이 아직 안 나갔나요?

월초   네—. 안에서 기다리고 계십니다. 불러 드리지요.

봉옥   (나온다.) 혜숙이 왔구나!

혜숙   오래 기다렸지?

봉옥   그래, 어서 이리 좀 앉아.

월초   그럼 저는 먼저 실례하겠습니다. (퇴장)

봉옥   (혜숙이가 가져온 선물 상자를 만지며) 이건 뭐야? 나 줄
거야?

혜숙   아니야. 저— 이건 어머니 드리고 저 그리고 이건—
저—.

봉옥   옳아, 알았다. 우리 오빠 줄 거지.

혜숙   그래. 니가 대신 좀 전해 주렴.

봉옥   그래, 내가 대신 용달하지.

혜숙   그런데 봉옥아, 그것두 같이 가게 되니?

봉옥   원, 애두. 누가 그까짓 걸 오빠하고 같이 보낸다던. 걱
정 마. 우리 편에는 호랑이 같은 어머니가 있으니까.

혜숙   그렇다면 안심이야.

봉옥   그리고 또 월초 씨도 있지 않니.

혜숙   그래, 너희 오빠가 데리고 가겠다고 야단을 하시지는

않니?

봉옥   아무리 오빠가 자기 아내라고 해서 데리고 가고 싶지만 호랑이 같은 어머니가 사생코 못 데리고 가게 하니 오빤들 할 수 있니. 그래서 싸 놓았던 짐까지 다시 풀러 놓은 걸.

혜숙   참 잘됐어. 그렇게만 된다면 나머지 문제는 월초 씨만 잘 코스를 막으면 그까짓 년 하나 이 집에서 내쫓는 것은 문제가 아니겠지.

봉옥   그야 문제가 노—야.

혜숙   나는 모든 걸 너만 믿으니까 부탁이야.

봉옥   예스, 오케이.

어머니 (나오며) 봉옥이 여기 나와 있었구나?

혜숙   어머니, 안녕하세요?

어머니 오냐, 혜숙이 왔구나.

봉옥   저 어머니, 혜숙이가 선물도 가져왔다우.

혜숙   변변치는 않은 것이지만 받아 주세요.

어머니 원, 뭔지는 모르겠다만 올 적마다 번번이 갖다 주니 받기는 받지만 염치가 없구나.

혜숙   별말씀을 다 하세요.

봉옥   어머니, 뭘 그러우. 이제 얼마 안 있으면 어머니의 며느리가 될 사람인데.

어머니 애, 가만가만 말해라. 그년 들을라.

봉옥   들으면 그만이지.

(홍도, 후면에서 나온다.)

홍도   어서 오십시오.

어머니 아니, 네 게서 뭘 하고 있었니?

홍도   지금 막 안으로 들어가는 길이었어요.

봉옥   손님이 오시었으니 차나 한 잔 가지고 나오도록 해요.

홍도   네—. (퇴장)

어머니 정말 꼴 보기가 싫어 내가 못살겠어.

봉옥   어쩌면 걸음걸이까지 저렇게 미울까?

어머니 그러게나 말이다. 꼭 구렁이 담 넘어 가는 것같이 맞기도 하지.

봉옥   어머니, 그리고 이건 오빠 드릴 거래요.

어머니 그건 본인이 직접 주려무나.

혜숙   그렇지만…….

어머니 그래, 내가 혜숙이의 말 하면서 주도록 하마.

봉옥   (시계를 본다.) 혜숙아, 우리 먼저 갈까?

혜숙   그래. (일어선다.)

어머니 아니, 벌써 역에들 나가련?

봉옥   아직 시간도 있고 하니까 나가다 다방에 들러서 차라도 한 잔 마시고 나가려고요.

혜숙   그럼 어머니, 다녀오겠어요.

어머니 오냐. (봉옥, 혜숙, 퇴장)

(홍도, 차를 들고 나온다.)

홍도   어머님, 손님 가셨어요?

어머니   아니, 무슨 차를 이제야 가지고 나와. 손님은 눈이 빠지도록 기다리다 못해 그냥 가 버렸는데.

홍도   다음부터 주의하겠어요.

어머니   말대답이 무슨 말대답일까. 어서 들어가지 못해!

홍도   네. (차는 다시 가지고 가려고 한다.)

어머니   이왕 내온 거니까 두구 들어가지 못해!

홍도   네—. (퇴장. 아버지, 등장)

아버지   아니, 여보! 당신은 왜 애기를 가렸다 가지 말랬다가 그 변덕을 부리는 거요?

어머니   글쎄 영감두 답답하시유. 그 애가 이 집을 떠나면 이 크나큰 살림은 누가 본단 말이오. 그러니 그 애는 집에 남아 있어야 해요. 남편 공부 가는 데는 따라가서 뭘 하겠소? 더구나 공부도 보통 공부가 아니고 그림 공부라는데 오히려 방해만 되지.

아버지   그래도 그런 게 아니야. 젊은 부부라는 것은 떨어져 있으면 항상 재미스럽지 못한 변고가 생기는 법이야. 그러니 같이 가게 보내 주!

(광호와 홍도, 가방을 들고 등장.)

어머니   글쎄, 영감은 잠자코 있어요.

광호   어머니, 같이 가게 해 주세요.

어머니   글쎄, 애야. 고작해야 일 년, 그렇지 않으면 반년이면

돌아올 텐데 그새를 못 참아서 그러니? 글쎄, 너두 생
각을 해 봐라. 쟤는 집안에 남아 있어서 살림이나 배
워야 내가 죽은 다음이라도 이 집 살림을 맡아 볼 게
아니냐. 그렇지 아가! (홍도에게) 그러니 너는 나하고
집에 남아 가지고 살림이나 배우도록 하자 그래야지.
남편 공부 가는 데는 따라가 뭘 한단 말이야. 그렇지
않니?

아버지 (어머니의 수다 떠는 모양을 못마땅하게 보고 있다.)

어머니 여보, 애기가 그렇게 하겠다구 그러는구려. 저걸 좀
보우─. 고개를 끄덕끄덕하지 않소?

아버지 (못마땅히) 언제 그랬단 말이오? 에이 참, 수다두.

(이때 철수 등장.)

철수 요─ 광호 군.

광호 요─ 철수 군.

아버지 오─ 철수 군인가?

철수 네─. 안녕하십니까? (인사)

아버지 어서 그리 좀 앉게.

철수 네─.

아버지 그래 이 사람아, 그동안 어째 그렇게 한 번도 오지 않
았나?

철수 자연히 바빠서 못 왔습니다.

아버지 그렇겠지. 더구나 요새 비상 경기 시라 매우 바쁘겠지.

철수　네—.

어머니　(홍도에게) 아니 얘야, 너는 왜 그러고 섰니? 오래간만
　　　　에 오빠를 만나고서도 반가운 인사도 없이 그러고 섰
　　　　니?

철수　참, 제 동생으로 말씀드리자면 하나밖에 없는 이 오래
　　　　비 곁에서 아직두 어린애 모양 자라나서 아직도 어리
　　　　고 철없이 아무것도 모르는 어린것을 보내 드려서 아
　　　　버님, 어머님에게 말이나 일거리나 아닌가 퍽 걱정됩
　　　　니다. 모든 것을 이해하시고 친자식처럼 잘 좀 가르쳐
　　　　주십시오.

어머니　원, 어린애가 다 뭐요? 내가 시키지 않은 것까지라도
　　　　어찌나 잘하는지 내가 오늘 죽어도 안심하고 이 크나
　　　　한 살림을 다 맡기고 눈을 감겠는걸. 어쩌면 누이동생
　　　　하나만은 참 잘 두었소.

철수　고맙습니다.

어머니　더구나 오늘도 제 남편이 공부 가는 데 쓸쓸할 테니
　　　　너도 같이 따라가라고 했더니 글쎄 쟤가 하는 말 좀
　　　　들어 봐요. 남편 공부 가는 데는 따라가서 뭘 하느냐
　　　　고 하면서 저는 집에 남아 있어 가지고 나하고 같이
　　　　집안일이나 보겠다구 하질 않겠지. 그러니 이런 기특
　　　　할 때가 또 어디 있겠소. 그렇지요. 영감.

아버지　(못마땅히) 응, 응, 그렇다고 해 둡시다.

어머니　아이 참, 기특하기도 하지. (홍도의 머리를 쓰다듬으며)

아버지　여보, 그 되지 않는 수다 떨고 있을 게 아니라 우리 늙

	은이들은 안으로 들어갑시다. 젊은 사람들 이야기들
	이나 하도록.
어머니	아따, 먼저 들어가시구려.
아버지	철수 군!
철수	네ㅡ. (일어선다.)
아버지	아직 시간도 많이 남은 모양 같으니 서로 만난 김에
	작별들이나 짓도록 하게나그려.
철수	네ㅡ.
아버지	자ㅡ 여보, 어서 들어갑시다. (걷는다.)
어머니	어서 들어가요. 자ㅡ 그러면 우리는 들어갈 테니 앉
	아서들 이야기들이나 하게.
아버지	잔소리 그만 좀 두고 어서 들어오오.
어머니	아따, 들어갑시다. (아버지와 어머니, 안으로 퇴장)
광호	자ㅡ 여보게, 그리 앉게. (두 사람, 앉는다.)
철수	여보게! 쟤는 왜 저러고 서 있나?
광호	응ㅡ. 나하고 같이 가려다 같이 못 가게 되서 섭섭해
	서 그러는 게지.
철수	뭐 그래서 그래. 아직도 이 오래비 앞에서 어리광을
	피우던 버릇이 남은 모양이로구나.
홍도	오빠는 나를 아직도 어린애로만 아나 봐.
철수	그러면 인제는 어른이란 말이야?
광호	그렇지 않구, 이 사람아.
철수	옳아, 참 시집을 갔으니까 말이지.
홍도	오빠, 또 놀리기 시작이유?

철수   놀리기는, 이제 어른인데 어떻게 놀려.

광호   여보게, 철수!

철수   이 사람, "여보게, 철수!"가 뭐야. 저것도 대명사가 있지 않나.

광호   옳아, 참 형사 부장 나리. (경례)

철수   오—.

일동   (웃는다.)

홍도   순사—.

철수   순사. (받는 말로 세 사람 대소) 여보게 광호 군, 농담이 아닐세만은 정말이지 내 누이동생 저 홍도만은 세상에서 둘도 없는 내 동생일세. 아직도 어린 까닭에 자네에게나 집안에 부족한 점이 한두 가지가 아닐 걸세. 그러니 그 점에 있어서는 어떠한 일이 있더라도 자네가 잘도 살펴 가르쳐 가면서 끝까지 사랑해 주길 바라네.

광호   이 사람아. 새삼스럽게 자네가 그런 말 하지 않더라도 내가 어련히 할까 봐 그러는가. 아무 걱정 말게. 저 홍도는 영원히 내 앞에서 사라지지 못할 내 하나밖에 없는 아내일세. 자, 이만하면 만족하겠나?

철수   고마우이. 그런데 참 여보게, 오늘 자네가 멀리 서울을 떠난다기에 그냥 있기가 섭섭하여 작별 선물로 뭘 한 가지 가져왔네.

광호   선물은?

철수   이걸세. 자네 이게 뭔가 알아맞혀 보게.

광호   글쎄, 뭣일까?

철수   홍도, 너 좀 알아맞혀 보게.

홍도   오빠, 그게 뭐유?

철수   모르겠다면 내가 알려 주지. 감자 후라이.

광호   감자 후라이?

홍도   어디 한 개 맛 좀 봅시다.

철수   그래. (싼 걸 풀어서 하나씩 준다.) 자네 먼저 하나 맛보
        게. (준다.)

(광호와 홍도, 하나씩 받아먹는다.

광호, 씹어 보다가 상을 찡그리고 뱉는다.

홍도, 역시 상을 찡그리고 뱉는다.)

광호   여보게, 자네 이게 뭐라고 그랬나?

철수   감자 후라이.

홍도   오빠, 이것두 손으로 만들었수?

철수   왜, 맛이 어때?

광호   엉망…….

홍도   진창!

철수   광호 군, 비록 신문지에 싼 맛없는 감자 후라이일세만
        은 백 번 씹고 천 번 씹어 속에 속 맛을 보게.

광호   알겠네, 자네의 그 말 내 배에 새겨 잊지 않겠네.

철수   (시계를 보며) 자, 이제 시간도 얼마 남지 않은 것 같으
        니 내가 나가서 자동차 한 대 불러올 테니 그동안 간

단히 이별이나 짓도록 하게. 다녀옴세.

(철수 나가고, 두 사람 심각해진다.)

광호 여보, 너무 그렇게 섭섭하게 생각 말고 내가 돌아올
때까지 집안일이나 잘 보고 어머니 아버지께 꾸지람
이나 듣지 말고 몸성히 잘 있구려.

홍도 어쩐지 저는 이번에 당신을 떠나보내 버리면 두 번 다
시 당신을 만나 볼 것 같지가 않아요.

광호 그게 무슨 당치 않은 말이오?

홍도 정말 웬일인지 마음이 놓이질 않아요.

광호 그렇게 생각하지 마오. 내 얼른 공부를 마치고 하기 방
학 때 꼭 당신을 만나러 올 테야. 그때까지만 기다려
주구려. 그러면 그때에는 내가 와서 어떠한 일이 있더
라도 아버님과 어머님을 졸라서 당신을 데리고 가도
록 할 테니 그때까지만 기다려 주오. 기다려 주겠소?

홍도 네, 그러면 그때까지 눈 꼭 감고 기다리겠어요.

광호 그렇게 해 주오. 그리고 당신에게 부탁이오. 언제든지
내가 당신에게 편지만 하거든 잊지 말고 꼭 답장을 해
주구려. 그래서 우리는 멀리 떨어져 있으면서도 같이
한집에 있는 것보다 더 친밀할 수 있게 편지로써 서로
위로를 하면서 다시 만날 날을 기다립시다.

홍도 네. 꼭 하고말구요.

광호 그리고 당신은 일기를 써 놓으오. 그러면 내가 돌아와

서 그 일기를 보았을 때에 내가 없는 동안 매일같이
써 놓은 당신의 일기를 보면 당신이 나를 얼마나 사랑
했는지를 알 수 있을 게 아니오.

홍도　네, 쓰겠어요.

광호　홍도! (홍도의 손을 잡는다.)

철수　(뛰어 들어오며) 허 ─ 이 사람들, 이별이란 짤막해야
하는 거야. 길면 못쓰는 법이야. 자 ─ 나가세 나가 ─.

(암전)

2장

때는 그 몇 개월 후.
장소 동면(同面).
명전(明轉)되면 홍도, 일기를 쓰고 앉았다.
이때 봉옥이와 혜숙, 들어와 홍도의 일기를 뺏어 본다.

홍도　안 돼요. 그것만은 안 돼요.

봉옥　이까짓 것 좀 보면 어때서 그래?

홍도　안 돼요. 일기란 마음의 기록이에요. 함부로 아무에게
나 보이고 싶지 않아요.

봉옥　마음의 기록!

홍도　그래요. 어서 주세요. (달려든다.)

(봉옥이와 혜숙, 서로 연락을 하며 주지 않고 놀리며 돌아간다.)

홍도   이것 보세요. 당신네들은 소위 배웠다고 하는 사람들
       이 남의 일기를 봐서는 나쁘다는 것을 모르시나요?

봉옥   아니, 뭣이 어째요?

혜숙   그까짓 일기를 좀 봤기에 망정이지 그보다 더한 걸 봤
       더라면 사람 상하겠는데그래.

봉옥   그러게 말이야.

홍도   어서 이리 주세요. (덤벼 뺏는다.)

어머니   (등장하며) 아니, 왜 이리 떠들썩하고 야단들이야.

봉옥   어머니, 마침 잘 나오시었어요.

어머니   왜들 그러니?

봉옥   글쎄, 다른 게 아니라 저 언니가 일기를 쓰고 있기에
       좀 보자고 했더니 온통 마음의 기록이니 뭐니 하면서
       야단을 하지 않아요, 글쎄.

어머니   마음의 기록이라니?

봉옥   누가 알아요.

어머니   아니, 이년아! 건방지게 기생질 해 먹던 가락을 내는
       거야?

홍도   어머니, 그 말씀은 너무 심하신 말씀이 아니세요?

어머니   뭐가 심해? 썩 들어가지 못해?

홍도   네—. (분함을 참고 안으로 퇴장)

봉옥   정말 꼴 보기 싫어 못살겠는데.

혜숙   기생 년이란 어디 가든지 표가 나거든. 그렇지 않아

요, 어머니?

어머니 그렇고말고. 그러나 걱정들 할 것 없다. 보기 싫은 것
두 인제 며칠 안 가서 다 시원하게 될 터니까.

봉옥 어서 하루바삐 없애 버려야 하겠어요.

혜숙 그래야지 저도 마음 놓고 어머님 댁을 다닐 수가 있고
광호 씨를 기다릴 수도 있지 않겠어요.

어머니 암암이지. 글쎄 봉옥아, 너의 아버지도 망령이 나시었
지. 저렇게 예쁘고 얌전한 혜숙이를 몰라보고 기생 며
느리가 당하더란 말이야?

봉옥 정말 아버지도 망령이시야.

어머니 (일어나면서) 안으로 들어가지.

봉옥 네—. 혜숙아 안에 들어가서 놀다 가지 않겠니?

혜숙 글쎄.

어머니 어서들 들어오너라. (어머니, 안으로 퇴장)

봉옥 들어가자. (봉옥, 안으로 퇴장. 혜숙, 핸드백을 놓은 채 들
어가 버린다.)

(하남(下男), 한편에서 나오다 두 사람의 뒷모습을 바라보면서.)

하남 저 불여우 새끼 같은 건 매일같이 저렇게 붙어 다닐
까?

(놓여 있는 핸드백을 들고 보며.)

하남   옳─아, 이게 바로 저년 거로군. 야, 뭐가 들었나 좀
        볼까? (하고 열어 보려고 한다.)

홍도   (등장) 저─ 이것 봐요.

(하남, 당황히 감추며.)

하남   네!

홍도   거, 미안하지만 심부름 한 가지 해 주시겠수?

하남   네─. 무슨 심부름이에요? 말씀하세요.

홍도   (편지를 주며) 이것 좀 부쳐 주어요.

하남   네─. 그렇게 하세요.

홍도   저─ 그리고 만약에 북경서 오는 편지 중에 나한테
        오는 편지가 있거든 아무한테도 보이지 말고 내게로
        갖다 주셨으면 고맙겠어요.

하남   네, 서방님께서 아씨한테로 한 편지 말이지요?

홍도   그래요. 부탁이에요.

하남   염려 마십시오. 제가 책임지고 골라다 드리겠습니다.

홍도   부탁합니다.

하남   네─. (홍도 들어간다.)

(하남, 나가려 할 때 월초와 마주친다.)

월초   그게 뭐야?

하남   이거─ 이건 저 아씨께서.

월초	아씨께서? 어디 이리 내 봐!
하남	아씨께서 부쳐 달라고 하신 건데 널 주면 어떡해.
월초	상관없으니 이리 내.
하남	안 돼! 남의 편지를 네가 보려구.
월초	그런 게 아니야. 내가 나가는 길에 부쳐 주면 되지 않아.
하남	그만둬. 나도 발 있고 손 있어.
월초	이 자식이! (따귀를 때리며 뺏는다.)
하남	이게 왜 때려! 기운 세다고 재는 거야?
월초	잔소리 말고 들어가서 아씨보고 편지 부치고 왔습니다 그래. 만약에 딴소리 하면 알지? (주먹을 보인다.) 알지?

(월초, 편지를 가지고 안으로 들어가려 할 때 혜숙 등장.)

혜숙	저— 월초 씨!
월초	(걸음을 멈추며) 네! 혜숙 씨, 아직 안 가시었습니까?
혜숙	그렇지 않아요. 월초 씨를 좀 봤으면 하던 차인데요.
월초	네, 그러세요. 저도 혜숙 씨를 좀 뵈었으면 하던 차인데요.
혜숙	왜요?
월초	다른 게 아니라 저— 이것을 저—. 아니에요. 저 봉옥 씨에게 드리려고 합니다만.
혜숙	네—. 그래요.
월초	미안합니다만 좀 전해 주십시오. 전번에도 말씀을 드

렸습니다만 제가 이 댁에서 봉옥 씨와 같이 자라다시피 해서 그런 줄은 모르겠습니다만 언제든지 봉옥 씨를 대할 적마다 남과 같은 생각은 들지가 않습니다. 더구나 요새는 혜숙 씨께서나 또 이 댁 마님께서 저와 봉옥 씨와의 결혼 문제를 말씀을 하신 후로는 밤이면 봉옥 씨의 모습이 눈앞에 아른거려 보여서 단잠을 이루지 못한답니다.

혜숙　물론 그러시겠지요. 저도 월초 씨의 심정을 잘 알고 있어요. 그러니 어떻게 하더라도 홍도만 이 집에서 내쫓아 주세요. 그래서 제가 이 댁에 며느리만 되는 날이면 월초 씨와 봉옥이와의 문제는 전적으로 제가 책임을 질 테니까요.

월초　염려 마십시오. 제발 봉옥 씨만 부탁합니다.

혜숙　네. 그러면 이것은 제가 봉옥 씨에게 월초 씨가 선물하더라고 전하겠어요.

월초　부탁합니다.

혜숙　그 대신 저도 부탁이 있어요.

월초　네, 뭡니까?

혜숙　(편지를 주며) 이것을 가지고 있다가 부탁합니다.

월초　(받아 본다.) 홍도 씨에게. 네, 알겠습니다.

혜숙　아시었어요? (봉옥 등장)

월초　네──. (들어가려 한다.)

봉옥　혜숙아, 뭘 하고 있니?

혜숙　마침 잘 나왔다. (월초, 걸음을 멈춘다.) 월초 씨가 너에게 선물하는 거야.

봉옥　그게 뭔데? (받아 본다.)

월초　화장품이에요. 변변치는 않습니다마는 제 성의니 받아 주십시오.

봉옥　(냄새를 맡는다.) 에계. 이까짓 것은 식모나 주지 누가 발러. 이것 봐요. 쓸데없는 생각 마요. (쏟다.) 얘 혜숙아, 다방에나 갈까?

월초　저두 갈까요?

봉옥　누가 같이 가자고 했나?

월초　제가 한턱내지요.

봉옥　아이, 참 기가 막혀. 누가 당신에게 한턱 바란대요? 얘, 어서 가자!

(봉옥, 앞서 나가며, 혜숙, 핸드백을 집어 든다.)

혜숙　월초 씨, 부탁했어요. (두 사람 퇴장)

홍도　저 월초 씨, 북경서 온 편지 중에 저한테 온 편지는 없어요?

월초　아— 아씨에게 온 편지는 없는데요.

(월초, 화장품 가지고 퇴장.)

홍도　(뜨락에 앉으며) 광호 씨가 마음이 변하시었을까? 어쩌면 이렇게 편지 한 장 안 하실까? 나는 매일같이 보냈건만. 4월이 지나도록 어쩌면 그렇게도 무정하시게 한 장의 소식도 없으실까?

(이때 춘홍이와 같이 수련, 두 사람 등장.)

춘홍   애, 홍도야.

홍도   아이구머니, 춘홍 언니가 아뇨?

춘홍   그래.

홍도   수련이도 오구. 어서들 앉아요.

수련   언니, 잘 있었수? (서로 앉는다.)

홍도   그래, 요새 재미가 좋으냐?

수련   별로 재미 보지도 못한다우.

홍도   그래, 어머니 아버지도 안녕하시냐?

수련   여전하시다우.

홍도   그래.

춘홍   홍도야, 너는 요새 남편 없는 시집살이에 얼마나 속 태우니?

홍도   그이야 없어도 집안 식구들이 나를 어떻게 귀여워해 주는지 세월 가는 줄 모른다우.

춘홍   정말 시부모들이 너를 그렇게 귀여워해 주니?

홍도   그럼.

춘홍   얼굴하고 옷 입은 것 보니까 호강하는 며느리 같지는 않은데.

홍도   그래도 그렇지 않아. 지금 막 일하다 나와서 이 모양이지. 그래, 언니는 아직 혼자 지내우?

춘홍　　불변댁[6]이란다.

홍도　　그래서 어떻게 해, 나이두 나인데 살림을 살아야지.

춘홍　　그래서 나두 요새 가끔 낚싯대를 놓기는 해 본다마는 어디 마땅한 자가 걸려야지. 그저 걸린다는 건 건달 아니면 무일푼한 것뿐이요, 또 내가 마음에 든다 싶으면 처자가 있다거나 또는 오히려 나를 차고 가 버리거나 하니 어디 죽기 전에 마음에 맞는 사람 품에 잠들다가 죽어 보겠더냐.

홍도　　원, 언니두. 그렇게 고르지 말구 적당히 어디서 어서 살림을 살도록 해요.

춘홍　　그렇다고 해서 아무 놈씨 얻자니 자빠져서 기생 서방이라고 큰소리치는 꼴 보기 싫어서 어디 얻겠던.

홍도　　서로 벗고 나서서 벌 사람을 얻지.

수련　　홍도 언니, 사실은 춘홍 언니가 생각이 달라서 그런다우.

홍도　　무슨 생각?

수련　　저— 언니 오빠 철수 씨한테 녹았어요.

홍도　　뭐야?

춘홍　　이 기집애가 별소리를 다 하네. 내가 어디로 보아서 철수 씨한테 녹아 보이던? 쓸데없는 소리 마.

수련　　그러면 왜 철수 씨한테는 자주 가는 거요?

---

6) 불변데기. 변하지 않는 사람.

춘홍   이년아, 그건 지나다니는 길목이 돼서 인사 겸 가는
       게지, 어디 반해서 가는 거야?

수련   괜히 시치밀 뗄 게 아니라 바른대로 불어요.

홍도   언니, 정말이오?

춘홍   아니야, 얘.

홍도   정말 우리 오빠한테 반했으면 반했다고 그래요. 중매
       는 내가 들 테니까.

춘홍   그렇지 않대두 그러는구나.

수련   속마음으로는 좋아 죽겠지? (놀린다.)

춘홍   얘——가! (때리려고 한다.)

홍도   어서 바른대로 불어요.

춘홍   하…… 저, 사실은 너희 오빠가 싫지는 않더라.

수련   그것 봐.

홍도   그렇다면 중매는 내가 할 테야.

춘홍   그렇지만 너희 오빠 나 같은 걸 얻겠니?

홍도   언니가 기생이라고 해서?

춘홍   그것보다는 내가 어울리지 않아서 말이야.

홍도   염려 마요. 내가 잘 이야기해 볼 테니까.

춘홍   그런 소리는 집어치워. 농담이니까. 그리고 광호 씨에
       게는 편지나 자주 오니?

홍도   처음에 한 두어 장 오더니…….

춘홍   그 후에는 없단 말이지. 그럴게야. 외국 바닥에는 모
       던 걸들이 수두룩하니 멀리 있는 너한테까지 정신을
       쓸 수 있겠니?

홍도   글쎄!

춘홍   너두 무척 속 타겠구나.

홍도   그래두 나는 그이가 집에 있는 것같이 생각만 하면 편지 안 오는 것쯤은 아무렇지도 않아.

어머니   (등장) 아니, 이 집 안이 장바닥인가, 웬 사람들이 이렇게 많이 와서 떠들고 야단일까?

춘홍   (일어나 인사) 마님, 안녕하세요?

어머니   마님이고 뭐고 당신네들은 집을 잘못 찾지 않았소? 내 집은 요릿집이 아니오. 기생들이란 요릿집으로 갈 게지.

춘홍   뭐요? 기생들이라구요?

어머니   그럼 너희들이 기생들이지 뭐야?

춘홍   아니, 여보시오. 그래, 기생들이 당신네 집에 왔으니.

수련   누가 밥을 달래요라고 했소?

춘홍   기생질 하는 것두 원통한데 어째서 함부로 기생 하는 거요?

어머니   아니 이년아, 너는 여기가 요릿집인 줄 알고 저런 기생 년들을 불러들여 가지고 온통 집 안을 이렇게 떠들썩하게 하는 거야? 그렇게도 기생이 좋거든 오늘이라도 당장 나가서 기생질을 하려무나.

홍도   어머니, 잘못했어요.

춘홍   하, 늙은것. 보자 보자 하니까 말솜씨라구 향내 나는데.

어머니   뭣이? 늙은것이라고?

수련   늙었으니까 늙었다는데 뭐 잘못 말했나?

어머니 저런 것들의 말 따위가 있나? 아이, 분해. 아이, 분해. 월초, 월초! (부른다.)

춘홍 그 늙은것 지랄하는 꼴이란 꼭 불여우같이 생겨 가지구 사람 여럿 잡아먹게 생겼다.

어머니 이년들아, 내가 호랭인 줄 아느냐? 사람을 잡아먹게.

수련 호랑이 같으면 가죽이나 쓰지.

월초 네ㅡ. 부르셨습니까?

홍도 언니, 아무 말 말고 오늘은 이만 돌아가 주어요. 나를 봐서라두.

춘홍 옳지. 인제는 너까지 우리를 괄시하는구나.

홍도 언니, 그런 게 아냐.

어머니 어서 내쫓지 못하고 뭘 하고 섰는 거야.

월초 네. (춘홍이 앞으로 서며) 여보, 당신네들 뭔데 남의 집에 들어와서 야로요.

춘홍 이건 또 뭐야? 너 말 다 했니?

월초 너라니? 뭐 이따위가 있어? (밀친다.)

춘홍 (넘어진다.) 옳지, 어디 두고 보자. 하인 놈을 시켜서 사람을 친다. (수련, 일으킨다.)

월초 잔소리 말고 어서 가요!

춘홍 아이구, 아이구, 다리 부러졌나 보다. (엄살)

홍도 (일으키며) 언니! 글쎄 돌아가 주어요.

춘홍 놔아! 오늘은 내가 이 망신을 당하고 간다만 어디 두고 보자. 언제든지 이 복수할 날이 있을 테니.

어머니 어서 나가지 못할까?

춘홍　　홍도야, 간다. 잘 있어라, 응. (성을 내고 두 사람 나간다.)

어머니　아니, 이년아! 어쩌자고 그년들을 불러들여 가지고 나를 이 망신을 시키는 거야, 응?

홍도　　부른 게 아니라 저희들이 왔어요.

어머니　듣기 싫어. (이때 봉옥, 혜숙 등장) 당장에 이 집을 나가도록 해라.

봉옥　　어머니, 뭘 그러우?

어머니　얘야! 글쎄 이런 일이 어디 있단 말이냐? 저년이 기생년들을 불러들여 가지고 집 안을 소란케 하지를 않나, 이 어미에게 욕을 멕이질 않나, 온통 한바탕 야단이 났었단다.

봉옥　　아이쿠 세상에, 기생의 탈을 벗지 못하는구려.

홍도　　아가씨! (애걸하는 소리)

봉옥　　왜 불러?

월초　　저 마님, 홍도 아씨에게 편지를 전해 달라는 사람이 있기에 그 편지를 받아 왔는뎁쇼. (편지를 내보인다.)

홍도　　제게 오는 편지예요?

월초　　네.

어머니　어서 주렴. 겉봉도 보지 않고 좋아하는데 속 내용을 봤을 때에는 얼마나 좋아할까?

월초　　(편지를 준다.)

홍도　　(받아 보더니) 북경서 온 게 아니로군요. (속을 펴 본다.) 월초 씨, 이 편지가 웬 거예요?

월초　　모르겠습니다. 누가 아씨 드리라고 주더군요.

홍도   저는 모르는 편지예요. (놔 버린다.)

어머니 아니, 저한테 온 편지를 제가 모르면 누가 안다는 말이야.

홍도   정말 저는 모르겠어요.

어머니 (편지를 집어 가지고) 봉옥아, 니가 좀 봐라. (봉옥이 편지를 받아 본다.)

봉옥   (월초, 슬쩍 퇴장) 사랑하는 홍도 씨. 나는 어젯밤 홍도 씨를 만난 다음 집에 돌아와서 자리에 누웠으나 홍도 씨의 환상이 눈앞에 떠올라 한잠도 이루지 못했습니다. 홍도 씨, 홍도 씨는 호랭이 같은 시어머니, 불여우 같은 그 시누이…….

어머니 아니, 호랭이 같다구?

봉옥   나더러는 불여우 같다고 그랬네.

어머니 다음을 계속해라.

봉옥   혜숙아, 너 좀 읽어라. 속상해 못 보겠다.

혜숙   (받아 읽는다.) 호랑이 같은 시어머니, 불여우 같은 시누이의 등쌀에 정말 못살겠다고 하시었지요. 홍도 씨, 어서 하루바삐 그 마굴을 벗어나 저와의 사랑의 보금자리를 차려 봅시다. 그리고 내일도, 모레도, 만나던 그 장소에서 꼭 만나 주시오. 사랑하는 홍도 씨에게 당신을 사랑하는 K로부터!

어머니 K라는 건 뭐야?

혜숙   아마 그 사람의 성명이 그런가 봐요.

어머니 그래 이년아, 이래도 넌 이 편지를 모른다고 할 테냐.

홍도   어머니, 정말 저는 모르겠어요.

혜숙   어머니, 저는 그만 가 보겠어요.

봉옥   왜, 더 놀다 가지그래.

혜숙   그 편지를 보니까 몸서리가 쳐서 못 있겠어. 어머니,
         안녕히 계세요. (퇴장)

어머니   오냐, 또 오너라.

봉옥   또 와, 응?

혜숙   (멀리 소리만) 그래!

어머니   그래, 이년아. 니가 어쩌자고 우리 집안에 이렇게 똥
         칠을 하려는 거냐, 응? 보기 싫으니 당장에 나가거라.

홍도   어머니, 억울합니다. 좀 더 편지의 출처를 아시고 가
         라고 해 주세요. 정말 가라고 하시는 말씀만 하지 말
         아 주세요. 어머니!

어머니   뭣이 어째! 어머니고 뭐고 다 듣기 싫으니 어머니라고
         부르지 말고 썩 나가지 못해. 이년아! (밀친다.)

홍도   어머니 (이때 아버지, 나온다.)

아버지   왜 이리 집이 떠들썩한 거요? 낮잠 좀 자려니까 시끄
         러워서 잘 수가 있나?

어머니   난리가 난 이 판에 낮잠이 다 뭐요? 마침 잘 나오셨어요.

아버지   뭣이 또 난리가 났다고 수다요 수다가.

어머니   글쎄 내 말 좀 들어 봐요. (수다) 다른 게 아니라.

아버지   글쎄, 왜 이리 서두르고 이러는 거야?

어머니   서두는 게 아니라 저년이 기생을 데리고 집 안을 소란
         케 하지를 않나, 그년들이 날 보고 호랭이 같다고 하

질 않나, 여우 같다고 하질 않나, 그래, 이런 게 세상에
또 어디 있다는 말이오.

아버지 당신이 내 집에 온 손님 대접을 오죽이나 잘했으면 그
런 소리를 들을까?

어머니 아니, 영감은 알지도 못하고 괜히 이러시는구려.

아버지 알고 모르고 간에 당신의 심사란 게 뻔하니까 그래.

어머니 아니, 어째서 영감은 내 말이라면 이렇게 쌍지팡이를
짚고 나서는 거요? (토라져 않는다.)

아버지 쌍지팡이가 아니라, 그렇지 뭐란 말이오?

어머니 그건 그렇다고 하거니와 이 편지 좀 봐요.

(봉옥, 편지를 아버지에게 갖다 준다.)

봉옥 이걸 좀 보세요.

아버지 이게 뭔 편지인데?

어머니 참, 기가 막혀 말이 안 나오니. 좀 보시구려.

아버지 (본 다음 내던지면서) 이런 미친 시러베아들 놈 같으니
비싼 밥 처먹고 할 지랄이 없으면 고이 낮잠이나 자지
이게 무슨 장난이람.

어머니 아니, 영감은 그것이 어째 장난으로만 보시오.

아버지 그럼 장난이 아니고 뭐란 말이오? 그래 당신은 반년
이나 넘도록 같이 살아온 저 며느리의 속을 믿지를 못
하고 난데없이 뛰어 들어온 이 한 장의 편지를 믿는단
말이오?

어머니   믿지 않고요. 저런 년은 한신들 집에 두고 볼 수가 없
            으니 당장 내보내도록 하시오.

아버지   보내라니? 누굴 어디로 보낸단 말이야?

어머니   저 애를 제 오래비 집으로 보내란 말이오.

아버지   허 — 당치 않은 소리, 여자란 한번 출가하면 출가외
            인이라는 거야. 뭣 때문에 애매한 그 애를 오래비 집
            으로 보낸단 말이야, 응?

어머니   아니, 남편 있는 년이 외간 남자와 간통을 하고 다니
            는데 그것을 알고 그대로 두고 본단 말이오?

아버지   당신이 봤소?

어머니   이 편지가 말하지 않아요?

봉옥   기생 년이라 할 수 없어. (밀친다.)

아버지   (홍도, 넘어진다.) 예끼 이년 — 감히 네 오래비를 본들
            언니를 보고 기생 년이라 욕을 할까? 니가 지금 그 언
            니를 보고 기생 년이라고 하는 것은 여기 서 있는 네
            어미를 보고 욕하는 거나 마찬가지야. 괘씸한 년!

어머니   흥, 영감이 아무리 저년을 싸고돌아도 안 될걸. 내가
            사생결단코 저년을 보내고 말걸. 월초, 월초!

월초   네 —. (나온다.)

어머니   자네, 저년을 당장 제 오래비 집으로 데려다 주고 오게.

월초   네 —. 아씨, 가시지요.

아버지   애 아가, 대관절 이 편지가 어떻게 된 거냐? 속 시원히
            말이나 좀 해 보렴.

홍도   아버님, 당장 이 자리에서 칼을 물고 죽으라시면 죽

기는 하겠습니다만 정말이지 그 편지만은 모르겠습니다.

아버지 그러면 그렇지. 자— 저것 보오. 내가 너를 잘못 보지는 않았을 게다. 여보, 저렇게 죽어도 모른다고 하지 않소.

어머니 모르기는 뭘 몰라요. 이년, 내가 이래 봬도 앉아서 3000리 보고, 서서 9만 리 보는 내야. 잔소리 할 것 없으니 당장 보따리를 싸 가지고 가거라.

홍도 어머니, 잘못했어요. 제발 가라는 그 말씀만 말아 주세요.

아버지 아가, 아무 걱정 말고 너는 들어가 있도록 해라.

홍도 네. (돌아선다.)

어머니 이년아, 가긴 어데로 간다는 거야? 영감, 정말 저년을 내보내지 않는다면 내가 나갈 테니 그리 알아요. (홍도, 멈춘다.)

아버지 나갈 테면 나가구려.

어머니 아이구, 분해. 이제 나를 내쫓으려고까지 하는구려. 그래, 나는 내쫓고, 저 며느리하고 잘 살아요. 아이구—. (운다.)

아버지 에잇, 꼴 보기 싫어.

봉옥 아버지, 아버지께서 이것이 진정이시라면 저도 이 집을 나갈 테에요.

아버지 다들 나가렴. 암탉들이 울면 집안이 망하는 법이야. 그래, 이 집안이 이게 무슨 망할 징조야. 얘 아가, 암만

해도 여기에는 무슨 기맥힌 곡절이 숨어 있을 것 같구나. 그러니 너는 내 말만 믿고 아무 걱정 말고 잠시 동안만 네 남편이 돌아올 때까지 잠시만 네 오래비한테 가 있도록 해라.

홍도　　네. 그럼 저는 아버님만 믿고 가 있겠습니다.

아버지　　오냐.

어머니　　믿기는 뭘 믿어. 가 버리면 그만이지.

아버지　　아가, 들어라. 청산백옥이 아무리 진토에 묻혔다 할지라도 아는 사람은 알아주는 법이느니라.

홍도　　아버님! (엎드린다.)

(막)

3막

철수의 집, 같은 날 저녁.
장면— 철수, 밥을 짓고 있다.
춘홍과 수련, 들어온다.

철수 아이구, 과부 기생 아씨들이 어쩐 일로 이렇게들 몰려
　　　 오는 걸까?

수련 안녕하세요?

철수 네—. 그간 안녕하시오?

춘홍 흥, 홀애비 밥 짓느라고 부채질하고 연기 내는 꼴이란
　　　 참 볼 수 없네.

철수 홀애비 신세라 하는 수 있소? 이래서라도 밥이라도
　　　 먹었으면 다행이지.

수련 언니, 좀 거들어 드리구려.

춘홍 내가 좀 거들어 드릴까요?

철수 그만두. 기생 아씨들이 밥이나 지을 줄 아나?

춘홍 아니, 이건 여자를 무시해도 분수가 있지. 이래 봬도 여자인데 여자가 밥 하나 못 짓는 여자가 어데 있다는 말이에요?

철수 그래두 여자라고 할 것은 다 하겠다는데 그래.

춘홍 그럼 못 할 줄 알아요?

철수 근데 오늘 갑자기 웬일이슈?

수련 언니, 뭐 그렇게 몸이 달아서 그리 야단이오?

춘홍 원, 애두. 내가 뭘 몸이 달아서 야단을 했단 말이야?

수련 괜히 시치미를 뚝 떼면서 그러시네. 언니, 나 먼저 갈 테니 저 철수 씨 좀 사랑하고 오구려.

춘홍 얘가 못 하는 소리가 없구나.

철수 수련 씨, 그러지 말고 우리 같이 놉시다. 인제 밥도 다 되었으니 저녁두 같이 먹을 겸 해서 올라들 오구려.

수련 글쎄요. 눈총 맞기 싫어서 그만 가야 할까 봐요.

춘홍 얘, 그러지 말고 같이 가자. 저 철수 씨, 오늘 오랜만에 홍도를 보러 갔다가 아주 대망신 당하고 돌아오는 길이에요.

철수 아니, 대망신을 당하다니?

춘홍 아니 글쎄, 그 불여우 같은 시어머니 년이 나오더니 기생들이 왔느니 갈보들이 왔느니 하면서 어떤 놈을 시켜 가지고 막 때려서 쫓아내지를 않겠어요. 오래간만에 홍도를 보러 갔다가 망신 쳐 놓구는 아주 개망신

하고 왔어요.

철수   그래, 홍도는 잠자코 있습디까?

춘홍   흥— 말 마세요. 홍도두 부잣집으로 시집가더니 많이
변했던데요.

철수   홍도가 변하다니? 아니, 홍도가 변했을라구?

춘홍   나 혼자만 갔었으면 거짓말이라 하겠지만 수련이두
갔었는데 꾸며 델 수 있겠어요?

철수   수련 씨, 정말이오?

수련   우리들보고 떠들지 말고 가라고 밀어내다시피 하던
걸요.

철수   정말 홍도가 그랬을까? 나는 홍도가 그렇게 변했으리
라고는 믿어지지 않는데.

춘홍   그야 물론 동생이니까 그렇게 믿으시겠지요.

철수   아니야. 그것은 두 분이 뭘 잘못 생각한 게지. 설마하
니 홍도가 진정으로 그랬을 리는 없으리라고 나는 생
각하는데.

춘홍   글쎄요.

철수   만약 홍도가 정말 옛정을 모른다면 이 오래비가 야단
이라도 쳐야지. 그런 법이 어디 있단 말이오? 그렇지
않우?

춘홍   글쎄요. 나도 설마하니 진정으로 우리들에게 그랬으
리라고 믿지는 않지만…….

철수   그러면 그렇지. (냄비를 올려놓으며) 자— 밥이 다 되
었으니 우리 같이 한 공기씩이라도 듭시다.

수련	언니, 나 먼저 갈 테니까 철수 씨와 함께 잡숫고 오구려. (나간다.)
춘홍	얘, 춘홍아! 같이 가, 얘. 계집애두, 누굴 놀리고 있어.
철수	그러지 말고 나두 혼자 먹기 심심하니 우리 둘이 겸상해 봅시다그려.
춘홍	그렇지만.
수련	사양할 것 없다니까.
춘홍	미친 소리 마.
철수	싫지는 않은 모양인데.
춘홍	아이, 이러다간 내가 돌고 말겠는데.
철수	하…….
월초	(밖에서) 계십니까?
철수	누구요? 들어오시오.
월초	(들어선다.) 아, 계십니다그려.
철수	오— 월초가 아닌가? 어서 오우—.
춘홍	(팔을 걷으며) 옳지. 너 이 자식, 너 아까 그놈이로구나. 잘 만났다, 이 자식아.

(춘홍, 월초의 멱살을 잡는다.)

월초	저— 아씨, 그런 게 아니라.
춘홍	뭐야, 아씨라고? 왜 인제는 똥끝이 타는 모양이로구나. 아씨라고 하게. 어디 아까 때리던 대로 또 한 번 때려 봐라, 응—. 이 자식아, 어서!

월초   아씨. 글쎄 그런 게 아니에요. 제 말 좀 들어 보세요.

춘홍   오냐. 그래 무슨 말이야?

월초   어디 제가 아씨네들이 미워서 그랬나요? 저도 그 집 밥을 얻어먹고 있으려니까 그 댁 마님이 시키니까 그러지. 저는 시킨 대로 한 노릇이 아니겠어요.

춘홍   흥, 이제 와서 핑계는 좋다. 어쨌든 용서할 수 없어. 내 손에 걸렸으니 내 몽둥이 맛 좀 봐라.

월초   아씨. 그저 잘못했습니다. 한 번만 용서해 주십시오.

춘홍   듣기 싫다. 애— 수련아, 이 자식 놓치지 말고 꼭 좀 붙잡고 있어라.

(수련이 와서 대신 잡는다.
춘홍, 장작개비를 찾느라고 부엌으로 들어간다.)

철수   아니 이 사람아, 무슨 죄를 그렇게 크게 지었기에 이리 야단인가?

월초   해…… 아무것도 아니에요.

춘홍   뭐가 아무것도 아니란 말이야?

(춘홍, 장작개비를 들고 나온다.)

월초   아이구—. (뿌리치고 도망한다.)

춘홍   수련아, 놓치지 말고 저놈 잡아!

사랑에 속고 돈에 울고 203

(세 사람, 무대를 한 바퀴 돈다.

월초, 재빠르게 하수[7] 밖으로 나간다.)

춘홍　아이, 분해. 저놈을 이 장작개비로 한 대 후려갈기지
　　　못하고 놓친단 말이야? 그래 이것아, 그걸 꼭 잡고 있
　　　지 못하고 놓친단 말이야?

수련　암만 꼭 잡고 있어도 힘차게 뿌리치고 도망한 걸 내가
　　　무슨 힘으로 당하우?

춘홍　에이 참, 분하게 놓쳤다.

철수　예끼, 이 싸움패들 같으니. 그래, 남의 집에 온 손님을
　　　장작개비 뜸질을 하려고 해서 쫓아 버리면 어떻게 해.

춘홍　도망만 안 갔으면 다리몽댕이 하나쯤은 부러뜨려 가
　　　지고 보내는 건데 그랬어요.

철수　예끼, 두 번 다시 그러면 잡아갈 테야.

춘홍　옳아, 형사 나리시라구.

철수　그래 하…….

(세 사람, 웃는다.)

춘홍　얘 수련아, 그만 가자.

철수　왜, 더 놀다가 밥이라도 한 술 같이 들고 가지 그대로
　　　가겠소?

---

7) 객석에서 보아 무대 왼쪽.

춘홍	그대로 가겠어요.
철수	정말 그냥들 가겠어요?
춘홍	정말 갈 테에요.
철수	그렇다면 안심했다.
춘홍	아니, 왜요?
철수	사실 밥은 나 먹을 거 한 사람 분밖에 짓지를 않았는데 두 사람이 개평으로 들라치면 나는 꼼짝없이 굶어야 할 지경이었으니까 그렇지.
춘홍	그럴 성싶기에 간다는 거예요.
철수	오— 그래. 하하…….
춘홍	그럼 또 오겠어요. (걷는다.)
수련	안녕히 계세요. (걷는다.)
철수	자주들 놀러 오구려. (두 사람 퇴장)

(철수, 마루와 풍로를 치운다. 월초 대문에 고개만 걸고 사방으로 안을 살피다가 들어온다.)

철수	아니, 이 사람아. 무슨 죄를 그리 크게 졌길래 그렇게 도망까지 하고 그러나?
월초	하— 그 아주 굉장한 여자들인데요.
철수	예끼— 저기 또 오네. (놀린다.)
월초	네? (당황해서 철수를 잡고 달아난다.)
철수	하……. 거짓말일세.
월초	아이, 그렇게 놀리세요?

철수   하하……. 그래 월초, 무슨 일로 이렇게 왔나?

월초   네—. 저 다른 게 아니라 저 말씀드리기가 거북한 심부름인데요.

철수   무슨 심부름이기에 거북하단 말인가?

월초   저— 다른 게 아니라 요새 홍도 아씨에게 부정 사건이 생겨서 아씨를 당분간 댁으로 모셔다 드리라고요. 그래서 왔습니다.

철수   홍도에게 부정 사건이 생겼다구?

월초   네—. (편지를 내주며) 자세한 것은 이 편지를 보시면 잘 아실 거라구요.

철수   (편지를 빼앗아 본다.) 월초!

월초   네—. (놀란다.)

철수   (달려들어 월초의 멱살을 잡으며) 만약에 편지가 거짓의 편지라면?

월초   글쎄, 저는 모르겠습니다. 그저 저는 대감마님께서 갖다 드리라고 하셨기에 심부름을 왔을 따름이에요.

철수   오냐, 알겠다. (놔준다.)

월초   그럼 안녕히 계세요. (나가려고 한다.)

철수   월초! (소리 지른다.)

월초   네—. (멈춘다.)

철수   돌아가거든 내 누이 홍도가 절대로 그런 나쁜 짓을 할 여자가 아니라구 좀 더 자세히 잘 살펴보시라구 하더라고 대감님께 전해 주게.

월초   전하고 어쩌고 할 여지 없이 아씨께선 지금 오시는 도

중이실걸요.

철수   뭣이? 벌써 온다구? (흥분해서)

월초   네—. 안녕히 계세요. (급히 퇴장)

철수   (절망에 잠기며 주저앉아 버린다.)

(이때 홍도의 목소리.)

목소리   이제 다 왔수? 이리 들어와! (들어선다.)

홍도   오빠 계신가?

하남   네—. (가방을 들고 들어선다.)

(철수, 본 척하지 않는다.)

홍도   저, 여기다 놓고 가요. 수고 많이 했수.

하남   천만에요.

홍도   저— 집에 돌아가시거든 며칠만 쉬어 가지고 곧 돌아
        가겠더라고 대감마님께 여쭤 주어요.

하남   네—. 그렇게 말씀 전하겠습니다.

홍도   그럼 잘 가요.

하남   네—. 안녕히 계십시오. (퇴장)

홍도   (안으로 들어선다.) 오빠, 집에 계셨구려. 나는 또 어데
        가시고 안 계신다구.

(철수, 말 없다. 홍도, 사방을 살피며 서성댄다.)

홍도   오빠. 왜 그러고 앉았수? 어디가 아프시우? (밥상을 열어 보며) 아직 진지 안 잡수시었구려. 어서 진지 잡수세요. 오빠, 그동안 손수 진지 지어 잡수시기에 고생하셨죠? 오빠, 내일부터 이 동생이 해 드릴 테니 걱정 마세요.

철수   홍도야.

홍도   네——. (의아해하며)

철수   너 오랫동안 같이 있지 않았더니 매우 수다스러워졌구나.

홍도   오빠를 오래간만에 만나니까 반가워서 자연히 그래지나 봐요. 오빠, 오래간만에 이 동생이 밥상 봐 드릴 테니 어서 저녁 잡수세요. (밥을 푼다.)

철수   밥은 먹기 싫으니 그만둬라.

홍도   오빠, 왜요?

철수   그리 좀 앉아라. 그리고 내가 하는 말을 자세히 들어 봐라.

홍도   무슨 말인데요? (겁을 내며)

철수   너 요즘 시부모님께 꾸중 듣지 않고 시집살이 잘했느냐?

홍도   그럼요. 시부모님께서 요즘은 어떻게나 더 나를 귀여워해 주시는지 모른답니다.

철수   그러면 무척 행복하겠구나?

홍도   여간 행복하지 않아요.

철수   고맙다. 네가 그렇게까지 행복하다니 이 오래비는 더 바랄 것이 없이 기쁘구나. 그런데 홍도야. 너 왜 지난 어머니 제삿날에는 오지 않았니?

홍도 우연히 시어머니께 병환이 나셔서 간호해 드리느라고 못 왔어요.

철수 음, 그랬니? 해마다 너와 나와 단둘이서 어머니, 아버지의 제사를 모시다가 금년에는 나 혼자 지내려니까 어찌나 쓸쓸하던지, 한없이 울기만 했더란다.

홍도 저도 그날 오빠 생각을 하고 그만 어떻게 울었는지 몰라요. 울고 울고 하다 보니까 어언간 날이 새고 말았어요.

철수 그랬니? (홍도, 눈물을 흘린다.) 요즘 신문 더러 좀 봤니?

홍도 시집살이에 골몰해서 어디 신문 볼 사이가 있어야지요.

철수 그래—. 저 요즘 신문에 이런 기사가 났더라. 경기도 수원 어느 곳에 부모 없이 외로이 자란 두 남매가 살고 있었더란다.

홍도 어쩌면 우리 남매와 똑같을까?

철수 그러게 말이다. 그래서 그 두 남매인 동생은 그 오빠를 의지하고 그 오빠는 그 동생을 믿고 이렇게 살아오다가 그 동생을 어느 부잣집으로 출가를 시켰더란다. 그랬더니 그 동생은 시집간 지 일 년이 못 되어서 그 남편이 출장 간 틈을 타 가지고 어떤 외간 남자와 정을 통했더란다. 그래서 그 동생은 그 추잡한 행동이 탄로되자 그 시집에서 쫓겨나게 되어 가지고, 다시 그 오빠네를 찾아왔더란다. 그때 그 오빠는 그 귀엽고 하나밖에 없는 그 동생을 칼로 찔러 죽인 다음 자기도 죽었다는 이러한 기사가 났더라.

홍도 오빠, 만약에 오빠의 여동생이 그러한 누명을 쓰고 쫓 겨났다면 오빠는 어떻게 하시겠어요?

철수 나도 그 동생을 죽이고 죽을 테야.

홍도 그럼 오빠도 그렇게 무서운 사람이었나요?

철수 그러면 너도 그런 나쁜 짓을 하고 쫓겨 왔지?

홍도 아니에요, 오빠. 오빠는 이 동생의 마음을 그렇게도 몰라주십니까?

철수 듣기 싫다. 바른대로 말 못 하겠니? 그랬지. 쫓겨 왔지?

홍도 오빠, 이 자리에서 칼을 물고 넘어지라면 넘어지기는 하겠어요마는 저는 전연 그런 나쁜 짓을 하고 쫓겨 오 지는 않았어요. 오빠, 억울해요. 너무도 억울해서 오 빠를 잡고 하소라도 하려고 이렇게 왔지요. 오빠!

철수 정말이지?

홍도 정말이에요. 오빠, 이 동생을 믿어 주세요. 내가 그런 짓을 할 리가 있어요?

철수 그러면 그렇지. 내 동생 홍도가 하늘같이 사랑하는 제 남편을 두고 외간 남자를 품다니 그럴 리가 있을라구. (편지를 주며) 그럼 이 편지도 전연 모르는 편지야?

홍도 몰라요. 이런 사람을 알 까닭이 있겠어요?

철수 오냐, 알겠다. 그만하면 알겠다. 너, 안에 들어가서 물 한 그릇만 떠 온!

홍도 네—. (안으로 들어간다.)

(철수, 상의를 입고 단도를 내 품에 찬다.)

홍도   오빠, 물—. (나와 물을 준다.)

(철수, 내려와 물을 마신다.)

홍도   오빠, 어디 가시려는 거요?

철수   좀 다녀올 데가 있어 나간다. 내가 돌아올 때까지 대
        문 꼭 닫고 있어라. 방문 꼭 닫고 있어라.

홍도   오빠!

철수   그리고 만약에 이 오빠가 내일도 모레도 돌아오지 않
        거든 저 양복 주머니에 월급 타다 넣어 놓은 돈이 있
        으니 그 돈 내다가 쌀 팔아서 밥 지어 먹고 이 오래비
        기다리지 말고 잘 있어라. (나간다.)

홍도   (달려들어 앞을 막으며) 오빠— 어디 가세요?

철수   비켜라.

홍도   안 돼요. 오빠가 가는 곳이란 내가 잘 알아요. 오빠, 거
        기를 가서는 안 돼요. 오빠!

철수   비켜라! (애걸하며 매달리는 홍도를 뿌리치고 나가려 한다.)

홍도   오빠. (사생결단코 잡으면서 애걸) 오빠가 이 동생을 사랑
        하고 이 동생을 위해서라면 그 집에 가는 것만은 참아
        주세요. 나에게는 원수와 같지만 그들은 모두 내가 사
        랑하는 내 남편의 어머니요, 누이동생이 아니에요? 그
        러니 오빠가 이 동생을 생각하고 광호 씨를 생각하신다

면 그 집에 가시는 것만은 참아 주세요. 네? 오빠—.

철수 오냐, 내가 잘못했구나. 너를 부잣집 좋은 가문에다 시집을 보낸 이 오래비가 잘못이지. 물과 기름은 도저히 합칠 수 없다는 것을 아마 이제야 깨달았나 보다.

홍도 오빠—. (안겨 운다.)

철수 울지 마라. 어쩌면 우리 두 남매는 이렇게 눈물이 많은 서러운 세상에 태어나서 이렇게 얄궂은 운명을 안고 울지 않으면 안 되었더란 말이야. 홍도야, 아마도 지하에 계신 어머니, 아버지께서 우리 남매는 언제까지나 서로 떨어지지 말고 살라고 하시나 보다.

홍도 오빠—. 나는 어떡하면 좋아요? 모진 목숨이라 죽지도 못하고 그 더러운 누명을 쓰고서도 애꿎은 눈물만 흘려 가면서도 이렇게 살아야 할까요.

철수 아무렴. 우리는 이럴수록 굳센 신념을 가지고 살아야 한다. 그래서 우리의 결백한 마음이 청천 백일하에 나타나는 날까지 이를 악물고 눈물을 거둬 가면서 살아야 한다.

홍도 네—. 살겠어요.

철수 그래야지. 홍도야, 너는 어떠한 일이 있더라도 네 남편 광호가 돌아올 때까지는 이 설움을 참고 살아 나가야 한다.

홍도 네!

(막)

4막

때는 그 몇 개월 후.
장소는 광호의 집 후원.
개막되면 하남, 소제하고 있다.
봉옥, 등장하여.

봉옥   이것 봐요.
하남   네─.
봉옥   아직 내 구두 안 가져왔어?
하남   네─.
봉옥   아이 참, 속상해. 역에 나갈 시간이 다 되는데 야단났
       네. (어머니, 등장)
어머니 왜 그러니?
봉옥   글쎄, 구두 가지러 보냈더니 여태 오지 않았어요.

어머니   아니, 여태 고치질 않았단 말인가? 구둣방을 못 해 먹도
         록 할까 보다. (전화를 건다.) 여보세요. 광화문 2525번.
         뭐야? 통가징. 통가징이 뭐야? 봉옥아, 통가징이 뭔란
         말이냐?

봉옥   어머니두, 통화 중이라고 하지 않아요?

어머니   옳아, 통화 중이라구. (놓는다.)

봉옥   (다시 전화를 건다.) 여보세요? 광화문 2525번. 네―.
         네―. 대륙 양화점이에요? 전 벌써 오래전에 구두를
         맡겼어요. 제 구두 다 되었나요? 네―. 네―. 벌써 보
         냈다구요. 네―. 고맙습니다. (전화기를 놓는다.)

어머니   다 됐다고 그러니?

봉옥   네―. (하남, 안으로 퇴장)

어머니   그러면 기다렸다가 신고 가거라.

봉옥   네. (어머니, 안으로 퇴장. 봉옥, 앉는다.)

(월초, 구두를 가지고 등장.)

월초   아가씨, 구두 가지고 왔습니다.

봉옥   잘 고쳤소?

월초   여간 예쁘게 고치질 않았어요.

(불러서 신겨 준다.

봉옥, 구두를 신고 나가려 한다.)

월초	저, 봉옥 씨.
봉옥	왜 그래요?
월초	저, 다른 게 아니라.
봉옥	무슨 할 말이 있어요?
월초	봉옥 씨, 봉옥 씨에게 솔직히 고백하겠습니다. 언제나 한 조용한 기회가 있으면 말씀드리려고 했습니다만, 기회가 없어 말씀을 못 드렸습니다. 오늘은 광호 서방님께서 오신다니까 말씀드리는 겁니다.
봉옥	무슨 말이에요? 나는 시간에 바빠서요.
월초	봉옥 씨는 저를 어떻게 생각하시는지는 모르겠습니다만 이미 혜숙 씨를 통해서 잘 아실 줄로 믿습니다. 봉옥 씨, 저를 어떻게 생각하십니까?
봉옥	무엇을── 어떻게 생각하느냐 말이냐?
월초	그렇게 시치미를 떼시지 마시고 속 시원하게 확실한 대답을 들려주실 수 없으시겠습니까?
봉옥	아니, 대관절 무슨 잠꼬대를 하고 있는 거야.
월초	잠꼬대가 아니라 진정이올시다. 저는 봉옥 씨를 사랑하고 있습니다.
봉옥	뭣이? 월초가 나를 사랑한다고요?
월초	물론 저는 댁의 일 서생(書生)에 지나지 않습니다만 제가 댁에서 십여 년 동안 자라나서 그런지 또 그동안 제가 봉옥 씨를 업어 기르다시피 해서 그런지는 모르지만 저는 언제나 봉옥 씨를 대할 적마다 남과 같이 생각지 않았고 어울리는, 뭉클해서 뭐라 할 말이 없습

니다.

봉옥 월초, 미쳤소? 감히 월초가 나에게 사랑을 고백할 용
       기가 있는 사람이오?

월초 그야 물론 저로 말하자면 학식도 없고 돈도 없습니다
       만 어느 누구에게도 지지 않을 만큼 용기를 가지고 있
       습니다. 봉옥 씨. 그러니 저를 어떻게 하시겠습니까?

봉옥 아— 이게 정말 미쳤나? 왜 이러는 거야?

월초 (달려들어 손을 잡으며) 봉옥 씨!

봉옥 이거 왜 이래! (따귀를 때린다.)

월초 봉옥 씨, 이거 진정이신가요?

봉옥 이것 봐—. 괜히 헛된 수작 한다면 어머니한테 일러
       내쫓아 버릴 테야.

월초 봉옥 씨!

봉옥 듣기 싫어. 별 미친것 다 보겠네.

(신경질을 내고 급히 퇴장.)

월초 예끼. (화를 내며 의자에 걸터앉는다.)

(어머니, 안에서 나와 월초의 거동을 보며.)

어머니 월초, 자네 어디가 아픈가?

월초 마님, 저는 오늘 봉옥 아가씨에게 사랑을 고백했다가
       따귀를 맞았습니다.

어머니   뭣이 어째? (화를 내며) 봉옥이에게 사랑을 고백하다
　　　　가 따귀를 맞았다구?

월초   네―.

어머니   아니 이놈아, 소위 하인이 상사에게 사랑을 고백하다
　　　　니, 이런 천하에 죽일 놈이 있나?

월초   마님, 마님이 저더러 뭐라고 그랬습니까? 홍도 아씨
　　　　만 내쫓아 준다면 봉옥이와 저와 결혼을 시켜 주겠다
　　　　고 하시질 않았어요?

어머니   아니, 이놈아! 내가 언제 그랬어? 저놈이 사람 잡을
　　　　놈이 아닌가? 이놈, 그런 소릴 하려거든 당장에 나가
　　　　거라.

월초   나가라구요? 나가라고 안 해도 더러워서 이런 집에
　　　　있지 않겠소. 그러나 내가 나간 후에 어떻게들 되나
　　　　두고 봅시다.

어머니   뭐가 어떻게 된다는 거야?

월초   당신네 모녀간의 비밀을 이 월초가 가지고 있다는 걸
　　　　잊지 말란 말이오. (급히 퇴장)

어머니   아니, 저놈이 악담을 하는 건가? 에이, 속상해. 나중에
　　　　는 별꼴을 다 보겠네. 안에 아무도 없느냐? (부른다.)

하남   네―. 부르셨습니까?

어머니   불렀기에 나왔지. 얼마 안 있으면 서방님이 오실 테니
　　　　여기 말갛게 치워.

하남   네.

(어머니, 안으로 퇴장.

하남, 여기저기 치우고 있을 때 홍도 등장.)

홍도　　여보세요.

하남　　(돌아보며) 아이구, 아씨가 아니세요?

홍도　　그간 잘 있었소?

하남　　네—. 저 마님을 불러 드릴까요?

홍도　　그만 두오. 오늘 북경서 서방님이 돌아오신다지요?

하남　　네—. 거의 도착할 시간도 되었나 봐요.

홍도　　서방님이 오시었나 하고 좀 만나 뵈려고 왔습니다만.

하남　　네—. 그러시겠지요. 어서 이리 들어오세요. 저, 마님
　　　　을 불러 드릴까요?

홍도　　그만두세요.

하남　　아니에요. 이왕 오셨으니 만나 뵈셔야죠. 저— 마님,
　　　　마님, 아씨가 오셨어요.

어머니　(안에서) 아씨라니? (나오며) 어떤 아씨가 왔단 말이야.

홍도　　어머니, 그동안 안녕하셨어요.

어머니　난 또 누군가 했더니 너로구나. 그래, 뭣 때문에 또 왔
　　　　느냐? 너는 두 번 다시 내 집에 발을 들여놓지 않기로
　　　　하고 나간 사람이 아니야?

홍도　　오늘 광호 씨가 돌아오신다기에.

어머니　광호가 오건 말건 네가 무슨 상관이야.

홍도　　좀 만나 보고 싶어서 왔어요.

어머니　이제 와서 네가 광호를 만나 볼 필요가 뭐란 말이야.

듣기 싫으니 어서 나가지 못해.

홍도 어머니. 저는 오늘 광호 씨가 오신다면 세상없어도 좀 만나 봐야 하겠어요.

어머니 나는 세상없어도 못 만나게 할 테니 그리 알아라. 얘— 어서 저년을 내쫓지 못해.

하남 마님, 그렇지만…….

어머니 뭐가 그렇지만이야. 어서 내쫓지 못해!

하남 아씨! 아무 말씀 마시고 돌아가 주세요.

어머니 어서 썩 나가지 못해!

하남 아씨, 돌아가십시오.

(홍도, 눈물을 씻으며 나간다.

하남, 눈물을 닦으며 훌쩍거린다.)

어머니 아니 이놈아, 너는 왜 그러고 서서 훌쩍거리고 있는 거야?

하남 마님. 저 울고 나가시는 저 아씨가 불쌍하시지도 않으십니까?

어머니 이런 주제넘은 녀석 같으니 불쌍하긴 뭐가 불쌍하단 말이야. 보기 싫어. 어서 들어가지 못해.

하남 네—. (들어간다.)

어머니 이런 빌어먹을 녀석 같으니. 이놈아, 니가 홍도하고 사돈에 팔촌이나 된다더냐? 꼴 보기 싫어. 어서 들어가!

하남 지금 들어가는 길이 아니에요.

어머니   어서!

하남   네. (안으로 퇴장)

어머니   원, 거지 같은 게 다 속을 썩이네.

(이때 봉옥 아버지, 광호, 중실, 혜숙, 김 군 등장.)

봉옥   (들어서며) 어머니, 오빠가 왔어요.

어머니   뭐—— 오빠가 와?

아버지   (들어서며) 여보, 광호가 오우.

광호   (들어서며) 어머니, 그간 안녕하셨어요?

어머니   그래, 객지에서 얼마나 고생을 했니?

(중실이와 혜숙, 김 군 등장.)

중실   안녕하셨습니까?

혜숙   어머니, 안녕하셨어요?

어머니   오냐. 어서들 오너라. 에이구, 이제는 네가 수염이 다 났구나. 여보, 얘가 인제 수염이 다 났으니 어른이 다 됐구려.

아버지   글쎄. 이제는 아주 믿음직해 보이는구려.

광호   아버지, 제가 이제는 믿음직해 보이십니까?

아버지   그래, 믿음직하구나.

봉옥   오빠, 오빠는 영화배우 같애.

광호   내가?

혜숙   외국 영화에 나오는 배우 로렐트 골맥[8] 같애요.

광호   고맙습니다.

(이때 김, 선물 뭉치를 한 아름 안고 들어온다.)

김군   여보게, 이것 좀 받게. (넘어질 듯 휘청댄다.)

(일동 대소)

김군   남은 힘든데 웃지들 마세요. 아주머닌 안녕하십니까?

어머니   어서 오— 수고 많이 했네.

아버지   그런데 여보게. (김 군에게)

김군   네.

아버지   다들 학생복을 벗었는데 자네만 여태 학생복을 입었
        으니 낙제했나?

김군   원, 천만의 말씀이세요. 낙제한 것이 아니라 일 년 더
        배우려고 더 다니겠다고 그랬답니다.

아버지   하……. 오— 그래, 부지런히 남보다 더 많이 배우게.

김군   해……. (웃어 버린다.)

아버지   자— 모두들 시장할 텐데 식사 준비는 어떻게 되었
        소? (어머니에게)

---

8) 로널드 콜먼(Ronald Coleman, 1891~1958). 영국 출신의 미국 배우. 1948년
아카데미 주연상을 받았다.

어머니   식사 준비야 벌써 다 되어 있어요.

아버지   그럼 시장들 할 테니 어서들 들어오게. (들어간다.)

어머니   어서들 들어오너라. (안으로 퇴장)

광호   네—.

봉옥   오빠, 선물. (달라는 말이다.)

광호   그래. (큰 것을 준다.) 자!

봉옥   (받는다.)

광호   (작은 것을 혜숙이에게 준다.) 이것은 혜숙 씨에게 드리
        겠습니다.

혜숙   고맙습니다. (받는다.)

(봉옥, 혜숙이 것과 무게를 대본다.)

봉옥   오빠, 혜숙이 것은 내 것보다 작은데도 무게가 갑절이
        나 무거우니 뭔 일이에요?

광호   그야 크고 가벼운 것은 큰 대로의 가치가 있고 작고
        무거운 것은 또 그대로의 가치가 있을 게 아니냐?

봉옥   그만두세요. 다 알았어요. 옜다, 혜숙아!

(물건 다시 던져 준다.)

봉옥   혜숙아, 나 먼저 들어간다. (안으로 퇴장)

(혜숙이도 따라 들어간다. 안으로 퇴장.)

광호   여보게들, 수고들 했네. 그리로 앉게.

중실   여보게, 이번 북경 미술 전람회가 아주 호평이었다고
       하던데.

광호   호평이고말고, 일대 센세이션을 일으키었네.

김군   다들 출품하라고 권고받았네만 난 아직도 연구하는
       중이라 출품을 거절했네.

중실   그렇지, 어쨌든 자네는 미술에 천재적 소질을 가졌으
       니까 머지않아 반드시 일류 대가가 될 거라고 믿는데.

광호   고마우이. 나도 있는 정열을 다 쏟아서라도 연구에 노
       력을 아끼지 않을 작정이네.

중실   암, 그래야지. (이때 혜숙이 등장)

혜숙   저 안에서 여러 분이 기다리시는데요.

광호   네, 곧 들어가겠습니다.

중실   여보게, 우리 먼저 들어 가세나그려.

김군   그래. (중실과 김, 안으로 퇴장)

광호   참, 혜숙 씨. 제가 북경에 있는 동안 매일같이 편지 보
       내 주시는 위로의 편지 덕분에 객창의 피로에 여간 도
       움을 받지 않았습니다.

혜숙   저 역시 광호 씨의 답장을 받을 적마다 마치 광호 씨
       가 제 앞에서 사랑을 속삭여 주시는 것만 같아서 잠시
       라도 그 꿈을 잊어 본 적이 없습니다.

광호   고맙습니다. 이제 우리가 결혼만 하게 된다면 남부럽
       잖게 이상적 생활에 즐거움을 가질 수 있을 것이겠지
       요. 그러니 조금만 기다려 주십시오. 네?

혜숙　네―. (두 사람, 들어가려고 할 때 춘홍이와 홍도 등장)

춘홍　(밖에서) 아니, 어느 연놈들이 너를 못 들어오게 한다
　　　는 말이야?

(두 사람 멈춘다.)

춘홍　(들어서면서) 광호 씨, 오래간만이시구려.

광호　당신네들은 누구신가요? 가시오! 보기 싫소.

춘홍　뭣이, 가라고? 아니 당신은 유학까지 가서 배웠다는
　　　사람이 오래간만에 사람에게 대한 인사법이 모두 그
　　　것밖에 배우지 못했소?

광호　듣기 싫소. 어서 가시오.

춘홍　아무도 듣기 싫다고 해도 오늘은 당신을 좀 만나서 따
　　　지고야 말걸요.

광호　뭣을 따진단 말이오?

춘홍　거기 섰는 이 불여우 같은 년이.

혜숙　아니, 뭐라구? (분해한다.)

춘홍　소위 너희들 배웠다고 하는 신여성들이란. 남의 아내
　　　가 있는 남의 남편을 뺏어 살자고 하는 게 너희들 배
　　　웠다는 신여성들의 하는 짓이야.

혜숙　아니, 저게 누구더러 함부로 하는 거야. 아이, 분해.

광호　혜숙 씨, 그까짓 것들은 상대할 수 없으니 그만 들어
　　　갑시다. (움직인다.)

홍도　광호 씨!

광호   왜 부르느냐? 너는 부끄럽지도 않고 내 앞에 이렇게
      버젓이 나타날 염치가 있느냐? 보기 싫다. 어서 가거라.

홍도   언니, 그만 갑시다.

춘홍   아니 얘, 가긴 어디를 간다는 거야. 얘, 이래서는 안 되
      겠다. 가만있어라. 광호 씨, 당신에게는 보여 줄 사람
      이 있으니 꼼짝 말고 거기 서 있어요. 그리고 홍도야,
      너두 어떠한 일이 있더라도 이 자리를 움직이지 말고
      꼭 서 있어라.

(춘홍 급히 퇴장, 광호 다시 움직인다.)

광호   혜숙 씨, 들어갑시다.

어머니 (나오며) 뭣들 하고 있니. 어서 들어들 가지 않고.

광호   네, 지금 들어가는 중이에요.

어머니 아니, 너는 홍도가 아니냐. 두 번 다시 오지 말라고 했
      더니 지긋지긋하게 뭣 하러 또 왔어? 너는 이 집에 올
      사람이 못 된다구 그랬지 않느냐.

홍도   어머니!

어머니 어머니가 무슨 얼어 죽을 어머니야. 어서 가지 못해.
      (봉옥 나온다.) 그 안에 아무도 없느냐. 저년을 쫓아라.

(월초, 술에 취해서 등장.)

월초   네—. 여기 있습니다. 마님, 부르셨습니까?

어머니   월초로구나.

월초   네, 월초입니다.

광호   오, 월초가 아닌가?

월초   네—. 분명한 월초지요. 그간 객지에서 얼마나 재미 보셨습니까?

광호   월초, 자네 취했네그려.

월초   언제 서방님께서 절 술 사 주셨습니까?

광호   허— 몹시 취한 것 같은데 어서 들어가 한숨 자게.

월초   들어가 자요? 쫓겨난 놈이 어델 들어가겠어요.

광호   쫓겨나다니?

어머니   그까짓 놈하고 말할 게 아니라 어서들 들어가자.

월초   서방님, 저는 오늘 저기 서 계신 저 봉옥 아씨에게 사랑을 고백하다가 따귀를 한 대 맞았답니다.

광호   월초, 자네 정말 취했나?

월초   천만에요. 서방님, 서방님은 참 팔자 좋으신 분이야. 서방님 같은 분은 여자를 일 년도 못 되어서 둘씩이나 갈아들이는데 나 같은 놈의 팔자는 십 년 동안이나 사모했건만 결국에는 따귀가 한 대더라 그런 말이에요.

봉옥   아이 참, 챙피해 죽겠네.

광호   월초, 자네 정말 미쳤나?

월초   미치게도 됐답니다.

어머니   저놈이 미치려고 환장을 한 게 아닐까?

월초   뭐요? 정말 미치려고 환장을 하는 사람은 당신네들예요. (의자를 집어 던지려고 한다.)

광호 월초, 오래간만에 만난 나에게 인사가 그것뿐인가?

월초 미안합니다, 서방님. 서방님께서는 홍도 아씨가 불쌍하지도 않으십니까? 그리고 마님, 마님도 죽어서 천당엘 가시려고 예수를 믿으시거든 먼저 그 시커먼 마음부터 고치세요.

광호 월초 자네, 정말 이런다면 당장에 나가게.

월초 나가지요. 나가라고 하시잖어도 나가야겠습니다. 그러나 두고들 봅시다. 나중에 어떻게들 되나.

(비틀거리면서 나간다. 월초 퇴장.)

어머니 원, 집안이 망하려니까 나중에는 별놈 다 보겠네. 어서들 들어가자. (어머니와 봉옥, 퇴장)

광호 에이, 속상해. (들어가려고 한다.)

홍도 광호 씨!

광호 왜 불러!

홍도 광호 씨, 당신은 일 년 전 북경으로 떠나실 때 저더러 뭐라고 하시고 떠나셨나요? 북경 가신 것이 절 버리려고 가셨나요? 네? 광호 씨!

광호 뭐하고 너는 뻔뻔스럽게 내 앞에서 입을 열어 그런 말이 나오니? 나는 너를 잊지 못하고 밤이면 꿈마다 너를 찾아 헤맸건만, 너는 나를 괴롭힌 요부니 어서 물러가거라.

홍도 그러시다면 언제 편지 한 장의 소식두 없으셨나요?

광호 뭣이라구? 편지 한 장의 소식도 없었다구? 나는 너에게 매일같이 일기를 쓰다시피 편지를 보냈다. 그러나 너는 나에게 한 장의 답장을 해 본 일이 있었느냐? 에이, 더러운 계집. 남편이 없는 틈을 타서 외간 남자와 간통을 하고 그래도 또 무엇이 부족해서 내 앞에 나타나 가지고 아양을 부리는 눈물을 흘리느냐.

홍도 광호 씨, 그 말씀만은 억울합니다. 당신은 제 마음을 그렇게 몰라주시다니.

광호 증거가 있는데도 거짓말이라고?

홍도 증거라니요?

광호 오냐, 보여 주마. (가방에서 편지 뭉치를 내든다.) 이걸 봐라. 이 편지는 네 간부가 직접 나에게 너를 단념해 달라고 하는 충원의 편지다. 이래도 너는 나더러 거짓말이라고 하겠느냐? 예끼, 더러운 년!

(편지 뭉치로 때리고 안으로 급히 퇴장.

홍도, 기가 막혀 쓰러져 운다.)

홍도 여보, 광호 씨. (느껴 운다.)

혜숙 이것 봐. 일 년 전에는 네가 사랑에 승리했는지는 모르지만 그 일 년 전에 내가 너 때문에 울고 다니던 생각을 하면 아직도 속이 풀리지 않는단 말이다. 내가 꼭 이 원한의 복수를 하고야 말걸. 튀— 더럽다.

(침을 뱉고 들어간다.

홍도, 갈 바 모르고 울기만 한다.

이때 안에서 떠드는 소리.)

중실의 말　저는 뭣이라고 입을 열어 여러분에게 말씀을 드렸
　　　　으면 좋을지 모르겠습니다. 다만 감사의 말씀밖에는
　　　　드릴 말씀이 없습니다.

(일동 웃는 소리. 홍도의 신경을 예민하게 한다.

홍도, 책상의 칼을 더듬어 집어 들고 안으로 뛰어 들어간다. 잠시 후
에 비명의 소리.

홍도, 피 묻은 칼을 들고 나와 당황한다. 일동 뛰어나온다.)

아버지　애— 아가, 이게 웬일이냐. 사람을 죽이다니?

어머니　아니 이년아, 네가 우리 집하고 무슨 대천지원수가 졌
　　　　기에 끝끝내 이렇게 못살게 구는 거야?

광호　홍도야, 너는 뭣 때문에 나를 끝끝내 이렇게 괴롭히느
　　　　냐?

홍도　나는 당신을 사랑하기 때문에 그를 죽이고 말았어요.

광호　뭐라구? 이것이 네가 나를 사랑한다는 거야?

홍도　광호 씨.

(이때 춘홍, 철수를 데리고 등장.)

춘홍   어서 들어오세요. (철수 들어선다.)

홍도   오빠——.

철수   겉 맛만 보고 버리지 말고 백 번 씹고 천 번 씹어 속의 맛을 보라고 하지 않던가.

광호   그러니 나더러 어떻게 하란 말인가?

철수   광호 군, 자네는 내 동생을 추잡한 여자라고 하네만 절대로 내 동생이 그런 추잡한 행동을 했으리라고 나는 믿지 않는다.

광호   그야 물론 자네 동생이니 그렇게 생각하겠지.

철수   내가 그렇지 않다고 하는 것은 이러한 증거물이 있네. (일기를 보인다.) 이것은 자네가 없는 사이에 홍도가 쓴 일기일세. 이 일기 구절구절 가운데 자네를 그리는 안타까운 말과 모든 쓰라린 고통을 견디고 살아온 눈물겨운 구절뿐일세. 자네도 이 일기를 읽어 본다면 홍도의 마음의 동정을 통해서 홍도가 가엾을 것일세. 먼저 내가 한 구절을 읽어 볼 테니 자세히 듣게. (한 곳을 들치며) 이 구절은 자네가 북경으로 떠난 후에 쓴 것일세. (일기를 읽는다.) 5월 13일, 오늘도 내리는 궂은비는 그칠 줄 모르고 창살을 때리며 내리기를 시작한다. 사랑하는 광호 씨가 집을 떠난 지도 어언간 삼 개월이 지났건만 그이에게서는 한 장의 편지도 소식이 없다. 그 후 어떤 일인지 집 사람들의 눈초리도 독사와 같이도 나를 노리며 미워하기를 시작하니 분한 마음에는 당장에 무슨 일이 날 것만 같으나 그래도 언제든지 내가 사랑하는 광호 씨만 오시면 하는 생각을 할 때에는 모든 쓰라림도 구름같이 사라지며 그이를 만날 날만을 위로해 주는 것은 꿈밖에 없다. 그러나 모든 집안은 나를 미워하건만 그래도 나를 위로해 주시는 음성은 시아버님밖에 안 계시었다. 악어 떼들을 벗어난 듯한 하루해가 석양에 넘어가고 꿈을 불러 사랑하는 사람의 얼굴을 그려 볼 수 있는 밤이 돌아오면 나는 오늘의 고달픔을 잊기 위한 잠자리로 자러 가는 수밖에 없었다. (다시 몇 장을 넘기면서) 여긴 홍도가 내 집으로 쫓겨 온 다음에 쓴 것일세. 7월 5일, 외롭고 산란함 걷잡을 길이 없어 오빠의 주머니에서 약간의 돈을 꺼낸 다음 깔모찡[9]을 사 가지고 한강엘 나갔다. 그래서 이 몸을 보트에 싣고 물 밑을 내려다보니 금파은파(金波銀波)에 지난날의 광호 씨와 단둘이 마주 앉아 사랑을 속삭이며 장래를 맹세하던 옛 추억의 실마리가 하나씩 둘씩 풀리길 시작한다. 산란한 추억은 여지없이 내 마음을 괴롭히니 당장 물속으로 뛰어들려 했으나 멀리서 나를 부르는 오빠의 울음 섞인 안타까운 목소리가 아득하게 들려왔으니 내가 어찌 한 분밖에 안 계신 오빠를 두고 죽을 수가 있으랴. 내 한목숨 죽는 것은 원통치 않지만 내가 죽은 다음 불쌍하신 우리 오빠가 죽은 영령 앞에 와 목을 놓고 홍도야 홍도야 부르시면서 우실 생각을 하

---

9) 칼모틴. 수면제로 쓰이는 약 이름.

니까 내가 죽을 수가 없구나. 만약에 내가 죽어 버린 다면 사랑하는 광호 씨를 두 번 다시 보지 못할 생각 도 하니 나도 모르게 발길을 옮겨 집으로 돌아오고 말 았다.

(일동, 일기에 심각해졌다.)

철수 　자— 여보게, 이래도 홍도의 마음을 믿지 못하겠단 말인가?

광호 　아버지, 어머니, 이게 대체 어떻게 된 일입니까?

어머니 　글쎄, 그야 내가 알 수가 있나?

월초 　(등장) 네—. 그 비밀의 열쇠를 가진 사람은 여기 있 습니다.

광호 　아니, 월초가. (어머니, 봉옥, 어쩔 줄 모른다.)

월초 　대감마님, 용서하십시오. 사실은 저기 서 계신 마님께 서 저 봉옥 아씨와 저와 결혼을 시켜 준다는 수단 하 에서 이 홍도 아씨를 음모한 것이 모두가 저의 장난이 었습니다.

아버지 　뭣이 어째?

월초 　그리고 이 편지는, 저 홍도 아씨가 북경으로 보낼 편지 와 북경에서 홍도 아씨에게로 온 편지를 모조리 제가 압수해 두었습니다. 자— 보십시오. (편지 뭉치를 준다.)

아버지 　(받아 들고) 예끼, 이 천하에 벼락 맞을 것 같으니. (편 지로 내려친다.) 그래 너 하나의 흉계로 인하여 저 선량

한 며느리를 죄인으로 만들어 놨으니 이 벌은 마땅히
네가 받아야 한다.

홍도　오빠, 어서 가세요.

철수　오냐, 가자. 사람을 죽인 자는 마땅히 법이 있는 곳으
로 가야 한다.

홍도　오빠──. (안겨 운다.)

철수　홍도야. 네가 밤잠을 자지 않고 웃기 싫은 웃음을 웃
어 가며 더러운 기생이라는 천대를 받아 가며 이 오
래비를 공부시켜 놓은 것이, 결국에는 이 오래비 손에
묶여 가려고 이 오래비를 공부시켜 놓았던 것이냐?
홍도야.

홍도　오빠── 어서 가요. 저는 미칠 것만 같아요.

철수　오냐. (포승을 지른다.)

춘홍　홍도야, 네가 사람을 죽이고 오빠의 오랏줄에 묶여 가
다니 이게 무슨 자율찬[10] 운명의 장난이란 말이냐, 홍
도야.

(막)

---

10) '어찌할 수 없는'이라는 뜻으로 추측된다.

작품 해설

　전체 4막 6장으로 이루어진 임선규(?~?)의 「사랑에 속고 돈에 울고」는 해방 이전 연극사상 최대 흥행작으로, 우리에게는 「홍도야 울지 마라」라는 제목으로 더 잘 알려져 있다. 동양극장의 전속 극단인 청춘좌에 의해 1936년 7월 23일부터 31일까지 초연되자마자 선풍적인 인기를 몰고 온 이 작품은 이후 동명 영화로 제작(1939년)되고, 대중가요 음반으로도 판매(1940년)되었다. 이를 통해 임선규는 동양극장의 대표 작가로 자리매김했고, 이 작품은 대중적 레퍼토리로서 지속적인 관심의 대상이 되었다.

　제목에서 알 수 있듯이 「사랑에 속고 돈에 울고」는 관객의 눈물샘을 자극하기 위한 대중극적인 구도와 극적 요소를 작품 전반에 걸쳐 활용한다. 고아로 자란 남매라는 설정부터 그러한데, 오빠(철수)의 학비를 벌기 위해 기생이 되어 어렵게 살아가던 홍도는 오빠 친구인 광호를 만나 그 집안의 반대를 무릅쓰고 결혼한다. 그러나 광호가 북경으로 유학을 떠난 사이 시어머니와 시누이, 그리고 광호의 약혼자였던 혜숙이 꾸민 음모로 시집에서 쫓겨난다. 광호는 홍도가 정절을 지키지 않았다고 오해하고 그녀를 버린 후, 혜숙과 결혼하기로 한다. 울분을 참지 못한 홍도는 우발적으로 혜숙을 죽이고, 형사 부장인 오빠 철수가 눈물을 머금고 동생을 체포하면서 막이 내린다.

　'기생의 사랑 이야기'로 요약되는 이 작품은 홍도와 광호의 결혼 성사 여부를 뼈대로 하며, 그 안팎에서 다른 인물들의 욕망이 복잡하게 얽혀 흥미를 더한다. 홍도와 광호 사이를 집요하게 갈라놓으려는 혜숙, 봉옥과 결혼하기 위해 홍도를 모함하는 음모에 가담하는 월초,

그리고 같은 기생으로 홍도의 오빠를 좋아하는 춘홍까지, 각 인물들의 '사랑'에 대한 욕망이 결국 이 작품의 주된 동력이라 하겠다. 하지만 이들의 욕망 중 그 어느 하나도 끝내는 성취되지 않으면서 비극적인 결말을 맞게 된다.

이와 같은 극의 전개에서 드러나는 상투성, 감정의 과잉, 우연의 남발, 선인과 악인의 대립 등은 대중극이 갖는 통속성으로 치부되는 경우가 많다. 그러나 한편으로는 이러한 요소들을 특정한 시대의 관객이 표출했던 요구에 대한 극작가의 적극적 대응으로 바라볼 필요도 있다.

무의도 기행

함세덕(咸世德) 1915~1950

1915년 인천에서 출생하여 인천상업학교를 졸업했다. 1936년 단막극 「산 허구리」를 《조선문학》에 발표해 데뷔한 그는 1939년 단막극 「동승」으로 동아일보 주최 연극 콩쿠르에 참가하고, 1940년 「해연(海燕)」이 《조선일 보》 신춘문예에 당선됨으로써 극작가의 지위를 확실히 했다. 이후 「서글 픈 재능」(1940), 「낙화암」(1941), 「무의도 기행」(1941) 등을 발표하며 1940년 대 일제 말기의 대표적 극작가로 활동했다. 유치진과 함께 친일 연극 단체 인 현대극장에 가담하여 어용 희곡을 발표하기도 했지만, 낭만적 정서를 반영한 사실주의극의 창작이라는 그의 성향은 일관되었다. 해방 직후에 는 좌경하여 「기미년 삼월 일일」(1946), 「고목」(1947) 등을 창작했고, 1947년 월북했다. 1950년 6월 한국전쟁에 인민군 위문대로 참전했다가 전사했다. 35세로 사망하기까지 20여 편의 작품을 남겼는데, 고른 수준의 뛰어난 극 작술을 발휘하여 해방 이전 대표적인 극작가 중 한 사람으로 손꼽힌다.

등장인물

공 씨(孔氏) 늙은 아내
낙경(落京) 남편
천명(天命) 아들
공주학(孔主學) 동생, 선주
공주학의 아내
구 주부(龜主傅) 인도(隣島)[1] 한의
희녀(喜女) 구 주부의 딸

공주학의 동사들[2]
성(成) 서방
노틀 할아범
판성(判成)
늙은 어부
젊은 어부
키 큰 어부
직지사(直指寺)서 왔다는 어부 등등

기타 동리 사람들, 아이들

배경

서해안에 면한 무의도(舞衣島, '떼무리'라고 부른다.)라는 조그만 섬.

---

1) 이웃 섬.
2) 동아(숭어 새끼)잡이를 같이 하는 사람들.

섬에서 흔히 볼 수 있는 퇴락한 어부의 집. 전면은 가도(街道). 후면은 사장(砂場) 아래로 바다. 우편에 느티나무 고목 일 주(一株). 울긋불긋한 헝겊이 무수히 달린 사당(祠堂). 지붕에는 풍어를 빌던 봉죽[盛漁旗][3]이 낡은 채 펄럭인다. 그물말에 걸린 건어(乾魚) 꾸러미와 어촌 색을 낼 만한 어구(漁具)들 적당히. 도민들이 가장 기피하는 황량한 겨울에 접어들려는 10월 상순.

---

3) 鳳竹. 풍어를 위해 끝에 꿩 깃을 단 대나무.

1막

바다는 만조(滿潮)라 푸른 감벽(紺碧)이 수건을 넣으면 물들 듯하다.

단조(單調)한 파도 소리와, 이따금 들리는 물새 떼의 울음소리.

나루터 하나 격(隔)한, 인도(隣島) 큰 떼무리의 한방의(韓方醫) 구 주부가, 이리 갔다 저리 갔다 하며 초조히 누구를 기다리고 있다. 그 뒤에 나들이옷을 말쑥이 입은 막내딸 희녀.

희녀   (하품을 길──게 하며) 아──이, 졸려.

구주부 이 어쩐 일일구? 4시 배엔 꼭 올 텐데.

희녀   아버지, 그만 갑시다. 암만 기다려두 어디 와요?

구주부 (위엄을 부리며 소리를 지른다.) 이년, 앙알대지 마라. 고 샐 못 참겠냐?

(멀—리 인천으로 입항하는 기선의 둔중한 기적 소리.)

구주부 (발돋움을 하며) 저기 오는 건가 부다. 이번엔 틀림없
        을 게다.

희녀   그게 항구루 들어가는 윤선(輪船)이지, 통운환(通運丸,
        인천과 무의도(舞衣島)를 정기로 왕복하는 발동선)이에
        요?

구주부 이년아, 내가 늙어서 안력두 없어진 줄 아니? 늙을락
        멀었다. 나가사끼 중선 옆으루 연기 뿜구 오는 게 통
        운조합 똑대기⁴⁾가 아니고 뭐야?

희녀   (혀를 내밀며) 피—.

구주부 (머리를 쿡 쥐어박으며) 너 이년, 천명이 앞에서두 그따
        위루 혓바닥을 쑥쑥 내밀구 못난 짓 할라, 또.

희녀   발동기 고둥 소리가 날 적마다, 오나 하구 어떻게 기
        웃거렸든지 모가지가 다 아퍼 죽겠네.

구주부 필경, 오다가 도중에 고장이 생긴 거야. 그렇지 않구
        야 사흘씩 지체할 리가 있나?

희녀   고장 안 나구라두 떼무리서 내리는 손님 없으면, 여울
        에서 쉬지 않구 덕적(德積)으루 그냥 내려가 버려요.

구주부 이년아, 천명이, 천명 아버지, 노틀 할아범 셋이나 탔
        는데, 내려 주지 않구 그냥 간단 말이야?

---

4) 똑딱선.

(두 사람, 벙어리처럼 입을 다물어 버린다.)

희녀 아이, 추워 죽겠네. 아침밥두 못 먹게 하구 끌구 와서,
      괜히 남을 못살게 구셔?

구주부 (돌연 화를 벌컥 내며 소리를 고래고래 지른다.) 뭣이 어
      쩨 이년, 아침밥두 못 먹게 하구 끌구 와서 못살게 군
      다구? 이년, 애비한테 말하는 소리 좀 들어 봐, 장차
      네년 신랑 될 사람을 마중 나온 게, 그래 널 못살게 군
      거냐?

희녀 체, 누가 천명이한테 시집간댔나?

구주부 천명이한테 안 가구, 그럼 누구한테 갈 테냐? (비감(悲
      感)하여진 듯 콧물을 훔치며) 이년, 죽은 네 에미를 생
      각해서라두 지금 그 소리가 목구멍으로 나오냐? "내
      가 죽드라두 희녀만은 고이고이 키워서, 용유보통핵
      교 첫찌루 졸업한 천명이한테 꼭 시집을 보내두룩 하
      우." 하구 눈을 감든 네 에밀 생각해 봐라, 이년.

희녀 체, 핵꼴 첫찌루 졸업하문 뭘 해? 쌈판[5]만 타두 배 속
      에서 똥물이 겨 올라온다는 것한테, 누가 시집을 간
      담?

구주부 저년, 제 신랑 험담하는 것 봐.

희녀 흥, (길—게 또 하품을 하며) 아이, 졸려 죽겠네. 동네
      기집애들이 나만 보문 "천명이 색시, 천명이 색시" 하

---

5) 三板. 거룻배.

구 놀려 대요. 그럴 적마다 난 부끄러 죽겠어요.

구주부 천명이가 싫거든, 너 가구 싶은 대루 가렴. 배 임자 다
섯째 첩으루 들어가는 건 난 말리지 않을 테야. 하하
하. (혼자 통쾌하게 웃는다.)

희녀 (기가 막혀) 오마.

구주부 참, 네 따위한텐 과분한 신랑이지. 항구 일본 사람 상
점에서 일 년이나 있었어. 몸뚱이에서 해금내⁶⁾가 쾌
쾌히 나는 뱃눔들하구야 바탕이 다르지, 바탕이 달라,
하하하.

희녀 (넘겨잡아 규지(窺知)하려는 듯) 그렇게 잘났는데 왜 내
쫓겼어?

구주부 내쫓기긴 왜 내쫓겨, 이년아. 지가 싫어서 그만뒀지.
좀 몸이 약해서 자꾸 쉬니까, 쥔이 집에 가서 몇 달 동
안 조섭해 가지구 오라구 했어.

(천명의 어머니 공 씨, 등성이 길로 내려온다. 전신에 풀이 하나도 없
다. 대사는 늘 깊은 한숨과 푸념에 섞여 나온다.)

공 씨 그저 안 가셨어요?

구주부 오늘 왔든 김에, 아주 천명 아범하구 천명일, 좀 보구
갈려구 하네. 내일은, 또 우리께 구장 마누라 맹장염
을 터트려야 할 테니까.

───────────

6) 해감내. 바닷물 따위에서 흙과 유기물이 썩어서 생긴 찌꺼기의 냄새.

공씨   (희녀에게) 춥겠다.

희녀   괜찮아요. (아버지에게) 기대리실랴거든 아버지 혼자 기대리세요. 난 갈 테예요. 나루 삯 줘요.

구주부   갈랴거든 가라. 나루 삯은 없어. 멀쩡한 년이 다리 가지구 왜 못 걸어가?

희녀   왔다, 갔다 40리 길을, 사흘이나 거푸 걸어서 장다리가 시퍼렇게 부풀어 올랐어요.

구주부   옴살 피우지 마, 이년.

희녀   그럼 난, 혼자 갈 테에요.

(희녀, 뿌루퉁해서 좌변(左邊) 가도로 나간다. 도령(島嶺)[7]에서는 고사를 지내는 깽메기[8] 소리, 징 소리, 간간(間間) 대쪽을 쪼개는 듯한 무당의 광란된 규환(叫喚) 소리가 소요(騷擾)히 흘러온다.)

구주부   (도령을 쳐다보며) 배 임자 마누라두 거 춤을 곧잘 추는데?

공씨   배 임자 마누라가, 검정 속바질 미리 해 입구 춤을 잘 춰야 서낭님[水神]이 모진 추위를 주신답니다.

구주부   자네들이야 동알 잡을 테니까, 하루바삐 추월 달래지만, 우린 하루라두 늦게 춰지는 게 좋아.

공씨   (성황당 쪽을 가리키며) 저 무당이 아주 귀신이 통한 무

---

7) 섬의 고개.
8) '꽹과리'의 방언.

당이랍니다. 서울서두 가끔 대갓집이서 고사 지낼 땐 꼭 저 무당만 불러 간다는군요.

구주부 벌써 동앗배 나갈 때가 됐으니, 올 철두 인젠 다 갔어.

공씨 날씨가 여간 추워졌어야지요.

구주부 옘평(延平) 덕적선, 선창 술집들 벌써 막(幕下) 걷었다 대.[9]

공씨 동앗배 기대리구 입때 있겠어요? 조기사리,[10] 민어사리에 돈 잡은 놈들, 제각기 채 가지구 간 지가 언젠데요?

(공 씨, 마당에 널린, 밀물에 쏠려 들어온 뗏목 껍질, 지푸라기, 파선 목편(破船木片) 등을 주워 안고, 부엌으로 나온다.)

구주부 오래잖아 눈 오시겠는걸요.

공씨 (부엌에서 나오며) 가새에 성해[11]가 또 구둘장같이 허옇게 끼겠지. 인젠, 그나마두 죽치구 들어앉었어야 할 테니, 그놈의 긴긴 겨울을 또 뭘 먹구 사누?

구주부 올핸 추위가 빨렀으니까, 내년엔 철이 이를 테지. 정이월엔 성해두 풀릴걸. 초순부턴 살(立網)치게 되구 새우 잡으러 나가게 될 걸세.

공씨 철이 일르믄 뭘 합니까? 동네 사람들 한식(寒食) 사리

---

9) 幕下는 장수가 있는 본진을 뜻한다. 이때 '막을 걷다'는 '출정하다' '시작하다'라는 의미이다.

10) '-잡이'를 뜻하는 어부들의 말.

11) 성에.

나가는 것 보믄, 또 울화가 뻗친다구 술만 먹구 댕길
텐데. 다 중선 있구 그물 가진 사람들한테나 좋지요.

구주부   그리게, 내 말대루 천명일 우리 집으루 보내게. 괴기
잡이란 밑천 없이는 못 해 먹는데두 그래.

공씨   글쎄요.

구주부   글쎄요 글쎄요 할 게 아니라, 아주 딱 결정을 해 버리
게. 사람이 하룰 살어두 장래를 바라보구 살어야 할
게 아닌가?

공씨   제 삼춘한테두, 한 번 의논해 봐야겠어요.

구주부   아─니, 자네 자식 일을 뭣 때문에 주학이한테 의논
할 게 있나?

공씨   그 애 공불 시킨 것두 제 삼춘이구, 오늘날까지 멕여
살린 것두 제 삼춘이구, 또 항구 상점에다 넣어 준 것
두 제 삼춘이에요. 나하구 그 애 아버지야, 명색이 부
모지 아무 힘이 없어요.

구주부   주학인 물론 제 중선에다 태우자구 할 걸세. 보나 안
보나 뻔한 노릇이지.

(발동선이 단조(單調)한 파도 소리를 깨트리고 섬을 향해 질주해 오
는 소리.)

구주부   배 들어왔나 보이, 빨리 가 보세.

공씨   혼자 가 보세요. 난 그 녀석 꼴두 뵈기 싫어요.

구주부   (주위를 둘러보며) 아─니 이년이 정말 가지 않았나?

희녀야, 희녀야.

희녀의 소리 네.

구 주부 그럼 그렇지. 나루 삯 없이, 제 년이 무슨 재주루 가?
        하하하.

(구 주부, 구르는 듯이 선착장으로 달려간다. 공주학의 중선 사공, 성
서방, 광주리를 메고 가도로 들어온다.)

성 서방 (마루에다 고추를 꺼내 놓으며) 됐다 쓰십쇼.

공 씨 이게 웬 건가?

성 서방 항구서, 밴댕이 나부래기하구 바꿨지요.

공 씨 요전 얘기하든, 그 여편네?

성 서방 네, 아 방짱12)까지 쫓아 들와서, "고추만큼이나 줘야지
        요. 이건 긴긴 해 땀꼴 빼구 진 거지만, 당신네야 쟁기
        한 번만 띠면, 수천 마리씩 잽히는 게 아니오?"하구
        막 움켜 가요. 안 바꿀래야 안 바꿀 수가 있어야지요?

공 씨 이러다 배 임자 알면 야단나지 않겠나?

성 서방 뭘요? 또다시 볼 건가요?

공 씨 (놀라며) 또다시 볼 거라니?

성 서방 난, 동사13) 그만두기루 했어요.

공 씨 동앗뱅 어떡허구?

---

12) 방장(房帳). 겨울철 외풍을 막기 위해 방문이나 창문에 치는 휘장.
13) 동아사리.

성서방   누가 대신 타겠지요.

공씨   낼 아침에 배 낸다문서, 별안간 그만두문, 배 임자가
       낭패하지 않겠나?

성서방   해두 헐 수 없지요, 뭐.

공씨   고추 가지구 오는 예편네하구 살기루 했다드니, 그럼
       살림을 꾸민 게로군?

성서방   (계면쩍은 듯이) 항구에다 방 한 칸 얻어 놨어요.

공씨   그렇지만 거 낭펠걸? 별안간 어디 가서 동살 구하겠
       나? 가뜩 손이 모자라서 쩔쩔들 매는 판인데.

성서방   아무튼 난 사공하군, 인연 끊기루 맘먹었어요. 나 아
       니래두 흔한 게 사람인데 탈 사람 없을라구요?

공씨   이번 동아나 잡아 주구, 그만둬두 두지. 항구선 젓이
       세가 나서, 한 독에 일환각수[14]씩 올랐다는데?

성서방   새우사리 조기사리에, 만여 원 벌어 줬어요.

공씨   (애원하는 듯이) 이번 나갔다 들오문, 또 나가겠나? 이
       번만 나가 주구 가게.

성서방   아주머닌, 배 임자 형편만 생각하시구 그러시지만, 난
       나대루 또 사정이 있어서 그래요.

공씨   배 임잘 위해서가 아니라, 우리 막내 눔이 오니까 그
       러지.

성서방   아—니 천명이하구 동앗배하구, 무슨 상관이 있기에
       요?

---

14) 일 환과 몇 전.

공씨   필경 그눔을 자네 대신 태자구 할 걸세. 작년부터 천
       명일 물에 못 내보내서 늘 시무룩하구 있으니까, 기어
       코 이번 온 김에 내보내자구 헐 걸세. 자네두 알다시
       피, 그 애 삼춘이 낭구[15] 양식을 대 줘서, 우리가 먹구
       사는데, 야박하게 안 보낸다구 할 수 있겠나?

성서방 그눔이 가겔 그만뒀다지요?

공씨   그만뒀는지 내쫓겼는지 누가 아나? (넋두리하듯) 바다
       에 안 나가겠다구, 사주를 보니까, 전 천상[16] 물에서
       살 팔자드라구, 오죽 비두발괄[17]을 했나? 그래 제 삼
       춘두 헐 수 없이 얼음 배 가지구 조기사러 댕기는 일
       본 사람 중상한테 얘길해서 간신히 항구 가마보꼬〔蒲
       鉾〕[18] 맹기는 상점에다 넣어 주질 않았나, 왜? 그런데
       그 망할 녀석이 그 빌어먹을 녀석이, 단 일 년을 못 있
       구 튀나와서 내 속을 이렇게 푹푹 썩히네그려.

성서방 안 내보낸다문 그만이지, 설마 강제루 내보내겠어요?

(이때 여울에 발동선이 정지한 소리, 땡땡하고 경종. 기적. 연기 뿜는
화통 소리, 나직이 계속된다.)

성서방 (소리 나는 쪽을 바라보며) 저기 천명이 내리는군요. 난

---

15) '나무'의 방언.
16) 천생.
17) 비대발괄. 하소연하며 간절히 청함.
18) かまぼこ. 어묵.

그만 가 보겠어요.

공씨 　(우변(右邊) 사장으로 나가며) 지금 떠나나?

성 서방 　가서 배 임자한테 얘기하구, 새벽 배루 가겠어요.

(성 서방, 가도로 나간다. 희녀, 급히 달려온다.)

희녀 　천명이가 자꾸 안 내릴려구 그래요. 그러니까 천명 아
　　　버지가 주먹으루 등줄길 막 후려갈기시구 야단났어
　　　요. 빨리 가 보세요.

공씨 　에구, 애물에 자식. 내가 전생에 무슨 죄가 많어 저런
　　　자식을 낳을고?

(공 씨, 앞서 사장으로 내려간다. 희녀, 멈칫거리며 뒤따른다. 두 사
람이 무대를 미처 나가기 전에 개[浦]에서 떠들썩한 소요와 함께, 천
명의 팔을 붙들고 낙경과 노틀 할아범 들어온다. 뒤따라 구 주부. 천
명은 17세의 선병질(腺病質). 캡을 썼고 맞지 않는 화복(和服)[19]에
게다를 끌었다.)

공씨 　(달려가 천명을 붙들고 울며) 에구 이눔아, 그래두 죽지
　　　않구 살았으니 다행이다.

낙경 　송도가 망할랴구, 불가사리가 났다드니, 집안이 망할
　　　라니까 원 저따위 자식이 다 나왔어.

---

19) 일본식 옷.

구 주부 (천명의 손을 붙들며) 이맘땐, 철이 없어서, 까닥하면
　　　　　잘못 저질르기가 쉽다네.

노틀 할아범 인제 그만 해 두십쇼.

낙경　　자식이, 그래두 뭘 잘했다구, 삼바시[20]에서 버팅기구
　　　　　배를 안 타겠다는 거야. 항구 선창에, 사람들이 벽절
　　　　　치듯[21] 끓어서, 어떻게 무안한지 혼났어.

공씨　　(울며) 인제 그만해 두. 해두 내일 하구. (천명의 등을
　　　　　훔쳐 갈기며) 에구, 이 꼬락서니가 뭐냐! 이놈아. 에미
　　　　　애비두 없이, 선창 바닥으루 떠돌아댕기는 깍쟁이 패
　　　　　같구나.

노틀 할아범 우선 옷 벗기구, 한바탕 멱을 감기세요.

공씨　　몸뚱이에, 왼통 소금 천지구나. 이 얼마나 씨라립겠
　　　　　니? 희녀야, 부엌에 가서 그 두레박 좀 들구 나오느라.

구 주부 아──니, 이 춘데 감기 들면 어떡헐려구, 우물루 갈랴
　　　　　구 이러나?

(희녀, 두레박을 들고 나와 공 씨에게 준다.)

낙경　　가서 벗기구 정술에서 한번 쭉 껸져 줘. 정신 좀 버쩍
　　　　　나게스리.

공씨　　꽥꽥 소리 지르지 말우. 간 떨어지겠수. (천명에게) 밥

---

20) さんばし. 선창. 부두.
21) 벽절=백차일(白遮日). '백차일 치듯'이란 흰옷 입은 사람이 매우 많이 모인
모양을 가르킨다.

은 어떡했니?

천명　(꺼질 듯한 소리로) 먹었어.

공 씨　눈이 한 자는 들어갔구나. 석 달 굶은 거지같이, 그 얼굴이 뭐냐, 이놈아?

구주부　물을 좀, 뜨듯이 데워서 씻기게.

공 씨　우선 소금이나 떨구 씻겨두 씻겨야지요. (희녀를 보고) 너 어렵지만 가마솥에 불 좀 지펴다구. 뒤곁에 나무 있으니.

(희녀, "네."하고 뒤곁으로 나간다. 나무를 들고 부엌문으로 다시 들어와 다음 대사가 계속되는 동안, 물을 퍼붓고 불을 지핀다.)

공 씨　(노틀 할아범에게) 애썼네.

노틀 할아범　뭘요.

공 씨　점심 어떡했나?

노틀 할아범　천명 아버진 안 자시겠다구 해서 선창에서 나 혼자 먹었어요.

공 씨　그럼 빨리 가 보게. 배 임자가 눈이 빠지게 기대리구 있네.

노틀 할아범　고사 다 지냈나요?

공 씨　그저 지내구 있네.

노틀 할아범　(낙경에게) 너무 닥다리지[22] 맙쇼.

---

22) 닦달하다. 욱박지르다.

낙경　　어서 가 보게.

(노틀 할아범, 가도로 나간다. 도령(島嶺)에서는 여전히 깽매기 소리, 징 소리, 무당 푸닥거리 소리.)

공 씨　　(천명을 붙들고 두레박을 들고 나가며) 글쎄 이눔아, 그 집 싫어서 나왔으문, 바루 내려오문 되지 않니? 집에 왔다구 에미애비가 널 잡아먹겠다든? 임금님두 저 싫으문 안 한다는데, 너 싫으문 그만 아니냐? 경쳤다구, 외상 밥은 석 달씩 처먹구 선창 바닥으루 굴러댕긴단 말이냐, 글쎄? (몇 걸음 나가다가 캡을 벗겨 사장으로 팽개치며) 이 걸레쪽 같은 건, 뭣하러 쓰구 댕기니? 아직 얼어 죽지 않는다.

(공 씨와 천명, 가도로 나간다.)

구 주부　　(천명의 뒷모양을 물끄러미 바라보고 있다가 낙경에게) 거, 일 년 동안에 무척 컸는데? 몰라보게 됐어. 몰라보게 됐어. 자넨, 천명이가 나이가 어리다구 허지만, 저만하문 어데다 내놓아두 번듯한 신랑감이야.

(구 주부, 혼자 만족하며 공 씨와 천명의 뒤를 따라 나간다. 이때 개에서 공주학의 동라(銅鑼)를 두들기는 듯한 소리 들려온다.)

공주학의소리　세상은, 돈만 가지고는 못 사네. 사공은 첫째, 의리가 있어야 하는 법이야. 계집만 끼구 들앉었으면 누가 숟갈루 밥 떠 넣어 줄 줄 아나? '죽네 사네.' 하구 선채해 달랄 땐 언제구, 배 낼 임시에 와서 '나 그만두겠수.' 소리 할 땐 언젠가? 한길을 막구 물어보게. 쥔은 동사 믿구, 동사는 쥔 믿구, 서루 버팅겨 나가야, 이 허황한 어업을 해 먹지? 고기 떼 놓치면 밥두 못 얻어먹는 고기잡일, 자네 같아서야 누가 같이 해 먹겠나?

(개, 다시금 조용해진다. 이윽고 공주학, 사장에서 들어온다.)

낙경　지금 거 성 서방 말인가?

공주학　네.

낙경　왜 그만두겠다나?

공주학　계집이 사공을 그만둬야만, 산다구 했다나요. 사공은 몸뚱이서 해금내가 나서, 잘 수가 없단 말인지, 원.

낙경　그래두 얻어 찬 게 용허지. 십 년이나 홀애비 살림을 했으니까 싫증두 날 걸세. 이번 나가면, 적어두 보름은 있을 텐데, 혼자 두구 나갈랴구 하겠나?

공주학　계집은 계집이구, 동사는 동사지요. 나한테 선채해 쓴 게 얼만 줄 아우? 200환 돈이 넘어요. 그눔이 그걸 먹구, 그대루 자빠질려는 게 밉살스러서 못 견디겠어요.

낙경　그럼, 동살 하나 우선 구해야겠군?

공주학　도적질두 손이 맞어야 해 먹지요? 어디 가면 사람이야 없겠어요?

낙경 거, 참 딱하게 됐네.

공주학 그리게 타방에서 벌이 나온 놈들은, 도무지 믿을 수가
         없어요. 빼 먹을 곶감만 빼 먹구 나선 "언제 봤드냐?"
         하구 싹 돌아슨단 말이야.

낙경 실을 건 다 실었나?

공주학 낭구만 남았어요. 동사를 나가기 전에 살두 걷어 디릴
         려구 하우. 그런데 참, 천명이가 왔다지요?

낙경 웅, 지금 제 에미가 우물루 소금 떨러 갔네. 한바탕 씻
        겨 가지구, 곧 자네 집으루 갈 걸세.

공주학 그눔이 소금 짐을 날렸다지 않어요?

낙경 무슨 귀신이 씌었나 봐. 그 소금 떼미[23]가 좀 높은가?
        가구리 섬만은 할 걸세. 거길, 한 자 넓이두 못 되는 발
        판을 디디구 올라가구 있데그려.

공주학 무겁긴 또 좀 무건가요?

낙경 한 바소쿠리에 쌀 두 가마 무겐 짐짓할 걸? 노를 할아
        범은, 쳐다만 보구두, 현기증이 나서 어찔어찔한다구
        하대.

공주학 그래, 밥값은 치러 주셨소?

낙경 줬네. 참 자네가 내주지 않았드문 그눔은 꼭 경찰서로
        넘어갔을 걸세.

공주학 눈 감으믄 코 벼 간다는 세상에, 석 달씩 외상 밥 준 사

_____

23) 더미.

람이 다 있으니……. 하하하. (크게 웃는다.)

낙경 아직두 야기(八木)[24] 상점에 댕기는 줄 알았다는군.
그눔이 거길 나오구서두, 밥집에 가선 그저 댕긴다구
했다니까.

공주학 그렇다구 아무리 눈칠 못 챘을까요?

낙경 첫 달은 몸이 약해 약을 먹는다구 했구, 둘째 달은 수
금하다 잃어버린 돈을 쩔러 놓게 됐다구 했구, 셋째
달은 집에 제 동생이 죽어, 장사 지내느라구 월급을
다 썼다구 했다는군. 그때서야 밥집 쥔두 눈칠 채구
야기 상집으루 가 보았든 모양이야.

공주학 그눔이, 어디서 그런 응큼한 거짓말을 배웠어?

낙경 그러면서두, 집에단 다달이 10원씩은, 또박또박 부쳐
왔거든. 그리구, 편지마다 잘 댕긴다구 하니까, 나두
감쪽같이 속았지 뭐.

(희녀, 불을 지피다 부지깽이를 쥔 채, 꾸벅꾸벅 존다. 불이 아궁이
밖으로 연소(延燒)하는 것을 보고, 공주학, 뛰어가 나무를 아궁이 속
으로 틀어넣고, 희녀를 옆으로 비켜 앉힌다. 무척 곤한가 보다. 희녀
는 그저 잠을 못 깬다.)

공주학 (부엌에서 나오며) 하마트면 큰일 날 뻔했군. 저게 구
주부 딸 아니에요?

---

24) 일본인 이름.

낙경   웅, 소대생이[25]가 이살 했는지, 밤낮 졸길 잘해.

공주학 구 주부가 그저 안 간 모양이군요?

낙경   천명이 따라 우물에 갔나 부이. 그 영감님이 우리 천
       명일 여간 애껴야지. 날 때두 희녀 어머니가 받어 주
       지 않었나, 왜?

공주학 그런데, 여긴 뭣하러 매일 드나드는 거예요? 막내딸
       을 새 옷까지 말쑥히 입혀 가지구 왔으니.

낙경   그전부터 그 소리지 뭐야?

공주학 천명이하구 혼인하자구요?

낙경   이번에 상점을 나왔단 소릴 듣구, 쇠뿔은 단김에 빼자
       구 서두는 거야.

공주학 매부, 내 말대루 아예 천명이만은 그리루 보내지 마
       슈. 틀린 말이면, 내가 손톱에 장을 지지리다.

낙경   나두 맘은 땡기지가 않네. 희녀가 애가 좀 덜 돼
       서…….

공주학 그 기집애가 천친 걸 고사하구, 그눔의 영감쟁이가 어
       떤 욕심꾸래기라구? 데릴사위 한답시구 불러다간, 사
       년씩 오 년씩 약이나 쓸게 하구, 실컷 부려 먹구 나선,
       사내눔들이 제풀에 지쳐 나가자빠지게 해서 내쫓긴
       게 한두 번이에요?

낙경   그래서, 제 에미두 성큼 대답을 않구 있네.

공주학 아예, 그리루 장가보낼 생각은 꿈에두 마슈. 그것두,

---

25) 소대성. 『소대성전』의 주인공이다. 잠이 많은 사람을 이르는 말이다.

아들이 넝쿨에 감자같이 줄래줄래 달렸다면, 하나쯤 췄다구 그리 큰일이야 나겠어요? 허지만, 단지 막내둥이 하나 있는 걸 데릴사월 보낸다니, 될 뻔한 소리요?

낙경　여기서 붙들구 고생시키느니 거기 가서 좀 호강이나 시킬까 하구, 딱 거절을 못하구 있는 걸세.

공주학　그 영감쟁이가 호강두 시키겠소? 큰 년, 둘째 년을 미끼루, 연거푸 갈아디린 얼치기 사위 눔한테서 빨아 몬 돈을, 그래, 천명이 앞으루 내놓을 것 같아요?

(구 주부, 가도에서 들어오다 이 말을 듣고 기침을 한 번 크게 한다.)

공주학　(오불관언(吾不關焉)이라는 듯이, 구 주부는 돌아보지도 않고) 매부, 기왕 그 애가 가겔 나왔으니, 집에서 번둥번둥 놀릴 것 없이, 배를 태두룩[26] 합시다.

낙경　지금 막 집이라구 끌구 온 눔을 어떻게 그렇게……?

공주학　하루라두 놀면, 그만큼 사람 꼴이 못 돼요. 항구 있다가 섬 구석에 들어오면, 까닥하다간 사람 버리우. 우리 억근이 눔처럼, 기집애 호릴 궁리나 하구, 투전판으루 돌아댕기게나 되믄, 그 노릇을 어떡허겠어요?

낙경　다시 취직자릴 골라 보두룩 하겠네.

공주학　난 인젠 다시, 부탁할 곳두 없구 설사 있다구 하드라

---

26) 태우도록.

두, 며칠 있다가 또 튀나올 테니 겁나서 못 천거하겠
어요.

낙경   그렇지만…….

공주학   (말을 막으며) 내가 그때부터 뭐랍디까? 그눔은 갯바
닥에서 난 눔이구, 장난감 대신 해파리나 게를 가지
구 놀면서 자란 눔이니까, 팔자가 어부라구 안 그랬어
요? 사람 못 살 덴 항구요, 자식 버릴 덴 항구라구, 내
가 그렇게 일러두, 굳이, 상점에만 넣어 달라구 하더
니, 결국 이렇게 됐지 뭐예요?

구주부   (극도로 흥분하여 중앙으로 나온다. 공주학에게 도전적으
로) 자넨 된 눔 안 된 눔, 모두 고기만 잡아 먹구 살란
말인가? 팔자가 무슨 기급 담벙거질[27] 할 팔잔가?

공주학   그럼, 골방에다 집어 놓구, 약이나 쓸게 했으면 마땅
하겠어요?

구주부   그렇게 갉아 잡아댕겨서 말 말게. 자넨, 내가 낙경이
하구 사둔 맺자는 게, 천명일 데려다가, 부려 먹을려
구 하는 것처럼 생각하지만, 자넨 속이 좁으이, 좁아.

공주학   뻔하지요, 뭐?

구주부   난, 천명이 장랠 생각하구 하는 걸세. 자네두 보다시
피, 이눔의 떼무리에 글자 아는 사람이 누가 있나?

공주학   용유보통학교 첫찌루 졸업했단 소릴, 또 끌어내실려

---

27) '기급 담벙거지를'의 준말. '담벙거지'는 전립(氈笠), 즉 무관이 쓰는 털모
자를 말한다. 따라서 위에서는 '일반 백성이 담벙거지를 보고 기겁한다', 곧 '놀
라 자빠지다' '죽다' '두려움을 느끼다'라는 의미이다.

는군?

구주부 (치아 빠진 입을 성이 나서 오물오물하며) 자네 말이 맞었
네. 천명이, 적은 떼무리 자랑만이 아니라, 나루 건너
우리 큰 떼무리 자랑이기두 하네.

공주학 (돌연 배를 붙들고 웃는다.) 하하하.

구주부 (더한층 상기가 되어) 개천에서두 용이 난다는 말이 있
는데, 그만한 재등일 사공으루 썩힌다는 건 내가 몰랐
으면 모를까, 안 이상 그대루 있을 순 없어.

공주학 그럼, 침이나 놓구, 약방문이나 뜯어 보게 하는 게 그
앨 출세 시키는 길이란 말이세요?

구주부 자네가 누굴 놀리는 건가?

공주학 그렇지 않구야, 뭘루 그 애가 출셀 합니까?

구주부 대부(大阜) 맹 주부 아들, 자네 눈이 없어 못 보나? 한
약 공부하다 그걸 기초루 차차 양의학 공불 해서, 작
년 총독부 의사 시험에 쩔그덕 붙었네.

낙경 그 애야, 하늘이 낸 신동이지요. 천명이하구 그 앨 어
떻게 대요?

구주부 천명이 머리두, 그 애보담 나문 낫지, 못하진 않어. 그
렇지 않구, 여기두 약국 하나쯤은 있어야 하지 않겠
나? 병자 날 적마다, 내가 나루 건너 왔다 갔다 하기
에, 하루에두 버쩍버쩍 늙는 것 같으이.

공주학 (낙경에게) 매부, 나두 천명일 의원을 시켜서, 급할 때
영감님 불르러 댕기지 않게 했으면, 하는 생각이 날
적두 있었소.

구주부   (안도와 초조 속에) 그런데?

공주학   혹시, 임신한 여편네 사관이라두 잘못 텄다가, 모자
　　　　두 사람 다 죽이구 콩밥이라두 먹게 되면 그 노릇을
　　　　어떡허겠어요? 난 그게 무서워, 매부한테 권하질 못
　　　　해요.

구주부   (노기충천하여 펄펄 뛰며) 누, 누구더러 하는 소린가?
　　　　젊은 것이 늙은일 놀려 대두 유만부득이지. 에이, 고
　　　　약한 것. 무식한 뱃놈들은 할 수가 없어.

낙경　　영감님, 참으세요. 진정하세요.

(이 통에 희녀가 잠을 깨고, 얼빠진 듯이 아버지를 쳐다본다.)

구주부   (부엌으로 달려가, 딸의 팔을 붙잡고 끌고 나오며) 이년,
　　　　경쳐서 남의 집 부엌데기 노릇을 하구 앉었니? 가자.
　　　　이놈의 동네에 다신 발 들여놓지 말어라.

낙경　　진정하세요. 주학이가, 어디 영감님 욕을 한 겁니까?

구주부   사관 잘 모르구, 징역한 건 나지 누구야?

희녀　　푸──. (웃음이 터진다.)

구주부   (머리를 쥐어박으며) 왜 웃어, 이년. (낙경을 보고) 자네
　　　　하구 나하군, 다신 안 볼 테니 그리 알게.

(구 주부, 망연히 서 있는 희녀를 끌고, 숨을 걸떡거리며 가도로 나
간다.)

공주학 미친눔의 영감쟁이. 걸핏하면 출세 소린 하나 잘해.

낙경 허기야 구장님하구, 담임 선생두 섬에서 썩히긴 아깝다구 안 했나?

공주학 매부, 어업은 그럼 일자무식한 놈들이나 해 먹는 거예요?

낙경 백정, 상여꾼, 괴기잡이란 예전부터 으레 그런 거지 뭔가?

공주학 그럼, 어째서 총독부선 돈을 몇십만 원씩 내서, 어항마다 수산학교를 짓겠어요?

낙경 그거야 내가 알 수 있나?

공주학 지금 어업은 예전과는 달라요. 함경두 전라두선 배 임자, 그물안[28]들이 제각기 돈을 내서 우정 학교를 짓고 있어요. 말〔杭〕 박어 놓구 파래 치는 것 못 보세요?

낙경 괴기만 잘 잡었으믄 그만이지…….

공주학 지금은, 잡는 게 문제가 아니라, 파는 게 문제요. 벌에서 어디 매매를 합디까? 어업조합연합회에다 입찰을 해서 경매들을 하지 않어요? 하루에도 시세가 미두처럼 올라갔다 내려갔다 하는데, 잡기만 하면 뭘 해요? 한참 새우젓 값이 떨어졌을 땐, 새우를 잡아둔 것을 못 담그구, 거름으로 쓰지 않았어요?

낙경 그리게 수산학교 졸업한 사람들이야, 다 발동기나 생선 공장으루 가지, 중선 탈려구 드나?

---

28) 그물과 관련된 일을 하는 사람으로 짐작되나 정확한 의미는 알 수 없다.

공주학   매부, 난 천명일 중선에다만 탤랴구 하는 건 아니에요.

낙경   그럼?

공주학   나두, 이번 동앗배나 내보내구 나선 배를 팔아 가지
       구, 새로 발동길 하나 장만할 작정이에요.

낙경   발동길?

공주학   세상은 자꾸 변해 가는데, 중선을 부렸댔자 그놈의 발
       동길 따라가는 재간이 있습디까?

낙경   그렇게 되면, 황해 바다선 자네가 장치겠네.

공주학   그렇게 되면 천명일 일등기관술 시켰다가, 장차 선장
       을 시킬까 해요.

낙경   (감격하여) 기겔 배우지두 않구두, 그놈이 운전을 할
       수 있을까?

공주학   타구 댕기는 동안에 차차 배울 거예요.

낙경   그놈이 다른 건 다 못해두, 재주는 좀 있나 봐⋯⋯?

공주학   내가 걱정되는 건, 그 녀석이 배를 타면 멀밀 되게 허
       는 거예요. 그래서 지금부텀이라두 좀 단련을 해 둘
       필요가 있어요. 사실은 그래서 이번에 내보내자는 거
       예요.

낙경   그렇게만 된다면야, 내야 두말할 게 있겠나만⋯⋯?

공주학   누님 말이에요?

낙경   응, 그저 그놈만은, 치마에 싸구 죽으면 죽었지 물엔
       내보내지 않는다구 하니까⋯⋯.

공주학   누님두 늙으시드니, 맘이 약해지셔서 그래요. 들어오
       시거든 천명이 데리구, 우리 집으루 오시라구 하세요.

내가 잘 얘기할 테니.

(공주학, 가도로 나간다. 낙경, 생각에 잠겨 뒷짐을 짚은 채 마당을 이리 갔다 저리 갔다 한다. 산에서는 고사가 고조에 달했나 보다. 무당의 광란된 소리, 한층 크게 들려온다. 공 씨와 천명, 가도에서 나온다. 천명은 얼굴을 씻고 나니, 창백은 하지만 눈에는 어딘지 모르게 영리한 총기가 돈다.)

낙경   뭘 하기에 입때 있었어?
공씨   애 왔단 소릴 듣구, 즈 아즈멈[29]이 우물까지 왔습니다.
낙경   물 더웠을 텐데, 한바탕 씻기지?
공씨   즈 아즈멈네서 아주 씻구 왔수. 고사떡 찌느라구, 가마솥에 물이 한 솥이나 펄펄 끓구 있습니다. (부엌을 보고) 희년 어데 갔수?
낙경   영감님이 끌구 가셨어.
공씨   (천명에게) 고단할 텐데 들어가 다리 쭉— 뻗구 한참 푹 자라.

(천명, 늘 무엇에 억압을 느끼는 듯, 부모의 눈치를 살피며 방으로 들어간다.)

낙경   아범이 집으루 좀 오라구 허구 갔으니 가 보구 와.

_____

29) 아주머니의 방언. 여기에서는 공주학의 아내를 가리킨다.

공 씨   (불안하여) 날더러요?

낙경   응.

공 씨   와서, 무슨 얘기 하구 갔수?

낙경   내년 봄에 발동선을 한 척 산다드군.

공 씨   천명이 얘긴 안 합디까?

낙경   또다시 취직할 자리두 없으니까, 이번엔 동아잡이나 내보내구, 내년부턴 발동선을 태자구 그러드군.

공 씨   (초조하야) 그래, 임잔 뭐라구 했소?

낙경   그러자구 그랬지 뭐.

공 씨   구 주부하군 어떡헐려구?

낙경   침 잘못 놓다가 콩밥 먹은 영감한테 어떻게 맘을 놓구 보내? 의원이라는 게 아무나 하는 줄 알어? 약방문 까딱 잘못 냈다가, 생사람이나 죽여 봐?

공 씨   칠성판 타구, 사잣밥 먹구, 매장포 입구 댕기는 사공보단 그래두 낫지 않우?

낙경   낫긴 뭐가 나? 의원이야말루 살얼음 건너기야.

공 씨   그렇구 저렇구 간에, 천명이한테 물어보지두 않구 덮어놓구 대답을 해 놓으면 어떡허우?

낙경   애비가 자식 일에, 일일이 고해 바치구 승낙을 얻어야 한단 말이야?

(공 씨, 절망한 듯 허정허정 마루로 간다. 늘어진 듯이 끝에 가 털벅 주저앉는다. 바다를 한참 멀거―니 내다보고 있더니, 한 마디 한 마디 불평에 찬 소리로 푸념을 한다.)

공씨　강원도서 숯이나 굽구, 강냉이나 일구구 있었으면 아
　　　무 일 없는 걸……. 옘평 가서 조기만 잡으면, 돈 벌긴
　　　물 묻은 손에 모래 줍기라구 하더니…….

낙경　(벌컥 소리를 지른다.) 그 넋두리 고만해.

공씨　(벌떡 일어서며 쏘아붙인다.) 집 팔구 땅 팔아 가지구 와
　　　서 장만한 게 뭐야? 큰놈 둘째 놈 장가두 못 보내구 물
　　　에서 죽이지 않았어? 봉치까지 받어 논 다 큰 년을, 돼
　　　지 새끼 팔아치듯 팔아 가지구, 중선 밑천 찔러 넣지?
　　　그래두 다 못 해서, 인제 열일곱 먹은 막내둥이 하나
　　　있는 걸, 마저 잡아먹을려구? 못 해, 못 해, 못 해. (미
　　　칠 듯이 규환을 치며) 또 송장두 못 찾게? 또 송장두 못
　　　찾게?

낙경　저게, 귀신이 썼나? 왜 악을 쓰구 이래?

공씨　또 갱변에 염하다 놓친 년처럼, 우두커니 주저앉어서
　　　송장 떠내려오기만 기대리라구? 못 해, 못 해.

(천명, 방문을 젖히고 뛰어나와 어머니에게 매달린다. 공 씨, 솔개 본
암탉같이 그를 가슴에다 꼭 안는다.)

낙경　자식을, 저렇게 가랭이에다 끼구만 있을려구 하니까
　　　점점 그눔이 반팽이[30]가 될 수밖에.

공씨　반팽이라두 좋아. 반팽이라두 좋아.

---

30) 반편이. 지능이 보통 사람보다 모자라는 사람을 낮추어 이르는 말.

낙경   그게, 그놈을 사랑하는 건 줄 알어? 되려 전정[31]을 망
　　　　 쳐 놓는 거야.

공씨   애비라구 당신이 해 준 게 뭐야?

낙경   (찔린 듯이 몸을 떨더니) 내가 돈 없어, 공부는 시킬 수
　　　　 없구……. 아는 사람 없으니, 취직을 시켜 달라구 할
　　　　 데두 없구……. 난들 어떡해? 누군, 자식 사랑할 줄 모
　　　　 르는 줄 아나?

공씨   봉희 청국으루 팔아먹을 때 하든 소릴 또 하는구료?
　　　　 사랑할 줄 알문, 싫다는 놈을 군이 내보낼 게 뭐야?

낙경   내 입으루 거절하게 됐어?

공씨   왜 못 해?

낙경   내가 돈 없어 중선은 못 부리구, 늙어 수족 지쳐 동사
　　　　 일은 못 하지 않어? 구구스럽지만, 처남의 밥을 얻어
　　　　 먹구 있는데, 내 입으루 못 하겠다구 하게 됐어? 더군
　　　　 다나, 성 서방이 그만두겠다구 해서, 뻔연히 손이 모
　　　　 자라는 줄 알면서?

공씨   천명일 태야만 맛인가? 제 자식두 있는 게 아니오?

낙경   그게 어디 사람이야? 걸핏하면 돈을 훔쳐 가지구 달
　　　　 아나선, 근방 섬으루 계집하구 노름판만 찾어댕기다
　　　　 가, 돈 떨어지면 어슬렁어슬렁 기어 들어오지 않어?
　　　　 여북하면 주학이가 돈을 벼개에다 비구 자겠어?

공씨   …….

---

31) 前程. 앞길.

낙경   당신 같으면, 그런 눔한테 만여 원이나 들여, 발동선
       을 사 가지구 맡기려구 하겠어?

공씨   (조카에 비하여 자기 자식의 우월함에 적이 만족한다.) 그
       야 그렇지만…….

낙경   내 생각 같아선, 아범이 천명일보구 발동선을 살 맘두
       생긴 것 같단 말이야.

공씨   (솔깃하여) 그럼, 그 배를 천명이한테 맽긴답디까?

낙경   인제 열일곱 먹은 것한테, 그런 큰 배를 어떻게 첨부
       터 맡기겠어? 운전하는 것두 가르치구, 키 돌리는 것
       두 가르쳐서, 나중엔 선장을 시킬 작정이라나 봐.

공씨   그게 정말일까?

낙경   조카자식 두구, 딴 사람 시키겠어?

공씨   그렇지만, 발동선은 여〔暗礁〕[32]나 풀〔淺紗池〕[33]엔 되레
       위태하다지 않소?

낙경   누가 그래? 기계루 가는 것하구 바람으루 가는 것하
       구, 어떤 게 위태스럽겠어?

공씨   그야 기계가 위태하지 않겠지만.

낙경   몇 년 댕기다, 운전하는 것만 배우게 되문 그 배 아니
       래두, 항구 가서 청국이나 저 남양 댕기는 윤선에두
       들어갈 수 있을 거야.

공씨   (자기도 모르게) 거긴, 하나 앞에 월급이 수백 원씩이

---

32) 물속에 잠겨 보이지 않는 바위.
33) 바다나 호수의 밑이 주변보다 두드러지게 올라온 부분.

랍디다.

낙경   월급뿐인가? 백설기 같은 하──얀 이밥에, 소고기만 준다는데? 그렇게 되면, 저눔두 몸이 좀 부하구 실해 질 거란 말이야.

공 씨   허긴, 장갈 들이드래두, 몸이 먼점 실해야겠습디다.

낙경   (천명을 보고) 넌 어떡헐 테냐?

(천명, 전신을 부르르 떤다. 기어코 올 것이 오고 말았고 체념을 했나 보다. 고개를 앞으로 툭 떨어뜨리고 두 팔을 축 늘어뜨린다.)

낙경   네가 안 나간다믄, 네 삼춘두 그저 대 줄랴구 하진 않을 게다. 오래잖아 성해가 끼면 민어 낚시하든 것두 못 해 먹게 될 테니까, 한겨울 굶구 들앉었을 수밖에 없지 뭐.

천명   …….

낙경   (찌르는 듯이) 어떡헐 테야? 말을 해.

천명   (꺼질 듯한 소리로) 나가요.

낙경   (공 씨에게) 저두 나가겠다구 하니, 주학이한테 가서 얘기하구 와.

공 씨   (다시 풀이 죽으며) 임자가 혼자 갔다 오구료.

(낙경, 가도로 나간다. 개에서는 살을 걷는 어부들의 "어──." "어──." 하는 소리. 일몰이 가까워 오고 약간 모진 해풍이 불기 시작한다. 가슴에 붕대를 처맨 판성, 편지를 읽으며 사장에서 올라온다. 별안간 상

처가 쑤시는지, 느티나무를 붙들고 고통을 진정하려고 애를 쓴다.)

판성   (돌연 악을 쓰며) 내가 왜 조기사리 나가서 죽지 않구
        살아 돌아왔는지?

공 씨   (판성에게로 가며, 다정히) 상처가 좀 아물어 들었냐?

판성   무슨 참견이에요?

공 씨   (위로한다.) 맘을 좀 눅직이 먹어야, 병이 낫지?

판성   (구토하듯이) 심 봉산 딸 팔아먹구 공양미 삼백 석에
        눈이나 떴지, 이건 딸 팔아서 집 샀어? 논 샀어?

공 씨   그러게, 어디 우리가 너한테 잘했다니? (규지(窺知)하
        는 듯) 지금 그 편지, 천순이한테서 온 거지?

판성   아무 데서 온 거믄 어째요?

공 씨   뭐라구 썼니?

판성   고향 생각이 자꾸 난다구 했어요. 오늘은 눈이 펄펄
        쏟아졌대. 손님이 없어 혼자 자게 되니까, 집 생각두
        나구 해당화 밭에서 나하구 명감[34] 따 먹든 생각두 나
        구 해서 앉두 서두 못 하겠다구 했어요. (돌연 발작적으
        로 편지를 발기발기 찢어 버린다.)

(공 씨, 편지 조각을 줍다가, 설움이 복받치는지 그대로 땅바닥에 주
저앉는다. 천명, 달려가 어머니를 붙들고 일으킨다.)

─────────────

34) 청미래 덩굴의 열매.

판성   내가 배 임자한테 얘길 해서 성 서방 대신 나가야겠
          어. 그래서 삯 받어 가지구 천진으루 찾어가 보구 죽
          어도 죽을 테야.

(판성, 혼자 중얼거리며, 가도로 나간다. 주위는 조용히 어둠이 깊어
간다.

이따금 깃 찾아가는 갈매기 떼의 울음소리. 도령(島嶺)에선 고사가
끝났나 보다.)

천명   (어머니에게) 울지 마, 어머니. 내가 인젠 물에 나가서
          열심히 벌게.

공씨   정말?

천명   응, 그래서 다만 얼마씩이라두 모았다가, 누나 몸값
          치러 주구 불러오두룩 할 테야.

공씨   그래라. 어서어서 네가 벌어서, 네 누나 좀 데려왔으
          믄, 내가 고대 죽어두 한이 없겠다.

(천명, 어머니를 부축하고 들어와, 두 사람 말없이 마루 끝에 걸터앉
는다.

멀―리 항구에 전등불이 들어온다. 등댓불이 이곳저곳에서 명멸하
기 시작했다. 개에서 살을 걷어 가지고 어부들이 떠들며 올라오는 소
리. 정적.)

                                 (막)

2막

익일(翌日) 아침. 만조.

근방 섬으로 질주해 가는 발동선의 소리. 멀─리 인천항 만
내(灣內)에 개흙을 파 올리는 토굴선(土堀船)의 느릿한 치차
(齒車)[35] 도는 소리. 자욱이 가라앉은 해무(海霧)를 헤치고 동
이 훤히 터 온다. 배 임자의 생일잔치를 먹은 동사들 오륙 인
각기 그물, 마니라 로─푸,[36] 어구(漁具) 등을 메고 가도에서
나온다. 다들 얼큰히 취했다. 지난날의 회고담(回顧談)으로 한
창 기세를 올리고 있다.

노틀 할아범　(구각비포(口角飛泡)[37]하며) 아무튼, 배에다 15원

---

35) 톱니바퀴.
36) 마닐라삼으로 만든 밧줄.
37) 입 주위에 거품을 날리다.

각수씩 하는 광목을, 두 필이나 통째 풀어서, 칭칭 감구 포장을 쳤었으니까……. (딸꾹질을 하며) 돼지를 다섯 마릴 잡었구, 갈보를 열 명을 불렀다문 고만이지. (딸꾹질) 옘평서 한바탕 뚜드려 부시구, 봉죽[豐漁旗]을 물에다 질질 끌구 풍악 갖춰 떼무리루 들올 땐, 예전 김종서(金宗瑞) 여진(女眞) 치구 들오는 것보담 더 장했어. 구경꾼들이 인산 떼같이 들끓었거든. (딸꾹질)

늙은 어부 참, 중선이란 사내놀음이지.

노틀 할아범 안 될라면 제 조상 산솔 팔아 넣구두 빈손 싹싹 비비지만, 걸리는 날이면, 몇만 원 잡긴 상치쌈³⁸⁾에 식은 밥이지. (딸꾹질)

키 큰 어부 옘평에 천명 아버지가 쓱 내리면 계집이란 계집은 다 몰려왔었어.

늙은 어부 주머니에서 돈을 푹푹 집어 줬거든.

노틀 할아범 그때 동사 하든 눔들, 나 빼놓군 다 잘됐지, 다 잘됐어. (딸꾹질이 자꾸 나오므로 안을 향하여) 계셔요?

젊은 어부 아무두 없나 본데요.

노틀 할아범 (부엌으로 들어가며) 정 첨진, 싸전을 내구 한쪽으로 돈놀일 하지, 황 서방은 강화(江華) 가서 비단전을 냈다지 않나? (물을 한 바가지 떠들고 나와 꿀떡꿀떡 마신다.)

키 큰 어부 칠성 할아버진 먼우금다³⁹⁾ 땅 사지 않었어요, 왜?

---

38) 상추쌈.
39) 인천 근교의 땅 이름으로 추측된다.

　　　　　이번에 수원 가는 철로가 생기는 바람에, 6전씩 주구
　　　　산 게, 매 평에 2원 50전씩 올랐대요.

노틀 할아범　그중 잘된 건 배 임자지, 배 임자야.

늙은 어부　아무럼.

노틀 할아범　천명 아버지가 여간 끔찍이 했어야지, 참, 처남이
　　　　지만 자기 자식보다 더 얼구 저렸으니까.[40)]

늙은 어부　지금 그물 장만하구, 중선 부리게 된 게 다 누구 덕
　　　　택인데?

키큰 어부　배 임자두 그 공을 아니까, 근 삼 년 동안 매부를 멕
　　　　여 살리는 게 아니에요?

노틀 할아범　그래두 속으룬 짜지, 짜.

키큰 어부　그만큼 하기두 수월한 줄 아슈? 부자두 남남이라는
　　　　세상에, 출가한 누님 치다꺼릴 하구 있을 사람이 어데
　　　　있겠수?

(공주학의 아내, 목반(木盤)을 이고 가도로 들어온다.)

공주학의 아내　어딜 가셨나?

노틀 할아범　굴 따러 나가셨나 봐요.

공주학의 아내　왜들 안 나가구 섰나?

노틀 할아범　어떻게 먹었든지 숨이 차서 그래요. 나 같은 놈에
　　　　게야 정월이 있겠어요? 추석이 있겠어요? 부모가 있

---

40) 귀하게 여기고 마음 아파하다.

어 환갑 진갑이 있겠어요? 아들딸이 있으니 혼인 잔
치가 있겠어요?

공주학의 아내   또 시작이군?

노틀 할아범   나한테 명절이라군 배 임자 생일날밖엔 없어요.

(공주학의 아내, 목반을 마루에 내려놓는다. 부엌에 들어가 이남박
을 들고 나와 고사떡, 국, 이밥, 나물 등속을 옮겨 담아 놓고 다시 가
도로 나간다.)

직지사서 왔다는 어부   그런데 어떡허다, 천명 아버지가 실패하
          셨나요?

노틀 할아범   (담배를 한 대 피워 물며) 다, 이 노틀 할아범 말을
          안 들은 탓이지.

직지사서 왔다는 어부   아──니, 왜요?

노틀 할아범   4월에 옘평서 첫 둥[41]을 보구, 7월에 둘째 둥을 보
          러, 우리가 칠산(七山)을 들어가지 않았겠나? 팔도서
          '내로라' 하는 그물안 배 임잔 다 몰려왔었지만, 그중
          에서두, 새우 장군, 조기 장군하면 떼무리 정낙경을
          첫손 쳤거든. 아, 쓱 우리가 들어가니까, 군산서 왔다
          는 나가사끼(중선)가 벌써 쟁길 두 줄루 우리 어장에
          다 펴 놨데그려. 우리가 가만히 물살을 보니까, 조기
          떼가 그 쟁기 새루 몰려갈 것 같단 말이야. 이거 참, 난

---

41) 동. 윷놀이에서 첫판.

처하드군. 천명 아버진, 그새루 떼를 쫓아가자구 하
구, 난 위태하다구 하구, 한참 실갱일 하다가 천명이
아버지 말대루 뚫구 가기루 했었네. 아니나 다를까?
그놈들이 물속에다 데구리〔底曳網〕[42]를 쳐 놨데그려.

직지사서 왔다는 어부 군산 가서 재판했다는 게 그럼 바로 그 얘
기군요?

노틀 할아범 남의 그물을, 왼통 망쳐 놨으니 물어 주는 수밖에.

늙은 어부 아─니, 그물 값 4000원 물어 주구 망했단 말이야?
얘길 똑똑히 해.

노틀 할아범 이를테면 그게 시초였단 말이지, 내 말은. 그 후부
턴 서낭님이 우릴 미워하시기 시작했는지, 한 삼 년
동안 천둥이 연거퍼 치는데, 쇠통 조길 잡을 수가 있
어야지? 알 까러 칠산으루 들어왔든 조기 떼가 놀라
서 모두 도망가 버렸거든. 나중엔 눈이 뒤집히시는 게
야. 천명이 누날 팔아 가지구, 마지막 한 등을 봤었는
데, 그땐 그물마저 떠내려 보내구 빈손 들구 들왔네.
우리하구 늘 경쟁하든, 진남포 오─야마란 녀석이,
나만 보믄 "노하라상 도─데스가?"[43] 하구 약을 올
리는데 참 죽겠데. 노틀 할아범이 따지구 보면 그때부
터 틀 자 한 자가 빠진 셈이지.

---

42) てぐり. 예인망.
43) '노 할아버지 어떠신지요?'라는 뜻.

(어부들, 배를 붙들고 웃는다. 사장에서 공 씨, 굴을 따 가지고 들어온다.)

노틀 할아범 많이 따셨어요?

공 씨 뭘, 그것두 하두 따서, 인젠 붙었을 새가 있어야지?
　　　　(하늘을 쳐다보며) 눈이 올라나? 참, 천명이 밥 먹든가?

노틀 할아범 네.

(천명, 가도에서 나온다. 검정 솜 바지저고리를 입었다. 몹시 침울한 얼굴이다.)

공 씨 밥 먹었니?

천명 안 멕혀서 뜨다 말았어.

공 씨 안 멕히드라두, 눈 꾹 감구 틀어넣지? 밥을 든든히 먹어야, 골판에서 마파람을 만나드래두 뜨질 않는다.

천명 괜찮어.

공 씨 괜찮어가 뭐니? 그 똥딴지 판성이두, 돛줄 붙든 채 한 길은 치솟았는데?

노틀 할아범 허리에다, 큼직한 돌맹일 한 개 차구 나가믄 돼요.

키큰 어부 내가 젤 싫은 건, 삼부자 한 배 타는 것하구, 어린애 첨 타는 것하구야. 안짱물⁴⁴⁾ 뒤집어썼다, 감기나 들어

---

44) 배 안에 들이치는 바닷물.

가지구, 방짱⁴⁵⁾에서 쿨룩거리구 있어 봐? 그 꼴을 어
떻게 보나, 에이. (하고 코를 팽 푼다.)

공 씨　물 끝이 범바월 넘었네. 어서들 나가 보게.

(동사들, 일동 사장으로 내려간다. 천명도 어깨를 축 늘어뜨린 채 뒤
따른다. 아들의 뒷모양을 물끄러미 바라보는 공 씨 얼굴에는 암담한
빛이 서린다. 공주학과 낙경, 가도에서 이야기하며 들어온다.)

공주학　누님, 올두 이번 동앗배만 나갔다 들오믄, 무사히 지
　　　　낸 것 같소. 조기사리 새우사리에두, 다 재밀 본 셈이
　　　　에요.

공 씨　이번엔, 고살 장하게 지내서, 동아가 많이 잽히겠네.

공주학　오늘이 또, 내 생일이구 보니까, 금년은 줄래줄래 운
　　　　수가 터지나 보오.

공 씨　고마우이.

(공주학과 낙경, 사장으로 내려간다. 일진(一陳)의 바람이 불어오더
니, 모래를 회오리치고 올라간다. 두 사람, 가다가 발을 멈춘다.)

낙경　　(하늘과 펄을 번갈아 보며, 귀를 기울인다. 노련한 어부만
　　　　의 민첩한 직감으로) 하늬바람이 높새하구 팔미 쪽에서
　　　　부딪치는 모양이야.

_____
45) 方丈. 1장 사방의 방.

공주학 떼가 몰리겠어요?

낙경 꽤 몰리겠네. 노틀 할아범한테 떼를 만나면, 칠산까지
　　　라두 쫓아가라구 하게.

(두 사람, 다시 사장으로 나간다. 이에 희녀, 가도에서 달려온다.)

희녀 천명 어머니, 두레박하구 대야 좀 빌려 주세요.

공씨 그건 뭘 하게?

희녀 아버지가, 나루터를 건너오시다 돌을 잘못 디디시구
　　　갱굴루 빠지셨어요.

공씨 (벽에 걸린 것을 꺼내 주며) 또 급한 환자가 생긴 게구
　　　나?

희녀 (두레박을 받으며) 아니에요. 주무시다가 벌떡 일어나
　　　시드니 "내가 낙경이한테 할 말이 있어." 하구, 남 잠
　　　두 못 자게 깨 가지구 부랴부랴 왔어요.

공씨 다치신 덴 없든?

희녀 네, 추셔서 벌벌 떠세요.

(희녀 가도로 나가려 할 때, 구 주부 구르는 듯이 달려온다. 전신이
개흙투성이다.)

구 주부 (주위를 두리번거리며) 낙경이 어디 갔나?

공씨 (의아하여) 왜요?

구 주부 내가 할 말이 있어. 낙경이한테 꼭 할 말이 있어.

공씨   (미리 말을 막으며) 천명인 벌써, 동아사리 나가기루 작
       정했어요.

구주부 그 소린, 나두 들었네.

공씨   영감님껜, 참 뵐 낯 없습니다.

구주부 자네가 어젯밤에 무당을 다 찾어갔었다지?

공씨   내보내기룬 했지만, 그래두 걱정이 돼서 좀 물어보느
       라구.

구주부 그래, 무당이 뭐라든가?

공씨   아무래두, 바다에 나가 벌어먹는 게, 신상에 졸 거라
       구 해요.

구주부 다 그년두, 주학이 편 들어서 한 소리야. (혼잣말로) 천
       명일, 내가 그렇게 호락호락 내놀 줄 알어? 어림없지.
       어림없어.

공씨   (불안하여) 무슨 일이 있었어요?

구주부 있었으니까, 자다 말구 나룰 건너 20리 길을 온 게 아
       닌가?

공씨   지금 막, 그 애 삼춘하구 개루 나갔어요.

구주부 가서 좀 불러오게.

공씨   배 내느라구 한창 바쁠 텐데 무슨 말씀인지 하십쇼.
       있다가 들어오거든 제가 일르지요.

구주부 (소리를 낮춰) 주학이네 중선이, 부자리⁴⁶⁾가 몹시 헐
       었대.

---

46) 현대 선박의 용골익판에 해당하는 것으로, 배의 가장 밑판.

공씨   (불안한 빛으로 안색이 변하며 약간 떨리는 소리로) 몇 해
　　　　나 부렸다구 벌써 헐어요?

구주부   그 배 산 지가 언젠가 따져 보믄 알 일이지?

공씨   삼 년밖에 더 됐어요?

구주부   첨 살 때, 그게 새 물건이었어야 말이지? 용유 면장이,
　　　　삼 년이나 부리든 퇴물이었어. 도합 육 년이 넘은 셈
　　　　이야.

공씨   중선 한 척 장만하믄, 남들은 십 년씩 두 부리는데?

구주부   그러게 칠산서 여에 얹었을 때, 부자리가 철썩 한 번
　　　　갈라졌든 건 생각지 않나?

공씨   그 후 항구에 가서, 한 달이나 걸려 말짱게 고쳐 왔어요.

구주부   장목 값이 비싸서, 다 고치지 못했어. 조기사린 급하
　　　　구 하니까, 그때두 그냥 부랴부랴 나갔드랬어.

공씨   그럴 리가 있나요?

구주부   과린산으루 선체를 하얗게 닦구, 대깔루 구멍을 며 놨
　　　　으니까, 겉으루 보긴 말짱하지만, 밑창엔, 고태굴[47]이
　　　　아가릴 떡 벌리구 있어.

공씨   난, 도무지 곧이들리질 않습니다.

구주부   내 말을 못 믿겠거든, 성 서방한테 물어보지?

공씨   성 서방요?

---

47) 고태골. '공동묘지'를 뜻한다. 고려 말 고태(高太)라는 사람이 나라에 공을
세워 땅을 분할받고 살았는데 자손이 없어 대가 끊기게 되자 고태 부부의 묘
는 임자 없는 민무덤이 되었다. 이후 이 부부의 집터인 고태골은 유명한 공동
묘지가 되었다. 일제 시대 때부터 '고태굴 갈 놈'이란 욕설이 생겼다.

구주부 그 배가 위험허기 때문에, 그 사람이 별안간 안 나가 겠다구 하는 거야.

공씨 그럼?

구주부 그렇지 않구야, 아무리 살림을 꾸몄대기루, 삼사 년 동사 하다 마지막 동아잡일 빠지겠다구 하겠어?

공씨 성 서방이, 정말 제 입으루 그래요?

구주부 그럼 제 입으루 안 그러구? 주학이가, 그 밸 팔구, 내 년 봄에 발동선을 산댔다지?

공씨 네.

구주부 인젠, 더 부릴래야 부릴 수가 없게 됐으니까, 나무 값 이래두 받구, 팔아 칠려는 거야.

공씨 정말일까요?

구주부 살믄 얼마나 더 살겠다구, 늙은 게 실없는 거짓말 하 구 댕기겠나? 내가, 어저께 같아선, 이눔의 동리에 두 번 다시 발 안 디려놀려구 했네만 천명이 생각을 하니 까, 가만히 있을 수가 있어야지? 그래, 자다 말구 부리 나케 뛰어온 걸세.

공씨 그럼, 이 일을 어떡하면 좋아요?

구주부 어떡하긴 뭘 어떡해? 빨리 주학이한테 가서, 천명일, 올겨울은 집에서 쉬게 하겠다구 해야지, 뭐.

공씨 (망설이며) 그렇지만 지금 와서…….

구주부 그건 생각해서 하게. 난 굳이 내보내지 말라는 건 아 니니까. 내보내구 싶거든, 내보내게. 그 대신, 막내 자 식 얼굴이나, 잊어버리지 않게 똑똑히 봐 두게.

(공 씨, 공포에 싸여 창황히 사장으로 내려간다.)

구주부 (쫓아가며) 주학이한텐, 내가 그러드라구 말게.

공 씨 (발을 멈추고) 그러믄요.

구주부 (공 씨 앞으로 다가서며) 난, 바뻐서 그만 건너가니 내일
        이래두, 천명일 데리구 자네가 우리 집으루 한번 오게.

공 씨 그건 또다시 생각해 보지요.

구주부 생각할 거 없대두 그래? 내가 밤낮 하는 소리지만, 그
        놈은 의학으루 출세할 팔자야. 또 연분이라는 게, 어
        디 그렇게 아무 데나 굴러 있는 건가? 희녀하구 천명
        인, 하늘이 중매한 가연이야.

공 씨 그 얘긴, 나중에 다시 하지요.

구주부 (한 걸음 더 다가서며) 자네두, 큰아이, 둘째를, 둘이나
        물에서 잃었으니, 천명이만은 장갈 보내서, 손줄 보도
        록 해야 하지 않겠나?

(공 씨, 대답지 않고 급히 달려간다.)

희녀 성 서방이 정말, 배가 헐어서 안 나간다구 했수?

구주부 그럼 정말이 아니구?

희녀 배 임자한테 혼나문 어떡헐랴구, 그런 얘길 일러 주구
      댕기셔?

구주부 이년아, 넌 굿이나 보구 떡이나 먹어.

희녀 (혀를 차며) 체.

(이때 판성, 쥐어짜는 듯한 상을 해 가지고, 사장에서 올라온다.)

구주부 요전, 내가 준 고약 붙여 봤니?

판성 (퉁명스럽게) 오래 살자구, 그걸 붙여요?

구주부 그럼, 그 비싼 걸 내버렸니?

판성 흥.

구주부 이놈아, 그렇게 살기 싫거든, 산에 가서 목이래두 매려무나?

희녀 그리게 말이지. 천명 어머니가 판성이만 안 봐두, 천순이 생각을 좀 덜 할 텐데 판성이 때문에 더 난다구 그러서.

구주부 허구헌 날 천명이 어밀 악담하구 댕길 게 뭐니, 이눔아?

판성 그리게 어젯밤에, 아주 죽어 버릴려구 하지 않았어요?

구주부 뭐, 죽어?

판성 새낄 들구, 서낭당으루 올라갔었는데 그 옘병할 노틀 할아범이, 뒤루 쫓아와서 붙들어서 못 죽었어요.

구주부 에끼, 이 못난 자식. 죽긴 왜 죽어 이놈아, 돈 벌어 가지구 천순일 찾어가 보문 되지 않니?

판성 누군, 그 생각 못 한 줄 알아요? 내가 성 서방 대신 타겠다구 하니까, 천명이가 나가기루 됐다구 그러는 거야. (돌연 저주하는 듯한 소리로) 그 망할 자식이, 항구서 오지만 않았어두, 내가 타는 걸.

희녀　천명인, 즈 어머니가 안 내보낸다구 한걸.

판성　언제 그러든?

희녀　지금.

판성　지금?

희녀　그럼. 지금 막 배루 나가셨다나.

판성　그럼, 내가 가서 다시 한 번 얘기해 봐야지.

(판성, 급히 사장으로 달려간다.)

구 주부　우린 그만 가 보자.

(구 주부와 희녀, 가도로 나간다. 무대 잠시 공허.

이윽고 천명, 공포에 질린 눈으로 사장에서 뛰어 들어온다. 가도로 달려가다, 다시 돌아서 들어온다. 마루 끝에 가 앉는다. 다시 일어선다. 어찌할 바를 모르고 허둥지둥한다. 돌연 무슨 묘책이 떠오른 듯, 방으로 신발을 신은 채 뛰어 들어간다. 옷가지를 챙겨 가지고 나온다. 잠깐 주춤 섰다가, 주위를 살핀 후 가도로 달려간다. 이때 목반을 이고, 한 손에 술병을 든, 공주학의 아내가 가도로 들어오다 천명과 쾅 부딪친다. 목반이 떨어지고 그릇이 우르르 깨어진다. 천명, 경악하여 전신을 오므려뜨린다.)

공주학의 아내　어델 갈랴고 그러니?

천명　개루 나가는 길이에요.

공주학의 아내　(깨어진 그릇을 집어 담으며) 앞을 보구 댕겨야지?

천명   ······.

공주학의아내 개루 나가는데, 왜 그 길루 가니?

천명   돌아서 갈랴구 했어요.

공주학의아내 (날카롭게) 그 보퉁인?

천명   어머니가······ 잘 때······ 껴입으라구······.

공주학의아내 어머닌 어데 가셨니?

천명   개에 나가셨어요.

공주학의아내 아버지두?

천명   네.

공주학의아내 그럼 빨리 너두 나가자.

천명   아직 배 못 떠요.

공주학의아내 물이 가새까지 밀었는데?

천명   곧 갈 테니······ 먼저······ 내려가세요.

(공주학의 아내, 미심하여, 천명을 돌아다보며 사장으로 내려간다. 엇갈려 사장에서 공주학, 공 씨, 낙경, 세 사람 떠들며 올라온다. 뒤따라 노틀 할아범. 천명, 급히 보퉁이를 담 옆에다 틀어넣는다.)

공씨   (풀 죽은 소리로) 아범, 내가 잘못했네. 내가 잘못했어.

공주학 그만두슈. 난 설마하니, 누님 입에서 그런 소리가 나
        올 줄은 몰랐소. 여섯 살에 부모 잃구, 동기라군 누님
        하날 믿구 살아온 내가 아니오?

공씨   내가 말을 잘못했네.

낙경   주책없이 한 소릴 뭘 그러나? 그것두 남한테 그랬다

면 모를까, 집안끼리 한 소리 아닌가? 그만두게.

공주학 아무리 동기간이라두, 할 말이 있구 못 할 말이 있지 않소? 그래, 그 배가 어데가 썩었단 말이오?

공씨 (울음 섞인 소리로) 구 주부가, 눈을 벌겋게 휩뜨구 달려와서 그러니까, 난 그 말을 또 곧이들었지, 그만.

공주학 누님 같아서야, 중선 부릴 사람이 누가 있겠소? 해마다 새 밸 사들여야 하지 않겠소? 그야 돈 있는 사람들이야 돈 지랄루 무슨 짓을 못 하겠소만, 우리 같은 처지루야, 누가 사오천 원씩 주구 장만한 배를, 삼사 년 쓰다가 내버리겠소?

낙경 그 배가 헐지만 않았으면 그만이지, 천명 어미가 헐었다구 했다구, 멀쩡한 배가 금세 헐어지겠나? 그만두게.

공주학 누님은 입때 버선두 안 겨서 신구, 바가지두 안 겨서 썼소? 바가지 겨 쓰니까 물이 샙디까? 누님 같아서야, 집두 새 집에서만 살구, 한 틀에 사오백 원씩 주구 산 그물두, 구멍만 나면 다시 떠서 쓰진 못하겠구료? 그래서야 배 목수 누가 해 먹겠답디까?

공씨 내가 본 맘에서 그런 소릴 했겠나? 구 주부 말을 듣구 그랬대두 그러네.

공주학 구 주부가, 주학이가 옆집에다 불 질렀다구 하면, 누님은 경찰소에 가서 주학이가 질렀다구 일러바치겠구료? 그 영감쟁이가 제아무리 천명일 사랑한대두, 그는 남이요, 나는 그래두 명색이 삼춘 아니오?

공씨 아범, 못 들은 심 대구 흘려 버리게. 그리구 노엽게 생각 말게.

공주학 난 인젠, 노엽게 생각할 것두 없소. 누님하구 오늘부 터라두 의절하면 그만 아니오?

낙경 빈말이래두 이게 무슨 소린가?

공주학 빈말이 뭐요? 인젠, 내가 누님네 발 디려놓지두 않을 테니, 매부하구 누님두 내 집에 들르실 필요 없어요.

낙경 그게 무슨 어린애 같은 소린가?

공 씨 에이, 내가 미친년이지, 내가 미친년이야.

공주학 오늘부턴 아주 남남이오. 내가 매부하구 누님을, 몇 해를 멕여 살렸소? 근 삼 년 동안을, 달다 쓰단 말 한 마디 없이, 양식 낭구를 대 디리지 않았소?

공 씨 저승엘 간들, 내가 아범 공을 잊겠나?

공주학 천명이 공분 누가 시켰소? 항구 팔목상점에 넣 준 건 또, 누구요? 하다못해, 그놈이 여관집에서 외상 밥 먹 은 밥값까지, 내가 치러 주지 않았소?

공 씨 아범, 내가 잘못했네. (울며) 입동이 낼모랜데, 이 긴긴 겨울을, 아범이 봐주지 않으면 어떡허겠나?

공주학 나두 할 만큼 했으니 인젠 모르겠소. 그만하믄 예전에 매부가 중선 밑천 대 준 것은 갚았을 거요.

낙경 내가 언제 그걸 갚아 달라든가?

공주학 매부두 말 마쇼. 천명일 사공을 시키자구 할 적마다, 매부두 내가 그놈을 부려 먹을려구 하는 것처럼, 꽁한 생각을 했지 뭐요? 그러군 돌아서서, 날더러 심하다 구 했지요?

낙경   그건 자네 곡핼세.

공주학   곡해가 뭐예요? 사실이지.

노틀 할아범   배 임자, 그만두십쇼. 물참[48] 다 됐쉬다.

공주학   내가, 천명일 돈 안 주구, 거저 쓰자구 합디까? 먹구
        한 달에 10원씩 주는 게 아니에요? 같은 돈 주구, 나가
        기 싫다는 놈 억지루 쓸 필요 있겠소? 다른 사람 얻어
        쓸 테니 그만두슈.

(공주학, 뒤도 돌아보지 않고 가도로 나간다. 공 씨, "아범." "아범."
하고 부르며 따라가다가 다시 돌아온다.)

공 씨   (천명에게) 빨리 쫓아가서, 나가겠다구 그래라. 삼춘이
        그래두 네 말은 들을지 모른다.

천명   (부동(不動))

공 씨   (애가 타서 초조히) 어서, 이놈아 쫓아가 봐라. 어머니
        가, 주책없이 그런 소릴 했다구 하구. 어서 빨리.

(천명, 어머니의 손을 뿌리치고, 한 걸음 뒤로 물러선다.)

낙경   이 망할 자식이, 그래두 속을 못 채리구?

(돌연 부엌 앞에 가로놓였던 그물말〔網杭木〕을 집어 들고, 천명을

---

48) 만조.

내려 갈긴다. 노를 할아범, 낙경의 팔을 붙들고, "놓으세요. 놓으세요. 말루 하시지, 때리긴 왜 때리십니까." 하고 말린다.)

공씨   (불쌍해서) 이놈아, 어서 삼춘네루 가라. 가믄 안 맞지.

천명   (쥐어짜는 듯한 소리로 규환(叫喚)을 친다.) 죽으면 죽었
        지 그 배는 안 타요. 그 밴 부자리가 헐었어요.

낙경   헐긴, 그 배가 왜 헐어? 이놈아 나가기 싫든 참에 핑계
        하나 잘 잡았구나?

천명   성 서방이 거짓말했을 리가 없어요. 그 배는 대깔[49]루
        구멍을 며 놔서, 겨우 물이 안 들오지만, 대깔만 빠지
        면, 배 밑으루 고태굴이 빌 거예요. 더군다나, 골관에
        서 노대나 한번 만나문, 부자리가 철썩 갈라질 거예요.

공씨   이놈아, 그건 구 주부가 너를 배에 못 타게 하느라구,
        꾸며서 한 소리야.

천명   내가 배에 가서, 대깔을 빼 봤어요. 나무가 썩어서, 욱
        이적 욱이적 해요.

낙경   이놈아, 어데가 썩었든? 응, 나하구 같이 가 보자.

(천명, 낙경의 팔을 뿌리친다.)

공씨   (다시 천명에게 달려들려는 낙경에게 매달리며) 임잔, 어
        서 아범한테나 가 보슈.

———————————

49) 대나무 부스러기.

낙경 　 괜히 방정맞을 소릴 해 가지구, 일을 이렇게 저질러 놔?

(낙경, 중얼거리며 공주학 나간 곳으로 나간다. 공주학의 아내, 사장
에서 들어와 증오에 찬 눈으로 말없이 쏘아보고 있다.)

천명 　 (어머니의 손을 끌어 자기 뺨에다 비비며) 어머니, 뭍에서
　　　 버나 물에서 버나, 돈만 벌문 마찬가지 아니에요? 참
　　　 말이지 참말이지 배 타긴 싫어요.
공씨 　 (천명을 떠다밀며) 그런데 왜 이놈아, 어저껜 타겠다구
　　　 했니?
천명 　 어머니가 하두 불쌍해서 그랬어요.
공씨 　 에미 불쌍한 줄 아는 놈이, 가마보고 집은 왜 나왔니,
　　　 왜 나왔어?
천명 　 공부해 가지구 도락구 운전수 시험 볼려구 나왔드랬
　　　 어요.
공씨 　 네까짓 놈이 무슨 재주루 운전술 들어가?
천명 　 왜 못 들어가요. 경인 도락구 운전수가 조수루 넣어
　　　 준다고 했어요. 자리가 나는 대루 넣어 줄 테니 기초
　　　 공부나 열심히 하구 있으라구 했어요.
공씨 　 거짓말 말어, 이놈아.
천명 　 지금이래두 항구만 가면, 벌써 작정됐을지 몰라요.
공씨 　 (악을 쓰며) 사람 치구 콩밥 먹을려구 그 무선 운전수
　　　 자릴 들어가? 네놈 꼬락서닐 안 봤으믄, 내가 십 년은
　　　 더 살겠다. (공주학의 아내에게) 아들 셋에 딸 하날 났

지만, 이렇게 속 썩이는 자식은 보길 첨일세. 다─들
순산이었는데, 저놈만 뱃가죽을 쥐어뜯구 지랄을 치
문서 나오드니, 이날 입때까지 내 속을 이렇게 폭폭
썩이네그려.

(공주학의 아내, 공 씨 앞으로 나온다.)

공주학의 아내   형님, 저 녀석을 그대루 뒀다간, 또 항구루 도망
　　　　가서 외상 밥 처먹구, 우리 못 할 일 할 거요. 우리가
　　　　그 밥값 장만하느라구 얼마나 애쓴 줄 아우? 내년 봄
　　　　에 팔랴든 새우젓을 모두 미리 팔아서 변통을 했었소.
공 씨　　자네 볼 낯 없네.
공주학의 아내   저 담 밑에, 보퉁이 보시구료. 어쩐지 하는 짓이
　　　　수상합디다만, 설마 그러랴 했었소.

(공 씨, 비로소 보퉁이를 발견하고 경악한다.)

공주학의 아내   내가 쌍심지가 나서두, 저 녀석을 기어쿠 태 보
　　　　내구 말겠수. 저런 녀석은 댁기[50]에서 안짱물두 뒤집
　　　　어써 보구, 마파람에 돛줄 붙들구 휘날려 보기두 해
　　　　야, 정신을 좀 차릴 거요.
공 씨　　(천명에게) 어서 개루 나가, 이놈아,

──────────────
50) 덱. 갑판.

공주학의 아내　싫다는 놈을 달래면 듣겠수? 그냥 끌구 나갑시다.

(공주학의 아내, 목반을 땅에다 내려놓고, 달려가 천명을 잡아끈다.)

천명　(다리에 힘을 주고 버티며) 놔요, 놔요.

공주학의 아내　놓으면 또 항구에 가서 사람 디려받구 이번엔 벌금 가조라구[51] 하게?

천명　누나가 천진으루 갈 때, 나한테 한 말이 있어요.

공 씨　이렇게 에미 속 썩이라구 하든?

천명　죽어두 항구에 가서 죽지, 떼무리서 사공은 되지 말라구 했어요.

공주학의 아내　사공하구, 무슨 대천지원수가 졌다든? 지금 세상에 어수룩한 건, 뭐니 뭐니 해두, 백정하구 괴기잡이밖엔 없어. 잡아먹는 덴 밑질 게 없거든?

천명　큰성두 작은성두 벌에서 죽었어요. 큰성은 조기사리 나갔다가 덕적서 황 서방이 베 등거리[52]만 찾어왔구, 작은성은 새우사리 나갔다가 댐마[53] 다리 밑에 대가릴 처박구 늘어진 걸, 누나하구 어머니가 끌어 내왔어요.

공주학의 아내　그때 노대에 죽은 사람이, 어디 네 성들뿐이었든? 떼무리서만 엎어진 낙배가 스무 척이 넘었구, 옘

---

51) 가져오라고.
52) 등만 덮을 만하게 걸쳐 입는 홑옷.
53) 전마선(傳馬船). 큰 배와 육지 또는 배와 배 사이의 연락을 맡아 하는 작은 배.

평서 깨진 중선이 쉰 척이 넘지 않었냐?

천명　내가 나가구 나서, 비나 억수같이 퍼붓구, 높새에 부
엌 문짝이 덜그덕거리기나 해 보세요? 우리 어머닌,
또 산으루 개루, 밤새 울구 댕길 거예요. 난, 배 타면
속이 울렁거려서 그러는 게 아니에요. 어머니 울구 댕
기는 게 진절머리가 나서 그래요.

공 씨　너 같은 애물에 자식은, 하루바삐 잡아갑시사구, 내가
서낭님께 축수하겠다. 이놈아.

(공 씨, 말은 모질게 하나, 눈에서는 눈물이 펑펑 쏟아진다.)

천명　(다시 어머니에게 매달리며) 어머니, 뭍에서 하는 일이
면, 뭐든지 할 테에요. 어렸을 때부터 일하면서 한 번
이라두, 투정한 적 있었어요? 학교 갔다 와선, 물끝 따
라 십 리나 나가서 밤새 조개를 잡었지요? 행여 조개
가 밟힐까 하구, 개펄을 일 년 열두 달 후비적거리는
발자죽을 봐 모세요? 만주를 가구두 남을 테니. 겨우
내, 동아젓 황새기젓을 절이구 나믄, 손등이 터진 자
리에, 호소금54)이 들어가, 쓰라려 죽겠지만, 한 번인가
난 싫다구 안 했어요.

공주학의아내　아주 청산유수 같구나. 이를테믄 어머니한테 네
가 공치사하는 셈이냐?

─────────────

54) 호(胡)소금.

천명 (숙모의 말에는 대답지 않고, 흐느껴 우는 듯한 소리로 말을 계속한다.) 야기 상점에서두 그렇지. 6시면, 어업 조합서 생선을 받어 오니까, 새벽 3시부터 쓰루배〔釣瓶〕55)질을 해서 물을 길어요. 고길 혀 가지구, 하루 종일 호—죠—〔鉋丁〕56)루 펄펄 뛰는 놈을, 대가리 토막을 치구, 창자를 가르고 있으면, 나중엔 그놈의 조기 눈깔들이, 모두 나를 흘켜보는 것 같어, 몸서리가 쳐요. 그렇지만, 난 참을 때까진 참어 왔어요.

공 씨 (울며) 이놈아, 에미 애비하구 살아갈랴는데, 어디 수월한 게 있는 줄 아니?

천명 없으니까, 선창에서 소금을 날르면서두, 어디 내가 고생한다구 편지했어요? 안 했지요?

공 씨 이놈아, 네가 지금 뭍에서 버느니, 물에서 버느니 하구 있게 됐니? 긴긴 겨울을 뭘 먹구살구, 할 때가 아니냐?

천명 그렇니까 항구에 가서 벌면 되지 않어요? 축항에 가서, 마가대〔越重機〕57) 짐두 지구, 선창에 가서 하시깨〔浮船〕58) 날일두 할 테에요.

(낙경, 다시 가도에서 들어온다.)

---

55) つるべ. 두레박.
56) ほうちょう. 식칼.
57) 曲手. 마가데. 배에서 짐을 부리는 기구. 굽은 손 모양으로 생겨 이렇게 부른 듯하다.
58) はしけ. 거룻배.

낙경   (아들의 대사를 받아) 그러구, 잠은 곡간 모퉁이나, 이
      엉 선창 집단 속에서 자구, 깍쟁이 패들 틈에 섞여, 선
      창 바닥을 떠돌아댕기겠단 말이지?
공주학의아내   아재, 아재가 좀 끌구 가십쇼. 내 기운으룬 못 끌
      구 가겠쉬다.

(낙경, 천명을 붙들려고 한다. 천명, 애걸해도 소용없는 것을 알고, 돌
연 부엌으로 뛰어 들어가, 문을 안으로 잠그고 규환(叫喚)을 친다.)

천명   물에서 죽나, 여기서 죽나, 죽긴 마찬가지예요. 날더
      러 자꾸 나가라믄, 난 여기서 죽어 버릴 테니 그리 아
      세요.
낙경   이놈아, 네가 누굴 위협하는 거니?

(낙경, 문을 잡아 젖힌다. 안 열어진다. 노틀 할아범의 조력을 얻어
다시 잡아 젖힌다. 부엌문이 반쯤 열린다. 그 사이로 충혈된 눈으로
식칼을 들고 서 있는 천명이가 보인다.)

공씨   (애가 타서) 이놈아, 그 칼 놔라. 그 칼 놔. 착하지. 어
      서, 그 칼 놔라. 노틀 할아범, 가서 저 칼 좀 뺏게. (공주
      학의 아내를 보고) 어서 가서, 아범 좀 불러오게.
노틀 할아범   저놈이 살이 뻗친 모양이군요.

(낙경, 다시 혼신의 힘을 다하여 문을 잡아 젖힌다. 문짝이 떨어진다.

노틀 할아범, 천명의 칼을 뺏으려고 덤빈다.)

천명   (위협을 하며) 누구든지, 내 몸에 손만 대믄 사정 안 볼
        테야.

(노틀 할아범, 질겁을 하여, 뒤로 물러선다.)

공씨   (악을 쓰며) 누구든지 손만 대믄, 사정 안 본다구? 손만
        대믄, 찔러 죽인단 말이지? 이 늙은 에미두 손만 대믄
        찔러 죽인단 말이지? (부엌으로 들어가 천명 앞에 목을
        내밀고) 어데 찔러 봐라. 어데 찔러 봐.

(천명, 절망한 듯, 칼을 땅에다 툭 떨어뜨린다. 두 팔을 축 늘어뜨리
고, 부엌문에 엎드려 오열한다. 낙경, 그래도 자식이라, 불쌍해서 돌
아서서 콧물을 닦는다.)

공씨   (공주학의 아내에게) 자네가 가서, 아범한테 잘 좀 얘기
        해 주게. 천명이가 나간다구 그러드라구 하게. 애당초
        내가 잘못했지, 내가 잘못했어.

(공주학의 아내, 가도로 나간다. 잠시 무거운 침묵. 이윽고 젊은 어
부, 개에서 달려온다.)

젊은 어부 아, 뭣들 하구 있는 거예요? 빨리빨리, 개루 나오시

지들 않구? 어젯밤 물에 동아 떼가 여덟미[59]서 덕적으
루 몰려가는 걸, 용유 춘필 할아버지가, 추수 곡 신구
지나다가 봤대요. 어떻게 떼가 큰지, 바다가 시커멓드
라구 해요.

노틀 할아범 곧 갈 테니, 돛이나 올려 놓게.

젊은 어부 동아 떼, 이렇게 큰 것 보긴, 십 년 만이라구 하대. 갔
다 와서 쉰 독을 저릴랴면, 어지간히 손등이 또 터질
걸요.

(젊은 어부, 다시 개로 나간다. 공주학, 헌 고무장화를 한 켤레 들고,
가도에서 나온다. 사금 파는 광부들이 신는, 볼기짝까지 닿는 신이
다. 뒤따라 그의 아내.)

공 씨 아범, 나간다구 하네.

공주학 (천명에게) 나갈 테냐?

천명 (꺼질 듯한 소리로) 나가요.

공주학 안쌍물이 뱃전을 넘드라두, 발 시렵지 않게, 이거 신
구 나가라.

(공 씨, 장화를 받아 천명에게 신긴다. 천명, 신을 신고 어머니를 따
라 개로 나간다. 일동 뒤따른다. 무대 공허. 판성이가 개에서 떠들며
달려온다.)

---

59) '팔미도'를 가르키는 듯하다.

판성   내가 걸어서 천진은 못 갈 줄 알구? 걸어선 못 갈 줄
      알구? 죽어두 내가 한 번 보구 죽을걸. 천순일 꼭 한
      번 보구 죽을걸.

(판성, 가도로 달려간다. 공 씨, 잊어버린 거나 있는 듯이, 사장에서
창황히 올라온다. 부엌으로 들어가더니, 사발에 물을 떠서 소반에 받
쳐 들고 나와, 사당 앞에 내려놓고, 서낭님께 두 손을 비비며 축수를
한다.
개에서는 배를 내는 벅적한 소요. 노틀 할아범이 메기는 가락에 응하
여, 서해안 어부들의 청승이 뚝뚝 뜨는 뱃노래가 이어 들려온다. 동
리 아이들이 "그물안네 배 나간다." "장안에 개미 새끼 한 마리 없구
나." 등등 떠들며 무대를 달려간다.
공 씨, 기도를 끝마치고, 개로 다시 나간다. 무슨 생각을 했는지, 발을
뚝 멈춘다. 돌연 전신에 설움이 복받치나 보다. 휘청휘청 마당으로
들어오더니, 마루 기둥에 얼굴을 묻고, 조용히 오열한다. 깜깜한 부
엌에 공 씨 혼자 우두커니 앉아서 멀거―니 바다를 내다보고 있다.
마이크를 통하여 흘러오는 소리.)

낭독   나는 이 서글픈 이야기를 그만 쓰기로 하겠다. 그 후
      이 배는 동아를 만재(滿載)하고 돌아오다, 10월 하순
      의 모진 노대[60]를 만나 파선하였다 한다. 해주 수상 경
      찰서의 호출장을 받고, 공주학과 낙경이 달려가 천명

---

60) 바다에서 바람이 사납게 불고 물결이 크게 일어나는 현상을 가리키는 방언.

의 시체는 찾어왔다 한다. 그는 부서진 널쪽에다 허리띠로 몸을 묶고 해주 항내까지 흘러갔던 모양이다. 노틀 할아범 외 여러 동사들은 모두 행방불명이었다고 한다.

내가 작년 여름 경성이 너무도 우울하여 수영복 한 벌과 책 몇 권을 싸들고 스물한 살의 내 꿈과 정열과 감상이 흩어져 있는 이 섬을 찾았을 때, 도민들은 여전히 고기를 잡으러 나갔고 동리에는 부녀자와 노인들만 있었다. 천명의 집을 찾아가니, 공 씨는 얼빠진 사람같이 부엌에서 멀거—니 바다만 내다보고 있었다. 나를 보더니 달려와 손을 꼭 붙들고 "선생님, 그렇게 나가기 싫다는 놈을, 그렇게 나가기 싫다는 놈을……." 할 뿐, 말끝을 잇지 못하고 울기만 하였다.

천명은 그가 6학년 때 내가 가르치던 아이였다.

(막)

작품 해설

「무의도 기행」은 「동승」, 「산허구리」, 「고목」 등으로 잘 알려진 작가 함세덕(1915~1950)이 해방 전 발표한 비극 작품이다. 1941년 《인문평론》에 실렸으며, 후에 「황해」로 개작되어 1943년 유치진 연출로 무대 위에 오른 것이 해방 전 기록의 전부이다. 해방과 한국전쟁 이후, 함세덕의 월북으로 오랫동안 상연되지 못하다가 해금이 되고 나서 1991년 전주창작극회에 의해 무대에 올랐으며, 1998년 인천 시립극단에서, 1999년 국립극단(김석만 연출)에서 상연한 적 있다.

「무의도 기행」의 배경은 서해안의 한 섬이며, 이 작품은 이 섬 어촌에서 살고 있는 어민들의 가난하고 비참한 삶을 소학교 교원의 시선을 통해 극사실주의적 기법으로 드러낸다.

'떼무리'라 불리는 작은 마을, 두 아들을 바다에서 잃고 딸도 중국으로 팔아넘긴 늙은 어부 낙경에게 마지막 남은 희망은 막내아들 천명이다. 낙경은 처남인 선주 공주학의 배에 천명을 태워 집안의 생계를 맡기려고 하지만, 천명은 두 형제를 앗아 간 어부 일에 공포를 느끼며 집을 떠나 인천을 떠돌며 품팔이를 하던 상태다. 그러나 극의 초입에서 결국 천명은 고향인 떼무리로 돌아오게 되고, 공주학과 낙경, 그리고 낙경의 처이자 천명의 어머니인 공 씨의 애원과 강권에 시달리며 끊임없이 바다로 나갈 것에 대해 고민한다. 마을의 의원인 구 주부는 천명을 자신의 딸 희녀와 혼인시켜 어부 대신 의업을 잇게 하려 하지만, 낙경은 이를 허락지 않는다. 낙경은 천명에게 공주학의 배에 탈 것을 강권하지만, 공주학의 배는 부자리가 헐은 상태로, 이미 그 전에 일하던 어부들도 뿔뿔이 흩어지게 만든 차이다. 그러나 공주학의 배를 타서 간신히 생계를 이어 가던 낙경으로서는 선택의 여지가 없고, 천명은 자살 기도까지 불사하며 거부해 보지만 결국 어머니 공 씨의 애원을 이기지 못하고 어부 일을 나간다. 그리고 그날 폭풍을 만나 결국 천명은 죽어 버리고, 화자이며 소학교 교원인 '나'가 낭독으로 이 후일담을 서술하는 데에서 작품은 끝이 난다.

주인공의 이름 '천명'이 암시하듯, 떼무리 어민들의 삶을 비극으로 몰아넣는 것은 인력으로는 어찌할 수 없는 자연의 힘이다. 천명은 이를 거역하기 위해 떼무리를 떠났다가도 결국 되돌아와서 운명에 순응해 버리고 만다. 그리고 천명이 운명에 순응하는 과정은 낙경과 공주학, 공 씨, 공주학의 아내 등 여러 인물들이 뚜렷하게 지향하는 욕망이 서로 맞물리며 개연성 있게 전개된다. 「무의도 기행」은 한국 희곡사에서 '해양극'이라고 하는 새로운 장르의 선구적 위치를 점하는 동시에, 해방 이전 어민들의 비참한 삶과 파멸을 탄탄한 구성을 통해 보여 준다는 점에서 의의가 깊다.

살아 있는 이중생 각하

오영진(吳泳鎭) 1916~1974

1916년 평양에서 출생하여 경성제국대학 조선어문과를 졸업했다. 1938년 대학을 졸업한 직후 일본으로 건너간 그는, 그해 9월 동경발성영화제작소에 입사하여 조감독으로서 본격적인 영화 수업을 받았다. 1942년 귀국하여 창작 시나리오 「배뱅이굿」을 발표함으로써 문단에 데뷔했다. 그는 안창호, 조만식 등 민족 지도자들의 영향을 받아 조선인 학도지원병제에 반대하다가 일본 경찰에 피검되기도 했다. 광복 직후에는 월남하여 반공 활동에 적극 가담했다. 4. 19 직후 국무총리 문화 담당 특별고문과 5. 16 군사 쿠데타 직후 최고회의 자문위원을 지냈으며 조선민주당(朝民黨) 당수를 역임하기도 했다. 이러한 정치 활동은 그의 작품 성향인 반일, 반외세, 민족주의의 기반이 되었다. 현실과 문명을 비판한 「살아 있는 이중생 각하」(1949), 「정직한 사기한」(1949), 「해녀 뭍에 오르다」(1967), 「아빠빠를 입었어요」(1970), 「동천홍」(1973) 등과 한국적인 해학과 전통적 소재를 잘 다룬 「맹진사댁 경사」(1943), 「한네의 승천」(1972), 「허생전」(1970) 등의 작품은 이러한 성향을 잘 보여 준다. 오영진은 영화에도 적극 관여하여 다수의 영화 비평을 발표했고, 1957년 영화 「시집가는 날」의 시나리오로 문교부 및 영화평론가협회 선정 최우수각본상과 제4회 아시아영화제 최우수희극상을 수상했다.

등장인물

이중생 53세, 사업가
우 씨 54세, 그의 아내
하주 35세, 맏딸
송달지 40세, 사위
하연 30세, 막내딸
하식 24세, 아들
이중건 63세, 그의 형
최영후 45세, 그의 고문 변호사
임표운 32세, 그의 비서
용석 아범 66세, 머슴
박 씨 47세, 이웃 여인
어멈 40세
옥순 14세, 하녀
복순 15세, 하녀
김 의원 40세, 국회 특별조사위원
시경 경제계원
기타 봉사 1, 2, 김 주사, 변 주사, 홍 주사

배경

때 현대
곳 서울

1막

이중생 씨의 안사랑채. 온돌방에 연달아 상수(上手)[1]로 일본식 다다미방이 조금 보인다. 8. 15 이전에 흔히 우리들이 볼 수 있던 소위 '화선 절충식(和鮮折衷式)'[2]주택이다. 후경(後景)은 우리 주인공이 늘 자랑하여 마지않는 정원이다. 석등롱(石燈籠) 뿐 아니라 멀리 어렴풋이 정자까지 바라보이니 가히 호화로운 구조를 짐작할 수 있다. 방 안에 놓인 화초분 등 어느 것 하나 값진 물건 아닌 것이 없으나 왜 그런지 공연히 번거롭고 몰취미해서 풍류의 맛이란 도시 찾아볼 수 없다. 상수에는 안방으로 통하는 일각문이 있고 하수(下手)는 곧 바깥사랑이다. 하수 뒤로 후원으로 통하는 울타리 길이 조금 보인다. 막이 열리

---

1) 객석에서 보아 무대 오른쪽. 반대말은 '하수(下手)'이다.
2) 일본과 조선의 절충식.

면 용석 아범이 화초분에 물을 주고 있다. 방 안에서는 마나님 우 씨와 동리 부인 박 씨가 방을 꾸미느라 제대로 부산하다.

우씨   아우님두 인제 그만 내버려 두고 이리 와 좀 다리나 쉬
       어요. 글쎄, 우리네 살림은 전쟁 전이나 후나 이렇게 분
       주스러워야 어떻게 난들 견뎌 낸단 말이오. 군정 때두
       그랬지만 군정청 손님이다 각 부처의 영감 대감이다, 글
       쎄 요릿집인들 이렇겠수. 일류 숙수가 들구 나구 기생패
       가 떼거리루 와 살다시피 했구려. 그나 그뿐인가…….
박씨   형님은 유복두 하시지, 예나 지금이나 어쩌면 그 양반
       의 세도가 하루같이 쩡쩡하우.
우씨   에그, 유복이 다 뭐 말라죽은 게 유복이유? 글쎄, 삐루[3]
       를 자시기 시작이면 한 상자두 그만, 두 상자두 그만
       이니 술 잘하신단 외국 손님두 그만 혜를 채구[4] 물러
       앉구 마는구려. 그러기에 아우님두 알다시피 우리 재
       목 회사두 영감이 맡겠다 안 맡겠다 말두 없는데 해방
       이 되자 군정청 관리들이 그저 억지루 떠넘기다시피
       허지 않았어요. 겨울마다 아우님네에게 보내 드린 장
       작이 바루 그거예요. 한국의 산림 사업을 통째 떠맡다
       시피 했으니 그쯤이야 뭐, 호호…….
박씨   에그, 우리두 좀 남에게 베풀면서 살어 봤으믄…….

-----

3) beer. 맥주.
4) 혀를 차고.

(우 씨 옆에 와서 앉는다.) 후유, 용석이네 뒤뜰 샘터에 가서 나 냉수 좀 따르다 주우.

우 씨 (용석 아범에게) 아범은 아직두 거기서 꿈적거리구 있구면. 늙은 소 홍정두 유만부동이지……. (박 씨에게) 아 글쎄, 저 게름뱅인 용석이가 전장에 나가 죽은 뒤론 아주 눌어붙어 있구려, 십 년을 두고 저 꼴이니…….

박 씨 그야 아쉽겠지만 그런 일이 용석이네뿐인감, 다 제 팔자소관이지, 박 참판댁 작은 자제두 돌아가시구……. 참 형님, 아드님 하식 도련님은 그 후로 소식이나 있수?

우 씨 소식이 다 뭐유, 해방돼 나오다 노서아 군댄지 공산군댄지에게 잡혔다는 소식은 들었지만 죽었는지 살았는지 알 길이 막연허지.

박 씨 (용석 아범에게) 그것 봐요, 상전댁에설랑 다 그러신데 십 년이면 강산이 변한다는데 그만 잊어버려야지, 누굴 치원할 바가 아니거든.

용석 아범 아, 원 치원이라닙쇼……. 그야 도련님두 가구 싶어 갔겠소만 우리 용석이 놈 죽구, 또 죽은 지 반년이 못 돼 해방을 당하구 보니 그때 그저 영감마님 명령이라두 한 번 거역했더라면 싶사와요, 후유…….

우 씨 (박 씨에게) 그때만두 출입하시는 영감 입장으로야 어쩌는 수 없었지. 하식이두 그래 선참 지원시켰구려. 그 사람들이 메 얼굴이 예뻐 우리 영감을 그 황금판판[5]

---

5) '가득찬 모양'을 뜻하는 '빵빵하다'에서 온 말로 보인다.

회사에 한몫 넣어 주었겠수. 가는 게 있어야 오는 법
이지.

박씨   그야 그 양반이 어련히 요량해서 잘 처리허셨겠소.

우씨   아범, 손님들 오시기 전에 **빨랑빨랑** 해치워요, 뜰두
       좀 쓸구.

용석아범   네…….

우씨   뒤 정원 소제두 허구 어서 연자간에 가서 떡가루두 봐
       오구 목간 물두 데우고 장작두 패야지 않어.

용석아범   뭣부텀 합쇼?

우씨   어서 뒤뜰 좀 쓸지 못해?

용석아범   네…… 네……. (어슬렁어슬렁 울타리 있는 길로 퇴장)

우씨   에그, 곽란에 약 지으러 보내겠네. 글쎄 이렇구려, 늙
       은것은 저러니 쓸모가 없어. 젊은것들은 놀러 다닐 궁
       리만 하구.

박씨   작은따님은 아직 인천 별장에서 안 왔구먼.

우씨   그년이야 어디 일 년 열두 달 집에 붙어 있는답디까.
       학교 졸업 후엔 아주 바람잡이가 됐어. 더구나 아버지
       회사 일루 외국인 친구를 사귄 후론 그 란돌푼가 난도
       셀인가 뭔가 하는 젊은 사람과 아주 단짝이 됐어…….
       글쎄, 좋지 않은 소문이 났다간 이걸 어쩌우?

박씨   과년한 처녀는 어서 짝을 지어 줘야 해요. 실수 없
       이…… 여긴 그만 치우고 안에 들어가 봐야겠군.

우씨   에구, 다리두 쉴 틈 없이…… 이 은혜를 어떻게 갚는
       다우. 난 아우님 없으문 못 살어.

박씨	에그, 형님두…… 그런 소릴 하면 난 갈테유. (상수로 퇴장. 그와 스치어 옥순이, 비와 물통을 들고 나온다.)
우씨	조년이 어디 갔다 이제야 아슬랑아슬랑 들어설까. 아침부텀 손님 오신다구 떠들썩허구 야단들인데.
옥순	마님, 떡가루 보러 연자간에 가라구 하시군 꾸중이셔.
우씨	조년, 어른에게 일쑤 말대꾸지, 그래 봐 왔어?
옥순	벌써 솥에 찐걸요, 뭐. (방으로 올라와 여기저기 훔친다.)
우씨	반죽은 누가 했구?
옥순	큰아씨가 하셨죠, 차돌이 엄마하구.
우씨	제 또래가 어떻게 반죽을 헌다니, 나도 모르게.
옥순	그래두 되지두 않고 질지두 않구 썩 잘됐는뎁쇼. 마님이 보신다구 더 허겠어요. 뭐.
우씨	조년 주둥아리 놀리는 것 보아.
옥순	그럼 안 그래요. 전번에두…….

(용석 아범, 물통을 들고 나온다.)

우씨	아범은 또 공연한 짓이야.
용석아범	…….
우씨	소제 같은 거야, 옥순이 년 혼잔들 어련히 못 헐려구.
용석아범	저 연자간엔 얘가 다녀왔답니다.
우씨	누가 연자간 가랬어. 어서 가서 숙수쟁이나 불러와요. 아침부텀 오기루 맡긴 놈이 왜 해가 낮이 되두룩 소식이 없단 말이냐……. (빽 소리 지른다.) 어쩌구들

돌부처처럼 멍청하니 서 있어. 곧 영감 들어오실 텐
데…….

용석 아범　아, 아니올시다. (하수로 나가며) 허, 어느 장단에 춤
을 춰야 할지.

(송달지, 다다미방에서 칫솔을 물고 부스스 나온다. 아마 지금까지
자고 있었던 모양.)

송달지　저두 뭐 거들을까요?

우씨　송 서방은 인제서야 일어났어? 그래서야 병원 일은
어느 세월에 보누.

송달지　허…… 요즘은 뭐 약이 좋아서 어디…….

옥순　서방님 세숫물 떠올깝쇼?

송달지　어? 그만둬, 뒤뜰 샘터에 가서 허지.

우씨　송 서방두 오늘 같은 날은 일찌감치 일어나지. 온 장
관, 시장, 재판장 할 것 없이 아주 손꼽이치는 양반들
이 오신다는데 손님 접대두 해야 할 게 아냐.

송달지　제가 뭐 그런 걸 할 줄 알아야죠. (타월을 들고 후원으로
나간다.)

우씨　(혼잣말로) 에그, 사위라구 하나 맞은 건 저 꼴이니, 쯧쯧.

옥순　마님두 열 사위 미운 데 없다구 괜히 그러셔, 큰아씨
명령 잘 듣겠다…… 집안일 잘 보살피겠다…… 의젓
하시겠다. 나무랄 데 없으신 서방님이시지 뭐.

우씨　넌 입 닥치구 저 방이나 치워.

옥순   (퉁명스럽게) 네에. (옥순이, 다다미방으로 들어간다. 복순
        이, 상수로 나온다.)

복순   마님, 들어오셔서 갈비찜 좀 봐주셔요. 숙수쟁이도 잘
        모르겠다굽쇼.

우씨   오냐, 내가 없으문 갈비찜도 못 만드느냐. 에그, 이렇
        게 분주해서야 내 몸이 열 조각 나두 모자라겠구나.
        얘, 옥순아.

옥순   (방에서) 네에.

우씨   소제 다 하거들랑 방문을 꼭 닫아라. 알았지, 아이 요
        년이 대답을 안 해.

옥순   (방 안에서 얼굴만 내놓고) 네.

(우 씨, 나간다. 옥순이 입을 삐죽한다. 복순이, 툇마루에 걸터앉는다.)

복순   너 소제 다 했니?

옥순   그럼 뭐 그까짓 대충 훔치믄 그만이지.

복순   그럼 이리 와아. 내 좋은 거 주께. (옥순이는 비를 든 채
        옆에 와서 가지런히 걸터앉는다. 복순이, 행주치마에 감췄
        던 약식, 과일을 꺼내 준다.)

옥순   아유, 멋지구나.

복순   잠자쿠 먹어, 얘. 들키면 큰일 난다. 숙수쟁이 솜씬 암
        만해두 다르지?

옥순   (약식을 먹으면서) 글쎄, 큰아씨 솜씬 아냐. 숙주쟁인
        언제 왔니?

복순   아침부텀 와 있지 뭐.

옥순   그럼 괜히 용석이 아버질 또 보냈지.

복순   왜, 용석이 아버지 어디 갔니?

옥순   마님이 숙수쟁이 집에 두구 숙수쟁이 부르러 숙수쟁
      이 집에 보냈지. 호호…… 그러구두 일은 자기 혼자
      잘한다구.

복순   그러구두 누구보구 일을 잘헌다 못헌다 야단이란다.
      그치, 얘…….

(안에서 "용석 아버지." 하는 소리와 함께 어멈 나온다.

말이 잰 여자.

다음 대화는 굉장히 빠르게 주고받는다.)

어멈   기집애들이 여기 있으면서두 대답을 안 해. 용석이 아
      버지 좀 찾아와, 마님께서 떡 치신다구 부르신다.

복순   숙수쟁이 데리러 숙수쟁이 집 갔는데, 뭐.

어멈   미쳤다구 와 있는 숙수쟁이는 어쩌구 숙수쟁이 데리
      러 숙수쟁이 집엘 간단 말이냐.

옥순   마님께서 숙수쟁이 집에 가서 숙수쟁이 데리구 오라
      니까 숙수쟁이 집에 갔지 뭐유.

어멈   숙수쟁이 집에 와 있는 걸 왜 마님이 숙수쟁이 데리러
      숙수쟁이 집에 보낸단 말이냐.

옥순   그야 마님이 숙수쟁이 집에 온 줄을 몰랐으니까 숙수
      쟁이 집에 가랬지. 그치, 얘?

복순 그렇구말구.

어멈 뭐이 어쩌구 어째어.

옥순 그렇지 뭐유.

어멈 기집애가 주둥아리만 까 먹구 대답이 일쑤야.

옥순 내 입은 조밥이나 먹으래는 입인가, 뭐.

어멈 그럼 네 입두 고량진밀 퍼 넣어야 한단 말이냐.

옥순 왜 약식은 못 먹구, 그치, 복순아.

복순 얘, 그런 얘기 마, 얘.

어멈 조 기집애가. (한참 꼬리잡이를 할 때 달지, 하수 울바자 길에서 나온다.)

송달지 왜들 떠들어.

어멈 에그, 서방님이 나오시네. 글쎄 대감이니 영감이니 재판장 나리니 이런 훌륭한 분들만 오신다구 손이 열이라두 모자랄 지경인데 조 기집앤 주둥아리만 까구 있습니다그려. 마님이 떡 치신다구 용석 아범 좀 불러오래두 숙수쟁이 집에 와 있는 걸 숙수쟁이 집에 온 줄 모르구 숙수쟁이 데리러…….

옥순 숙수쟁이 집 심부름 갔다니까.

어멈 숙수쟁이 집에…….

옥순 갔어요, 글쎄.

어멈 조년이 가긴 어딜 갔다구 야단이야. (다시 싸움이 벌어지려고 한다.)

송달지 내가 칠까.

옥순 네, 서방님 치셔요.

복순	서방님 치서요, 아이 재미있어. (하주, 안방에서 나온다.)
하주	당신은 아랫것들과 뭘 떠들구 야단이오, 채신머리없이.
옥순	서방님 떡 치신대요.

(하주, 눈을 흘긴다. 달지, 비슬비슬 올라가서 책장을 뒤적거리다가 다다미방으로 들어갈 즈음에.)

하주	얘들아, 너희들은 어서 들어가 일 거들어.
옥순	네에. (세 사람, 하수로 퇴장)
하주	여보, 당신두 국밥이나 떠먹구 홀딱 달아날 생각 말구 이런 기회에 유력자들 좀 알아 둬요. 아버지 안 계시믄 그런 이들 옆에나 가 볼 위인이유. 교제를 헐 테면 아버지같이 허지 뭐예요. 글이나 쓰는 소설쟁이 아니믄 환쟁이나 한 구들 모아 놓구…… 인생이 길거니 짧거니 사랑이 둥굴거니 모가 났거니, 어이그, 그이들이 당신 밥 먹여 살린답디까? 그렇잖으믄 하루 종일 감자나 심고 있으니 감자만 먹구 하루 세 끼닐 에운답디까.
송달지	그야 내 취민걸.
하주	그런 취민 좀 바꾸믄 어떻담. 취미가 그렇거들랑 애당초에 농과나 문콸 허지 의사 공분 왜 했수. 환잘 끌구 돈두 남처럼 탐탁히 벌어 보려구 했을 테죠.
송달지	그야 그렇지두 않지.
하주	뭣이 안 그러우, 아버지께선 임업 회사 방계루 지업

회사를 만드신대요. 오이씨[6] 자금으로…….

송달지 결정됐대? 아이 씨 에이 딸라 살 돈을 어데서 조달했누?

하주 여보세요, 돈 있으면 누군들 못 허리까……. 영어 한자 모르는 아버지가 문턱이 닳두룩 미국 기관 출입을 했어요, 미국 기관 출입을―. 미국 기관두 산림 회사를 가진 아버지께 불하하는 게 당연하다 생각했구 또 그게 아무 모루 보아서두 당연한 처사지. 알아들었어요?

송달지 산림 회사가 뭐, 아버지 건가? 일본 놈에게서 뺏은 국유림이지. 아버진 그 관리인이다 뿐이지.

하주 관리인이자, 주인이지 뭐유.

송달지 그렇게 되나?

하주 정신 바짝 채려요. (밖에서 떠들썩하며 이중생 씨와 비서 임표운 군, 하수에서 등장)

이중생 준비들 다 됐느냐?

하주 에그, 아버님 돌아오시네.

이중생 에에 또 임군, 어서 오이씨 난도셀 씨한테 차를 좀 보내게. 그 사람들은 시간엔 아주 엄격하니까.

임표운 랜돌프.

송달지 미스타 랜? 랜…….

임표운 랜돌프.

_____

6) O. E. C. 당시의 경제 원조 기구 중 하나로 보인다.

이중생   헛, 이름 고약하거든.

임표운   인젠 돌아왔을까요? 며칠 전 따님 만나러 간다구 했
         는뎁쇼.

이중생   에끼, 이 사람……. 그 사람이 사업을 위한 시간을 어
         길 위인인가. 사랑은 사랑이구 사업은……. (손으로 입
         을 막는다.)

송달지   하, 하, 그래서 하연이가 며칠 안 뵀군, 흐흐…….

이중생   뭣이 어쩌구 어째?

송달지   ……?

하주   당신은 입 닥치구 있어요. 아버지, 손님들 곧 오셔요?

이중생   오오냐. 에에 또, 삐루 있지. 몇 병 이리 가져온.

하주   네. (상수로 나가며 달지에게 눈짓)

송달지   삐루? 삐루?

이중생   자넨, 오늘 병원에 안 나갔나?

송달지   별루 환자두 없길래, 하루 쉬려구…….

이중생   (달지의 말은 듣지도 않고) 그러구, 서류 등속을 집어넣
         구 빨리 중앙청하구 은행엘 다녀와야겠어, 융자 신청
         이 이렇게 수월히 결재가 날 줄이야. 헛헛…….

임표운   (방으로 가서 전화를 건다.) 반도임업이죠. 여긴 관리인
         댁인데.

이중생   이왕이면 사장 댁이라구 그러게, 관리인이자 사장이
         지 뭣이 다른가.

임표운   이 사장 댁인데요. 통역 최 군보구…… 통역 몰라? 통
         장이 아니라 영어 하는 통역 최 군 말이야. 에이그, 이

제야 알았군. 최 군에게 자세히 일러뒀으니 곧 차를 가지구 오. 이. 씨루 가라구 일러. 무엇이? 그런 건 자네가 아랑곳할 게 아냐. (끊고) 온 회사에 똑똑한 게 하나라두 있어야죠. 영감께서두 장차루 한국 전역의 종이를 생산 공급하실 지경이면 심로두 상당하셔야겠습니다.

이중생 만부당관에 일부막개지.

송달지 일부당관(一夫當關)에 만부막개(萬夫莫開)······.[7] (이, 눈을 흘긴다. 송, 질려서) 이, 이, 이태백이 시에 있습죠.

이중생 에에, 또 자넨 오늘 병원에 안 나가나?

송달지 별루 환자두 없길래 하루 쉬려구······.

이중생 (거기에는 대척도 않고) 임 군두 내 바른팔이 돼서 적극적으로 도와야 하네. 우리 반도임업은 오늘까지 한국의 임업을 독점하지 않았나. 또, 그뿐인가? 이제 은행 융자만 받고 나면 수백만 불의 제지 기계가 굴러들어온단 말일세. 그러구 보면 한국에서 수요되는 종이는 중점적으로 이 이중생이 공급하는 것이거든. 헛 종이, 알겠어? 종이? 지폐 만드는 원료 말일세. 헛헛······ 임 군, 눈을 좀 감어 보란 말이야. 눈만 감구, 귀만 기울이면 나는 일상[8] 야릇하구 애틋한 시경에 잠기거든······. 질펀히 깔린 삼림의 바다, 도끼 한번

---

7) '한 사람이 관문을 지키면 만 사람이 와도 뚫지 못한다.' 수비하기는 쉽고 공격하기는 어려운 험한 지대를 말한다.
8) 늘.

대 보지 못한 천년 묵은 노목, 열 아름, 백 아름이나 되는 교목거수는 하늘을 찌를 듯이 가지가지를 뻗치구 구렁이같이 서린 우악스러운 뿌리는 지축을 꿰뚫을 듯 아침저녁으로 이름 모를 날짐승 들짐승이 찌익찌익 쩨액, 쩨액, 뻐꾹, 뻐꾹, 꾀꼴, 꾀꼴, 혹께에 꼬오, 헛헛…… 때로는 비단실 같은 봄비, 솔솔 부는 가을바람이 태산준령을 품속에 포근히 안아 자장가두 부르구 때로는 하늘이 갈라지구 멧부리가 뽑힐 듯이 외치구 용동허는 것이…… 이것이 삼림이라네.

송달지   훌륭한 자연이올시다.

이중생   왜 상징시는 아니구, 에에 또 눈부신 아침 햇빛과 고즈넉한 달그림자에 반짝이는 이슬의 방울방울은 그대루 내게는 따이아먼드, 사파이야, 루비란 말이야. 백두산 자작나무, 부전재작이,[9] 구월산 오리나무, 크구 적은 나뭇잎이 그대루 100환짜리 1000환짜리 팔락팔락팔락 지전장이란 말이야…… 한강수 물 흐르듯, 태평양에 물결치듯 끊임없이 무궁무진 흘러나오는 종이, 종이, 먹고, 쓰고 남고, 찍어도 찍어도 모자라는 지폐 종이! 헛헛…… 시를 읊을진댄 이런 시를 읊어야지, 응. 고인의 말씀에 일년지계는 곡식을 심음만 같지 못허구 십년지계는 나무를 심어라 했지만…… 백년지계는 제지 사업이 그만이지.

---

9) '좀자작나무'를 달리 부르는 말.

송달지 일수일획자(一樹一獲者)는 곡야(穀也)요, 일수십획자(一樹十獲者)는 목야(木也)요, 일수백획자(一樹百獲者)는 인야(人也)라…….

이중생 뭐라구?

송달지 저, 저 관자의 말씀에…… 백년지계는 사람을…….

이중생 (송을 묵살하고) 임 군, 가다가는 이중생에게 농림대신이나 상공대신, 재무장관이나…… 하다못해 조폐국장 한자리쯤 굴러 들어오지 않으리라구 누가 장담하겠나, 응. 임 군두 정신 버쩍 채려야지, 헛헛…….

임표운 황송합니다.

(전화벨 소리)

임표운 (수화기를 들고) 네! 네, 관리인 댁입니다.

이중생 오늘부터는 사장이라니까…….

임표운 네…… 참, 사장 댁입니다. 뭣이? 없어? 그런 사람이 없다니?

이중생 누구 말인가…….

임표운 (전화) 세상에 별일두 다 있지. 통역 최 군이 석 달을 두고 연락한 분이 오늘에 와서 없다니, 그래, 하늘루 솟았단 말인가? 땅으로 꺼졌단 말인가?

이중생 아, 누구가 없다는 거야, 최 군이 출근 안 했단 말인가?

임표운 아니올시다, 사장님……. 차를 가지고 오.이.씨에 갔

더니 오.이.씨엔 애당초 란돌프라는 사람이란 있은 일
이 없다는 말입니다.

이중생 난도셀 씨라니까…….

임표운 난도셀도, 란돌프도 없고 최 군도 어제부텀 영 나타나
지를 않았답니다, 사장!

이중생 아직 인천서 오지 않은 게 아냐?

임표운 아니올시다. 애당초부터 미국 기관에 그런 사람이 없
다는걸요!

이중생 허, 그럴 법이! 그러면 오.이.씨, 딸라를 사 준다고 내
돈을 가져간 놈은 누구야?

임표운 글쎄올시다……. (심사숙고하다가) 처음부터 란돌프니
최 군이 좀 태도가 수상하다 했더니만.

이중생 에끼, 이 사람……. (전화를 들고) 누군가? 나야, 나…….
뭐, 뭣이, 오.이.씨에 갔더니 우리 회사 명의로 딸라 구
입 신청을 받은 일두 없다구! 에끼! 이 사람, (전화기
를 탁 놓고) 에이 참, 어디 회사에 사람 같은 것이 하
나라두 있어야 말이지. 여보게 임 군, 나와 함께 그
아.이.씬가, 오.이.씬가에 가세, 암만해두 누가 모략을
했든지 최 군이 다른 자에게 매수당했든지 했을 거야.
목에 줄을 매서라두, 난도셀 씨를 끌구 와야지, 그래
통역 최 군은 어디 갔어?

임표운 어제부터 나타나지 않는다고 한다니까요.

이중생 나타나지를 않어? 그럼 하늘로 솟았단 말인가? 임 군,
이중생이가 이만한 일에 물러설 줄 아는가! 천만에 만

부당관에, (송을 보고) ……일부당관에!

송달지　만부막개…….

이중생　암, 그렇구말구, 자넨 내가 다녀올 동안에 기생이나 여남은 마리 불러 줘, 인물 좋구 노래 꽤나 부르는 걸루, 알았어!

송달지　…….

이중생　임 군, 그럼 나와 함께 가세.

(이와 임, 하수로 퇴장. 달지, 멍청하니 서 있다가 모자를 들고 상수 안방으로 퇴장. 무대 잠시 비었다가 이윽고 달지와 하주 등장.)

하주　글쎄, 당신이 언제 기생을 봤다구 이러구 나서우.

송달지　그러문 어떡하우, 장인이 가라시는 걸…….

하주　서툰 일 맡았다간 나중에 꾸중이나 듣지 마요. 이번 연회가 이만저만한 연회라구 그러시우.

송달지　친구헌테 부탁하지, 뭐.

(달지, 하수로 나가자 그와 스쳐 시경 등장.

하주, 안방을 향하여.)

하주　옥순아! 어멈! 어서들 식탁을 좀 날러 와요.

옥순이 소리　네에.

시경　이 댁이 이중생 씨 댁이죠?

하주　아이 깜짝이야…… 그렇수.

시경　　주인장 좀 보러 왔는데요.

하주　　안 계십니다, 주인어른.

시경　　안 계셔요? 회사에서는 지금 막 댁으로 왔다는데요.

하주　　출타하셨어요.

시경　　확실히 출타하셨겠지요. (사이) 틀림없죠?

하주　　아, 누구길래 안사랑꺼정 들어와 이 야단이오. 이 댁
　　　　이 어딘 줄 알고.

시경　　물론 반도임업 관리인 이중생 씨 댁이 틀림없으리라
　　　　믿구 왔죠.

하주　　젊은 양반이 추근스레 아주 몰상식허구 무례허군그
　　　　래. 주인 영감을 만나시려거든 미리 시간 약조를 허구
　　　　와야지. 아닌 밤중에 홍두깨 격으루 불쑥 들어선다구
　　　　분주허신 양반을 그리 쉽사리 만날 줄 아슈?

시경　　헛, 그 참 세도가 당당허시군. 그럼 시간 약조를 단단
　　　　히 허죠. 들어오거들랑 오늘 저녁 5시까지 경찰서 경
　　　　제계루 보내 주십시오, 기다리구 있겠습니다. 만일 오
　　　　지 않는 경우에는 체포헙니다.

하주　　체포요?

시경　　달아나진 못할 테니까…… 그럼 시간 약조를 했겠지
　　　　요?

하주　　저, 저, 잘못 아시구 그러시지 않어요? 아버지 지금 마
　　　　악 중앙청으로 가신다구 나가셨는데요.

시경　　(혼잣말로) 그럼 길이 어긋난 게로군, 실례했습니다.

하주　　저…… 무슨 일이 생겼어요, 네? 왜 아버질 체포해요,

네? 오늘 서장께서두 이리 오시게 됐는데요.

시경　　장차룬 서장두 만나구 다 그래야겠지만 우선 나부텀
　　　　봐야 할걸요. 참 가풍을 몰라보구 실례가 많았군요.
　　　　(하수로 나간다. 옥순이와 어멈이 빈 식상들을 하나, 둘 나
　　　　른다.)

옥순　　아씨, 온돌방에서들 잡수시겠죠. 안준 대강 다 됐습니
　　　　다. 손님들 오시거들랑 말씀하십시오.

하주　　(거기는 대답 않고 황망히 안으로 뛰어 들어가려 할 때, 임
　　　　표운, 하수로 황급히 등장) 어머니! 어머니!

임표운　　아가씨.

하주　　아, 임 선생. 벌써 손님들 오셔요?

임표운　　손님은커녕 아가씨, 놀라지 마십쇼. 아버지께선…….
　　　　(와들와들 떨면서 하주에게 귓속말)

하주　　대체 이게 무슨 변이유? 집에두 금방 왔다 갔어요. (우
　　　　씨 등장)

우씨　　내가 없인 식탁 하나 바루 못 놓느냐. 이래서야 내 몸
　　　　이 견뎌 배기겠니.

하주　　아녜요, 어머니. (귓속말, 우 씨의 얼굴 갑자기 변한다.)

우씨　　그래서? 그래서? 어떻게 됐수, 임 선생, 시원스레 말
　　　　이나 좀 해 줘요.

(임, 떨기만 하며 입을 못 연다.)

하주　　(옥순이와 어멈에게) 뭣들 듣구 섰어. 들어가 일 거들

생각은 않구.

(어멈, 옥순. 상수로 퇴장.)

임표운   (떨며) 구리개 입구에서…… 저야 뭐…… 그저 깡팬가
              했죠. 그랬더니 그게 바루 형사이더군요. 저를 내리우
              고는 철꺼덕 사장님께 고랑을 채우고는…….
하주   고랑을?
임표운   (여전히 떨며) 네, 그러구는 그 차에 올라타더니 쏜살
              같이 을지로 쪽으로 가는 게 아먀 중부서로 가는 게
              틀림없습니다.
우씨   글쎄 무슨 이유가 있어 데려갑니까, 그들이.
하주   전에라두 아버지께 좋찮은 건이 있었어요?
우씨   그 어진 양반이 뭘 했다구, 넌 상서롭잖은 말도 하는
              구나.
임표운   그저 제 생각엔 영감이 임업 사업을 도맡다시피 했는
              데다가 또 막대한 원조를 얻어 제지 회사까지 차리게
              되니까…… 아마 누가 시기해서 고자질이나 하지 않
              았나 생각됩니다만…… 아, 저 인천 가셨던 작은아씨
              들어오시는군요.
하주   쟤가 또 갑자기 웬일이야.

(하연, 양장에 슈트 케이스를 들고 하수로 등장.)

우씨	넌, 웬일이냐, 온단 말두 없이? 글쎄 집안에 큰 걱정이 생겼구나.
하연	······.
하수	아버지가, 애······. (하연, 한곳에 못이 박힌 듯이 서 있다가 케이스를 동댕이치며 히스테리컬하게 운다.)
하연	아버지가 다 뭐야!
우씨	왜 그러니, 하연아!
하주	애가 미쳤어, 들어서자마자······. 이 집 상갓집인 줄 알았더냐?
하연	언닌 알지두 못허구 왜 이러우. 어머니, 이 일을 분해 어떻게, 어머니. 언니가 그 봉변을 맞았어두 살지 못해······. 나두 나두 못 살어, 어머니.
우씨	글쎄, 왜 그러니? 어서 말이나 좀 허려무나.
하연	언닌 어쩔 테유. 나, 인, 인천서 내쫓겼어!
하주	별장에서? 그 무슨 당찮은 소리냐, 왜 널······ 주인아씰 어떤 놈이 나가라구 한단 말이냐.
하연	가짜야, 아버지는 그 별장 주인이 아냐, 관리인을 속여 뺏은 것이 탄로 났어. 그러구 이것 봐, 아버지가 시주같이 받들던 란돌프도 가짜야. (손에 들었던 신문을 동댕이친다.) 가짜야!
임표운	(주워 읽으며) 뭐! ······국적 없는 외국인 란돌프라는 자는 미국 원조 기관 직원을 사칭하고 인천에서 유흥하다가 체포당했음! 뭐! 란돌프가! ······란돌프가 인천에서?

하연   가짜예요. 가짜…… 가짜……. (운다.)

임표운   어이구머니…… 그자들이 수상하다 했더니만…….

하주   얘야.

하연   모두, 모두가 다 가짜지 뭐야. (발악하며 운다.)

우 씨   글쎄, 무슨 일이 생겼다구 이리들 야단이냐.

임표운   다른 게 아니라요, 사모님, 이거 큰일 났습니다그려.
        (귓속말)

(우 씨, 듣고 나서 말문이 막힌다. 사이, 그때 돌연 방 안에서 전화벨.
임, 살같이 뛰어가 수화기를 든다. 일동 긴장.)

임표운   네? 네, 그렇습니다. 이중생 씨 댁이올시다…… 네!
        네에. (수화기를 놓기도 전에)

하주   어디서 왔수. 아버지 나오셨수?

임표운   아, 아니올시다. 저, 송 선생께서 기생들허구 곧 온다
        구요.

                                        (막)

2막

1장

전 막에서 한 달쯤 지난 후 같은 곳.

오전 10시경. 하주는 전화 앞에 다가앉았고 우 씨와 달지는 툇마루에 걸터앉았다. 이따금 다다미방에서 코 고는 소리. 누가 자고 있는 모양이다.

우씨　　(달지에게) 자넨 학생 때부텀 여러 번 드나들었으니
　　　　잘 알겠구먼.

송달지　뭐, 밖에서 생각하기보담은 편허죠.

하주　　당신은 자기 생각만 허구 그렇지만 아버지 같은 분이
　　　　어떻게 하루 이틀도 아닌 한 달 두 달을 유치장살이를
　　　　한단 말이오. 콧구멍만 한 방에 열 명, 스무 명을 구겨

넣구 뒷간두 방 안에 있다는구려. 그렇죠?

송달지 그렇지, 거기두 뭐 특등이 있으려구.

우씨 에그머니, 그 냄샐 다 맡구……. 방 안에 헌 버선 짝만 있어두 질색이시던 영감이 그 고린내를 어떻게 견뎌 배긴단 말이냐. (운다.)

하주 (따라 울며) 따귓꾼,10) 사기꾼, 거기다 살인강도, 별의 별 인종이 한 방에 이마를 마주 대구 있다는구려, 그 렇지, 여보?

송달지 응.

우씨 에그머니, 그 양반은 내가 옆에 있는 것만으로두 짜증 을 내시는데…….

하주 또 벼룩은 없구 빈대는 없구! 이는 꼬이지 않구. 글쎄, 나중에는 심심파적 이 사냥만 한대요, 어머니.

우씨 에그, 가엾어라. 이를 어쩌누, 너의 아버진 파리 한 마 리 위잉 해두 못 주무시는 어른인데.

송달지 조반 먹구 점심 들어올 때까지 이 사냥하는 것, 그게 또한 재미야.

하주 당신은 그때 배운 버릇이 아직 남았구려, 돈 벌 생각 은 쥐뿔두 않구, 집 안에 들어앉아 바쿠 사냥만 허 니……. 식은 소리 그만허구 아버지 나오시게 헐 궁리 나 해요.

송달지 임 군이 오늘내일 나오신다는데그래.

---

10) 남이 몸에 지닌 돈이나 물건 같은 것을 살짝 훔치는 도둑.

하주　임 선생에게만 맡기문 그만이에요? 그래두 명색이 장
　　　인이라는 이가 유치장에 들어가 달포나 고생허구 계
　　　시는데……. 당신 성밀 모르는 바는 아니지만 세상에
　　　그런 법이 어딨어요.

송달지　그럼 어떡허면 좋단 말이야, 난들…….

하주　그런 걸 누가 알우. 천둥 갓난앤감. 제가 헐 일두 꼬쳐[11]
　　　줘야 허니.

송달지　냉정히 생각해서 이번만은 좀 힘들 거야. 뭐, 죄목이
　　　한두 가지여야지. 우선 업무 보고서에서 십 년을 내려
　　　두고 생산량의 십분의 일도 안 되는 걸로 보고해 놨으
　　　니 이게 배임 횡령이겠다.

하주　뭣이 어째요?

송달지　거기다가 공문서 위조지! 탈세가 되지, 화는 한꺼번에
　　　몰아치는 거야!

우씨　아니 그래, 자네는 장인 갇힌 것이 당연하단 말인가!

송달지　아녜요, 어머니. 법적으로 따지면 말씀이지. 뭐, 거기
　　　다가 은행의 융자 신청도 결국 자기 물건 아닌 삼림을
　　　담보로 했으니 이것도 건이 되죠……. 아마 나오시기
　　　힘들 거요.

하주　듣기 싫어요! 그럼 나오시지 못하도록 축수라두 허구
　　　려, 에이, 어디 저따위가…….

우씨　(다다미방을 돌아보고) 큰소리치지 마. 큰아버지 깨면

---

11) '까바치다'의 방언.

또 한바탕 야단만 나겠다……. 자네야 환자 진찰이나 했지, 일 처리 하는 게야 모른다만 하두 답답하니 짜증도 내는 게지. 영감은 큰살림 벌여 놓구 유치장살이요, 큰아버님은 제 동생 때문에 집 한 칸 쓰구 살던 것마저 뺏겼다구 날마다 약주 자시구 저 꼴이니 이 성화를 누가 다 겪어 내느냐 말이지.

하주　살림살이 얘기가 났으니 말이지, 아버지두 언제 어떻게 되실지 누가 알우. 일은 틀려먹었어요. 벌써 들창나기[12] 전에 분재두 미리 허구 큰아버지 집두 어떻게한 칸 마련해 드려야지 않수. 어머니두 아버지만 믿구 계시지 말구 어머니 몫을 금 그어 놓아요.

우 씨　글쎄, 오늘이라두 네 아버지가 나오셔야 할 게 아니냐.

하주　우리야 장수 주변이 있수? 집이 있수? 시댁에 돈이 있수? 일생을 집 한 칸 없이야 어떻게 살아 나가우.

우 씨　그야 아버지가 어련히 잘허실라구, 제 딸년 밥 굶기겠나.

하주　어머니두, 누가 밥 굶는데? 남부럽지 않게 살어 보겠단 말이지. 글쎄 아버지 그 재산을 다 어떡허우?

우 씨　쉬……. (다다미방을 경계한다.)

하주　(소리를 죽여서) 하연이 년은 돈벌이 잘하는 사람에게 주어 버리문 그뿐일 게구 하식이는 아직 생사조차 모르니 문제 아니구 딱한 건 우리 사정 아녜요?

───────────

12) '끝장나다'의 방언.

송달지   (역시 소리를 죽여서) 굵게 되면 나도 벌지.

하주   (빽 소리 지른다.) 입 닥치구 있어요, 당신은. (다시 소곤
거린다.) 아마 우리 억 환 열[13]은 좀 더 되죠?

우씨   그야 난들 알겠냐만 값없는 토지지만 전답까지 합
치면 여기저기 늘어놓은 세간만 정리해도 열은 될
테지.

하주   어마! 그럼 반반에 노나두 5억 환? 허기는 살아 나가
려면 뭐, 그만큼이야 있어야지. 그럼 우리 몫은…….

우씨   쉿!

(이중건 노인, 다다미방에서 나온다.)

하주   큰아버지, 인제서 일어나셨어요?

이중건   응? 응, 그래, 오늘은 무슨 소식 있느냐?

하주   아까 임 선생 말이 아버지 오늘 나오실 것 같대요.

이중건   오늘 나와? 누가?

하주   나오실 것 같대요. 아버지만 나오시문 어련히 좋두록
처결 안 해 드리겠어요?

이중건   에끼! 네 애비가 나와? 사기, 횡령 배임, 탈세범으루
때간 녀석이 그리 쉽게 나올 법이 어데 있으며 나라
에서 내준다 쳐두 어떤 낯짝을 들구 어슬렁어슬렁 기
어든단 말이냐. 글쎄 일껀 출세한답시구 조업지전 문

---

13) 10억 환.

전옥답 다아 팔어 헤쳐 놓구 그것두 모자라서 늙은 형
놈의 집 한 칸마자 뺏어 먹어야 옳단 말이냐?

우씨   그야, 그인들 이럴 줄이야 꿈엔들 생각했겠어요. 그저
이씨 문중이 다 같이 영광이나 볼까 해서 그런 게 아
니에요. 너무 노여워 마세요.

이중건   이, 씨, 문, 중, 의, 영, 광? 헛헛…… 장관 나리와 낚시
질하는 게 영광이오? 계수님, 난 그런 영광 모르구두
고뿔 하나 쐬지 않구 육십 평생을 배불리 잘 살았어.
뭐, 그 녀석이 큰 사업가인 이중생 각하의 형이 초가
삼간에 살어선 자기 체모가 깎인다구? 기와집을 지어
줄 테니 지가증권을 몽땅 팔아 버리자구? 내가 기와
집에 살구 싶어 조업지전을 판 줄 알어? 조실부모헌
이후론 하나밖에 없는 동기라 그 돈 출입이나 헌답시
고 일본 놈이라 기생 년이라 한 무리 몰구 다니며, 소
풍이니 천렵이니 닭 잡어라 소 잡어라 호령 대령해두
한 번 쓴 척 단 척 않구설랑 흔연 대접했던 게 이 녀석
그런 정리두 은공두 몰라보고, 그래, 자기 돈두 아닌
내 돈으루 집 한 칸 지으면서 슬쩍 자기 명의루 등길
낸다? 달지, 자넨 어떻게 생각하누? 이를테면 이게 생
눈 파먹는 날도적이지, 안 그런가, 달지? 그놈의 돈 횡
령하는 재주는 일정 때부터라네.

송달지   그야…… 그렇지요, 결국.

이중건   그렇지, 암 그렇지, 이 집안에선 사람 같은 거라군 자
네밖엔 없지.

하주   큰아버지 인제 들어가 진지 드세요, 네. 아버지만 나
       오시구 보면 어련히 해결해 주시겠어요.

이중건 에키, 앙큼한 계집, 잘 처결한다? 헛, 너희들은 다 한
       또래야, 한 또래, 그렇지, 달지?

송달지 네…… 네…….

(전화 소리. 하주, 달려가서 수화기를 든다.)

하주   여보세요, 네. 네? 임 선생이셔요. 네에, 어쩌면! 알았
       어요, 네에. (전화를 끊고 우 씨에게 귓속말) 아버지 나오
       셨어요.

우 씨   나오셨어?

하주   어서 큰아버질랑 빨리 안으루 쫓아요. 아버지 고단하
       실 텐데 까박을 붙이문[14] 어떡허우.

우 씨   (중건에게) 어서 들어가서 진짓상 드셔요, 제발. 해장
       술두 따끈히 데웠습니다.

이중건 (혼잣말로) 제발 소리가 나오는 게 또 돈 내야 할 일이
       생긴 게로군, 홍.

하주   (달지에게 빽 소리 지른다.) 여보, 당신이 모시구 들어가
       구려.

송달지 어? 어…….

이중건 헛, 헛! 들어가세. 일일지환(一日之患)은 묘시주(卯時

───────────────
14) 트집을 잡아 핀잔을 주거나 걸고 드는 것.

酒)[15]요, 일생의 후환은 성미 거센 마누라라 이랬겠다. 자네 죄가 아니지, 아니야. 암, 아니구말구. 시원허구 술 먹는 건 흠이 아니야, 우리 들어가세.

하주　(달지에게 계속) 아주 취하도록 술을 권해요. 알았어요? 여기 계셨단 괜히 아버지께 생주정이실 테니.

송달지　나오셨소? 아버지, 야아 이거 기적인데.

이중건　누가 나와?

우씨　아, 아니에요. 어서 들어가시지.

(두 사람 퇴장)

하주　(달지에게) 그러구 아범더러 목간 물 좀 데우래요.

송달지　(무대 뒤에서) 어…….

우씨　애, 어쩌면 이렇게 쉽게 나오니, 아마 임 선생이 퍽 힘쓴 게지.

하주　힘 안 쓴들 누가 아버지를 감히 건드리우.

우씨　어서 보료나 좀 내오구 삐루도 몇 병 가져다 채우구.[16]

하주　어머닌 어서 새 옷이나 한 벌 가져오세요. 여긴 내 다 할 테니, 겨울 삐루 차지 않으면 어떻수.

우씨　오냐오냐 그렇지, 참 그럼. 보료만 내보내랴? 그러면 그럴 테지…….

---

15) '하루의 잘못은 아침에 마시는 술이오.'라는 뜻.
16) 차게 하고.

(우 씨, 상수로 퇴장. 하주, 혼자서 방 안을 훔치고 의자를 바로 놓고 한동안 수선할 때 하연, 하수로 등장.)

하연　언니, 또 무슨 연회요?

하주　계집애가 어딜 아침부터 쏘다녀.

하연　내 일루 나댕기는 걸 왜 챙견이유.

하주　넌 집안의 걱정두 몰라?

하연　그럼 내가 어떡해야 헌단 말유. 별루 섭지도 않은 걸 섭은 척하구 청승맞게 거짓 한숨두 내뿜구 그래야 하우? 그 누구처럼, 참 우스워 죽겠네. 아버지야 때갈 일이 있었길래 때간 것인데.

하주　그럼 넌 아버지 나오셔두 기쁘잖어?

하연　아버지 나오신대?

하주　그럼 못 나오시는 게 좋겠니? 어서 안에 들어가 어머니 일이나 거들어. 계집애가 주둥아리만 까 먹어 뭣에 쓰니.

하연　언닌 잡짜[17]가 요즘은 효부 열녀가 됐어. 우스워 죽겠지.

하주　넌 인천서 와서부텀은 왜 계집애가 비틀어졌어? 누굴 못 먹어 그러니, 내가 언제 축냈더냐? 걱정 마라. 때가 되면 나두 너희 집 신세 안 질 테니.

하연　누가 그런 얘기 하랬어? 나두 내일부텀은 내 벌이 헌

---

17) 雜者. 막돼먹은 사람.

다. 나, 취직했다우.

하주   취직? 네가 집안 망신을 시킬 셈이냐? 누구 낯에 똥칠을 할 셈이냐?

하연   에그, 언닌 우리 집안이 그렇게두 훌륭해 뵙디까? 아버지 돈이 그렇게두 소중허구? ……세상에선 뭐라구 하는지나 알구 그러우. 전과자 딸년 써 주는 것만두 고맙지…….

하주   입 닥처, 밥걱정 없이 너무 호강해서 불만이냐?

하연   그만둬요. 매일 때간다, 가택수색이다, 돈만 있으면 제일이야? 언니 생활이 제일이구 아버지 생활이 제일이야? 세상이 어떻게 돼 가는 줄은 모르구 이러우, 이러길?

하주   그렇게 잘 알거든 아버지께 왜 말씀 못 드려?

하연   왜 말 못 해! (사이. 용석 아범, 하수로 황급히 등장. 긴장은 일순 풀린다.)

용석 아범   아가씨…… 영감마님 돌아오십니다. 에그, 수척두 하셨지. 뵙기가 딱헙니다그려. 어서 나가 보십쇼.

(하주는 하수로 마중 나가고 아범은 하수 안방으로 각각 퇴장. 하연, 멍청히 서 있다가 툇마루에 걸터앉는다. 이윽고 이중생, 임표운, 최 변호사, 떠들썩하며 하수로 등장. 우 씨는 상수에서 나온다. 이중생에게는 조금도 피로한 맛이 없다.)

하연   (자리에서 일어나며) 아버지…….

우 씨   영감!

이중생   어, 잘들 있었어? 집안엔 별일이 없었구?

우 씨   (눈물지으며) 영감은…….

이중생   (방 안을 올라서며) 에에 또, 최 변호사, 이리 올라오슈.
         이번 일만 성사하문 내 톡톡히 갚으리다. 어차피 최
         선생과 나는 동생공사할 처지니까.

최 변호사   원, 그야 이르다 뿐이겠습니까? 영감 신세가 언제
         필지 누가 압니까? 그럼 잠깐, 여러분 실례합니다. (따
         라 다다미방으로 들어간다.)

이중생   그럴 시간이 어딨어, 삐루나 있거들랑 몇 병 가져오우.

용석 아범   네. 삐이루입쇼……. (아범, 상수로 퇴장)

(이중생, 여기저기서 서류 등속을 한 아름 꺼내 들고 다다미방으로
들어가서 구수협의(鳩首協議).)

이중생   에에 또, 이 뭉치가 죄다 대지와 가옥 등기구, 이게 공
         장, 이것들은 아직 되지도 않은 건국제지와 한국제재
         주권이니 어서 치워 버리는 게구…… 이게 반도임업
         이니 쓸데없구…… 여기 있군, 대지니 가옥 등기두 명
         의변경을 촌수 있는 대루 바삐 옮겨야 헐 게 아뇨.

최 변호사   물론 그렇습죠. 왜 그자들헌테 영감 재산에 손꼬락
         하나 다치게 한단 말씀입니까, 어디 가만 계십쇼. 채
         근채근 좀 바쳐야 할 공금 초액이 6억 2000만 환에 이
         에 해당하는 세금과 연체 이자라…….

(옥순과 용석 아범, 맥주와 안주상을 방 안에 들이고 다시 퇴장. 하연이는 임표운과 툇마루에 가지런히 걸터앉았다.)

하연   싱크러운[18] 일루 임 선생만 고단하시죠? 자기 일두 아닌 걸 가지구.

임표운   원, 천만에요, 사장 영감 일이니 당연히 제가 해야 할 일이죠.

하연   도와 드릴 사람두 없는 걸 가지구 애만 쓰셔서, 근데 아버지가 어떻게 이렇게 쉽사리 나오셨어요?

임표운   놓아 보낸 게 아니죠.

하연   그럼요?

임표운   아가씨, 놀라지 마십쇼.

하연   …….

임표운   사장께선…… 사장뿐 아니라 댁 전체의 문제지만 큰 곤경에 빠졌답니다.

하연   네에……?

임표운   아버님 명의루 있는 재산은 아마…….

이중생   (온돌방으로 나오며) 올라오너라. 여보, 마누라두 와 앉어. 하주두…… 임 군.

임표운   네.

이중생   하연이두 게 있느냐?

임표운   (하연에게) 아버님이 말씀하실 모양입니다.

18) '시끄럽다'의 평안도 방언.

(일동, 온돌방으로 들어가 반달형으로 둘러앉는다. 이중생, 좌중을 훑어보고 내려다보고 하더니 침통한 어조로 말을 꺼낸다.)

이중생   이런 소문 저런 소문으루 대강 짐작이 갈 줄 안다마는 이번 일이야말루 이씨 가문의 부침에 관한 큰 문제이다. 그런 줄이나 알구 들어. 그러구 난 아직 자유로운 몸이 아니니 이번에는 그야말루 일 년 걸릴지 십 년 걸릴지 모르는 일이야.

우씨   네?

하주   자유로운 몸이 아니시다뇨?

이중생   내가 집으루 가야 모든 걸 정리할 수 있다는 핑계로 특별 단기 보석으루 나왔으니 오래 지연할 수가 있겠니, 내 한 몸 고생살이허는 게야 머 대수롭겠느냐마는 자칫하면 내 재산꺼정…… 알어듣겠니? 할어버지 때부텀 물려받은 이 재산이 하룻밤에 녹아나는 판국이란 말이야. 졸지에 우리 집안이 거지가 되구 만단 말이야.

우씨   세상에 그런 법이 어딨수?

이중생   가만 듣구만 있어, 에에 또 오.이.씨 융자를 얻느라구 이용한 반도임업이니 제재 회사는 애당초 내 것이 아니고 그야 대부분이 나라의 귀속이니 헐 수 없다 하지만서두 할아버지께 받은 재산이라두 죽음으로 지켜야 할 게 아니냐 말이다, 응. 할아버지께서 어떻게 모으신 거냐 말이다.

하주　(임에게) 그럼요, 왜 이유 없이 자기 재산을 다 바칩니까?

하연　언닌 그럼 아버지가 이유 없이 달포나 그 챙피한 유치
　　　장 신셀 졌다구 생각하우? 난 까닭 없이 인천서 쫓겨
　　　오구?

하주　그럼 까닭이 있어서 아버님을 데려갔더란 말이냐?

하연　그럼 반도임업이니 건국제재는 왜 갖다 바쳐요? 일편
　　　오빠꺼정 갖다 주고 얻은 걸 어데까지라두 싸우시지.

이중생　하연아, 넌 애비를 힐책하는 게냐? 어디 불만이 있으
　　　면 말하렴.

하연　밖에선 아버질 뭐라구 말하는지 아셔요?

이중생　그래 뭐라더냐…… 왜 말 안 해?

(최 변호사는 옆방에서 슬며시 엿본다.)

하연　아버지 너무하셨지 뭐유.

이중생　입 닥처, 요망한 년 같으니라구. 딸년에게 낱낱이 고
　　　해바치지 않았다구 오늘 와서는 애비에게 항역이냐?
　　　이십 년이나 키워 낸 갚음이 이래야만 헌단 말이냐,
　　　요년.

우씨　이 계집애야, 잘했건 못했건 네 아버지 아니냐, 부모
　　　의 은헬 모르는 건 짐생만두 못해, 응. 은혜를 은혜루
　　　생각잖구 되려 부모 앞에서 발악을 해!

하주　아버지 앞에서 그 말버르장이가 뭐냐, 넌 성두 없구
　　　부모도 없어?

하연   언닌 왜 한술 더 떠 야단이유.

하주   뭣이 어쩌구 어째? 그래, 네가 잘했어?

임표운 (하연에게) 아가씨, 그만허세요, 아가씨…….

하연   어머니! 갚음을 바라고 기르셨거든 좋을 대루 하셔요.
        오빠처럼 전쟁판에 못 내보내시겠거든 양공주를 만
        들어 란돌프 놈에게 팔아 자시든지…….

이중생 에끼, 여우 같은 년. 나가! 썩 못 나가! (후려갈길 듯이
        펄펄 뛴다.)

하주   아버지 고정하셔요, 네? 하연아, 어서 잘못했다구 빌
        어, 어서 빌어.

하연   언닌 내가 아버지 노염을 풀어두 괜찮수? 그렇지두
        않을걸, 뭐.

임표운 (하연에게) 아가씨, 이 자리를 피하십쇼. 이게 무슨 창
        핍니까.

이중생 이년, 아직두 도사리구 앉었을 테야? 없어지지 못허구.

(이중건, 상수로 등장.)

이중건 없어져라? 내가 갈 집이 어딨어. 하주야, 젊은 녀석이
        한 병 술에 곤드레가 되다니…… 엇, 한 병 술에 취해 떨
        어진단 말이야. 에익, 네 남편 놈도 사내 녀석이 못 돼.

우 씨   에그, 아저씨가 또 나오시네.

이중생 (우 씨에게) 아, 형님이 언제 오셨수?

우 씨   글쎄, 영감 때문에 집 뺏겼다구 아주 인젠 여기서 사

신답니다.

이중건   오…… 중생이로구나. 에끼 놈! 네가 요즘은 내게 팔 아먹을 게 없어 그런지 원두쟁이 쓴 외 보듯[19] 하더니…… 잘 만났다. (비틀거리며 방 안으로 들어간다.)

이중생   (쩔쩔매며) 아 형님, 언제 오셨습니까? 이리 올라오시죠. 얘들 좀 비켜라.

이중건   언제 왔어? 그래 건 물어 뭣해. 어쩔 셈이냐?

이중생   형님 집 말씀이죠? 제가 잘 처결해 드릴 테니 근심 마세요. 헛, 헛…… 그런 걸 가지구 형님두, 원.

이중건   네 처결을 기다려라?

이중생   기다리실 것 없습죠. 여보슈, 최 선생.

최 변호사   네. (옆방에서 나온다.)

이중생   최 선생, 먼저 형님 일부텀 처결해 드립시다. 서린동 집을 형님 몫으로 내놓기루 허지.

우 씨   이렇게 선선히 처결 지으시는 걸 가지구 입때 영감만 치원하시구 계셨지.

이중건   그 집이 몇 평이냐?

이중생   일백오십 평에 건평이 육십 평, 이만허면 만족허시겠죠.

이중건   이눔, 네가 하늘 무서운 줄 아는 모양이구나.

이중생   아 원, 알다 뿐입니까? 우리가 남부럽잖게 살아온 게 어느 어른 덕이기에.

---

19) '원두(園頭)'는 밭에 심어 기르는 오이, 참외, 수박 따위를 통틀어 말한다. '원두를 기르는 사람이 쓴 오이 보듯'이라는 뜻.

이중건 그러구 소 값은 어쩔 테냐? 네가 관청 나리들과 댕기 문설랑 때려 먹은 게 도합 열두 마리다.

이중생 열두 마리.

이중건 닭이 일백구십 마리, 쌀이 열닷 섬.

이중생 가만 곕쇼, 좀 적어야지. (수첩에 적으면서) 소가 십이 두, 암솝니까? 황솝니까?

이중건 너야 암소 갈비 아니군 입에 대었어?

이중생 암소 십이 두에 닭이 일백오십 수라…….

이중건 일백구십 마리…….

이중생 참, 일백구십 마리, 쌀이…….

이중건 열다섯 가마니에 현금 지출이 200만 3500환이다.

이중생 그럼 이것들을 도합 얼마나 치면 좋겠소, 최 선생.

최 변호사 모르기는 하겠지만 현금허구 집을 제외하구두 사정 가격으루 쳐두 300만 환 하나는 놔야 할 걸입쇼.

하주 에그머니나! 300만 환!

이중건 왜 사정 가격이냐? 시장 가격으루 따져야지.

최 변호사 가만 곕쇼. 그런 셈보다두 좀 더 심각한 문제가 있지 않습니까. 좀 더 근본적인 문제가.

이중생 흠…….

최 변호사 이대루 두었단 서린동 집뿐 아니라 영감 전 재산을 처리함에 있어서 난관이 가로놓였단 말입니다.

이중건 무슨 난관?

최 변호사 최후 수단인 동시에 큰 모험이죠. 조용히 말씀드릴 수 없을까요?

이중생   응. 여보, (우 씨에게) 애들 데리구 들어가슈. 임 군두 자
          릴 피해 주구 형님두 인제 안심허시구 들어가 쉬시죠.
이중건   안 된다, 이눔. 끝장을 보기 전엔…….

(우 씨와 하주는 안으로 들어간다. 최 변호사, 중생에게 귓속말. 중건
은 꾸벅꾸벅 졸기 시작.)

하연   임 선생님, 뒤뜰루 산보 가셔요, 네? 뒤뜰두 인제 마지
          막일지 모르잖아요? (임표운, 뒤따라 후원 울바자 길로
          나간다.)
하연   까마귀 날자 배 떨어진다구, 목 날자 밥바가지 떨어지
          구…… 호호…… 이번 통에 임 선생 목만 달아났지.
임표운   제 목이야 한두 번 달아난들 뭐라겠습니까? 일만 잘
          피면요.
하연   홍, 일이 잘 펴지다니요. 임 선생님은 그렇게 쉽사리
          되리라고 생각하셔요? 저…… 내 임 선생 취직시켜
          드리리까?
임표운   이번엔 아기씨께서 비서로 채용하시겠어요? 헛, 헛…….
하연   아유, 농담인 줄 아셔. 내가 취직한 공장에서두 사무
          원이 모자라서 쩔쩔맨다우.
임표운   아가씨가 취직이오?
하연   그럼요. 그래서 아까두 언니와 싸우잖았어요. 임 선생
          님두 그럼 반대예요, 그럼?
임표운   아, 아니요. 그래 어디루…….

하연   건국제지회사 회계과.

임표원   아버지가 경영하시는…… 제지 회사 말씀이오?

하연   (고개를 끄덕하고) 네, 아버지가 경영하시던. ('던'을 특별히 강조)

임표운   네에……? (두 사람 퇴장)

최 변호사   결국 저 사람들이 문제 삼는 것은 사기, 배임 횡령, 공문서 위조 및 탈세범인 위대한 사업가 이중생이거든요. 그러니까 위대한 이중생만 없어지구 볼 지경이면 문제는 아주 간단허다 할 수밖에 없습죠! 탈세한 돈이며 연체된 이자며 횡령한 공금을 받으려야 받을 길이 없을 것이 아닙니까?

이중생   내가 없어진다?

최 변호사   그렇죠. 세상에서, 땅 위에서 없어지구 말아야죠.

이중생   에끼! 여보, 내가 죽구서야.

최 변호사   쉿! 헛헛! 그런 게 아니와요, 일사면 도무사라[20] 아주 돌아가실 수야 있겠습니까, 원. (귓속말을 하고 나서) 헛, 헛 법률적으루 자살이란 그리 어려울 게 아니지, 헛헛. 상속법에 관해서는 누구에게도 지지 않습니다.

이중생   헛헛, 그야, 최 선생이야 상속법에는 권위자이지.

최 변호사   저는 그저 영감이 써 놓으신 유서…… 유서는 물론 사건 발생 전에 작성된 것으루 하여야 됩니다. 그러구 난 뒤에는 그저 유서의 내용대루 가장 법률적으루 정

---

20) 一死면 都無事라. 한 번 죽으면 모두 없어지는 것이다.

확 신속히 처리할 따름이죠. 그러니까 영감께선 영감의 전 재산을 가장 신뢰할 수 있고 믿음직허구, 또 차후로 이중생 씨 사업에 관여하지 않을, 따라서 사업의 경험 내지 야망이 없구 법률 상식두 없는 충직한 재산 관리인만 한 분 선택하십쇼그려. 영감께선 그 뒤에 계셔서 모든 것을 지휘하시면 그만 아니십니까? 말썽 많은 이중생만 세상에서 없어지면…….

이중생 그자가 죽는 경우엔 어떻게 된다? 내 재산이 또 공중에 뜨게…… 안 되지.

최 변호사 하식 군도 좋구 형님두 좋구.

이중건 (깜짝 놀라 잠을 깨며) 뭐, 뭣이, 이번엔 내 이름을 어째?

이중생 쉬잇.

최 변호사 그러구 남은 문제는 살아 있는 영감의 사망진단서를 누가 용감히 쓰느냐…….

이중생 그야 내 사위더러 쓰래면 되지만…….

이중건 누가 죽었어?

이중생 가만 계셔요, 형님은……. (무릎을 치고 일어나며) 옳지! 됐어! 됐어! 최 선생, 아주 적재가 있단 말이야. 헛헛…… 개똥두 약에 쓸 때가 있다구.

이중건 개똥?

이중생 형님, 누설됐다는 큰일입니다.

최 변호사 큰일이다 뿐이오. 온 존당의 집은커녕 이씨 문중이 큰 봉변을 당허시죠. 비밀, 비밀, 절대 비밀이야.

이중생 형님의 300만 환두 내 전 재산두 수포로 돌아가구 말죠. 최 선생, 자, 우리 안으루 들어갑시다.

(두 사람, 상수로 나가려다가 이중생, 다시 돌아와서 이중건에게 귓속말.)

이중생   비밀입니다, 아셨죠. (나간다.)
이중건   비밀…… 비밀? (뚱그레진 눈으로 겁나는 듯이 주위를 살핀다.)

2장

다음 날 저녁.
송달지, 화초분의 잎사귀를 하나하나 뜯으며.

송달지   줄까, 말까 줄까 말까, 줄까……. 안 됐어. 다시 한 번
        말까, 줄까 말까, 줄까, 줄까, 헛 그럴 테지. 이름 석 자
        를 빌려 줄 수야 있나, 어디 다시 한 번…… 줄까 말까,
        줄까 말까 줄까, 어, 어렵쇼. (하연, 하수로 등장)
하연   형부, 혼자 무슨 장난이셔요.
송달지   장난이라니? 내겐 큰 문제야, 그래 취직 제일일의 감
        상이 어때?
하연   배고파 죽겠어.
송달지   연앨 허는 게로군.

하연   연애하면 소화가 잘돼요?

송달지   암.

하연   호호…… 형부두, 우리 산보 겸 운동장에 가셔요, 네.
       시민대회를 굉장히 크게 연대요.

송달지   무슨 시민대흰데?

하연   모리배 타도, 우리 아빠 같은 것 숙청 데모, 우리 회사
       에서두 참가헌대나요. 돌아오는 길에 내 청요리 한턱
       낼 테요. 취직 기념으루.

송달지   집에 걱정이 있는데 그런 구경 다니문 쓰나.

하연   에그, 걱정이 무슨 걱정예요. 언니헌테 짜증 들을까
       그러시지. 누가 모를 줄 알구.

송달지   무섭긴 뭐 무서워, 집에 일이 있으니까 그렇지.

하연   형부가 있으문 무슨 일 하셔요. 형부나 내가 이 집에
       선 되려 귀찮은 존잰걸.

송달지   아냐, 내가 있어서 끝장을 지어 줘야 할 일이 있어. 왜
       하연인 못 들었어? 아버지가 내게 부탁하는 일.

하연   몰라요. 형부께 부탁할 일두 뭬 있을라구.

송달지   개똥두 약에 쓴다구…… (주위를 돌아보고) 아무보고
       두 얘기 마. 저, 아버지가 내 이름을 가지시겠다구.

하연   형부 이름을 가지시다뇨? 아버진 이름이 없어요, 뭐?

송달지   쉬잇, 다시 말하자면 이중생 씨는 없어지구 아버지가
       송달지가 된단 거야.

하연   그럼 형분……?

송달지   난 나대루 있지.

하연	호호…… 그게 무슨 연극이야. 그럼 형부가 내 아버지두 되구, 언닌 내 엄마가 되구? 어마, 형분 그러구 우리 엄마 남편도 되시네…… 호호.
송달지	헛헛……. (하주, 안방에서 나온다.)
하주	뭣이 우스워 야단들이유.
하연	(그냥 웃으며) 에그, 엄마 나오시네요, 형부.
하주	……?
하연	호호…….
하주	어서 들어가 저녁 처먹어.
하연	네에, 어머니! 형부, 그럼 안 가요?
하주	어딜 간다고 그래.
하연	구우경, 형분 집안에 대사가 있어 못 가신다우. 라라라……. (콧노래를 부르며 안방으로)
하주	기집애가 인젠 아주 판에 박은 난봉이야. 밤낮을 쏘다니구 도시 집에 붙어 있질 않는구려.
송달지	집에 마음이 붙지 않으니깐 그렇지.
하주	누가 부엌일을 하랩니까, 소제를 허랍니까? 번둥번둥 놀기 싫어 저 꼴이니 참.
송달지	놀기야 싫지.
하주	그러게 당신두 인제 아버지 대리를 좀 봐요. 놀기 싫은데 쌀값두 안 되는 병원 같은 건 그만 집어치우구 떡 들어앉어서 아버지 대신에 출입두 허시구 유지 신사와 교제두 허시구, 좀 좋소. 생각할 게 뭐란 말요?
송달지	그래두 이름을 뺏기문 미상불 불편해질 건 사실이거든.

하주 뺏기긴 왜 뺏긴다구 그러우. 아버지 돌아가신 후 그
      이름 어디 가겠소? 뒤루 찾으시면 그뿐 아니에요.

송달지 아버지 돌아가시는 날엔 송달지란 세상에서 아주 그
      림자두 못 찾게. 그러구 그뿐인가? 아버지가 일 서툴
      게 허시다 다시 때가는 날엔 귀신도 모르게 죽어나는
      건 이 송달지거든, 그렇지 않소? 천성 아버지 대신에
      내가 들어가게 생겼지.

하주 상서롭지 못하게 때가는 소리만 허구 계시유. 어서 작
      정해요. 아버지께선 벌써 유서두 써 놓으시구 인제 이
      름 석 자만 기입하면 그만이래요.

송달지 우리 친구들은 어떡허구? 단데²¹⁾ 빵구 나구 말걸.

하주 그따위 바둑 친구들 상종 안 하시면 그만 아니우. 당
      신은 우리 아버지 때문에 그만 일두 못 하시겠수.

송달지 글쎄 사정은 딱하지만…… 아버지가 출입허시는 동
      안은 난 꼼짝 못할 것이구, 위선²²⁾ '송달지내과의원'
      이란 간판두 떼 버려야 할 게구 좀 더 신중히 생각해
      봐야겠어.

하주 에그, 답답하기두…… 하루 이틀 생각했으문 그만이
      지, 인제 와서 또 생각 여부가 어딨수. 힘들게만 생각
      허시니깐 그렇지…… 여보, 몇 년만 집에 꾹 들어앉아
      있음 그만 아녜요. 그동안 아버지가 송달지 행셀 하시

---

21) 단디. 제대로.
22) 우선.

겠지만 당신 이름으루 말이에요. 그렇다고 늙으신 아버지가 영 앉아 계시겠수? 몇 년만 지나구 보우. 아버지의 명예와 사업이 어디루 가겠수? 거기다가 송달지 이름으루 쌓아 놓은 모든 업적두 몽땅 당신 것 아네요. 이런 불로소득이 어디 있수. 에그머니, 기다리시다 못해들 나오시는군. (이중생, 최 변호사, 안방에서 나온다.)

이중생   그래, 결정됐느냐?

하주   네, 인제 곧 결정한대요.

최 변호사   그야 송 선생두 깊이 생각하셔야겠죠. 말하자면 생사 문제요, 인생 문제라구두 할 수 있으니까.

이중생   (방으로 올라가며) 뭐, 그리 심각히 생각할 게 없지. 에에 또, 최선생이 어디 유서 한번 다시 읽어 보슈. 누락된 점이나 없나.

최 변호사   (낭송조로) "황천은 굽어살피소서. 소생은 죽음으로써 전생의 모든 과오를 청산하나이다. 개과천선은 고성현도 용납하시는 바이오니 황천은 이중생을 긍휼히 여기사 널리 용서, 용서하옵소서. 각설…… 소생의 동산, 부동산, 가옥, 유가증권을 불문하고 소생 소유의 전 재산을 모모에게 양도하오니." 영감, 이 이름 석 자가 문젭니다그려……. "소생 소유의 전 재산을 모모에게 양도하오니 모모는 마땅히 다음의 사항을 처리할지니라. 제일은 현금 300만 환과 서린동 ××번지 소재 가옥 일백오십 평을 가형 이중건 씨에게 양도할 것이요, 제이는 소생이 신임 존경하는 고문 변호사……." 제이에게두 한 구절 넣습니다. 백씨 영감께서 꼭 넣어야 한다시길래.

이중생 그야 그럴 것이지.

최 변호사 "소생이 신임 존경하는"……혜혜, 존경은 뺄까요?

이중생 어서 읽으슈.

최 변호사 "고문 변호사 최영후에 대한 적당한 사례금을 망각지 말 것이요, 제삼은 고문 변호사 최영후는 온갖 수속상 추호도 법률적으루 미비 상이함이 없기를 기할지어다. 년, 월, 일, 이중생." 이만하면 만족허십니까?

이중생 완고한 형님이 지으신 걸루선 엥간하군그래. 그럼 내가 친필루 쓰지. (책상 앞으로 간다.)

최 변호사 날짜는 훨씬 옛날루, 말하자면 본 사건이 발생하기 퍽 이전으루 하십쇼. 그래야만 법적 효과를 발생헐 수 있습니다.

하주 여보, 귀가 있으문 당신두 들었겠구려. (귓속말) 아버지가 앉아 계신들 몇 년이나 더 생존해 계시겠수. 왜 그걸 생각 못 허우. 어머니 말씀 못 들었수. 이것저것 아주 헐가루 쳐두 10억만 환은 된다는구료. 거기다 집이 몇 채구 현금이 얼만지나 아시구나 이러우. 그까짓 제재 회사, 임업 회사 다 갖다 바쳐두 우리 일생은 걱정 없어요. 아버지가 생전에 그걸 다 쓰시겠수? 굴러들어오는 복을 왜 발길루 차 버린단 말유. 이름 빌려주는 게 뭐이 밑천 드는 게라구, 어서 생각 좀 돌이켜요, 네? 당신더러 누가 살구 죽구 하는 것까지 생각허

랍디까? 그저 아버지께서 마지막 가시는 길에 당신에
게 전 재산을 주신다구만 생각허시구려. 네? 네? 그럼
그렇게 작정하구 맙니다. 작정해요, 네?

송달지 투—비—오, 낱 투—비 댓쯔 더 퀘스쳔.(To be or not
to be that's the question.)

하주 그건 또 무슨 소리유?

송달지 「햄릿」이야, 유명한 모놀로—그.

하주 (방으로 가며) 아버지.

이중생 오냐. 결정했느냐?

하주 그럼 뉘 영이라 거역하겠어요.

이중생 그러면 그럴 테지.

최 변호사 그럼 송달지라구 이름꺼정 써넣으시죠. 지금이 몇
시더라, 5시 30분, 시간꺼정 써넣으십시오. 유서란 그
래야 하는 법입니다.

이중생 (글을 쓰며) 유서 작성 날짜는 지금으로부터 멀찍이 삼
년 전…… 이면…… 충분하겠지…… 자살 집행은 오
늘 5시 20분.

송달지 살아가느냐 없어지느냐, 그것이 문제로다.

이중생 그럼 제이차루 들어가, 자살허면 어떤 방법으로 헌다요.

최 변호사 (목을 싹둑 자르는 시늉을 하고) 물론 면도칼이 제일이
죠. (하주에게) 마님두 나오시라구 하십쇼.

(하주, 안으로 들어간다. 극이 진행하는 동안에 우 씨와 하주, 그리고
훨씬 뒤떨어져 하연도 등장.)

최 변호사　면도칼이 뒤탈두 없구 제일입네다. 자, 이리 누우십쇼. 면도칼을 오른손에 쥐시구, 인젠 이 순간부텀 영감님이 돌아가셨습니다. 유서는 이렇게 고스란히 책탁 위에 놓였구 방 안은 왼통 피바다…… 붉은 잉크 없나? 없으면 씻처 버렸다 허구, 피비린 냄새가 코를 찌르는 피 바닥이올시다. 자, 그럼 여러분, 놀라서 뛰어오십쇼. 마님의 남편 되시는 이, 아가씨의 아버지, 송 선생의 장인, 아니 일찍이 우리 한국이 낳은 위대한 사업가 영웅 이중생 씨의 최후올시다.

(우 씨와 하주는 방 안으로, 송달지는 툇마루 앞에 엉거주춤하고 어쩔 줄 모른다.)

최 변호사　제이차루 장삿날을 결정해서 부고를 인쇄헙시다. 성복장[23]두 상스럽고 그저 칠일장이 상식적이죠. 법률상은 이십사 시간만 지나면 내다 묻어두 괜찮지만 어디 이런 대가에서야 그렇습니까? 어떻습니까, 상주께선? 그럼 칠일장 결정했소. 발인은 오전 5시, 아침 일찍이 해야만 조상객이 없을 게니…….

이중생　(벌떡 일어나며) 최 선생, 한 주일 동안이나 어떻게 죽은 시늉을 허우? 그 좁은 속에서…… 삼일장으루 하지.

최 변호사　그럼 절충해서 오일장, 영감께설랑 움직이지 말구

---

23) 成服葬. 죽은 지 나흘째에 상복을 입는 장례.

누워 계십쇼. 결정헙니다. 상주께선 이의가 없으시겠지. 영결 장소는 자택. (종이에다 일일이 적으며) 묘지는 명성골, 장지를 70리 밖이나 되는 명성골루 정하는 것 두 이유가 있습죠, 헛헛…… 누가 진새벽 탈것두 없는 70리 길을 따라 나옵니까? 헛헛…… 명성골, 상주 두 이의 없으시겠죠. 그럼 결정헙니다. 송 선생, 이걸 어서 인쇄소에 돌리슈. 한 1000장만 곧 백이라구.

이중생 (다시 일어나며) 1000장으룬 모자라지. 관청 관계만 해두.

최 변호사 허…… 돌아가신 인 가만 계시라니까요. 어디 섞갈려 일이 됩니까, 원. 그럼 2000장 결정했습니다. 상주 께서두 이의가 없으시겠죠. 그럼 송 선생은 상주구 또 헐 게 있어. 이리 올라와서 진단서 한 장 쓰슈. 경동맥 절단, 다량 출혈이 사인입니다. 그러구 아범, 아범.

(아범, 안에서 나온다. 하연이도 뒤따른다.)

최 변호사 아범은 이 종이를 가지구 인쇄소로 가서 제일 좋은 종이루 2000장만 백여 와. 돈은 많이 낼 테니 오늘 중 으루 찾아오기루 맡기란 말이야. 그러구 오는 길에 널을 한 틀만 사 오우. 백자[24]두 좋구 추목[25]두 좋구.

용석아범 널입쇼?

────────────

24) 栢子. 잣나무.
25) 楸木. 가래나무.

이중생 비싼 것 살 거 없어. 백자두 좋으니 제일 싼 걸루…….

용석아범 널은 갑자기 뭣에 쓰십니까?

최변호사 아랑곳할 게 아냐. 자, 이걸 가지구. (돈지갑에서 지전
         몇 장을 뽑아 준다. 아범, 머리를 설레설레 저으며)

용석아범 마님, 이게…… 정말 사 오랍쇼?

우씨 최 선생 분부대로 할 게지, 웬 참견이야.

용석아범 네에. (아범 나간다. 하연, 깔깔대고 웃는다.)

최변호사 아씨, 웃을 일이 아닙니다.

하연 호, 호……. (송을 제외한 일동, 눈을 흘긴다.)

최변호사 송 선생, 사망진단선 됐소?

송달지 그걸 어떻게 제가 씁니까, 뻔히 살아 있는 사람을.

최변호사 못 쓰신다구요?

송달지 뻔히 살아 있는데…….

이중생 (벌떡 일어나며) 뭐이 어쩌구 어째. 못 써?

송달지 거 위반입니다. 사기죄두 되고…….

이중생 그럼 자넨 내가 정말 죽어야만 진단서를 쓰겠단 말인
       가? 내가 죽어야 위반이 아니란 말이지.

송달지 …….

하주 지금 와서 그게 무슨 소리유, 그게.

우씨 아무리 원수 치불 했기로소니 제 장인보구 아주 돌아
     가시라니 정신이 있어 하는 소린가.

이중생 응, 괘씸허군그래.

하주 여보! 대답해요.

이중생 못 쓰겠나? 그래.

최 변호사　송 선생, 끔벅 눈 한번 감아요. 쯧쯧…….

하주　　뭘 멍청허구 있어요, 여보!

최 변호사　송 선생.

송달지　그것만은…… 안됩니다.

하주　　에그…….

(멀리 행진곡 들린다.)

하연　　벌써 지나가네요. 형부, 시민대회에는 안 가셔요? 네,
　　　　난 아까부텀 기다리고 있었는데.

송달지　어! 어!

(하연, 하수로 나간다. 달지도 꿈에서 깬 듯 뒤를 따른다. 일동, 멍청
히 바라보고 있다. 애국가가 고요히 들려온다.)

최 변호사　……영감, 어떡허실 작정이슈?

하주　　못난 녀석.

이중생　뭣을 어떻게 해? 이 이중생이가 한번 허기루 결심했
　　　　던 걸 변하는 위인인 줄 알어? 그래, 내 사위 놈이 사
　　　　망진단서에 도장 안 찍었다구 까딱할 내야? 한번 내
　　　　쳤던 걸음은 촌보두 물러서지 않는 게 이중생의 주의
　　　　주장이야, 내 결심을 누가 꺾는단 말이야. 결행해야
　　　　지. 암 결행허구말구. 얘, 하주야, 너 냉큼 병원에 가서
　　　　'송달지내과의원' 도장과 네 남편 도장을 가져오너라.

하주   네.

(하주, 하수로 나간다. 행진곡 점점 높이 들려온다. 일동, 저도 모르
게 귀를 기울인다.)

(막)

3막

전 막에서 삼사일 후 저녁. 같은 장소. 다다미방에는 거꾸로 둘러친 병풍 한끝이 보인다. 향연이 피어오르고 북소리와 함께 봉사들의 독경 소리가 높으락낮으락 들려온다. 경(經)은 우리들이 일상 레코드로 들어 오던 저 경쾌하고도 유머스러운 축원경(祝願經)이다. 바깥사랑과 후원 정자에서 이따금 들려오는 웃음소리가 도무지 초상집답지 않다. 막이 열리면 굴건제복을 입은 상주 송달지가 혼자 온돌방에서 꾸벅꾸벅 졸고 있다. 동리 부인 박 씨, 우 씨와 함께 안에서 나온다. 박 씨는 무엇인지 가득 넣은 이남박을 들었다.

박씨　　그럼 형님, 집엣것들 저녁상이나 차려 주군 곧 오리다. 집에서들은 명일날이나 온 줄 알겠군. 호호……
　　　　(다다미방을 들여다보고) 그저, 세상 떠난 분 하나 불쌍

하지. 조금만 참으셨던들 아드님두 만나실걸. 그래두 천도가 무심치 않지. 돌아가신 아버님이라두 한 번 보라구 장례 전으로 들어서게 되니 이게 하느님 인도가 아니구 뭐유. 에그, 저 사위 양반은 얼마나 고단하길래 저렇게 앉은 채 꾸벅꾸벅 졸구 있을까.

우 씨   그럼 곧 다녀와요. 난 아우님 없인 못 살어. 내 이 은혜는 꼭 갚을 테니.

박 씨   에그, 형님두—— 그런 말 허실 테면 난 아주 발길 안 하겠수. (하수로 퇴장. 우 씨, 방으로 올라가서 송을 깨운다.)

송달지   어? 어…… 경 읽는 소리가 맹랑한데. 슬그머니 졸음이 오니.

우 씨   어젯밤도 늘어지게 자구 그렇게도 졸릴까. 정신 채리구 있어. 오늘은 관청 손님이 조사 나온다는데.

송달지   어이 졸려. 하식이 아직 도착 안 했어요?

우 씨   하식이야 하연이가 마중 나갔으니 곧 들어슬 테지만 관청 손님들이 걱정이군그래. 말썽이나 없는지, 원. 정신 채리구 있다가 손님들 오시걸랑 지체 말고 알려요. 술상 준빈 다 됐으니. (상수로 퇴장. 송, 자기 입은 의복을 둘러보고 하품. 이중건, 김 주사, 변 주사, 홍 주사와 함께 후원에서 나온다. 다들 만취했다.)

이중건   자, 우리들 이리 올라와 마른안주로 다시 한잔허지.

김 주사   아, 이젠 전 만취올시다.

변 주사   그만두시죠. 우리두 가 봐야겠수.

이중건   어…… 초상난 집에 왔다 그렇게 싱겁게 가는 법이 어디 있어. 여봐라, 게 누구 없느냐.

홍주사 그 애련하고 품이 있게 경을 읽는 중이 아마 저 도렴
골서 온 중이지요.

김주사 그야 본래 풍성풍성한 댁이니 어디 하나 소홀한 게 있
으려구, 아마 저 봉사가 도림골서 왔습죠.

이중건 글쎄, 소리깨나 하는군…… 여, 아범. (아범, 주안상을
들고 나온다.)

용석아범 불러 계십쇼?

이중건 거 어디 가져가는 거야?

용석아범 아까부텀 바깥사랑 손님이 찾으십니다.

이중건 여기도 정갈히 한 상 봐 오게.

홍주사 아아 원, 그만두십쇼, 오늘만 날입니까, 인젠 매일같
이 와 뵙겠습니다.

용석 아범 영감마님, 도련님이 오늘 돌아오신답니다그려. 저
우리 용석이 놈만 죽었습죠. (머리를 절레절레 흔들면서
하수로 퇴장)

이중건 그야 팔자소관인 걸 너무 상심할 게 아냐.

김주사 저번 백 참판댁 상가에두 저 중이 왔었어…….

변주사 백 참판 대감이니 이 대감이니 아까운 분들이지. 세상
에서는 인색하다거니 모리배라거니 별별 말두 많었
구 실없는 사람의 입술에두 오르내렸지만 진실로 국
보적 보물이었어. 하여튼 무슨 일을 했든 간에 이만
재산을 벌어 놓았으니 훌륭하지 뭡니까. 모리배라면
어때? 사기꾼이라면 어때? 공범이 어떻구, 아님 또 어

떻단 말요? 우선 벌고 보는 거지.

홍주사 그야 자결허시는 것만 봐두 범상한 어른이 아니지. 누가 이 좋은 세상을 두고 한번 가면 그만인 걸 성큼 헌단 말요. 춘추가 몇이더라…… 송 선생.

송달지 쉰……?

홍주사 갑인 을묘 정유니까 쉰넷이겠군.

송달지 쉰셋…….

변주사 일생을 두구 모은 재산을 덥석 이 사위 양반에게 물리구 가신 건 어떻구, 예사 사람이야 아들이 없으시면 딸에게 물릴 것이구, 마누라에게 줄 게 아니오. 그걸 왼통 사위 양반에게 주셨습니다그려. 그것두 억만 환 하나둘은 내리지 않으리다.

김주사 원, 정신없는 소릴……. 가옥만 해두 둘이 되고 남지. 이 집 한 채만두 집 지으실 때 구경했지만 건평이 380평 이…… 넘죠?

송달지 글쎄올시다. 아직 그런 데는…….

변주사 암, 그러실 테죠. 오죽이나 상심하셔서 그럴 여가가 있겠습니까, 쯧쯧…….

홍주사 그래, 자결하시기까지는 별루 태도엔 이상한 점이 없으셨죠?

김주사 그야 여부가 있소. 태연자약허셨겠지.

이중건 (책상 서랍에서 면도칼을 꺼내며) 이 면도칼로 경동맥을 싹둑 끊어 버렸어.

변주사 에그, 쯧쯧…….

이중건   그러니 괄괄 솟는 피가 뿜뿜 수도 같을 수밖에…… 여기두 피, 저기두 피. 왼통 방 안이 피바다가 됐지. 앉은 데가 다 핏자리야.

홍주사   이 자리가요? ……으째 으시시허다. 술이 깨는 모양이군. 이거 으째 두고 보니 좌불안석인걸…….

김주사   홍 주사, 인젠 일어서 보지 않으려우. 난 집에 조카 놈이 온다구 한걸.

홍주사   어, 나두 참 깜박 잊었군. 오늘 반상회가 있는걸.

이중건   왜 한잔들 더 안 하시려우?

김주사, 홍주사, 변주사   네. 다, 다…… 다시 뵙겠습니다. (하수로 퇴장)

이중건   어두운데 조심허우.

(그때 다다미방을 거쳐 나오던 봉사 두 사람, 자기에게 하는 말인 줄 알고.)

봉사1   우리는 어둡고 밝은 걸 별루 가리질 않습니다.

이중건   그야 그럴 테지. 어서들 들어가서 좀 주무시지, 오늘 두 밤새 수고허셔야겠으니…….

봉사2   소경 잠자기루 그것두 별로 가리질 않습니다. (하고 안으로 들어간다.)

(이중생, 병풍 위로 목만 내놓고 끼웃끼웃 살피더니 슬그머니 미끄러져 나온다. 수의에 행건 친 차림이 과연 초현실적(超現實的)이다.)

이중건   너 여기가 어디라구 어슬렁어슬렁 기어 나와.

송달지   손님들이 많으신데! 어쩌시려구…….

이중생   형님, 웬 손님들이 사랑에두 방방이구 정자에두 있구
          이러시는 거요? 무슨 잔칫집인 줄 아십니까, 누구 쌀
          을 축내시느라구.

이중건   삼춘 댁부터 십이춘, 사둔의 팔춘, 집안이란 집안은
          콩나물 대가리꺼정 다 모였구나.

이중생   관청에선 아무도 안 왔지?

송달지   아직 아무도…….

이중생   예끼 고약한 놈들, 올 놈들은 아니 오고─. 엉이, 제
          아무리 인정이 백지장 같기루 내가 죽었다는 통지를
          받구도 한 놈 얼씬 않는다? 어디 두고 봐라. 엊그제꺼
          정두 내 앞에서 알쭝거리구 꼬리를 쳤던 놈들이 오늘
          에 와서는 딱 돌아선다? 인젠 알아볼 때가 있으렷다.
          내가 다시 살아나구 볼 지경이면…… 에익, 괘씸한지
          고. 하식이두 아직 안 들어오구.

송달지   네, 하연이가 마중 나갔습니다만.

이중생   하식이에게두 전후사를 잘 타일러 두게. 탈짐²⁶⁾이 나
          지 않게.

(그때 전화벨 소리. 이중생, 깜짝 놀라 옆방으로 굴러간다. 송달지,
전화를 받는다.)

───────────

26) 일이 잘못되어 일어나는 사고나 변고.

송달지   네 네, 잠깐 기다리세요. 아버지 전화…….

이중생   엑끼…… 죽은 내가 전화를 받는단 말이냐?

송달지   아이참, (전화를 계속 받으며) 네네, 알겠습니다.

이중생   (옆방에서) 누구한테서 온 거야?

송달지   임 선생님허구 최 변호사허구 곧 오신다구요. 국회 특별조사위원회의 김 의원 한 분이 같이 오신답니다.

이중생   (다시 나온다.) 휘유…… 그 좁은 델 드러누워 손가락 발가락 달싹 못허구 있으려니 신경이 칼날같이 되는군그래. 그래, 김 위원 한 사람밖엔 안 온댔어?

송달지   딴 이야긴 없는데요.

이중건   (중생에게) 너 어서 들어가거라. 수의 입은 놈과 상복한 놈을 마주 놓고 보기가 으째 으시시허구나.

이중생   어 참, 내 잊었군. 형님, 금방 여기 앉았던 것들이 홍 주사, 변 주사, 김 주사 아니오?

이중건   글쎄, 초면 인사에 기억이 잘 안 된다.

이중생   얼굴 긴 놈이 홍가 놈.

이중건   그래서?

이중생   코 아래 기미 있는 놈이 김가 놈.

이중건   그래서?

이중생   대머리가 변가 놈.

이중건   그래서?

이중생   다시 오거들랑 아예 술상 내지 마슈. 나 죽기를 기다리

던 놈들이야. 홍가 놈은 전쟁 전에 오푼변[27]으로 3만
원 가져가구는 오늘까지 이자 한 푼 안 들여놨습니다.
(달지에게) 자네 잊지 말구 기억해 둬. 변가 놈은 금전
판인 종로에 있는 내 가게를 쓰구 집세라군 다달이
5000환 들여놓군 시치미를 떼는 놈이구, 변가 놈은
어물판 구전 5만 환을 노나 먹기루 약속허군 두 달째
얼씬도 않던 놈이라우. 유서에 써넣을걸 깜박 잊었군.
(달지에게) 기억해 두었다가 이후에라도 다시 오거들
랑 채근해 받어. 알았어?

송달지   제가…… 그런 걸…….

이중생   그러구 또 한 번 얘기하네만 유산이니 재산이니 그런
얘길랑 딱 잡아떼구 말 마. 내가 옆방에서 듣구 있지
만서두 도시 모른 척하구 잠자쿠 있으란 말야. 자넨
그런 것 아랑곳할 리두 없지만 대꾸허단 큰일 저지를
테니, 알았어?

이중건   쉬잇, 누가 나온다.

이중생   익크! (황급히 옆방으로 가다가 책상에 걸려 넘어진다. 옆
방으로 가서 병풍 뒤에 숨는다. 소경, 안방에서 나오며 중얼
중얼 경문을 외며 다다미방을 거쳐 사라진다.)

용석아범   (하수에서 황급히 나오며) 관가 손님이 오십니다.

이중건   응, 벌써 와. 아범은 어서 들어가 주안상을 탐탁히 봐
내오게. 술은 저 뭐라구 했지? 양인들이 먹는 거 그게

---

27) 5퍼센트 이자.

상등이라니 그걸 내오구 안주도 성벽[28)]해서 입맛에
당기는 거루 챙기라구 쥔 마나님 보구 여쭤.

용석 아범 네, 네, 걱정 마세요. 아침부텀 채려 놓구 기다리는
걸요. (안으로 들어가자 최 변호사, 임표운, 김 의원 등장.
이중건, 버선발로 마중 나간다.)

이중건 공사간 분망허신데 이처럼 오시니 황송합니다.

최 변호사 어서 올라가십시다. 돌아가신 분두 퍽 영광으로 생
각허실 겝니다. 아 참, 소개하죠. 이분이 바루 고인의
친형이신 이중건 씨, 이분은 국회 특별조사위원회의
김 선생님. 이분이 상주 되시는 송달지 씨.

이중건 잘 보시구 잘 처분해 주십시오. 원, 이 일 때문에 늙은
게 잠도 잘 못 잔답니다. (인사를 바꾼다.)

김 의원 망극합니다.

송달지 뭐…… 괜찮습니다.

김 의원 영구 모신 데가…….

송달지 저 방이올시다.

이중건 그리 급할 게 있습니까. 우리 술이나 한잔 나누시구……
게 누구 없느냐?

김 의원 그럴 시간이 없습니다. 소향을 했으면 좋겠는데요.

송달지 네, 이리 들어오시죠.

김 의원 그럼 잠깐……. (두 사람, 옆방으로 들어간다. 우 씨, 뛰쳐
나오며)

---

28) ‘선별’의 오식으로 추측된다.

우 씨   임 선생이 왔다지, 응. 관가에서 나왔다니? 어서 우리
         들 얘기를 좀 그럴듯하게 해요. 과히 억울치나 않게
         돼야 할 게 아니오. 영감두 돌아가신 거루 됐구.

최변호사   쉿.

우 씨   에그 참, 정신두 없어라. 영감일랑 완전히 돌아가셨으
         니 남은 식구들일랑 어떻게 굶주리지나 않게 돼야 할
         게 아니오?

임표운   마님께선 들어가 계십쇼. 최 선생님이 요량해서 잘 처
         리허실 테니.

최 변호사   쓸데없는 걱정일랑 덮어놓으십쇼, 헛헛. 모두가 수
         완나름이죠. 천재일우의 기회를 만만히 놓치겠어요,
         헛헛.

우 씨   그럼 꼭 믿습니다. 술일랑 얼마든지 있으니 애들에게
         이르슈. 삐루두 있구 영감 자시는 양국 술두 아직 몇
         상자 남았다우.

임표운   어서 들어가십쇼, 나오십니다.

우 씨   그럼 최 선생님, 꼭 믿구 있습니다. (우 씨 들어가자 송
         과 김, 다시 나온다.)

최변호사   이리 앉으시죠. 주안상이 나왔으니 목이나 축이시구.

김 의원   아니올시다. 곧, 실례허겠습니다.

최변호사   상가에 오셨다 그냥 가시는 법이 어딨습니까?

김 의원   그럼 잔칫집처럼 뛰다니구 놀아야 합니까?

최변호사   헛, 헛, 그런 게 아니와요. 저, 어서 한잔 드십쇼.

김 의원   (마지못해 술잔을 든다.) 고인의 아들루 해방 전에 학도

지원병 간 이가 있었죠? 아직 소식이 없습니까?

최 변호사 　그러니 말씀입니다. 영감두 삼대독자루 눈에 넣어
두 아프지 않을 귀여운 자식인데 십 년 동안이나 화
태[29]에서 억류되었다가 오늘이야 돌아온다는 소식이
어제서 왔습죠. 며칠만 더 참으셨던들 이런 변이 없었
을지도 모를 게 아닙니까.

이중건 　죽는 순간까지 우리 하식이, 우리 하식이 허문설랑 차
마 눈을 못 감더군요.

김 의원 　그럼 영감께서는 운명하시는 걸 보셨구먼요?

이중건 　그럼요, 내가 눈을 감겼죠. 경동맥으로 면도칼을 싹둑
잘러 버렸는걸.

김 의원 　경동맥으로 면도칼을 잘러요?

최 변호사 　헛헛…… 취하셨군. 면도칼로 경동맥을 끊었지.

이중건 　어 참…….

최 변호사 　그래서 여기가 왼통 피바다가 됐더랍니다. 유설랑
고시란히 책탁 위에 놓여 있었죠. 송 선생…… 유서는
벌써 전에 꾸며 놓으셨죠, 네?

김 의원 　유언엔 전 재산을 송 선생께 양도하기루 됐다죠?

최 변호사 　글쎄 이 점이 또 고인이 대범하시구 출중허신 점이
죠. 보통 인간 같구 볼 지경이면 제아무리 열 사위 미
운 데가 없다구 한들 아들 딸을 한 구둘 두구 어떻다
구 사위에게 전 재산을 양도헌답니까? 들어 보십죠.

---

29) 樺太. 사할린.

돌아가신 어른의 의견이…… 돈이란 건 그걸 잘 이용
할 줄 알구 나라에 유익 되게 쓸 줄 아는 사람이 가져
야 하는 법이다. 저 혼자 잘 먹구 흥청거리구 놀라구
돈이 필요한 게 아니라 국가적인 사업을 하자구 귀하
기두 하구 필요두 한 것이란 말이죠. 그러니깐 돈이란
벌기보담 쓰기가 힘든 물건이라…… 하식 군으로 볼
지경이면 살아 돌아온다 해도 아직 입에 젖비린내 나
는 삼십 살 풋내기라 나라를 위해 적당히 쓸 줄 알 리
없을 터이구, 백씨 영감이야 실례의 말씀이지만 시골
양반이니 세상 물계를 아실 리 없으니 이루 두말할 필
요조차 없구 보니, 예라 모르겠다, 그래두 믿을 만한
위인은 문중을 둘러봐두 여기 계신 송 선생밖엔 없으
려니…… 그래서 유서두 그렇게 쓰셨죠. 그렇습죠?
고인의 유지가…… 송 선생…….

송달지　네— 글쎄 뭐 그렇겠죠.

(이중생, 병풍 위로 머리를 내밀고 극이 진행하는 동안에 하수막까
지 나와 귀를 기울인다.)

최 변호사　그나 그뿐이겠습니까. 유언에 가로되 "황천은 굽어
　　　　살피소서."이랬다니까요. "소생은 죽음으로써 전생
　　　　의 모든 과오를 청산하나이다."이랬다니까요. "개과
　　　　천선은 고 성현도 용납하시는 바이오니 황천은 이중
　　　　생을 긍휼히 여기사 용서, 용서하옵소서……."이 정

신이야말루 과연 결백하다구 하겠습니까요, 숭고하

다구 허겠습니까요.

이중건　내가 초 잡은 게 어떻소?

김 의원　네? 뭣이라구요. (옆방의 이중생 기절하듯)

최 변호사　(당황해서) 영감께서는 사랑으로 나가 계시죠.

이중건　옳지, 옳지…… 그런 게 아니었다! 저, 저, 사랑손님이

있어서 전 실례합니다. (후원으로 나가면서 독백) 어 참,

큰코다칠 뻔했군. 기와집과 300만 환이 제물[30]에 살

짝 녹을 뻔했지. 달지, 아범더러 후원으로 한 상 채려

오라구 이르게.

최 변호사　영감이 동생 잃은 후론 그만 뒤죽박죽입니다.

김 의원　그러실 테죠.

최 변호사　암, 그렇구말구요. 고인의 생전에는 모리배이니 인

색가이니 많은 시비두 받았지만 하나밖에 없는 동기

간에는 각별했습죠. 이번 유서에두 당신의 백씨 일을

가장 걱정했습니다. 훌륭허시죠. 보통이 아니에요. 자

기가 과오를 범했다구 자결하는 그 용기만 보아두 범

인이 아닙네다.

김 의원　양심의 가책대루 행동허신 게죠. 그래, 송 선생의 희

망이라구 헐까, 의견이라구 헐까, 어떻습니까?

송달지　의견이오?

최 변호사　희망? (이중생, 긴장한다.)

---

30) 저 혼자. 스스로.

김 의원 (달지에게) 조용히 선생을 찾아 말씀드릴 일이지만 고
인의 유지두 그러시다니, 우리두 그 유지를 존중하는
의미루 송 선생의 의사를 충분히 참고하여 행정 당국
과 사법 당국에서도 댁에 유리하도록 의견서를 제출
할 아량이 있습니다. 돈이라는 건 필요하게 쓰구 유익
하게 써야 하는 것이 아닙니까?

최 변호사 아량?

김 의원 (그냥 달지에게) 보건시설 같은 것은 어떻습니까, 선생
이 의사라고 허시니 말씀입니다만…….

최 변호사 보건시설?

김 의원 네, 우리나라처럼 보건 시설이 불충분한 나라도 없지
요. (이중생 펄펄뛴다.) 그야 그럴 것이, 지금꺼정은 저
마다 도회지서만 개업할랴구 했구, 주사 한 대두 돈
있는 이만 맞게 생겼구, 돈 몇 환 있구 없구루 귀중한
생명이 왔다갔다하지 않았습니까. 무료루 치료해 주
는 국립 병원이 있지만, 아주 시설이 불충분하거든요.

송달지 (의외로 흥분해서) 그렇습니다. 내가 의사 공부를 시작
한 것두 그런 의미에서 한 것이죠. 의사란 상업이 아
닙니다.

김 의원 잘 알겠습니다. 판결 결과가 이렇다 저렇다 경솔히 말
할 수 없으나 송 선생의 생각을 관계 당국에 보고해서
고인의 재산을랑 특별히 이 방면에 쓰시게 하시죠?
(이중생, 곤두박질한다.)

최 변호사 고, 고인의 재산을 어데다 써요? 헤헤…… 아, 아니

올시다. 고인의 생각은 그렇잖습니다. 좀 더 찬찬히
의논해 가지구설랑 결정허시지…… 헤헤!

김의원   그야 물론 당국에서 가부간 집행할 일이지 여기서 결
정지을 성질의 것이 아니죠.

최 변호사   아, 아니올시다. 그런 의미가 아니구 고인의 가족,
이를테면 고인의 마누라…… 그러니까 바루 여기 앉
은 상속인인 송 선생의 장모두 계시구 그의 딸, 다시
말할 것 같으면 송 선생의 부인두 있구, 아들두 있구
안 그렇습니까. 그 가족들의 생각두 알아봐야죠. 그렇
게 됐지, 아마 송 선생?

송달지   네, 제 의견만으룬…….

최 변호사   암, 그렇구말구. 가족의 의사두 참작해야지.

김의원   잘 아실 분이 일부러 오해하시는 것 같구먼요. 사기,
배임, 공금 횡령, 탈세, 공문서 위조 등을 법적으로 청
산하면 고인에게는 아무런 재산두 남지 않는 것을 잘
아실 텐데…….

최 변호사   그렇겠지만 개인 재산이야 침해할 수 없잖아요? 더
욱이 이 양반에게 양도된 이상…….

김의원   그렇기에 우리는 이중생 자신이 이미 자기의 죄를 자
각하고 국민으로서의 모든 권리와 의무를 포기하였
으므로 고인의 소유였던 재산을 법적으로 처리하기
전에 우선 상속자인 송 선생의 의견을 참고하겠다는
게 아닙니까? 만일 가족 가운데 불만이 계시면 자기
죄과를 자인하고 입증하는 고인의 유설랑은 없애 버

리구 이중생을 다시 살려 내 가지구 상속자인 송달지
씨를 걸어 고소라두 하시죠.

(이중생, 옆방에서 "그럴 법이." 하고는 제 손으로 입을 틀어막는다.
송과 최, 어쩔 줄을 모른다.)

김 의원 …….

최 변호사 아, 아니올시다. 제 목소리가 갈려서……. (헛기침을
하고) 그럴 법이 있습니까, 헤헤. 그럼 이중생이가 다
시 살아나야 상소라두 해 볼 여지가 있단 말씀이죠?

김 의원 다시 살아날 수도 없지만 기적적으로 부활한다 해두
유서를 자신이 번복할 수야 있겠소? 저지른 자기의
죄과는 어떻구? 사기, 배임, 횡령, 탈세…….

최 변호사 가, 가, 가만.

김 의원 농담은 그만하시구, 하하……. 그럼 송 선생님의 의견
이 그러시면, 진정서라구 할까 의견서라구 할까, 특위
에 한 통 제출해 주십쇼. 참고하겠습니다. 무료 병원
설립은 정부의 방침과도 합치되니까요, 그럼.

최 변호사 잠, 잠깐만……김 선생.

김 의원 매우 불만이신 모양이군요. 선생은 상속법의 권위이
시니까, 법적으로 따지고 싶은 모양이시니 그럼 법적
장소에서 정식으로 뵙죠, 실례합니다. (최, 어안이 벙벙
해 있다. 임표운, 전송한다. 김이 하수로 나가자 이중생, 뛰
어나온다.)

이중생   달지!

송달지   …….

이중생   (두 팔을 휘두르고 두 발을 구르며) 달지! 자네는 누구의
        허락을 받았길래 독단적 행동을 헌단 말이야? 응. 누
        가 자네더러 무료 병원 세워 달랬어? 응. 대답 좀 해
        봐. 나는 그래 무료 병원 세울 줄 몰라서 이 지경인 줄
        아나? 내가 뭐랬어. 유산이니 재산 문제는 일체 함구
        불언하라구……. 자네 그래, 무슨 원한이 있어서 우
        리 집안을 망치는 게야. 응, 천치면 천치처럼 말 챙견
        이나 말 것이지, 뭐이 어쩌구 어째? 내 의견은 그렇습
        니다만, 의견이 무슨 당찮은 의견이란 말이야. 내 재
        산, 내 돈 가지구 왜 염치없이 제 의견을 말해…… 응?
        의견이 또 도대체 자네 같은 위인에게 무슨 의견이야.
        일껏 의견이랍시구 내세운 게 장인 재산 물에 타 버
        리는 종합 병원? 에끼 고약한 놈 같으니라구, 어디서
        배운 의견이야? 자넨 살아 있는, 아니 죽어 있는! 아
        아, 아니 살아 있는 이중생…… 죽어 있는 이중생의
        재산 관리인 이외의 아무것도 아닌 걸 왜 몰라, 응. 이
        천치! 어서 없어져! (달지, 묵묵히 일어난다.) 어딜 가!
        앉어 있지 못허구. 그래 어떡헐 셈인가, 응. 나는 그
        래 어떡허면 좋단 말이야. 이 집은, 토지는 현금은 어
        떡허란 말이야. 그래, 자네 의견대루 배라먹을 무료
        병원에 내놓으란 말인가? 어디 의견 좀 말해 보겠나,
        응? 이 재산이, 내 재산이 어떤 건 줄이나 알구 그래.

이 사람 왜 말이 없어? 일 처리 그렇게 잘하니 끝을 맺어야지.

최 변호사 영감, 그만두십쇼. 또 좋은 방법이 서겠죠. 철머리가 없어서 그렇게 된걸.

이중생 (최에게) 뭣이 어쩌구 어째? 그래, 자넨 철머리가 있어서 일껀 맹글어 논 게 이 모양인가?

최 변호사 고정하십쇼. 저보구꺼정 왜 야단이슈.

이중생 자네가 뭘 잘했길래 왜 나더러 죽으라고 해, 응. (면도칼을 휘두르며) 여보, 최 변호사. 내가 뭘 잘못했길래 이걸로 목 따는 시늉까지 하구 나흘 닷새를 두고 이 고생, 이 망신을 시키는 거냐아! 유서는 왜 쓰라구 했어! 내 재산을 몰수하는 증거가 되라고! 고문 변호사라구 믿어 온 보람이 이래야만 옳단 말이야. 이 일을 다 망쳐 버린 게 누구 탓이야, 응? 유서는, 저 사람에게 책잡힐 유서는 왜 쓰랬어! 왜 내 입으로 변명 한마디 못 하게 죽여 놨냐 말이야, 나를 왜 죽여! 이 이중생을…….

최 변호사 영감, 왜 노망이슈. 누가 당신 서사구 머슴인 줄 아슈. 누구에게 욕설이구 누구에게 패담이야!

이중생 에끼, 적반하장두 유만부동이지. 배라먹을 놈 같으니라구! 은혜도 정리두 몰라 보구 살구도 죽은 송장을 맨들어 말 한마디 못 하구 송두리째 재산을 빼앗기게 해야 옳단 말인가!

최 변호사 헛헛…… 영감 말씀 좀 삼가시죠. 영감 가정일은 가정일이구 내게 내줄 것이나 깨끗이 셈을 하십쇼. 영감

사위께 내 수수료를 청구하리까?

임표운   최 선생, 오늘은 어서 그냥 돌아가세요.

최 변호사   왜? 나만 못난이 노릇을 허란 말인가. 영감이 환장
          을 해두 분수가 있지, 내게다 욕지거리라니 당찮은 짓
          아닌가 말일세, 임 군!

이중생   (벌벌 떨며) 에끼, 사기꾼 같으니라구, 아직두!

최 변호사   사기꾼? 영감은 무엇이구, 응, 영감은 뭐야!

(독경 소리 처량히 들려온다. 일동 무거운 침묵과 긴장한 공기 가운
데 싸였다. 용석 아범, 륙색을 손에 들고 총총히 등장.)

용석 아범   영감마님! 도련님이 돌아오십니다, 도련님이. 이런
          경사로울 데가 어딨습니까. 어서 좀 나가 보십쇼. (달
          지, 방에서 뛰쳐 내려와 하수에서 등장하는 하연과 하식과
          만난다.)

송달지   오! 하식이!

하식   형님…… 아버지.

임표운   하식 씨.

하식   임 선생.

최 변호사   영감, 내일 사무원 해서 청구서를 보내 드릴 테니 잘
          생각허슈. 괜히 그러시단 서루 좋지 않지! 살구두 죽
          은 척하는 죄는…… 헛 헛 참, 이건 무슨 죄에 해당하
          누? 형법인가, 민법인가! (퇴장)

이중생   하식아!

하식   (비로소 아버지의 의상을 보고) 아버지, 이게 웬일이십
       니까?

이중생 하식아, 네가 살아왔구나. 네가……. (상수로부터 우 씨,
       하주, 옥순 등장)

우 씨   에그, 네가 웬일이냐. (운다.)

하주   하식아!

하식   어머니! 누나 잘 있었수?

우 씨   에그…… 네가 살아 돌아올 줄이야…….

하주   얼마나 고생했니? 자, 어서 들어가자……. 아버진 나
       와 계셔두 괜찮수?

이중생 다 틀렸다, 틀렸어! 네 남편 놈 때문에 다 뺏기구 말았
       어. 네 남편 놈이 내 돈으로 종합 병원을 세우고 싶다
       구 했어.

하주   네?

이중생 하식아, 최가 놈의 말을 들었지. 내가 죽어서라두 집
       재산이나마 보전하려던 게 아니냐. 그런 걸 에끼, (달
       지에게) 내가 글쎄 자네에게 뭐랬던가, 응? 난 무료 병
       원 세울 줄 몰라 자네 내세웠나? 자네만 못해 죽은 형
       지꺼정 하는 줄 아나? 하식아, 글쎄 그놈들이 나를 아
       주 모리꾼, 사기횡령으로 몰아내는구나. 그러니, 죽은
       형지라두 해야만 집 한 칸이라두 건져 낼 줄 알았구
       나. 왜 푼푼이 모아 대대로 물려 오던 재산을 그놈들
       에게 털꺼덕 내주냐 말이다. 왜 뺏기느냐 말이다. 그
       래 갖은 궁리를 다했다는 게 이 꼴이 됐구나. 에이 갈

아 먹어두 션치 않은 놈! 최 변호사 그놈두 그저 한몫 볼 생각이었지. 하식아, 인제 집엔 돈두 없구 아무것두 없는 벌거숭이다. 내겐 소송할 데두 없구 말 한 마디 헐 수도 없게 됐구나. (흐느낀다.) 네 매부 놈이, 매부 놈이 다 후려 먹었다. 저놈들이 우리 살림을 뒤집어엎었어! 하식아.

하식   아버지!

이중생 오냐, 하식아.

하식   제가 하식인 걸 아시겠습니까. 제 이야긴 왜 하나도 묻지 않으십니까?

이중생 오, 참! 그래 얼마나 고생했니?

하식   일본 놈에게 끌려가 죽을 고생을 하다가 그것두 모자라 우리나라가 독립된 줄도 모르고 화태에서 십 년이나 고역을 치르고 돌아온 하식이올시다. 화태에서는 아직두 아버지 같은 사람이 떠밀다시피 보낸 젊은이와 북한에서 잡혀 온 수많은 동포가 무지막도한 소련 놈 밑에서 강제 노동을 허구 있어요.

하주   (달지에게) 여보, 당신은 뭣이 잘났다구 챙견했수.

송달지 누가 하겠다는 걸 시켜 놓구 이래? 이런 탈바가지를 억지로 씌워 논 건 누군데? (상복을 벗어 내동댕이친다.)

하주   누가 당신더러 무료 병원 이야기 하랬소?

송달지 하면 어때? 난 의견두 없구 생각두 없는 천치 짐승이란 말이야? 난 제 이름 가지구 살 줄 모르는 인간이구? 왜 사람을 가지구 볶는 거야.

하주   그러구두 잘했다구 되려 야단이야. 우리 집 망치구 뭣
       이 부족해서, 천치!

하식   누님!

하주   천치지 뭐야. 바본 바본 척 입이나 다물구 있으문 좋
       지 않어?

송달지 (하주의 뺨을 갈기며) 이것이!

하연   어마, 형부가!

송달지 하식이, 내가 왜 자네 집 재산을 물에 타 버리겠나. 재
       산두 귀하구 아버님의 명예와 지위두 소중하지만 어
       떻게 나를 속이구 법을 어긴단 말인가. 옳다구 생각하
       는 처사를 돕지는 못할망정 방해까지 해서야 되겠나
       말일세. 우리가 그러면 누가 국가의 사업을 돕구 우리
       들의 후배는 어떻게 되느냐 말일세. 아버지 일만 해두
       한 사람의 욕심과 주변으로 해결할 수 있는 문젠가?
       더구나 나 같은 위인이 가운데서 무슨 일을 하구 묘한
       꾀를 부리겠나? 또 아무리 내, 내 장인이래두 그럴 필
       요가 어딨겠나? 나는 구변이 없어 말을 잘 못하네만
       하여튼 아버지 같은 사람들이 나서서 떠들 때도 아니
       구 장차로두 어떤 세력을 믿구 저 혼자의 이익을 위하
       여 날뛰어서는 안 될 게 아닌가? 그 사람들은 좋겠지
       만 진정으루 나라를 걱정하는 사람은 어떻게 되느냐
       말이지. 하식아, 자넨 내가 장인을 두호허지 않는다구
       나를 미워할 텐가. 그렇다구 장인을 고발할 수도 없는
       놈이지만. 하식이, 난 어떻게 하면 좋단 말인가? 잘못

이 있거들랑 기탄없이 일러 주게나. 광대같이 상복을
입구 꾸벅꾸벅 졸 수 있는 내 신세가 가련허구두 미련
하지?

하식　형님, 고정하십쇼. 잘 알겠어요. 아버지 시대는 이미
지났어. 형님두 이미 지나간 과거의 일을 가지구 번민
할 게 뭐 있수. 형님, 우리 앞엔 우리를 새로운 권력과
독재자에게 팔아먹으려는 원수가 있어요. 나는 골고
루 보고 왔어요. 할빈, 장춘, 홍남, 그러군 화태! 어, 몸
서리가 칩니다. 형님, 우리나라가 독립된 줄두 모르구
있는 친구들…… 어서 들어, 들어갑시다. 할 이야기가
산더미같이 쌓였어요. 집안일은, 아버지 일은 순리대
루 돼 나갈 테죠.

우 씨　(중생에게) 여보, 당신은 어떻게 할 테유? (우 씨와 하주
도 망설이다가 들어간다. 사이, 이중생 묵념)

이중생　하식아.

하식　……네?

이중생　나는 어쩌란 말이냐. 네 애빈 그럼 어떻게 하면 좋단
말이냐?

하식　……아버지, 어서 그 구차스러운 수의를 벗으십쇼, 창
피하지 않아요?

(하식 퇴장. 무대에서는 이중생 혼자 넋 잃은 사람처럼 서 있다. 독경
소리 커진다. 후원에서는 "아범, 아범! 아까부텀 술상 봐 오라는데
뭣 하구 있어." 하는 중건의 소리와 지껄이는 조객의 소리. 박 씨, 혼

자 중얼거리며 하수로부터 등장.)

박 씨　내가 뭐라구 했수. 형님은 참 유복두 허시지, 자기 아
　　　버지 장사 전에 생사조차 모르던 아드님이 돌아오셨
　　　다니 천우신조로 하느님이 인도하였지. 귀, 귀신, 귀
　　　신이야! (온 길로 달아난다. 이중생, 다시 나와 사방을 살
　　　피고 방 안에 떨어져 있는 면도칼을 무심코 들여다본다.)
이중생　귀신? 헛헛! 그럼 내게는 집두 없구 돈도 없구 자식두
　　　없구…… 벗지 못할 수의밖엔 아무것도 없는 귀신이
　　　란 말이냐. 하식아……. (이윽고 후면으로 사라진다. 독
　　　경 소리와 달빛이 처량하다. 무대는 잠시 비었다.)
용석 아범　(술상을 들고 후원으로 가며) 용석이가 우리나라 광복
　　　군으로 가다가 일본 놈들에게 맞어 죽었다구…… 그
　　　럴 테지, 그래야지. 용석아, 잘했다, 잘했어. 도련님
　　　이 인젠 네 대신 날 돌보아 주시구 네 몫까지 나랏일
　　　을 하신다는구나. 용석아…… 그래야 허지. 우리들 늙
　　　은 것들은 다아 죽어두 좋아, 암, 어서 죽어야지. 서방
　　　님이나 도련님 같은 분들이 씩씩허게 일해야지, 헛 우
　　　리들이야 뭐 관 속에 한 발 들여놓은 송장들인걸, 헛
　　　헛……. (후원으로 가자마자 "악." 소리와 함께 "영감마
　　　님." "영감마님." 하며 아범, 뒷걸음질 쳐 나온다.)
　　　영감마님, 영감마님, 시췔 누가 널을 헤치고 들루 끌
　　　구 나왔어요. 마님, 아이구머니, 이런 흉변이…….

(술상을 땅에 떨어뜨린다. 전 가족이 놀라 뛰어나와 못에 박힌 듯이 한곳에 정립한다. 후원과 사랑에서도 중건이와 조객들이 뛰어나온다. 달빛은 유난히 밝고 독경 소리 점점 커진다.)

(막)

작품 해설

「살아 있는 이중생 각하」는 오영진(1916~1974)이 최초로 집필한 희곡으로 1949년 6월 1일 중앙극장에서 극단 극예술협회 이진순의 연출로 초연되었다. 이후 「인생 차압」으로 개작, 이해랑이 연출을 맡아 국립극단이 1957년 10월 30일부터 11월 5일까지 시공관에서 다시 무대에 올렸다. 또 1958년에는 시나리오 「인생 차압」으로 각색하여 유현목 감독이 영화화하기도 했다.

주인공 이중생은 시대의 권력에 영합해서 자기의 이익만을 챙기는 인물이다. 해방 전에는 아들 하식을 지원병으로 보내기까지 했던 친일파였고, 해방 직후에는 미군정에 붙어 재산 모으기에 여념이 없다. 임업을 독점하고 미국 투자자를 유치해 제지 회사를 세우기로 한 그는 그 과정에서 사기와 배임 횡령, 공문서 위조 및 탈세 등의 혐의로 입건된다. 하지만 이중생은 가석방된 틈을 타서 고문 변호사 최영후와 함께 자신의 재산을 몰수당하지 않기 위해 계략을 꾸민다. 바로 자신이 죽은 것처럼 상황을 꾸민 뒤 재산을 사위에게 물려주기로 한 것이다. 그러나 조사를 하던 국회의원은 사위 송달지에게 남겨진 재산을 병원 설립에 쾌척하라고 강권하고, 송달지는 그 말에 따르기로 한다. 이중생의 계획은 수포로 돌아가고 재산은 사실상 몰수당한 셈이 되고 만다. 그리고 지원병으로 갔다가 살아 돌아온 하식은 이러한 아버지를 신랄하게 비판한다. 진퇴양난에 빠진 이중생은 좌절하여 진짜로 자살하고 만다.

이 작품은 미군정 시기의 어수선한 분위기를 배경으로 이중생이라는 탐욕적인 인물을 통해 사회의 병폐를 고발한 풍자극이자 희극이다. 자신의 죽음을 위장한 이중생을 비롯하여 그를 도와 온갖 불법적인 일을 도맡아 하는 최영후, 남편과 다를 바 없는 아내 우 씨, 아버지의 유산만을 노리는 하주 등은 친일 잔재 세력 및 기회주의자들에 대한 풍자의 대상으로 모자람이 없다. 한편, 어리숙하고 무시당하는 송달지의 존재와 대사 곳곳에 드러나는 언어유희는 작가 오영진의 강점인 희극적 극작술을 뚜렷하게 보여 준다. 물론 이러한 풍자와 희극 정신이 당대의 부조리한 현실과 사회의 병폐를 겨냥하고 있다는 점을 잊어서는 안 될 것이다.

산불

차범석(車凡錫) 1924~2006

1924년 전남 목포에서 출생하여 연세대학교 영문과를 졸업했다. 1955년 《조선일보》 신춘문예에 「밀주」가 가작으로 입선하고 1956년 다시 같은 신문에 「귀향」이 당선되어 등단했다. 이후 「불모지」(1957), 「껍질이 깨지는 아픔 없이는」(1961), 「산불」(1962), 「청기와집」(1964), 「열대어」(1965), 「대리인」(1969), 「왕교수의 직업」(1969), 「환상여행」(1972), 「학이여 사랑일레라」(1981), 「꿈하늘」(1987) 등의 역작을 꾸준히 발표했다. 1956년 제작극회를 창단했으며 1963년부터 1983년까지 극단 산하의 대표로 활동하여 한국의 현대극을 정착시키는 데 크게 기여했다. 철저한 리얼리즘 신봉자인 그의 작품은 로컬리즘이라 불릴 만큼 항구나 섬사람들에 대한 관찰에 충실했으며, 점차 제재를 넓혀 6. 25전쟁의 상처, 문명화에 따른 인간성 상실과 인간의 소외, 애욕의 갈등, 정치의 허위성과 그 비리를 다루었는데, 크게 보면 구시대와 신시대의 충돌과 그에 따른 전통적인 것의 몰락에 관심이 집약된다. 전쟁의 상처를 안고 살아가는 사람들을 그린 「불모지」, 자유당 치하 부정부패의 풍토를 예리하게 지적한 「껍질이 깨지는 아픔 없이는」, 6. 25전쟁의 민족 수난사를 다룬 「산불」 등 초기 작품에 특히 그의 리얼리즘 정신이 뚜렷이 드러난다. 1962년 목포시 문화상, 1970년 대한민족문화예술상, 1981년 대한민국연극제 희곡상, 1982년 대한민국예술원상, 1983년 동랑연극상, 1991년 대한민국문학상, 1993년 이해랑연극상, 1997년 서울시문화상 등을 수상했다.

1막

주위가 온통 산으로 둘러싸인 P 부락. 그 가운데 비교적 널찍한 마당이 있는 양 씨의 집 안팎이 무대로 쓰인다. 무대 우편에 부엌과 방 두 개와 헛간이 기역 자 형으로 구부러진 초가집이 서 있다. 지붕은 이미 삼 년째나 갈아 이지 못해서 잿빛으로 시들어 내려앉았고 흙벽도 군데군데 허물어진 채로 서 있다.

안방과 건넌방 사이에 두 칸 남짓한 마루가 있고 건넌방은 제4벽이 없어 내부가 환히 보인다. 마루 안쪽엔 뒤뜰로 통하는 나무 문이 나지막이 걸려 있다. 부엌과 안방이 이어진 모서리 처마 밑에 낡은 옹기 항아리가 놓여 있어 낙숫물을 받을 수 있게끔 앉혀 있다. 헛간은 문도 없이 다만 흙담으로 쌓아 올렸고 관객 쪽은 그대로 훤히 트여서 그 안이 샅샅이 들여다보인다. 그 안에는 가마니며 짚단이며 몇 자루의 농구가 아무렇게나 놓여 있다.

무대 중앙에 간신히 사람 하나 들어앉을 수 있는 움막이 서 있다. 이것이 뒷간인 동시에 이 집 마당과 한길과의 경계를 지어 주는 표지이기도 하다.

비바람에 삭아서 끊어진 새끼 토막으로 이 뒷간과 부엌 뒤쪽을 연결시켜서 구획을 삼고 있는 셈이다. 뒷간 옆으로 오르막길이 있어 무대 안쪽으로 통하며 이 길은 다시 무대 상하로 뻗친 길과 교차된다. 그러므로 한길 위에 서 있노라면 이 집 마당이 눈 아래 내려다보임과 동시에 멀리 배경으로 소백산맥의 산줄기와 험준한 '천왕봉'이 보인다.

무대 좌편 한길 아래에 최 씨네의 초가집이 도사리고 앉았다. 일자형의 집으로 부엌을 사이에 두고 두 개 나란히 보일 뿐 마당 안팎엔 별로 보이는 것이 없다. 다만 대문이 서 있어야 할 자리에 어울리지 않게 사철나무가 서 있다. 지형상으로 보아 등장인물들은 상하 어디에서나 등장할 수 있다.

때는 구정이 가까워지는 겨울의 저녁때. 사방이 산이라 보기엔 포근하지만 사실은 분지(盆地)가 되어서 눈이 많고 추위가 혹심한 고장이다.

막이 오르면 뒷산에서 까마귀 우는 소리가 요란하다. 멀리 보이는 석양의 마지막 입김이 지금 막 사라지고 있다. 그러나 이 집 안팎에는 이미 산 그림자와 어둠이 내린 지 오래다.

마당 한복판에 멍석을 깔고서 그 주변에 동리 아낙네들이 제각기 식량 보따리를 들고 서 있다. 멍석 위에 양 씨가 올라앉아서 한 사람씩 차례로 내미는 곡식 아니면 감자를 되질해서는 각각 나누어 부어 놓는다. 그 옆에서 등잔불을 켜고 점례가 공책에 치부[1]를 하고 몇 사람은 가마니에 담는다. 남자라고는 등에 업힌 젖먹이와 안방 안에서 상반신을 내민 채로 곰방대를 물고 있는 김 노인뿐, 모두가 부녀자들이다. 추위도 추위려니와 차림새는 한결같이 협수룩하고 불결하다. 노인네들은 마루에 앉아 있고 젊은이들은 마당에 서 있기도 하고 몇 사람씩 짝지어 쭈그리고 앉아서 쑥덕공론을 하는 축도 있다.

양씨   (홉되로 쌀을 되다 말고) 아니, 이건 한 홉도 못 되는구 먼그래! (하며 최 씨를 쳐다본다.)

최씨   (거만하게) 그것도 큰맘 먹고 퍼 왔어! 우리 살림에 쌀 한 홉이면 어디라고……. (하며 외면한다.)

양씨   누군 쌀 귀한 줄 몰라서 그런가, 반회에서 일단 공출 하기로 작정한 일이니까 홉은 채워야지…… 어서요, 사월이네!

최씨   (비위가 상한 듯) 그것밖에 없는 걸 어떻게 하란 말이 우?

양씨   (쓴웃음을 뱉으며) 궁하기는 매한가지지. 그러지 말고 어서 채워 와요! 쌀이 없으면 보리, 보리가 없으면 감 자라도…….

최씨   (성을 불쑥 내며) 없는 곡식을 나보고 도둑질하란 말이 우?

---

1) 置簿. 금전이나 물건 따위가 들어오고 나감을 기록함. 또는 그런 장부.

양 씨   (약간 비위에 거슬린 듯) 사월이네…… 악담도 작작 하우. 누가 도둑질해 오랬소?

최 씨   글쎄, 없어서 못 내겠다는데도 꾸역꾸역 우기니까 말이지.

양 씨   사월이네보다 더 못사는 집에서도 아무 말 없이 내놓는 걸 가지고 뭘 그래요. 어서 가져와요!

최 씨   (불쑥 일어서며) 싫으면 그만두구랴! 흥, 강 건너 마을까지 가서 간신히 추수한 쌀이에요! (하며 양 씨 손에 들린 홉되를 가로채어 자기 치마폭에다 쌀을 쏟고는 홉되를 양 씨 눈앞에다 내동댕이친다. 그 서슬에 되가 양 씨의 손등에 부딪힌다.)

양 씨   아얏! (하며 반사적으로 손등을 만진다.) 아니, 이 여편네가 미쳤나? (하며 성난 눈초리로 쳐다본다.)

최 씨   (매섭게 노려보며) 뭐가 어째?

양 씨   눈깔은 어디다가 쓰라는 눈깔이야! (이때 모든 사람들의 시선이 두 사람에게로 집중된다.)

최 씨   아니, 못된 소갈머리에 웬 시비야 시비가, 응?

양 씨   내가 언제 시비를 했어? (하며 일어선다. 지금까지 말없이 지켜보던 점례가 비로소 사이에 들어선다.)

점례   어머니, 그만 좀 해 둬요.

양 씨   에미야! 너도 봤지? 우리가 어쨌다는 거야, 응?

최 씨   (입가에 조소를 띄우며) 흥! 잘난 이장인가 반장을 맡았다고 세도를 부리긴가? 까마귀 똥도 약이라니까 칠산 바다에 찍 한다더니……. (하며 비웃는다.)

양씨　(대들면서) 내가 언제 세도를 부렸단 말이야? 응? 내가 언제…….

최씨　(무섭게 쏘아보며) 아니, 웬 반말이야 반말이? 응? 저놈의 혓바닥을 그냥 둔담?

양씨　(대들며) 어떻게 할 테야? 찢을 테야? 응? 반말을 할 만도 하니까 했지? 자네보다 나이가 열 살 위인데 반말 좀 썼기로 어때?

점례　(두 사람을 번갈아 보며) 왜들 이러세요? 제발 좀 참으시라니까요! (혀를 차며) 석양이 지났는데 언제 곡식을 모아요?

양씨　누가 하고 싶어 하는 일이냐? 자위대에서 시키는 일이니까…….

점례　하지만 안 하려면 몰라도 책임을 맡은 이상은 정해진 시간에 해내야죠. 일해 놓고도 욕을 먹게 생겼잖아요.

양씨　우리가 게을러서 안 되는 일이냐? 자위대에서 나오면 이렇게들 협력을 안 하니까 못 하겠다고 사실대로 말하지!

최씨　옳지! 그렇게 해서 은근히 나를 꼬아바치겠단²⁾ 말이지? 꼬아바칠 테면 바쳐 보라지! 뉘 말을 더 믿는가 두고 봐.

양씨　뭐라고?

점례　(불쾌감을 억지로 누르며) 아주머니도 그런 억지소리는

---

2) '까바치다'의 방언.

하시는 게 아니에요. 한두 살 난 애기도 아니고, 누가
꼬아바친댔어요?

최 씨　(기고만장하여) 금방 그랬잖아? 여기 있는 사람이면
　　　　다 들었지! 안 들었수? (하며 옆 사람을 둘러본다.)

점 례　딱한 소리 다 듣겠네요. 이런 일을 누가 얼마나 하기
　　　　좋아서 하겠수?

최 씨　(비꼬며) 홍…… 싫다는데 맡기려구?

양 씨　아니 그럼, 내가 자진해서 맡았단 말이야? (하며 다시
　　　　덤빈다.)

최 씨　홍! 누가 그 속을 모를 줄 아나? 그렇지만 아무리 요
　　　　사 간사를 다 떨어도 반동이란 딱지는 안 떨어지지!
　　　　안 떨어져! (이 말에 부락 사람들은 전에 없이 동요하기
　　　　시작한다. 그러나 김 노인은 아랑곳없다는 듯 담배만 피우
　　　　고 있다.)

점 례　(정색을 하며) 말씀 다 하였어요?

최 씨　점례! 그럼 자네 집안이 반동이 아닌가? (대들며) 응?
　　　　자네 서방이 반동이 아니면 왜 도망갔지? 인민군에게
　　　　붙들려 죽을까 봐 도망갔잖아? (오금을 박으며) 아니
　　　　면 아니라고 똑바로 말해 봐!

점 례　(분함을 억제하며) 제 남편이 반동이건 붙잡혀 죽건 이
　　　　일과 무슨 상관이 있어요?

양 씨　아니, 왜 남의 죽은 자식을 들먹거려?

점 례　어머닌 가만히 좀 계세요.

최 씨　(유들유들하게) 상관이 있고말고…… 자네 시어머니

는 자위대에서 억지로 떠맡겼으니까 별수 없이 이장을 지낸다지만 실상은 그 잘난 이장 노릇으로 충성을 다 바쳐야만 사람 행세를 할 수 있기에 맡았지! 안 그래?

양씨   옳지! 말 잘했다! 그래, 내 아들이 반동으로 몰린 게 누구 때문이었지?

최씨   흥! 그러기에 음지가 양지 되고 양지가 음지 되는 법이야. 내 사위를 빨갱이로 몰아 죽인 놈들은 모두 원수야! 내 딸 사월이를 청상과부로 만든 놈을 왜 내가 가만둬! 이젠 세상이 뒤바뀌었으니까 우리도 잘 살아 봐야지!

양씨   흥! (비꼬며) 사위 하나는 고금천지에 없는 인물이었지! 술은 말술이요, 타작마당보다 투전 마당이 제격이었으니까…… 호호…….

최씨   당신 아들은? 흥 — 똥 묻은 개가 겨 묻은 개 흉보는 격이군…… 무슨 청년단 간부랍시고 낭패만 부린 일을 생각 못 하나? 그래도 내 아들은 중학 공부 마쳤어!

양씨   신식 공부 한 놈치고 잘된 놈 없더라! (이 말에 어떤 사람들은 통쾌하다는 듯 웃어 젖힌다.)

최씨   (더욱 약이 올라서 웃는 사람들의 얼굴을 노려본다.) 잘들 한다, 내 사위가 반동 손에 죽은 것이 아린 이빨 빠진 격이란 말이지? 네 것들은 모두가 반동이지? 쌀례네, 갑돌이네, 성만이네!

쌀례네   웃는다고 반동이라니, 그럼 안 웃으면 뭐가 되지? 홋호……. (다시 웃음이 퍼진다.)

정임 (최 씨 편을 들며) 쌀례 엄마도 말조심해요! 도둑이 제 발 저리니까 그렇지!

쌀례네 내 발은 저릴 것도 말 것도 없지…… (노랫가락 조로) 팔자가 사나와서 서방 하나 잘못 만나 청상과부 된 것이 죄지. 아이고, 내 팔자야……. (일동 한바탕 웃는다.)

김노인 (영문도 모르고 소리 내어 웃는다.) 좋다, 좋아…….

이웃아낙갑 말이야 바른 말이지만 누가 빨갱이고 노랭이고 있어? 그저 못 먹고 못 배운 게 흠이지…… 미련한 백성이야 어느 세상이고 매일반이야. 이리 가라면 이리 끌리고 저리 가라면 저리 흔들려서…… 안 그랬어? (하며 좌중을 돌아보자 서로 고개를 끄덕거리는 눈치들이다.)

점례 그만 좀 해 둬요. 언제까지 이러고 있을 게 아니라 빨랑빨랑 해치워야 하잖아요? 이제 곡식을 가지러 올 시간이 지났는데. 그리고 오늘 밤 야경 나갈 사람은 그 채비를 해야지요.

이웃아낙을 그렇게 합시다. 이장! 어서 해치워요. (발을 구르며) 발이 얼어서 못 살겠어. 육시랄…… 언제나 따듯한 아랫목 차지하려나…….

점례 (양 씨에게) 어머니! 이제 몇 사람 안 남았는데……. (하며 치부책을 들여다본다.)

양씨 매시꼬와서 일을 보겠냐? 하고 싶은 년보고 하라지. (하며 코를 뎅 풀고는 마루로 간다.)

최씨 (다시 약을 올리며) 뭣이 어째?

점례   (성을 내며) 왜들 이러세요, 글쎄. 슬하에 며느리, 사위
       거느린 마나님들이 하는 짓은 꼭 어린애들같이…….
       제시간까지 곡식을 준비 안 하면 우리가 어떻게 된다
       는 걸 잊으셨어요? 이 마을은 불바다가 되는 거예요.

최씨   가만히 있는 사람을 또 오장 뒤집게 하잖아?

쌀례네 (혀를 차며) 옛 어른들 말이 옳지. 집안에 남자 어른이
       없으면 똥개까지 잘난 척한다더니, 원! (군중, 다시 까
       르르 웃는다.) 글쎄 이 통에 웃음이 나오게 됐어? (넋두
       리를 하며) 우리 마을에 사내다운 사내가 한 사람이라
       도 살아 있던들 이렇진 않지 뭐야!

이웃 아낙 갑 그러게 말일세. 경찰은 경찰대로, 인민군은 인민
       군대로 해방 후부터 이날 이때까지 번갈아 가면서 쓸
       어 갔으니…… 글쎄 이 산골에 사내란 사내는 멸종이
       되었잖아. (눈물을 찔끔거리며) 차라리 늙은것들이나
       잡아가잖구…….

김노인 아가…… 저녁은 아직 멀었느냐? 왜들 안 가고 이렇
       게 떠드냐? 시장해서 못 견디겠다.

양씨   (큰 소리로) 조금만 기다리세요! 이 난리 통에서 밥을
       짓게 되었어요? 쯧쯧…….

이웃 아낙 갑 어이구, 진즉 가야 할 늙은이는 안 데려가고 애매
       한 젊은 놈만 아깝게시리…… 귀신도 눈멀었어.

이웃 아낙 을 (콧등이 저려 오는지 코를 텡 풀며) 형님 말씀이 옳
       아요. 사내들이 해야 할 일을 여편네들이 하나부터 열
       까지 다 해야만 되니 일이 제대로 될 게 뭐람! 암탉이

울면 집안이 망한다는데. (이 사이에 점례는 몇몇 부녀
자들에게 손짓을 하며 곡식 걷는 일을 대신 한다. 그러나 집
안의 분위기는 어딘지 우울하다. 까마귀가 한바탕 요란스
럽게 울어 젖힌다.)

쌀례네 (좌편 한길 쪽을 향해) 빌어먹을 까마귀 떼들이 왜 또
극성이야! 난 저 소리만 들으면 똥물까지 넘어온다니
까. 저리 가!

이웃 아낙을 쌀례네, 그건 또 왜? (하며 쌀례네 쪽으로 다가온다.)

쌀례네 작년 겨울에 아범 송장을 찾으러 나갔을 때 일이에요.
무네미 산골을 넘어가려니까 저 까마귀 떼 우는 소리
가 들리지 않겠어요? 그때 문득 까마귀는 송장을 찾
아다닌다는 말이 생각나서 그쪽을 더듬었지요. 그랬
더니 토끼바위 바로 아래에 까마귀들이 새까맣게 모
여서 무엇을 쪼아 먹고 있지 않겠어요. 그래 가까이
가 봤더니 그게 바로 아범의…….

이웃 아낙을 저런!

쌀례네 얼굴이며 손에 붙은 살은 까마귀 밥이 되고 뼈만 허옇
게 남았는데……. (그때의 참경을 상기했는지 눈살이 찌
푸려진다.)

정임 그런데 어떻게 서방인 줄 알아봤수?

쌀례네 옷을 봤지요. 고동색 조끼와 회색 솜바지가…… 게다가
재작년 대보름날 산불을 끄다가 태운 불구멍이 바지에
남아 있는 게 틀림없었으니까……. (한숨을 내쉰다.)

정임 송장을 찾아 줬으니까 까마귀에게 도리어 절을 해야

죠, 형님.

쌀례네   그렇지만 그것들이 울어 대지 않았던들 그 징그러운
        꼴을 안 봤을 게 아닌가? 눈알도 없고 코도 없이 허연
        이빨과 광대뼈만 앙상하게 남은 꼴이……. (스스로의
        감정을 억제치 못하여 흑흑 느껴 울기 시작한다. 몇 사람이
        등을 어루만지며 위로해 준다.)

이웃 아낙 갑   (혼잣소리처럼) 젊은 것들이 불쌍했지! 늙은이들
        이야 다 산 목숨이지만 오뉴월의 은어처럼 펄펄 뛰놀
        던 젊은 놈들이……. (눈곱이 낀 뱁새눈을 찔끔거리며)
        언제는 국군에게 밥을 해 냈다고 죽이고, 언제는 빨갱
        이 놈들에게 아부했다고 경을 치고…… (한숨) 똥파리
        만도 못한 목숨인 줄은 알지만 정말 억울했지…… 억
        울해…….

양씨   (그녀의 손을 붙잡으며) 큰일 날 소리 다 하지. 지금이
       어느 세상이라고…… 말조심해요, 동생. (이때 다시 까
       마귀가 울어 대자 쌀례네는 미친 듯이 뛰어나가 고함을 지
       른다.)

쌀례네   듣기 싫어! 저리 가지 못해!

(바로 이때 무대 우편 산길에 원태가 앞장을 서고 대장과 공비 세 사
람이 내려온다. 공비들은 남루한 차림이다. 다만 대장은 솜바지에 방
한모를 썼다.)

원태   (쌀례네를 보며) 웬 지랄이야!

대장   우리보고 그러는 거요, 동무?

원태   아, 아닙니다…… 저…… 어서 내려서십시오.

(이 말에 쌀례네는 꿈에서 깨어난 사람처럼 겁에 질려 되돌아와서 사람들 틈바구니에 숨는다. 군중들은 마치 고양이 앞의 쥐처럼 허리를 제대로 펴지 못하며 헛간 있는 쪽으로 몰려온다. 양 씨와 점례는 내키지 않으면서도 비굴하리만큼 허리를 굽히며 인사를 한다. 공비들은 감시하듯 한길에 서 있다.)

원태   (거수 경례를 하며) 이장 동무, 수고하오. (대장에게) 자,
        앉으십시오. (하며 마루 쪽을 가리킨다.)

(이 말에 양 씨는 재빠르게 마루를 걸레로 훔친다.)

양 씨   누추하지만 잠깐 앉으실 걸…….

원태   (앉으며) 그래, 준비는 다 됐나?

양 씨   (시원찮은 말투로) 예, 예…….

대장   얼마나 모았소?

양 씨   예…… 저…… (점례에게) 어떻게 되느냐?

점례   (두 사람의 시선을 피하며) 저…… 쌀이 한 말 석 되고
        요…… 보리가 서 말 두 되, 그리고 감자가 네 말 엿
        되……, 전부 그렇게 되나 봐요…….

대장   (만족한 웃음으로 가마니를 툭 차며 원태를 향하며) 생각
        보다는 성적이 좋군…… 흠…….

원태   (아첨하듯) 헷헤…… 제가 단단히 일러두었더니만 어떻게 실수는 없었나 보군요…….

대장   자위대장 동무가 하는 일인데 어련하시겠소? 헛허…….

(원태도 손을 비비며 따라 웃는다.)

대장   그럼 우선 집합을 시켜 주시지……. 내가 먼저 얘기를 하고서…….

원태   (재빠르게) 예……, 그렇게 하시죠.

(호주머니에서 호루라기를 꺼내서 요란스럽게 불어 젖힌다. 일동은 서로 얼굴만 바라보며 웅성거릴 뿐 질서가 없다.)

대장   (위엄을 보이려고 애쓰며) 뭣들 하고 있소? 이쪽으로 가까이들 서시오. 빨리빨리……. (양 씨에게 눈살을 찌푸리며) 이장은 가만히 서 있으면 되오?

양씨   (어찌할 바를 모르며) 예…… 예. (군중에게) 자! 어서들 이쪽으로 가까이 모여 봐요, 어서. 그쪽에 서 있지 말고.

(군중들은 어슬렁거리며 가까이 온다. 세 공비는 무대 중앙 한길에서 써레기담배[3]를 말아서 피워 물려다 말고 서로 눈짓을 하고는 웃

---

3) 칼 따위로 담뱃잎을 썰어서 만든 담배.

는다. 아마 대장을 경원하는 눈치다.)

원태   (부러 점잔을 부리나 두서없는 연설조로) 에…… 오늘 여
       러분들을 모이라는 것은 다름이 아니라 상부에서 이
       렇게 나오셔서 여러분들께 직접 지시하실 중대지사
       가 있기 때문이오. 따라서 끝까지 조용한 가운데 잘
       들어야 할 것이며, 동시에 아울러 우리 마을의 명예를
       더럽히지 않기를 자위대 대장으로서 간절히 부탁하
       는 바이며, 끝으로 한 가지 여러분께…….

(이때 대장은 더 이상 참을 수 없다는 듯이 원태의 귀에다 대고 몇 마
디 소곤거린다.)

원태   (굽실거리며) 예…… 예, 잘 알겠습니다. 예…… 그러
       시면 대장 동무께서 직접? 예, 그렇게 하시죠.

(이 사이 군중은 긴장을 잃고 얼어붙은 발을 동동 구른다.)

원태   (엄숙하게) 조용히……. 그럼 지금으로부터 상부에서
       나오신 동무의 말씀이 계시겠습니다. (하고 깍듯이 경
       례를 붙이고는 자기 자리를 비켜선다.)

(대장은 권총 혁대에 한 손을 대고 다른 한 손으로 야무지게 경례를
붙이고는 군중을 날카롭게 훑어본다. 군중들은 저마다 침을 꿀컥 삼

키며 귀를 쫑그린다.)

대장　동무들! 날씨가 추운데 수고들 하시오. 그러나 이제
　　　한 고비만 넘기면 노동자 농민들이 다 함께 잘 살 수
　　　있는 세상이 올 것이오. 그저께 보위부에서 들어온 무
　　　전에 의할 것 같으면 우리 민족의 영도자 김일성 수상
　　　께선 남반부에서 투쟁하고 있는 우리들께 최후의 일
　　　각까지 미 제국주의의 앞잡이 이승만 도당과 싸우라
　　　는 격려 메시지를 보내왔다오. (여기까지 한숨에 지껄이
　　　고서 긴 한숨을 내리쉰다.)

(원태가 군중을 선동하듯 박수를 치며 눈짓을 하자 여기저기서 손뼉
치는 소리가 터져 나온다.)

대장　항간에 유엔군과 이승만 괴뢰군이 전승을 거듭하고 있
　　　는 듯이 소문을 퍼뜨리고 있지만 우리들의 뒤에도 중
　　　국과 소련의 거대하고도 영웅적인 군대가 뒷받침하고
　　　있다는 것을 잊어서는 아니 되오.
원태　옳소! (하며 박수를 치자 군중들도 마지못해 손뼉을 친다.)
　　　(윗주머니에서 수첩을 꺼내며) 그럼, 다음은 여러 동무
　　　들에게 내린 새로운 과업을 말하겠소!
김 노인　(방문을 홱 열어젖뜨리며) 에미야! 저녁은 아직 멀었냐?
양씨　(질겁을 하며) 어이구! 주책이지. 어서 문 좀 닫아요,
　　　어서! (하며 문을 밖에서 닫아 버리자 방 안에서 뭐라고 투

덜대는 소리가 난다. 양 씨는 대장과 원태에게 송구스러운 듯이 시선을 돌린다.)

대장 이미 자위대장을 통해서 시달은 했으니까 다 알고 있겠지만…….

원태 예. 벌써 이장 회의에서 말했고 또 반 회의에서도 말했습죠.

대장 오늘부터 다시 야경 근무를 해 줘야 되겠는데…….

(군중 가운데 웅성거리는 소리가 들린다.)

대장 이 고장은 사면이 산으로 둘러싸인 산악 지대라 원수의 경찰들이 감히 침범을 못 하고 있는 천연의 요새이기도 하오. 따라서 150리 밖엔 이승만 도당이 판을 치고 있지만 저기 흐르는 남강을 경계로 한 이 고을은 아직도 엄연한 인민공화국이란 말이오. 그러나 요즘 최후 발악을 꾀하는 원수들은 가소롭게도 탐색대를 파견하여 민심을 교란시키려는 망상을 하고 있다니 다시 야경을 하기로 결정을 봤소.

(군중들, 쑥덕거리는 소리, 점차로 퍼져 간다.)

대장 내가 알기에 이 고장은 8. 15 해방 후 많은 동무들이 미제와 이승만 괴뢰들에게 항쟁하는 데 가장 영웅적이었다는 사실이오. 따라서 동무들의 아들, 동무들의 남편, 그리고 동무들의 동생의 원수를 갚기 위해서도 다음의 조항을 엄수해야 하오. (사이) 첫째, 수상한 사람이 나타났을 땐 곧 이장이나 자위대에 신고할 것. 둘째, 원수에게 식량을 제공하거나 기타 이적 행위를 하는 자는 엄벌에 처한다. 셋째, 야경 근무를 태만히 하는 자도 엄벌에 처한다. (수첩을 주머니에 넣고는) 만약 한 사람이라도 어길 땐 이 마을은 잿더미가 된다는 걸 잊지 마시오, 우리는 저 산에서 모든 정보를 다 듣고 있으니까.

원태   다들 알아들었소? 한 집에서 한 사람씩은 꼭 나와야 합니다.

(좌중은 다시 웅성거린다. 이때 최 씨가 앞으로 나온다.)

최씨   나리!
대장   뭐요?
최씨   한 마디 올릴 말씀이 있어요…….

(좌중의 시선이 일제히 최 씨에게 모인다.)

원태   무슨 얘기요?
최씨   우리 같은 사람은 야경을 할 필요가 없지 않아요?
대장   필요가 없다고?
최씨   (양 씨 쪽으로 흘겨보며) 반동들의 경찰에 아들과 사위

를 한꺼번에 몰살당한 것도 분한데 이 엄동설한에 야
경까지 서라니 말입니다.

원태　　아니, 남편과 아들을 뺏긴 사람이 동무뿐이겠소?

최씨　　그러니까 말씀이에요. 이런 일은 지난날 대한민국에
　　　　충성을 다했던 사람들에게 시키면 된단 말예요. 이젠
　　　　그 사람들이 고생을 해야 할 차례가 아니겠수? 흥!

(군중의 동요가 확대되어 간다.)

쌀례네　그런 법이 어디 있어? 마을 일은 온 마을 사람이 함께
　　　　해야지!

정임　　(최 씨의 편을 들며) 쌀례네는 언제부터 그렇게 의리에
　　　　밝았수?

최씨　　대한민국 시대에 날뛰던 것들이 인민공화국이 되어
　　　　도 행세할 수는 없잖아요?

대장　　그야 그렇지. 아니, 그럼 동무들 가운데 아직도 그런
　　　　반동이 있단 말이오?

최씨　　(머뭇거리며) 없다곤 할 수 없죠.

이웃 아낙 갑　그만 좀 덮어 둬요, 사월이네.

최씨　　(악에 받쳐) 내 사위 죽은 것도 뼈가 아픈데 이제 와서
　　　　되지도 못하게시리 세도를 피우려니 말이지! (하며 양
　　　　씨를 노려보자 군중은 두 파로 갈라져서 웅성거린다.)

원태　　조, 조용히! 왜들 이러는 거야?

양씨　　(앞으로 나서며) 제가 말씀드리겠어요. 말은 바른말이

지 지금 우리 살림에 양식이 남아 처진 집이 어디 있
겠수? 그렇지만 다 내기로 작정되었으니 내줘야 한다
니까 글쎄, 사월이네는 저렇게…….

대장 (위엄을 보이며) 알았어! 조용히! 동무들이 모든 어려
움을 참아 가면서 투쟁하고 있다는 건 상부에서도 잘
아는 사실이오. 그러나 저 천왕봉 험산 준령을 타면서
주야 불출 투쟁하는 우리들의 노고를 생각했다면 그
와 같은 개인적인 불평은 있을 수 없소. (차츰 위협적으
로) 우리가 산에서 무엇 때문에 누구를 위해서 이 고
생을 하고 있는지 모르겠소? 동무들을 잘 살게 하기
위해서라는 걸 모르오?

(군중들은 완전히 맥이 없다. 이때 멀리서 총포 소리가 은은히 들리
자, 대장은 긴장의 빛을 보인다.)

대장 알겠소? 우리는 지금 전쟁을 하고 있다는 걸 잊지 마
시오. 이 가운데 한 사람의 반동, 한 사람의 불순분자
가 있을 땐 여러분의 집과 생명은 이 수중에 매달려
있다는 걸 아시오! (하며 주먹을 흔들어 보이며 공갈한
다. 공비들에게) 자, 동무들! 이 식량을 가지고 가자!
(하고 명하자 공비들은 제각기 가마니를 등에 메고 산길을
올라간다. 대장은 원태에게 몇 마디 소곤대더니 민첩하게
사라진다.)

원태 (그가 사라진 뒤를 바라보고 나서) 야경에 나올 사람은 7시

반까지 당산나무 아래로 나오시오! 알았어? (하고는
좌편으로 퇴장)

(이때 군중들은 삼삼오오 짝을 지어 사방으로 흩어진다. 최 씨는 자
기 집 부엌으로 들어간다. 마당엔 양 씨가 우두커니 서 있고 점례는
멍석이며 되를 치운다. 무대는 전보다 더 어둡고 멀리 밤하늘에 초저
녁 별이 떴다. 말할 수 없는 적막과 허무가 산보다 더 무겁게 내리누
른다.)

양씨　(중얼거리며) 이제 뭘 먹고 살아간담……. 보름이 멀다
　　　하고 양식을 뺏어 가니……. 우라질 것들. 우리를 잘
　　　살리기 위해서라고?

점례　(주위를 경계하듯) 어머니! 말조심하세요. 아까 얘기
　　　못 들었어요?

양씨　(손등으로 눈물을 씻으며) 이젠 정말 못 살 것 같다. (멍
　　　석을 헛간에다 내동댕이치며) 어느 세상에 두 다리를 펴
　　　고 산다더냐? 이렇게 숨도 제대로 못 쉬며 내 것 가지
　　　고 내 맘대로 먹지도 못하며 살 바엔 차라리 죽는 게
　　　상팔자지. 어유! (하며 마루 끝에 앉는다. 이때 방문이 열
　　　리며 김 노인이 나온다.)

김노인　에미야! 아니, 저녁은 아직 멀었어? 뱃가죽이 등에 붙
　　　게 생겼는데 왜 밥을 안 주냐? 응?

양씨　(성을 내며) 누가 밥을 안 준댔어요? (투덜거리며) 늙은
　　　이가 어서 죽어 버리기나 하지, 어유…… 이게 무슨

　　　　　　팔자람.

점례　　할아버지, 조금 기다리세요. (수건을 머리에 쓰며) 그
　　　　런데 귀덕 아씨가 웬일일까요? 돌아올 때가 되었는
　　　　데…….

양씨　　빌어먹을 년! 나무는 안 하고 또 어디서 까치알이나
　　　　구워 먹고 있겠지.

(점례, 뒤뜰에서 땔나무를 한 아름 들고 나와 부엌으로 들어간다.)

양씨　　에미야! 감자는 얼마나 남아 있냐?

점례　　(부엌에서 나뭇가지를 꺾으며) 작은 항아리에 반은 남았
　　　　어요.

김노인　아가! 오늘 저녁엔 이밥이냐? 감자는 이제 삶지 마라!

양씨　　(심술궂게) 이 난리에 이밥이 어디 있어요? 원, 늙으면
　　　　양도 준다는데 저 늙은이는 배 속에 거지가 들어앉았
　　　　나?

(이때 산길에서 지게에다 나무를 해서 진 귀덕이가 무엇에 쫓기는
듯 내려온다. 멀리서 아이들의 희롱하는 소리와 함께 비웃는 소리.
귀덕의 헝클어진 머리며 옷차림도 그렇거니와 어딘지 등신 같다. 그
러나 젖가슴은 그녀가 성숙한 여성임을 보여 준다. 귀덕은 사나운 눈
초리로 뛰어오더니 오던 길을 향해 돌을 던진다.)

귀덕　　영감 땡감 부랄이 홍시감! 힛히…….

양씨 (금세 눈에 살기가 돌며) 아니, 저년이 또……. 귀덕아!
        귀덕아!

귀덕 (사내처럼) 머.

양씨 이년아! 나무를 했으면 빨랑빨랑 돌아오지 않고서 무
        슨 개소리냐? 응?

귀덕 (마당으로 들어서며) 저 새끼들이 막 내 치마를 벗기잖아!

(멀리서 아이들이 놀리는 소리가 들린다. 귀덕은 지게를 뒷간 앞에
다 세운다. "곰보딱지 코딱지. 아가리 딱딱 벌려라, 열무김치 담아
주마.")

귀덕 (다시 응수하려고) 영감 땡감…….

양씨 (가까이 가 머리채를 휘어 쥐며) 그 아가리 좀 닫지 못
        해! 남부끄럽게시리! (하며 몇 번 등을 친다.)

귀덕 아얏, 아야……. (하며 도망을 가자 점례가 부엌에서 나오
        며 감싸 준다.) 형님! 형님!

점례 어머니, 그만 좀 해 두세요. 말귀를 알아듣지도 못하
        는데…… 그만둬요.

귀덕 (매달리며) 형님! 나 좀 살려 줘.

점례 그래, 어서 방으로 들어가요.

양씨 어유! 열일곱이나 처먹은 게 저 꼴이니……. 어서 뒈
        져! 뒈져! (하며 쥐질르려⁴⁾ 하자 귀덕은 소리를 지르며 방

---

4) '쥐어지르다(주먹으로 힘껏 내지르다)'의 방언.

안으로 뛰어들며 소리 내어 운다.)

점례 어머니! 귀덕 아씨가 불쌍하잖아요?

양씨 불쌍하긴. 이제 와선 자식이 아니라 원수다, 원수야.
       저런 병신이 될 바엔 차라리 그때 뒈지게 내버려 둘
       걸…….

점례 어머니두, 원……. (하며 부엌 벽에 걸린 시래기 말린 것
       을 풀며) 난리가 나기 전에도 저랬던가요? 그 공습 통
       에 놀란 후부터 제정신을 잃어버린걸……. 저래 뵈도
       속은 다 있어요. 나이가 말하잖아요.

양씨 듣기 싫어! (사이) 제 오래비를 닮았던들 저런 등신은
       안 되었을 텐데. (허공을 쳐다보며) 이 자식은 어디서
       죽었는지 살았는지 기별이라도 있었으면 차라리 잊
       어버리기라도 하잖아…….

점례 (한숨을 길게 뿜으며 부러 감정을 억제하며) 살았으면 여
       태 소식이 없겠어요. 이 년이 되어 가는데…….

양씨 망할 녀석! 조상이 남겨 준 땅이나 파먹고 살 것이지
       제 놈이 뭘 안다고 청년단은 무슨 지랄이야……. (혀
       를 차며) 에미 생각을 손끝만큼이라도 했던들 이렇게
       는 안 됐지.

점례 그렇지만 어머니에게 효성이 지극했어요…… 그건
       누구보담도 제가 알아요.

양씨 (문득 며느리가 가엾어지면서) 그렇지, 그 애 이야기는
       네가 잘 알 테지. 이런 줄 알았더면 씨라도 떨치고 갈
       게 아냐? 손주만 하나 있어도 난 덜 외롭지. 분명 어디

서 얼어 죽고 말았을 거다.

(얼마 전부터 최 씨 안방에선 호롱불 밑에서 저녁을 먹는 세 사람의 그림자가 비치더니 마침내 아기 우는 소리가 나자 사월이의 앙칼진 목소리가 터져 나온다.)

사월   (소리만) 뚝 그치지 못해! 이년이 꼭 밥상을 받으면 울음이라니까. (하며 매질을 하자 아기 우는 소리가 더 높아 간다.)

최씨   (소리만) 왜 때리긴……. 어린것을 때리면 그게 알아듣겠니? 말로 하잖구…….

사월   (소리만) 어머닌 가만히 계세요. 이렇게 두둔을 하니깐 버릇이 잘못 들어서 더 하잖아요. 죽어! 이년아! (하며 사월이 문을 요란스럽게 열고 밖으로 나온다.)

(방 안에선 손녀딸을 어르고 달래는 최 씨의 소리가 한결 구슬프게 들린다. 사월은 병석에서 일어난 사람인지 차림이 한층 협수룩하다. 그녀는 쏟아지는 슬픈 눈물을 삼키려고 사철나무에 기대어 흐느낀다. 부엌에서 나와 땔감을 가지러 가려던 점례가 가까이 다가온다.)

점례   사월이…… 왜 그래?

사월   (여전히 소리 죽여 운다.)

점례   감기는 다 나았어? 날씨가 찬데 왜 밖에 나왔어, 응?

사월   난…… 난…… 죽어 버렸으면 좋겠어. 이렇게 살 바엔 차라리……. (하며 구슬피 운다.)

점례   (쓸쓸히 웃으며) 원, 말끝마다 죽는다지……. 죽는다는
      게 그렇게 쉬운가. 이따가 밤에 놀러 와요. 응? 야경은
      어머니가 나갈 테지?

사월   응…….

점례   꼭 놀러 나와. 쌀례네도 온다고 했으니까. 버선볼이나
      대면서 얘기하게…….

사월   (수그러지며) 응……. 갈게.

점례   어서 들어가.

(이때 안방에서 김 노인이 나오며 또 밥 재촉을 한다.)

김노인 에미야! 밥은 아직 멀었냐? 응? 집안에 어른이 있는
       것두 몰라? 천하에 배우지 못한 것들. (곰방대로 마루
       를 치며) 천도가 없는 줄 아느냐?

(부엌에서 고개를 내민 양 씨와 바삐 들어서는 점례가 우연의 일치
로 대꾸를 한다.)

점례   (농조로) 예…… 알았어요.

양 씨 (농조로) 예…… 알았어요.

                                        (막)

2막

무대, 전 막과 같음. 전 막부터 약 세 시간 후. 밤하늘에 초승달
이 걸렸다. 멀리서 산 개 짖는 소리가 들린다. 막이 오르면 점
례의 방에서 점례와 사월이 그리고 쌀레네가 버선볼을 꿰매고
있다. 점례가 재빨리 기름 심지를 돋우자 방 안이 환해진다.
방 안엔 질화로와 앞닫이[5] 이외엔 세간살이라곤 별로 없다.
점례는 벽에 기대어 멍하니 생각에 잠겨 있는 사월의 옆얼굴
을 보자 무슨 말을 꺼내야 할지 망설이는 눈치다.

점례   누룽지 안 먹어?
사월   (한숨) 응── 이가 아파.
점례   (꽁꽁 얼어붙은 듯한 누룽지를 툭 분질러서 내밀며) 먹어

─────────────
5) '반닫이'의 방언.

봐. 처음엔 단단해서 깨물기가 싫지만 침이 배어들면 괜찮아. 제법 구수한데. 자, 어서.

사월 (마지못해 입에 넣으며) 응…….

쌀레네 (히쭉거리며) 별수 있어? 그대로 사는 게지. 안 그래? (하며 뜻있는 듯이 웃는다.)

점례 뭐가?

쌀레네 글쎄, 사월이가 저렇게 맥이 없이 앉아 있는 게 보기가 딱해서 하는 말이야.

점례 앓고 난 사람이 그럼 맥이 있을라구?

쌀레네 앓긴…… 흠…… (의미 있는 미소로) 새파란 과부의 병이란 속 아는 병이니 무서울 건 없대두…… 홋호…….

점례 (무슨 뜻인지 비로소 알겠다는 듯 웃으며) 아이 망할 것, 쌀레네는 남의 병 진맥도 잘하니 속 편하겠구면. 홋호…….

쌀레네 중이 제 머리 못 깎는다고 난들 말은 안 하지만…… (한숨) 그렇지만 과부 속을 과부가 안 알아주면 누가 알겠어? 홋호……. (점례와 쌀레네가 소리 내어 웃다 말고 쓸쓸히 앉아 있는 사월이에게 시선을 돌린다.)

사월 자네들은 웃을 수 있으니 얼마나 좋아…….

쌀레네 그렇다고 울 수도 없잖아?

사월 (혼잣소리처럼) 시집이나 가 버릴까?

점례 시집?

쌀레네 누가?

사월 누구긴 누구? 내가 가는 거지.

쌀례네   (어이없다는 듯) 뭐라구?

사월   왜, 나는 시집 못 가니? (하며 두 사람의 어이없는 듯한
       표정을 쏘아본다.)

쌀례네   그, 그야 못 갈 건 없지만…….

사월   흥! 나 같은 과부를 누가 맞아 주느냐 말이지? 더구나
       자식까지 딸렸으니까……. (그녀의 얼굴에 일종의 광기
       가 깃들어 보인다.)

점례   (부러 태연한 척하며) 홋호……. 넌 갑자기 미쳤어? 시
       집이 다 뭐야? 시집이…… 홋호…….

사월   아니, 내가 시집을 간다는 게 그렇게 우스워? 흥! 나는
       이렇게 산골짝에서 과부로 썩는 게 더 우습단 말이야.

점례   별수 없잖아? 이제 와서 탓한들 무슨 소용 있어? 죽은
       자식 나이 세기지. 깨진 그릇인걸……. (한숨)

쌀례네   (버선을 꿰매며 노랫가락으로) 아이구, 내 신세야. 미투
       리도 짝이 있고 헌 버선도 짝 있는디 어쩌다 이 내 신
       세는…….

사월   (신경질적으로) 듣기 싫어!

쌀례네   (질겁을 하며) 아이, 깜짝이야! 애를 안 뱄기가 다행이
       지, 하마터면…….

점례   홋호…… 겁도 많지…….

(두 사람은 서로 쳐다보며 웃는다.)

사월   (신경질적으로) 자네들은 홀어미 신세가 되어도 아무

렇지 않단 말이군? 흥! (날카롭게 쏘아보며) 거짓말 마!
내가 모를 줄 알구?

점례 아니, 뭘 말이야?

사월 (낮은 소리로) 자네들은 이태 동안 서방 없이 살아도
아무렇지 않았어? (쌀례네에게) 바른대로 말해 봐. 말
해 보래두!

쌀례네 홋호…… 그걸…… 누가, 홋호…….

사월 점례는? 왜 말 못 해?

점례 (얼굴이 붉어지며) 모, 몰라! 어떻게 내가 그걸…….

사월 우리끼리 사이에 말 못 할 게 뭐람! 나는 정말이지 이
대로는 못 살 것 같아. 자식이고 부모고 없어. 우선 내
가 살고 봐야지.

점례 그렇다고 혼자서만 잘 살 수도 없지, 뭘 그래. 죽을 먹
건 헐벗건 식구가 한자리에서 사는 게 좋지. 사월이네
처럼 그렇게…….

사월 (다시 흥분하며) 내가 어떻다는 거야! 이 나이에 사람
구경도 제대로 못하면서 한평생을 도토리 껍데기가
되란 말인가? 내일모레면 우리도 서른이야! 알겠어?

쌀례네 누가 제 나이도 모를까 봐? (하며 실꾸리를 들어 바늘귀
에 실을 꿴다.)

사월 말이 있잖아? 설 지난 무와 서른 지난 계집이라고.

점례 (담담하게) 머지않아 한세상 볼 때가 오겠지, 뭐. (하며
누룽지를 소리 내어 깨문다.)

(멀리서 개 짖는 소리가 한결 이 분위기를 처량하게 만든다. 이따금 솔바람 소리.)

사월   그래? 한세상 살 때가 올까?

쌀례네 암, 와야지. 자네 말대로 우리에게 무슨 죄가 있다고 이대로 썩어?

사월   그렇지만 지금 같아선 어림도 없는 생각이지. 누워서 떡 떨어지기만 기다리다간 할망구가 돼 버려! 더구나 저렇게 길이 막혀서 마음대로 나다닐 수도 없고 걸핏 하면 산에서 내려와 노략질이나 당하고.

쌀례네 쉿! 말조심해요!

(바람이 차츰 강하게 분다.)

사월   우린 가난한 죄밖에 없어. 우리 서방이 죽고 자네 서 방이 없어진 것도 못 먹고 못 배운 탓이지. 안 그래? 점례!

점례   (깊은 한숨) 누가 아니래. 그러기에 가난은 나라에서도 못 막는다고 했잖아!

쌀례네 (소리를 죽여) 말이 나왔으니 말이지, 언제 세상이 또 뒤바뀔지도 모르겠어.

점례   (겁을 먹으며) 왜?

쌀례네 아까 그 산도적놈들 얘기로는 우리들을 잘 살게 해 준 다지만 두더지처럼 산속으로만 파고드는 주제에 어

떻게 우리를 잘 살릴 것 같아? 게다가 우리가 겨우 먹

고살 식량까지 빼앗아 가니.

점례   그렇다고 누굴 붙잡고 통사정할 수도 없잖아.

쌀례네 그러니 우리는 속아 넘어가고 있는 거지 뭐야. 자기들

만 믿고 있으란 얘기겠지만 뒷집 총각만 믿다가 처녀

귀신이 되는 격이지.

사월   (비뚤어진 어조) 처녀 귀신이 아니라 청과부[6] 귀신이야.

쌀례네 핫하…… 맞았어. 과부 귀신…… 핫하…….

(이내 한길 쪽에 끝순이가 등장. 얼굴을 온통 보자기로 싸서 생김새
를 분간할 수 없다. 손에 죽창을 들었다. 뜰 안에 들어서자 입에 손을
모아 김을 훅훅 분다.)

끝순이 귀덕아!

점례   (두 사람에게) 누가 부르잖아?

쌀례네 (경계하며) 누굴까? 아이, 무서워. (이불을 둘러쓰며) 난

안 나가.

점례   나가 봐.

끝순이 아무도 안 계세요? (가까이 오며) 방에서 인기척이 나

던데…….

점례   (조심스럽게 문을 열며) 누구요?

끝순이 어머! 방에 있으면서 대답도 안 했어요? 끝순이예요.

---

6) 청상과부. 어린 나이에 남편을 잃은 여자.

점례   (안도감에 가슴을 쓰다듬으며) 오, 끝순이! 어서 와! 웬
        일이야?

끝순이   여기 쌀례 엄마 왔어요?

쌀례네   왜 그래? (하고 물으며 걷어 젖히며 나온다.)

끝순이   야경 다음 차례라고 빨리 나오래요.

쌀례네   육시랄. 이럴 땐 시간도 빨리 가더라. 벌써 그렇게 됐어?

끝순이   예, 쌀례 엄마가 나와야 다른 사람이 집에 돌아갈 수
        있대요.

점례   거기 서 있지 말고 방에 들어와.

끝순이   들어가도 괜찮아요?

점례   그럼, 어서. (끝순이가 죽창을 마루 끝에 세워 놓고 머리를
        싸맨 보자기를 풀어 옷을 털며 들어간다.)

쌀례네   (무명 목도리로 얼굴을 싸며) 이 추운 밤에 야경을 서면
        뭘 해? 사람만 못살게 들볶는 지랄이지.

점례   또 고생해야겠군. 나는 어머니가 돌아오셔야 나갈 테
        니까.

쌀례네   (마루로 나오며) 어잇, 추워! (신을 신고서) 그럼 나 먼
        저 가!

점례   응!

사월   (꿰매던 버선을 주워 들고 나오며) 나도 가 봐야지.

점례   왜, 더 놀다가 가지.

사월   일찍 방돌[7]이나 짊어지고 자야지. 과부 재미는 잠자

---

7) 방구들. 온돌.

는 재미니까. (하며 나와서 신을 신는다.)

(이 사이에 끝순이는 방 한가운데 놓인 깨진 질화로를 안고서 불을 쬔다. 그리고 옆에 있는 누룽지를 날름 집어서 오도독 깨문다.)

점례　(나가는 두 사람에게) 조심들 해.
쌀례네　이따 만나.

(쌀례네는 한길로 나와 좌편으로, 사월이는 자기 집 방으로 퇴장한다. 바람 소리가 더욱 세차다.)

점례　(방에 들어오면서) 춥지?
끝순이　(무를 캐 먹다 들킨 사람처럼 깨물던 누룽지를 삼키려다가 목에 걸려 캑캑거린다.)
점례　왜 그래? 응?
끝순이　(간신히 누룽지를 삼키며) 누, 누룽지가……. (하며 사레가 들어 기침한다.)
점례　홋호…… 천천히 먹지 않구……. (하며 앉아서 하던 일을 계속한다.)
끝순이　귀덕이는 자나요?
점례　응, 저 방에서 할아버지하고.
끝순이　어머! 할아버지하고요? 홋호…… 아니, 다 자란 계집애가 할아버지하고 자요? 홋호……. 그 앤 정말 병신인가 봐.

점례   그런 소리 하는 게 아냐. 불쌍하잖아…….

끝순이   흠……. (하며 빨갛게 상기한 볼을 문지른다.)

점례   참, 엄마 병이 다시 도졌다면서?

끝순이   (무표정하게) 이제 죽을 날이 닥쳐왔나 봐.

점례   그게 무슨 소리냐? 벌 받으려고.

끝순이   우리 팔자에 이상 더 받을 벌이 있을라구요.

(점례는 그 한 마디에 응수할 길이 없어 길게 숨을 모아서 뱉는다.)

점례   밥은 먹었니?

끝순이   서운네 집에서 제사 지냈다고 호박나물하고 명태전
        을 가져와서 끼니를 때웠다우.

점례   엄마는 굶고?

끝순이   먹을 것도 없지만 입맛이 없대요. 그러니까 죽을 날이
        가까웠지.

점례   너는 말끝마다 죽는다는 소리구나?

끝순이   정말 어서 죽었으면 좋겠어.

점례   누가?

끝순이   우리 엄마.

점례   어머, 그런 소리 하는 게 아냐.

(개가 다시 짖는다.)

끝순이   형님! (사이) 저…… 나 말이야. (부젓가락을 집적거린다.)

점례 어서 말하래두.

끝순이 엄마가 죽으면 서울이고 부산이고 갈래.

점례 (놀라며) 네가?

끝순이 그럼 나밖에 갈 사람이 우리 집에 누가 있수?

점례 어떻게?

끝순이 (씩 웃으며) 그러는 수가 있어. 저, 형님만 알고 있어야 돼요.

점례 그래, 말해 봐.

끝순이 엄마한테 꼬아바치려고?

점례 나 혼자만 알고 있겠대도……. 누가 데리고 간다던?

끝순이 응……. (다가오며) 우리 마을에 드나드는 병영댁 있잖아?

점례 병영댁이라니? 오! 옷감 가지고 다니는 도붓장수? 얘기는 들었지.

끝순이 응! 지난 추석 대목에 왔을 때 하는 말이, 도회지에 가서 식모살이 하면 배부르게 먹고 월급 받고 그런대.

점례 (혼잣소리로) 식모살이를?

끝순이 정말 여기선 못 살겠어. 아버지가 그렇게 안 죽었어도 또 모르겠는데…… 게다가 엄마는 아버지가 죽은 뒤부터 저렇게 일 년 가까이를 운신도 못 하니 누구를 믿고 살아요?

점례 끝순인 지금 몇 살이지?

끝순이 설 쇠면 열일곱.

점례 열일곱 살……. 벌써 그렇게 돼?

끝순이　그러니까 실속을 차려야죠. 식모살이 해서 돈 모으면 장사를 할래. (끝순이의 눈에는 희망이 떠돈다.)

점례　어디서?

끝순이　타관이면 아무 데서나.

점례　(한숨을 뱉으며) 끝순이는 그렇게라도 할 수 있으니 마음 편하겠어.

끝순이　형님도 마음먹으면 할 수 있지, 뭐.

점례　나는 안 돼. 내게 걸려 있는 사람이 몇이라고……. (절망적인 한숨)

끝순이　(조소를 뱉으며) 그까짓 시집 부스러기가 무슨 소용 있어?

점례　아니, 너는 정말…… 홋호……. 못 할 소리가 없구나.

끝순이　나 살고 남도 있지. 이렇게 한세상도 못 살아 보고 죽으려오?

점례　그게 아니야. 너는 몰라, 내 마음을.

끝순이　왜 몰라. 홋호…….

점례　뭐가 우습니?

끝순이　(은근히) 귀덕이 오라버니가 살아서 돌아올지 모른다 이 말이죠? (하며 히쭉거린다.)

점례　(침착하게) 사실이야. 꼭 살아 있을 것만 같아. 난 믿어.

끝순이　(단정적으로) 죽었을걸요.

점례　아냐. 틀림없이 살아 있을 게다.

끝순이　(잠시 눈치만 보다가) 살아 계시다고 해도 무슨 소용 있어요?

점례   (의아한 표정으로) 뭐라고?

끝순이   이제 살아 나와도 사람대접 받기는 틀렸죠. 이 고장에
        선 백날 살아 봐야……. 그러니 형님도 나하고 같이
        가요.

점례   (말없이 돌아본다.)

끝순이   형님은 얼굴도 예쁘고 간이 학교를 다녔으니까 더 좋
        은 일자리를 얻을 수 있을걸. 예? 내가 도붓장수 병영
        댁이 오면 알아봐 드릴까요? 시집도 갈 수 있대요.

점례   (어이없다는 듯) 시집? 홋호……. (허탈한 웃음)

끝순이   정말이래두.

(이때 산길 쪽에서 규복이가 나타난다. 남루한 옷에 제대로 먹지도
못한 데다가 다리를 다쳤는지 절뚝거린다. 그는 사방을 휘둘러보며
숨을 곳을 찾는다. 한길 위에서 여기저기 보더니 점례네 집 뒷간으로
급히 숨는다. 그가 급히 내려오는 바람에 돌멩이가 낭떠러지에서 굴
러 떨어지는 소리가 크게 들린다.)

점례   누구여? (하며 바깥 기색을 살핀다.)

(이 서슬에 끝순이는 점례의 등에 찰싹 붙어서 와들와들 떤다. 밖엔
어느새 눈송이가 하나둘 흩날린다. 먼 데서 개 짖는 소리가 있을 뿐
이다.)

끝순이   아무도 아닌가?

(멀리서 비상 소집용으로 쓰이는 깡통이 흔들리는 소리)

끝순이 (눈이 휘둥그레지며) 어머나! 무슨 일이 났나 봐!

점례 그러게……. 또 산에서 내려왔을까?

끝순이 저녁나절에 식량을 빼앗아 갔는데 또 올 리가 있어요?

점례 나가 보고 올게. 너 여기 있을래?

끝순이 싫어. 나 혼자 무서워서 어떡해.

(이때 다시 깡통 흔드는 소리. 잠시 후 최 씨가 몸을 술 항아리 싸듯 싸매고 한길에서 등장. 역시 손에 죽창을 들었다. 이와 반대쪽에서 두 사람의 아낙이 총총걸음으로 나오다가 한길에서 마주친다.)

아낙A 무슨 일이에요?

최 씨 함덕이네가 서 있는데 숲 속에서 무엇이 바스락거리더래.

아낙B 그럼 도둑놈일까?

최 씨 그렇지 않아도 다들 나오래. 어서들 가 보게.

아낙A 형님은요?

최 씨 우리 손주 망가루⁸⁾ 좀 끓여 먹이고 곧 갈게. (하며 바삐 언덕길을 내려 자기 집으로 들어간다. 아낙 A, 아낙 B도 불안한 표정으로 좌편으로 퇴장.)

끝순이 (보자기를 쓰며) 그만 가 봐야겠어.

---

8) 곡식 가루. '망'은 맷돌을 의미한다.

점례   그래, 먼저 가 봐. 나도 곧 갈 테니까.

끝순이   (밖으로 나오며) 예……. 지금 얘기는 아무한테도 하
        지 마!

(이때 한길에는 여기저기서 아낙들이 몰려나오며 서로들 불안한 얼
굴로 수군거린다.)

군중A   빨리들 나오래요!

(이 말에 한층 떠들썩해지며 좌편으로 나간다. 최 씨는 다시 방 안에서
나와 한길로 올라간다. 마루에 서 있던 점례는 고개를 갸웃거린다.)

점례   무슨 일이 터지기는 터졌나 보군. (하며 방으로 들어가
        목도리를 머리에 쓰고 불을 끈 다음 마루로 나온다.)

(무대는 잠시 바람 소리와 눈송이가 있을 뿐 태고의 적막이 흐른다.
점례가 헛간으로 들어가 죽창을 찾는 사이에 뒷간에 숨어 있던 규복
이는 뜰 안으로 들어서 부엌 쪽으로 들어간다.)

점례   (헛간에서 나오며) 죽창이 여기 있었는데……, 부엌에
        다 뒀나……. (하며 부엌으로 들어간다. 다음 순간 규복이
        와 마주친다. 규복, 칼을 들이대며 위협한다.)

점례   누, 누구요? (그러나 소리는 목에 걸려 떨리며 제대로 나
        오질 않는다.)

규복   (낮은 소리로) 소리를 지르면 알지? 내가 시키는 대로
　　　　만 해.

(점례는 와들와들 떨면서 뒷걸음질 쳐 간다.)

규복   (점례에게 바싹 다가오며) 우선 먹을 것 좀 줘. 물하고…….
점례   (말없이 고개만 끄덕인다.)
규복   그리고 석유 있지?
점례   석유를? 앗! 그건 안 돼요. 불을 지르시면 안 돼요…….
규복   불? 아냐! 다친 다리의 상처를 우선 소독 좀 해야겠어.
점례   다리를요?
규복   빨리! (하며 아픔을 못 이기겠다는 듯 두 손으로 다리를 짓
　　　　누르며 신음한다.)
점례   (차츰 마음의 여유가 생기며) 예! 어디서 다치셨어요?
규복   낭떠러지에서……. 아……. (아픔을 이기려고 애쓴다.)

(이때 멀리서 인기척이 난다.)

규복   (당황하며) 무, 무슨 소리요? 이리로 오나? (하며 한길
　　　　쪽을 살핀다.)
점례   그래요.
규복   (매달리며 간절하게) 나 좀 살려 줘. 은혜는 잊지 않겠
　　　　소. 난 빨갱이가 아냐. 나는 아무것도 몰라.
점례   그럼, 천왕봉에서? (하며 새삼스럽게 훑어본다.)

규복   예? 예. 그러니 어서 나를 살려 줘요. 어디 가 숨으면
        돼?

(점례는 잠시 생각에 잠기더니 규복의 어깨를 잡아 일으킨다.)

점례   내 어깨를 붙잡아요.
규복   (채 알아듣지 못하여) 예?
점례   서둘러요. 사람이 온다니까, 어서.

(점례는 규복을 이끌듯 하며 무대 우편 대밭 쪽으로 급히 퇴장한다.
잠시 무대가 비더니 양 씨가 숨을 헐떡거리며 등장.)

양씨   아가, 아가! 잠이 들었나?

(죽창을 마루에 걸쳐 세우며 옷을 턴다. 눈이 펑펑 쏟아진다.)

양씨   (방문을 열어 보고 아무도 없음을 알자) 이상하구나. 벌
        써 야경에 나갈 차례는 안 되었을 텐데.

(이때 우편에서 점례가 나오다가 양 씨를 보자 몹시 당황한다.)

점례   어머니, 벌써 오셨어요?
양씨   아니, 한밤중에 대밭엔 왜?
점례   예…… 저 죽창이 없어서 대를 꺾을까 하고요…….

양씨   죽창은 내가 가지고 간다고 했잖아? 거기 있다.

점례   (마음의 동요를 감추려고 애쓰며) 홋호…… 참, 그렇군
      요. 내 정신 좀 봐.

양씨   별일 없었지?

점례   예? 예…… 참, 아까 깡통은 왜 흔들었어요?

양씨   글쎄, 함덕이네 얘기는 분명히 뭣이 산 쪽에서 내려와
      도망쳤다고 수선을 떨지만 누가 믿을 수가 있니?

점례   원래 그분은 겁이 많잖아요?

양씨   그러게 말이다. 우리들이 똑똑히 봤느냐고 물었더니
      제 눈을 빼라면서 우기는구나, 글쎄, 홋호…….

점례   어머니, 어서 방에 들어가 쉬세요.

양씨   오냐……. 어서 가 봐라. 모두들 기다리더라. (하며 방
      으로 들어간다.)

(무대에 혼자 남은 점례는 허공의 한 점을 쳐다보며 걸어 나온다.)

점례   분명히, 빨갱이가 아니라고 그랬어……. 어디서 왔을
      까? (그녀는 괴로운 듯이 허공을 향해 고개를 들어 눈을 감
      는다. 눈이 함부로 얼굴에 쏟아진다. 멀리서 개 짖는 소리.)

                                        (막)

3막

1장

무대, 1막과 같음. 1막부터 약 삼 주일 후. 오전. 따스한 햇살이 마루와 헛간을 비추고 있다. 그러나 아직도 바람은 차다. 막이 오르면 양 씨가 마루에 앉아서 계란을 짚 꾸러미에 넣고 있다. 그 옆에서 귀덕이가 멍청하게 내려다보고 있다. 점례가 부엌에서 설거지통을 들고 나와서 변소 옆 거름통에다가 버리고는 돌아선다. 그녀의 얼굴은 전보다 명랑해 보인다.

귀덕   (응석을 부리며) 나도 따라갈 테야. 엄마, 응…….
양씨   (여전히 꾸러미를 만들며) 안 된다니까. 네 올케하고 집을 봐.

귀덕   싫어! 장 구경하고 싶어.

양씨   이년아, 오고 가기 60리를 어떻게 걸어간다고 그래. 잠자코 에미 말 들어라.

귀덕   100리라도 갈 수 있다니까…….

점례   (부엌으로 들어가다 말고) 어머니, 데리고 가세요. 모처럼의 장날인데 구경도 시킬 겸…….

양씨   너도 소갈머리 없게시리……. 오늘은 대목장이라 장터가 여간 붐비지 않을 게다.

귀덕   그러니까 재미나지 뭐.

양씨   안 돼! 또 언젠가처럼 사람 사태에 길을 잃어버리면 누구 애간장 녹이려고? 집에 있어. (달걀을 세다가) 아니, 또 두 개가 없어졌구나! (하며 귀덕을 쏘아본다.) 이년아! 네가 또 훔쳤지?

귀덕   (펄떡 뛰며) 아냐…… 난 몰라.

양씨   (주먹으로 귀덕의 등을 치며) 이 등신아? 왜 먹지 말라는데도 솔랑솔랑 빼 먹느냐 말이야?

귀덕   (금세 눈물을 짜며 등을 만진다.) 정말 안 먹었다니까.

양씨   네년이 안 처먹으면 이 집구석에서 누가 먹어? 응? 뱀이 삼켰단 말이냐, 쥐가 훔쳤단 말이냐? 망할 년! (점례는 듣기가 민망스럽다는 듯 황망히 부엌 쪽으로 간다.)

양씨   전에 이런 일이 없었는데 이년이 갑자기 식충이가 됐나? (일을 계속하며) 이 달걀마저 없으면 우린 굶어 죽어. 새 보리가 나올 때까진 이거라도 모아서 양식과 바꾸어야 한다는 걸 몰라? 이년아, 이제 설 쇠면 열여

	덟 살이야. 옛날 같으면 자식새끼를 낳고 엄씨⁹⁾ 말 들

덟 살이야. 옛날 같으면 자식새끼를 낳고 엄씨⁹⁾ 말 들을 나이래두.

귀덕 난 안 먹었어. 형님보고 물어봐. 내가 언제 닭장에 가 보기나 했나?

양씨 지난번에도 먹었다면서?

귀덕 그때는 형님이 한 개 줘서 먹었지만 이번엔…….

양씨 듣기 싫다. 어유, 망할 년! 저렇게 등신이 되어 에미 속 썩일 줄 알았으면 차라리 그때 뒈지게 내버려 둘 것을……. 없는 돈에 약까지 썼지.

점례 (손을 씻으며 부엌에서 나온다.) 원, 어머니두. 살아난 것 만이라도 다행이지……. 그런 말씀 마세요.

양씨 하늘도 무심하지. 기둥같이 믿던 아들은 없어지고 병 신 딸을 남겨 줄 게 뭐람.

점례 배 안의 병신인가요? 제가 시집왔을 때만 해도 얼마 나 상냥하고 야무졌는데……. (하며 귀덕의 머리를 쓰다 듬어 준다.)

양씨 (귀덕에게) 썩 나가지 못해! 산에 가서 땔감이나 긁 어 와.

귀덕 (한 걸음 물러서며) 싫어! 나도 갈 테야. 엄마가 안 데리 고 가면 나 혼자 가서…….

양씨 저년이 쥐둥이는 살아서…….

점례 데리고 가세요. 저렇게 가고 싶어 하는데…….

---

9) 엄마.

양씨   집을 비워서야 되겠니?

점례   제가 있잖아요?

양씨   너 혼자서? 세상이 이렇게 뒤숭숭한데 혼자서 무섭지
         않아?

점례   (웃으며) 어머니두……. 그렇다고 한낮에 호랑이가 나
         오진 않겠죠. 홋호…… 괜찮아요.

귀덕   산 손님이 나온대, 힛히…….

양씨   원, 빌어먹을 것. 귓구멍은 뚫려서 남이 하는 소리는
         잘도 귀담아들었지. 쯧쯧…….

점례   귀덕 아씨가 집에 있으면 도리어 마음이 안 놓여요.
         데리고 가세요!

양씨   (잠시 생각하다가) 그럼, 어서 세수하고 머리나 빗어.

귀덕   힛히…… 세수는 했어. 이봐. (하며 손을 펴 보이며 웃는다.)

점례   홋호…… 오늘은 웬일이야? 세수를 다 하고.

양씨   병신이 육갑한다더니…… 원. (하며 옷을 털고 계란 꾸
         러미를 망태기에다 담는다. 그리고 방으로 들어간다.)

점례   (귀덕에게) 이리 와요. 머리 좀 쓰다듬게.

귀덕   응! (하며 마루 끝에 와서 천연스럽게 앉는다. 점례는 머리
         를 풀며 방을 향해 말한다.)

점례   어머니! 빗 좀 주세요. (귀덕에게) 갔다 오면 머리 좀
         감아요. (하며 이를 잡아 준다.) 한 살 더 먹게 되니 착해
         져야지.

귀덕   (히쭉 웃으며) 응…….

(양 씨가 방에서 빗을 던져 준다.)

양씨   옜다!

(점례는 빗을 주워 들고 머리를 빗기기 시작한다.)

귀덕   형님!
점례   응?
귀덕   (혼자서 웃으며) 나…… 시집갈까?
점례   (어이가 없다는 듯) 시집을?
귀덕   응…… 나보고 시집가재.
점례   (흥미를 느끼며) 누가? 언제!
귀덕   꿈에.
점례   꿈에? 홋호……, 난 또.
귀덕   정말이야.
점례   그렇지만 꿈은 꿈이지 뭐야…….
귀덕   장터에 가면 총각들 많이 있지?
점례   글쎄, 있을 테지…….
귀덕   여긴 총각도 없으니까 시집 못 가잖아? 홋후…… 장
        에는 많을 거야.

(이때 양 씨가 풀을 빳빳이 먹인 무명 저고리 치마로 말쑥하게 갈아
입고 나온다. 허리띠를 질끈 맨다.)

양씨	머리 다 빗었으면 어서 가자.
점례	(땋아 내린 뒷머리채를 눌러 주며) 다 됐어요. (귀덕은 어린애처럼 껑충 뛰며 뜰에 내려선다.)
양씨	(신을 신으며) 이 목도리 둘러라.
귀덕	난 안 추워. 엄마가 둘러.
점례	그럼 (계란 꾸러미를 들며) 이걸 들고 가지.
귀덕	응! (하고 손을 내밀자 양 씨가 손을 털며 가로챈다.)
양씨	(점례에게 눈을 흘기며) 말이라고 하느냐? 쥐에게 곡식 가마니를 지키라는 격이지. 내가 들어야 해.

(점례는 무안해서 얼굴을 붉힌다.)

양씨	그럼, 내 다녀올 테니 집을 잘 봐라. 참, 할아버지 일어나시면 죽을 데워 드려.
점례	예, 다녀오세요.
양씨	집은 비게 하지 말구……. 끼니 먹을 것은 없어도 도둑맞을 것은 있단다.

(어느새 귀덕은 한길로 뛰어나가고 없다. 양 씨가 신바람 나게 나가 버리자 점례는 푹 숨을 내리쉰다. 문득 생각이 난 듯 부엌으로 들어간다. 잠시 후 계란 두 개와 밥그릇을 치맛자락에 싸며 바삐 나온다. 까마귀가 까욱거리며 지나간다. 점례는 헛간 앞에서 잠시 주위를 경계하더니 급히 우편 대밭 쪽으로 퇴장.
이때 좌편에서 도붓장수 병영댁이 들어온다. 큼직한 보따리에 자를

끼워서 들었다. 집 안을 기웃거리며 들어선다.)

병영댁 (혼잣소리로) 아무도 없나……. 좀 쉬어 갑시다.

(마루에 보따리를 부려 놓고 한숨을 후유 쉰 다음 치마를 걷어 젖히고 쌈지 안에서 값싼 궐련을 꺼내어 피워 문다.)

병영댁 (집 안을 둘러보며) 아침부터 마실을 돌 리가 만무하고…… 어딜 갔나? (하며 뜰로 내려서 부엌을 들여다보며) 아무도 없어? (하며 돌아선다.)

(이때 안방 문이 열리며 김 노인이 고개를 내민다. 자다가 일어난 백발 머리가 마치 사자 머리같이 흉하다.)

병영댁 (질겁을 하며) 에그머니! 사, 사람 살려! (하며 토방 아래에다 엉덩방아를 찧는다.)

김노인 (멍청하게) 아기…… 어디 갔니? (눈을 비비며) 원, 이놈의 눈이…….

병영댁 (일어서며) 방에 있으면서 대꾸가 없다니, 원.

김노인 (무슨 말인지 못 알아차리며) 요강은 어디 있어…….

병영댁 뭐, 요강이라고? (손을 떨면서) 휴우…… 난 낮도깨빈 줄 알았지. (가까이 오며) 할아버지, 혼자 계세요?

김노인 (딴전을 부리며) 머리가 가려운 게 비가 오려나……. (하며 머리를 득득 긁는다.) 다들 어디 갔수?

병영댁   (어이가 없다는 듯) 아니, 누가 물어볼 말인데요? 참……

김노인   글쎄, 밥을 주고나 나갈 일이지…… 쯧쯧…….

병영댁   귀머거리 마귀시군. 홍! (소리를 돋우어) 할아버지! 다
            들 어디 갔소?

김노인   (눈부신 햇살을 가리며) 글쎄……. 요즘 것들은 버르장
            머리가 없어. 어른을 몰라보고서, 에미야…… 귀덕아!
            (하고는 가래를 뱉는다.)

병영댁   이건 정말 솜방망이로 다듬이질하기군그래.

(이때 우편에서 점례가 나오다가 이 광경을 보고는 빈 그릇을 어떻
게 처리할까 망설인다. 다음 순간 그녀는 헛간에다 그릇을 내던지고
는 시치미를 떼고 나온다.)

점례   왜 그러세요, 할아버지?

김노인   (돌아보며) 아니, 어디 갔다가 오니?

점례   예…… 저, 잠깐.

병영댁   날도둑들이 집 안을 몽땅 뒤져 가도 모를 뻔했구랴.
            할아버지께서 요강을 찾아요. 어서 가 보우.

점례   (방으로 들어가며) 할아버지 들어가세요. 요강은 뒤 토
            방에 있잖아요.

김노인   어서 밥을 가져와! (하며 방으로 사라진다. 점례는 방 안
            에 들어가더니 다시 나와서 문을 닫는다.)

병영댁   (직업적인 미소를 띄우며) 구경 좀 하시구려.

점례   (제정신으로 돌아오며) 예? 뭔데요……?

병영댁   감이죠. 새로 나온 저고리, 치맛감을 가져왔지요.

점례   (마루로 돌아오며) 우리 형편에 옷 걱정하게 됐어요?
          알몸만 가리고 살면 다행이지.

병영댁   (능청스럽게) 어이구, 젊은 새댁, 말씀 좀 들어 보라지.
          아니, 젊었을 때 옷 욕심 없다니 될 말이우? 어서 이리
          와 봐요.

점례   욕심이야 왜 없겠어요. 원수의 돈이 없지.

병영댁   돈이 없으면 곡식이라도 돼요. 어떻든 구경이나 하고
          나서……. (하며 차곡차곡 얹힌 물건을 하나씩 펴 보인다.
          형형색색의 인조견이 햇살 아래 한층 눈부시다.)

점례   (무심코 손이 가며) 어머나! 곱기도 해라!

병영댁   (간사스럽게 웃으며) 거봐요, 홋호……. 색시 보고 침
          안 흘리면 고자요 비단 보고 욕심 안 내면 절구통이
          지, 홋호…….

점례   (따라 웃으며) 아주머니는 말주변도 좋으시네. 마음 내
          키는 대로 하자면 하루에 열두 벌도 갈아입고 싶지만.

병영댁   (앞질러 말하며) 사람 있고 돈 있지. 그러지 말고 눈 딱
          감고 끊어요. (하늘빛 인조견을 자르르 풀어내며) 자, 이
          걸로 들여봐요. 헐값으로 드릴 테니…… 응? 의복이
          날개라고 이것으로 차려 보시지. 물 찬 제비처럼……
          홋호…… 길에 나가면 동네방네 잡놈들이 오뉴월 거
          름통에 구데기 끓듯 할 텐데…… 힛히…….

점례   어마! 나 같은 게 어디.

병영댁   어이구, 별말씀을…… 이런 산골에서 썩기는 아까운

일색이오. (낮은 소리로) 아직도 혼자 지내우?

점례 (쓴웃음을 뱉으며) 별수 있나요.

병영댁 (사뭇 동정하는 척하며) 저런…… 정말 언제나 마음 놓고 살 세상이 될는지, 원……. (자 끝으로 턱 밑을 긁으며) 참, 오는 길에 들은 얘기지만 이 근방에는 아직도 산 손님이 있다면서요?

점례 (놀라며) 예…… 예, 그렇다나 봐요.

병영댁 그래서 버스를 타고 오는데도 그렇게 조사가 심했군. 그저 정류소마다 헌병이다, 순경이다, 향토 방위대다 하고 도민증을 보자니 처음부터 숫제 도민증을 손에 쥐고 있어야 했다니까……. 이거 봐요. 이건 도민증이 아니라 휴지 조각이지! (하며 쌈지에서 구겨진 도민증을 내보인다.)

점례 (신기하게 보며) 우린 아직 이런 것도 없어요.

병영댁 하긴 나같이 일 년 열두 달 떠돌아다니는 사람 아니면 도민증이야 있으나마나지. 하지만 요즘은 이것 없으면 5리 밖에도 못 나가요. 차표도 안 파니 말이우…….

점례 (생각에 잠기며) 참…… 댁에선 이곳저곳 널리 돌아다니시니까 바깥세상 돌아가는 꼴을 잘 아시겠네요.

병영댁 뭐, 잘 알 것도 없지만…… 읍내만 하더라도 사람 살기가 괜찮은데 강 하나 넘으면 벌써 딴 세상이야. 더구나 이 산골에 들어선다 치면 찬바람이 횡하지 뭐유. 글쎄 논두렁이며 들판엔 강아지 새끼 한 마리 볼 수가 없으니…….

점례	그래요……. 하긴 빨갱이들이 산으로 도망간 뒤엔 경찰도 한두 번밖에 안 다녀갔으니까요.
병영댁	그래서 요즘도 가끔 그놈들이 내려와서 노략질이군? 지척이 천 리라더니 강 하나 사이에 두고 이렇게 세상이 멀 수가 있담. 꼭 100리 길을 걸었으니.
점례	그래도 아주머니는 그렇게 해서 돈도 벌고 세상 구경도 하니 오죽이나 좋겠어요.
병영댁	목구멍이 포도청이라 먹고살기 위해선 별수 없어요. 이젠 웬만한 촌에 가 봐야 누가 물건을 사야지. 그러니까 하는 수 없이 이렇게 깊숙한 마을까지 왔지 뭐유.
점례	정말, 아주머니 용하시네요.
병영댁	내가 이 지랄을 안 하면 다섯 식구가 굶는 건 고사하고 우리 아들이 학교를 그만둬야 하니…….
점례	아주머니도 바깥주인이 안 계시나 봐.
병영댁	(금세 눈시울이 젖으며) 예…… 빨갱이들이 들어와서 그만…….
점례	(동정의 빛을 보이며) 예…… 그러세요……?
병영댁	초등학교 교원으로 있었는데 글쎄 반동이라고…….
점례	(크게 놀라며) 초등학교 교원?
병영댁	아이들에게 글을 가르쳐 준 죄밖에 없는 위인인데 글쎄……. (울먹거리며) 사람 하나 없어지니 집안에 저축이 있소, 집 한 칸이 있소? 중학교 다니는 아들을 맏이로 오 남매만 덩그러니 남았으니……. (속치마 자락으로 코를 풀고 나서) 그러니 나라도 뭘 해야겠다고 시작

한 게 이 장사지요. 어유, 정말 몹쓸 놈의 세상 만나 고
생하는 사람이 어디 나뿐인가 싶으니까 살아왔지, 양
잿물을 먹으려고 마음먹기가 한두 번이 아니에요.

점례   그러시겠어요. (사이) 참, 그런데…… 한 가지 물어봐
도 괜찮아요?

병영댁   뭐예요?

점례   입산하면 죽이나요?

병영댁   암! 빨갱이야 죽여야죠.

점례   속아서 따라갔다가 도망쳐 나온 사람도요?

병영댁   (뜻하지 않은 질문에 난색을 보이며) 그, 글쎄요. 하지만
뭐가 이뻐서 살려 놓겠수?

점례   (풀이 죽으며) 역시 죽이겠죠…… 죄는 죄니까.

병영댁   아니, 갑자기 그건 또 왜 물우?

점례   그저 물어보는 말이에요. 내가 아는 사람이 있는데 자
수해서 죽음을 당하나 산에서 굶어 죽으나 죽기는 매
한가지니까 잘 죽었다 싶어서…….

병영댁   (위로하며) 그렇지만 또 알우? 죽었던 사람이 살아 나
오는 수도 있으니까. 글쎄, 이런 일이 있었죠. 우리 먼
일가 되는 분인데, 지난가을 빨갱이들이 후퇴하면서
마을 유지란 유지들을 굴비 두름 엮듯 해서 끌고 가지
않았겠수? 그래 큰 구덕에다 몰아넣고서는 창으로 마
구 쑤셔 죽였는데, 온몸에 열두 군데나 상처를 입고도
살아 나왔지 뭐유, 글쎄. 그래 집안에서는 선영께서
돌봐 주셨다고 하면서, 전에는 돌보지도 않던 선산을

고치고 다듬고 하며 그런 야단이 없었다우. 홋호…….

점례 　이 마을에도 그런 일이 있었죠. (쓰라린 과거를 더듬으며) 인민군이 처음으로 쳐들어오자, 하루는 집안의 남자들은 토끼바위 아래로 모이라지 않겠어요.

병영댁 　왜? 죽이려고?

점례 　처음부터 그런 줄 알았으면 누가 따라나섰겠어요. 무슨 시국 강연회인가 뭔가 있으니 한 사람 빠짐없이 나오라고 해서 집집마다 남자란 남자는 다 나갔죠. 그때가 석양 때여서 아낙들은 저녁을 짓느라고 한창 서두는 판인데…… 얼마 후에 요란스런 총소리가 나지 않겠어요.

병영댁 　저런……. 가지 말 것이지.

점례 　그렇지만 설마 그렇게 무참하게 죽일 줄이야 누가 알았겠어요. (지난날을 회상한다.)

병영댁 　그래, 왜 죽였대?

점례 　기가 막힌 일이죠. 토끼바위 아래에 모이자 난데없이 대한민국 국군이 총칼을 들이대면서 "공산주의를 반대하는 사람은 줄 밖에 나오너라." 하더라나요. 그래 모두들 겁에 질려서 손을 들고 너 나 할 것 없이 줄 밖으로 나오니까 금세 총을 쏘더래요.

병영댁 　옳지. 그게 국군이 아니라 빨갱이들이 마음을 떠보려고 꾸민 것이었구먼. 쯧쯧…….

점례 　(눈물이 글썽거리며) 두 눈으로 차마 볼 수가 없었어요. 그런데 그 속에서 총알 두 발이나 맞고도 살아 나온

분이 있었어요. 끝순이 아버지라고 아주 착한 어른인
데 결국은 몇 달 후에 그로 인해 죽었지만서도…….

병영댁 (한숨을 쉬며) 지지리도 박복한 백성이지! 올라가면서
죽이고 내려오면서 쳐붓고……. 백성이 무슨 동네북
인가? 생각나면 때리고 죽이고…….

점례 이런 난리가 또 있을까 무서워요. 제 남편은 그 난리
가 일어나기 전에 피해 버렸지만 죽었는지 살았는지
종무소식이고……. (하며 고름 끝으로 눈시울을 누른다.)

병영댁 항상 흐린 날씨겠수? (화제를 돌리며) 한 감 안 들여놓
겠수?

점례 지금은 안 돼요. 추석 대목에나 모를까…….

병영댁 (금세 못마땅한 표정으로) 차라리 손주 환갑 때나 봅시
다. (하며 보따리를 싸려고 한다.)

(이때 한길 쪽에서 끝순이, 정임 등장한다.)

정임 여기 있구만.

점례 어서 와, 정임이.

정임 (끝순이를 돌아보며) 도붓장수 아주머니가 왔다기에……,
무얼 샀어?

점례 돈이 있어야지, 정임이네는 부자니까 한 벌 살 테지만.

병영댁 (비위를 맞추며) 어서 구경들이나 해 보세요. 사고 안
사고는 둘째고 우선 물건 구경부터 하세요. 장사라는
것도 기분이니까요……. 자, 이거 어때요?

정임   속치맛감 있어요?

병영댁   있구말구요. 자…… (천을 펴며) 이 새로 나온 다이아
        무늬 어때요?

끝순이   이왕이면 치마저고리를 사시지.

점례   치마저고릴?

끝순이   (정임을 가리키며) 정임 언니는 시집간대.

점례   그래? 그게 정말이야?

정임   끝순아! (하며 눈을 흘긴다.)

끝순이   어때요? 어차피 다 알게 될 텐데요, 뭐……. 홋호…….

병영댁   거참, 경사로군! 그럼 이걸로 하실까? 살결이 희니까
        이 빛깔이 어울릴 거야. 응? 어때! (하며 천을 정임의 어
        깨에다가 걸친다.)

끝순이   아이, 예쁘기도 해라!

(점례는 어느새 그들에게서 밀려 나온 사람처럼 저만큼 앉아서 멍하
니 허공을 쳐다본다. 세 사람은 이것저것 고르느라고 수선을 떤다.
이때 안방 문이 열리며 김 노인이 소리를 지른다.)

김 노인   뭣들 하는 거야!

(세 사람 깜짝 놀라며 물러서고 병영댁은 물건을 가슴에 안은 채로
일어선다.)

끝순이   아이, 깜짝이야!

김 노인   왜 밥을 안 주냐? 응? 불사스런 것들, 어른 배 곯리고
          잘되는 놈 못 봤다.
점례   지금 차릴 테니 기다리세요. (하며 부엌으로 들어간다.)
병영댁   (보따리를 싸며) 아씨! 남의 집에서 이러고 있을 게 아
          니라 댁으로 가서 차분히 고르시지.
끝순이   그렇게 하세요, 형님, 그리고 나하고 할 얘기도 있
          고…….
병영댁   (보따리를 싸며) 응? 응…… 홋호…… 그래, 처자에게
          도 할 얘기가 있고말고.
정임   같이 갑시다.

(세 사람은 신바람이 나서 나간다. 이때 점례가 부엌에서 초라한 밥
상을 들고 나와 안방으로 들어가자 김 노인의 호통치는 소리가 난다.
이때 바른편 헛간 뒤에서 규복이가 조심스럽게 등장한다. 면도질을
해선지 전보다 혈색이 좋고 다리 상처도 나아 가는지 전보다는 자유
스럽다. 멀리서 비행기 폭음 소리. 방에서 나오는 점례를 보자 낮은
소리로 부른다.)

규복   이봐요. 점례, 점례…….
점례   (소스라치게 놀라 신을 끌고 오며) 안 돼요. 여기까지 나
          오시면……. 앗, 저리 가요. (하며 헛간으로 떠밀고 들어
          간다. 그 바람에 두 사람은 서로 안은 채 짚 더미 위에 쓰러
          진다.)
          앗!

규복　(힘껏 안으며) 점례!

점례　지금은 안 돼. 할아버지가 아직 계세요. 할아버지가
　　　마실에 나가시면 갈 테니까 어서 대밭에서 기다려요.

규복　대밭 속에 앉아 있으면 산속에서 지내던 일이 자꾸만
　　　생각나서 못 견디겠어. (괴로움을 씹으며) 점례, 난 어
　　　떻게 하면 좋아? (하며 점례의 손목을 잡으려 한다. 점례
　　　는 주위를 살피며 뿌리친다.)

점례　이러시면 안 돼요. 어서 돌아가 계세요. 곧 갈 테니까요.

규복　(절실하게) 같이 있어 줘! 점례! 나하고 같이 있어 줘!
　　　(하며 손목을 잡아끈다.)

점례　(이끌려 가며) 예…… 가겠어요. 가겠어요. 누가 보면 어
　　　떻게 해요. 자……, 손을 놓고 가 계세요. 곧 갈 테니까.

김 노인　(방 안에서) 에미야! 숭늉 가져와!

점례　부르고 있어요. 난 가 봐야 돼요.

규복　할 얘기가 있으니까 꼭 와야 돼!

점례　예……, 어서 가 봐요.

(규복이가 미련 서린 표정으로 다시 대밭 쪽으로 사라진다. 점례는
안도의 숨을 몰아쉰다. 이때 무대가 서서히 회전하면서 어두워진다.)

　　　　　　　　　　　　　　　　　　(암전)

2장

대밭 속에 사람 하나 들어앉을 움을 파고 짚과 가마니로 만든 지붕으로 간신히 가렸다. 낙엽이 수북이 쌓여서 얼핏 보기엔 알아볼 수가 없다. 굵은 대가 빽빽하게 들어서 있어서 바깥세상은 안 보인다. 움 앞에 큼직한 바위가 놓여 있다. 대나무 잎에 가리어서 한낮에도 음침하고 햇빛이 안 든다. 무대가 밝아지며 움 속에 두 사람이 나란히 앉아 있다. 말은 없지만 서로가 의지하고 사랑하는 기색이 농후하다. 이따금 바람이 대밭을 흔들고 지나가는 소리가 으스스 찬 기운을 돋운다.

규복은 점례의 허리에 손을 감고 열띤 시선으로 돌아본다.

규복　(더 힘껏 안으며) 점례, 나를 버리지 말아 줘.

점례　꼭 어린애 같은 소리.

규복　나는 이제 비로소 산다는 것이 무엇인가를 안 것 같아. 점례가 나를 대밭 속에 숨겨 주던 그날부터 나는 줄곧 그것만을 생각했으니까.

점례　저는 무식해서 무슨 말인지 모르겠어요.

규복　몰라도 좋아! 이렇게 둘이서 가까이만 있다면…….(하면서 더 굳세게 허리를 쥔다.)

점례　(끓어오르는 욕정을 이겨 내려고 눈을 감으며) 아, 이러지 마요. 이러시면…… 저는……. (그러면서도 규복이가 하는 대로 몸을 맡긴다.)

규복　그래, 점례 말대로 나는 죄인이야. 그렇지만 점례를 좋아하고 있다는 건 속일 수 없어. 내 생명을 구해 주고 내게 잃었던 사랑을 되찾아 주고, 그리고…… (스스로의 욕정을 지탱 못 하는 괴로움이 짙다.)

점례　그만…… 그만해 둬요. (하며 규복의 목을 꼭 껴안는다. 멀리서 까치가 운다.)

점례　선생님…….

규복　응? (꿈꾸듯)

점례　역시 내려가셔야 해요.

규복　(제정신으로 돌아오며) 내려가다니…… 나보고 자수하란 말이야?

점례　언제까지나 이렇게 숨어서 살 수는 없지 않아요? 다른 생각일랑 마시고 자수하세요.

규복　(고민이 짙어 가며) 그렇지만 나는…….

점례　(자신을 가지며) 어때요? 선생님이 사람을 죽인 것도 아니고 그저 끌려다녔을 뿐인데…… 그만큼만 벌을 받으시면 되잖아요?

규복　그만큼? 안 돼. 나는 살고 싶어. 나는 내려갈 순 없어!

점례　그렇다고 여기 있으면 어떻게 해요? 네?

규복　자수하면 나는 총살당할 거야. 부모들도 친구들도…… 그리고 내가 가르쳤던 어린것들까지도 나를 보고…… 그러니 나는 올 수도 갈 수도 없는 몸이야! 점례! 내가 살 수만 있다면 대밭이고 돼지우리고 상관없어.

점례　그럼 산으로 도로 올라가세요!

규복　뭣이! (분노가 끓어오르며) 그걸 말이라고 해? 응. 그

산이 싫어서 도망쳐 온 나더러 다시 돌아가라니…….
그놈들은 나를 죽음으로써 맞아 줄 거야. 점례, 그러
니…….

점례 (자신의 고민을 억제하려고 애쓰며) 그러니, 저더러 어떻
게 하란 말이에요? 내게 돈이 있수, 학식이 있수? (울먹
거리며) 내 몸 하나도 갈피를 못 잡고 송장처럼 사는 년
더러 어떻게 하라고……. 난 아무것도 없는 몸이에요.
있는 것이라고는 상처투성이인데. (하며 느껴 운다.)

규복 (잠시 점례를 내려다보며 냉정하게) 알겠어. 점례는 역시
내가 옆에 있는 게 겁이 나는 거야. 귀찮을 테지. 싫을
거야. (하며 낙엽을 움켜쥔다.)

점례 (눈물이 흘러내리는 얼굴을 들어 보이며) 예? 그런 말씀
마세요. (울먹거리며) 싫어하는 남자한테 제 몸을 내맡
기는 여자도 있나요? 예? 남편도 아닌 남자한테.

규복 (감격하며 손목을 쥐며) 그럼 나를 살려 줘. 아니, 점례
만 좋다면 우리 둘이서 아무도 모르는 곳으로 도망가.
이제부터라도 나는 사람답게 살고 싶어.

점례 (눈물이 글썽거리며 바라볼 뿐 말이 없다.)

규복 굶어도 좋다니까. 언제 죽을지 모르는 몸이지만 사는
날까지는 살고 싶어. 점례! 어때, 나와 같이 가겠어?

점례 어디로?

규복 아무 데나…….

점례 그렇지만 도민증이 없는 걸 어떻게 가요?

규복 도민증이라니?

점례　요즘은 5리 밖엘 나가더라도 도민증이 없으면 차표도 안 준대요.

규복　그래…… (실망의 빛이 짙다.) 여기서 200리만 벗어나 가면 친구 집이 있는데…….

점례　그 친구가 반겨 줄 것 같아요?

규복　사범학교 동기생이야, 아주 친한.

점례　그건 지난날의 얘기가 아니에요?

규복　뭐라고?

점례　선생님이 산에 들어가지만 않았던들 그 친구분도 반 가이 맞아 줄 테죠. 그렇지만 지금은…….

규복　안 될까? 내가 빨갱이라고 싫어할까?

점례　(똑바로 쳐다보며) 선생님! 제 말대로 자수를 하세요. 몸소 가기가 어려우시다면 제가 가서 얘기할게요.

규복　경찰서에다가?

점례　예. 그리고 이십 일 동안 선생을 감추어 둔 죄는 저도 함께 가서 받겠어요.

규복　점례!

점례　법에 의해 벌을 받고 난 우리를, 이 세상 아무도 우리 두 사람을 욕하지도 건드리지도 못할 거 아니에요?

규복　그렇지만 경찰에서 나를 살려 두지 않을 거야.

점례　그럴 리가 없어요. 자수해서 용서받은 사람이 많았 대요.

규복　그렇지만…….

점례　그렇게 되면 나는 선생님을 따라가겠어요. 언제까지 이렇게 혼자서 살 수는 없으니까요.

규복   점례! 고마워. 그럼 나도 며칠만 더 생각해 볼게, 응?

점례   예. 하루라도 빠를수록 좋아요 비는 사람의 목은 못 벤다고, 무턱대고 죽이는 게 법은 아닐 테니까요.

규복   그래……. 점례 말대로야. (희망과 고민이 교차되며) 언제나 밝은 태양 아래서 고함을 지르며 살까? 이렇게 그늘에서 숨을 죽이며 살기는 지긋지긋해. 마음껏 소리 좀 질러 봤으면.

점례   쉿, 소리가 너무 커요.

규복   (긴장했다가) 핫하……. 내 소리는 점례밖에 들을 수 없으니까 괜찮아. (하며 포옹한다. 이때 돌이 굴러가는 소리와 함께 바스락거리는 소리가 나자 점례가 소스라치게 깨어나 두리번거린다.)

점례   무슨 소리예요? (하며 일어나서 소리 나는 쪽을 본다.)

규복   왜 그래?

점례   분명히 사람 발자국 소리 같았어요.

규복   사람이? 아니, 그럼 누가…….

점례   글쎄요. 이 대밭에 들어올 사람은 없는데…… 죽순이 나오기 전엔…….

규복   다람쥐 아니면 들쥐겠지.

점례   (불안한 한숨을 돌리며) 이만 가 봐야겠어요.

규복   좀 더 말동무가 되어 줘.

점례   집을 너무 비워 두었어요. 자리가 습하면 가마니를 한 장 더 가져올까요?

규복   괜찮아……. 아무리 불편해도 산에서 지내던 때보다
     는 천국이니까. (미소를 지으며) 지금의 나 자신이 얼
     마나 행복한가를 점례는 이해 못 할 거야.

점례   그럼, 이만 가 봐야겠어요.

규복   밤에 와 주겠소? (손목을 쥐었다가 놓는다.)

점례   예. 그렇지만 기다리지 마세요. 야경이 어떻게 될지
     모르니까. (하며 걸어가자 규복은 안타깝게 바라본다. 바
     람이 대밭을 불어 간다.)

                                          (암전)

3장

무대, 3막 1장과 같음. 최 씨가 소리를 버럭 지르며 거칠게 방
문을 열고 나온다. 사월은 마루 끝에 멍하니 앉아 있다. 그러
나 눈빛엔 일종의 광기가 돈다.

최 씨   미친년. 맘대로 해! (침을 뱉고서) 그래, 자식새끼 있는
      년이 새서방을 얻어? 응? 그게 무슨 화냥년의 짓이라
      던?

사월   (자포자기한 빛이나 냉소하듯) 내가 화냥년이면 어때
     요? 어머니가 무슨 상관이오? 상관이! 나는 한번 한다
     면 해요.

최씨 해라! 부산이고 갑산이고 가서 갈보가 되든 식모가 되
    든 맘대로 해.

사월 걱정 마요. 누가 어머니더러 여비 대라고 할까 봐 걱
    정이오?

최씨 꼴좋겠다. 네가 타관에 가면 어느 놈이 밥상 받쳐 들
    고 기다릴 게다.

사월 흥! 산 입에 거미줄은 안 쳐요.

최씨 가거라, 가! 이 에미는 까치밥이 되도 네년만 잘 살면
    된단 말이냐?

사월 (히스테리컬하게) 나더러 어떻게 하란 말이에요? 언제
    까지나 이렇게 죽은 송장이 살아나기를 기다리란 말
    이에요? 못 하겠어. 난 못 해!

최씨 그러니 자식새끼가 있잖아?

사월 흥! 자식이 무슨 소용이에요. 그게 나를 잘 살게 해 줘
    요?

최씨 이년이 정말 환장을 했나? 갑자기 왜 이러냐? 응? 무
    얼 못 먹어서 이 발광이냐?

사월 (한숨을 푹 돌리며) 다 귀찮아요. 이것이 사는 것이라면
    차라리 부엉이가 되어서…….

최씨 마음대로 해! 네년 신상 네가 알아서! (하며 밖으로 횡
    나가 버린다. 사월이는 갑작스레 치밀어 오르는 허무감에
    못 참겠다는 듯 자리에서 일어나 대밭 쪽을 향한다. 이때 대
    밭에서 내려오는 점례를 발견한다.)

사월 (가까이 오며) 점례!

점례 (소스라치게 놀라며) 응? 응…… 인제 좀 나아? (하며 억지로 미소를 짓는다.)

사월 (부러 점잖게) 재미가 좋아?

점례 재미라니? 홋호……. 아니 이 산골에 무슨 재미가 있겠어? 야경하는 재미와 도둑맞는 재미나 있을까…….

사월 (눈빛이 날카로워지며) 나는 못 속여.

점례 뭘 말이야, 사월이?

사월 (바싹 다가서며) 지금 그 사람이 누구야? 응?

점례 (당황하며) 아, 아니……. 누군 누구야?

사월 내가 묻고 있는 거야! (달래듯) 아무한테도 말을 안 할게, 어서 대!

점례 도대체 무슨 얘기야?

사월 정말 이렇게 헛소리만 뱉을 텐가. 그럼 내가 직접…… 물어보고 올 테니까. (하며 대밭 쪽으로 간다. 몇 발 옮길 때까지 보고 있던 점례의 얼굴에서 새하얗게 핏기가 가신다.)

점례 (사월을 따르며) 어딜 가는 거야?

사월 찾아볼 사람이 있어 그래.

점례 누군데?

사월 젊은 남자! (돌아보며) 누구지?

점례 아니, 그럼 사월이는…….

사월 알고 있었지. 홋호……. (속삭이듯) 어디서 왔지? 서방님은 아닐 테고, 응? 말 좀 하라니까.

점례 (어찌할 바를 몰라서) 그럼 역시, 아까 그 소리는…….

사월	친척? 점례에게 그런 친척이 있었던가? (하며 딴전을 부린다.)
점례	아니…….
사월	(추궁하듯) 왜 이렇게 우물쭈물하고 있지? 응? 누구냔 말이야?
점례	(큰 결심이라고 하듯) 사월이가 나하고 약속해 준다면 가르쳐 주지.
사월	뭘 말이야?
점례	다른 사람에겐 말 안 하기로…….
사월	훗호…… 누굴 어린앤 줄 아나?
점례	정말이지? 그 약속을 어기면 우린 다 죽고 말아.
사월	(심상찮게 여기며) 죽다니?
점례	그러니까 사월이만 알고 있어…… 응?
사월	그래. 어서 말이나 해.

(점례는 사방을 훑어보더니 사월의 귀에다가 뭐라고 소곤거린다. 듣고 있던 사월의 표정이 돌처럼 굳어 간다.)

사월	아니, 빨갱이 아냐?
점례	쉿!
사월	(생각에 잠겨) 그래, 그러니까 지난번 눈 오던 날 밤에…… 천왕봉에서 내려온…….
점례	(고개만 끄덕인다.)
사월	(어려운 수수께끼를 풀려는 듯) 알 수 없는 일이야. 점례

	가 어째서 그런 사람을 살렸을까?
점례	어째서라니? 그건…… 저……. (말문이 막히자 사월의 시선을 피한다.)
사월	(눈빛이 달라지며) 점례는 그 사람을 왜 살려 줬지? 밉지 않아?
점례	밉고 곱고가 있어? 그저 어쩐지 불쌍해서.
사월	불쌍해서?
점례	국민학교 선생님이었대…… 그런데 친구를 잘못 만나 그만 꾐에 넘어가 이 산 저 산으로 끌리어 다니다가…….
사월	(점례의 속셈을 떠보려고) 어떻든 빨갱이 아냐? 점례 남편을 죽였을지도 모를……. 죽건 말건 내버려 두지 왜 데려다가 숨겨 가면서 살리지? 아무도 모르게 말이야.
점례	어디 그럴 수가 있어? 사정을 들어 보니까 딱해서…….
사월	(넌지시) 점례 사정이 더 딱하지. 흠…….
점례	내가?
사월	(단정적으로) 그리고 나도! (한숨) 우리보다 더 가엾은 인생이 어디 있겠어? 산송장이나 마찬가지지.
점례	(영문을 모르겠다는 듯) 왜?
사월	왜냐구? 그걸 내가 말해야 알겠어? (비웃듯) 하긴 지금 점례는 그런 괴로움을 잊어버렸을 테지.
점례	그런 괴로움이라니?
사월	(점례에게 정욕에 타오르는 시선을 퍼부으며) 그래! 나이

찬 여자가 홀몸으로 지내야 하는 괴로움을 모를 리 없
잖아. 점례는 다행이지.

점례 내가?

사월 좋은 남자가 생겼으니까. 안 그래? (하며 야비한 웃음을
던진다.)

점례 (홍당무가 되며) 어머……. (하며 외면한다.)

사월 (바싹 다가서며) 점례!

점례 (상대방의 얘기를 경계하며 서 있다.)

사월 나도 그 남자를 돕고 싶어.

점례 (생기가 돌며) 정말?

사월 점례가 그 남자를 동정하는 마음씨를 나도 알고 있어.

점례 (손목을 잡으며) 고마워. 그럼, 아무에게도 말 안 하겠
지?

사월 그럼! 그 대신 나하고 한 가지만 약속해 줘.

점례 약속이라니?

사월 우리 둘이서 하루씩 번갈아 가면서 그분을 돌봐 주잔
말이야.

점례 (의아한 표정으로) 번갈아 가면서?

사월 그래. 나도 그이에게 밥을 해 주겠어. 산속에서 얼마
나 굶주렸겠어! 점례 혼자선 짐이 무거울 테니까.

점례 (감격하며) 그렇게만 해 준다면 얼마나 좋아! 정말 그
이는 착한 사람이야. 자기가 빨갱이들 말에 속았다는
걸 뉘우치고 있어.

사월 그 대신 내가 하는 일에 참견해서는 안 돼.

점례   참견이라니?

사월   내가 그 사람을 만날 때는 점례는 모르는 척하란 말이
      야. 알겠지?

점례   (괴로워하며) 사월이가 무슨 생각을 하고 있는지 알겠
      어. 하지만 그이는 결코 나쁜 사람이 아니니까 제발
      괴롭히지 마. 응?

사월   (비위가 상한 듯) 그럼, 나더러 가까이하지 말란 말이
      야? 점례만이 그 사람을 먹여 살려야 한다는 권리가
      어디 있어?

점례   그런 게 아니라, 그분은······.

사월   듣기 싫어! 그럼, 점례 마음대로 해. 내게도 생각이 있
      으니까. (하며 점례를 뿌리치고 가려 하자 점례가 길을 막
      는다.)

점례   사월이! 그게 아니라······.

사월   마음대로 하라는데 왜 그래?

점례   (울음을 터뜨리며) 제발 소원이야. 무슨 짓을 해도 상관
      없으니 그이만은 살려 줘! 그이는 불쌍한 분이야.

사월   (씩 웃으며) 약속을 지키겠어?

점례   그러니 밖에 말이 안 새도록만 해 줘. 그이도 상처만
      나으면 제 발로 가서 자수하겠대. 그러니······.

사월   염려 말래두. 점례에게 소중한 남자는 내게도 소중하
      니까. (불타오르는 욕정을 억제하며) 고이 간직하겠어.
      염려 마.

(점례는 미어질 듯한 가슴을 안고 마루 끝에 가서 쓰러져 운다. 사월이는 천천히 대밭 쪽으로 걸어간다.)

(막)

4막

무대, 전 막과 같음. 전 막부터 약 삼 개월 후, 이른 봄 오후. 양
지바른 언덕길이며 뜰 한구석에 파릇파릇한 풀이 돋아나고
개나리가 꽃을 피웠을 뿐 모든 것은 전과 다름없다. 하늘엔 정
찰기의 폭음 소리가 파도처럼 밀려왔다간 밀려간다. 이따금
총포 소리가 멀리서 터지며 산골짝 위에 메아리쳐 간다. 그러
고는 다시 고요가 깃든다. 양 씨 집 마루 끝에 양 씨, 이웃 아낙
갑, 이웃 아낙 을, 쌀례네가 쑥이며 산나물 캐어 온 걸 다듬고
있다. 최 씨는 자기 집 마루 끝에 멍하니 앉아 있다.

쌀례네   (비행기 소리를 따라 하늘을 쳐다보며) 저렇게 빙빙 돌
        지만 말고 한바탕 결판을 내지 않고…… 원, 답답해
        서…….
이웃 아낙 을 겁도 없지. 난 그 대포 소리며 총소리는 지긋지긋

해, 또 난리가 터지면 어떡해…….

쌀례네   난리는요? 이제 국군이 쳐들어왔으니…… (산을 가리키며) 저놈들은 독 안에 든 쥐새끼지 뭐요.

이웃 아낙 갑   좀 더 일찍 왔던들 우리가 고생을 덜 했지 뭔가? 그동안 저놈들에게 빼앗기고 시달린 일 생각하면 치가 떨리지…….

양씨   지난번에 경찰 지서에서 나오신 분 얘기 못 들었어요? 이 고을은 산이 험해서 겨울엔 싸움하기가 힘들어서 늦었다고. 그렇지만 이제 해동이 되었으니 아마 대판 콩 볶듯 하려나 봐. (쿵 하고 포 터지는 소리)

이웃 아낙 을   국군이 들어온다니 한시름 덜었지만 앞으로 보릿고개가 걱정이죠. 그동안 마음 놓고 농사도 짓지 않았을 테니.

양씨   하지만 산 목구멍에 거미줄 치겠어요? 칡뿌리만 있으면 살 수 있으니까.

이웃 아낙 을   칡뿌리 캐는 게 그렇게 수월해요? 게다가 캐러 갈 사람이 있어야지. 형님 댁엔 며느리 있겠다 딸이 있으니까 꼼짝없지만 우리 집엔…… 어유! 정말이지 못 살아.

쌀례네   (뜰 가운데 나오다가 우두커니 앉아 있는 최 씨에게) 왜 그렇게 꾸어다 놓은 보릿자루마냥 앉아만 있우? 일루 건너와서 얘기나 합시다.

(최 씨, 서서히 걸어온다.)

이웃아낙을 참, 사월이 몸은 어떻수?

최씨   (한숨) 매한가지예요. 재수 없는 놈은 뒤로 넘어져도
       코를 깬다더니, 집안에 우환이 그칠 새 없으니…….

이웃아낙을 왜 그럴까? 지금 그 나이면 솔잎도 달게 먹는 나
       이일 텐데.

최씨   글쎄, 먹는 것마다 토하니 사람이 살 수가 있어야죠.
       없는 돈에 미음을 쑤어서 줘도 오약! (하며 손을 입에
       대고 토하는 시늉) 죽을 먹어도 오약! 하니 옆에서 볼
       수가 있어야죠.

쌀례네   속 모르는 사람이 보면 애기를 가졌다겠네요. 홋
       호…….

이웃아낙을 망할 것. 서방도 없이 애기를 낳아?

최씨   목구멍을 넘어가는 게 없으니 뼈만 남은 데다가 눈은
       10리나 들어가서…… 게다가 말을 물어도 대답이 없
       이 방구석에만 들어 있으니…… 보기가 딱해서 내가
       밖으로만 돌아다닌다우.

양씨   참, 별스런 병두 다 많지. 가까운 데 의원이나 있으면
       보일걸.

쌀례네   시집 못 가서 화병 났는가?

이웃아낙갑 망측도 해라. 시집이라니.

쌀례네   지난겨울만 하더라도 시집가겠다고 수선을 떨었잖아
       요?

최씨   이제 그 소리는 없어. 정말 요즘 같아선 데려가겠다는
       임자만 나서면 그렇게라도 하는 게 좋겠어. 늘그막에

이게 무슨 고생이람.

이웃 아낙 갑   (일어서며) 모두가 타고난 팔자라 억지로 되는 일이 아니야……. 그러다가도 때가 오면 낫겠지. (다른 사람들에게) 그만들 가 보지.

이웃 아낙 을   (따라 나서며) 예…… 오래 놀았수.

최 씨   (자리에서 일어서며) 뭣 좀 먹었는지…… 원……. (하며 자기 집으로 간다.)

양 씨   살펴들 가세요. (여전히 쑥을 다듬는다.)

(세 사람은 대답을 하며 한길로 퇴장한다.)

쌀례네   점례는 어디 갔어요?

양 씨   칡뿌리 캐러 갔어.

쌀례네   (사이) 아주머니.

양 씨   응?

쌀례네   나 이상한 소문을 들었다우.

(이때 좌편 최 씨 집에선 최 씨가 방문을 열어 보며 소리를 지른다.)

최 씨   어이구! 또 건구역질이야? 이를 어쩐담. 가만히 좀 있어. 내가 들어가서 등을 문질러 줄 테니. (하며 급히 방 안으로 사라진다.)

양 씨   이상한 소문이라니?

쌀례네   (주위를 살피며) 아주머니만 알고 있어야 돼.

양씨   어서 말이나 해. (쑥을 다시 고른다.)

쌀례네   저, 우리 마을에 낯선 사내가 드나든대요…….

양씨   낯선 사내?

쌀례네   예. 그것도 야밤에 저 토끼바위 쪽에요.

양씨   (놀라며) 아니, 그 귀신이 난다는 토끼바위엔 왜 가나? 개도 얼씬 안 하는 곳인데.

쌀례네   게다가 꼭 사내하고 계집하고 한 쌍이니 이상하잖아요?

양씨   도깨비라도 본 게 아냐?

쌀례네   아뇨. 먼발치로 본 사람이 있다니까요.

양씨   누가?

쌀례네   (낮은 소리이면서 자신 있게) 내가 봤어요.

양씨   응? 쌀례네가? 언제?

쌀례네   지난 한식날 밤이었지요. 죽은 쌀례 아범 생각이 나서 발길 쏠리는 대로 간 곳이 바로 토끼바위 쪽이 아니었겠어요?

양씨   그래서?

쌀례네   그런데 분명히 계집과 사내가 쏜살같이 숲 속으로 숨어 버리는 걸 봤다우. 저는 어찌나 놀랐는지 그만 얼굴을 감싸고 돌아섰지요.

양씨   거참, 이상한데. 이 마을에 사내가 어디 있어?

쌀례네   그런데 용식이네도 한 번 봤대요.

양씨   역시 토끼바위에서?

쌀례네   예.

| 양씨 | (생각에 잠겨서) 하필이면 그런 끔찍스러운 곳엘 갈까? 귀신이 난다고 대낮에도 가기 꺼리는 곳인데…….|

양씨 (생각에 잠겨서) 하필이면 그런 끔찍스러운 곳엘 갈까? 귀신이 난다고 대낮에도 가기 꺼리는 곳인데…….

쌀례네 그래야만 남의 눈을 피할 수 있을 게 아니에요?

양씨 하긴 그럴 법도 해. 그래, 그 계집이란 누구야?

쌀례네 그게 말이에요…… 저…….

양씨 응? 누구? 아이, 답답도 해라.

쌀례네 (최 씨 집 쪽을 가리키며) 사월일 거라는 소문이에요.

양씨 (크게 놀라며) 사월이가? 아니, 그럼…….

쌀례네 그러니 수상하잖아요? 저렇게 건구역질만 하고 음식을 통 먹질 못한다니…….

양씨 (이제 비로소 알았다는 듯) 옳지! 그러니까 사월이는 애기를…….

쌀례네 그렇게밖에 생각할 도리가 없죠. 여편네 병은 빤한걸.

양씨 그렇지만 그 사내가 누군지 알 수가 있어야지.

쌀례네 정말이지 귀신이 곡할 노릇이죠. 그렇다고 직접 본인더러 물어볼 수도 없구요.

양씨 사월이가 애기를 뱄어. 과부가 애기를? 홋호…….

쌀례네 아니, 왜 그러세요?

양씨 그런 뚱딴지 같은 일이 어디 있어? 잘못 본 게 아냐? 정말 봤어? (날카롭게 추궁한다.)

쌀례네 (약간 뒷걸음질 치며) 밤이라 얼굴을 똑똑히 보지는 못했지만서두 사월이가 자리에 눕기 시작한 시기와 병세로 봐서 뻔하지 뭐유. 누군 애기를 안 낳아 봤어요?

양씨 (낮게) 쌀례네! 자네 정말 그 입 좀 조심해. 그런 소릴 어디 가서 함부로 했다간 없는 상투를 뽑힐 거야.

쌀례네 그러니까 아주머니한테 말씀드린다고 했잖우.

양 씨 그래, 그 이야기는 이걸로 딱 끊어요. 괜히 소문 퍼뜨렸다가 생사람 죽이지 말구.

쌀례네 예! 알아 모시겠습니다. (하며 한길 쪽으로 나간다.)

(혼자 앉아 있는 양 씨는 잠시 생각에 잠기더니 최 씨의 집 쪽으로 간다. 그녀의 얼굴엔 호기심이 가득 차 있다.)

양 씨 사월이네 있우? (방에서 대꾸하는 소리) 나. 좀 어때?

최 씨 (문을 열고 고개를 내밀며) 글쎄, 밤낮 그래요. 지금도 똥물까지 토했다우. (하며 머리를 득득 긁는다.) 좀 들어와요.

양 씨 (시치미를 떼며) 어서 좋아져야 할 텐데, 어떻게 하누……. (하며 방으로 들어가서 문을 닫는다.)

(이때 우편 대밭 쪽에서 규복이가 조심스럽게 나타난다. 전보다 혈색이 창백하긴 하나 살은 쪘다. 그는 물그릇을 들고 사방을 살핀 다음 부엌으로 들어간다. 이때 안방에서 김 노인이 기지개를 켜며 나와 마루 끝에 앉는다. 물그릇에 물을 채워 나오던 규복과 김 노인, 시선이 마주친다. 규복은 벼락 맞은 사람처럼 제자리에 서 버린다.)

김 노인 자넨 언제 들어온 머슴인가?

규복 (말문이 막혀) 예…… 저, 예…….

김노인 망할 년들, 일하기 싫으니까 머슴까지 들여놓고……
　　　음…… 고얀 것들.

(규복은 당황하여 어느 쪽으로 가야 할지 모른다. 이때 한길에 귀덕
이가 나타난다. 한 손으로 풀피리를 불며 한 손에는 나물 바구니가
들렸다. 인기척을 알아차리자 규복은 급히 우편으로 도망쳐 버린다.
김 노인은 저고리를 벗어 이를 잡는다. 그러나 눈이 어두워서 잘 안
보이는지 눈만 비빈다. 귀덕이가 피리를 불며 들어서도 김 노인은 모
르고 있다.)

귀덕　　할아버지! 엄마 어디 갔어?
김노인 (딴전을 부리며) 글쎄, 봄이라서 그런지 가려워 못살겠
　　　구나……. (하며 몸을 긁는다.)
귀덕　　헷헤…… 할아버진 말귀도 못 알아듣는 바보야.
김노인 네가 이 좀 잡아라.
귀덕　　싫어! (바구니를 토방에 내려놓고) 엄마, 엄마!

(이때 최 씨 집에서 양 씨가 나온다.)

양씨　　잘 조섭해. 길만 가까우면 무당에게 푸닥거리나 시킬
　　　걸. 난 가요! (하며 문을 닫고 나온다. 그녀의 얼굴엔 삐뚤
　　　어진 웃음이 서렸다.) 흥! 혼자서만 잘난 척하더니 꼴좋
　　　지. (하며 뜰 안으로 들어선다.)
귀덕　　엄마! 밥 줘.

양씨 뭐? 밥? 네년 배 속엔 걸구[10]가 들었냐? 해도 안 넘어
      갔는데 무슨 밥이냐? 망할 것. (하며 소리를 지르자 김
      노인도 알아차린다.)

김노인 나도 시장해서 못 살겠다. 밥을 가져와.

양씨 어이구! 조부님과 손녀께서 어쩌면 저리 장단이 맞
      누? (혀를 차며 가까이 가서) 밥이 어디 있어요? 하루에
      두 끼니 먹는 것도 다행으로 아셔야죠.

김노인 (화를 내며) 그래, 늙은이 밥 먹이는 것은 아깝고 젊은
      머슴 밥 먹이는 것은 장하단 말이냐?

양씨 아니, 난데없이 머슴은 무슨 말라빠진 머슴이오? 우
      리가 언제 머슴을 부릴 팔자였다고.

김노인 늙은이 괄시한 놈치고 잘되는 놈 못 봤다. 머슴 먹일
      밥이 있으면 내게 가져와. 가져오래도.

양씨 아니, 정말 노망기가 났나? 별안간 머슴을 들먹거리
      고…….

귀덕 할아버진 병신이야. 힛히…….

양씨 (밉살스럽게) 어이구, 네년은? 일 없으면 산에 가서 칡
      뿌리나 캐 와. 네 올케도 갔으니까.

귀덕 싫어. 이렇게 나물을 캐 왔는걸. (하며 바구니를 내민다.)

양씨 (바구니를 받아 보며) 아니……. 이걸 나물이라고 캐 왔
      니?

귀덕 나물 아니구!

---

10) '걸귀'의 방언.

양씨   이년아! 이게 나물이야? 응? 어디서 먹지도 못할 풀만
         뜯어다 놓구서. 어유, 뒈져! 어서! (하며 귀덕의 머리채
         를 잡아챈다.)
귀덕   아야! 아야!

(이때 정임이가 곱게 단장을 하고 한길에서 내려온다. 먼 길을 떠나
려는지 손에 낡은 트렁크가 들려 있다. 하늘빛 인조 치마에 분홍 저
고리가 한층 촌스럽게만 보인다.)

정임   아주머니.
양씨   정임이, 웬일인가? 그렇게 곱게 차리고 나서……. 응?
         어딜 가나?
정임   (수줍어하며) 예. 떠나기 전에 인사나 여쭙고 싶어서…….
양씨   그래. 역시 가는구만. 참, 신랑이 부자라며?
정임   그저 먹고살기엔 그만하면…….
양씨   잘 생각했어. 정임이는 홀몸이니까 쉽게 개가할 수도
         있지만…….

(귀덕은 정임의 옷을 앞뒤로 돌아가며 부러워한다.)

귀덕   시집가나 베? 흠…….
정임   귀덕이도 잘 있어. (양 씨에게) 점례 오면 못 보고 간다
         고요.
양씨   그래, 어서 가 봐.

정임　(밖으로 나오며) 막상 떠나자니까 서운해요.

양씨　어디 가든지 서방님 잘 섬겨. 뭐니 뭐니 해도 계집은
　　　서방을 잘 만나야 해.

(귀덕이도 따라 나온다.)

정임　참, 사월이도 좀 만나 보고 가야지. (하며 최 씨 집으로
　　　들어간다.)

정임　(방문 앞에서) 계세요?

최씨　(방 안에서) 누구요?

양씨　정임이가 오늘 떠난대요.

최씨　(방문을 열고서) 정임이가? 어이구, 이거 시원섭섭해서
　　　어떻게 하누?

정임　사월이는 어때요?

(사월이가 나온다. 머리를 풀어 헤쳐서 한층 여위고 신경질적으로
보인다.)

정임　사월이.

사월　(손목을 잡으며) 시집간다 간다 하더니 기어코 가는구면.

정임　응. 별도리 없는걸. 남들이 욕하건 말건…….

사월　욕하긴 누가?

정임　(눈을 내리깔며) 새서방 얻는다고 흉본다나.

(이 말에 최 씨와 양 씨는 서로 멋쩍어하며 외면한다.)

사월　흉보는 사람이 덜됐지 뭐야. 그렇다고 언제까지나 홀
　　　몸으로 살 수는 없어. 정임이는 참 잘했어.
정임　(속삭이듯) 사월이도 어서 해 버려.
사월　(동요의 빛을 보이며) 아냐…… 난…… (사이) 어서 가 봐.
정임　응! 그럼 잘 있어. (하며 한길 쪽으로 나간다. 양 씨, 최 씨
　　　그리고 귀덕이가 뒤를 따르며 퇴장.)

(멍하니 문에 기대어 선 사월이의 눈에 금세 눈물이 쭈르륵 흘러내
린다. 산새가 울어 댄다.)

사월　새라도 되었던들 훨훨 날아가 버릴걸. 날이 갈수록 괴
　　　롭고 무거우니……. (하며 배를 만져 본다.)

(이때 산속에서 점례가 칡뿌리를 망태기에다가 담아 이고 내려온
다. 집으로 들어가려다가 문에 기대어 서 있는 사월을 보자 가까이
간다.)

점례　(사무적으로) 좀 어때?
사월　그저 그래. 칡을 캤어?
점례　심심풀이로 씹어 보겠어? (하며 조그마한 칡 토막을 골
　　　라 준다.)
사월　아무것도 먹고 싶지 않아.

(두 사람 사이에 무거운 침묵이 흐른다. 나지막이 떠가는 경찰기의 폭음 소리.)

점례   앞으로 어떻게 할 셈이지?

사월   뭘?

점례   나는 못 속여. (사월의 복부를 주시하며) 애기 말이야.

사월   아……. (괴로운 듯 배를 가린다.)

점례   어차피 알게 될 텐데……. (사이)

사월   내가 벌을 받았나 봐. 내게 애기가 무슨 소용이람. (괴로움을 참으며) 아, 이젠 죽고만 싶어.

점례   죽는다고 일이 끝장나나?

사월   그럼 어떻게 하란 말이야?

점례   그이와 함께 도망을 가든지 해야지 이대로 있다간 모든 일이 탄로가 나잖아?

사월   왜 내가 그이와 도망을 간단 말이야? 그럼 점례, 너는?

점례   나는 그이와 함께 살 계집이 못 돼.

사월   아니, 그게 무슨 소리야?

점례   난 비로소 알았어. 전남편과 같이 산 지가 육 년이 되도록 애기를 못 가졌을 때 나는 남편의 잘못이라고 생각했어. 그렇지만 이제야 내가 애기를 못 가질 여자라는 걸 알았어. (한숨) 그러니까 사월이는 나보다 더…….

사월   그게 무슨 소용이야? 나는 자식은 싫어. 생각만 해도 지긋지긋해.

점례 그런 소리 마. 여자가 애기를 못 가진다는 건 병신이
야. 귀덕이가 병신인 것처럼 나도 병신이라니까. (하
며 울기 시작한다.)

사월 아…… 하느님도 짓궂지. 가지고 싶어 하는 사람에겐
안 주고 가지기 싫어한 사람에겐 몇이고 주다니!

점례 그런 소릴 하면 벌 받아.

사월 벌? 홋호……. (히스테리컬하게 웃는다.)

점례 왜 이래?

사월 우리에게 그만큼 벌을 줬으면 됐지 (울먹거리며) 이상
벌을 받아야겠어? 응?

점례 그렇지만 우리가 잘못을 저지른 것만은 빤하니까 별
수 없어!

사월 (눈빛이 벌겋게 타오르며) 한 사내를 둘이서 좋아한다
는 게 잘못일까?

점례 (고민을 깨물며) 이만저만한 잘못이 아니지. 더구나 죄
를 지은 사내를 지금까지 숨겨 놓고서. 아, 어떻게 하
면 좋을지 난, 난 뭐가 뭔지 모르겠어……. (하며 운다.)

사월 (무섭게 쏘아보며) 점례가 모르면 누가 알아?

점례 이제 멀지 않아 국군이 이 산을 둘러싸게 되면 그이도
어느 때고 붙잡히게 될 게 아냐?

사월 그래? 아니, 그게 사실이야, 점례?

점례 천왕봉에 숨어 있는 빨갱이들을 깡그리 없애 버리기
위해서 산에 불을 놓는다는 소문도 있으니…….

사월 불을?

(다시 가까워지는 비행기 소리)

점례   저렇게 갑자기 비행기가 뜬 것도 산사람들을 찾아다
       니는 소리래. 그러기에 내가 시킨 대로 진작 자수를
       했으면 좋았을 텐데.

사월   (매섭게) 나 때문에 못 했단 말이지?

점례   사월이의 탓도 없는 건 아니야.

사월   아니, 이제 와서 내 탓이야? 응, 내가 그이를 못살게
       했단 말이지?

점례   그렇지. 그때 사월이가 나를 눈감아 줬던들 우리 두
       사람은 자수를 해서 멀리 타관으로 떠났을지도 몰라.
       그런데 사월이가 한사코…….

사월   듣기 싫어! 볼 장을 다 보고 나니까 내게 뒤집어씌우
       려고? 점례가 그이를 좋아했다면 나도 마찬가지였어.
       나도 점례와 꼭 같은 과부였으니까. 이 년 동안을 서방
       없이 살아 나온 여자였다는 건 매한가지야. 이제 와서
       우리 두 사람 가운데 누가 잘하고 못하고가 있어?

점례   그렇지만 우리는 이대로 있다간 다 함께 죽는 거야.

사월   그럼, 어떻게 하지?

점례   (문득 생각난 듯) 사월이. 우리 셋이서 도망을 칠까?

사월   도망친 다음은?

점례   (말문이 막힌다.)

사월   죽을 때까지 셋이서 같이 살겠다는 건 아니겠지?

점례   (당황하며) 그, 그야…… 물론 셋이서 어떻게…….

사월   (괴로워하며) 그러니 어떻게 하면 좋다는 거야? 이렇
        게 배는 불러 오르기 시작하니……. (하며 벽에다가 이
        마를 치며 운다.)

(점례는 물끄러미 그 모양을 내려다보다 말고 말없이 일어서 나온다.)

사월   (히스테리컬하게) 점례……. 우린, 우린 어떻게 하면 좋
        아!

(그러나 점례는 입을 꼭 다물고서 천천히 걸어 나온다. 그녀는 헛간
쪽으로 가다가 현기증을 느꼈는지 그대로 헛간 벽에 기대어 멍하니
눈을 감고 서 있다. 사월은 괴로운 듯 방 안으로 들어간다. 이때 규복
이가 천천히 나타난다. 점례를 보자 가까이 와서 선다.)

규복   점례! 점례!
점례   (번쩍 눈을 뜨며) 왜 여기까지 나왔어요?
규복   할 얘기가 있어서……. (하며 헛간 쪽으로 끌고 간다.)
점례   안 돼요. 이 손을 놔요. 누가 오면 어떻게…… 어서요.
규복   (표정이 굳어지며) 오면 어때?
점례   나 혼자 있게 내버려 둬요.
규복   그렇지만 나는 언제까지나 소나 돼지 노릇을 하고만
        있을 순 없잖아?
점례   아니, 그게 무슨 소리예요?
규복   (자신을 저주하며) 울안에 갇힌 채로 가져다주는 먹이

나 먹고 억지로 억지로 붙여 준 암컷과 자는 돼지. 나는 사람이 아니라 짐승이 되고 말았어. 돼지야!

점례   선생님.

규복   더 이상 참을 수 없어. 난 결심을 했어.

점례   어떻게요?

규복   이제 국군들의 소탕 작전이 시작된다니까 그 전에 나 자신을…….

점례   자수하겠단 말인가요?

규복   그 길밖에 없잖아?

점례   그럼, 나와 사월이는 어떻게 되죠? 선생님을 의지한 우리는…….

규복   의지했다고? 거짓말! 거짓말 마!

점례   (매달리며) 가지 마세요. 안 돼요.

규복   나를 의지한 게 아니라 이용했어. 이 년 동안 굶주려 온 당신네들의 욕망을 내게서 채워 보려고 나를 짐승처럼 길렀어.

점례   그렇지만 애당초엔 제가 선생님보고 자수하라고 권했잖아요?

규복   그런데 왜 지금은 말리는 거야? 응? (사이) 왜 말을 못해?

점례   아! 모르겠어요! 몰라.

규복   좋아! 이제 나 따위는 쓸모없는 인간이 되었단 말이지? (하며 나가려 하자 점례가 말린다.)

점례   안 돼! 지금 가면 안 돼요. (하며 매달린다.)

규복   놔요. 나는 이미 죽음을 각오한 사람이야. 사월이도 나
      를 이용할 대로 이용하고서 며칠 전부터는 그림자도
      안 보이고……. 내가 죄인이라고 깔보고 있는 거야.

점례   선생님! 그건 아니에요. 사월이는 지금 선생님의…….

규복   내가 어쨌단 말이야?

점례   (냉정하고 또렷한 어조로) 사월이는 애기를 가졌어요.

규복   애기를? (사이) 아니, 그럼?

(이때 비행기에서 쏘아 붓는 기관총 소리와 경폭탄 터지는 소리가
전보다 가까이서 퍼져 울린다.)

규복   이게 무슨 소리야?

점례   어서 들어가 숨어요. 그 얘기는 나중에 하구요. 어서!

(이때 한길 쪽에 군중들이 몰려나와 천왕봉 쪽을 보며 웅성거린다.)

점례   어서요! 사람이 와요!

(규복, 잠시 망설이더니 급히 우편 대밭 쪽으로 사라진다. 모질게 터
지는 기총 소사가 천지를 진동시키는 가운데 점례는 넋을 잃은 사람
처럼 땅 위에 쓰러진다.)

                                        (막)

5막

무대, 전 막과 같음. 전 막부터 이틀 후. 저녁때. 포탄 터지는 소리며 기총 소사 소리가 한바탕 요란스럽게 퍼붓는 가운데 막이 오른다.

뜰 한복판에서 양 씨와 최 씨가 서로 옷소매를 걷어붙이며 다투고 있다. 두 사람을 에워싸듯 이웃 아낙 갑, 이웃 아낙 을, 귀덕, 그 밖에 몇몇 사람이 둘러서서 싸움 구경을 하고 있다.

최씨　(삿대질을 하며) 어느 년이 그런 소문을 퍼뜨렸는지 대라니까!

양씨　아니, 뉘 앞에서 삿대질이야?

최씨　삿대질쯤 하면 어때? 글쎄, 내 딸이 애기 뱄다는 소문을 퍼뜨린 년을 대면 되잖아?

양씨　(거만하게) 못 댄다면 못 대. 몇 번 말해야 알아듣겠어?

최씨   정말 말 못 하겠어? (하며 위협한다.)

양씨   (빳빳이 대꾸하며) 그래. 못 하겠으니 어쩔 테냐? 응?
       산 손님에게 가서 꼬아바칠 테냐? 세상이 바뀌었으니
       까 내 목을 베라고 해 보시지! 홍! (하며 비웃는다.)

최씨   옳지! 말 한번 잘했다. 이제 국군이 들어왔다고 보복
       을 할 셈이군. 좋아, 마음대로 하래두! (악에 받쳐서)
       그렇지만 경을 치기는 매일반이지. 이 마을에서 산사
       람들에게 협력 안 한 년이 있으면 나와 보라지. 어차
       피 망칠 바엔 나도 다 걸고넘어질 테니까. (옆 사람들
       이 불안하게 동요되자 한층 신바람이 나서) 산사람들에게
       양식을 안 대 준 사람이 있어? 야경을 안 한 사람이 있
       느냐 말이야. 응? 게다가 이장이랍시고 충성을 바친
       년은 누구지?

양씨   환장했나 보군.

최씨   복도깨비가 복은 못 줘도 화는 준단 말이야. 자, 어서
       그년 이름을 대.

이웃 아낙 갑 (사이에 들며) 무슨 소리들이야? 지나간 일 캐내면
       가물치가 용 될라구…… 쯧쯧. 요즘 세상에 털어서 먼
       지 안 나는 사람이 있어? 우리가 언제는 제 주견대로
       살아왔던가? 안 그래? (모두들 동의의 빛을 나타낸다.)
       왜정 시대는 어떻고 해방 후는 어떻고……. 누가 누구
       잘못을 캘 필요도 없어. 그래 봐야 하늘 보고 침 뱉기
       지. 그러니 그만들 덮어 둬요.

최씨   내 딸이 새파란 과부 된 것만도 머리가 희게 생겼는

데 난데없이 애를 뱄다니 생사람 잡을 일이 아니유, 글쎄.

이웃 아낙 을 딸자식 가진 사람은 으레 빈총 맞기가 일쑤죠. 지금 그 얘기도 공연히 누가 지어낸 얘기겠지. 글쎄 이 과부 마을에서 애기를 뱄다면 누가 믿겠수? 홋호.

최씨 그러니까 그 말을 지어낸 년이 누군가 대면 될 텐데 저렇게 빳빳이 버티잖아요.

양씨 나보고 물을 게 아니라 자네 딸한테 물어보면 되잖아. 흥!

최씨 뭐라고?

양씨 (참았던 화를 풀며) 그렇게 딸이 귀엽고 예쁘면 본인보고 물어보란 말이야. 한 지붕 밑에서 살면서 딸 몸이 어떤지 눈치도 못 채? 응? 자네는 애기도 안 낳아 봤어?

(양 씨의 말이 너무나 자신 있고 조리가 있었던지 최 씨는 잠시 말문이 막혀서 어리둥절해한다.)

이웃 아낙 갑 제발 그만들 덮어 둬요. 내일모레면 할미 소리 들을 나이에 그까짓 헛소문 가지고 싸울 게 뭐람.

최씨 (양 씨에게 다시 도전하며) 내 딸에게 물어봐서 헛소문이면 어떻게 하지?

양씨 내 머리를 뽑아 신을 만들지.

최씨 (다짐을 받으며) 정말이지? 가만히 있어! (하며 가려고 하자 이웃 아낙 을이 말한다.)

이웃아낙을 꼭 어린애들 같군. 그런 시간 있으면 나물이나 캐
　　　　요. 과부끼리 사노라면 으레 헛소문이 나는 법이래도!

최 씨　　끝까지 결판을 짓고야 말걸! 이런 억울함을 당하고도
　　　　그대로 있어요? 기가 막혀서, 원!

(이때 한길 좌편에서 국군 사병 두 사람이 완전 무장을 하고 등장한
다. 모두들 불안에 떨며 한 귀퉁이로 몰려서서 주시한다.)

사병 A　여기가 이장 댁이오?

(서로들 눈치만 보고 대답이 없다.)

사병 B　누가 이장이오?

(역시 공포에 떨며 대답을 못 한다.)

사병 A　(최 씨에게) 아주머니요?

최 씨　　아니에요. (사이, 눈치를 보다가 양 씨를 가리키며) 저 사
　　　　람이에요.

사병 B　알면서도 대답을 안 하오?

양 씨　　(굽신거리며) 예…… 저…… 저는 이름만 이장이지 실
　　　　은 제 며느리가 다 알아서 해 왔죠. 눈에 식자라도 든
　　　　사람이라고는 며느리밖에 없어서…….

사병A 어디 갔소?

양씨 예…… 저…….

(두 사병은 서로 눈짓을 한다.)

사병A 그럼 아주머니라도 상관없으니 같이 갑시다.

양씨 (감전된 사람처럼) 예? 제, 제가…….

(남은 사람들은 금세 비명이라도 지를 듯이 놀란다.)

양씨 저는 아무 죄도 없어요. 저는…….

사병B 글쎄 따라와 보면 알 테니까, 가요!

(양 씨는 땅바닥에 주저앉으며 발을 동동 구른다.)

양씨 왜 하필 나보고 가자는 거예요? 못 가요! 나는 못 가!

사병B 허, 글쎄 누가 죽인다고 했소? 소대장이 보자니까 따
      라와요.

양씨 싫어, 못 간단 말이오.

이웃 아낙갑 아니, 대관절 무슨 일이라도 있었나요?

사병B 우리는 데리고 오라는 명령만 받았으니까……. 자, 어
      서 일어나요.

이웃 아낙을 귀덕 엄마, 가 보세요. 설마 죄 없는 사람을 죽이
      겠어요?

양씨   (문득 무슨 생각이 들었는지 최 씨를 쳐다보더니) 알았다.
        네년이 꼬아바쳤지?

최씨   (무슨 영문인 줄 몰라서) 내가 꼬아바쳐?

양씨   그렇지 뭐야? 오냐! 좋아! 가지! 네가 끝내 나를 못
        살게 한다면 나도 가서 말하지. 누가 이 세상에 나왔
        을 때 입이 없어서 말을 못 하는 줄 아나 베? 흥, 좋아!
        (불쑥 일어나서 옷을 털며 사병들에게) 갑시다. 할 말이
        있으니까요. (하며 앞장을 서서 나간다. 사병 A, B는 서로
        난처한 표정을 지으며 따라간다.)

귀덕   엄마, 어디 가? 나도 따라갈래.

이웃 아낙 을   귀덕아!

양씨   (돌아다보며) 귀덕아. 네 올케 오거든 곧 내려오라고 해.

귀덕   엄마, 나도 갈 테야 (하며 따라나서자 모두들 말린다.)

(양 씨가 퇴장하자 모두들 가슴을 치며 당황해한다. 그러나 최 씨만
은 저만큼 서서 생각에 잠긴다.)

이웃 아낙 갑   무슨 일일까?

이웃 아낙 을   누가 또 고자질을 한 게 아니에요?

이웃 아낙 갑   그렇지만 지난번에 국군이 나왔을 때도 지난날의
              허물은 탓하지 않을 테니 걱정 말라고 했잖아.

이웃 아낙 을   하긴 그래요.

(멀리서 다시 기관총 소리)

이웃 아낙 을 귀덕아! 그렇게 멍하니 서 있지 말고 올케를 불러
         와야지, 어디 간다던?

귀덕   우물가에 빨래하러 갔어.

이웃 아낙 갑 그런, 어서 데리고 와. 네 어머니가 국군에게 붙잡
         혀 갔다고, 어서!

귀덕   싫어. 엄마가 나 안 데리고 갔으니까 나도 말 안 들을래.

이웃 아낙 을 어유, 이 등신아! 말귀도 못 알아듣긴. 어서 데리
         고 와, 우리 집에 오면 색 헝겊 줄게.

귀덕   정말? 그럼, 곧 다녀올게요. 색 헝겊 많이 줘요. 힛
         힛……. (하며 토끼처럼 뛰어나간다.)

이웃 아낙 갑 (한숨) 또 걱정이 생겼구랴!

이웃 아낙 을 뭐가요?

이웃 아낙 갑 저렇게 한 사람씩 불러들이기 시작하면 꼭 누가 다
         치고야 말지. 관에서 사람 오라 가라 하는 날엔 무슨
         변통이 나지 않던가 베.

이웃 아낙 을 글쎄요.

(이때 최 씨는 서서히 자기 집으로 건너간다. 총소리가 다시 요란해
지면서 멀리 아래쪽에서 연기가 피어오른다. 군중들, "불이야." "불
났어." 하며 언덕 위로 올라간다.)

이웃 아낙 갑 불이 났어?

이웃 아낙 을 모르죠. 저렇게 총을 쏘아 대니 불도 나게 됐지
         뭐유.

(이때 하수에서 쌀례네가 숨을 헐떡거리며 바삐 올라온다.)

이웃 아낙 을 무슨 일이 났우?

쌀례네 이제 빨갱이들이 영락없이 몰살당하게 됐어. (하며 속
　　　　시원하다는 듯 웃는다.)

(군중들, 다시 쌀례네를 둘러싼다.)

이웃 아낙 을 어떻게 된 일이야.

쌀례네 잘은 모르지만 숲이란 숲엔 불을 질러 버린대, 그러면
　　　　숨을 곳이 없어질 게 아냐. 아까 오면서 보니까 석유를
　　　　뿌리고는 총을 몇 방 쏘니까 화악 하고 타오르는 게
　　　　아주 속이 시원해. (하며 옆 사람에게 자랑삼아 말한다.)

이웃 아낙 갑 속이 시원하다고? 자네는 미쳤나? 불이 나는 게
　　　　속이 시원해?

쌀례네 하지만 이 불은 좀 다르잖아요? 내 욕심 같아서는 아
　　　　주 이 산을 불살라 버렸으면 좋겠어.

이웃 아낙 을 뭣이?

쌀례네 이제 이곳에서 살긴 지긋지긋해. 우리도 끝순이나 정
　　　　임이처럼 자리를 떠야지. 이런 촌구석에 백 년 있어
　　　　봐야 고생문만 환하지. 아…….

이웃 아낙 을 참, 오는 길에 귀덕 어머니 못 봤어?

쌀례네 아뇨. (모두들 웅성거리자) 왜요?

이웃 아낙 갑 글쎄, 국군에게 붙들려 갔어.

쌀례네   예? 귀덕 어머니가 무슨 죄가 있다구…….

이웃 아낙 을   사실 따지자면 죄가 없는 것도 아니지. 이장을 지
　　　　　　냈으니까.

쌀례네   원, 형님도. 이장이야 대한민국의 이장이었지…….

이웃 아낙 을   하지만 빨갱이들이 들어와서도 했지 뭐야.

쌀례네   그 까닭만으로 데려가지는 않았을 거예요.

(이때부터 불은 점점 퍼지기 시작한다. 우편에서 점례가 급히 내려
온다. 광주리에 흰 빨래가 들렸다.)

점례   (숨가쁘게) 우리 어머니가 붙들려 갔다구요?

이웃 아낙 갑   그러게 말이야. 어서 가 봐요. 뭐, 소대장이 불렀
　　　　　　다니까. 그저께 여기서 연설한 군인이겠지.

점례   (마루에다 빨래 광주리를 놓고 손으로 머리를 쓰다듬으며)
　　　무슨 일일까요? 저렇게 불길이 솟고, 비행기가 지저
　　　대고, 정신을 못 차리겠어요.

쌀례네   나하고 같이 갈까?

점례   괜찮아. 저 빨래나 손봐 줘. (앞치마를 풀어서 던지고)
　　　저 아래로 내려갔어요?

이웃 아낙 을   응! 어서 가 봐! 어쩌든지 잘못했다고 빌어. 비는
　　　　　　죄인의 목은 못 벤다니까. 응?

점례   예. 그럼 다녀올께요. (하며 바삐 비탈길을 올라서자 귀
　　　덕이가 부른다.)

귀덕   어디 가, 형님? 나도 갈래.

점례   집에 있어요.

귀덕   싫어. 따라갈래.

(점례는 하는 수 없이 귀덕을 데리고 퇴장한다. 모두들 이 광경을 보더니 어이없다는 듯 혀를 찬다.)

이웃 아낙 을   망할 것, 무슨 명절인 줄 아나 보지?

이웃 아낙 갑   그러기에 사람은 속이 차야 하고 대나무는 껍질
              이 차야 쓸모가 있다니까.

쌀례네   어유, 저 불 좀 봐. (하며 감탄하는 표정이다.)

(이때 최 씨 집에서 모녀가 다투는 소리가 왁자지껄하더니 마침내 최 씨가 문을 열고 나온다. 눈빛에 살기가 등등하다. 사월이는 문지방에 기댄다.)

최 씨   그래, 천지간에 하나밖에 없는 이 에미를 속여? 응?
              이년아! 하고많은 사람들 두고 에미를 속일 게 뭐냐?

사월   어머니, 이제 말한들 무슨 소용이 있어요.

최 씨   도대체 어느 놈의 씨냐? 그놈 이름을 대라! 너를 이
              꼴로 만든 그놈이 누구야?

(이 사이에 우편에 모인 사람들은 호기심을 가지며 웅성거린다.)

사월   (담담하게) 말할 수 없다니까요.

최씨   말할 수 없어? 그놈이 만석꾼의 아들이냐, 정승댁 대
        감이냐?

(최 씨는 분함에 못 이겨 뛰어가 사월의 머리채를 휘어잡고 다짐을
한다.)

최씨   어서 말해! 이제 이렇게 되면 너 죽고 나 죽는 거야.

사월   (말없이 견디고 참는다.)

쌀례네   (뛰어가서 말리며) 아주머니, 이 손을 놔요. 오랫동안
        앓고 난 사람에게 약은 못 줄망정 매질을 할 거야 없
        잖아요? 자, 놔요.

최씨   저리 비켜. 이건 내 딸이 아니라 원수라니까.

쌀례네   참으세요. 앓는 사람을 이렇게…….

최씨   (쌀례네의 힘에 못 이겨 저만치 밀려 나가며) 이년아! 누
        가 애를 배렸어? 응? 어느 놈의 씨인데 이 꼴이 되어
        서, 아이구…… (자신의 분을 참지 못해 방바닥에 주저앉
        아 버린다.) 아이구…… 이년아, 아이구! (하며 슬피 울
        기 시작한다.)

(그러나 사월은 눈물 한 방울 흘리지 않고 앉아 있을 뿐이다.)

쌀례네   사월이! 어서 안으로 들어가. 뭐 있어! 어서!

사월   괜찮아.

쌀례네   글쎄, 어서 들어가. (하며 억지로 부축하여 방으로 들이민

다음 방문을 닫는다.)

최씨 　(울음 섞인 소리) 설마가 사람 잡는다더니 정말…… 나
　　　를 두고 하는 말이지. 내 딸을 화냥년으로 만들고……
　　　내 신세를 이 꼴로……. (하며 땅을 친다.)

(동네 사람이 와 최 씨를 부축하여 양 씨 집으로 데리고 온다.)

이웃 아낙 갑　참아요. 참는 수밖에 없어. 우린 이날 이때까지 밤
　　　낮 참고만 살아왔으니까, 잊어버려…….

최씨 　어이구, 이렇게 가슴이 아픈데 어떻게 잊어버려요. 나
　　　물 좀 줘…… 물…….

(최 씨의 말은 어떤 때는 노랫가락 같기도 하고, 어떤 때는 우는 소리
같이도 들린다. 쌀례네가 재빨리 부엌에서 물을 떠 와서 준다. 최 씨
는 물을 마시고 나서 낮은 곡성을 올린다.
이때 좌편 한길에 양 씨, 점례, 사병 A, B 그리고 귀덕이가 쫄랑거리
며 따라온다. 사병의 한 사람은 석유통을 들었다.)

이웃 아낙 을　귀덕 어머니가 돌아오는구만.

(모두들 반가워서 몰려온다. 그러나 양 씨와 점례의 얼굴엔 각각 저
마다의 근심이 가득 찼다.)

이웃 아낙 갑　무슨 일이야?

양씨   (시무룩해지며) 그런 법이 어디 있어? 저 대밭이 어떤
      대밭이라고.
이웃 아낙을 아니, 대밭이라니?
양씨   글쎄, 저 뒷산에 있는 우리 대밭에 불을 지르겠으니
      그리 알라는 거야.
쌀례네 그건 또 왜요?
사병A   여러 아주머니들도 잘 아시겠지만 앞으로 대대적으
       로 공비를 소탕하기 위해서는 공비들이 숨을 수 없게
       해야 합니다. 그리고 비행기에서 내려다볼 때 환히 보
       일 수 있어야만이…….

(군중들은 그 참뜻을 알았다는 듯 수긍을 한다.)

양씨   그렇지만 저 대밭만은 안 돼요. 우리 조상 대대로 지
      켜 내려온 대밭을 내 눈앞에서 불사르다니 그게 될 말
      이요. 차라리 나를 죽이고 나서 해요.
사병B   (딱하다는 듯) 몇 차례 설명하면 알겠소? (사병 A에게)
       자, 가세.

(두 사람이 우편 대밭 쪽으로 가려고 하자 점례가 길을 가로막는다.)

점례   가까이 가서는 안 돼요.
사병A   당신은 또 뭐야?
점례   (빌면서) 그 대밭만은 태우지 말아요. 그걸 잃어버리

면 우린 다 죽어요. 우리 식구를 살리려거든 대밭을
살려 주세요.

(점례의 진실한 태도에 모두들 절박감을 느낀다.)

사병A   군대는 명령에 따라 움직이는 겁니다. 개인적인 사정
        으로 군 전체의 뜻을 움직이게 할 수는 없으니까요.
        저리 비키시오.

점례   제발! 소원이에요. (하며 매달리자 양 씨는 사병 B에게
        매달린다.)

양씨   여보시오! 당신네 집에선 제사도 조상도 모르오? 제
        발 우리 사정 좀 봐줘요. 내 아들이 팔아서 장사하겠
        다고 조를 때도 내가 싫다고 우긴 대밭이에요. 그런데
        이렇게…….

사병B   (휙 뿌리치며) 어서 가……. (하며 급히 뛰어가자 사병 A도
        급히 뒤를 따른다.)

점례   (미칠 듯이) 안 돼요! 거기 들어가면 안 돼요!

양씨   아이고! 우리 집이 망한다! 우리 집이……. (하며 덤비
        자 옆에서들 말린다.)

(잠시 후 총소리가 연달아 일어나자 대나무에 불붙는 소리와 함께
연기가 퍼져 나온다. 점례와 양 씨는 넋 나간 사람처럼 말없이 뒷걸
음을 쳐 간다. 거기엔 절망이라기보다 공허감이 더 짙다.)

쌀례네　정말 아까운 대밭이었는데…….

이웃 아낙 을　이게 얼마 있으면 죽순이 한창일 터인데…… 아
　　　　　　깝지…….

이웃 아낙 갑　어이구…… 우리 살림은 하나씩 없어지기만 하고
　　　　　　느는 것은 나이뿐이니…….

(하늘엔 불꽃이 모란보다 더 곱게 물들어 간다. 여기저기서 사람들
이 모인다. 훨훨 타오르는 불길 앞에서 그저 혀만 차고 있는 허탈한
얼굴들.)

점례　　(갑자기 일어서며) 선생님! 선생님! 안 돼요. (하며 뛰어
　　　　가려 하자 몇 사람이 붙들고 말린다.)

쌀례네　참어! 점례! 정신을 차리라니까.

점례　　나도 같이 타 죽을 테야. 대밭으로 보내 줘.

양씨　　(이제 지칠 대로 지쳐서) 아이구, 이 자식아. 이럴 줄 알
　　　　았으면 차라리 그때 네 말대로 팔아나 버릴 것을.

(이때 "저놈 잡아라." "누구야." 하며 외치는 군인들의 목소리. 그와
함께 총소리가 연달아 일어난다. 모두들 겁에 질려서 오른편으로 물
러간다. 점례는 그 자리에 서 있다.)

쌀례네　무슨 소리야?

이웃 아낙 을　누가 있었나 보지? (이때 방에서 김 노인이 나온다.)

김노인　오늘은 귀가 신통히도 잘 들리는구나. 무슨 사냥이

나? 멧돼지 고기에 소주는 제맛이다만…….

(이때 사병 A와 B가 총에 맞아 의식을 잃은 규복을 질질 끌고 나온다. 군중들 사이에 새로운 파동이 퍼진다. 규복을 마당 복판에 눕힌다음 사병은 군중을 휘돌아본다.)

사병A   이 사람이 누구요?

(아무도 대답이 없다.)

사병B   이 마을 사람이 아니오?
이웃 아낙 갑   우리 동네에서 사내 냄새가 없어진 지는 벌써 이태나 된걸요.

(사병 두 사람은 이상하다는 듯이 고개를 갸우뚱거리며 뭐라고 수군거린다.)

이웃 아낙 을   정말 귀신이 곡할 일이지. 그 대밭 속에 사내가 숨어 있었다니.
이웃 아낙 갑   혹시 산에서 내려온 사람이 아닐까?

(사병 A가 급히 한길 쪽으로 퇴장한다.)

사병B   대밭에다 움을 파고 오랫동안 살아온 흔적이 있는데 아무도 모른단 말이오?

(서로가 고개를 좌우로 젓는다. 점례는 멍하니 내려다보고만 있다.)

양씨　우리 대밭에 사내가? (점례에게) 너도 못 봤지?
점례　(고개만 저을 뿐 대답이 없다.)
쌀례네　이상한 일이지……. (하다 말고 양 씨에게 눈짓을 하자 그것이 무슨 전염병처럼 퍼져 최 씨에게 집중된다.)

(아까부터 반신반의의 상태에 있던 최 씨는 자기에게로 시선이 집중되고 있음을 의식하자 화를 낸다.)

최씨　왜 나만 보고 있어? (사이) 옳지. 내 딸이 이 사내하고 정을 통했단 말이지? 좋아. 그럼, 내가 데리고 나와서 결판을 지을 테니. (하며 사월이 이름을 부르며 자기 집으로 들어간다.)

(이때 가까이 와서 시체를 들여다본 김 노인이 무릎을 탁 치며 소리를 지른다.)

김노인　이놈은 바로 새로 들어온 머슴이구먼.
일동　(약속이나 한 듯) 머슴?
양씨　(큰 소리로) 아버님 아는 사람이에요?
김노인　응…… 우리 집 머슴 아니냐?

양씨   노망했어, 노망! 우리가 머슴 부릴 팔자예요?

(일동은 크게 웃는다. 이때 최 씨의 비명 소리가 들리며 그녀가 밖을 내다본다.)

최씨   사람 살려요! 우리 딸이…… 우리 딸이…….
쌀례네   사월이가?

(군중들, 우 하니 그쪽으로 몰려간다. 최 씨의 통곡 소리가 높아 가고 아기 우는 소리도 간간이 들린다.)

이웃 아낙 갑 양잿물을 먹었어? 저런…….

(점례는 말없이 규복의 시체 옆에 다가와서 손발을 반듯이 제자리에 놓는다.)

사병   손을 대지 마요.
점례   (거의 무표정하게) 내가 손을 댔다고 시체가 되살아나
       서 말을 하진 않을 거예요. 모든 것은 재로 돌아가 버
       렸으니까……. (하며 서서히 일어난다.)

(하늘이 피보다 더 붉게 타오르자 규복의 얼굴에도 반영되어 한결 처참하게 보인다.
멀리서 까치 우는 소리. 마루 끝에 앉아 있던 김 노인이 또 밥을 재촉

한다.)

김노인 밥은 아직 멀었냐. 오늘은 귀가 터진 것 같구나.

(최 씨의 곡성이 높아 간다.)

(막)

작품 해설

「산불」은 극작가 차범석(1924~2006)의 대표작으로 1962년 12월 국립극장 초연을 시작으로 현재까지 꾸준히 공연되고 있다. 1967년 에는 영화로, 1997년에는 오페라로, 2007년 6월에는 뮤지컬(「댄싱 섀도우」)로, 2007년 11월에는 창극으로 다양하게 각색되기도 했다.

6. 25전쟁이 한창이던 1951년 겨울부터 이듬해 봄까지, 소백산맥 줄기에 있는 촌락이 「산불」의 배경이다. 이 작품에서는 전쟁으로 인한 이데올로기의 변화가 마을 내부의 갈등을 유발한다. 국군과 인민 군이 마을을 점령할 때마다 남자들을 처형하는데 그로 인해 양 씨의 아들과 최 씨의 사위가 죽는다. 양 씨의 아들은 우익의 청년단 소속 으로 행방불명이 되었고, 최 씨의 사위는 좌익에 부역을 한 탓으로 빨갱이로 몰려 경찰에 잡혀 죽었다. 그래서 양 씨와 최 씨는 서로 앙 숙처럼 군다.

반면 양 씨의 며느리인 점례와 최 씨의 딸인 사월은 서로의 아픔 을 이해하고 공감해 주는 친구 사이다. 그러나 2막에 이르러 인민군 에서 탈출한 규복이 등장하면서 두 친구 사이에 긴장감이 흐르게 된 다. 점례는 도망친 규복을 자신의 대밭에 몰래 숨겨 준다. 그러나 그 장면을 목격한 사월이 점례를 협박한다. 여자들만 사는 마을에서 그 들의 욕망이 극단적으로 대립하는 이 장면을 통해 이 극의 갈등은 고 조된다.

그러나 전쟁은 모두에게 비극일 수밖에 없다. '산불'은 전쟁의 비 극을 보여 주는 장치로 사용되었다. 작품 말미에 공비 소탕을 이유로 국군은 양 씨네 뒷산에 있는 대밭에 불을 지른다. 이 산불로 인해 규복은 죽고, 점례와 사월은 사랑하는 이를 잃고 절망한다. 양 씨는 아들의 장사 밑천으로도 팔아 주지 않았던 귀중한 대밭을 잃고, 최 씨는 사월의 자살로 가족을 잃는다. 한 마을의 비극이지만 우리나라 전체의 비극으로 치환될 수도 있는 줄거리이다.

국물 있사옵니다

이근삼(李根三) 1929~2003

1929년 평양에서 출생하여 동국대학교 영문과를 거쳐 미국 노스캐롤라이나 대학 대학원, 뉴욕 대학 대학원을 수료했다. 1958년 영문으로 쓴 희곡 「끝없는 실마리」를 캐롤라이나 극단에서 공연했다. 국내에서 발표한 첫 희곡은 1960년 단막극 「원고지」이며, 그 후 계속해서 「동쪽을 갈망하는 족속들」(1961), 「대왕은 죽기를 거부했다」(1962) 등의 단막극을 발표하다가 1962년 극단 실험극장에서 상연한 「위대한 실종」을 계기로 장막극을 발표하기 시작했다. 주요 작품으로는 위의 작품 외에도 「거룩한 직업」(1961), 「데모스테스의 재판」(1964), 「제18공화국」(1965), 「국물 있사옵니다」(1966), 「유랑극단」(1972), 「30일간의 야유회」(1974), 「일요일의 불청객」(1974), 「게사니」(1983), 「막차 탄 동기동창」(1987), 「이성계의 부동산」(1994) 등이 있다. 이근삼은 정통 리얼리즘극을 고수하던 기존 작가들의 창작 경향에 반기를 들고, 부조리극, 서사 기법 등 형식의 참신성을 보여 주었으며, 과거의 희극 정신을 계승하면서도 전통의 극 형식을 뛰어넘는 새로운 양식적 실험을 시도했다. 그의 작품은 기존의 관습적인 연극의 시공간 개념을 깨뜨리고 확장한 점과 서사적 수법, 우화적 수법, 표현주의적 수법, 부조리극 등 다양한 극적 방법을 제시해 주었다는 점에서 한국 현대극의 수립에 크게 기여했다고 할 수 있다. 대한민국예술원상(1992), 국민훈장모란장(1994), 옥관문화훈장(1994) 등을 수상했다.

등장인물

김상범

김상학 상범의 형, 로켓 전문가

김상출 상범의 동생

사장 제철 회사의

배영민 경리과장

성아미 사장의 며느리, 비서

탱크 김상범의 옆방 사람

현소희 탱크의 정부

관리인 김상범이 사는 아파트의

박용자 아파트에 사는 처녀

문 여사 박용자의 모친

어떤 아파트와 회사 사무실, 그리고 길거리를 다양하게 나타
낼 수 있는 무대. 무대가 구태여 사실적일 필요는 없다. 대체
로 무대 우측은 아파트의 실내, 좌측은 회사 사무실로 구분된
다. 관객석 가까운 무대 전면은 길거리, 복도 또는 공원 구실
을 한다. 관객과 아파트의 실내 사이는 그대로 트여 있지만,
그 사이를 벽이 가로막고 있다고 상상하면 된다. 실내 앞 무대
는 또한 아파트의 복도도 겸한다.

이 극에 등장하는 인물들은 현재 상황 이외에는, 즉 과거지사
를 말하거나 재연할 때는 공간 처리에 구애될 필요가 없다.

교회 종소리와 더불어 막이 오르면 아파트의 실내 모습이 나
타난다. 종소리가 여전히 들려오는 가운데 김상범이 아랫바
지만 겨우 걸치고 위 파자마는 그대로 어깨에 멘 채 침실에서
나오며 하품을 한다. 이어 눈을 비비며 창문의 커튼을 헤친다.

밝은 아침 햇살이 실내 가득 들어찬다. 상범은 크게 기지개를 하고 나서 이른바 실내 체조를 한다. 어깨가 쑤시고 허리가 아프다. 서른한 살이라는 나이에 비해 이런 현상은 너무나 빨리 찾아온 것 같다. 다음엔 소파며 마루에 흩어져 있는 잡지를 주워 모은다. 이어 무대 앞에 나와 관객을 향한다.

상범   오늘 일요일 아침, 저 김상범은 몹시 피곤을 느낍니다. 밤새 잠을 청할 수가 없으니까요. 이렇다 할 근심이 있어서가 아니요, 뭐 그렇다고 해서 토요일 저녁에 보통 건강한 월급쟁이들이 그렇듯이 술집에서 과음을 해서 그런 것도 아닙니다. 이 잡지 때문입니다. 천일은행 뒷골목에서 한 권에 200원 주고 산 이 영어 잡지 말입니다. 영어 잡지이기 때문에 물론 글은 읽을 수가 없습니다. 전 대학을 나오긴 했지만 영어하고는 관계가 없습니다. 어학에 대한 소질이 모자라서가 아니라, 요새 대학 영어 선생들의 교수 방법이 나빠서 그렇다고 믿고 싶습니다. 이 정도의 구실이 있어야만 마음에 부담이 안 생기니까요. 요는 이 잡지에 실린 수많은 사진 때문에 잠을 못 잤지요. 젊은 여자들의 나체 사진, 나의 공상의 심지에 슬슬 불을 붙여 주는 이 매혹적인 사진들……. 사진 한 장을 보면서 한 시간 또는 두 시간이나 공상을 합니다. 밤새 사진을 보고 있노라면 닭이 울고 두부 장수가 지나가고, 이윽고 쓰레기차가 이 아파트 입구에 와서는 나의 피곤한 공상 속의 미국 여자를 무수한 쓰레기와 더불어 쓸어 가지고 갑니다. 남은 것은 (크게 하품을 하고서) 이 하품뿐입니다. 이 잡지를 산 데도 이유는 있었습니다. 어제 토요일에 영화관에 갔었지요. 가장 이상적인 즐거움은 남녀가 같이 즐기는 데 있습니다. 하나님이 남녀의 쌍을 지어 준 데는 이유가 있는 겁니다. 그래서 모두 짝을 지어 구경 가는데 유독 저만은 혼자서 갔습니다. 같이 갈 사람이 있어야죠. 영화의 내용은 열정적인 사랑인데, 보고 나오니까 마음이 이상해졌습니다. 혼자서 종로를 한 바퀴 삥 돌고, 명동의 인파에 밀려 양장점을 드나드는 젊은 여자들의 얼굴이며 몸뚱어리를 슬슬 훔쳐보다가 천일은행 뒤에서 이 영어 잡지를 두 권 사 들고 들어왔습니다. 그러니까 오늘 아침 3시까지 사진을 보면서 공상을 할 수밖에 없었죠. (다시 방으로 걸음을 옮긴다.) 전 아직 총각입니다. 나이 서른하나에 이 사실이 자랑이 될 수 없다는 건 알고 있으나, 그렇지만 이건 부득이한 겁니다. 여자를 가까이할 수 있는 기회도 거의 없었고 여자를 알고 찾아갈 용기도 없습니다. 그래서 저런 잡지나 볼 수밖에 없지요. 가끔 기회가 있어도 영 용기가 안 납니다.

이를테면 요 4층에 사는 미스 박과의 경우가 그렇습니다.

(김치 단지를 든 박용자가 무대 우측으로 들어와 상상적인 문을 노크한다. 김상범이 상상적인 문을 연다.)

용자   안녕하셨어요?

상범   네. (어색한 사이)

용자   저…… 김치를 담가 왔어요. 자취를 하신다니까…… 어머니가 갖다 드리라고 해서…….

상범   ……전 어머니 되는 분을 잘 모르는데요.

용자   네? ……저희들은 43호에 살고 있어요. 전 박용자라고 해요.

상범   ……네. 미스 박은 잘 압니다. 전 김상범입니다. 교회에서 봤습니다. 합창단에 계시죠?

용자   네. 저도 선생님을 교회에서 봤어요. 그럼 이 김치…….

상범   (김치 단지를 받으며) 아이, 이거 미안해서……. (김치 단지를 받고서도 어찌할 바를 몰라 머뭇거린다.)

용자   오늘은 참 날씨가 좋아요. 참말로 가을 날씨 같아요.

상범   네. 오후엔 좀 흐릴지 모르겠지만 오전엔 날씨가 괜찮군요. 몽고 지방에 생긴 고기압권 내에 들었기 때문에…….

용자   ……그럼 전 가 보겠어요.

상범   네? (용자가 가 버린다.) 아…… 저…… 이거 잘 먹겠습니다.

      (관객에게) 네, 이렇습니다. 몽고 지방에 생긴 고기압이 무슨 상관이 있겠어요. 날씨가 좋다는 건 이 방에

들어와 얘기나 좀 하자는 건데, 남녀 간의 첫 대화는 어째서 '날씨가 좋죠?'니 '지금 시간이 몇 시죠?' 따위로 시작이 되어야만 할까요? 저 나체 사진을 보면서 그렇게 짜 놓았던 여자 앞에서의 멋진 대사며 연기가 실물 앞에선 맥을 못 춥니다. 하여간 43호에 사는 박용자라는 여자 덕분에 일주일에 한 번씩은 김치 단지가 제 방을 드나들게 됐습니다. 이런 참, 벌써 11시가 가까워졌습니다. 예배당에 가야겠습니다. (상의를 입고 머리를 빗는다.) 요 아파트 바로 뒷길에 교회가 하나 있습니다. 한 달 전에 하도 심심해서…… 글쎄, 일요일에는 왜 그렇게 심심한지요…… 하여튼 심심해서 교회에 가 봤지요. 교회에서 들려오는 여자들의 합창 소리가 괜찮았거든요. 그래서 얼굴 구경도 할 겸 갔었죠. 뒷자리에 앉아서 근처에 앉은 여자들, 그리고 합창단석에 앉은 젊은 여자들의 얼굴이며 몸뚱어리를 감상하는 버릇이 생겼습니다. 그런데 어떤 날 이 예배당에서 우리 회사 사장을 만났습니다. 글쎄, 사장이 그 예배당의 장로가 아니겠어요. 돈과 종교는 표리일체로 붙어 다닌단 말일까요? 사장은 저를 반가이 맞아 주었습니다. 기특한 사원이라는 칭찬도 했습니다. 그래서 저는 꼼짝을 못하고 억지 교인이 됐습니다. 여자를 보러 가던 '취미'가 갑자기 의무로 돌변했습니다. 사장이 매 주일 나오나 하고 묻기에 가끔 나온다고 했더니 매 일요일에 나오라는 겁니다. 할 수 있나요. 하기야 사장은 저의 은인입니다. 저를, 임시 사원으로 있던 저를 정사원으로 승격시켜 준 분이 바로 사장입니다. 사장과는 묘한 관계로 알게 되었죠. (뒷주머니에서 휴지를 꺼내 보인다.) 이 휴지로 맺어진 인연입니다. 코를 풀고 뒷간에서나 쓰는 이 휴지 말입니다.

(무대 좌측 사무실에 조명이 던져진다. 과장석에 버티고 앉아 신문을 읽고 있는 경리과장 배영민, 그 옆 조그만 책상에 마주 앉는 상범. 주판을 놓고 장부를 뒤적인다.)

영민　김 군! 담배 갖고 있나?

상범　네? 담배요? 저 담배는 못 피웁니다.

영민　저기 있잖나! 좀 갖다 줘.

상범　네.

(상범이 일어나 응접 테이블 위에 있는 세트에서 담배를 갖다 준다. 영민은 담배를 받아 유유히 라이터 불을 켜 불을 붙인다.)

영민　담배는 못 피워도 피울 줄 아는 사람에게 권할 줄은 알아야지!

상범　앞으로 명심하겠습니다.

영민　내가 누구지?

상범　네? ……경리과장입니다.

영민　내 이름은 뭐지?

상범   ……배 ……배 과장입니다.

영민   흥! 그것 봐. 제아무리 자네가 임시 사원이라고 하지
       만 자기 직속상관의 이름쯤은 알아야지. 내 이름은 배
       영민이야.

상범   명심하겠습니다.

영민   자네, 기합을 안 받는 것만 해도 다행한 일이네.

상범   (잠시 후) 저…… 과장님께서는 군대에 오래 계셨는가
       요?

영민   오래 있었지. 소령으로 제대했어.

(상범은 일을 계속한다. 잠시 후 성아미가 사장실 문을 열고 나온다.
영민이 반쯤 일어나 아미에게 인사를 한다.)

아미   (소파에 앉으며) 사장님이 저기압이에요.

영민   왜요?

아미   종로경찰서에서 전화가 왔어요. 우리 사원들이 술집
       에서 대판 싸움을 벌였대요. 유리창이 깨지고 밥상이
       꺾어지고…… 형편없었나 봐요. 지금 총무과장님한
       테 전화를 하고 계셔요.

영민   사장님은 교회의 장로이신데…….

아미   그러니 체면이 뭐예요. 배 과장님은 어제 그 술좌석에
       끼지 않았어요?

영민   난 잠깐 끼었다가 초저녁에 돌아갔는데……. (문이 홱
       열리며 사장이 나온다. 몹시 화를 내고 있다. 그러나 말이

없다. 잠시 머뭇거리더니 밖으로 나간다.) 변소로 가시는
데. 노하시면 꼭 변소부터 먼저 가시거든.

아미 　무슨 술을 그렇게 많이 마시죠? 통행금지 시간 대신
　　　금주령(禁酒令)이나 내렸으면…….

영민 　글쎄 말입니다. 술도 적당히 마시면 오히려 좋은 건
　　　데……. 김 군도 술을 마시나?

상범 　네? 저는 술을 못합니다.

영민 　김상범 씨는 어제 술 파티에 안 나갔어요?

상범 　저는…… 아직…… 그럴 자격이 없습니다. 임시 사원
　　　이 돼서…….

영민 　말끝마다 자기 입으로 임시 사원이라고 하는 사람이
　　　어디 있어?

아미 　사람을 채용하면 그대로 채용할 것이지 임시 사원은
　　　뭐예요? 왜 자꾸 등급을 만들려는지……!

영민 　그…… 임시 사원 제도는…… (아미의 눈치를 보며)
　　　……박 전무님께서 창안했습니다.

상범 　박 전무님이오?

(아미의 표정이 달라진다. 그녀는 헛기침을 하며 어색하게 일을 계
속한다.
이어 사장이 되돌아온다.)

사장 　우리 변소엔 휴지도 없나? 있는 것은 술주정뱅이뿐이
　　　야! 회사의 질서가 말이 아냐! 왜 변소에 휴지가 없냐

말이다.

(상범이 일어나 주머니에서 휴지를 꺼내 사장에게 바친다.)

상범   국산 휴지이지만…….

(사장은 휴지를 움켜쥐고 나가려고 하다 되돌아선다.)

사장   얘야!

아미   네?

사장   총무과장한테 전화를 걸어 유봉일이라는 사원을 해고하도록 조치하라고 해라. 지금 유치장에 있는 모양인데 아주 몹쓸 놈이야. 하루 종일 술에 젖어 산다는 놈이야. 이 회사의 분위기를 망치는 놈이지. 벌써 몇 번째야. 이 회사는 술도깨비를 먹이는 곳이 아니야.

영민   사장님…… 저 유봉일 군은 전국 주산 대회에서 일등을 한 수재고…… 경리 관계의 사무에서는 제일 명령 계통을 준수할 줄 아는 사원입니다. 한 번만 보아주시면…….

사장   (상범에게) 자네 이름은 뭐랬지?

상범   네. (차렷 자세를 하고 큰 소리로) 임시 사원 김상범입니다!

사장   자넨 술을 얼마나 마시나?

상범   술을 전혀 못합니다.

사장   (아미에게) 얘야, 이 청년을 정식 사원으로 임명하도록 연락해라. 그놈 대신으로.

(사장이 나간다.)

상범   (관객에게 그 휴지를 꺼내 보이며) 아셨죠? 5원짜리 이 휴지 덕분에 정사원이 됐습니다. 그러니까 처음엔 변소 휴지 덕분에, 그리고 두 번째는 교회에 여자 구경 나갔던 덕분으로 사장의 무한한 신임을 받게 됐습니다. 예측 못 할 것은 인생, 절망 속에서도 희망은 솟는다. 나의 옛날 담임 선생님이 우리들에게 하던 말입니다. 그 선생은 본래 문학을 좋아하던 분입니다. 지금은 교직도 문학도 내동댕이치고 무교동에서 설렁탕 장사를 하고 있습니다만…… 글쎄, 자기 말마따나 예측 못 할 것은 인생이지만, 절망적인 설렁탕 그릇에서 무엇이 솟을는지 모르겠습니다. 요전번 일요일에는, 글쎄 사장이 예배를 끝내고 이 방까지 왔습니다.

(사장이 들어온다. 옆구리에 성경책이며 찬송가책을 끼고서.)

상범   좀 누추하지만…… 앉으시죠.
사장   음, 혼자 사나?
상범   네.
사장   그러니까 미혼인가?

상범   네, 하나님의 사랑과 더불어 있으니 외롭지 않습니다.

사장   좋은 생각이야.

상범   커피라도 좀…….

사장   난 안 피워.

상범   네?

사장   난 안 피워. 자넨?

상범   저는……마십니다.

사장   마셔? ……아, 커피 얘기군! 난 담배 얘기라고. 괜찮아. 곧 가야 하니까. 근데 고향은 어디지?

상범   서울입니다.

사장   그럼 왜 여기서 사나?

상범   집은 창신동에 있지만 좀 독립생활도 할 겸…….

사장   부모임은 다 계시고……?

상범   네.

사장   춘부장께선 무슨 일을 하시나?

상범   네, 아버진…… 점(占)을 칩니다.

사장   점을?

상범   네. 창신동 고갯길에 '거북이집'이라는 점치는 집이 있습니다. 그게 우리 아버지가 하는 집입니다.

사장   ……음……, 점을 치시는군. 그럼 형제는 있나?

상범   네. 제일 큰형은 인천에 있는 대학에서 공과 교수를 하고 있습니다. 로켓을 연구하고 있다나요.

사장   로켓을? 한국에도 그런 연구가 있는가? 그럼, 대학교수로군.

상범   그렇습니다.

사장   그리구……?

상범   둘째 형은 죽었습니다.

사장   하, 하, 그거 안됐군. 하기야 사람이 죽고 사는 건 하늘의 뜻이야. 나도 내 외아들을 잃었지! 바로 육 개월 전에. 장가를 보내고 육 개월 만에 죽었어. 지금 비서실에서 일하고 있는 미스 성이 내 며느리야. 내 아들이 죽었는데도 나를 도와주는군. 하늘의 뜻이야.

상범   제 둘째 형님은 엽총을 오발해 죽었습니다.

사장   엽총으로?

상범   네, 사냥을 참 좋아했습니다.

사장   하, 나도 사냥을 좋아하는데. 사냥은 살생이 아니라…… 몸에 좋은 운동이야. 스포츠지.

상범   그건 잘 알고 있습니다. 저의 형님이 쓰던 엽총을 보실랍니까?

사장   그 엽총을 자네가 가지고 있나?

상범   네. (상범이 옆방으로 들어가 엽총을 갖고 나온다.) 이겁니다.

사장   응. (엽총을 들고 일어서서 그럴듯하게 앞을 겨누어 보면서) 좀 낡았지만 괜찮군. 미제야.

상범   네, 미국 군인한테 샀답니다.

사장   이것도 괜찮지만 내 것은 베루기[1] 거야.

---

1) 벨기에.

상범   벼룩이오?

사장   엽총은 베루기 것이 제일이지. 자네, 엽총을 다룰 줄 아나?

상범   한두 번 쏴 봤지만 아직도…….

사장   손질을 할 줄 아나?

상범   네, 손질은 간단해서…….

사장   회사에 내 엽총이 있어. 가끔 손질을 해 주게.

상범   네, 알겠습니다.

사장   엽총은 동물을 쏘라고 만든 것인데 이 엽총은 어째서 사람을 쐈나…… 그래, 둘째 형님은 그렇게 됐고……. 또 형제는 없나?

상범   그다음엔 접니다. 제 밑에 동생이 있습니다. 지금 무슨 회사에 들어간다고 시험 준비를 하고 있습니다. 초급 대학을 나오고 몇 차례 시험을 쳤지만…… 아직 합격이 안 돼서…….

사장   노력하면 되겠지. 그래 형님들도 다 믿나?

상범   네?

사장   형제들도 다 하나님을 믿나?

상범   아…… 뇨. 저만…….

사장   (일어서며) 김 군이 권해서 교회에 나오도록 해 보지그래. 교회에 나오면 이것저것…… 잘 알지 않나, 이 사람아! 무엇보다도 봉사 정신을 가르쳐 주니까. 봉사 정신이 중요해. 봉사 정신이란 말이 나왔으니 말이지, 참 요새 회사의 분위기가 어떤가?

상범 글쎄요?

사장 불평이라든가, 또는 내가 알 수 없는 무슨 일이 있으면 나한테 곧 알려 주게. 자네가 나를 도울 수 있는 길은 그런 이야기를 알려 주는 거야. 봉사 정신이지. 술을 먹는 사람들이 없던가?

상범 앞으로 조심해 보겠습니다.

사장 자, 가 볼까.

(상상적인 문을 나서 무대 좌측으로 들어간다. 상범이 무대 중간에서 큰절을 한다.)

상범 사장은 저한테 스파이의 역을 떠맡겼습니다. 좀 쑥스럽지만 출세를 위해선 다시없는 기회이기도 합니다. 저는 여태껏 손해만 봤습니다. 학교서 사회서…… 앞으로도 손해만 볼 것 같습니다. 대학 시절에 집을 뛰쳐나와 자취 생활을 했는데 배를 움켜쥐고 밤새워 시험공부 했죠. 내 친구는 한 시간 걸려 컨닝 재료를 만들고 잤습니다. 그런데도 성적은 나보다 좋았습니다. 인천의 어떤 철공장에서 취직했다가 이 년 만에 파면됐습니다. 철공장 두 개가 합치는데 이를 반대하는 데모를 했죠. 사장과 총무과장의 명령으로. 총무과장이 플래카드를 들고 앞에 서라기에 그대로 했습니다. 결국 반대파 데모 대원에게 얻어맞고 쓰러졌습니다. 눈을 떠 보니 경찰서 유치장. 제가 데모의 주동자라나요! "그럴 리가." 하고 대들었지만 사장은 제발 회사를 그만둬 달라는 겁니다. 그런 걸 따질 때가 아니라나요. 서울로 밀려와 지금 이 회사의 임시 사원이 됐습니다. 그건 그렇고…… 정식 사원이 되고 이렇게 아파트의 방을 하나 독차지하고 있어도 손해 보기는 여전히 마찬가지입니다. 저는 다른 사람들에게 피해를 끼쳐 본 적이 없습니다. 피해를 끼쳐 이를 보려고 한 적이 없다는 말입니다. 그런데 저는 왜 이렇게 손해만 봐야 하는지 모르겠습니다. 바로 이 옆방에 가끔 여자가 찾아와 놀다 갑니다. 자고도 가고요. 방에는 아무것도 없고 큼직한 침대만 있으니까요. 옆방 사나이가 아침에 출근하는 걸 아직 보지 못했습니다. 그런데 바로 그 사나이가 저에게 또 손해를 끼칩니다.

(세칭 탱크가 나와 상범의 도어를 노크한다.) 들어오세요.

(탱크가 들어선다.)

탱크　자, 우리 인사나 하고 지냅시다. 저 바로 이 옆에서 삽니다.

상범　네, 전 김상범이라고 합니다. 좀 앉으시죠.

탱크　다니는 회사가 어디요?

상범　종로에 있는 제철 회삽니다.

탱크　제철 회사라니?

상범　철…… 쇠를 만드는 곳입니다.

탱크　아, 제철, 나두 알지. 나 담뱃불 좀 빌리러 왔쉬다.

(현소희가 역시 가운 바람으로 들어선다. 담배를 입에 문 채 아직도 졸린 듯하다.)

소희 불 좀 빌렸어?

상범 저 김상범이라고 합니다.

소희 전 미스 현이라고 해요. 이름은 소희고요.

상범 네.

(주머니에서 라이터를 꺼내 불을 켜 준다. 탱크와 소희가 불을 붙인다.)

소희 고맙습니다.

탱크 자, 담배나 한 대 피우시지.

상범 전 못 피웁니다.

탱크 아니, 무엇 때문에 그럼 라이터는……?

소희 탱크!

탱크 응?

상범 탱크요?

소희 이 사람 이름이 탱크예요.

(상범이 큰 소리로 웃는다.)

탱크 흥, 내 이름이 탱크지. 근데 왜 불렀어?

소희 이분이 라이터를 가지고 계시건 안 가지고 계시건 무
      슨 상관이에요? 쓸데없는 소린 하지 마요.

탱크   아이구, 잘났다! 참…… 성함이 뭐라고 했더라?

상범   김상범입니다.

탱크   김 형! 미안하지만…… 혹시 먹다 남은 커피 좀 있소?

상범   커피요?

탱크   어젯밤 술을 좀 마셨더니 입이 텁텁해서…….

상범   네…… 있을 겁니다. 부엌에 아침에 끓이다 남은 것이 있을 텐데…….

탱크   이왕이면 커피 통을 좀 빌려 주시오. 우리끼리 한잔 끓여 먹고 갖다 드릴게.

상범   ……그렇게 하세요.

(부엌에 들어간다. 탱크는 소희에게 자기가 제일이라는 몸 시늉을 한다. 소희는 흩어져 있는 잡지를 훑어보며 나체 사진과 자기의 몸매를 겨누어 본다. 상범이 커피 통을 들고 나온다.)

탱크   아, 고맙습니다. 우리 자주 만납시다.

소희   탱크, 설탕은 있어?

탱크   아, 참, 김 형, 설탕도 좀 빌립시다.

상범   그렇게 합시다. (다시 들어가 설탕 그릇을 갖고 나와 소희에게 준다.)

소희   혼자 사세요?

상범   네, 혼자 삽니다.

소희   혹시…… 여자 친구들은 없어요?

상범   (부끄럽게) 아…… 그런 건 없습니다. (잡지를 치운다.

당황해서.)

소희   이거 고맙습니다.

(탱크와 소희가 다정하게 같이 걸어 나간다.)

상범   (관객에게) 보셨죠? 저는 이렇게 밤낮 손해만 보고 있습니다. 옆방에 사는 정체불명의 사나이 탱크나 그의 정부 현소희만 저를 괴롭히는 게 아니라 이 아파트의 관리인도 마찬가지입니다. 밤에도 무사할 수 없습니다.

(관리인이 취한 채 상범의 문을 두드리고 들어선다.)

관리인   아, 상범 씨! 아직 안 자는군.

상범   안 자는 것이 아니라 아저씨가 와서 깨웠죠.

관리인   아, 그래. 인생은 짧아, 짧은 인생인데 어쩌자구 잠만 자나? (신파 조로) "눈을 감는다는 건 죽는다는 것, 눈을 뜬다는 것은 산다는 것." 이게 누구의 말인지 아나?

상범   글쎄, 난 문학을 몰라서…… 누구의 말이죠?

관리인   내가 한 말이야, 이 아파트의 관리인인 나! 이 관리인이 한 말이야. 수첩 있죠?

상범   수첩? 이렇게 쓰는 거요?

관리인   그래. 수첩이 있으면 이제 내가 한 말을 기입해 둬요. 내 말을 하루에 하나씩 기록해 두면 한 오 년 후에는

성경책보다 더 훌륭한 책이 생길 거야. 지당한 말씀만
하니까.

상범　아저씬 굉장히 취하셨군요.

관리인　취해? 그래, 취했다! 취하지 않고 무슨 재미로 산단
말이야! 집에 들어가면 기다리고 있는 것은 그…… 마
누라하고 마누라한테 매달린 친척 여섯 명의 그 따분
한 얼굴뿐이야. 난 결혼 후에…… 이십 년 살았지만
아직 애 하나 못 낳았어. 내 잘못은 아닐 거야! 내 여
편네는 자기 잘못이 아니라고 하지만. 그런데도……
내 애도 없는 팔자에 마누라네 식구 여섯을 먹여 살
려? 이게 뭐야! 도대체! 이게 내 팔자라나!

상범　너무 취했어요. 요전에도 심장마비 때문에 입원을 하
셨는데…… 조심하셔야죠.

관리인　또 심장마비에 걸려 싹 죽어 버렸으면 좋겠다. 이 아
파트 관리도 이 꼴이고.

상범　자, 빨리 아주머니한테 돌아가세요. 기다리실 텐데.

관리인　날 안 기다려. 마누라가 기다리는 건 돈이야. 자기 식
구네 입에 풀칠을 해 주는 돈이야. 나 여기서 자고 가
겠어. 좀 재워 줘. 오늘은 상범 씨가 관리인, 내가 거주
인! (안주머니에서 돈을 꺼낸다.) 이 돈 5만 원. 겨우 생
겼는데 이 돈 좀 맡았다 줘. 가지고 들어가면 마누라
가 당장 앗아 갈 테니까.

상범　자, 그러시지 말고…….

관리인　내 친구지? 친구의 청을 못 들어주나? 좀 재워 주고

이 돈을 좀 맡았다 달라는 가장 쉬운 부탁인데. 돈은 좀 오래 맡겨 둬야겠어! 상범 씨는 내 친구지! 그렇지! 친구! 사실 까다로운 것이 친구야. 친구란 항상 먼 거리에 두고 대해야만 친할 수 있지, 너무 가깝게 대하면 원수가 돼. 친구의 친 자는 친할 친 자가 아니고 멀 친 자야! 적당히 거리를 두고 사귀는 것이 진짜 친구야. 너무 가까이 사귀면 금이 가. 뿐인가, 친구란 시시한 물건이야. 밤낮 자기 칭찬을 해 줘야지 좋아하는 놈들, 싫은 말을 하면 멀어지는 놈들. 한국이라는 나라의 친구란 마음에 부담만 줘. 친구를 사귀려면 거리를 둬라. 거리를! 자…… 마누라한테 전화나 걸까? 뭐 기다리지도 않겠지. 모르겠다. 잠이나 자자.

(상범은 관리인을 끼고 옆방 침실로 간다. 잠시 후 땀을 뻘뻘 흘리면서 나온다. 티 테이블 위에 있는 돈 보따리를 들고 관객을 향한다.)

상범   이 돈 보따리까지 제가 간수해야만 합니다…… 암만 해도 저는 결혼을 해야 할 것 같습니다. 혼자 사니까 더욱 손해를 보는 것 같습니다. 장가갈 밑천은 거의 없는데도 요 위층에 사는 미스 박은 저한테 굉장한 호의를 보이고 있습니다. 뿐인가요, 그 박용자의 어머니인 문 여사도 말입니다.

(문 여사가 김치 단지를 들고 들어온다.)

문 여사 아, 계셨군!

상범 안녕하셨어요!

문 여사 김치요. 이번엔 우리 용자가 직접 담갔지. 우리 용자는 보기는 고렇게 귀엽고 귀족적이고 똑똑하지만, 아, 요리 솜씨나 김치 솜씨는 보통이 아니에요. 부지런하죠. 참 우리 용자의 살갗이 어때요? 참 희죠?

상범 ……네, 그런 것 같습니다.

문 여사 아, 요전에 둘이 목욕탕에 갔더니 사람들이 다 보지 않겠어요! 우리 용자의 살이 얼마나 부드럽고 흰지!

상범 ……음, 음…….

문 여사 이번 김치엔 생률하고 생강하고 넣었답니다. 자, 그럼 난 또 가 봐야지. 참, 오늘 밤 틈 있겠지요?

상범 네. (문 여사가 나간다.) 저 박용자 씨의 어머니도 상당히 저를 좋아하는 것 같죠? 가끔 밤에 두 모녀가 젓가락이 돼서 꿈속에 나타납니다. 박용자 씨하고 그의 모친이 (두 손가락을 내보이며) 이렇게 두 젓가락이 돼서 저를 집으려고 하는 꿈이죠. 박용자 씨는 밤에도 저의 방에 찾아올 정도로 가까워졌습니다. (박용자가 상상적인 도어를 노크하고 들어온다.)

용자 군밤 가지고 왔어요. 군밤 좋아하세요?

상범 좋아하기는 찐빵을 더 좋아하지만 군밤도 괜찮습니다. 앉으세요. (용자는 앉아서 군밤을 깐다.) 거 사 온 겁니까?

용자 아뇨. 집에 있던 걸 제가 구웠어요. (용자가 밤을 까서 상범에게 준다.)

상범 괜찮습니다.

용자 드셔요.

상범 드십시오. 괜찮습니다.

용자 아이, 난 몰라요. 드셔요. (상범이 어색하게 집어 먹는다.) 맛있죠?

상범 좀 덜 구워졌지만 괜찮은데요.

용자 저…… 오늘 밤 바쁘셔요?

상범 아뇨.

용자 그럼 구경 가요, 영화 구경요. 엄마가 어디서 영화 표를 석 장 얻어 왔어요.

상범 무슨 영환데요?

용자 잘 모르겠어요. 엄마가 그 표를 갖고 있어요. 이제 곧 엄마도 이리로 올 거예요. 옷 갈아입고 계셔요.

상범 그 영화가 재미있을까요?

용자 글쎄요. (상범은 주머니에서 동전을 꺼내 쥔다.) 그게 뭔데요?

상범 5원짜리요. 점을 쳐 보는 겁니다. 오늘 영화가 재미있는지 시시한지 이걸 던져 보면 됩니다. (상범이 동전을 던져 손바닥에 받고서 본다.) 아, 앞쪽이 나왔군요. 재미있을 겁니다.

용자 그렇게 점을 쳐도 맞는가요?

상범 대개 맞습니다. 우리 아버지는 철학적으로 점을 치지만 저는 이 동전으로 점을 치지요, 가끔…….

(이때 김상학이 무대 좌측으로부터 들어와 도어를 노크한다.)

용자   벌써 오셨네. (용자가 일어서서 문을 연다. 상학이 들어선
        다.) 어머나!

상학   실례했습니다.

상범   아, 형님!

상학   아, 상범이 너 있었구나.

상범   인천서 언제 왔수?

상학   저녁차로 왔어. 내일이 개교기념일이 돼서…… 이틀
        놀거든.

상범   참, 미스 박. 저희 형님입니다. 인천서 대학교수를 하
        시죠.

상학   처음 뵙겠습니다. 김상학이라고 합니다.

용자   저, 박용자라고 해요.

상학   그저 심심하기에 동생이나 만날까 해서…….

상범   형님, 저녁은 드셨소?

상학   응, 나 인천서 먹고 왔어.

상범   그럼, 커피라도 한잔 드릴까?

상학   그래.

용자   제가 끓이죠.

상범   아니, 제가…….

용자   두 분이 얘기나 하셔요. (용자가 옆방으로 들어간다.)

상학   이거 안됐는데. 그럴 줄 알았으면 안 올 것을…….

상범   아냐, 아냐. 요 위 방에 사는 여잔데…… 나하고는 아

무엇도 아냐. 자기 어머니랑 구경 간대. 그래, 형님은 어떻게 지내요?

상학 나야 뭐 그렇지.

상범 로켓 연구는 아직도 하고 있어요?

상학 그래. 2단계 발사까지는 했는데…… 연구비가 모자라서…….

(용자의 모친 문 여사가 와서 노크를 하고 들어온다.)

문 여사 아니…… 우리 용자는……?

상범 들어오세요. 부엌에 계세요.

문 여사 부엌에요?

상범 네, 커피를 끓이신다고…….

문 여사 ……아 ……시집갈 나이니까 부엌일도 많이 배워야지.

상범 저희 형님입니다. 인천서 대학교수를 하고 있습니다. 아까, 미스 박의 어머님이셔.

상학 처음 뵙겠습니다. 김상학이라고 합니다.

문 여사 네…… 참 형제분들이 다 훌륭하셔……. (용자가 나온다.)

용자 곧 물이 끓을 거예요. 참, 엄마, 그 영화 이름이 뭐랬죠?

문 여사 (핸드백에서 표를 꺼내며) 아…… 이게…….

용자 (표를 뺏듯이 가로채서 읽는다.) ……「아파트의 열쇠」.[2]

---

2) 1960년 제작된 영화 *The Apartment*를 말한다. 빌리 와일더 감독 작품으로 아카데미 다섯 개 부문 상을 수상했다. 잭 레먼(Jack Lemmon)이 주인공이다.

상범　「아파트의 열쇠」요? 나 그 영화는 봤는데, 지난 토요일에요. 괜찮은 영화예요. 재크 레몬이 익살 부리죠.

문여사　…… (맥이 빠져) 벌써 보셨어요?

상범　아, 참, 형님, 이 영화 보았소?

상학　나? 내가 언제 영화 볼 시간이 있었니?

상범　내가 두 번 볼 수는 없잖아요? (문 여사에게) 우리 형님도 못 봤대요. 형님하고 같이 가시지요?

문여사　……네. 벌써 보셨다니까……. (상학에게 마지못해) 같이 가시죠.

상범　거 잘됐는데. 그럼, 영화 보고 이리로 오세요. 같이 잡시다. 미스 박, 형님하고 같이 가도 괜찮죠?

상학　그럼, 가 볼까. (세 사람은 문밖으로 나간다. 상학이 되돌아온다.) 상범아, 내게도 돈이 몇백 원 있지만…… 혹시 또 알겠니, 돈 있으면 몇백 원만 다오.

상범　내게도 좀 있을걸. (호주머니를 뒤져 몇백 원 꺼내 준다.)

상학　그럼! 갔다 올게. 영화 좋던?

상범　아, 참, 재미나요. (상학이 나간다.)
　　　(관객에게) 그날 밤 저는 형님이 영화관에서 돌아오자 먹지도 못하는 술까지 한턱냈습니다. 형님의 나이는 서른다섯이지만 공부에 바쁘고…… 도 돈도 없고 해서 아직도 장가를 못 들고 있었습니다. 제가 먼저 미스 박하고 결혼한다는 것이 좀 안됐지만…… 암만해도 결혼하는 것이 좋을 것 같아 돈을 한 푼 한 푼 모으기 시작했습니다. 가만 눈치를 보니 미스 박도 결혼을

위해 꽤 많이 준비를 한 것 같았습니다. 그 후 한 달이 지났는데, 어느 날 저녁에 형님과 내 동생 상출이가 찾아왔습니다.

(상학과 상출이 들어와 소파에 앉는다.)

상범 그래, 준비 많이 했니?

상출 하루에 다섯 시간밖에 안 자고 공부는 하고 있지만…… 워낙 지원자들이 많아서…….

상범 그 회사의 직원으로 취직이 되면 봉급이 얼마나 되니?

상출 모르겠어. 봉급의 액수가 문제인가? 합격이 되고 취직이 된다는 사실이 중요하지.

상학 꼭 그 시험에 합격해야만 시원하겠니?

상출 그럼 어떡해? 취직할 데가 또 어디 있어?

상범 그래, 이번엔 될 것 같아?

상출 아버지가 친 점괘로 보아서는 될 것도 같은데…….

상범 아버지의 점? 미친 소리 마. 아버지의 점은 그것이 직업이야, 넌 아직도 몰라서 아버지한테 그런 걸 물었니?

상출 하기야 요새 아버지한테 찾아오는 손님 수가 픽 줄었어.

상학 점치는 사람의 아들이 로켓을 연구하니 되겠니. 상범아, 우리가 온 것은 다른 것이 아니라…… 한 달 후면 아버지의 환갑이다.

상범 환갑? 벌써 그렇게 됐나?

상학 세월도 빠르지…….

상출 그래서 셋이서 환갑잔치에 대해서 상의를 좀 해야겠어.

상범 그렇지. 아버지의 친구 되는 사람들도 거의 없어졌으니…….

상출 어머니 계산으로는 암만해도 한 3만 원쯤은 있어야겠다는데.

상범 3만 원?

상출 그게 최소한이래.

상범 형님, 어떡허지?

상학 글쎄…… 내 봉급이라는 게 이것저것 다 제하고 보면 만 원밖에 안 들어오는데, 거기서 하숙값을 빼면 한 5000원 남을까?

상범 나 같은 말단 직원의 봉급은 더 형편이 없는데…….

상출 손님들한테 초대장을 내지 뭐. 한 백 명만 오면 한 사람에게 300원씩 잡아도 벌써 3만 원이거든…….

상학 손님들? 백 명? 쓸데없는 소릴랑 마.

상범 그럼 어떡허지?

상학 글쎄…….

(잠시 어색한 사이)

상출 형들, 어제 윤강천이하고 사루미하고 권투하는 거 중계 들었어?

상범 나 못 들었는데.

상출　멋있었어. 기가 막히던데.

상학　난 하숙집에서 들었지. 7회에서 사루미가 다운됐지?

상출　아, 윤강천이 참 잘하던데요.

상학　그거 참, 한국에서 그런 멋있는 선수가 다 생겼으니.

상범　그 선수가 불과 열아홉 살이라면서요?

상출　아니야, 스무 살이야.

상학　우리 학교에 권투하는 애가 있는데…… 스물둘이래.

상범　우리 경리과장이 권투광인데 그 양반의 말로는 열아홉 살이래.

상출　알지도 못하면서! 스무 살이야. 그때 신문에 났었어.

상학　내 학생은 윤강천이하고 같이 권투를 배웠대. 틀림없이 스물둘이래.

상출　참! 권투 중계라면 하나도 빼놓지 않고 듣는데…… 윤강천은 스물이야. (또 어색한 사이가 계속된다.) 이번 미스 유니버스는 월남 여자가 됐더군.

상범　난 태국 여잔 줄 알았는데.

상학　태국 여자건 월남 여자건 동양 여자엔 틀림이 없는데, 이젠 서양 여자의 뺨을 치겠어!

상출　왜?

상학　뭐…… 바스트가…….

상출　뭣이?

상학　아, 이…… (손으로 자기 앞가슴을 가리키며) 여기 말이야.

상출　아, 젖!

상학	그래, 36인치래.
상범	아니야, 35인치야. 신문에서 봤는데.
상학	난《타임》지에서 읽었어. 36인치래.
상범	다 틀렸어. 38인치야.
상학	38인치? 너 정신 있니? 38인치면 얼마나 큰지 아니?
상출	그러니까 미스 유니버스지.
상범	아마 35인치일 거야.
상출	아니라니까. 38인치야.
상학	너는 자꾸 38선을 생각해서 그래. 36이야.
상출	38이래두! (또 어색한 사이가 흐른다.) ……근데 ……아버지 환갑은 어떻게 한다지? 3만 원을 어디서 구하지?
상학	자…… 늦었는데 가 볼까.
상출	언제 또 모이지요?
상범	글쎄……. (상학이 일어나서 문으로 간다.)
상학	자, 가 보자. (상출이도 따라 나간다.) 상출아, 너 먼저 나가 밑에서 기다려. 나 상범이하고 얘기 좀 할 게 있어서.
상출	알았어요. 상범이 형 잘 있어. (상출이 나간다.)
상학	자, 아버지 환갑도 지내야겠고…….
상범	정말 큰일인데요.
상학	나…… 이제 한 달 후면 결혼을 하게 될 것 같아.
상범	네? 결혼이오? 아, 축하해요. 벌써 장가를 들어야 했었는데…… 아닌 게 아니라 나도 결혼을 할 생각하고 있었던 참인데, 암만해도 형님보다 앞서 장가간다는

것이 좀 이상해서…… 참 잘됐어요!

상학   그러니 말이야, 아버지 환갑에 손님을 좀 초대하고도
       싶지만 한 달 후엔 내 결혼식이 있으니 같은 손님들을
       두 번 청할 수도 없고…….

상범   그야 그렇지…….

상학   그러니 암만해도 이번 아버지 환갑은 네가 좀 주동이
       돼서 도와주었으면 좋겠어.

상범   그렇기도 하군요. 사장님한테 직접 사정 말씀드릴
       까…….

상학   잘 알아서 해 주렴.

상범   근데 아주머니 될 분은 어떤 여자예요?

상학   너도 잘 아는 여자지.

상범   저도요?

상학   요 위층에 있는 미스 박 말이야. 가정주부로서는 그만
       이기에…….

상범   아니, 박용자 씨 말입니까?

상학   그래, 아마 너도 반대는 안 할 거야.

상범   저요? ……아니요 ……아니요.

상학   (팔뚝시계를 보더니) 이런, 시간에 늦겠다! 그럼 내 이
       삼일 내에 또 연락할게.

상범   박용자 씨하고는 얘기가 다 됐어요?

상학   그럼, 인천에도 몇 번 놀러 왔었구. 약혼식은 생략하
       기로 했어. 결혼식도 간단히 하기로 하구. 그때 같이
       영화 구경 간 것이 인연이 됐어. 그럼, 몸조심해라.

(상학이 걸어 나간다. 상범은 움직이지를 못한다. 잠시 그대로 서
있다.)

상범 (체념하기에는 너무나 억울하다는 태도로) ……이거……
결혼 상대자를 빼앗긴 데다가 아버지 환갑잔치 비용
도 내가 주선해야만 하는 팔자입니다. 이젠 할 말이
없습니다. 저의 나이는 서른한 살입니다. 앞으로 살아
봤자 한 이십 년…… 나머지 이십 년마저 밤낮 손해만
보는 세월일 것이라고 생각하니 앞이 캄캄해집니다.
저는 여태까지의 모든 생활을 제가 아는 상식의 테두
리 안에서 해 왔습니다. 인천서 근무할 때의 일입니
다. 여름에 하도 무덥기에 해수욕장에 나갔죠. 갑자기
저쪽 바위 밑에 옷을 입은 채 기어 들어가는 젊은 여
자를 보았습니다. 틀림없는 자살입니다. 저는 밀짚모
자를 내던지고 달려가 그 여자를 끌어냈습니다. 얼굴
도 예쁜데 왜 자살을 하려고 했는지, 모래 위에 끌어
내서 살렸더니 그 여자는 고맙다는 말 대신에 저의 뺨
을 갈겼습니다. 그러니까 경찰은 저를 파출소로 연행
하더군요. 이 사회에선 저의 상식이 통용 안 되는 것
같습니다. 이제부터 물에 빠진 놈에겐 돌을 안겨 줘야
겠습니다. 자리를 양보하느니 발로 걷어차 길을 터야
겠습니다. 즉 기존 상식을 거부하는 겁니다. 우선 새
상식을 회사에서 한번 실험해 보았습니다.

(무대 좌측 사무실에 불이 켜진다. 성아미가 소파에 앉아 화장을 고치고 있다. 상범이 엽총을 들고 들어와 손질을 한다.)

아미   조심하셔요. 총알은 다 빼고 하세요?

상범   네, 실탄은 다 뺐습니다.

아미   가끔 사냥도 가세요?

상범   사장님이 가자면 가끔 따라다닙니다.

아미   상범 씨는…… 아직 독신이세요?

상범   아직 장가를 못 갔습니다…… 근데 비서님은 결혼 안
       하세요?

아미   저요? ……저의 남편이 돌아가신 지 팔 개월밖에 안
       돼요.

상범   사장님의 아드님 말이죠?

아미   결혼 얘기를 꺼내 저의 마음을 괴롭히지 마셔요. 아직
       그분을 못 잊고 있어요.

상범   죄송합니다. 다시는 안 그러겠습니다. (전화벨이 울린
       다. 엽총을 쥔 채 상범이 받는다.) 네. 네? 성아미 씨요?
       계십니다. (수회기 대신 엽총을 내밀며) 박 전무님입니
       다. 아, 실례했습니다. (수화기를 준다.)

아미   네, 저예요. 그분이오? 경리 보는 김상범 씨예요. 괜
       찮아요. 네? 지금요? 아직 사장님도 계시는데…… 알
       겠어요. 그리로요? 혼자서 기다리게 하지 마셔요, 네.
       (수화기를 놓고 시계를 본다. 상범을 힐끔 본다. 이어 사장
       실로 들어간다.)

상범　(관객에게) 팔 개월 전에 죽은 남편을 잊을 수가 없다
　　　던 저 여자입니다. 박 전무가 전화를 하니까 대낮에
　　　나갈 생각입니다. 내 상식으로는 도저히 이해를 할 수
　　　가 없습니다. 저도 저런 친구들의 상식, 즉 내가 '새 상
　　　식'이라고 부르는 상식으로 살아갈 생각입니다.

(아미가 나와 핸드백을 들고 무대 밖으로 나간다. 상범은 총구를 그
의 등에 겨눈다. 문이 열리며 사장이 나온다. 상범은 몸을 돌려 뜻하
지 않게 이번에는 사장에게 총구를 들이댄다.)

사장　에이크, 이 사람아!
상범　아이, 미안합니다. 손질을 하고 났더니 갑자기 한번
　　　쏘고 싶어서…….
사장　(총을 받으며) 응, 수고했어. 경리과장은 어디 갔나?
상범　네, 배 과장님은 돈 5000원을 가지고 요 앞에 있는 '바
　　　구니' 다방으로 가셨습니다.
사장　5000원? 회사 돈을…….
상범　네, 저보고 5000원을 달라고 하시기에…….
사장　다방엔 뭣하러 갔나?
상범　어떤 여자가 기다리고 있는 모양입니다. 그리구……
　　　성 비서님은 방금 여기에 계셨는데…….
사장　아, 비서는 이빨이 아파 치과에 갔다 온다고 나갔
　　　어…… 배 과장이 가끔 돈을 가불하나?
상범　글쎄…… 가불증을 안 쓰고 가끔 돈을 가지고 나가시

니…… 그 돈이 가불인지 모르겠습니다.

사장   배 과장이 쓰는 돈을 잘 알아 두도록 해.

상범   네…… 계산을 해 놓겠습니다.

사장   그 다방에 있는 여자가 술집 여자인가?

상범   모르겠습니다. 하기야…….

사장   하기야…….

상범   배 과장님이 약주를 참 좋아하십니다. 점심때도 가끔 한잔씩 하시긴 합니다.

사장   회사의 돈을 맡고 있는 사람이…….

상범   사장님, 저…… 제가 이런 말씀을 올렸다고…… 저는 사장님을 존경하고…… 회사의 발전을 무엇보다도 기뻐하기 때문에…… 그래서 이런 말씀을 올렸습니다. 교회에서 사장님의 지도를 받고…….

사장   알았어. 자네의 심정은 이해할 수 있네. 잘해 보도록 해.

(사장이 엽총을 들고 들어간다. 상범은 책상에 마주 앉아 일을 시작한다. 잠시 후 배영민이 들어온다.)

영민   무슨 일 없었나?

상범   아뇨.

(영민이 자기 주머니의 담배를 찾고 있음을 본 상범이 재빨리 티 테이블에 있는 담배를 집어 영민에게 주고 라이터 불을 켜 준다.)

영민   사장님은?

상범   계시는 모양입니다.

영민   아, 이거 여편네 성화에 못 살겠군! 여편네 친구가 갑자기 맹장염에 걸려 입원했는데 5000원을 좀 빌려 달라는 거야.

상범   그럼…… 아까 다방서 전화하신 분이…… 사모님이신가요?

영민   그래. 여편네들이 자꾸 남편의 직장까지 찾아오면 곤란해. 재수가 없어, 재수가!

상범   (관객에게) 네, 재수가 없죠. 재수가 없습니다. 그 후 한 달 동안 있다가 경리과장은 강원도 지사로 발령을 받아 전출했고 저는 경리과장이 됐습니다. 회사에서는 저의 출세가 이렇게 빠른 것을 보고 깜짝 놀랐습니다. 내가 아는 상식을 버리고 새 상식에 의해 행동한 첫 효과였습니다. 제가 할 일이 또 하나 있습니다. 사장의 며느리요, 과부요 또한 비서인 성아미와 박 전무와의 관계를 적당히 이용하는 겁니다. 이리하여 모든 가능한 출세의 문을 내 손으로, 내 이 두 발로 젖히고 차서 활짝 여는 겁니다.

(사무실의 불이 꺼지고 아파트의 내실이 밝아진다. 상범이 들어와 손에 들고 있는 큼직한 십자가를 벽에 단다. 문 여사가 나와 그의 도어를 노크한다. 상범이 문을 연다.)

상범　아, 안녕하셨어요?

문 여사　계셨군. 내 정신 좀 봐. 우리 용자 시집갈 준비 하느라
　　　고 그동안 김치도 제대로 못 담갔네.

상범　괜찮습니다. 바쁘실 텐데.

문 여사　아직 못 들었소?

상범　뭣을요?

문 여사　아 글쎄, 이 아파트의 관리인이 저녁에 돌아가셨대요.

상범　네? 관리인이오?

문 여사　본래 심장이 약하신 분이었는데…….

상범　그럼 또 심장마비로…….

문 여사　그래요, 심장마비로 돌아가셨어요. 참 안됐어요. 식구
　　　도 많은데…… 그래서 우리 아파트에 들어 있는 사람
　　　들끼리 돈을 좀 모아서 조의금이라도 갖다 드릴까 해
　　　서요…….

상범　그거 좋은 생각입니다.

문 여사　여유가 있는 대로 내일 아침 저희 방으로 갖다 주셔요.

상범　그러죠. (문 여사가 나가려고 한다.) 저…… 어떻게 돌아
　　　가셨다죠?

문 여사　식사를 하시다 그대로 쓰러졌다는걸요.

상범　마지막에 남긴 말도 없이…… 유언도 없으셨군요?

문 여사　유언이 다 뭡니까. 그대로 푹 쓰러졌다는데.

상범　그대로 푹 쓰러졌군. 그럼 내일 아침 뵙겠습니다.

문 여사　네, 전 이 방 저 방을 좀 돌아다녀야 합니다.

(문 여사가 나간다. 상범은 소파 밑에서 관리인이 맡긴 돈 보따리를 꺼낸다.)

상범   (관객에게) 이 돈 5만 원! 관리인이 저한테 맡긴 귀중한 돈입니다. 자, 이 돈을 어떡하지? 밥 먹다 푹 쓰러졌다니 이 돈에 대해 말할 여유도 없었을 겁니다. 아니, 도대체 이 돈은 비밀로 해 달라고 했으니까. 이 돈에 대해 말을 했을 리가 없어…… 내 옛 상식에 따를 것 같으면 이 돈은 관리인의 미망인에게 돌려줘야 하겠지만…… 아니지, 이미 내 상식은 버리고 새 상식에 따라 생활을 하고 있는 이 마당에 돈을 돌려줄 필요가 없어. 본시 관리인은 자기의 아내를 싫어했으니까. 오히려 나를 좋아했어. 그러니 이 돈을 내가 쓰는 것을 더 좋아할 거야. 질서정연한 논리야.
      (또다시 관객에게) 그래서 이 돈을 제가 쓰기로 했습니다. 다음 날 내 동생, 그 이상한 이름의 회사에 들어갈 시험 준비에 골몰하는 내 동생을 시내 어떤 다방에서 만났습니다.

(상출이 무대 전면 좌측에 의자를 들고 들어와 앉는다. 현소희가 조그만 티 테이블을 들고 들어온다.)

소희   무슨 차 드실까요?
상출   ……저 ……사람을 기다리는데 ……그 사람이 온 다음에 같이 듣겠습니다.

소희　좋도록 하세요.

(소희가 들어간다. 상출은 주머니에서 책을 꺼내 연필로 줄을 그으며 읽는다. 시험 준비다. 잠시 후 상범이 의자를 갖고 들어와 앉는다.)

상범　오래 기다렸니?

상출　아니.

상범　다방에서도 시험공부야?

상출　할 수 있나.

상범　차 들었니?

상출　형이 안 오면 혼날라고? 주머니엔 버스표 두 장밖에 없어. 근데 왜 나오라고 했어?

상범　(뒤로 몸을 돌려 소리 지른다.) 여보시오! 파인주스 두 개만 부탁합니다.

상출　한 잔에 50원인데…….

상범　괜찮아. 나…… 경리과장 됐다.

상출　뭐? 형이? 경리과장? 굉장한데! 어떻게 벌써?

상범　사장이 날 신임하지. 또…… 나도 잘살 수 있는 비결을 배웠고…….

상출　봉급도 두 배쯤 오르겠네?

상범　봉급이 문제냐. 그런데…… 너도 그 입사 시험인가 하는 데 합격되려면…… 운동이 좀 필요하지 않을까!

상출　무슨 운동?

상범   돈을 좀 써야 하지 않을까? 세상은 다 그런 거야. (안
      주머니에서 돈을 꺼내 상출에게 쥐여 준다.) 이거 5000원
      인데…….

상출   5000원?

상범   돈을 좀 쓰란 말이야. 세상이 그렇게 단순하지 않단
      다. 문제는 방 안에 들어가야 하는데 앞문으로 들어가
      건 뒷문으로 들어가건 문제가 아냐. 어떻게 해서든지
      그저 들어가면 돼.

상출   ……아이 ……나 자신 없는데. 이 돈을 가지고 누굴
      찾아가 뭣을 어떻게 해?

상범   그건 네가 좀 연구해 봐야지.

상출   (돈을 테이블 위에 도로 내밀면서) 그럼 더 복잡한데. 공
      부하기도 바쁜데 그 일까지 하려면 형편없이 복잡해
      지겠는걸.

상범   공부를 작작 하면 되지 않니!

상출   공부 안 하면 어떻게 시험을 치지?

상범   앞뒤가 막혔군! 너도 새 상식이 필요해, 새 상식이!

상출   뭐?

상범   됐어, 됐어! (현소희가 파인주스를 갖고 나온다.)

소희   어머나! 이 돈 좀 봐! 돈이 막 굴러다니네.

상출   우리 형님 거예요! 그대로 둬 주세요.

소희   ……이 손님 ……어디서 봤는데요?

상범   네? 아…… 어디서 봤는데요.

소희   아…… 자주 좀 오셔요.

상범 네. (소희가 돈뭉치를 보면서 나간다. 상범과 상출은 글라
스를 들어 주스를 마신다.) 참! (주머니에서 돈뭉치 셋을
꺼내 상출에게 내밀며) 이거 3만 원인데…… 어머니 갖
다 드리도록 해. 아버지 환갑잔치에 3만 원 든다고 했
다니까.

상출 이 돈 어디서 났어? (받아 넣는다.)

상범 어떤 고마운 분이 주더라! 죽기 전에. 이 돈도 넣어.
사람들이 본다.

상출 이 5000원? 나 자신 없어! 형이 넣어 둬.

상범 (돈을 집어 그중 몇 장을 상출에게 쥐여 준다.) 구경이나
가라.

상출 구경 갈 틈이 어디 있어.

상범 이 돈은 내가 도로 갖겠다. 너도 좀 있으면 세상을 알
게 될 거다.

상출 응?

(이들을 비추던 조명이 사라지고 아파트 쪽이 밝아진다. 상범이 무
대 전면 중앙에 선다.)

상범 (관객에게) 죽은 관리인 영감은 아마 저한테 맡긴 돈
5만 원의 사용처에 대해 만족을 느끼고 있을 겁니다.
저의 동생 상출은 아직도 이 새 상식을 이해 못 하고
있습니다. 때가 오면 그 필요성을 느끼게 될 줄로 믿
습니다. 어쨌든 얼마 있다가 아버지의 환갑도 무사히

보냈고 곧이어서 형님의 결혼식도 끝냈습니다. 저의
아내가 되었을지도 모를 박용자 씨는 「아파트의 열
쇠」라는 영화 때문에 인제는 저의 형수가 됐습니다.
어느 날 회사의 일을 끝내고 아파트에 돌아왔더니 괴
상한 사건이 저를 기다리고 있었습니다.

(상범이 자기 방으로 들어가려고 하자 무대 우측에서 현소희가 나
온다.)

상범   ……안녕하셨어요?
소희   ……네? 아…… 안녕하셨어요.

(현소희는 다시 몸을 돌려 우측으로 갔다가 되돌아온다. 분명 탱크
를 기다리고 있는 모양이다. 상범은 자기의 방문을 열고 들어간다.
소희는 서성거리며 탱크가 오기를 기다린다. 상범이 상상적인 문의
열쇠 구멍으로 소희의 행동을 내다본다. 손수건을 꺼내 눈물을 닦고
있는 소희의 모습을 보고 지극히 놀란다. 덩달아 마음이 어수선해진
상범도 자기 방 안에서 왔다 갔다 한다. 이어 책상 한구석에 있는 수
화기를 들어 다이얼을 돌린다.)

상범   ……아, 교환이오? 저, 아파트 관리실 좀 부탁합니다.
      네, 관리실이에요…… 아, 여보세요? 관리실이죠? 좀
      물어볼 말이 있어서 그런데요. 저…… 26호실에 사시
      는…… 네? 그렇죠. 탱크라고 하더군요. 아침에 짐을

꾸리고 이사 가는 걸 봤는데요? 그럼 완전히 이사를 갔단 말입니까? 어디로 갔을까요? 그건 몰라요? 그럼 그 방은……? 비어 있어요? 네 고맙습니다.
(상범은 수화기를 놓고 잠시 머뭇거리다가 문을 연다.) 저…….

소희　……네?

상범　탱크를 기다리시죠?

소희　네.

상범　그분…… 오늘 아침에…… 관리실에 전화를 걸었어요…… 오늘 아침에 보따리를 꾸려 가지고 나갔어요. 어디로 이사 간지도 모른다는걸요. (소희는 이 말을 듣자 그대로 뒤로 쓰러지려고 한다. 상범이 서툰 솜씨로 그를 안는다.) 아…… 이거…… 여보세요, 저…… 미스…… 미스 현…… 이거……. (상범은 소희를 안은 채 자기 방으로 들어와 그를 소파에 앉히고 어찌할 바를 모른다.)

소희　……저…… 물을 좀…… 물…….

상범　물? 네.

(상범은 옆방으로 뛰어 들어간다. 그사이에 소희는 핸드백에서 알약을 꺼내 손에 쥔다. 상범이 글라스에 물을 떠 가지고 들어와 소희에게 준다. 소희는 글라스를 받기가 무섭게 알약을 입에 넣으려고 한다. 상범이 반사적으로 달려들어 약을 뺏는다. 글라스가 마루에 떨어진다. 상범은 어색한 태도로 소희를 안고 있다.)

상범   진…… 진정하세요. 그래서는 안 됩니다. 여기서 돌아
      가시면 내 신상에두 좋지 않습니다.

소희   속았어요!

상범   자, 좀 진정하시지요.

소희   (상범이 품에서 빠져나오며) 개새끼!

상범   네? 미안합니다.

소희   선생님한테 한 얘기가 아니에요.

상범   알겠습니다.

소희   그런 악질이 어디 있어요. 저의 돈은 물론 친구의 돈까
      지도 전부 말아 가지고 도망갔으니! 강도지 뭐예요!
      저는 이젠…… 마지막이에요. (소희는 울기 시작한다.)

상범   울지 마세요, 울지 마세요.

소희   저는…… 죽어야 해요.

상범   그래도 이 방에서야…….

소희   아, 답답해. 속았어요! 속았어요! (상범이 다시 옆방에
      들어가 술병을 들고 나온다.)

상범   이거…… 술인데…… 우리 형님이 와서 마시다 남은
      건데…… 진정제로는 술이 제일이라면서요? 조금만
      드시죠.

소희   (술병을 받으면서) 어차피 선생님은 저를 천한 여자라
      고 생각하실 테니까 술도 사양 않겠어요. 탱크 같은
      깡패한테 속은 여자니까요. 그렇지만 실컷 취하고 싶
      어요.

상범   저도 탱크한테 빌려 준 커피 한 통하고 설탕을 아직

못 받았는데.

소희 그럼 선생님도 저처럼 미련하군요.

상범 글쎄…… 얼마 전까지는 그랬지만 인제 저의 인생관
은 달라졌습니다.

(소희는 병째 들고 나발 술을 마신다. 이 광경을 보고 놀란
상범은 슬며시 의자에 앉는다. 술을 마시기가 무섭게 기침
을 요란하게 하는 소희가 근심이 되어 상범이 다시 일어난
다.) 저…… 미스 현…… 괜찮습니까?

소희 ……이 등…… 이 등을 좀 두드려 줘요.

상범 등이오? (상범은 한 손으로 소희를 안고서 그의 등을 두드
린다.) 좀 괜찮습니까?

소희 아이, 답답해. 좀 안아 줘요. 몸이 자꾸 떨려요. 꼭 안
아 줘요.

상범 이렇게요?

소희 네…… 아이, 미안해요. 몸이 추워져요. 좀 안아 줘요,
꼭 꼭, 아, 그 개새끼 땜에!

상범 네? 네…….

소희 잠깐만……. (다시 술을 마신다.)

상범 아하, 너무 마시면 나쁠 텐데…….

소희 어차피 버린 몸인데…… 실컷 취해나 보겠어요. 아이
답답해, 남자란 다 마찬가지예요.

상범 미안합니다.

소희 선생님만 제외하고선요. (고개를 들고) ……왜 저를 이
렇게 친절히 대해 주시죠?

상범 저의 경험으로 여자에겐 적극적으로 친절하기로 했습니다.

소희 몸이 떨려요, 안아 주셔요.

상범 ……네, 이렇게요?

소희 네, 그렇게요. 아이, 답답해.

상범 이번엔 답답합니까?

소희 이걸 좀 풀어 줘요.

상범 이거요?

(상범의 손이 서툴게 소희의 등으로 갈 때 방의 조명이 어두워진다. 이어 경쾌한 음악과 더불어 다시 불이 켜지며 두부 장수의 종소리가 들린다. 아침이다. 옆방에서 상범이 잡지를 들고 나와 쓰레기통에 집어넣는다. 그러고서는 소파에 앉아 신문을 본다. 명랑한 표정을 한 소희가 커피를 들고 나와 상범에게 주고 그의 뺨에 키스를 하고 다시 안방으로 사뿐히 날아 들어간다.)

상범 (커피를 한 모금 마시고 나서 관객에게) 생전 여자가 끓여 주는 커피는 처음 마셔 보았습니다. (일어서서) 저는 어젯밤 현소희와 동침했습니다. 찬스는 잡아야 합니다. 자리를 양보하느니보다는 그 자리에 앉아야죠. (쓰레기통을 가리키며) 덕분에 매일 밤 이불 속에 들어가 보던 저 잡지가 이젠 소용이 없게 됐습니다. 꿈에서나 겨우 보던 미인이 불과 몇 분 만에 제 것이 됐습니다. 현소희는 저의 커피와 설탕 대신에 탱크가 남기고 간 분에 넘치는 선물인지도 모르죠. 이 방은 꽃밭이 됐습니다. 뿐만인가요, 사장은 동남아 경제 시찰단에 끼여 이틀 전에 김포공항을 떠났습니다. 그러니 저에게는 윗사람도 없습니다.

만족과 행복감 속에서 삼십일 년 만에 처음인 즐거운 생활을 하고 있는 셈이죠. (소희가 옆방에서 나온다. 상범은 소희의 손을 잡고서 마치 춤이라도 추듯 방 안을 돌아다니며 중얼거린다.) 아! 인생! 나의 사랑! 나의 장미! 꿈! 행복! (소희가 상범의 손을 놓고 미소를 던지며 안방으로 다시 들어간다.)

(관객에게) 하루가 어떻게 빨리 지나가는지 모릅니다. 저의 수입도 늘고 재산도 늘었습니다. (캐비닛에서 카메라와 망원경을 꺼낸다.) 카메라도 샀고…… 망원경도 생겼습니다. 어느 토요일, 우리는 멀리 우이동으로 놀러 갔습니다.

(소희가 코트를 걸치고 나와 상범의 팔을 낀다. 두 사람은 서서히 무대 앞으로 나온다. 상범은 색안경을 끼고 망원경과 카메라를 멘 채 걸어 나온다. 방 안의 불이 어두워지자 무대 전면 중앙이 밝아지며 새소리와 더불어 전원의 풍경을 상징하는 음악이 들린다.)

소희　(상범의 팔을 끼고서) 이런 기분은 처음이에요. 진짜 행복이라는 것이 아마 이런 건가 봐요.

상범　글쎄…… 오래간만에 교외로 나오는 기분도 괜찮은

데. (망원경을 쥐고 들여다본다.) 밤나무에 오르내리는 다람쥐도 보이는데…… 저런…… 박 전무가, 아니…… 미스 성이…… 우리 사장의 며느리, 아니 비서 말이야. 박 전무하고 미스 성이 망월각호텔 2층 테라스에 나와 앉아 있는데…… 맥주를 마시고…… 박 전무가 미스 성의 허리를 껴안고 있는데…….

소희 사람들인걸.

상범 사람?

소희 사람들이란 다 같은 거지 뭐.

상범 그렇지만 우리 박 전무는 애가 다섯에…… 물론 부인도 있고.

소희 남이 어떻든 무슨 상관이에요.

상범 그렇기도 하지만…… 나로서는 상당히 중요한 문제야.

소희 우리도 호텔로 돌아가요.

상범 먼저 돌아가. 나 저 망월각호텔에 좀 갔다 올게.

소희 뭣 때문에요?

상범 내 곧 갈 테니까. 우선 요 밑에까지는 같이 가기로 하고.

(두 사람은 무대 좌측으로 나간다.
이어 사무실에 조명이 던져진다. 성아미가 소파에 앉아 책을 읽고 있다. 잠시 후 사장실의 문이 열리며 상범이 엽총을 들고 나와 손질을 시작한다.)

아미 또 엽총이군요.

상범   자꾸 닦으면 정이 듭니다…… 저, 사장님한테 무슨 소식이 있는가요?

아미   네, 지금 싱가포르에 계셔요.

상범   ……성 비서님은 싱가포르에 가 보셨던가요?

아미   그쪽엔 아직 못 갔어요. 미국에 한 이 년 있다가.

상범   아, 그럼 돌아가신 그분하고는 미국에 계실 때?

아미   그래요.

상범   아, 참! (주머니에서 쪽지를 꺼내며) 이 계산서 말입니다.

아미   그게 무슨 계산서인데요?

상범   일전에…… 그러니까 사장님이 떠나시기 이틀 전 3인치 직경의 강철을 계약하던 날…… 반도호텔에서요. 성 비서님은 그때 미국 사람하고 우리 사장님이 밤에 쓰신 돈이…… 선물값도 합쳐서 말입니다. 합계 12만 4000원이라고 하셨죠? 12만 4000원입니다.

아미   ……그래요.

상범   그래서 제가 그 돈을 드리지 않았습니까?

아미   그래서요?

상범   그렇지만 제가 그 호텔, 그리구, 상점에 다니면서 다시 영수증을 떼었더니 합계 6만 2000원이 나왔습니다. 그러니까 나머지 6만 2000원이 성 비서님한테 더 간 폭이 되는데…….

아미   ……그건…… 그런…… 내가 그 미국인한테…… 사장님을 대신해서 물건을 또 하나 사서 선사했어요.

상범   (일부러 억양을 높여) 아…… 그렇습니까? 알겠습니다.

일전에는 성 비서님이 청구하시는 금액하고 영수증하고 꼭 같았었는데 혹시나 하고요. (잠시 어색한 사이가 흐른다.) 저…… 우리 박 전무님도 미국에서 공부하셨죠?

아미   ……그렇다는군요.

상범   박 전무님이 지금 마흔여섯이니까…… 퍽 오래전이시겠군요.

아미   ……뭣이 오래라구요?

상범   박 전무가 미국에서 공부하신 때가 말입니다.

아미   글쎄요.

상범   성 비서님은 지금 스물일곱이시니까…….

아미   여자의 나이를 그렇게 함부로 말하는 것이 아닙니다.

상범   그런 뜻이 아니고…… 하여튼 박 전무님하고는 한 이십 년 차이군요.

아미   ……글쎄, 왜요?

상범   박 전무님하고 저하고도 한 십오 년 차이고요. (이때 전화통이 울린다. 상범은 한 손에 총을 쥔 채 수화기를 든다.) 아, 여보세요, 네? 아, 박 전무님이세요. 네, 경리과장입니다. 네? 네? 그렇습니다. 우이동에 있는 망월각호텔에 2만 원 물어 주었습니다. 망월각호텔에서 전화가 왔던데요. 누군지 모르겠습니다. 그래서 제가 직접 나가서 계산서를 보고 2만 원 냈습니다. 네? 여기 계산서를 가지고 있습니다. 네? 전무님이 가끔 가족 동반을 하시고 그 호텔에 가셔서 휴양을 하신다고 했습니다. 네, 다음부터는 전무님께 말씀드리고 물도록 하겠습니다. 네, 안녕히 계십시오. (통화 중에 새파랗게 질려 있던 아미가 다시 책을 보는 척한다.) 박 전무님은 참 가족적이야. 틈만 있으면 가족을 데리고 교외로 나가서 휴양하시나 봐요. 아따! 이거 기름이 떨어졌네. 사장실에 들어가 할까…… 임시…… 한 오 분 동안 임시 사장이나 해 볼까, 하핫……. (상범은 총을 쥐고 여기저기 겨누어 보다가 슬쩍 아미도 겨누어 본다. 아미가 놀란다. 상범은 사장실로 들어간다. 아미가 일어나 수화기를 들고 돌린다.)

아미   저예요. 급히 좀 만나요. 저 그리로 갈게요. 네? 글쎄, 그 호텔 주인 못쓰겠어요. 네.
(수화기를 놓고 아미는 방을 왔다 갔다 한다. 이어 핸드백을 쥐고 사장실의 문을 연다.) 김 과장, 저 치과에 좀 갔다 오겠어요. (사장실에서 나오는 상범의 손에는 여전히 엽총이 쥐여 있다.)

상범   치과에요? 네, 갔다 오십시오. (아미가 뽀로통한 표정으로 나간다.)
(관객에게) 박 전무와 성아미의 꼬랭이를 붙들었습니다. 저하고는 전혀 바탕이 다른 잘난 사람들입니다만 꼬리를 잡히면 저렇게 당황합니다. 망월각호텔에서 돈을 청해 온 일이 없습니다. 제가 갖다 주었습니다. 가만…… 저에게 또 한 가지 욕심이 생겼습니다. 이 나이에 회사의 역사상 제일 빨리 경리과장 자리에

앉았지만 좀 더 높은 자리에 기어 올라가고 싶어졌습
니다. 휴지 조각과 교회에서의 인연, 그리고 배영민
에 대한 중상으로 딴 이 자리에 만족할 것 없이 박 전
무와 성아미라는 큼직한 미끼를 낚싯대에 딱 끼워 놓
고 출세라는 탐스런 금붕어를 낚아내는 겁니다. 정상
적인 인생의 코스를 가다가는 우리같이 평범한 족속
들은 출세의 문턱에도 못 갈 겁니다. 새 상식을 따라
야겠습니다. (무대 전면에 나서면서) 출세에 골몰하고
있노라니 벌써 두 달이 지났습니다. 그런데 내가 바깥
일에 전력을 다하고 있는 중에 저의 안일에 큰 변동이
생겼습니다. 어느 날 저녁 나의 보금자리요, 사랑하는
애인이 기다리고 있는 아파트에 돌아갔더니…….
(상범이 무대 앞을 걸어 자기 방문을 열고 들어가 방 안의
불을 켠다. 십자가 밑에서 서로 껴안은 채 뒹굴고 있는 현
소희와 탱크의 모습이 나타난다.) 아…… 니……? 이게.
(부스스 일어나는 두 사람은 지그시 취해 있다. 티 테이블
에는 술병이며 글라스가 굴러 있다.)

소희   아…… 돌아왔구려.

탱크   아…… 김 형, 오랜만입니다. (탱크는 일어서서 넥타이
        를 다시 매며 상범에게 악수를 청한다. 상범이 악수를 거절
        한다.)

상범   당장 나가! 개 같은 것들!

소희   그러지 말고 한 잔 드셔요.

(상범은 홧김에 소희의 뺨을 후려갈기려고 한다. 그러나 탱크의 억센 손이 그의 팔을 잡는다.)

탱크 약한 여자한테 폭력을 쓰면 되나요.

상범 이 도둑놈 같은 게! 넌 뭐냐!

탱크 내가 도둑놈? 이것 참, 누가 도둑놈인지 모르겠네. 내가 없는 사이에 내 아내를 훔쳐 낸 놈은 누구지?

상범 너의 아내?

소희 그래요. 저의 실질적인 남편은 탱크예요, 법적인 남편은 당신이지만.

상범 내가 너의 법적인 남편?

(소희가 일어서서 핸드백을 열어 봉투를 꺼내 그 안에서 종잇조각을 뽑아 쥔다.)

소희 이거 보세요. 당신이 나와 결혼했다는 혼인신고서의 사본이에요.

상범 혼인신고? 내가 언제……

소희 당신이 바쁠 것 같아서 제가 대신 신고했죠. 일주일 전에.

상범 난 너하고 결혼한 적이 없어.

탱크 결혼식이 문젠가! 신고하면 부부지. 내가 증인이지.

상범 너 같은 악당이 증인?

소희 하여튼 걱정 마셔요. 법적인 남편이 없는 틈을 타서

정부하고 간통하다 들켰으니 이건 이혼감이지요? 이
혼을 요구하면 당장 이혼 동의서에 도장을 찍겠어요.
여기 이혼 동의서도 있어요. (핸드백에서 종이를 또 꺼
낸다.)

탱크 내가 또 증인이 돼 주지.

상범 흥! 물론 이혼하지. 나도 모르게 혼인신고를 했다!
핫! 악당들!

소희 그렇지만…… 이혼하는 데 조건이 있어요.

상범 조건?

소희 그래요. 위자료 50만 원을 요구해요.

상범 이 날강도! 갈보! 50만 원?

소희 그럼 할 수 없어요. 저는 여기 눌러앉아 있겠어요,

탱크 아, 아, 그렇게 감정이 앞서면 못써. 다 큰 사람들끼리
뭐, 50만 원이 많지는 않을 텐데…….

상범 단돈 5원도 못 내겠다. 아니, 이 갈보가 그동안 먹은
밥값을 도로 받아도 시원찮아!

소희 흥! 나 같은 여자를 밤새 끼고 자려면 최소한 하루에
3000원은 들 게 아녜요? 난 삼 개월 동안 한 푼도 못
받았어. 또 나 같은 미인을…….

탱크 그렇지, 소희 같은 미인을.

소희 나 같은 미인을 식모로 석 달 이상 부려 먹었고……
또…… 낮에는 꼼짝 못하고 집을 지켰고…… 50만 원
이 많은 것은 아닌데. 당신은 경리과장이 아녜요? 하
루에도 몇백만 원씩 주무르면서 그까짓 50만 원쯤 문

제가 돼요?

탱크　여보, 김 형! 저 미스 현은 가끔 신경질도 부려요. 혹시 미스 현이 당신의 사장에게 삼 개월 동안에 일어났던 사실을 얘기하면 어떻게 할 작정이오?

소희　교회에 나가는 교인? 총각? 잘 생각해서 50만 원을 내봐요. 이틀 동안 여유를 드리겠어요. 그때까지 소식이 없으면 회사에 찾아가 사장한테 얘기하겠어요.

상범　(관객에게) 이런 경우 어떻게 하면 좋죠? 저 악당들의 상식이 무섭습니다. 저는 그대로 뛰어나와 거리에 나섰습니다. 그러나 갈 곳이 없었습니다. 하룻밤을 회사 사무실에서 잘 수밖에 없었죠.

　　　(상범이 무대를 가로질러 사무실로 간다. 사장실에서 남녀의 웃는 소리가 들린다. 비스듬히 문을 열고 안을 들여다본 상범은 깜짝 놀라 도로 문을 닫는다.) 지금 이 시간에 박 전무하고 성아미가 사장실 소파에 앉아 있어요. 물론 그대로 앉아 있는 것이 아닙니다. 저의 아파트에서는 지금 무슨 일이 벌어지고 있을까요? 결국 저는 두 사람 사이에 끼여 손해만 보고 있는 초라한 존재일까요? 언제까지 손해를 볼 수 없다는 것이 저의 새 상식이었습니다. 새 상식에 따라 무슨 도리를 발견해야겠습니다.

(전화벨이 울린다. 몇 차례 울릴 때까지 그대로 내버려 둔다. 머리칼과 옷자락이 흩어진 성아미가 문을 열고 나오다가 상범을 보고 깜짝

놀란다.)

상범 (수화기를 들고) 여보세요? 네? 나 김상범입니다. 탱크
요? 개 같은 놈! 내가 어떻게 여기 있는 줄 알고……?
뭐? 나 가는 곳은 뻔하다고? 그래서? ……그래서……
몇 시…… 10시…… 좋아, 간다. (수화기를 놓고 아미에
게) 어찌 된 일입니까?

아미 (옷자락이며 머리칼을 만지고 나서) ……김 과장은 언제
부터 저희를 감시하기 시작했죠?

상범 전…… 무슨 말씀인지? 하던 일이 좀 남아서 밤에 해
치우려고 왔을 뿐인데…….

아미 혼자서요?

상범 (잠시 생각을 하더니) ……아닙니다. 저의 친구하고 왔
다가…….

아미 친구하고요? 그래…… 그 친구는…….

상범 네…… 저…… 사장님 방에 성 비서님이 계시는 걸 보
고…… 그래서 제가 돌아가라고 했죠.

아미 그러니까 그 친구 되는 사람도 저희를 보았다…… 이
거죠? 증인이란 말이죠?

상범 ……전 무슨 말씀인지……?

아미 저희들에 관해 김 과장은 무엇을 알고 있어요?

상범 저는…… 아무것도 모릅니다. 방금 친구한테서 전화
가 왔습니다. 나가 봐야겠습니다. 저, 박 전무한테 인
사도 못 드리고 갑니다. 문안 전해 주세요.

(상범이 나간다. 아미가 팔짱을 끼고 그대로 서 있을 때 사무실의 불이 꺼진다. 상범이 무대 좌측에서 긴 의자를 끌고 나와 전면 무대에 앉는다.) 저는 탱크와 소희라는 악당 놈들의 협박을 받고 있는 몸입니다. 그 대신 저는 박 전무와 성아미를 협박하고 있습니다. 쫓기고 쫓는 몸이 됐습니다. 얼마 전 탱크한테서 전화가 왔는데 이 파고다공원에서 만나자는 겁니다. 좋은 해결 방법이 있다는 겁니다.

(탱크가 담배를 물고 나와 옆에 앉는다.)

탱크 조용하군.
상범 자, 본론으로 들어가지. 어떻게 하겠다는 거야?
탱크 여자를 그렇게 대해서는 안 돼, 슬슬 다뤄야지.
상범 자네의 설교를 들으러 온 것이 아니야. 자, 해결책을 털어놔.
탱크 오늘이 23일이니까…… 옳…… 아. 내일이 24일이군. 그러니까 봉급 전날이 아니야? 봉급날은 25일이지?
상범 너도 취직을 해 본 적이 있나?
탱크 그건 상식이지…… 그러니까 내일 24일은 회사원들의 봉급을 지불하는 준비에 무척 바쁘겠군. 경리과장이니까. 봉급은 25일 오후 1시부터 지급한다고? 소희가 얘기하던데. 그러니 경리과장하고 비서는 다른 사원들이 점심을 먹으러 나가는데도 꼬박 방에 앉아 봉급을 지불할 준비를 하고 있어야 할 거야. 420만 원이라는 막대한 돈을 책상 위에 놓고, 420만 원이라! 큰돈이야. 내가 낮 12시 반 정각에 자네 방에 들어가 권총이나 다른 폭발물로 협박하면 할 수 없이 420만 원은 나한테 넘기고 말겠지? 이건 경리과장으로선 불가항력이야. 사장도 그렇게 믿을 거야. 대신 내 선심을 쓰지. 소희가 다시는 자네 앞에 못 나타나도록 책임을 지겠네.

상범   소희를?

탱크   50만 원으로 소희가 떨어질 여자 같은가? 일생 괴롭힐 걸. 뿐만인가. 자네, 그 50만 원을 구하려면 어차피 경리 부정을 저지를 것 아닌가? 그건 곤란해. 차라리 불가항력 앞에서 420만 원이라는 공금을 강탈당하는 편이 나을걸. 겸해서 소희도 영 안 나타난다는 보증을 받고. (탱크가 일어서서 피우던 담배를 버린다.) 그럼…… 25일, 12시 25분에 가겠네. 알아 두게.

상범   그럼…… 소희가 가지고 있는 결혼 신고서하고 이혼 동의서를 나한테 주겠나?

탱크   ……420만 원을 받은 다음에.

상범   어디서 주겠나?

탱크   네 사무실에서. 25일 12시 25분에 만나지. 현소희는 이 시간부터 자네 앞에는 안 나타날걸. 혹시 앞으로 무슨 일이 생겨도 모른다고 잡아떼면 돼.

(탱크는 유유히 퇴장한다. 사무실이 밝아지며 돈을 쌓아 놓고 세고 있는 아미를 나타낸다. 사장실에서 결재 서류를 든 상범이 나온다.)

상범 수고하십니다. (아미는 대꾸를 않고 그대로 돈을 세서는 봉투에 넣는 작업을 계속한다. 상범이 초조하게 시계를 들여다본다. 사장이 나온다. 상범은 반사적으로 일어나 절을 한다.)

사장 응, 봉급이 제시간 내에 지불되겠지?

상범 네, 1시부터 틀림없이…….

사장 나 요 맞은편 홍파옥에서 박 박사하고 점심을 먹을 테니까…….

상범 네, 일이 있으면 연락하겠습니다. (사장이 나간다. 상범이 안절부절못한 채 무대 위를 왔다 갔다 한다.) 저 성 비서님은 점심을 안 드세요?

아미 점심을 먹게 됐어요?

상범 제가 할 테니 성 비서님은 사장님하고 같이 식사를 하시죠?

아미 김 과장 혼자서 이 돈을 언제 정리할 수 있어요?

상범 ……지금 시간이…… (팔뚝시계를 보고 나서) 내 시계는 12시 25인데…… 저…… 성 비서님 시계는 몇 시죠?

아미 (귀찮다는 듯이 자기의 시계를 힐끔 보고 나서) 12시 25분이에요.

상범 (도로 책상에 마주 앉으며) 25분.

(모자를 깊이 눌러 쓴 탱크가 가방을 들고 들어온다. 아미가 하던 일을 멈추고 탱크를 본다.)

아미　　저…… 누구를 찾으러……?

(탱크는 대꾸 대신 권총을 쑥 내민다. 아미는 펄떡 일어났다 그대로 주저앉아 기절한다.)

탱크　　저 방엔……? (상범이 머리를 흔든다.) 자, 이 가방에 집
　　　　어넣어.
상범　　흥! 그 시간에 꼭 왔군!
탱크　　신사는 시간을 지킬 줄 알아야지. (상범이 책상에 쌓인
　　　　돈을 가방에 넣는다.)
상범　　자네가 신사라니 그럼 약속도 지켜야지.
탱크　　무슨 약속?
상범　　현소희의 혼인신고서하고 이혼 증명서.
탱크　　(안주머니에서 봉투를 꺼내 보이며) 이것 말이지? 약속
　　　　대로 그 돈을 다 받고서 주지.

(상범이 돈을 다 넣어 탱크에게 가방을 내민다.)

상범　　자, 교환하자. (두 사람은 서로 교환한다.)
탱크　　난…… 한국에 안 있어. 그리구…… 또 한 가지 약속
　　　　이 있지. (안주머니에서 여자의 양말을 꺼내며) 이것도

　　　　기념으로 가지게.

상범　　그럼 현소희를……?

탱크　　난 약속을 지킨다니까.

상범　　이걸로 목을……?

탱크　　쯔, 쯔! 그런 소릴! 지금쯤 천당에 가서 점심 식사를
　　　　하고 있을 거야. 수고했네!

(탱크가 유유히 가방을 들고 나간다. 상범은 봉투와 긴 양말 조각을
쥐고 곰곰이 생각하더니 봉투는 안주머니에 그리고 양말은 바지 주
머니에 쓸어 넣고 자기 책상 밑에서 엽총을 들고 뛰어나간다. 잠시
후 요란한 엽총 소리가 두 번 터져 나온다. 엽총을 들고 다시 들어온
상범은 소파에서 정신을 잃고 있는 아미 곁으로 가 반신을 일으켜 안
아 준다. 이어 서서히 힘을 주어 포옹한다. 잠시 후 사장이 허둥지둥
뛰어 들어와 두 사람을 보고 놀란다.)

사장　　음, 음! 어디 다친 덴 없나?

(상범은 아미를 내려놓고 그의 몸을 흔든다. 아미가 눈을 뜨고 펄떡
일어나 주위를 본다.)

상범　　놀랐지요? 잡았습니다.

아미　　강도를……?

사장　　(상범의 손을 덥석 쥐고) 이 사람아, 수고했네! 수고했
　　　　어! 사원들이 뛰어와 강도가 들었다 하기에…… 얼마

나 놀랐는지. 아, 용감해, 용감해! 이것 모두 하나님이 도우신 거야.

상범　그놈 완전히 죽었어요?

사장　죽었어, 죽었어! 아, 수고했어! 수고했어! (아미가 일어서서 비틀거리며 출구로 가려고 한다. 상범이 달려가 성 비서를 잡는다.)

상범　성 비서님, 괜찮으세요?

아미　도둑은, 도둑은……?

사장　잡았다니까. 죽었어! 하나님의 도움으로.

아미　누가 잡아요?

사장　저기 김 과장이.

아미　(믿을 수 없다는 듯이 머리를 흔들며) 저…… 화장실에 좀.

(다시 몸이 흔들린다. 상범이 한 손엔 그대로 엽총을 쥔 채 남은 손으로 그의 허리를 낀다. 사장은 이 모습을 보고 머리를 끄덕인다. 이윽고 아미는 상범의 몸을 밀고 밖으로 나간다.)

상범　사장님, 죄송합니다. 제가 도둑을 미연에 방지 못 해서.

사장　천만에! 초인간적이야. 자, 빨리, 경찰에 신고나 하자. (상범으로부터 엽총을 받으며) 영웅적 행동이야…… 근데…… 성 비서하고는 언제부터…… 그런 사이가 됐나?

상범　네? ……뭐 ……그저.

사장　그래, 김 과장은 성 비서를 좋아하겠지?

상범   그거야 물론…….

사장   성 비서도 물론 김 과장을…….

상범   글쎄…….

사장   알겠어! 알겠어! 이해할 수 있지. 자네는 성실하니까.
       나도 성 비서를 언제까지 며느립네 하고 붙들어 둘 수
       는 없지. 죽은 내 아들도 오히려 성 비서가 재혼하기
       를 원할 거야. 이해할 수 있어! ……하여튼 회사를 위
       해 큰 수고 했어.

상범   (관객 쪽으로 걸어 나오며) 일이 너무나 잘되어 가니 오
       히려 정신이 아찔합니다. 다음 날 사장은 전 사원을
       집합시켜 놓고 저를 한바탕 칭찬하고 나서는 상금으
       로 50만 원을 저한테 주었습니다. 420만 원을 지켰다
       고 해서요. 뿐인가요, 저는 이 대제철 회사의 상무로
       특진했습니다. 서울 시내의 신문이 저에 관한 기사로
       가득 찼습니다. 저는 회사의, 그리고 서울 시민의 영
       웅이 됐습니다. 그러니까 회사의 장사도 잘됩니다. 여
       기저기서 물품 주문이 마구 쏟아져 들어왔습니다. 확
       실히 탱크는 실패했습니다. 자기가 현소희의 목을 졸
       라 죽였다는 사실을 알렸기 때문에 실패했습니다. 탱
       크가 현소희를 죽였다는 사실을 눈치채자 저의 새 상
       식이 발동했습니다. 결국 두 사람을 죽였는데도 마
       음에 불안이 하나도 없습니다. 어찌 된 일일까요? 글
       쎄…… 아마 정당방위(正當防衛)를 위해 살인을 해서
       그런 모양입니다. 그렇게 믿고 싶습니다. 이런 일이

있은 후 며칠 있다가 저는 성아미를 저의 아파트로 불렀습니다. 저한테 꼬리를 잡힌 가련한 인형은 꼼짝 못하고 저의 방에 나타났습니다.

(성아미가 무대 좌측에서 나와 무대 전면을 통해 아파트의 방문 앞까지 와 선다. 분명 노하고 있는 모양이다. 잠시 후 할 수 없다는 듯이 노크를 한다.)

상범   (일어서며) 들어오세요. (문을 열고도 아미는 그대로 서 있다.) 어서 들어오세요. (아미는 말없이 들어와 선다.) 여기 앉으세요.

아미   괜찮아요. 어서 말씀해 보셔요. 전 시간이 바쁜 사람입니다.

상범   그래도 앉으셔야지…….

아미   전 오 분만 있다가 가겠습니다. (아미가 앉는다.)

상범   왜 그렇게 바빠요? 박 전무님이 밖에 기다리고 있어요? (아미는 대꾸를 않는다.) 커피를 드릴까요?

아미   그 중대한 얘기나 빨리 하셔요.

상범   그럽시다.

아미   어서 하세요. 요새 김 과장은…….

상범   아, 김 상무입니다.

아미   요새 김 상무는 천당에서 사는 것 같겠죠. 신문에 크게 나고 그 나이에 출세를 하고…… 상금을 50만 원이나 받고…….

상범   말씀 감사합니다. 그걸로 좋은 엽총이나 살까 합니다.

아미   자, 어서 그 중대하다는 얘기를 하셔요.

상범   그럽시다. 성아미 씨는 미국에 가서 공부하신 학식이 있는 분입니다.

아미   그래서요?

상범   또 퍽 아름다운 여성입니다.

아미   고맙군요.

상범   뭣보다도 똑똑한 분입니다.

아미   아니, 도대체 이분이…….

상범   잠깐. 그리고 박 전무님하고 굉장한 사랑을 하고 있습니다. 부인이 있고 애까지 있는 남자와 말입니다. 저는 두 분이 호텔에서 동침하고 있는 광경도 보았습니다.

아미   거짓말이에요!

상범   그럼, 그 광경을 몰래 찍은 사진을 보여 드릴까요? 흥신소를 시켜 조사한 보고서와 사진이 얼마든지 있습니다. 남편이 죽은 지 육 개월도 못 돼서 탈선하기 시작했습니다. 제가 이 세상에서 사라져도 성 비서님과 박 전무님의 그런 관계를 실증할 만한 사람이 또 한 분 있습니다. 저의 친구죠. 그러니까 저를 저세상에 보낼 생각은 아예 마십시오. 또 한 가지 말씀드리죠. 회사 돈이 굉장히 그 핸드백 속으로 들어갔습니다. 시아버님의 돈이니까 마구 쓰는가요? 쉽게 말하면 돈을 훔친 거예요.

아미   무엇을 요구하는지 알겠어요. 그래 김 과장은…… 아니, 김 상무는 얼마를 요구하죠? 금액을 말하세요.

상범　글쎄…… 당신의 죽은 남편…… 그러니까 사장님의
　　　아들은 자기 앞으로 있던 재산을 죽기 며칠 전 사장에
　　　게 일임했습니다.

아미　(펄쩍 일어서며) 그건 어떻게 알아요?

상범　사장님의 변호사의 사무실에 몇 차례 심부름을 갔었
　　　습니다. 뿐인가요, 저는 그보다 더 큰 사실도 압니다.
　　　성 비서가 재혼할 경우, 사장님이 성 비서의 남편이
　　　될 남자의 인격과 능력을 인정하면 그 재산은 다시 성
　　　비서의 재혼할 남자 앞으로 돌아옵니다. 죽은 성 비서
　　　의 남편은 예수님보다 더 인자했던 분입니다.

아미　당신 같은 악당하고는 달라요!

상범　당신 같은 간부에게는 아까웠지.

아미　도대체 저를 여기에 끌고 나와 어떻게 하겠다는 말예
　　　요?

상범　성 비서와 결혼하고 싶습니다.

아미　아니…… 뭐요?

상범　성아미 씨와 결혼을 하겠다는 말입니다.

아미　당신 같은……? 아이, 어이가 없어!

상범　어이가 없어요? 그것이 인생입니다. 결혼은 하지
　　　만…… 저도 성아미 씨의 죽은 남편에 못지않게 관대
　　　한 남편이 될 생각입니다. 당신한테 딸린 가족 다섯을
　　　그대로 살릴 수 있겠다, 동생들이 마음 놓고 대학까지
　　　갈 수 있겠다, 재산이 쏟아져 들어오고…… 사장님이

은퇴하시면 자연 새 사장의 아내가 될 것이고…….

아미   아니, 뭐요?

상범   제가 사장이 될 게 뻔한 일이 아닙니까? 하여튼, 저하
        고 결혼하면 사장님의 신임도 받을 것이고…….

아미   ……제가 거절하면 어떻게 할 작정이죠?

상범   거절이오? 성아미 씨 같은 예쁘고 똑똑한 여자가 이
        기가 막히는 조건을 거절해요? 저도 성아미 씨하고
        가끔 동침하고 싶거든요. 예쁘고…….

아미   듣기 싫어요! (아미는 분연히 일어서서 문간으로 간다.)

상범   잘 생각하세요. 싫으면 그대로 나가시고…… 응하신
        다면 다시 여기 앉으시고…….

(잠시 머뭇거리더니 아미는 다시 의자에 앉는다. 불이 서서히 어두
워질 때 상범은 무대 전면으로 나와 관객을 대한다.)

상범   그래서 저는 그날 밤 성아미와 동침했습니다. 현소희
        와 첫날밤을 지내던 때하고는 달리 감격도 흥분도 없
        었습니다. 있는 것은 무섭게 느껴지는 정복감, 승리
        감뿐이었습니다. 얼마 있다가 눈이 펑펑 쏟아지는 어
        느 날 저는 성아미와 결혼식을 올렸습니다. 가까운 사
        람만 몇 분 불렀죠. (사장, 상학, 배영민, 문 여사, 용자 그
        리고 아미가 손에 글라스를 들고 나와 즐거운 표정을 짓는
        다.) 흥! 우리는 박 전무도 초청했습니다. 그러나 아침
        부터 심한 설사를 해서 몸이 불편하다나요.

사장　자, 몇 시 비행기로 떠난다고 했지?

상범　2시 반입니다.

사장　그럼, 빨리 가 봐야겠군. 알겠나, 호텔 뒷산이 야산인
데, 노루 사냥으론 그만이야. 신혼여행이라고 해서 방
안에만 묻혀 있지 말고 사냥을 잊지 말게. 돌아올 때
는 노루나 토끼를 한 서너 마리 가지고 오게. (배영민
에게) 배 과장, 그걸 좀. (배영민이 밖으로 나간다.) 나,
자네에게 특별 선물을 하나 하려고.

상범　이미 주신 선물도 태산 같은데……. (배영민이 엽총을
하나 들고 들어온다.)

배영민　김 상무님, 축하합니다. 헤, 헤…….

사장　이거야, 이거! 베루기에서 만든 진짜 2연발 총이야!
신혼여행용 선물로는 그만이야. 이걸로 신부도 보호
하고…… 짐승도 잡고…….

상범　감사합니다. (상범이 총을 받을 때 상출이 뛰어 들어온다.)

상출　형! 형!

상범　상출이구나.

상출　늦어서 미안해. 나, 됐어! 됐어!

상학　뭘? 아, 시험에 붙었어?

상출　그래, 합격했어! 합격!

사장　자, 시간도 없는데…… 우린 형제만 남기고 먼저 나가
밑에서 기다릴까. 할 말도 많을 텐데. (세 형제만 남기
고 모두 나간다.)

아미　그럼……. (아미도 나간다.)

상범	수고했구나!
상출	삼 년 만이야, 삼 년…….
상학	하여튼 반갑다…… 나도 합격했단다.
상범	형님도요?
상학	나, 대학 선생 집어치웠다!
상범	언제요?
상학	장가까지 갔는데 가정도 돌봐야지. 대학에 있어 갖고선 밥도 못 먹겠어. 특히 로켓이나 주무르고 있으면 말이야. 그래서 국민학교 선생이 됐다.
상출	국민학교 선생요?
상학	그렇지만 사립 국민학교 선생 말이다. 내가 받던 봉급의 배는 주더라. 참 세월도! 국민학교 선생 벌이가 대학 선생 벌이보다 낫다니! 옛날 사범학교를 나온 덕분에. 교장이 내 친구야. 자기에게 알맞은 자리로 가는 것이 중요해. 오히려 요즈음은 편하더라.
상출	국물도 있어요?
상학	글쎄. 자, 늦겠다, 가 봐라.
상출	아버지는 안 오신대. 형이 처녀도 아닌 여자하고 결혼한다고.
상범	(상학과 상출이 나가자 관객에게) 저의 동생 상출이 행정 계통의 밑바닥 일을 맡아 볼 견습 직원이 되었습니다. 삼 년 동안에 걸린 피와 땀의 결정입니다. 상식 세계의 관문을 겨우 통과한 격인데 물론 장래는 막연합니다. 그러나 본인은 퍽 행복을 느끼고 있는 것 같습

니다. 반면 형님은 위에서 스스로 떨어져 사립 국민학
교의 선생이 되었습니다. 그래도 행복을 느끼고 가정
을 꾸며 나가는 데 의욕을 느끼는 모양입니다. 그런데
나는? 돈과 지위와…… 이런 모든 것에 불만이 없는
제철 회사의 거물이 됐습니다. 앞으로…… 글쎄……
저의 앞에는 뭐가 있을까…….

(아미가 의자를 두 개 들고 나와 무대 전면에 나란히 갖다 놓는다. 상
범은 아미와 앉는다. 무대에 비행기의 폭음이 터져 나온다.)

상범 강원도로 날아가는 비행기 안에서 우리 신혼부부는
      할 말이 없었습니다. 그저 무한한 허공을 향해 한없이
      날아가는 것 같은 생각이 들었을 뿐입니다. 비행기가
      땅에 닿기 얼마 전, 아미는 처음으로 입을 열었습니다.
아미 여보…… 저…….
상범 얼굴색이 좋지 않은데…… 어디 편치 않아요?
아미 아뇨…… 저…… 임신했어요.
상범 임신? 그럼 어린애를……?
아미 그래요.
상범 ……몸조심해야겠군.
아미 벌써 다 왔군요.

(아미는 의자에 붙은 상상의 벨트를 푼다. 상범은 그대로 멍하게 앉
아 있다.)

상범   저의 마음은 어지러웠습니다. 아미의 배 안에 새 생명이 들었다는 것입니다. 호텔에 들어가서도 저의 마음은 평정을 되찾을 수 없었습니다. (아미가 일어서서 나간다.) 아미의 몸에서 태어날 새 생명! 어떻게 해야 좋을지…… 그 애가 나의 것일 리는 만무합니다. 하여튼 누구의 것이건 법적으로 나의 애가 돼서 태어날 것입니다. 내 것도 아닌 아들이 혹은 딸이 빽 소리를 지르며 떨어질 때 나의 얼굴 표정은 어뗘할지…… 내 얼굴을 들여다보며 마음은 멀리 박 전무의 품으로 달려갈 아미의 얼굴 표정은 어뗘할지…… 늑대와 여우 사이에서 태어난 강아지, 나는 그 강아지를 늑대라 믿어야 합니다. 나를 꼭 닮은 강아지라고 믿어야 합니다. 진짜 부모인 수놈의 여우와 암놈의 여우가 멀리서 우리의 모습을 지켜보며 냉소를 던지는 동안 우리는 서로 닮았다고 좋아해야 합니다. 저는 저쪽 의자에 앉아 있기가 고통스러워 이쪽 의자로 옮겼습니다. 소위 새 상식이라는 바람을 타고…… 그러나 결국…… 위치만 달랐지 마찬가지입니다. 불안과 근심이 앞 따르기에는 말입니다. 어떤 일인지, 땀을 뻘뻘 흘리면서 흥분 속에서 일을 하게 될 동생 상출의 모습이 보입니다. 어린애들하고 노래를 하며 웃고 있을 형님의 얼굴이 떠오릅니다. 아직도…… 사회를 모르는 그들…… 글쎄, 너무나 잘 알아서 그럴까? 다음 날 밤, 이 산골로 배정 온 배영민이 찾아왔습니다. (배영민이 꽃을 한 아름 안고 들어온다.)

배영민   안녕하셨습니까, 김 상무님? 이거 밤에 찾아와서……
　　　　사모님은 어디 계시죠?

상범 　　목욕탕에 들어가 있겠지. 그 꽃은 나한테 줄 거요, 내
　　　　사랑하는 아내한테 줄 거요?

배영민   이거요? 그거야 물론 두 분한테 다…… 근데…… 이
　　　　호텔은 어떻습니까? 조용합니까? (상범으로부터 반응
　　　　이 없다.) 분위기가 퍽 로맨틱합니다.

상범 　　감상적이죠.

배영민   그거 좋은 표현입니다. 분위기가 퍽 감상적입니다.

상범 　　아니야, 희극적이지.

배영민   ……그렇죠, 희극적이죠.

상범 　　글쎄…… 비극적이라는 표현이 좋을 것 같군.

배영민   네? 비극적……?

상범 　　아니야, 암만해도 희극적이라는 표현이 맞을 것 같아요.

배영민   ……아, 희극적인 분위기라! 그거 좋은 표현입니다.
　　　　참 문학적입니다. 이 산골에 와 있으니까 제대로 독서
　　　　도 할 수 없고 해서…… 본래 문학을 사랑하지만……
　　　　이 산골에 온 뒤로는 책을 읽을 수 없어서…….

상범 　　산에 오면 독서하기가 더 좋을 텐데…….

배영민   저는 생리상…… 그리고 가족 형편상 암만해도 서울
　　　　에서 근무하는 것이…….

상범 　　글쎄! 이 산 구석에선…… 국물도 없을 거구.

배영민   네? 국물요? 전 무슨 말씀인지? (이때 욕실에서 아미가

나온다. 배영민이 당황한다.) 저, 이 꽃 가지고 왔습니다.
(꽃을 들고 망설이다 상범에게 떠맡긴다.) 저는 밑의 다방
에서 기다리겠습니다. 사모님, 축하합니다. (배영민이
나가 버린다.)

아미　저 배 씨가 언제 왔어요? 그리고 뭘 축하한대요?

상범　글쎄…… 아마 당신 몸 안에 있는 아기한테 하는 말이
　　　겠죠.

아미　흥! 당신도 무던히 애를 사랑하시는군!

상범　사랑의 결실인데! 그 가운 바람으로 있으니까 퍽 예쁘
　　　군요.

아미　감사해요.

상범　그거 이상하지…….

아미　무엇이오?

상범　글쎄, 여자는 옷을 입은 것보다는 벗은 것이 더 예쁘니.

아미　……위대한 발견이군요. (이때 전화벨이 요란하게 울린
　　　다.) 받아 보세요.

상범　아래층 다방에서 서울의 거리를 상상하고 있는 배영
　　　민 씨의 호출이겠지. (상범이 수화기를 든다.) 여보세
　　　요? 예? 서울서 온 장거리 전화요? 누굴……? 성아미
　　　씨요? 잠깐 기다리세요. 서울에서 장거리 전화가 왔
　　　군. (수화기를 넘긴다.)

아미　여보세요? 네? 바꿔 주세요…… 아……. (상범의 얼굴
　　　을 힐끔 본다.) 네, 잘 있어요. 안녕하셨어요? 걱정 마세
　　　요……. 지금 서울도 추워요? 네, 괜찮아요. 참아 나가

는 거죠, 뭐. 몸조심하셔요. 네, 서울 올라가 뵙겠어요. 안녕히 계셔요. (아쉬운 듯 수화기를 놓는다.) ……어머니한테서 전화가 왔어요.

상범   아, 어머니한테서요…… 어디, 사위도 잘 있느냐고 물었어요? 어머니 기력도 좋으셔. 나이 칠십에 장거리 전화를 다 거시니. 당신도 소리를 그렇게 크게 내야 하는 장거리 전화를 노인이…… 왜 좀 더 길게 통화하지 않고…… 우리가 돈 때문에 걱정할 신세는 아닌데.

아미   저 옷 좀 갈아입고 나오겠어요.

상범   그대로가 더 좋은데. (아미는 말없이 안으로 들어간다. 상범은 그대로 의자에 앉아 있다. 배영민이 다시 들어온다.)

배영민   (손에 든 쪽지를 내밀며) 김 상무님, 제 정신 좀 보세요. 본사에서 전보가 왔습니다. 김 상무님 앞으로. 깜빡 잊었죠.

상범   무슨 전본데……?

배영민   내일 저녁 5시에 부산으로 오시랍니다.

상범   부산으로요?

배영민   동래 해동호텔로요. 사장님이 몸이 불편하셔서…… 대신 김 상무님이 부산에 가셔서 제3제철 공장 건설에 관한 문서에 계약을 하시랍니다.

상범   내 신혼여행은 일주일 예정인데…….

배영민   아, 부산서 신혼여행을 계속하시죠, 뭐.

상범   자, 우리 아래층 바에 내려가서 술이나 합시다. 내가 한턱내죠.

배영민　아니, 김 상무님은 술을 전혀 못하실 텐데…….

상범　이제부터 배우는 거지. 술을 마시면서 배 과장의 서울 본점 전직 문제도 얘기합시다.

배영민　네, 감사합니다.

상범　내가 할 수 있는 건…… 술이나 마셔서…… 그럼, 먼저 내려가요. (배영민이 먼저 나간다.) 여보! 여보! 아미야! 아미! (거의 절규에 가까운 소리로. 성아미가 옷을 반쯤 걸친 채 놀라서 뛰어나온다.)

아미　아니, 무슨 일이에요? 이름을 마구 불러 젖히면서……?

상범　보고 싶어서. 그래, 행복하오?

아미　네?

상범　흥! 나 내일 사장님 명령으로 부산으로 가게 됐는데…… 배 과장 앞으로 전보가 왔어요. 곧 부산으로 오라고. 그래, 당신은…….

아미　저요? ……글쎄…… 몸도 불편하고…….

상범　그럼, 서울로 먼저 돌아가 있겠소?

아미　그게 좋을 것 같아요. 부산엔 며칠 동안이나 계시죠?

상범　글쎄, 며칠이나 있으면 좋겠소?

아미　그거야 내가 어떻게……?

상범　내가 부산에 내려가 장거리 전화로 연락을 하지. 예쁘군요.

아미　싱겁게.

상범　(아미를 안으며) 우리 애는 언제……?

아미　내년 8월에 낳을 거예요.

상범 (아미의 몸을 흔들며) 우리 애! 참 예쁠 거야! 우리 사랑
     의 결실인데. 난 행복해! 행복해! 돈도 있고, 지위도
     있고, 예쁜 아내도 있고, 애도 생길 것이고!

아미 흥! ……아니, 당신 눈물을…… 남자가 실없이 눈물을
     흘려요?

상범 행복해서 그래! 행복해서! 자, 나는 밑에 내려가서 배 과
     장하고 술이나 좀 마실 생각인데, 당신도 내려오겠소?

아미 저는…… 몸도 그렇고…….

상범 그럼 쉬시오. 나는 오늘부터 술을 배울랍니다. 당신은
     서울에 장거리 전화나 거시오.

아미 그게 무슨 말씀이에요?

상범 아, 신혼여행의 계획이 바뀌었으니까 걸어야지. 당신
     도 곧 서울로 가야 하니, 우리의 보금자리를 잘 정리
     하도록 연락하시오.

아미 그렇게 하죠. (상범이 나간다. 잠시 후 아미는 전화통을 든
     다.) 여보세요, 서울 부탁합니다. 70국의 3838, 박호필
     씨요, 빨리요.

(전화통을 내려놓을 때 주 무대(主舞臺)의 불이 꺼지며, 이어 스포트
라이트가 던져지고 의자에 앉아 있는 상범을 나타낸다. 손에는 엽총
을 쥐고 있다. 기차 소리. 이어 심한 눈보라 치는 소리도 난다.)

상범 기차를 몇 차례 갈아타고 저는 지금 부산행 열차에 몸
     을 실었습니다. 밖에선 심한 눈보라가 미친 듯이 휘몰

아치고 있습니다. 밤새 마신 술 때문에 이 머리는 깨질 것 같습니다. 이 엽총! 왜 그런지 불안합니다. 그래서 이 엽총을 들고 있는지도 모릅니다. 내 아내 아미는 서울로 떠났습니다. 내가 할 일은? ……까짓것, 생각하면 뭣해요! 성아미, 즉 나의 신부의 배에 들어 있는 애가 내 것일는지도 모르죠. 내년 8월에 나온다는 어린애가 진짜 내 것일지도 모른다는 생각을 억지로 해 봅니다. 아니지…… (주머니에서 동전을 꺼내 점을 친다.) 하, 하! 이것 앞쪽이 나타났습니다. 내 것인지도 모르겠는데요. 믿어 보는 거죠. 이런 경우에 어떻게 하겠습니까? 믿어 볼 수밖에.

(폭풍 소리가 더욱 요란해지며 기차는 속력을 최대한으로 내는 듯 기적이 목이 쉬어라 하고 절규할 때 서서히 막이 내린다.)

(막)

작품 해설

　1960년 단막극 「원고지」를 《사상계》에 발표한 이근삼(1929~ 2003)은 그때까지 리얼리즘극을 고수하던 한국 극계에 새로운 활력을 불어넣으며 극작가로서 활동을 시작했다. 이근삼은 이후 서사극 기법을 중심으로 하여 다양한 극 형식의 참신한 희곡들을 선보였으며, 사회 현실에 대한 비판적인 시선을 풍자적이고 냉소적인 희극 속에 담아냈다. 그는 무기력한 지식인의 명예욕과 물욕, 그리고 정치인들의 비윤리성 등을 비판하는 「거룩한 직업」, 「대왕은 죽기를 거부했다」 등의 행보를 통해 전쟁 이후 급속한 성장의 과정에서 진통을 겪어야 했던 산업화 시기의 한국 사회와 정치 구조에 지속적인 비판을 가했다.

　1966년 5월 민중극단에 의해 초연된 「국물 있사옵니다」는 특히 산업 사회로의 변화가 가속화되면서 출세주의와 배금주의가 만연하고 기존의 가치관이 역전되어 가는 시대의 혼란을 주인공 '김상범'이 변해 가는 과정을 통해 극적으로 잘 보여 준다.

　「국물 있사옵니다」는 무대를 크게 두 부분, 즉 좌측의 사무실과 우측의 아파트로 구분하여 활용한다. 하지만 극은 주인공인 김상범이 사건과 사건 사이를 연결하며 해설과 독백을 하는 서사극 형식으로 구성되며, 무대 중앙과 통로 등의 공간 또한 비교적 유동적이고 열린 방식으로 활용하는 재미를 선사한다. 「국물 있사옵니다」의 주인공 김상범은 어리숙한 사회 초년생으로 옆집에 사는 탱크와 그의 정부인 현소희, 관리인 그리고 그의 형에게까지 손해를 보며 살아가는 인물이다. 하지만 소위 '새 상식', 즉 출세와 자신의 이익을 위해서 거짓과 조종을 허락하는 처세로 적극적으로 돌아선 이후부터는 출세의 길에 들어선다. 극은 휴지 조각과 교회에서의 만남 등 우연적 요소들이 처세의 방법으로 활용되고, 공금 횡령과 사기 등의 덫에 인물들 스스로 걸려들게 함으로써 현대 사회의 부정적 면모를 다양하고 효과적으로 풍자하며 소극적 효과를 노린다.

김상범이 따르는 '새 상식'은 곧 '국물' 처세술이며, 극 속에서 김상범의 변화는 '이익'을 위해서라면 도덕도 정의도 무시하는 세태를 비판적으로 사유하게 한다. 특히 이 작품은 사장, 장로, 교수 등 직업과 직책이 나타내는 전형적인 모습을 우화적인 형태로 그리고 있으며, 이를 통해 가치가 급속히 전환되는 시대의 풍속과 사람들의 소시민적 근성을 우스꽝스럽게 보여 준다. 독백을 통한 김상범의 언술이 애매모호한 운명론과 허무주의적인 귀결을 보이는 측면이 있음에도 이 극이 도시 소시민으로서 김상범의 불안을 잡아 내는 방식은 인상적이다. 극의 초반부터 마지막까지 반복하여 등장하는 오브제 '엽총'은 결국 출세 가도를 달리면서도 어떠한 만족과 행복도 안지 못한 채 살아가는 불행한 현대인의 단면을 보여 주며 여운을 남긴다.

오장군의 발톱

박조열(朴祚烈) 1930~

1930년 함남 함주 출생으로 함남중학을 졸업하고 원산공업학교에서 문학 교원을 지내다 흥남 철수 때 월남했다. 1963년 드라마센터 연극아카데미에서 수학. 「관광 지대」(1963)를 발표하면서 극작계에 데뷔했으며, 1965년 희곡 「토끼와 포수」가 김정옥의 연출로 민중극장에서 공연되어 동아연극상 희곡상을 수상했다. 주요 작품으로는 「토끼와 포수」(1964), 「목이 긴 두 사람의 대화」(1966), 「불임증 부부」(1967), 「흰둥이의 방문」(1979), 「오장군의 발톱」(1974), 「조만식은 아직도 살아 있는가」(1976) 등이 있으며, 그 외 텔레비전극과 라디오드라마도 다수 있다. 그는 군인으로서 휴전 협정 당시 판문점에서 근무한 특별한 체험을 바탕으로, 분단과 통일 문제에 강한 관심을 보였는데, 이는 「관광 지대」 이후 일관되어 그의 작품의 주된 주제를 형성한다. 그는 풍부한 상상력과 희극성, 그리고 문제의식의 포착 등에서 뛰어나며 현대인의 위선과 어리석음을 부조리적인 특성으로 잘 드러내 준 작가로 평가되고 있다. 1965년 동아연극상 희곡상, 1981년 대한민국방송대상 극본상, 1988년 백상예술대상 희곡상, 1999년 문화훈장 옥관장 등을 받았다.

등장인물

오장군
엄마
꽃분
먹쇠
집배원 A
집배원 B
관리 A
관리 B
관리 C
운전병

동쪽 나라 신병 훈련소
교관
조교 A, B
기관총수
군의관
인턴
간호장교
인사장교
훈련병

동쪽 나라 야전군 사령부
사령관
전속부관
정보참모
작전참모
수색중대장
수색중대 상사

참모장교 다수
영현 하사관 및 병사 수 명

서쪽 나라 야전군 사령부
사령관
정보장교(나무 A)
중사(나무 B)
하사(나무 C)
병장(나무 D)
상병(나무 E)
포병 관측장교와 관측병
헌병장교와 헌병 수 명
참모장교 다수

고향의 걸어 다니는 나무들과 짐승들

1경 감자밭

칠흑, 암울한 클라리넷의 멜로디…… 그 멜로디를 찾아가듯
이 한 줄기의 빛이 점화되면서 무대를 가로지른다.
검은 장속[1]의 클라리넷 주자와 여인이 그 빛을 따라 무대를
지나간다.
무대 가운데쯤에서 멈추더니 호리촌트 쪽을 바라본다.
중얼거리는 듯한 흐느낌 소리가 들린다. 두 사람은 잠시 그 소
리를 듣는다. 검은 장속의 여인, 울음소리를 달래듯이 낮게 구
음을 시작한다.
클라리넷이 구음을 받쳐 준다. 두 사람, 호리촌트와 관객 쪽에
동정을 구하는 듯한 시선을 보내고 나서 무대의 왼쪽 가에 가
서 등에 지고 있던 의자에 앉는다.

---

1) 裝束. 단단히 갖추어 꾸민 차림새.

두 사람, 앉음새를 가다듬는다. 클라리넷 주자, 호리촌트로 향해서 한결 높은, 주술스러운 짧은 멜로디를 연주한다. 그 소리에 점화되듯 호리촌트에 해가 떠오른다. 육안으로 느끼는 것보다 다섯 배나 더 크다.

무대는 해와 더불어 밝아졌다. 클라리넷 주자와 구음자는 말 없는 내레이터이며, 요술쟁이이며, 이 연극을 위한 연주자이며, 관극자이기도 한다.

등장인물들은 물론 두 사람을 볼 수 없다. 두 사람은 원칙적으로는 시종 그들의 정위치를 지켜야 한다.

요술의 멜로디가 계속되자 빈상의 나무 세 그루가 미끄러지듯이 나타나서 제자리에 선다. 꽃들이 아장걸음으로 뒤따르더니 나무 주위에 다소곳이 앉는다.

암캐와 수캐가 치근거리면서 오더니 서로 애무를 시작한다. 늙은 고양이가 개들의 수작을 보고 멈칫, 이내 못 본 척하면서 지나가다 말고 슬그머니 심술이 나서 정 떨어지는 목소리로 "야옹!"…….

개들이 깜짝 놀라서 한 길쯤 솟아오르고 나서 도망친다. 음치스러운 오장군의 노래가 다가온다.

오장군　　(노래) 엄마야 엄마야

　　　　　　올 엄마야.

　　　　　　무엇할라고 날 낳았소.

　　　　　　날라면은 잘 낳든지.

　　　　　　어정퍼정 낳아 놓고 고생만 시키오.

날만 새면 일을 하니

　내가 무슨 황소 아들인가, 아으아으아으아…….

(어깨에 메고 있던 쟁기를 내동댕이치려다 말고 얌전히 놓
고 뒤돌아보며) 저것이 또 처졌네. 야! 먹쇠야! 빨리 좀
와 다우.

(무대 밖에서 방울 소리가 들리더니 황소가 나타난다. 먹쇠는 황소
이름이었다. 먹쇠는 두 발로 걷는다는 것 말고는 매우 사실적이다.
목에 방울과 쟁기용 멍에를 걸치고 있다. 쥐고 있던 회초리를 주인에
게 바친다.)

오장군　(회초리로 때리는 시늉만 하면서) 너! 요새 굼떠졌어. 너
　　　　두 봄을 타는 거니? (먹쇠, 당연한 소릴 하는구나 투의 표
　　　　정으로 관객 쪽을 흘끔 본다.) 하긴 사람만 봄을 타라는
　　　　법이 없지. (쟁기와 멍에를 연결시키면서) 엄마가 그러
　　　　는데, 옛날 한 옛날에는 짐승들도 사람처럼 말을 할
　　　　수가 있었다더라. 너, 오줌 안 눌래? 난 오줌 눠야겠
　　　　다. (나무에 대고 배뇨하면서) 한 옛날엔 나무들도 말을
　　　　할 수가 있었다는 거야. 이 나문 13대 선조 할아버지
　　　　께서 심으신 거래. 그땐 이 나무도 말을 할 수가 있었
　　　　을는지도 모른다. 한 옛날처럼 너두 말을 할 수 있다
　　　　면 얼마나 좋겠니?

먹쇠　　뫼에에에……. (안타깝다는 듯이 가슴을 친다.)

오장군　(다른 나무로 옮겨 가면서) 그래두 넌 들을 수 있으니 그

나마 다행이야. 대장간집 아저씬 듣지도 못하지 않니. (사타구니를 내려보다가) 어! 으아, 큰일 났네!

먹쇠   ……?! (뛰어간다.)

오장군   봐! 빨갛게 부었지? (먹쇠, 머리를 처박듯이 들여다본다.) 너 눈이 나쁘구나, 이제 보니. (먹쇠, 끄덕인다.) 어젯밤에 빈대한테 물린 자리야.

먹쇠   (머리를 들고 오장군을 빤히 쳐다보고 나서 화난 듯한 몸짓으로 제자리로 돌아간다.)

오장군   하필이면 거길 물어 가지구……. (잠시 뭔가 상상하는 표정, 느닷없이 킬킬 웃어 댄다.)

먹쇠   ……?!

오장군   내가 왜 웃는지 궁금하지? 꽃분이 생각이 나서 그러는 거야. 꽃분에게 이 얘길 하면 어떤 얼굴을 지을까, 하구 생각하니까 말이야. (제풀에 또 웃어 대다가) 먹쇠야, 넌 우습지도 않니?

먹쇠   (힐책하듯이 오장군의 가슴을 툭 친다.)

오장군   어우! 야, 니 주먹은 무쇠 덩어리처럼 단단하다는 걸 또 잊었니? 살짝 건드리기만 해두 멍이 든다구 귀에 못이 박히도록 일러 줬는데. 조심해! 게다가 사람이든 짐승이든 남자들은 거친 여잘 싫어한다는 걸 알아야 해. 니가 손이 거칠다는 소문이 동네 총각 소들에게 퍼져 봐. 넌 평생 시집 못 간다.

먹쇠   (고개를 떨군다.)

오장군   그렇다구 그렇게 풀이 죽을 것까진 없어. 니가 손이 거칠다는 건 나만 아는 비밀이니까. (먹쇠의 어깨를 쳐 준다.) 자아! 그럼 슬슬 이제부터 감자밭 갈이 시작하자!

(소와 인간은 잠시 워밍업.)

오장군   (가락을 붙여서) 이랴 가자, 먹쇠야…… 아니야, 이쪽이야…… 옳지 옳지…… 좀 더 빨리 가자…… 너무 빠르다…… 옳지 옳지…… (종달새 소리, 하늘을 쳐다보며) 종달새야 종달새야, 니 목소릴 들으면 꽃분이 생각난다.
니 목소린 꽃분일 닮았지.
니 목소린 언제나 간지러워.
종달새야, 종달새야.
꽃분아, 꽃분아, 아아…….
(길게 길게 끝소리를 끄는데, 멀리서 수소 우는 소리, 먹쇠가 우뚝 서며 귀를 기울인다.) 누가 서라고 했어. (또 수소 우는 소리) ……! 오라, 너 꽃분이네 총각 소가 우는 소릴 듣고 있구나. 그러고 보니 너……? (쟁기를 놓고, 먹쇠를 이리저리 살펴본다.) 으음, 그래애, 너두 이제 정말 시집갈 때가 됐구나. 궁뎅이가 함지만 해 가지구. (먹쇠, 엉덩이와 가슴을 한껏 과시한다.) 알았다, 알았어. 난 아직도 니가 덜 자란 줄로만 알았어. 그렇담 너두 어서 시집을 가야지. 한데…… 하지만 말이다…… (감자밭을 둘러보면서 잠시 생각에 잠긴다.) 이 감자밭을 다아

갈려면 닷새는 걸릴 거야. 하루를 푹 쉬고 나서 그다음에…… 그럼 이레째 되는 날에, (놀라듯 하며) 안 돼! 이레째 되는 날은 우리 아버지 제삿날이야. 제삿날에 그런 짓 하면 부정 타지.

먹쇠 뫼에, 뫼뫼뫼에. (왜 부정 탄다는 거냐고 말하는 듯한 리듬이다.)

오장군 왜 부정 타느냐구? 야아, 너 정말 짐승 같은 소리 하는구나.

먹쇠 뫼뫼뫼! (날 모욕하지 마!)

오장군 ……하긴, 네게까지 우리 아버지 제삿날을 정하게 지내랄 수는 없지. 좋아, 그럼 우리 아버지 제삿날에 시집보내 주마.

먹쇠 (깡충 뛰며) 뫼에.

오장군 그 대신 너 열심히 일해 줘야 한다.

먹쇠 뫼에.

(먹쇠, 신이 나서 주인이 명령하지도 않았는데 혼자서 밭을 갈기 시작한다. 오장군이 쫓아간다. 꽃분이네 수소가 "뫼에!" 먹쇠의 화답. 반복……. 클라리넷이 오장군을 부추긴다. 구음자. 밭갈이요를 도창하듯 소리를 낸다.)

오장군 (도창을 따르며 가락을 붙여서) 이랴 먹쇠야, 빨리 가자. 아으으아…….
얼른얼른 돌아가자, 아으아으아…….

한눈팔면 사팔뜨기 된다, 으아으아…….
해는 벌써 한나절 됐구나, 으아으아…….
빨리 갈구 점심 먹자, 아으아으아…….

(오장군의 노랫소리는 두 음악가의 연주와 조화되지 않는다. 둔중스
러운 폭격기 편대 음이 들려온다. 구음자의 소리가 사그라지고, 클라
리넷 주자도 연주를 멈춘다. 오장군과 먹쇠도 불안스레 하늘을 쳐다
본다. 편대 음은 마치 대지를 잔인하게 압살하듯이 천천히 지나간다.
인간과 소는 편대 음이 멀리 사라질 때까지 꼼짝 않고 주시한다.)

오장군   망할 놈들! 꼭 우리 마을 위로만 지나간단 말이야. 잘
         못해서 폭탄을 떨구기라도 하는 날엔 우린 어떻게 되
         는 거야! (침묵, 상상)
         ……수웃, 쾅! (침묵, 상상)
         …… (사방을 크게 손 젓고 나서)
         조심해애! 이 망할 놈들아아…….
먹쇠   뫼뫼에! 뫼뫼뫼에! (조심해! 망할 놈들아!)
엄마   (함지를 머리에 이고 등장하다 말고) 하늘에 대고 그런
         쌍소리 하는 게 아니야.
오장군   하늘에 대고 하는 게 아녜요. 비행기에 대고 하는 소
         리예요. 잘못해서 폭탄을 떨구면 우린 박살 날 것 아
         녜요. 논밭두 엉망이 될 거구요.
엄마   너 아직 산 너머 마을의 소문을 못 들은 게로구나.
오장군   무슨 소리요?

엄마   산 너머 마을에 사는 어느 할아버지 한 분도 너처럼 지나가는 비행기에다 대고 욕을 퍼부었다는구나. 아, 그랬더니 비행기에 탄 군인이 그 소릴 듣구 밧줄을 타구 내려와서는 그 할아버질 인사불성이 되도록 두들겨 패구 다시 밧줄을 타고 올라가더라는 게야.

오장군   ……! (겁을 먹으면서 하늘을 쳐다본다.) 누가 그럽디까?

엄마   소금 장수 할아버지가 그러시더라.

오장군   에이, 설마.

엄마   설마가 아냐. 얻어맞은 할아버지가 바로 소금 장수 할아버지와 사돈 간이시라는 게야. 그러니 거짓말일 리가 있겠니? 새파랗게 젊은 녀석이더란다. 온몸에 백금처럼 빛나는 갑옷을 걸치구…… 한마디의 말도 없이 그냥 두들겨 패기만 하더라는 게야.

오장군   (새삼스럽게 겁에 질리면서 다시 하늘을 쳐다본다.)

엄마   걱정할 것 없다. 그냥 지나간 걸 봐서는 니가 욕하는 소릴 못 들은 게 분명하니까. 이제부턴 비행기가 지나가더라두 못 들은 척, 못 본 척하거라.

오장군   (끄덕) 엄마두요.

엄마   아암! 나두 그래야지. (함지의 보를 치우면서) 앉아라.

오장군   먹쇠야. 너두 외양간에 가서 점심 먹구 와.

먹쇠   뫼에.

엄마   오늘은 여물에 콩도 많이 삶아 넣었느니라.

먹쇠   뫼뫼뫼! (야, 신난다!)

(먹쇠, 회초리로 재주를 부리며 퇴장. 오장군, 밥 먹는 팬터마임.)

오장군　(다 먹고 나서 벌렁 누우며) 1500 세거든 깨워 주세요.

엄마　오냐. (이미 드르렁대는 아들에게) 맘 놓구 자라. (자장가 부르듯) ……하나, 둘, 셋……. (비행기 편대 음이 지나간다. 그 소리에서 보호라도 하듯 목소리를 높이며 센다.)

(집배원이 등장한다. 키다리. 구두 밑에 한 자 높이나 되는 징을 박고 있다.)

집배원　안녕하세요. 우체국에서 왔습니다.

엄마　(끄덕이며 여전히 센다.) …….

집배원　오장군 씨에게 편지가 왔습니다.

엄마　(끄덕이며 오장군을 가리킨다.)

집배원　(깨우려 한다.)

엄마　(질색하며 편지를 내놓으라고 손짓.)

집배원　(가방에서 두텁고 큰 징집영장을 꺼낸다.)

엄마　(받아 들고 본다. 문맹이다. 집배원에게 읽어 달라고 손짓.)

집배원　(옆으로 째지는 입과 귀와 눈) 징집영장! 제일국민역 오장군 귀하. 병역법 몇 조에 의하여 현역으로 징집한다. 몇 월 며칠 몇 시까지 제5지구 장정 집결지에 출두하라. 불응 시는 병역법 몇 조에 의하여 종신형에 처함. 제5지구 집결지는 아무 데다. 서기 몇 천 몇 백 몇 십 몇 년 몇 월 며칠. 제5지구 모병 사령관 서명. (잠시 위엄을 더 부리고 나서) 아셨죠?

엄마   (여전히 세며 끄덕, 알 리가 없는데도.)

집배원   내일까지 집결하는 명령입니다. 아셨죠?

엄마   (잠깐 생각하더니 모른다고 가로젓는다.)

집배원   예?

오장군   (꿈틀거리며 깨어난다.) 엄마!

엄마   왜 벌써 깨느냐? 이제 겨우 ○○[2]를 세었는데…… 더
         자라.

오장군   꿈을 꿨는데 말이야, (하다가 집배원을 보고) ……엄마
         저 사람 누구야?

엄마   우체국이란 데서 왔다는구나.

오장군   우체국이오? (이내 무관심해지며) 엄마, 꿈에 내가 군
         인이 돼 가지구 전쟁에 나갔지 뭐야!

엄마   넌 잠이 들었다 하면 개꿈을 꾼다니깐. 어서 더 자라.

오장군   어우, 무서워! 이만한 대포알이 위잉 소리를 내면서
         번개같이 날아오더니 내 입 속으로…….

엄마   듣기 싫다. 그보다두 얘, 이걸 저 나리께서 가져왔다.
         난 도무지 무슨 소린지…….

집배원   오장군 씨, 당신은 정말 군에 입대하게 됐습니다. 그
         건 바로 군대로 나오라는 명령섭니다.

엄마   뭐, 뭐요?

오장군   (읽는다.)

---

2) 공연 중 시간의 경과를 고려하여 적당한 숫자를 말하도록 하는 의미.

엄마　　애, 정말이냐?

오장군　아마 그런 말인가 봐.

엄마　　아유, 이를 어째! 그렇담 그 편질 받지 말았어야 했는데. (편지를 빼앗아서 집배원에게 내밀며) 나 이 편지 안받겠수.

집배원　그렇잖아두 어느 마을에서건 징집영장 안 받으려구 억지를 부리는 엄마가 꼭 한두 사람 있답니다. 자, 여기에 손도장을 찍어요.

오장군　(엄지손가락으로 찍는다.)

집배원　(관객을 향해서) 꼭 내 엄지발구락만 하군. (장군과 엄마에게) 이십 년 전에 서쪽 나라와 전쟁이 벌어졌을 땐 나두 출전했었죠. 난 키가 큰 덕에 중대 연락병으로 뽑혔습니다. 전쟁이 끝날 때까지 난 중대 지휘소와 대대 지휘소 사이를 365회나 왕복했습니다. 난 참 운이 좋았죠. (손가락으로 몸의 여기저기를 총알이 지나가는 흉내를 내면서) 총알이 한 번은 여기를 스쳐 지나가고 또한 번은 여기를 스쳐 지나가고, 또 한 번은 여기를 스쳐 지나가고 또 한 번은 여기를 스쳐 지나갔어요. 하지만 난 여지껏 우리 어머니에게만은 이 얘길 안 했습니다. 엄마가 이 얘길 들으면 얼마나 놀라겠습니까? (마치 그리운 옛날을 회상하는 듯한 자세로) 그 전쟁 때 생각을 할 적마다 나는 꿈꾸는 듯한 기분이 되곤 하죠. (손가락으로 총알이 여기저기를 지나간 흉내를 되풀이하고 나서 오장군과 엄마의 존재를 잊어버린 듯 휘적휘적

　　　　　　나간다.)

엄마　　　(멍해 있다.)

오장군　　엄마, 나 꽃분이한테 알리고 올게.

엄마　　　이럴 줄 알았으면 진작에 꽃분이한테 장가라도 보낼걸.

오장군　　먹쇠더러 1500 세구 나서 또 1500 셀 동안 만큼 더 자
　　　　　라고 일러 주세요. (퇴장하며) 꽃분아아! (무대 뒤에서
　　　　　멀어져 가며 계속 부른다.)

엄마　　　(그 소리를 멍하게 한참 듣고 있다가 불쑥) 내 아들.

(클라리넷. 구음. 엄마가 퇴장한다. 감자밭의 나무들도 퇴장한다.)

2경 우물가

계속되는 클라리넷과 구음……. 같은 태양, 울창한 나무 한 그루가 미끄러지듯이 등장. 꽃분이가 물동이를 이고 손에 커다란 궤짝을 들고 나온다. 무대 가운데에 그 궤짝을 놓자 궤짝은 우물이 된다. 물동이에 물을 길으며 부르는 꽃분이의 노래.

꽃분   퐁퐁퐁퐁 샘물은
       우리 엄마 젖같이
       오줌싸개 오줌같이
       밤이나 낮이나
       퐁퐁퐁퐁 퐁퐁퐁퐁.

(무대 뒤에서 꽃분이를 부르는 소리가 가까워지더니 오장군이 등장해서 꽃분이 앞에 선다.)

오장군 (마지막으로 한 번 더 크게 길게) 꼬옷부운아!

꽃분 니 목소린 언제 들어도 좋구나.

오장군 (다시 한 번) 꼬옷부운아아! 이거 읽어 봐.

꽃분 뭔데……? (읽고 나서 멍해진다.)

오장군 난 아마 대포알에 맞아서 죽을라는가 봐.

꽃분 ……군대 간다구 다 죽나 뭐!

오장군 다 죽었잖아. 쇠돌이, 북쇠, 칠보…… 그리고 칠월이,
돌쇠…….

(멀리서 수소, 암소가 서로 부르는 소리.)

꽃분 장군아, 우리 지금 당장 결혼하자.

오장군 ……?

꽃분 저 나무 뒤에 가서 지금 결혼하는 거야. 니가 군에 가
기 전에 우리들의 아이를 만드는 거야.

오장군 미쳤니, 너!

꽃분 (장군의 손을 잡고 나무 뒤로) …….

(요란스러운 까치 소리, 종달새 소리, 얼굴을 돌리는 태양, 나무가 허
리를 굽히며 그들을 가려 준다. 클라리넷 주자와 구음자가 나무 가까
이 가서 사랑을 반주해 주다가 물러난다. 이윽고 두 사람 나온다. 허
리를 펴는 나무.)

오장군 (등을 긁으며……) 개미한테 물렸나 봐…… 난 그만 가

봐야겠어. 군대 가기 전에 감자밭을 더 갈아야 해. 그
래야 나 없는 새 엄마가 덜 고생할 것 아냐.

꽃분   아들일까, 딸일까?

오장군   (가다 말고) 쌍둥일 낳아 줘, 아들하구 딸하구…….
       (퇴장)

꽃분   (멍해 있다가 불쑥) 내 남편.

(클라리넷, 구음, 꽃분 퇴장, 나무 퇴장.)

3경 훈련장 A

어둠 속에서 행진하는 군화소리. 소위 군대식의 힐책하는 소리. "개새끼" "밥통 새끼" "걸레 같은 새끼" "앞으로 가." "뒤로 가." "경례" "눈을 똑바로 떠라." 등등 하사관의 왜가리 같은 소리. 그중에서도 "번호!" 하는 소리가 한결 크다. "하나, 둘, 셋, 다섯" "다시!" 할 때 무대가 밝아진다. 철조망이 비스듬히 가로 지나가고 있다. 그 앞에 육군 이등병 오장군과 분대원이 횡대로 서서 번호를 부르고 있는 중이다. 오장군 이등병이 또 틀렸다.

조교   야, 너 이리 나와…… 너 셈 셀 줄 모르냐?
오장군   압니다.
조교   세어 봐.
오장군   하나, 둘, 셋, 넷, 다섯, 여섯…….

조교   그만! 돌아가, 새꺄!

오장군   옛!

조교   밥통 같은 새끼!

오장군   (대열에 끼어들며) 옛!

훈련병들 (웃는다.)

조교   웃지 마! 번호!

(또 오장군이 태연하게 "다섯!" 클라리넷…….)

4경 훈련장 B

어둠 속에서 교관의 목소리가 들린다.

교관   (목소리만) 이상으로 야간 침투 방법에 대한 강의를
　　　마치겠다. 조교! 라이트!
　　　(무대가 밝아진다. 철조망 뒤에 기관총좌가 있다.)
　　　저 기관총좌가 공격 목표다. 목표에 이르기까지 세 가
　　　지 장애물이 있으리라고 예상해야 한다. 첫째, 지뢰
　　　가 묻혀 있을 가능성이다. 다행하게도 지뢰를 피했다
　　　고 하자. 둘째, 철조망이다. 철조망에는 으레 경보장
　　　치가 돼 있는 법이다. 다행하게도 철조망까지 넘었다
　　　고 하자. 셋째, 적의 눈이다. 다행하게도 적의 눈까지
　　　피했다고 하자. 이렇게 되면 가장 완벽한 침투 성공
　　　이다. 그러나 실제 전투에선 이런 행운이 있을 수 없

다. 대부분의 침투 기도는 조만간 적에게 노출된 채 맹렬한 사격과 폭발하는 지뢰와 철조망의 저항을 받으면서 강행되는 것이다. 그럼 1분대부터 침투 훈련을 실시한다. 침투 도중에 모의 지뢰가 폭발하며, 실제로 기관총 사격을 한다. 그러나 기관총탄은 지상에서 1메타 50 위를 나른다. 조교는 기관총 탄도의 높이를 보여 줄 준비를 하라! (조교 두 명이 기관총좌 앞에 엎드려서 나무 판때기를 든다.) 사격! (기관총좌가 불을 뿜자 두 개의 나무 판때기가 1미터 50 높이에서 순식간에 부러진다.) 라이트 꺼! (무대가 어두워지자) 1분대부터 전진! (어둠 속에서 기관총성, 지뢰 폭발음, 이윽고) 빨리빨리 전진해라! ……야, 저기 꼼짝 않고 있는 놈이 누구야! 야아, 인마! 뭘 하고 있어! ……조교, 라이트!

(머리를 처박고 와들와들 떨고 있는 오장군 이등병이 보인다.)

교관   조교! 저놈이 누구야? 뭐 포장군? 아, 오장군. 오장군! 너 거기서 뭘 하고 있는 거야? ……사격 중지! 조교가 봐!

(조교 두 명이 달려와서 오장군 이등병을 내려다본다.)

조교A   인마!
조교B   이 새끼야!

교관   발길로 차 봐.

(조교 A, 찬다. 조교 B, 찬다. 무반응. A, B, 교관 목소리 나는 방향을 향하여 명령을 기다린다.)

교관   한 번 더 차 봐!

(조교 A, B, 다시 한 번씩 찬다. 무반응. 명령을 기다린다.)

교관   죽었나?
조교 A, B (함께) 살았습니닷.
교관   걸레 같은 놈! 끄집어내!

(오장군 이등병, 눈을 부릅뜬 채 와들와들 떨며 하반신이 마비되었는지 서지도 못하는 채 끌려 나간다.)

교관   라이트 꺼! 훈련을 계속한다. 사격 개시! 2분대 전진하라!

(기관총성이 한참 계속된다.)

5경 의무실

청진기를 목에 건 군의관, 학생티가 가시지 않은 애송이 인턴,
꽃분이를 닮은 간호장교.

군의관   자네 인턴으로 몇 개월째 근무지?
인턴   일주일째입니다.
군의관   무엇보다도 먼저 병사들의 꾀병을 판별하는 요령을
         배워야 한다.
인턴   예.

(오장군 이등병이 조교 A, B에 부축되어 들어온다.)

군의관   (인턴에게 눈짓하고) 거기 앉혀.
조교 A   앉지 못합니다.

군의관 엉덩이를 다쳤나?

조교A 아닙니다.

군의관 그럼?

조교A 훈련 도중 갑자기…….

군의관 무골충이 됐단 말이지?

조교A 옛.

군의관 내가 앉히지. (뚜벅뚜벅 걸어가서 위협적인 어조로) 당장 앉지 않으면 너의 엉덩일 없애 버릴 테다! (조교 A, B에게) 앉혀!

(조교 A, B, 오장군을 앉힌다. 앉는다. 조교 A, B 신기하다!…….)

군의관 노오트! (오장군 목을 무례하게 만지더니 인식표를 끄집어내서 읽는다.) 군번 024378596. 성명 오장군, 계급 이등병, 전직 농부, 교육 정도 고등학교 문맹 퇴치반에 의하여 동기 방학 때마다 삼 년간 글을 배웠음.

인턴 물어보시지도 않고 어떻게 그런 사실을…….

군의관 경험은 최선의 교사다. 카알라일. 노오트! 임상 질문, 당시의 상황을 설명하라.

조교A 침투 훈련이 시작되었습니다.

조교B 1분대가 전진했습니다.

조교A 적에게 노출되었습니다.

조교B 기관총 사격. 탄도는 1메타 50센치 높이.

조교A 모의 지뢰 폭발.

조교B   1분대는 계속 전진.

군의관   알았네. 이놈만은 전진을 못 하더란 말이지?

조교A, B   예.

군의관   노트! 진단, 지뢰 폭발음과 기관총성으로 인한 정서적
혼란 및 무능력 상태. (끝났다는 몸짓을 하며 담배를 꺼
낸다.) 처치는……. (불을 붙이며) 훈련을 계속 시킬 것.
자주 놀라게 할 것, 놀라지 않을 때까지……. (간호장
교에게) 에피드린 2시시!

간호장교   (주사를 놓는다.)

오장군   (간호장교를 빤히 쳐다보다가) 꽃분아! (하면서 잠에 빠
진다.)

군의관   눕혀!

조교A, B   (바닥에 눕힌다.)

인턴   꽃분이라고 했죠?

군의관   씨스터 콤플렉스야. 누이 이름이겠지.

(납득하는 인턴. 코를 고는 오장군 이등병. 모두들 잠시 오장군 이등
병의 꼴을 내려다보고 있다.)

군의관   농부가 틀림없지?

인턴   (끄덕)

(모두들 다시 오장군 이등병을 내려다본다. 무대가 어두워지며 오장군
이등병만이 남는다. 멀리서 먹쇠가 뫼에 뫼에 우는 소리가 들려온다.)

오장군　(자면서) 꽃분아…… 꽃분아…….

(어느새 꽃분이가 옆에 와 있다.)

꽃분　어머나, 너두 이제 제법 군인답구나.

오장군　(줄곧 누워서 눈을 감은 채) 나두 다른 군인들처럼 무섭게 보여?

꽃분　응, 총도 쏴 봤니?

오장군　그럼! 오늘은 하마터면 내가 쏜 총알에 내가 맞아 죽을 뻔했단다. 오발을 했거든.

꽃분　어머나!

오장군　내가 보낸 편지 몇 번 받았니?

꽃분　열한 번.

오장군　열두 번째는 내 머릿속에 있다. 읽어 줄까?

꽃분　그만둬. 받는 쪽이 더 기쁘단다.

오장군　매일 저녁 꽃분이 꿈을 꾼다.

꽃분　같이 자는 꿈?

오장군　너는?

꽃분　나두야.

오장군　어젯밤엔 샘터 옆에서 꽃분이와 나와 나란히 오줌을 쌌단다. 너는 앉아서 쏘구 나는 서서 쏘구. 청개구리 두 마리가 우릴 보고 있더라.

꽃분　호호.

오장군　히히……. (누운 채 이리저리 뒤치면서 웃는다. 한참 웃더

니 뚝 그치고 쿨쿨 자다가) 참, 우리들의 아인 아직두 소
식 없니?

꽃분　며칠 전부터 좀 이상한 것 같애.

오장군　어떻게?

꽃분　뭔가 아랫배에서 자라고 있는 것 같애.

오장군　틀림없다. 너와 내가 만든 아이다. 쌍둥이다. 아랫배
를 잘 간수해라. 이불도 꼭꼭 덮어 주구.

꽃분　그래, 조심할게. (아랫배에 치마를 겹으로 두르고 나서)
그럼 간다.

오장군　잘 가. (하며 스르르 일어난다. 한참 서 있다가 불쑥) 나의
아내. (스르르 무너지더니 다시 쿨쿨 잔다.)

(구음…… 뒤따르는 클라리넷…….)

6경 훈련장

인사장교만이 라이트 속에 있다.

인사장교　(여성적) 전 훈련소 본부 인사장교입니다. 오장군 이
　　　　등병의 훈련 연대는 오늘 오전으로 소정의 훈련 과정
　　　　을 마쳤습니다. 기간 중 오장군의 훈련 성적은 다음과
　　　　같습니다.
　　　　(차트를 넘기며)
　　　　사격술 0점
　　　　화기 분해법 0점
　　　　분대 전술 0점
　　　　내무생활 2점
　　　　상벌 사항, 기간 중 상을 받은 적은 없고 두 번의 징계
　　　　처분을 받았습니다.

첫 번째 징계 처분은 중노동 이 일간, 이것은 오장군 이등병이 장군 전용 변소를 사용하였기 때문입니다. 훈련소장 각하께서는 이날 오장군 이등병 때문에 삼십 분간 변소 밖에서 대기하셨습니다. 훈련소장 각하의 회고담에 의하면, 그 삼십 분 동안, 변소 안에서는 줄곧 흥얼흥얼 주절대는 소리가 들려오더라는 것입니다.

두 번째 징계 처분은 경영창 삼 일간. 야간 수색 훈련 도중에 무단이탈했기 때문입니다. 이날 밤 일 개 훈련 연대가 훈련을 중단하고 오장군 이등병의 행방을 수색했습니다. 세 시간 후 훈련장에 인접한 어떤 농장에서 젖소와 함께 자고 있는 오장군 이등병이 발견되었습니다. 오장군 이등병의 훈련 연대는 내일 08시 30분, 제5야전군 산하 보충대에 수송됩니다. 훈련소에서는 이들 신병들이 일선에 수송되기에 앞서 손톱과 머리카락을 받아 둬야 합니다. 이것은 전사자의 시체를 찾지 못했을 경우에 대비하는 조칩니다.

(무대가 밝아진다. 인사장교 뒤에 오장군 이등병을 비롯한 신병들이 가위로 손톱을 깎고 있다. 오장군 이등병은 발톱을 깎고 있다.)

인사장교 빨리 깎아 주세요.

병사들 예.

병사A 이럴 줄 알았더람 손톱을 길러 둘걸 그랬어.

병사B　내가 전사하면 아내와 아들 녀석은 내 이 때 묻은 손톱에 대고 절을 하겠구나.

병사A　때를 닦으렴. 나처럼.

병사B　그럴까. (침을 묻혀 닦는다.)

인사장교　오장군 이등병! 손톱을 깎으라고 했지 발톱도 깎으라고는 안 했어요.

오장군　손톱도 깎았습니다.

병사B　너 발톱도 절을 받게 할 작정이냐?

병사A　이왕임 나도 발톱을 깎아야겠다.

병사C　나두 그래야겠는걸.

병사B　나두.

(모두 쪼그리고 발톱을 깎는다. 어느새 이들은 말이 없다. 죽음을 생각하고 있는 것이다. 클라리넷. 구음.)

7경 감자밭

클라리넷, 구음과 함께…… 그 밭과 나무와 태양, 엄마가 먹쇠를 몰며 밭갈이를 하고 있다. 태양의 표정이 시무룩하다.

엄마   먹쇠야, 좀 천천히 가 다우. 난 장군하군 다르지 않니.
먹쇠   뫼에. (천천히 천천히 간다.)

(한참 침묵. 밭갈이는 계속된다. 엄마가 걸음에 맞춰 무의식중에 한숨 섞인 노동요 가락을 구슬프게 흥얼거린다. 처음 한동안은 콧노래로만 흥얼댄다.)

엄마   (슬프디 슬프게) 장군아 장군아 내 아들아 내 아들아…….
먹쇠   (마치 박자를 맞추듯 슬프게) 뫼에…… 뫼에…… 뫼에…….

(구음자가 그들과 합창한다. 인간과 소의 합창은 마치 상여를 메고 가는 것처럼 보인다.)

엄마 (가락을 붙여서) 어이구, 허리야. (하며 주저앉는다.)

먹쇠 (역시 가락을 붙여서) 메에. (주저앉는다.)

(머리 위로 지나가는 편대 비행 음…… 꽃분이 등장.)

꽃분 어머님!

엄마 오냐, 또 편질 받은 게로구나.

꽃분 네에. 읽어 드릴게요. (읽는다.) "열두 번째 편지, 모두들 안녕하신지 궁금하다."

엄마 녀석, 우리들 걱정은 하지 말라니까.

꽃분 글쎄 말예요. "어젯밤에도 고향 꿈을 꿨단다."

엄마 그렇게 자주 꿈을 꾸면 잠은 언제 자는지…….

꽃분 글쎄 말예요. "어머님은 아직도 밭갈이하시고 계시더라."

엄마 그래애, 네 녀석이 있었더람 벌써 끝냈으련만…….

꽃분 "그리고 꽃분이는 우리들의 아이를 배었다면서 아랫배가 불룩 튀어나왔더라." 어머머!

엄마 미친 녀석! 군대에 가면 개꿈 꾸는 버릇이 고쳐질 줄 알았더니…… 어서 다음을 읽어 다오.

꽃분 네. "꽃분이가 정말 우리들의 아일 배었는지도 모르겠다는 생각이 든다."

| 엄마 | 인석아, 너 정말 실성한 거 아니냐! |
| 꽃분 | ……. |

(잠깐 사이)

엄마	꽃분이는 아이가 어떻게 해야만 생기는지 알 테지?
꽃분	어머님두!
엄마	그래, 아이란 그렇게 해야만 생기는 거란다. 그렇지 않고서는 절대로 안 생기는 법이다. 옛날 옛적부터. 어서 다음을 읽어 다오.
꽃분	"여기 의무실에 꼭 꽃분이를 닮은 간호장교님이 계시다."
엄마	개 눈엔 똥밖에 안 보인다더니…….
꽃분	호호호……. "며칠 내로 일선에 나가리라는 소문이다. 오늘은 이만. 지금부터 불침번이다."
엄마	다아냐?
꽃분	네.
엄마	꽃분아, 그 편지 내게 주련?
꽃분	그러세요. 하지만…….
엄마	읽지도 못하면서 가져서 어쩌겠느냐는 거냐?
꽃분	…….
엄마	내 그냥 허리춤에 끼고 있다가 널 줄게. 괜찮지?
꽃분	그럼요.

(잠깐 사이)

엄마 며칠 내로 일선에 나간다고 했지?
꽃분 네.
엄마 일선에 나간다고 다 죽는 건 아니겠지?
꽃분 그럼요.
엄마 물론 죽는 사람도 많겠지?
꽃분 …….

(잠깐 사이)

엄마 전쟁이 끝날 날은 아직도 멀었다더냐?
꽃분 글쎄요.
엄마 언제고 끝나긴 끝나겠지?
꽃분 그럼요.

(잠깐 사이)

엄마 오늘이었으면 얼마나 좋을까.
꽃분 뭐가요?
엄마 전쟁이 끝나는 날 말이다.

(잠깐 사이. 비행기 편대 음이 들리기 시작한다.)

엄마   요샌 비행기들이 더 자주 다니는 것 같지?
꽃분   네.

(하늘을 덮어 버리는 듯한 편대 음. 엄마는 편지를 만지며 꽃분이는
배를 만지며 하늘을 쳐다본다. 한참…… 엄마가 눈에 손을 댄다. 꽃
분이도 눈에 손을 댄다. 그 자세로 천천히 퇴장한다. 먹쇠가 엄마에
게 다가와서 회초리를 내민다. 엄마, 회초리를 받아 들고 맥없이 일
어나 밭갈이를 시작. 팬터마임. 엄마가 기진맥진해서 서서히 졸음에
빠진다. 드디어 고삐를 쥔 채 스르르 무너진다. 먹쇠의 전진은 잠시
계속된다. 엄마 손에서 고삐가 빠져나간다. 먹쇠는 한참 만에야 엄마
가 자고 있는 것을 발견한다. 먹쇠, 살금살금 엄마 옆으로 와서 한참
들여다보더니 관객을 보고 슬프디 슬프게 뫼에…… 그 바람에 엄마
가 놀라며 벌떡 일어난다. 먹쇠, 황급히 뫼에 소리를 그치고 엄마를
눕히고 나서 손으로 또닥거리며 재운다. 그러나 먹쇠의 거친 또닥거
림 때문에 오히려 엄마가 또 깨어난다. 먹쇠, 매우 조심스럽게 또닥
거려 주며 다시 잠에 들게 하고는 관객석을 향해 소리는 안 내고 뫼
에…… 먹쇠, 혼자서 다시 밭갈이를 하며 낮게 낮게 밭갈이요 가락을
붙여서 뫼에 뫼에…….)

엄마   (누워서 크게 크게 길게 길게 한숨…….)

(엄마의 한숨이 두세 번 반복되는 동안 무대가 어두워지면서 엄마만
조명을 받는다. 꿈이다. 오장군이 나타난다. 한참 동안 엄마를 내려
다보고 섰다.)

오장군   ……엄마 ……엄마…….

엄마   (천천히 일어나며) 넌 꼭 꿈에만 나타나는구나.

오장군   엄마도 꿈에만 날 찾아오면서…….

엄마   한 번쯤 생시에 찾아올 수도 있잖니.

오장군   몇 번을 말해야 알아들어요. 군대에선 휴가증이나 외
         출증 없인 한 발짝도 움직일 수 없다니깐. 꿈속에서만
         아무 증명서 없이 다닐 수 있단 말이야.

엄마   짜증은 내지 말구…… 저녁은 먹었니?

오장군   지금은 대낮이란 말이야. 엄마는 지금 대낮에 꿈을 꾸
         고 있단 말이야.

엄마   참, 그렇지.

오장군   (유심히 보고) 엄마, 그동안 많이 늙었구나.

엄마   니가 떠난 후로는 하루가 일 년이란다.

오장군   엄마, 오래 살아야 해.

엄마   니가 돌아올 때까지만이라도 살아야 할 텐데…… 하
         지만 장군아, 난 오히려 이런 생각을 할 때가 더 많단
         다. 내가 일찍 죽는 만큼 네가 더 오래 살아 준다면 얼
         마나 좋을까, 하구 말이야.

오장군   그런 바보 같은 생각이 어딨어.

엄마   한울님, 정말 그렇게만 해 주신다면 지금이라도 당장
         죽겠소이다.

오장군   한울님이 그따위 부탁 들어줄 것 같애?

먹쇠   (소리만) 뫼에.

오장군   이크, 또 집합이구나. 엄마 잘 있어.

엄마   아니, 왜 갑자기 가겠다는 거냐?

오장군 방금 고함 소리가 들렸죠? 그거 집합하라는 소리야.

엄마   인석아, 그건 먹쇠가 우는 소리였어. (하는데 또 먹쇠
      울음소리) 봐, 먹쇠 울음소리잖니!

오장군 아아…… 난 큰 소리만 들리문 모두 집합하라는 명령
      인 것 같아서 말이야. 히히히…… 어차피 이젠 돌아가
      야 해요. 엄마 잘 있어.

엄마   얘얘, 꿈속에서까지 뭘 그렇게 서두르니. 천천히 가
      려마.

오장군 안 돼요. 군인에겐 한가하게 얘기할 시간이 없단 말
      이야.

엄마   아유, 얘얘…….

(엄마, 눈을 감은 채 오장군이 사라진 쪽으로 손을 내밀고 한참 서 있
다가 스르르 무너져서 잔다. 잠에 빠진 채 흐느껴 운다. 무대 밝아진
다. 집배원 B가 등장한다. 역시 키다리다.)

집배원B 할머니…… 할머니…….

엄마   (깨어나서 집배원을 본다. 이내 무관심해지며 꿈속에서 울
      던 울음을 계속한다.)

집배원B 할머니…… 할머니…….

엄마   (비로소 정신이 들며 집배원을 본다.)

집배원B 오장군 씨 어머님이시죠? 우체국에서 왔습니다.

엄마   아유, 우리 아들한테서 편지가 왔구먼.

집배원B   아닙니다. 아드님에게 편지가 왔습니다.

엄마   아들에게요? 아니, 누구한테설까? 난 글을 모르니 좀 읽어 주시겠수?

집배원B   그러죠. 징집영장. 제일국민역 오장군 귀하 병역법 몇 조에 의하여 현역으로 징집한다. 몇 월 며칠 몇 시까지 제5지구 집결지에 출두하라. 불응 시는 병역법 몇 조에 의하여 종신형에 처함. 서기 몇 천 몇 백 몇 십 몇 년 몇 월 며칠 제5지구 모병 사령관. 서명.

엄마   어디서 들은 적이 있는 것 같은 소리오만.

집배원B   쉽게 말해서 아드님을 군대로 뽑아 간다는 통집니다.

엄마   어쩐지! 댁에선 한발 늦었수.

집배원B   늦었다뇨?

엄마   댁보다 한 달이나 먼저 그런 편지를 전하구 가신 나리가 있었단 말이우.

집배원B   예?

엄마   혹시 우리 아들이 아직도 훈련소에 안 갔을까 봐 또 그런 편지를 보냈는진 모르겠소만, 갠 벌써 훈련소로 간 지가 한 달두 더 됐단 말이우.

집배원B   그럴 리가? 아니 그게 정말이십니까?

엄마   (허리춤에서 편지를 꺼낸다.) 못 믿겠으면 이걸 보시오.

집배원B   (급히 읽는다.) 열두 번째 편지. (이하 간간히 소리를 내며) 모두들 안녕히…… 어젯밤에도 고향 꿈을……어머님은 아직도 밭갈이…… 꽃분이가 우리들의 아이를…… 아랫배가 불룩 튀어나와…… 지금부터 불침

번이다. (할머니와 편질 번갈아 보다가 편지를 돌려준다.)

(클라리넷 연주)

8경 관리 지대

무대에 삼각형을 이루며 서 있는 관리 A, B, C. 엄마와 꽃분이
가 A 앞에 서 있다. A, B, C는 모두 무표정한 관료적 포즈.

관리A   이런 착오의 원인은 오장군이란 이름을 가진 장정이
          한동네에 두 사람이나 있었다는 데에 있습니다.

엄마   하지만 얼굴은 영 다르지 않습니까요.

꽃분   제 약혼자는 황소처럼 몸집이 크고, 오 부자님네 아들
          은 사슴처럼 날씬한걸요.

관리A   우리는 징집영장을 잘못 전달한 집배원을 즉시 파면
          했습니다. 동시에 제5지구 모병 사령부에 이 사실을
          통보했습니다. 그러나 이 착오에 대해선 오장군 씨도
          책임을 져야 합니다.

꽃분   무슨 책임을요?

관리A   그는 왜 남의 징집영장을 받습니까?

엄마   그야 주니까 받았습죠.

관리A   징집영장 뒷면에 생년월일이 적혀 있습니다. 천구백 몇 년 몇 월 며칠이라고. 그것은 오 부자 아들인 오장 군 씨의 생년월일이지 댁의 아드님인 오장군 씨의 생 년월일이 아닙니다.

엄마   나으리들께서 아들의 생일을 잘못 적은 줄로만 알았 겠습죠.

관리A   지번도 적혀 있었습니다. 123번지는 오 부자네 번지 고, 할머니네 번지는 124번집니다.

엄마   ……? 언제부터요?

관리A   …… (어처구니없다는 뜻의 침묵) ……. 아가씨, 할머닐 모시구 모병 사령부에 가 보십시오. 소개장을 써 드리 겠습니다. (메모지를 꺼내서 몇 자 적고 봉투에 넣어 건넨 다. 엄마와 꽃분이가 B에게로 옮겨 가는 것을 지켜보다가) 오장군이란 이름의 어디가 좋아서 두 놈이나 그 이름 을 쓴단 말인가.

관리B   우리 모병 사령부가 발부한 두 개의 징집영장은 완전 무결했습니다. 우체국에서 그런 얘길 안 하던가요?

꽃분   우체국에선 여길 가 보라고 하셨어요. 여기서 해결해 줄 수 있을 거라구요.

관리B   우리 모병 사령부로선 즉시 군에 잘못 입대한 댁의 아 드님에게 징집영장을 반환하도록 요구하는 문서를 발송했습니다. 그것은 댁의 아드님인 오장군 씨가 아닌 다른 오장군 씨에게 전달되어야 할 영장이니까요.

엄마   그럼 그 영장과 함께 제 아들도 돌아올까요?

관리B 글쎄요. 우리로선 그 질문에 대해서 대답해 드릴 입장
       이 못 됩니다. 육군 당국에 소개장을 써 드리죠. (할머
       니와 꽃분이가 C에게 옮기는 동안) 우리로선 오장군이란
       이름은 세 사람이 나누어 가졌더라도 상관없어. 생년
       월일과 지번을 정확하게 기입만 하면 되는 거야.

관리C 육군 당국은 이런 착오에 대비하기 위해 장정 집결지
       에서 인적 사항을 재확인합니다. 조사에 의하면 오장
       군 이등병은 장정 집결지에서 생년월일과 주소 번지
       를 확인했을 때 한마디의 부인도 하지 않았습니다.

엄마   (신경질적으로) 제 아들은 남이 물으면 무턱대고 예예
       하는 버릇이 있답니다. 원체 순해 빠져서요.

관리C 우리 육군 당국이 잘못한 게 없다는 걸 인정하시는 거죠?

꽃분   우린 다만 그이를 되돌려 주시길 원할 뿐이에요.

관리C 알았습니다. 하지만 남 대신 육군에 잘못 입대하였다
       는 사실과 일단 군번을 받은 육군 이등병이라는 사실
       과는 전연 별개의 문제임을 이해하시기 바랍니다. 오
       장군 씨가 남의 영장으로 입대하였다면 그는 당연히
       육군에서 추방되어야 합니다. 그러나 현행 육군 규정
       에는 군번을 받은 병사를 남 대신 입대하였다는 이유
       로 제대시키는 절차가 명시되어 있지 않습니다. 우리
       는 곧 새로운 육군 규정을 제정하여야 할 필요를 느낍
       니다. 육군 규정을 제정하기 위해선 시일이 필요합니

다. 전시라 모두 바쁩니다. 육군 규정 제정 위원들이 한자리에 모이기가 어렵다는 겁니다. 제네랄 최를 아시죠? 제네랄 최를 모르세요! 우리 동쪽 나라의 가장 뛰어난 군사 전략갑니다. 그분은, 어제저녁 며느님이 쌍둥일 낳았다는 전보를 받고도 너무 바빠서 절반밖에 읽지를 못했습니다. 그래서 나머지는 제가 읽어 드렸습니다. 하하하…… (뚝 그치고) 참, 그 문제는 아무튼 최선을 다해서 신속히 처리하겠습니다.

꽃분　며칠 전에 편지가 왔는데 곧 일선으로 배치될 거라더군요.

엄마　훈련소로 간 지 한 달밖에 안 됐는데두요.

관리C　일선에서 사상자들이 예상외로 급증하기 때문에 신병 훈련 기간을 부득이 단축했습니다.

꽃분　일선으로 가기 전에 처리해 주세요.

관리C　최선을 다하겠습니다.

엄마　오오, 장군아, 운수 나쁜 장군아, 내 아들아.

(꽃분, 엄마를 한 손으로 감싸고 한 손은 자기 배에 댄다. 엄마를 부축하며 천천히 퇴장.)

관리C　오장군, 다섯 개의 장군, 다섯 개의 별, 파이브 스타아……. (자기 계급장에 손을 대 본다.)

(클라리넷…….)

9경 일선으로 가는 길

위장한 장갑차에 앉아 흔들리고 있는 병사들. 길이 험하다. 언덕, 내리막, 시궁창, 자갈길, 병사들은 흔들리며 몰리며 한다.

병사A   운전수! 운전수!

운전병   운전병이라고 불러!

병사A   운전병!

운전병   님을 붙여! 난 일등병이다.

병사A   운전병님!

운전병   왜?

병사A   좀 얌전히 몰아 줄 수 없습니까?

운전병   …… (더 거칠게 운전) …….

(병사들, 한참 이리저리 쏠린다.)

병사A   오장육부가 다 뒤집혔다.

병사B   엉뎅이가 다 문드러졌다.

병사C   머릿속에 자갈이 들어찬 것 같다.

(잠시 침묵)

오장군   (졸고 있다가) 소 잔등이 젤 편하지.

(한참 더 난폭 운전)

운전병   (차를 급정거시키고 내리면서) 모두 내려서 오줌을 싸라.

(병사들 모두 내린다.)

병사A   아직 멀었습니까?

운전병   20킬로 남았다.

병사B   어, 오줌이 샛노랗네.

병사C   나두!

(병사들 일제히 거기를 내려다보며 갖가지 포즈로 오줌을 눈다.)

운전병   천천히 한 방울도 남기지 말고 싸 버려. 최일선에 도
         착해서 너무 놀라 갖구 바지에 흘리지 않도록…….

(사이, 멀리 포성.)

병사　어, 포 소리가 들린다.

(병사들, 그 소리에 귀를 기울인다. 점점 커지는 포 소리.)

(클라리넷…….)

10경 동쪽 나라 사령관실

커다란 상황 지도. 그 앞에서 정보참모가 브리핑 중이다.

정보참모 또한 공중정찰에 의하여 적의 포병 부대들이 일제히
10킬로 이상 전방으로 이동하였음을 확인하였을 뿐
아니라, 방어진지 구축 작업을 중단하고 연일 침투 훈
련만을 계속하고 있음을 확인했습니다. 이상의 여러
정보 자료를 종합 판단컨대 하나, 적은 아군이 공세를
취할 능력이 없다는 것을 알고 있음이 확실하며, 둘,
적이 일주일 내에 우리를 공격할 것이 확실하며, 셋,
적이 공격할 시, 그 주공 방향은 제4군단 전면임이 확
실합니다.

사령관 으음, 제4군단 담당 지역이야말로 우리들의 최대 취
약 지역임을 적이 알고 있다니.

정보참모 …….

사령관 정보참모, 귀관의 정보 보고에는 적의 사령관이 나보다 훨씬 유능한 정보참모를 거느리고 있다는 사실이 빠져 있다.

정보참모 …….

사령관 작전참모.

작전참모 예.

사령관 (나가서 설명하라고 턱으로 지시.)

작전참모 정보참모의 정보 판단대로 적이 반격 작전을 감행할 것이 확실하다면 아군은 B선으로 철수할 것을 건의합니다. B선에서라면 그 유리한 지형상의 이점이 우세한 적의 전력을 크게 상쇄시켜 주리라고 판단합니다.

사령관 현 진출선에서 방어 작전을 펼 때 아군의 손실은 어느 정도일 것으로 예상하는가?

작전참모 이 개 사단이 소모될 것입니다.

사령관 B선에서 현 위치까지 진출하는 데 일 개 사단 병력이 소모됐다. 우리가 B선으로 철수했다가 다시 현 위치까지 진출하려면 또다시 일 개 사단이 소모될 것이다. 게다가 B선에서 방어를 한대도 또 일 개 사단은 소모된다. 그럴 바에는 차라리 현 위치에서 이 개 사단을 소모하길 원한다.

작전참모 하지만 B선에서 방어하면 현 진출선에서보다 훨씬 더 적의 손실을 극대화시킬 수 있는 이점이 있습니다.

사령관 난 한 번도 전선에서 후퇴한 적이 없다. 아니 꼭 한 번 있었지. 지난번 어깨를 부상당했을 때…… (어깨를 들썩이고 얼굴을 찡그리면서) 이놈의 어깨 상처는 꼭 암캐의 꼬리 같단 말이야. 자기 이름을 부르기가 무섭게 요사를 떨거든…… (단호하게) 현 전선을 고수한다. 지금부터 각급 지휘관에게 후퇴하는 장병을 즉결 처분할 수 있는 권한을 부여한다. 일주일 후면 우리 야전군 산하에 이 개 신설 보병사단과 일 개 기병연대, 그리고 일 개 중포병여단이 추가된다. 그때까지 우리는 현 위치에서 적의 공격을 견디다가 반격으로 전환한다. 정보참모만 남고 해산.

(참모들 나간다. 긴 사이.)

사령관   ……적이 공격작전으로 나오면 우린 일거에 유린당할 거야. 그렇지?

정보참모   …….

사령관   따라서 내 결심은 아주 무모해, 그렇지?

정보참모   …….

사령관   전쟁은 도박이야. 난 지금 도박을 하려는 거야. 도박에선 끗발이 높다구 반드시 이기는 게 아니야. 세 끗밖에 안 쥔 놈이 팔 땡 쥔 놈의 기를 죽이는 수가 있지. (지긋이 본다.)

정보참모   사령관 각하께선 역정보 공작을 암시하고 계십니까?

사령관   맞았네. 적이 우리 능력을 과대평가하도록 역정보 공

작을 해서 적으로 하여금 공격 계획을 포기하게 하는
거다. 나는 이 역정보 공작의 성공을 전제로 하고 현
전선을 고수하겠다고 결심했던 거야.

정보참모 하지만 역정보 공작이 성공하리라는 보장은…….

사령관 성공을 확신하는 것. 승리만을 생각한다는 점에 있어
서 도박사와 군인은 서로 닮았지. 더욱이나 이 도박은
밑져야 본전이야. 실패했을 경우에 우리는 단 한 명의
역정보 공작원을 잃을 뿐이지.

정보참모 …….

사령관 ……유능한 정보장교로 하여금 적에게 자연스럽게
붙잡히고 저들이 포로 심문을 할때 그럴듯한 거짓 정
보를 늘어놓게끔 공작을 꾸미게.

정보참모 알았습니다.

사령관 (어깨를 만지면서 턱으로 나가라고 한다.)

정보참모 (나간다.)

사령관 전속부관!

(전속부관이 들어온다.)

사령관 내 어깨를 주물러 줄 병사를 골라 봤나?

전속부관 예. 오늘 도착한 신병 가운데에 고릴라처럼 힘이 센
놈이 있었습니다.

사령관 그래! 어서 들여보내게.

전속부관 예. (나간다.)

사령관   (어깨를 주무르며 의자에 앉는다.)

(오장군 나타난다. 너무 긴장해서 마치 뻗정다리처럼 걷는다.)

오장군   (사령관에게서 멀리 떨어진 곳에 우뚝 서더니 번개같이 손
         을 올리고 소리를 질러 댄다.) 육군 이등병 오장군, 사령
         관 각하의 어깨를 주물러 드리러 왔습니다. (목소리가
         갈라져서 무슨 뜻인지 알아들을 수 없다.)

사령관   음, 이름이 뭐랬지?

오장군   오장군입니다.

사령관   오장군?

오장군   옛!

사령관   음. 오장군이라?

오장군   (오해하고) 옛!

사령관   …… (싱긋 웃고) 이제부턴 큰 소리 지르지 않아도 돼.
         (어깨를 손짓하며) 부탁하네.

오장군   옛. (뻗정다리 걸음으로 사령관 뒤로 가서 주무르기 시작
         한다.)

사령관   (대번에 신음 소리 낸다. 오장군의 손 기운이 너무 센 것이
         다.) 으음…… 고향이 어딘가?

오장군   까치골입니다.

사령관   가족은?

오장군   엄마뿐입니다.

사령관   보고 싶겠군.

오장군   옛. (코를 홀쩍 들이마신다. 엄마 생각이 왈칵 난 것이다.)

사령관   아버지는 언제 돌아가셨나?

오장군   제가 세상에 태어난 지 일 년하고 닷새 만입니다. (또 코를 홀쩍)

사령관   어머님 나이는 몇인가?

오장군   환갑하구 두 살입니다. (목소리가 울먹해진다.)

사령관   군인 정신이 전혀 안 들었군.

오장군   옛.

사령관   (어처구니가 없다. 사이) ……군대에 들어온 지가 얼마나 됐지?

오장군   한 달하구 나흘쨉니다.

사령관   어떤가, 군대생활 해 보니.

오장군   …….

사령관   상관이 질문하면 즉시, 명확하게 대답해야 한다.

오장군   ……무, 무섭습니다.

사령관   뭐가?

오장군   다입니다. 무섭지 않은 것은 하나두 없습니다.

사령관   겁쟁이군.

오장군   옛.

사령관   (어처구니없다.) ……너 같은 군인답지 않은 군인은 처음 본다. 그만하고 내 앞에 서 봐.

오장군   옛. (사령관 앞으로 가서 선다.)

사령관   (한참 말없이 본다.)

오장군   (부동자세로 잔뜩 긴장한 채 서 있다. 손가락이 긴장을 이

기지 못해서 까딱거리고 있다.)

(정보참모가 들어온다.)

사령관　(오장군에게) 전속부관에게 가 있게.

오장군　옛. (고함) 육군 이등병 오장군, 용무 마치고 돌아갑니
　　　　다. (번개같이 경례를 하고 홱 돌아서, 너무 급히 돌아서 균
　　　　형을 잃고 휘청이며 나간다.)

정보참모　(서류를 내밀며) 역정보 공작에 투입할 장교의 인사
　　　　기록입니다.

사령관　(물리치며) 내가 직접 선발했네. 방금 나간 병사에 대
　　　　해 귀관은 너무 무관심하더군.

정보참모　그 병사를…….

사령관　영감을 주는 얼굴이야. 그 얼굴을 보는 동안 난 또 하
　　　　나의 도박을 생각해 냈다. 아니, 이건 도박이랄 수도
　　　　없지. 아무리 유능하고 강직한 정보장교를 역정보 공
　　　　작에 투입한다고 해도 위험률은 매우 높다, 적의 정보
　　　　장교들도 바보는 아닐 테니까……. 그 병사로 하여금
　　　　자신이 역정보 공작에 이용되고 있다는 것을 전혀 모
　　　　르는 채 적에게 포로가 되도록 꾸미는 거야. 이제부터
　　　　참모 회의 때마다 그 병사는 내 어깨를 주무르면서 나
　　　　와 함께 브리핑을 받게 된다. 물론 그 브리핑 내용은
　　　　모두 거짓이지. 그 거짓 브리핑 내용은 그 병사가 적
　　　　에게 포로가 되었을 때 고스란히 적에게 제공되는 거

야. (정보참모를 지그시 본다.)

(클라리넷…….)

11경 동쪽 나라 사령관실

사령관과 정보참모, 수색중대장이 그들 앞에 서 있다.

사령관   적은 공격을 앞두고 아군에 대한 보다 광범하고 정확
        한 정보를 수집하기 위해서 아군 장병을 사로잡으려
        고 혈안이 돼 있다. 수색 중대장은 적의 관측소에서
        잘 보이는 곳에 그 겁쟁이 병사를 팽개쳐 놓고 돌아오
        기만 하는 되는 거다.
중대장   그곳에 혼자 남겨 놓고 오면 도망할 텐데요.
사령관   도망하는 데도 최소한의 용기는 필요한 거다. 또 다른
        질문은?
중대장   없습니다.
사령관   그럼 그 병사를 불러들일 테니까. 시나리오대로 잘해
        보세. 전속부관. 오장군 이등병을 들여보내게.

전속부관　(밖에서) 옛.

사령관　정보참모는 눈에 안 띄는 게 좋겠군.

정보참모　예.

(정보참모가 퇴장하고 오장군이 들어온다.)

오장군　육군 이등병 오장군, 사령관 각하의 어깨를 주물러 드
　　　　리러 왔습니다.

(오장군, 여전히 뻣정다리 걸음으로 사령관에게로. 중대장은 오장군
을 착잡한 시선으로 주시하고 있다. 오장군은 사령관에게 다가가면
서 손가락을 폈다 접었다 한다. 준비운동인 것이다.)

사령관　오늘은 잠깐만 주물러도 돼. 너무 힘도 주지 말고.

오장군　옛.

(긴 사이)

사령관　오늘 아침두 배부르게 먹었나?

오장군　옛, 3인분 먹었습니다.

(긴 사이)

사령관　어젯밤에도 고향 꿈을 꾸었나?

오장군   아닙니다. 어젯밤엔 꾸지 못했습니다. 그 대신 오늘
         아침 고향에서 온 편지를 받았습니다.
사령관   음, 기뻤겠군.
오장군   (대답 대신 콧소리를 쉬익 낸다……. 주저하다가) 그런데
         각하, 그 편지에 이 육군 이등병 오장군이 같은 동네
         에 사는 오 부자네 아들인 오장군 대신 군에 잘못 들
         어왔다고 씌어 있는데 그럴 수가 있습니까?
사령관   무슨 뜻인지 모르겠군.
오장군   예. (순하게 수긍하며) 저도 무슨 뜻인지 통 모르겠습니
         다, 각하.

(긴 사이)

사령관   (수색중대장에게) 참, 수색중대장, 어제 수색 작전에서
         몇 명이나 잃었지?
중대장   전사 다섯 명, 부상자 열한 명입니다.
사령관   으음.

(사이)

사령관   오장군 이등병.
오장군   옛.
사령관   매일같이 많은 장병들이 최일선에서 죽고 다치고 하
         는데 자네가 하는 일이란 내 어깨를 주무르는 것뿐이

니 민망하지 않나?

오장군 옛, 각하. 하지만 전 총 쏠 줄 모르니까 어깨나 주무르고 있어야 합니다. 전 총을 쏘려는 생각만 해도 가슴이 막 두근거립니다. 그래서 훈련소에선 사격 훈련할 때마다 교관님들이나 조교님들이 이렇게 말씀하셨습니다. "이 병신 같은 놈아, 총알이 아깝다!"

(긴 사이)

사령관 수색중대장, 이 병사를 수색중대에 데려다가 군인답게 단련시켜 줘야겠네.

오장군 (흠칫 놀란다.)

중대장 각하, 수색중대엔 당장 제 몫을 할 수 있는 용감하고 기민한 병사가 필요합니다. 저런 겁쟁이는 오히려 거추장스럽고…….

사령관 (막으면서) 오해 말게. 수색중대에 아주 전속시키겠다는 게 아니구, 당분간만 맡아서 군인다운 담력을 길러 줬으면 하는 거야. 최일선에서 고생한 적이 없는 병사에게 내 어깨를 주무르게 하는 것도 불만이구.

중대장 알았습니다.

사령관 오장군 이등병두 방금 내가 한 말 들었겠지?

오장군 (울상) 옛, 각하. (소리가 들릴락 말락)

사령관 (중대장에게) 그만 돌아가도 좋아.

중대장 옛, 저 겁쟁이는 언제 보내시겠습니까?

사령관   지금 데려가도록 하게.

중대장   알았습니다. 그럼 이만 돌아가겠습니다. (경례하고, 오
         장군에게) 날 따라와.

오장군   (중대장을 빤히 보며 사령관의 어깨를 마구 주물러 대고 있
         다. 사령관의 결심이 변경되기를 기대하는 것이다.)

사령관   (비로소 오장군을 되돌아보며) 따라가기 싫은가?

오장군   (울상) 옛, 각하.

사령관   겁내지 말구 따라가. 중대장은 아마 너에게 위험한 임
         무는 주지 않을 거다. 넌 내게로 다시 돌아와서 내 어
         깨를 주물러야 할 병사니까.

오장군   (그냥 계속 주물러 댄다.)

(사이)

사령관   (거역할 수 없는, 냉엄한 낮은 음성으로) 그만해.

오장군   (멈칫)

사령관   ……따라가.

(오장군, 비참한 표정으로 기다리고 있는 중대장에게로 간다.)

사령관   (부드럽게) 다시 불러들일 거야. 잘 가게, 오장군 이등병.

오장군   (울먹이며) ……안녕히 계십시오, 각하. (하며 돌아선다.)

사령관   오장군 이등병, 경례하는 걸 잊었어.

오장군   (급히 돌아서서 경례를 붙인다.)

사령관　(받는다.)

(오장군과 중대장, 퇴장. 사령관, 잠시 오장군이 사라진 쪽에 동정적인 시선을 보낸다. 정보참모가 들어온다. 사령관 뒤에 겸손하게 서서 함께 오장군이 사라진 쪽을 본다. 사이)

사령관　……나를 감상적으로 만든 유일한 병사야. 나는 여지껏 수만 명을 죽이고 부상시켰는데……. 저 병사더러 내 어깨를 좀 더 주무르게 내버려둘걸 그랬어.

정보참모　…….

(사이)

사령관　(무표정하게, 마치 억양이 없는 어조로 글을 읽듯이) 저 병사를 다시 불러와, 저 병사를 다시 불러와. (정보참모를 돌아보며) 움직이면 안 돼!

(클라리넷…….)

12경 숲(A)

어둠 속에서 고함 소리가 들린다.

중대장   (소리) 선임 하사관, 저 겁쟁이를 전초진지에 데려다
        가 팽개치고 와, 거기서 혼자 밤을 새우노라면 담력이
        조금은 길러질 거야.
상사   (소리만) 옛. 가자, 이 밥통아!

(무대 약간 밝아진다. 이상한 숲. 상사와 오장군이 관객 쪽을 향해 엎
드려 있다.)

상사   날이 밝으면 널 다시 데리러 올 테다. 그럼 떠나기 전
        에 임무 및 주의 사항을 일러 주겠다. 하나. 앞쪽에서
        무슨 소리가 나거나 뭐가 나타나면 즉시 '암호', 대답

이 없으면 그냥 갈겨 버려. 앞쪽에서라는 걸 잊지 마, 뒤쪽은 아군이니까. 알았나, 밥통아!

오장군 옛.

상사 둘. 절대로 담배를 피우지 말 것. 담배불은 4킬로 밖에 서도 보인다. 그런데 적은 2킬로 전방에 있다. 알았나, 밥통아!

오장군 예.

상사 셋. 이하는 생략이다. (오장군의 어깨를 툭 치면서) 그럼 내일 새벽에 다시 만나자. (포복하면서 되돌아가다가) 참, 암호를 안 가르쳐 줬군. 오늘 밤 암호는 '아가씨' '궁뎅이'다. 아가씨, 궁뎅이, 한번 외어 봐, 밥통아.

오장군 아가씨, 궁뎅이.

상사 다시 한 번.

오장군 아가씨, 궁뎅이.

상사 밥통 새끼! 간다, 그럼. (포복해서 되돌아가다가 말고 갑자기 엉덩이를 들며) 어우우! 쌍놈의 암호 때문이야! (남근이 아픈 것이다.)

(상사가 퇴장한 한참 후까지도 오장군은 그냥 떨고만 있다. 갑자기 괴조를 연상시키는 높고 긴 새소리.

사이.

여우 소리.

사이.

부엉이 소리.

사이.

사자 소리.

사이.

마지막으로, 이때까지의 분위기와는 어울리지 않게 아주 귀엽고 명
랑한 방울새 소리. 긴 사이.)

오장군   (비로소 꿈지럭거리며 담배를 꺼낸다.) 참, 아까 상사님
          이 담배에 대해서 뭐라고 말씀하셨던 것 같은데…….
          (갸우뚱하다가 포기하고 담뱃불을 붙인다.)

(그 순간, 전방에서 소리가 들리면서 서쪽 나라의 포병 관측소가 라
이트 속에 나타난다.)

관측A   적 발견, 좌표, 지도 C의 2445 1256.

관측B   잠깐. 적을 발견 시는 먼저 정보참모부에 보고하라는
          명령이야. (하며 수화기를 들고 보고하는 몸짓)

(서쪽 나라 관측장교 B가 수화기를 드는 순간에, 상사, 수색중대장,
정보참모, 사령관이 라이트 속에 나타난다.)

상사   저 밥통 새끼, 절대로 담배는 피우지 말라고 단단히
          일렀는데.

사령관   (죽여 버릴 듯한 표정으로 홱 돌아보고 나서) 만약 저 담
          뱃불 때문에 오장군 이등병이 포격을 받아 죽으면 (손

가락으로 세 번 격발 흉내를 내면서) ……너희들도 모두
죽어야 한다.
관측B   (수화기를 놓으며) 정보참모부에 맡기라는군.

(오장군은 여전히 떨며 담배를 뻐끔거리고 있다. 긴 사이.)

사령관   졸고 있는 모양이군, (큰 소리로 셋을 돌아보며) 적의 포
병 관측소 놈들이 말이야……. (담배를 꺼내 문다. 정보
참모가 재빨리 불을 붙여 준다.)

(긴 사이. 오장군의 전방에서 나무 다섯 그루가 살금살금 걸어온다.
오장군, 한참 동안 모르고 있다가 기척을 느끼고 굳어 버린다. 나무
들도 멈춰 선다. 사이.)

오장군   …… (낮게, 떨며) 아, 아가씨!
나무A   (음산한 쉰 목소리로) 궁뎅이!
오장군   (흠칫하며 두리번거린다.) ……분명히 대답 소리가 들
렸는데…….

(사이. 오장군, 다시 담뱃불을 붙이려 한다. 나무들이 다시 움직인다.
오장군, 또 기척을 느끼고 굳어진다. 나무들 멈춘다. 사이.)

오장군   ……아가씨이…….
나무A   궁뎅이이 (이번에는 가냘픈 여성의 목소리) …….

오장군   (흠칫하며 두리번거린다.)

(사이. 오장군, 벌벌 떨며 담배를 빤다. 나무 A가 느닷없이 오장군의 총을 밟아 서고 B, C, D, E가 오장군을 둘러싼다. 오장군은 너무 놀라서 소리도 못 내고 그냥 멀거니 올려다볼 뿐이다. 나무 B의 기둥 속에서 손이 불쑥 나오더니 담배를 빼앗는다. 오장군, 나무 B를 멀거니 올려다본다. 나무 C의 기둥에서 손이 불쑥 나오더니 오장군의 오른뺨을 갈긴다. 오장군, 그쪽으로 시선을 옮긴다. 나무 E가 발길로 걷어차려다가 나무 A에게 제지당한다.)

나무A   그만해!

(나무 A, 쓰고 있던 나무를 벗어 버린다. 서쪽 나라 정보장교이다. 나무 B에서는 중사, 나무 C에서는 하사, 나무 D에서는 병장, 나무 E에서는 상병이 나온다.)

오장군   누, 누굽니까 댁들은?
중사   궁뎅이랬잖아!
모두   (웃는다.)
정보장교   몸을 수색해!
중사   예, 일어서!
오장군   …….
상병   일어서랬잖아, 이 새끼야! (하며 발길로 걷어찬다.)
오장군   (스프링이 튕기듯 벌떡 일어선다.)

(B, C, D, E가 와락 달려들어서 몸을 뒤지기 시작한다. 매우 재빠르고 치밀하고 능숙하다. 오장군을 거꾸로 세워서 긴 자루 털듯 털어보기까지 한다. 검색을 끝낸 그들은 다음 명령을 기다린다. 장교, 끌고 가라는 몸짓)

상병　(발길로 걷어차며) 가자.

(오장군, 상병의 총구에 밀리며 간다. 동쪽 나라 사령관 일행은 처음부터 망원경으로 보고 있다.)

사령관　잔인무도한 놈들! 양보다도 순한 병사를 저렇게 거칠게 다루다니! (억양이 없는 어조로)

(전속부관이 헌병을 대동하고 급히 등장.)

전속부관　각하! 그놈은 사기 입대자입니다.
사령관　(망원경을 떼며) ……?
전속부관　오장군 이등병 말입니다. (헌병에게) 체포 영장을 읽어 드려.
헌병　(읽는다.) 체포 영장. 계급 이등병, 군번 024378596, 성명 오장군, 상기자를 타인의 명의를 도용, 육군에 사기 입대한 혐의로 체포함. 소속 부대장은 즉시 상기자를 임무에서 해제하고 본 체포 영장을 제시하는 헌병에게 그 신병을 인도할 것. 몇 년 몇 월 며칠. 육군

총사령관 명에 의하여, 군법회의 검찰관, 서명.

(사이. 사령관, 모두를 돌아본다.)

전속부관   ……어쩐지 이상하다고 생각했습니다. 그놈은 너무
　　　　　어리석고 너무 순진하고 너무 정직하고 너무 겁쟁이
　　　　　였습니다.

정보참모   그러고 보니 놈은 오히려 대담무쌍한 놈이었습니다.
　　　　　아까 숲에서 태연히 담배를 피워 댄 것을 보아도……
　　　　　놈은 적이 침투시킨 첩보 공작원임에 틀림없습니다.
　　　　　담뱃불은 사전에 약속한 귀환 신호였습니다.

헌병   　　각하, 혐의자로 하여금 즉시 임무에서 해제하고 그 신
　　　　　병을 인도해 주시기 바랍니다.

사령관   　(갑자기 폭소를 터뜨린다.) 하하하…… 이제야 알겠군,
　　　　　오늘 아침 오장군 이등병이 말한 얘기의 뜻을…… 하
　　　　　하하…….

(클라리넷…….)

13경 서쪽 나라 포로 심문실

정보장교와 오장군이 조그마한 책상을 가운데 놓고 마주 앉아 있다. 사병들이 뒤에서 대기하고 있다.

정보장교 심문에 앞서 너에게 보여 줄 것이 있다. 네가 만약 나의 질문에 거짓 대답을 했을 때는 지금부터 벌어지는 광경과 꼭 같은 고통을 당할 것이다. (사병들에게 눈짓)

(중사가 공중에서 내려온 밧줄을 잡아당기자 바닥에 누워 있던 인형 군인이 그 줄을 따라 올라가서 허공에 거꾸로 뜬다. 하사가 몽둥이를 들고 와서 그 인형을 갈긴다. 인형이 얻어맞을 때마다 병장과 상병이 인형 군인의 비명을 대신해 준다. 인형은 얻어맞을 때마다 맑은 종소리를 낸다.)

정보장교 그만! …… (냉랭하게) 알겠나?

오장군 (겁에 질려서 대답 대신 침을 꿀걱 삼킨다.)

정보장교 좋아, 그럼 시작하겠다. 군번은?

오장군 (빨리 대답하려고 덤비는 나머지 더듬대며) 024 (뚝 그
치고) 024 (또 뚝 그치고 당황한다. 겁에 질려서 잊어 먹
은 것이다. 허공에 매어달린 인형을 흘끔거리며) 024……
378576…….

정보장교 ……이름은?

오장군 오, 오장군입니다.

정보장교 ……? 오장군이야, 아니면 오 오장군이야?

오장군 오, 오장군 아니 오…… 오…… 오장군입니다.

정보장교 요컨대, 오장군이란 말인가?

오장군 예.

정보장교 군에 들어오기 전에 뭘 했지?

오장군 감자밭을 갈고 있었습니다.

정보장교 농부란 말이지?

오장군 예.

정보장교 현재 소속은?

오장군 제5야전군 사령부 직할 수색중대 1소대 1분댑니다.

정보장교 현 소속 전입 일자는?

오장군 오늘입니다.

정보장교 오늘? 그 전 소속은?

오장군 제5야전군 사령부 사령관실입니다.

정보장교 (놀란다.) ……다시 말해 봐.

오장군   제5야전군 사령부 사령관실입니다.

(정보장교, 벌떡 일어난다. 그 바람에 오장군도 반사적으로 벌떡 일어선다. 정보장교, 구석으로 가서 손짓으로 중사를 부른다.)

정보장교   (속삭이듯) 정보참모님에게 가서 우선 중간 보고를
　　　　　하고 와야겠다. (급히 나간다.)

(중사, 서 있는 오장군을 콱 눌러 앉힌다. 오장군, 겁에 질린 시선으로 중사를 올려다본다. 무대 암전. 어둠 속에서 "차렷" 하는 구령이 들리면서 무대가 다시 밝아진다. 정보장교 이하 전원이 무대 바깥쪽을 향해 차렷 자세로 서 있다. 서쪽 나라 사령관이 참모들을 대동하고 들어온다. 그들의 뒤에서 사병들이 의자를 하나씩 들고 들어와서 사령관과 참모들의 뒤에다 받쳐 준다. 사병들 나간다. 사이.)

사령관   결론만 간단히 말해.
정보장교   옛. 포로 심문 결과, 우리는 적의 전투력을 실제보다
　　　　　엄청나게 과소평가하고 있었음이 밝혀졌습니다. (차
　　　　　트를 넘기고) 이것은 아군이 지금까지 파악한 적의 전
　　　　　투력과 포로 심문 결과 밝혀진 적의 실제 전투력과의
　　　　　비교표입니다. 보시는 바와 같이 아군 전면의 적은 삼
　　　　　개 보병사단과 일 개 포병여단뿐인 줄 알았는데, 사
　　　　　개 보병사단과 일 개 기병사단, 이 개 포병여단임이
　　　　　확인되었습니다. (모두 웅성거린다. 차트를 넘기며) 이

것이 포로 심문 결과 추가로 확인된 적의 전투서열입니다.

(사이)

정보장교 질문을 받겠습니다.

참모장교 A 포로의 진술 내용에 대한 신빙도는 어느 정도인가?

정보장교 포로는 군사 지식이 전혀 없는 무식한 농부 출신의 신병입니다. 따라서 그는 자기가 듣고 본 사실을 과장할 능력이 전혀 없습니다. 오히려 그의 저능한 기억력으로 인하여 실제로 보고 들은 것 중에서 빠뜨린 것이 많으리라고 봅니다.

사령관 대위의 견해에 전적으로 동감이다. 돼지같이 미련하게 생긴 놈이야. 대위, 참모들에게도 그 병사를 보여 주는 게 좋겠다.

정보장교 옛.

(정보장교, 무대 옆으로 나간다. 참모들 주시한다. 정보장교가 다시 오고, 뒤이어 오장군이 어마어마하게 호위당하며 들어온다. 오장군은 겁에 먹혀 버려서 쭉정이가 됐다. 안정을 잃은 눈이 참모들을 퀭하니 바라본다. 사령관, 손짓으로 퇴장시키라고 지시한다. 오장군 일행이 나가자 사령관이 일어선다.)

사령관 우리는 하마터면 적의 계략에 빠질 뻔했다. 적은 그들의 전투력을 우리가 과소하게 평가하게끔 교묘하게 속여 왔다. 적은 우리가 그들을 과소평가한 나머지 방어진지 구축을 소홀히 할 것을 기대했던 것이다. 적은 우리가 공격을 취하도록 유인, 전투력을 소모시키고 적당한 시기에 일대 반격으로 전환할 계획이었던 것이다. ……공격 계획을 취소한다. 각 단위대는 즉시 현 위치에서 방어 계획을 수립함과 동시에 방어진지 구축에 전력을 다할 것을 명령한다.

(참모들 기립한다. 사령관 나간다. 참모들 뒤따라 나간다.)

(클라리넷…….)

14경 서쪽 나라 포로 심문실과 총살 형장

어둠 속에서 오장군의 비명 소리. 때리는 소리……. 무대 밝아
진다. 오장군이 거꾸로 매달려 고문을 받고 있다. 사령관이 들
어온다. 뒤에 참모 A가 따라 들어온다.

사령관   그쳐어! (모두 차렷 자세) 어서 내려놔!

(매달렸던 오장군이 재빨리 내려진다. 오장군, 뻗어 버린다.)

사령관   (정보장교에게 다가가서 말채찍으로 마구 갈겨 대고 나서)
        쓰레기 같은 놈! 넌 이 장교에 비하면 발톱의 때만도
        못하다는 생각이 안 드나! 어서 의자로 모셔!

(정보장교, 중사와 함께 오장군을 재빨리 안아 일으켜서 의자에 앉

히고 나서 양쪽에서 받쳐 준다. 긴 사이. 기절했던 오장군이 정신을
차린다. 사령관이 손수 물 주전자에서 물을 따라 준다. 오장군, 그것
을 순하게 받아 마시더니 갑자기 엉엉 울어 댄다.)

사령관 ……이제 연기는 그만하지. 귀관의 임무는 끝났으니
       까. 귀관 덕분에 적은 시간을 벌었고 우리는 공격할
       기회를 놓쳤네…… 귀관의 진술이 거짓이라는 것을
       우리는 오늘에야 알았지…… 제발, 이제 연기는 그만
       하라니까…… 귀관의 진짜 이름은 뭐며 진짜 계급은?

(오장군, 더 크게 엉엉 소리를 낸다. 그는 똑같은 질문에 너무 시달려
이젠 그냥 울음이 앞서는 것이다.)

사령관 (한참 동안 감탄의 시선으로 바라보다가 참모 A를 구석으
       로 데리고 가서) ……그에게서 무엇이든 알아내려는 것
       은 어리석은 짓이야. 6시 정각에 총살을 집행하도록.
참모 A 예.
사령관 단, 총살 집행 때 사령부 전 장병을 집합시켜서 그에
       게 경의를 표하게 할 것.
참모 A 예.

(사령관 퇴장. 참모들이 뒤따른다. 무대, 그 상태에서 정리되고 총살
대가 정렬하고 들어온다. 헌병들이 그때까지도 울고 있는 오장군을
부축해서 나무 기둥에 붙들어 맨다. 헌병장교, 검은 수건으로 그의

눈을 가린다.)

헌병장교　……마지막으로 할 말이 있으면 말하라.

오장군　(하늘을 향해서 혼신의 힘으로) 엄마야…… 꽃분아……
　　　　먹쇠야…….

(긴 사이. 헌병장교, 사령관을 본다. 사령관, 그대로 집행하라고 손짓.)

헌병장교　사격 준비!

오장군　(또다시 혼신의 힘으로) 엄마야…… 꽃분아…… 먹쇠
　　　　야…….

헌병장교　사격!

(일제 사격. 오장군, 머리를 떨군다.)

사령관　(참모 A를 돌아보며) 그는 죽음까지도 연기로 장식했다.
　　　　(흉내) 엄마야아, 꽃분아아…… 아무리 무식한 시골뜨
　　　　기라도 그보다 더 시골뜨기를 닮을 수는 없을 거야.

(사령관, 오장군에게 경례를 한다. 모두 그를 따른다.

구음과 클라리넷의 합창.)

15경 오장군의 집 마당

영현 하사관이 유골 상자를 들고 들어온다. 그 앞에 엄마와 꽃
분이와 먹쇠.

영현 하사관　(전사 통지서를 읽는다.) 나, 동쪽 나라 제5야전군
　　　　　사령관은 더할 수 없는 슬픔으로 육군 일등병 오장군
　　　　　의 장렬한 전사를 통지합니다. 오장군 일등병은 그 애
　　　　　국심과 군인 정신에 있어서 온 동쪽 나라 군인의 으뜸
　　　　　이었습니다. 오장군 일등병이 남긴 유언은 단 한 마디
　　　　　"동쪽 나라 만세에!"였습니다.
엄마　　아니, 그럼 내 아들 장군이가 이 속에 들어가 있단 말
　　　　　이오?
영현　　아드님의 시신은 적지에 있기 때문에 모실 수가 없습
　　　　　니다. 그 대신 일선에 나가기 전에 깎아 두었던 머리

카락과 손톱을 넣어 가지고 왔습니다.

엄마　　(유골 상자의 뚜껑을 열어 본다.) …… (그 속을 들여다
　　　　보는 자세대로 움직이지 않고) 오오 장군아, 내 아들아
　　　　아…….

꽃분　　(배를 만지면서 꼿꼿이 선 채) 장군아아, 우리 애기 아빠
　　　　야아…….

먹쇠　　(하늘을 쳐다보며 숨이 다할 때까지 길게 길게) 뫼에에에
　　　　에…….

(감자밭과 우물가에 서 있던 나무들이 운구하는 의장병의 발걸음을
흉내 내면서 마당으로 들어선다. 먹쇠는 길고 긴 곡성을 반복하면서
마치 상주인 양 나무들을 맞이하고 엄마와 꽃분이를 달래는 듯한 몸
짓을 하기도 한다.)

(구음이 시작된다. 한순간, 클라리넷이 한결 높게 끼어든다. 그것을
신호로 모든 동작이 정지된다. 클라리넷의 신호에 따라 무대가 어두
워진다.
칠흑…….
클라리넷 주자와 구음자가 의자를 등에 메고 무대를 가로지른다.
무대 중앙에 서서 칠흑을 잠시 보고, 동정을 구하듯 관객석을 쳐다본
다. 두 사람, 다시 천천히 퇴장한다.)

작품 해설

　박조열(1930~)이 쓴 「오장군의 발톱」은 1974년에 창작되어 이듬
해인 1975년 여름 자유극장이 상연을 목적으로 연습에 돌입했던 작
품이다. 그러나 한국예술문화윤리위원회의 공연 불가 판정으로 십
사 년간 공연되지 못하다가 1988년에 이르러서야 극단 미추(손진책
연출)에 의해 문예회관 대극장에서 초연되었다.

　1963년에 창작한 첫 희곡 「관광 지대」에서 이미 분단 현실에 대
해 첨예한 문제의식을 드러내 보였던 작가 박조열은 「토끼와 포수」
(1964), 「모가지가 긴 두 사람의 대화」(1966), 「흰둥이의 방문」(1970) 같
은 문제작들을 발표하며 극작가로서의 입지를 다졌다. 그 후 1974년
장막 희곡 「오장군의 발톱」을 창작함으로써 '전쟁 및 분단 현실의 폭
력성과 비인간성'이라는 본연의 주제로 되돌아오지만, 이 작품은 체
제 비판을 엄격하게 규제했던 1970년대 당시의 예술 검열 정책 탓에
오랫동안 무대에 오르지 못했다. 1980년대 후반 예술 작품에 대한
규제가 완화되는 분위기 속에서 비로소 공연될 수 있었던 이 작품은
1988년 초연 직후 작품성과 연극성을 인정받아 백상예술대상을 수
상했고, 1989년에는 제7회 전국연극제에서 최우수상과 연기상을 수
상하기도 했으며, 1992년과 1994년에는 각각 제1회 태평양 국제연
극제와 제1회 베세토 국제연극축제에 한국 대표작으로 참가하는 등
화려한 주목을 받았다.

　「오장군의 발톱」은 오장군이라는 순박한 시골뜨기 청년이 군대
라는 인위적, 폭력적 조직에 의해 강제 징집된 후 '영웅'으로 오인되
어 희생되어 가는 과정을 보여 줌으로써 휴머니즘이 파괴되어 가는

당대 사회의 부조리를 아이러니의 수법으로 날카롭게 드러낸 작품이다. 오장군이 원래 살아가던 자연 친화적이고 동화적인 '고향'의 공간과 순박한 청년들을 죽음과 폭력으로 내모는 '군대'의 공간은 뚜렷하게 대비되며, 전쟁에 가장 어울리지 않는 오장군이라는 인물이 군대라는 공간 내에서 탁월한 공작원으로 오해받고 총살된다는 아이러니한 설정은 선한 개인이 집단 논리에 의해 포획되고 이용되는 비극성을 심화시키는 효과를 낳는다. 아울러 「오장군의 발톱」은 동쪽 나라와 서쪽 나라의 전쟁이라는 우의적인 상황을 제시하여 한국 현대사의 현안인 남북 분단 문제에 대해 비판적으로 발언하는 우화극의 성격을 띠며, 경계를 나누고 대립하는 인간 사회의 아이러니에 대해 탐구하는 박조열 희곡 특유의 형식성이 잘 드러나는 작품이다.

세계문학전집 **317**

한국 희곡선 1

1판 1쇄 펴냄 2014년 2월 14일
1판 9쇄 펴냄 2022년 5월 24일

지은이 송영 외
엮은이 양승국
발행인 박근섭, 박상준
펴낸곳 (주)민음사

출판등록 1966. 5. 19. (제 16-490호)
서울특별시 강남구 도산대로1길 62(신사동) 강남출판문화센터 5층 (우편번호 06027)
대표전화 02-515-2000 팩시밀리 02-515-2007
www.minumsa.com

© (주)민음사, 2014. Printed in Seoul, Korea

ISBN 978-89-374-6317-4 04800
ISBN 978-89-374-6000-5 (세트)

세계문학전집 목록

세계문학전집은 계속 간행됩니다.